Judith Pella

VON FERNE KLINGT EIN LIED

Judith Pella

Von ferne klingt ein Lied

STURMZEITEN – BAND 2

francke

Über die Autorin:
Judith Pella studierte Sozialwissenschaften und gilt als Meisterin des historischen Romans. Sie liebt es, gründlich zu recherchieren und in verschiedene Zeitepochen einzutauchen. Zusammen mit ihrem Mann lebt sie in Oregon.

Bibliografische Information der Deutschen Nationalbibliothek
Die Deutsche Nationalbibliothek verzeichnet diese Publikation
in der Deutschen Nationalbibliografie;
detaillierte bibliografische Daten sind im Internet
über http://dnb.ddb.de abrufbar.

ISBN 978-3-86827-670-1

Originaltitel: Somewhere a Song

Deutsch von Silvia Lutz
Umschlagbild: © iStockphoto.com / danilovi
Umschlaggestaltung: Verlag der Francke-Buchhandlung GmbH
Satz: Verlag der Francke-Buchhandlung GmbH
Druck und Bindung: CPI books GmbH, Leck – Germany

www.francke-buch.de

Teil 1

„Ich habe einen Jungen auf einem Zerstörer –
soweit ich weiß, ist er im Pazifik unterwegs;
zwei meiner Kinder sind in den Küstenstädten am Pazifik.
Viele von Ihnen im ganzen Land
haben Söhne in der Armee, die jetzt aufgefordert werden,
ins Geschehen einzugreifen;
Sie haben Freunde und Familienangehörige in einer Gefahrenzone.
Sie können nicht vor der Angst fliehen,
Sie können nicht davonlaufen, wenn die Angst
nach Ihrem Herzen greift.
Trotzdem hoffe ich, dass die Gewissheit darüber, was wir zu tun
haben, Ihnen helfen wird, diese Ängste zu überwinden ..."

Eleanor Roosevelt
7. Dezember 1941

1

Kuibyschew, Sowjetunion
Dezember 1941

Als Cameron an diesem Abend des 7. Dezember ins Restaurant des Grand Hotels in Kuibyschew trat, erschien ihr der Anblick von Johnny Shanahan und Alex Rostow, die zusammen an einem Tisch saßen und sich angeregt unterhielten, so natürlich. Es dauerte ein paar Herzschläge, bis sie begriff, was an dieser Szene falsch war. Oder so wunderbar richtig! Alex war in Moskau gewesen, als sie vor mehreren Wochen Kuibyschew verlassen hatte, um ihre Familie in den Staaten zu besuchen. Damals hatte es so ausgesehen, als wären sie für sehr lange Zeit voneinander getrennt.

„Alex!", rief sie aus. Sie vergaß alle Zurückhaltung, vergaß, dass der Raum voll neugierig gaffender Journalisten war, die plötzlich das Interesse an ihrem Essen verloren hatten, und eilte zum Tisch der beiden Männer.

Alex stand schnell auf und kam ihr auf halbem Weg entgegen. Er nahm sie in die Arme und hob sie vom Boden hoch. Sie küssten sich verliebt, bis die spottenden Bemerkungen der anderen Anwesenden an Camerons Ohren drangen. Johnny Shanahans Stimme war es, die sie schließlich aus ihrem verliebten Traumzustand riss.

„Äh ... ich verderbe euch ja nur ungern die Stimmung, aber hieß es nicht, dass ihr beide euch nicht treffen dürft ... Schon vergessen?", mahnte er vorsichtig, aber mit dem üblichen Anflug von Sarkasmus in seiner Stimme.

„Zum Kuckuck mit der Polizei!", entgegnete Alex und küsste sie erneut.

Aber Cameron entzog sich seiner Umarmung. Sie hatte die Polizei tatsächlich vergessen, so hypnotisiert war sie von Alex' intensivem Blick gewesen, der sie wie ein von der Sommersonne erwärmter, kristallklarer, blauer Fluss durchströmte. Die Probleme mit Oleg Gorbenko hätten ihr beinahe eine Ausweisung beschert und hatten ihre Rückkehr nach Russland verzögert. Sie hatte eine Weile warten müssen, bis ihr Visum schließlich doch verlängert worden war. Die paar Wochen in Amerika hatten sie die Gefahren fast vergessen lassen, die es mit sich brachte, wenn man zu einem russischen Staatsbürger engeren Kontakt oder gar eine Liebesbeziehung hatte.

„Was machst du hier, Alex?“, murmelte sie.

„Du beklagst dich doch nicht, oder?“

„Oh, nein ... bestimmt nicht.“ Seufzend versank sie in einem weiteren liebevollen Kuss. Endlich wurde sie sich der Pfiffe und des Lachens von ihren Kollegen bewusst. „Was ist denn mit euch?“, fragte sie gespielt beleidigt. „Habt ihr überhaupt keinen Anstand?“

„Was?“, lachte Donovan, der Korrespondent der *New York Tribune*. „*Wir* knutschen doch nicht mitten in einem öffentlichen Restaurant herum!“

„Dann sollten wir uns wohl lieber einen Ort suchen, an dem wir ungestörter sind“, schlug Cameron vor. Sie ergriff Alex' Hand und zog ihn zur Tür, was eigentlich nicht nötig gewesen wäre, da dieser es selbst kaum erwarten konnte, mit ihr allein zu sein.

Der einzige ungestörte Ort, den sie finden konnten, war Camerons winziges Hotelzimmer, das genau so war, wie sie es vor mehreren Wochen verlassen hatte. Eine gewisse Unsicherheit legte sich über beide. Cameron vermutete, dass dies nicht nur daran lag, dass sie in ihrem Zimmer waren, sondern auch daran, dass sie zum ersten Mal wieder zusammen waren, seit sie sich in dem Moskauer Krankenhaus, in dem Alex arbeitete, ihre Liebe gestanden hatten und kurz danach durch die Kriegsumstände und den NKWD wieder auseinandergerissen wurden. Seitdem hatte sie sich oft gefragt, wie es wohl wäre, unter diesen neuen Umständen mit Alex zusammen zu sein, oder ob sie überhaupt je eine Gelegenheit dazu bekämen. Jetzt waren sie unerwartet zusammen und Cameron wurde plötzlich schüchtern. Ein Gefühl, das sie normalerweise überhaupt nicht kannte. Ihr fiel nicht einmal eine lockere, oberflächliche Bemerkung ein.

Vor ihr stand der Mann, den sie liebte. Der erste Mann, zu dem sie je gesagt hatte, dass sie ihn liebe. Selbst zu Johnny Shanahan hatte sie diese Worte nie gesagt. Andererseits war ihr immer bewusst gewesen, dass sie Johnny nie wirklich geliebt hatte. Erst bei Alex hatte sie erlebt, zu welch einer tiefen Liebe sie fähig war. Wenn überhaupt, dann liebte sie das, was Johnny für sie als Journalist repräsentierte, jemand, von dem sie viel lernen konnte, was das Schreiben betraf. Sie waren zwar ähnlich gesinnte Seelen, aber ihre Herzen waren einander nie nahegekommen. Bei Johnny hatte etwas Elementares gefehlt, auch wenn sie nicht beschreiben konnte, was es war. Er hatte Camerons Seele nicht erfüllen können. Dieses *Etwas* – sie war immer noch nicht ganz sicher, was es genau war – hatte Alex. Er schien etwas in ihr zu vervollständigen oder versprach eine solche Vervollständigung.

Plötzlich musste Cameron an den Schlüssel denken, den sie an einer Kette um den Hals trug. Alex hatte ihn ihr gegeben, als er erfuhr, dass die Polizei ihnen verbieten würde, sich zu treffen. Er hatte Alex' Mutter gehört und war der Schlüssel zu ihrem Haus in Leningrad. Die Frau war gezwungen worden, ihr Zuhause vor dem Großen Krieg zu verlassen. Sie hatte ins Exil gehen müssen, weil sie als Revolutionärin gegolten hatte, und war gestorben, bevor sie nach Russland hatte zurückkehren können. Alex hatte Cameron den Schlüssel als ein Versprechen gegeben, dass sie eines Tages den Traum seiner Mutter wahr machen und dieses Haus besuchen würden. Gemeinsam.

Dieser Traum schien jetzt völlig unrealistisch zu sein, da Leningrad von den Deutschen besetzt war. Die Stadt litt unter Bombardierungen und Hunger und nur Gott wusste, unter welchen anderen Grausamkeiten noch. Ausländern war der Zutritt in die Stadt verwehrt und nur diejenigen Russen, die an der Blockade vorbeigeschmuggelt werden konnten, um den Bewohnern zu helfen, bekamen die Erlaubnis, die Stadt zu betreten. Ja, es bestand nur eine geringe Hoffnung. Aber Alex war da, trotz aller widrigen Umstände. Es musste also wahr sein: Alles war möglich. Sogar in Russland.

„Wie lang bleibst du hier?", brach Cameron schließlich das Schweigen, das sich zwischen ihnen ausgebreitet hatte.

„So lange sie in Moskau ohne mich auskommen können", antwortete er. „Wie du dir vorstellen kannst, nimmt die Zahl der Verletzten ständig zu."

„Aber der Krieg läuft gut, oder?"

„Die Rote Armee scheint den deutschen Versuch, Moskau einzunehmen, abgewehrt zu haben. Wenigstens vorerst. Aber die Machtverhältnisse an der Wolga können sich jederzeit ändern. Trotzdem ist die Moral in der Stadt groß. Ein russischer Gegenangriff hat begonnen."

„Der Winter wird Russlands Verbündeter sein."

Alex zuckte mit wenig Begeisterung die Achseln. „Der Winter trifft die russische Armee genauso wie die Deutschen. Was viele Ausländer nicht erkennen: Mit dem Wintereinbruch und Frost wird es sogar leichter. Der Schlamm und Regen sind eigentlich ein größeres Hindernis als der Schnee. Täusche dich nicht: Alles, was den Deutschen das Leben schwer macht, ist auch für die Russen ein Nachteil."

Sie schaute ihm forschend ins Gesicht, wo die Anspannungen der letzten Wochen unübersehbare Spuren hinterlassen hatten. Das Jungenhafte an seinem faszinierend guten Aussehen war fast völlig verschwunden. An seine Stelle waren eine Anspannung und Müdigkeit getreten, die ihr bei der ersten Freude über ihr Wiedersehen entgangen waren. „War es sehr schlimm für dich, Alex?"

Ein leichtes Zittern ging seiner Antwort voraus. Er fuhr mit der Hand durch seine blonden Haare. „Es war ein schrecklicher Albtraum, Cameron. Erst zwei Tage, nachdem ich von Moskau weg war, hörte ich endlich nicht mehr das Kanonenfeuer. Die Verwundeten, die Toten. Guter Gott! Die Toten! So viele ..." Er brach abrupt ab. Nach einem kurzen Schweigen fügte er hinzu: „Du brauchst dir das nicht alles anzuhören."

„Natürlich muss ich das. Ich will wissen, was in dir vorgeht", entgegnete sie leidenschaftlich.

„Nicht sofort bei deiner Rückkehr." Er zwang sich zu einem Lächeln. „Ich wollte immer in einer medizinischen Versorgungseinheit an vorderster Front sein. Wahrscheinlich bin ich inzwischen so nahe an der Front, dass es näher nicht mehr geht. Jetzt will ich nur noch, dass die Kämpfe bald aufhören."

Ein unsicheres Schweigen breitete sich zwischen ihnen aus. In dem Versuch, dieses Schweigen zu brechen, sagte Cameron: „Wenn ich das alles höre, überrascht es mich, dass du überhaupt aus Moskau fortkommen konntest."

„Das Krankenhaus musste für die vielen neuen Verwundeten Platz machen. Deshalb wurden alle Patienten, die verlegt werden konnten, evakuiert. Juri war so nett und hat es arrangiert, dass ich den Zug mit Evakuierten hierher nach Kuibyschew begleiten konnte. Ich wusste nicht, dass du fort warst."

„Ich hatte keine Möglichkeit, dir Bescheid zu geben."

„Ja, das verstehe ich." Seine Augen wanderten über sie hinweg, als könne er kaum glauben, dass sie tatsächlich wieder zusammen waren.

„Wie kam es, dass du zufällig im Hotel warst?"

„Johnny erfuhr in der Botschaft, wann du zurückkommst. Er verriet es mir. Ich wollte hier sein, wenn du kommst. Ich habe gebetet, dass der Flug keine Verzögerung hätte."

„Eine solche Verzögerung passierte im letzten Teil des Fluges über Sibirien. Wir hatten Probleme mit dem Motor und waren gezwungen, auf einem kleinen Flughafen zu landen. Ich bin nicht einmal sicher, wo das war."

„Johnny hat davon erfahren. Wir mussten also nicht lange warten."

„Ich bin so froh, dass es geklappt hat."

Alex beugte sich vor und nahm ihre Hände in seine. Er saß auf dem einzigen Stuhl im Zimmer und sie auf der Bettkante.

„Du hast überhaupt nichts von deinem Besuch zu Hause erzählt", bemerkte er.

„Darüber gibt es auch nichts Erfreuliches zu sagen", antwortete sie und unternahm kaum Anstrengungen, ihre Bitterkeit zu verbergen. Wie viele Male hatte sie sich während ihres schwierigen Besuchs bei ihrer Familie danach gesehnt, mit Alex zu sprechen? Jetzt wollte sie einfach alles vergessen, so tun, als lebe sie in einer Welt, die von den Konflikten zu Hause nicht berührt werden konnte. Aber solche Fantasien passten besser zu ihrer chaotischen Schwester, Blair. Cameron war Realistin ... normalerweise.

„War es so schlimm?", fragte Alex mitfühlend.

„Ich hätte es besser wissen und meinen angeborenen Pessimismus beibehalten sollen, statt mich von diesem kleinen Funken Optimismus leiten zu lassen. Ich hatte tatsächlich vergessen, wie nachtragend mein Vater sein kann."

Sie schüttelte Alex' Hände von sich ab, sprang auf und trat an das kleine Fenster, das auf eine kleine Seitenstraße hinausging. Eine Frau mit einem Korb, wahrscheinlich auf dem Weg zum Markt in der Nähe des Hotels, ging unten vorbei. Der Schnee hatte sich in schmutzigen Matsch verwandelt. Cameron dachte an den angefangenen Brief, der immer noch im Koffer ihrer Reiseschreibmaschine steckte – den Brief, den sie im Flugzeug beim Rückflug nach Russland erst vor ein paar Stunden an ihren Vater geschrieben hatte. Jetzt löste er bei ihr mehr

Schmerz als Hoffnung aus. Ihr Vater hatte alle ihre Versuche, sich mit ihm zu versöhnen, abgeblockt. Wie kam sie nur auf die Idee, auf einen Brief würde er anders reagieren? So wie sie ihn kannte, würde er einen Brief als weiteres Zeichen von Schwäche ihrerseits ansehen, ein Zeichen dafür, dass sie nicht den Mut aufbrachte, persönlich mit ihm zu sprechen. Er wollte einfach nicht sehen, dass sie genau das versucht hatte.

„Ich dachte, seine Krankheit könnte ihn weicher gemacht haben", sagte sie zu Alex und starrte immer noch durch die zugefrorene Fensscheibe auf die Straße, ohne etwas zu sehen. „Ich hoffte, dadurch würde er die Beziehung zu seinen Töchtern vielleicht mehr schätzen. Aber es sieht so aus, als wäre er nur noch bitterer und egoistischer geworden." Seufzend fuhr sie sich mit der Hand durch die Haare. „Es tut mir leid. Ich will die wenige Zeit, die wir miteinander haben, nicht mit diesem traurigen Kapitel meines Lebens kaputt machen."

„Vielleicht hilft es dir, wenn du darüber redest ..."

„Nein ... tut es nicht. Es vermittelt mir nur das Gefühl der Hilflosigkeit." Wie sie es hasste, sich hilflos zu fühlen! Sie wurde nur noch wütender auf ihren Vater, weil er dieses Gefühl in ihr weckte.

Alex erhob sich und trat neben sie. Er legte die Arme um sie und zog sie nahe an sich heran. „Du darfst die Hoffnung nicht aufgeben ..."

„Manchmal habe ich schon Hoffnung, aber dann passiert etwas, und alles ist zunichtegemacht. Ich will so nicht leben: eine Höhe erklimmen und dann wieder in die Tiefe stürzen. Es tut nicht gut, Hoffnungen aufkeimen zu lassen, wenn sie dann doch wieder zerschmettert werden."

„Du kannst doch nicht sagen, dass du nie wieder hoffen willst!" Sein Arm spannte sich leicht an, blieb aber liegen, wo er war.

„Ich glaube, so ist es sicherer."

„Ich hätte dich nie für einen Feigling gehalten, Cameron."

„Was? Ich bin kein Feigling!" Ihre Stimme nahm eine bedrohliche Schärfe an.

„Warum kneifst du dann und wagst nicht das Risiko, Gutes zu hoffen?"

„Du verstehst mich nicht."

„Es gibt eine Möglichkeit, ohne Risiko zu hoffen."

„Und wie soll die aussehen?" Sie hörte die Angriffslust in ihrem Tonfall und wusste, dass sie zurückschrauben sollte, aber sie fühlte sich ein wenig überrumpelt. Alex sollte ihr helfen, die Schwierigkeiten zu Hause zu vergessen, und sie nicht auch noch auffordern, ihnen ins Gesicht zu schauen.

„Sie sieht so aus, dass du Gott vertraust", sagte er.

Fast unabsichtlich riss sie sich aus seiner Umarmung los. „Ich sollte jetzt lieber auspacken, bevor die Falten aus meinen Kleidern überhaupt nicht mehr wegzubringen sind." Sie drehte sich um, hievte ihren Koffer aufs Bett und öffnete ihn.

„Können wir darüber reden?", fragte er ruhig.

Energisch zog sie ein Kleid aus dem Koffer. Es war ein dunkelgrünes Kreppkleid mit einem kunstvollen Perlenkragen. Beim Kauf dieses eleganten Kleides hatte sie sich vorgestellt, es beim Tanzen mit Alex zu tragen. Sie trug es zum Kleiderschrank und hängte es auf. Sie fühlte sich ein wenig töricht, weil sie so frivol gewesen war, es zu kaufen. In welchen anderen Bereichen war sie in den letzten Monaten frivol gewesen?

Sie kehrte zum Koffer zurück und holte eine Bluse heraus. Dabei fiel ihr Blick auf ein Buch, das unter das Kleid gesteckt gewesen war. Auf dem schwarzen Lederumschlag stand *Gottes Wort*. Wie kam diese Bibel in ihren Koffer? Ihr Koffer war doch nie ... Jackie! Es musste ihre jüngste Schwester gewesen sein. Sie hatte die Koffer aufgegeben, während Cameron und ihre Mutter ein paar Minuten allein am Flughafen miteinander gesprochen hatten. Am liebsten hätte Cameron das Buch quer durch das Zimmer geschleudert. Aber sie tat es nicht. Vielleicht, weil es von der lieben Jackie kam. Vielleicht, weil sie ahnte, dass sie mit einer solchen Reaktion Alex verletzen würde. Stattdessen nahm sie die Bluse aus dem Koffer und ignorierte die Bibel. Sie achtete nur darauf, dass sie unauffällig ein anderes Kleidungsstück darüberschob, damit Alex sie nicht zufällig sehen und sie darauf ansprechen würde. Derartige Fragen wollte sie im Augenblick nicht.

Sie schüttelte die Bluse aus und hängte sie neben das Kleid. Ein paar Minuten packte sie mit verbissener Entschlossenheit weiter aus, bis Alex auf sie zutrat und die Hand auf den Kleiderbügel legte, den sie zwischen den Fingern hielt.

„Erzähle es mir, Cameron", sagte er mit dieser sanften, klaren Intensität, die sie an ihm lieben gelernt hatte. Jetzt gefiel es ihr jedoch überhaupt nicht, dass er so ungemütlich direkt werden konnte.

Sie riss den Kleiderbügel aus seiner Hand. „Es gibt nichts zu erzählen."

„Warum bist du wütend auf mich?"

Sie zuckte die Achseln und widmete sich wieder ihrem Koffer.

Er ließ nicht locker. „So ist das also? Wir haben uns plötzlich nichts mehr zu sagen? Wir haben uns gewisse Versprechen gegeben, bevor du abflogst, und jetzt sagst du mir, es gäbe nichts zu erzählen!" Seine Stimme wurde vor Verzweiflung und Frustration lauter, nicht aus Wut.

Sie ließ den Rock, den sie in der Hand gehalten hatte, fallen und drehte sich um. In ihren Augen glänzten die Tränen, denen sie nicht gestatten würde, über ihre Wangen zu laufen. „Alex, ich will an meinem ersten Tag, den ich wieder hier bin, nicht streiten. Und auch an keinem anderen Tag." Sie trat einen Schritt näher auf ihn zu und erwiderte seinen durchdringenden Blick. „Es gibt so viele andere Dinge, über die wir reden können. Wir hatten immer genug, über das wir sprechen konnten." Sie hob die Hände und legte sie auf seine Wangen. „Bitte, Alex ..." Sie wusste nicht, was sie sonst sagen sollte. Sie war nicht dafür geschaffen zu betteln. Sie wusste nicht einmal genau, worum sie ihn anflehte. Frieden, vermutete sie, und Liebe – das, was sie zu Hause nie erfahren hatte.

Er schien sie zu verstehen, denn er legte erneut die Arme um sie. Seine Umarmung war fest. Sie bot Schutz. Seine sauber rasierte Wange, die sich an ihre Haare drückte, war warm. Sie spürte eine Intensität in seiner Nähe, die ihr die Gewissheit gab, dass er sich nach demselben sehnte wie sie. Etwas Gutes und Starkes verband sie miteinander. Es war unbedeutend, dass es zwischen ihnen einige empfindliche Stellen gab. Das war bei allen Paaren so und ganz normal. Oder nicht?

Camerons Ängste und Unsicherheiten verloren fast jede Bedeutung, als einen Augenblick später ihre Zimmertür aufgerissen wurde.

„Johnny!" Sie hatte mit dem Gesicht zur Tür gestanden und zuckte zusammen, als er so unangemeldet in ihr Zimmer platzte.

Shanahan sah sofort, dass die beiden sich umarmten, erinnerte sich plötzlich an seine Manieren und wurde leicht unsicher. Etwas, was für ihn völlig untypisch war.

„Oh ... äh ... tut mir leid. Habe vergessen ..." Dann schüttelte Shanahan seine kurze Befangenheit ab. „Das musst du unbedingt hören.

Die Japaner haben Hawaii bombardiert! Pearl Harbor! Ein Überraschungsangriff."

Cameron und Alex lösten sich abrupt aus ihrer Umarmung und starrten Johnny mit offenem Mund an. Cameron verstand genug von Weltpolitik, um sich der Tragweite dieses Ereignisses bewusst zu sein. Es bedeutete, dass Amerika bald in den Krieg eintreten würde. In dieser Sekunde wusste Cameron, dass jeder von ihnen, wenn sie Jahre später gefragt würden: „Wo warst du, als Pearl Harbor angegriffen wurde?", sich lebhaft an diesen Moment erinnern würde. Daran, dass sie in betroffenem Schweigen dastanden, dass nicht einmal Cameron imstande war, auch nur eine einzige Frage zu stellen.

Alex sprach auf seine typische Art die erste und dringendste Frage aus, die sich bei einem solchen Angriff stellte. „Wie schlimm war es?"

„Verheerend", antwortete Johnny. „Wir wurden völlig überrumpelt. Die ersten Berichte sind noch unklar, aber die gesamte amerikanische Pazifikflotte wurde wahrscheinlich vernichtet. Die Zahl der Opfer ist bestimmt sehr hoch."

Die drei standen in ersticktem Schweigen da, benommen, taub.

Schließlich sagte Johnny: „Das kommt nicht völlig unerwartet."

Seine Worte waren wie ein Ventil. Cameron musste plötzlich reden. Sie platzte ungezügelt mit all den Fragen heraus, die ihr durch den Kopf schossen. Johnny hatte wenige Antworten und selbst diese beruhten mehr auf Spekulationen als auf Informationen. Sobald Amerika Japan den Krieg erklärte, würde Deutschland, Japans Verbündeter, Amerika den Krieg erklären. Stalin hätte bald seine zweite Front. Die einzige Frage war: *Wann?* Konnte Amerika einen Krieg im Pazifik und gleichzeitig in Europa gewinnen? Jetzt, da das Land wachgerüttelt war, musste man mit allem rechnen.

Plötzlich wirbelte Johnny herum und wandte sich zur Tür.

„Wohin gehst du?", fragte Cameron.

Als er den Blick hob, sah sie, dass er fest entschlossen war und seine Augen funkelten. Sein Verstand arbeitete auf Hochtouren.

„Zum Telegrafenamt", verkündete er. „Das ist meine Fahrkarte, die mich von hier wegbringt!"

Cameron wusste, dass Johnny von der frustrierenden Berichterstattung über den Krieg in Russland zunehmend die Nase voll hatte. Alle Korrespondenten waren von der russischen Bürokratie und Gängelei frustriert, die sich durch ihre Evakuierung nach Kuibyschew noch verschlimmert hatte, da diese Stadt noch abgelegener und weiter weg vom Zentrum des Geschehens war als Moskau. Johnny beklagte sich unablässig über die Regeln und Beschränkungen, die ihnen auferlegt wurden und die sie hinderten zu berichten, wie die Situation im Land tatsächlich war.

„Freu dich nicht zu früh", warnte Cameron. „Du bist hier ein Veteran. Das *Journal* wird nicht auf deine Erfahrung verzichten wollen, nur weil du dir ein aufregenderes Leben wünschst."

„Wetten?" Er sah aus, als wäre er imstande, etwas Verrücktes zu tun. „Sie werden wollen, dass ihr bester Mann von der großen Geschichte berichtet. Und die spielt sich jetzt im Pazifik ab."

„Nur keine falsche Bescheidenheit", kommentierte Cameron seltsam belustigt seine arrogante Bemerkung.

Sie würde nichts mehr sagen, da sie seine Seifenblase nicht zum Platzen bringen wollte. Schon gar nicht in Alex' Beisein. Aber hatte Johnny vergessen, dass er diesen Auftrag überhaupt nur bekommen hatte, um Cameron eins auszuwischen? Ihr Vater hatte seine Macht als Herausgeber des *Los Angeles Journal* benutzt, um ihn nach Europa zu schicken, weil er Cameron und Johnny hatte auseinanderbringen wollen. Er hatte nicht damit gerechnet, dass Cameron eine Stelle bei einer Konkurrenzzeitung annehmen und ebenfalls nach Europa geschickt werden würde. Aber selbst wenn ihr Vater keine Hintergedanken gehabt haben sollte, hätten Shanahans Fehler in der Vergangenheit ihm einen Einsatz im Ausland verwehrt. Andererseits hatte er unbestritten seine Kompetenz unter Beweis gestellt. Vielleicht hatte er sich also tatsächlich für des *Journal* unersetzlich gemacht.

Erst jetzt wurde Cameron bewusst, welche Auswirkungen Shanahans möglicher Abzug aus Russland auf sie selbst haben könnte. Würde Max Arnett, ihr Herausgeber beim *Los Angeles Globe*, das dumme Katz-und-Maus-Spiel fortsetzen, das er vor über einem Jahr begonnen hatte, als er Cameron als Konkurrenz für Johnny und das *Journal* losschickte, falls Johnny versetzt würde? Was empfand sie angesichts dieser Möglichkeit? Als Journalistin war es ihr erster Instinkt und Wunsch, die neusten, sensationellsten Nachrichten zu verfolgen. Russland spielte immer noch eine wichtige Rolle in diesem Krieg, aber sie konnte darauf wetten, dass die Amerikaner sich mehr für Kämpfe mit amerikanischer Beteiligung interessierten als für Kämpfe in einem Land wie Russland, das so weit von ihnen entfernt war – nicht nur geografisch, sondern auch kulturell und politisch. Cameron genoss inzwischen den Status, auf der ersten Seite zu stehen, den ihre Berichte ihr einbrachten, die regelmäßig dort standen. Berichte aus Russland würden zweifellos bald auf die hinteren Seiten verbannt werden. Ihr Puls begann zu rasen. Bilder, wie sie amerikanischen Truppen durch den Pazifik folgte, tauchten vor ihrem Auge auf. Das war der Traum jedes Kriegsberichterstatters.

Plötzlich fühlte sie Alex' Gegenwart neben sich. Schuldgefühle überrollten sie.

Würde es ihr wirklich so leichtfallen, das, was sie mit Alex verband, für ihren beruflichen Erfolg aufzugeben? War ihr Versprechen ihm gegenüber so oberflächlich gewesen? Das glaubte sie nicht, wie sie sich selbst ehrlich eingestand. Konnte sie nicht beides haben? Aber bei logischem Nachdenken war klar: Wenn sie Russland wieder verließe, stünden ihre Chancen zurückzukommen schlecht, und Alex' Chancen, das Land verlassen zu können, sahen nicht viel besser aus. Wie sicher sie sich vor nicht allzu langer Zeit gewesen war, dass sie und Alex den Beschränkungen, die ihnen auferlegt worden waren, nicht zum Opfer fallen würden! Noch sicherer war sie gewesen, dass sie für ihre Beziehung kämpfen würde. Wie konnte sie auch nur mit dem Gedanken spielen, ihre Karriere über ihn zu stellen?

„Du siehst blass aus, Hayes", bemerkte Johnny und riss sie damit aus ihren trüben Gedanken. „Finden Sie nicht auch, Doktor?"

Alex drehte sich zu ihr um und schaute sie durchdringend an. Es war fast, als könnte er ihre Gedanken lesen.

„Ich vermute, sie macht sich Sorgen, der *Globe* könnte sie von hier fortschicken", sagte Johnny. „Sie wissen schon, damit sie weiterhin mit mir konkurriert, wenn ich weggehe."

Cameron blickte von einem Mann zum anderen und fühlte sich, wie schon früher, seltsam zwischen ihnen hin- und hergerissen. Sie wusste, dass sie Johnny nicht liebte, aber er repräsentierte einen Teil ihres Lebens, den sie liebte. Mehr als Alex?

Sie leckte sich die Lippen. „Niemand sagt, dass du irgendwohin gehst, Shanahan." Ihre Stimme klang schwach.

„Das werden wir ja sehen." Mit dieser Kampfansage verließ er schwungvoll den Raum.

„Hast du schon einmal einen so arroganten Mann gesehen?“, fragte sie schwach.

„Hat er recht?“, fragte Alex.

„Nein. Natürlich nicht. Es wird sich nichts ändern.“

Er musste wissen, dass sie log. Alles würde sich ändern – es *hatte* sich schon alles geändert! Wer waren sie, dass sie meinten, sie könnten dem entfliehen? Aber wenigstens in diesem Augenblick wollte Cameron an ihre eigenen Worte glauben. Alex anscheinend auch. Sie suchten erneut die Nähe des anderen und hielten sich in einer liebevollen Umarmung fest. Keiner von beiden wollte zugeben, dass er sich in den Armen des anderen verstecken wollte, verstecken vor einer unsicheren Welt.

2

Los Angeles, Kalifornien
7. Dezember 1941

Der angenehme Sonnentag täuschte darüber hinweg, dass schon fast Winter war. Nicht dass das gute Wetter für Südkalifornien ungewöhnlich gewesen wäre! Aber dieses Wetter machte es Jackie schwer, sich auf die Vorbereitungen für ihre Abschlussprüfungen nächste Woche zu konzentrieren. Energisch trat sie auf das Gaspedal des Autos, als die Ampel am Straßenrand auf Grün schaltete, und setzte ihren Weg zur Bibliothek der Universität von Kalifornien in Los Angeles, der UCLA, fort.

Es war Sonntag und sie kam gerade aus der Kirche. Mehrere ihrer Freunde hatten beschlossen, das schöne Wetter zu genießen und schwimmen zu gehen und danach bei jemandem im Garten zu grillen. Jackie hatte die Einladung ausgeschlagen, da sie jede Gelegenheit zu lernen nutzen wollte. In den vergangenen Wochen hatte sie ihr Studium fast vergessen. Bei der Erkrankung ihres Vaters und Camerons Besuch war das kein Wunder! Aber jetzt musste sie alle Energie in ihr Studium stecken. Sie hatte nur noch ein Semester bis zu ihrem Abschluss.

Das Lied „Only Forever" wurde im Autoradio gespielt. Jackie summte das Lied mit Bing Crosby mit, obwohl sie lieber an die Periodentabelle denken sollte, wenn sie ihre Chemieprüfungen bestehen wollte. Aber sie drehte das Radio nicht aus. Sie ließ ihre Gedanken weiterschweifen und war nicht überrascht, als sie wenige Augenblicke später an Sam dachte und sich überlegte, was er wohl gerade tat. Die Bibliothek und ihre Chemiebücher waren in Sekundenschnelle vergessen. Sie konnte ihn jedoch beim besten Willen nicht einfach überraschend besuchen. Nein, sie mussten ausgeklügelte Tricks anwenden, damit sie überhaupt zusammen sein konnten.

Seit dem Abend, an dem ihr Vater einen Herzinfarkt erlitten hatte, hatte sie ihn zweimal gesehen. Sie hatte Sam in jener Nacht verzweifelt gebraucht, und obwohl ihre beiden Familien ihnen streng verboten hatten, einander zu treffen – wenigstens hätte es seine Familie verboten, wenn sie davon wüsste –, war er gekommen, als sie angerufen hatte. An jenem Abend hatten sie einander ihre Liebe gestanden. Sie konnte immer noch nicht glauben, dass sie irgendetwas Falsches getan haben sollten. Sie war weiß; er war Japaner. Es gab in Kalifornien Gesetze dagegen, aber in ihrem Herzen wusste sie, dass Gott sie zusammengeführt hatte, und sie wusste, dass Gott solche heuchlerischen Gesetze nicht gut fand.

Trotzdem mussten sie sich heimlich verabreden, damit sie zusammen sein konnten. Sie waren eindeutig füreinander bestimmt, kamen sich aber aufgrund der Intoleranz ihrer Umwelt wie Verbrecher vor.

Wenn sie wegen ihres Studiums nicht ausgerechnet jetzt so unter Druck stünde, würde sie am liebsten auf der Straße wenden und nach Inglewood fahren, wo Sam mit seinen Eltern auf deren Bauernhof lebte. Seit er sein Studium an der Universität als Bachelor abgeschlossen hatte, war es für sie noch schwerer geworden, sich zu sehen. Er besuchte nur noch zwei Kurse, die er für seinen Masterabschluss in Englisch brauchte. Da er keine Arbeit fand, arbeitete er auf dem Hof seiner Familie, damit sie keinen Fremden anstellen mussten und somit genug Geld übrig hatten, um seine Studiengebühren zu bezahlen. Aber die Arbeit in der Landwirtschaft war zeitraubend und er konnte nur selten fort. Mit einem Anflug von Zorn dachte Jackie an seine erfolglosen Versuche im letzten Juni und in den Monaten nach seinen Prüfungen, eine Arbeit zu finden. Er suchte eine Stelle, bei der er das, was er in seiner Ausbildung gelernt hatte, anwenden könnte. Irgendwann wollte er Schriftsteller werden, aber bis er davon leben könnte, hatte er gehofft, er könnte irgendwo Englisch unterrichten. Er hatte aber schon die ganze Zeit gewusst, dass japanische Studienabsolventen selten eine Arbeit auf dem Gebiet fanden, das sie sich ausgesucht hatten. Die meisten landeten bei niedrigeren Arbeiten. Aber er hatte monatelang die Hoffnung nicht aufgegeben, bis schließlich der Stapel an Absagen seinen Optimismus erstickt hatte. Seine Eltern brauchten ihn auf dem Hof und diese Möglichkeit schien besser zu sein, als bei Fremden eine Hilfsarbeitertätigkeit anzunehmen.

Jackie seufzte. Die Ungerechtigkeit des Lebens drückte sie wie eine schwere Last nieder. Sie murmelte ein Gebet und bat Gott, diese Last von ihr zu nehmen und ihr zu helfen, sich mehr auf ihn zu konzentrieren. Sie wusste, wie leicht es passierte, dass Verzweiflung sich breitmachte, wenn sie den Blick von Gott abwandte.

In diesem Augenblick wurde die Musik im Radio unterbrochen. Der „Chattanooga Choo Choo“ hatte Bing Crosby abgelöst und sie hatte es nicht einmal bemerkt.

Die Stimme eines Radiosprechers erklang: „Wir unterbrechen diese Sendung wegen einer Sondernachricht: Gegen 8.00 Uhr heute Morgen Hawaiischer Zeit bombardierten die Japaner Pearl Harbor auf Hawaii. Ich wiederhole: Pearl Harbor wurde in einem überraschenden Luftangriff von den Japanern bombardiert.“

Wie vor den Kopf gestoßen, blickte Jackie eher zufällig auf und sah, dass die Ampel auf Gelb schaltete. Sie trat kräftig auf die Bremse und blieb gerade noch rechtzeitig stehen, als die Ampel auf Rot sprang. Mit zitternden Händen umklammerte sie das Lenkrad und atmete keuchend ein. Hatte sie richtig gehört? Ein Angriff auf Pearl Harbor? Natürlich wusste sie, dass Hawaii amerikanisches Staatsgebiet war. Das bedeutete, dass die Japaner die Vereinigten Staaten angegriffen hatten. Das war etwas anderes als die japanischen Aggressionen im Fernen Osten. Jetzt blieb Amerika keine andere Wahl als zu reagieren.

Das bedeutete Krieg. Mit Japan.

Jackies Magen rebellierte und ihr wurde übel. Die dröhnenden Hupen hinter ihrem Auto rissen sie aus ihren Gedanken. Die Ampel zeigte wieder Grün und die anderen Fahrer wurden ungeduldig. Hatten sie die Meldung nicht gehört? Wussten sie es noch nicht? Die Welt brach gerade über ihnen zusammen.

Die Bibliothek war vergessen. Bei der ersten Gelegenheit wendete sie. Sie konnte jetzt nur eines denken.

Sam.

Innerhalb kurzer Zeit ließ Jackie die Stadt hinter sich und war bald von Orangenhainen und offenen Feldern umgeben. Die Haine sahen malerisch aus mit den fast erntereifen Orangen an den Bäumen. Einige Felder standen in saftigem Grün, andere waren braun und lagen brach und warteten auf die Frühjahrsaussaat. Dieses Land war reich und fruchtbar, ein schönes Land. Da es vor frostigen Wintern verschont blieb, gab es grenzenlose Möglichkeiten. Aber bei dem, was sie gerade im Radio gehört hatte, wurde Jackie plötzlich bewusst, dass dieser Landstrich jetzt ebenfalls zur Zielscheibe geworden war. Würden die Japaner bei den Hawaii-Inseln haltmachen? Was sollte sie davon abhalten, an der Westküste des amerikanischen Festlandes ebenfalls zuzuschlagen? Vielleicht flogen in dieser Minute Flugzeuge ...

„Das alles in nur ...“, dröhnte die Stimme des Sprechers aus dem Radio an ihre Ohren.

Nach der ersten Meldung war noch mehr gesprochen worden, aber es hatte sich hauptsächlich um eine Darstellung der politischen Situation zwischen Amerika und Japan im Laufe der letzten paar Monate gehandelt. Jackie, in ihre eigenen Gedanken versunken, hatte die Worte aus ihrem Bewusstsein ausgesperrt. Aber jetzt klang die Stimme dringlicher und zwang sie, genauer zuzuhören.

„Erste Berichte deuten darauf hin, dass japanische Flugzeuge einen vernichtenden Schlag gegen die amerikanische Pazifikflotte unternommen haben. Amerikanische Menschenleben sind zu beklagen, aber zum jetzigen Zeitpunkt können noch keine genauen Zahlen genannt werden ...“

Jackie hatte den bitteren Geschmack von Galle im Mund und konnte sich kaum auf die Straße konzentrieren. Sie war noch nie auf der Okuda-Farm gewesen und hatte nur ein paar Bemerkungen von Sam als Wegweiser. Er hatte einen Laden und eine Tankstelle an der Ecke kurz vor der Abbiegung zum Hof seiner Eltern erwähnt. Sie fuhr so schnell, dass sie beinahe an dem Laden vorbeigerast wäre. Die Abbiegung war von Bäumen gesäumt, es war also kein Wunder, dass sie sie beinahe verpasst hätte. Sie trat kräftig auf das Bremspedal, schlug das Lenkrad scharf ein und bog von der Straße ab. Über einer Auffahrt müsste ein Schild mit den Worten *Okuda-Farm* zu sehen sein.

Da war es! In einem etwas langsameren Fahrstil bog sie in die Auffahrt ein. Auf beiden Seiten erstreckten sich Felder. Sams Eltern bauten zum größten Teil Erdbeeren an, aber auf ein paar Feldern wuchsen auch andere Produkte. Sie sah das Haus erst, als sie langsam um eine Kurve bog. Das Gebäude, das in ihr Blickfeld kam, war ein eingeschössiges, geräumiges Gebäude ohne eine erkennbare Gesamtplanung. Es sah aus, als wären die Zimmer im Laufe der Zeit nach und nach angebaut worden, weil man mehr Platz brauchte. Es war gewiss keine Villa in Beverly Hills, aber es war auch nicht arm und mickrig. Alles war solide und sauber. Vorne waren Blumen zu sehen und nahe an den Mauern waren Gemüsegärten angelegt.

Sie war so sehr damit beschäftigt, diesen Anblick auf sich wirken zu lassen, dass sie erschrak, als ihr eine Gestalt vor das Auto lief. Erst einen Herzschlag später erkannte sie, dass es Sam war.

Er rannte neben das Fahrerfenster. „Jackie!" Der Blick in seinen Augen und die Überraschung in seiner Stimme verrieten nicht nur Freude. „Was machst du denn hier?" Sein Blick schoss zum Haus und kehrte dann zu ihr zurück.

„Ich wusste nicht, was ich tun sollte", stammelte sie. „Sam, hör zu ..."

„Nicht hier, Jackie." Er lief um das Auto herum, öffnete die Beifahrertür und nahm sich nur einen kurzen Augenblick Zeit, um sich den Staub und Schmutz von seiner Arbeitskleidung zu wischen, ehe er auf den Beifahrersitz rutschte. „Fahr zurück!", befahl er mit einem weiteren Blick auf das Haus.

Jackie warf einen schnellen Blick auf das Haus, bevor sie um 360 Grad wendete und das Auto wieder die Auffahrt hinablenkte, auf der sie gekommen war. Sie verstand, dass er nicht wollte, dass seine Eltern sie kennenlernten. Sie mussten warten, bis der richtige Zeitpunkt käme. Dass dies eindeutig nicht der richtige Zeitpunkt war, wusste sie besser als er. Sie schaute durch den Rückspiegel noch einmal zum Haus und glaubte, ein Gesicht in einem der Fenster zu sehen, aber es war nur schemenhaft und nicht deutlich zu erkennen.

Sie bremste erst, als sie den Laden an der Ecke erreichten. Hier führte Sam sie auf eine andere Nebenstraße, die sie einen von Orangenbäumen bedeckten Hügel hinaufführte. Schließlich forderte er sie auf, am Ende des Feldweges zu parken. Sie unterdrückte einen Anflug von Zorn über diese ganze Situation. Es war nicht fair, dass sie ihn nicht zu Hause besuchen und ganz normal seine Eltern und Geschwister kennenlernen konnte. Schlagartig fiel ihr ein: Seine Eltern waren keine amerikanischen Staatsbürger und galten jetzt bestimmt als feindliche Ausländer! Der Geschmack nach Galle in ihrer Kehle verstärkte sich noch mehr.

„Sam, hast du Nachrichten gehört?"

„Ich habe den ganzen Tag gearbeitet. Wir hatten ein Problem mit dem Bewässerungssystem und ich konnte nicht zum Gottesdienst gehen. Was ist denn passiert?"

„Die Japaner haben heute Morgen Hawaii bombardiert." Sie brachte die Worte kaum über die Lippen. „Pearl Harbor."

Er starrte sie einen Augenblick sprachlos an, dann schloss er die Augen und murmelte: „Oh Gott!“

Im Gegensatz zu vielen Amerikanern, die sich kaum für die Konflikte, die sich in anderen Teilen der Welt zutrugen, interessierten, wussten sie über die Weltsituation ziemlich genau Bescheid und begriffen, was das, was geschehen war, bedeuten würde. Sie saßen beide gut fünf Minuten still nebeneinander. Sam lehnte den Kopf an die Rücklehne. Seine Augen waren offen, sahen aber nichts; sein Kinn bewegte sich nervös. Zum ersten Mal seit Langem fielen Jackie seine japanischen Gesichtszüge auf. Sie betrachtete seine dichten, schwarzen, glatten Haare, seine schlitzförmigen Augen. Sie bildete sich sogar ein, eine gelbe Schattierung auf seiner Haut zu entdecken.

Beschämt wurde ihr bewusst, dass sie soeben von einer abscheulichen Manie befallen wurde – eine Manie, die bereits angefangen hatte, sich in Kalifornien breitzumachen, und die, wie sie fürchtete, nun noch schlimmer werden würde. Er war nicht der Feind und seine Haut war auch nicht gelb. Sie war, im Gegenteil, braun und gerötet von der Feldarbeit in den letzten Monaten. Er war Sam, der Mann, den sie liebte.

Er drehte sich zu ihr um und schaute sie an. „Jackie ... ich brauche dich!“ Seine onyxschwarzen Augen glänzten feucht.

Er rutschte näher zu ihr heran und legte die Arme um sie. Seine Lippen fanden ihren Mund. Er küsste sie mit einer Leidenschaft, die sie vorher noch nie bei ihm erlebt hatte. Sie wusste, dass die Intensität seines Kusses von mehr als nur von seiner Liebe herrührte. Sie spürte, dass er, genauso wie sie, sich schmerzlich danach sehnte, sie auf einer Ebene zu berühren, die alle Schranken zwischen ihnen überwand. Er brauchte es, die Liebe zu spüren, die sie füreinander empfanden, wenn auch nur für einen Augenblick, bevor die Hässlichkeit des Krieges über sie hereinbrach.

Sie klammerten sich minutenlang aneinander. Keine Worte waren nötig. Sie fühlte seinen Atem und die Wärme seiner Haut. Sie atmete den Geruch nach Erde und Staub von den Feldern ein, der an seiner Kleidung hing. Das alles gab ihr ein Gefühl von Sicherheit. Nichts anderes zählte.

Es blieb Sam überlassen, Jackie aus ihrer Traumwelt herauszureißen.

„Ich muss es meinen Eltern sagen“, erklärte er.

„Können wir nicht ...?“ Sie brach ab und wusste selbst, dass ihr Wunsch nicht zu verwirklichen war. Sie konnten nicht allein auf einer Insel leben, losgelöst vom Rest dieser verrückten Welt.

Er rutschte ein wenig von ihr weg, um ihr voll ins Gesicht schauen zu können. „Alles wird jetzt anders werden.“

„Aber bestimmt nicht besser.“ Ihre Stimme zitterte. Tränen traten ihr in die Augen.

„Du und ich ...“ Auch in seinen Augen standen Tränen. „Wir haben etwas, das uns zusammenhält, was immer auch geschieht.“ Er hob ihr Kinn hoch. Sein Finger war voll Erde, aber das störte sie nicht. Er lächelte sie ermutigend an. „Bete mit mir, ja?“

„Ja.“ Sie schniefte und versuchte, die Tränen zu unterdrücken.

Sie fassten sich an den Händen, beugten den Kopf und schlossen die Augen.

„Vater“, betete Sam. „Nur du weißt, was aus uns allen werden wird. Hilf uns, Kraft in dem Wissen zu finden, dass du das Schicksal von uns Menschen und das Schicksal der ganzen Welt in Händen hältst. Hilf uns, daraus Mut zu schöpfen, denn wir haben große Angst. Ich habe das Gefühl, wir könnten aus den Augen verlieren, wer wir sind, und wir könnten unsere Liebe infrage stellen, womöglich sogar unsere Menschlichkeit. Aber halte uns immer vor Augen, dass wir trotz allem deine Kinder sind. Das kann uns niemand nehmen. Niemand kann uns deine Liebe stehlen oder unsere Liebe zueinander, die du in unsere Herzen gelegt hast. Diese zwei Tatsachen werden immer gelten, auch wenn die Welt um uns herum zerbricht. Deine Liebe, unsere Liebe. Mit dieser Liebe können wir alles bewältigen. Amen.“ Er schwieg kurz. Dann schaute er Jackie durchdringend an. „Das ist die Wahrheit“, sagte er. „Zweifle nicht daran.“

„Ich werde es nicht vergessen.“

„Ich muss jetzt zurück.“ Er legte die Hand auf den Türgriff. „Ich weiß nicht, wann ich dich wiedersehen kann.“

„Auch das liegt in Gottes Hand.“ Sie hoffte, ihre Stimme klang tapferer, als ihr zumute war.

Sie nahm den Schlüssel und wollte die Zündung einschalten, aber Sam legte eine Hand auf ihre Finger. „Ich gehe zu Fuß zurück.“

Sie wusste, dass jetzt nicht der richtige Zeitpunkt war, darüber zu sprechen, dass sie seine Familie kennenlernen wollte. Also ließ sie ihn gehen. Er sagte, er würde sie bald anrufen. Sam blieb stehen und blickte ihr nach, als sie davonfuhr. Sie schaute immer wieder in den Rückspiegel, bis sie ihn nicht mehr sehen konnte. Ihr Herz war voll Liebe zu ihm. Sie war Gott dankbar, dass sie einen guten Mann gefunden hatte, den sie liebte, einen feinfühligen Mann, einen anständigen Mann, einen gottesfürchtigen Mann. Ihr großes Glück war beneidenswert. Nichts konnte das erschüttern.

3

Sobald das Auto aus seinem Blickfeld verschwunden war, drehte sich Sam um und nahm quer durch den Orangenhain eine Abkürzung zu seinem Elternhaus. Er hatte es nicht eilig, trödelte aber auch nicht. Er musste seiner Familie erzählen, was in Pearl Harbor passiert war. Er hatte keine klaren Vorstellungen davon, wie sich dieser japanische Angriff auf ihr eigenes Leben auswirken würde, aber er hatte keine Zweifel, dass Veränderungen auf sie zukämen. Seine Eltern waren keine amerikanischen Staatsbürger und würden jetzt als feindliche Ausländer betrachtet werden. Als solche konnten sie sehr leicht verhaftet oder deportiert werden, aber Sam glaubte keine Minute, dass dies geschehen würde. Schließlich waren sie in Amerika! Diese Menschen, die seit über fünfundzwanzig Jahren hier lebten, würden doch bestimmt fair behandelt werden.

Aber Sam war nicht blind. Er sah die Intoleranz gegenüber anderen Rassen, die in den Vereinigten Staaten zu spüren war. In Kalifornien, wo es mehrere größere japanische Gemeinden gab, war dieser Rassismus besonders stark. Dieses furchtbare Phänomen gab es, seit es Minderheiten gab. Sam hatte es in seinem persönlichen Leben erfahren. Jetzt, da der Feind ein japanisches Gesicht hatte, konnte es nur noch schlimmer werden.

Sam brauchte zehn Minuten, um nach Hause zu kommen. Sehr zu seinem Missfallen war die ganze Familie schon zum sonntäglichen Mittagessen im Haus versammelt. Er hatte gehofft, er könnte die schlechte Nachricht seinen Eltern allein beibringen. Aber irgendwann müssten seine Geschwister es doch erfahren. Vielleicht war es also am besten, dass sie alle zusammen waren.

Die Moskitotür schlug hinter ihm zu, als er eintrat. Seine Mutter hatte der Familie ein warmes, gemütliches Zuhause bereitet. Zwar waren die Möbel nicht modern und die meisten waren schon ziemlich alt, aber überall gab es Vasen mit Schnittblumen. Die Stickarbeiten, die seine Mutter so gern anfertigte, brachten Farbe auf stumpfe Ecken und zerkratzte Oberflächen. Die Tapete in der Küche, wo er seine ganze Familie antraf, war fröhlich und hatte ein gelbes Blumenmuster.

Den Tisch und die Stühle, die den Mittelpunkt des Zimmers bildeten, hatte sein Vater vor Jahren gebaut. Der Geruch nach Fischsuppe erfüllte den Raum, gemischt mit dem Duft nach Gewürzkuchen – Sams Lieblingsgebäck.

Er blieb kurz stehen und ließ dieses friedliche Bild auf sich wirken. Er betrachtete seine Familie, als würde er sie nie wieder so sehen. Wahrscheinlich würde er sie tatsächlich nie wieder so sorglos zusammensitzen sehen.

Sam war das älteste von fünf Kindern. Nach ihm kam seine Schwester Kimi. Sie war achtzehn und mit dem Sohn des Japaners verlobt, der den kleinen Lebensmittelladen in der Straße besaß. Sams Bruder Toshio war der zweite Sohn der Familie. Er war sechzehn und hatte den Spitznamen T. C. nach seinem Lieblingsbaseballspieler, Ty Cobb. Die „zwei Kleinen", wie die Familie sie oft nannte, waren die jüngsten Töchter, Miya, elf Jahre, und Mika, zehn. Sie waren zehn Monate auseinander und sahen sich so ähnlich, dass man sie für Zwillinge hätte halten können.

Der Geräuschpegel in der Küche, dem größten Zimmer des Hauses, das Sams Vater gebaut und im Laufe der Jahre immer wieder erweitert hatte, war im Moment ziemlich hoch, da alle gleichzeitig zu sprechen schienen. Die zwei Kleinen redeten wegen der Kostüme, die sie für das bevorstehende Weihnachtsspiel in der Schule brauchten, ihrer Mutter die Ohren voll. Sams Mutter, Hoshi Okuda, tadelte sie, weil die beiden sie nicht in Ruhe das Essen zubereiten ließen. Gleichzeitig ermahnte sie Kimi, den Tisch zu decken. Aber Kimi war in ein Gespräch mit T. C. vertieft, der offenbar ein Gerücht gehört hatte, dass Kimis Verlobter eine Stelle auf einem Fischerboot angenommen habe.

Nur Hiroshi Okuda, Sams Vater, schwieg. Er saß auf seinem Sessel am gemauerten Kamin im Wohnzimmer, der durch den großen Bogen zwischen den Räumen leicht zu sehen war. Er hatte eine japanisch-amerikanische Zeitung in der Hand und seine Pfeife zwischen den Lippen. Er war wie immer eine Insel der Ruhe im Trubel des Familienlebens. Hiroshi war groß gewachsen wie sein ältester Sohn, aber um einiges dünner, ein sehr schlanker Mann. Er konnte so viel essen wie ein Pferd und nahm trotzdem nicht zu. Sams Augen ruhten jetzt auf dieser Gestalt, die unerschütterliche Ruhe ausstrahlte. Er war ein stoischer Mann, manchmal sogar ziemlich streng. Er erhob nie seine Stimme. Genau genommen sagte er überhaupt nur selten etwas, aber wenn er seine dünnen Lippen öffnete, fanden seine Worte immer Gehör und Respekt. Sam vermutete, dass er in vielerlei Hinsicht ganz anders war als sein Vater, aber er hoffte, dass er eines Tages auch ein so unerschütterlicher, verantwortungsbewusster, geachteter Mann werden würde wie sein Vater.

Sams Beobachtungen dauerten nur wenige Sekunden. Die Moskitotür war kaum zugefallen, als er von seiner Mutter aus seinen Gedanken gerissen wurde.

„Wo warst du, Joshito?", fragte sie. Sams Vorname war Joshito. Sein zweiter Vorname war Samuel, der ihm zu Ehren eines engen Freundes der Familie, eines Weißen, gegeben worden war. Plötzlich wurde ihm bewusst, dass er Jackie nie davon erzählt hatte. Sie kannte ihn nur als Sam. Warum hatte er ihr nie seinen vollen Namen genannt? Seine Mutter redete immer noch auf ihn ein. „Und war das in dem Auto eine Freundin von dir? Wie unhöflich von ihr, dass sie nicht einmal ausgestiegen ist und deine Familie begrüßt hat!"

Das Englisch von Sams Mutter, das sie jetzt sprach, war ziemlich gut. Sie bemühte sich sehr, das „R" und „L" richtig auszusprechen. Im Gegensatz zu ihrem Mann, dessen Kenntnisse der englischen Sprache auch nach fünfundzwanzig Jahren in diesem Land bestenfalls als schwach zu bezeichnen waren. Natürlich hatte er aufgrund seiner schweigsamen Natur nur wenig Übung. Wenn Hiroshi sich am Gespräch beteiligte, sprachen sie fast immer japanisch. Wenn sich nur die Kinder unterhielten, besonders die zwei Kleinen, die Japanisch nicht so gut beherrschten, sprachen sie meistens englisch.

„Was sind das nur für Leute, die du an diesem College kennenlernst?", schimpfte sie weiter. „Bringt man euch dort denn keine Manieren bei?" Hoshi war eine klein gewachsene Frau, ein wenig rundlich. Sie beklagte sich oft darüber, wie ungerecht es sei, dass nichts, was ihr Mann aß, auch nur ein Pfund bei ihm ansetzte, aber *alles*, was sie aß, ihre Hüften noch runder machte. Sie widersprach allen stereotypen Vorstellungen von der schüchternen, unterwürfigen Japanerin. Sie sprach oft und laut aus, was sie dachte, wenigstens im Kreise ihrer Familie und Freunde. Im Beisein von Fremden war sie zurückhaltender.

„Sie wollte hereinkommen, Mama", versuchte Sam zu erklären. „Aber ich wollte kurz wegfahren ..."

„Schämst du dich deiner Familie? Ist das so? Sie sah aus wie eine Weiße ..."

„Ich habe sie einmal miteinander im Kino gesehen", mischte sich T. C. ein.

„Halt den Mund, T. C.!", platzte Sam frustriert heraus. Er wollte jetzt nicht weiter über dieses Thema sprechen. Es gab Wichtigeres zu besprechen.

„Was war das?", war die leise Stimme von Hiroshi Okuda deutlich zu vernehmen, obwohl er im anderen Zimmer saß. Er hatte keine Probleme, Englisch zu *verstehen!*

Alle Köpfe drehten sich zum Familienoberhaupt um. Wenn er diese Frage stellte, bedeutete das, dass die Sache wichtig war. Selbstverständlich wäre er genauso sehr dagegen, dass eines seiner Kinder mit einem Weißen vom anderen Geschlecht Kontakt pflegte, wie jeder Weiße in den USA gegen eine Beziehung zwischen verschiedenen Rassen war.

Aber jetzt war nicht die Zeit für eine solche Diskussion. Sam hatte es in der Hand, sie im Keim zu ersticken und dafür zu sorgen, dass alle die geheimnisvolle junge weiße Frau in dem Ford vollkommen vergessen würden. Entschieden setzte er dieses Mittel ein.

„Hört mir alle zu!", sagte er genauso eindringlich wie sein Vater, wenn auch um einiges lauter. Er sprach japanisch, um sicherzugehen, dass sein Vater deutlich verstand, was er ihnen mitzuteilen hatte. „Ich habe euch etwas Wichtiges zu sagen. Ihr müsst mir alle zuhören. Heute Morgen haben die Japaner Pearl Harbor bombardiert." Er wiederholte seine Worte auf Englisch, damit auch seine Schwestern ihn verstanden.

Sechs Stimmen setzten gleichzeitig zum Sprechen an, aber zwei erhoben sich über das Stimmengewirr.

„Was ist Pearl Harbor?", fragte Sams Mutter.

„Ich habe niemanden bombardiert!", erklärte Sams Vater.

Natürlich ging Sam zuerst auf die Bemerkung seines Vaters ein. „Papa, du weißt, was ich meine."

„*Ich* habe niemanden bombardiert!", sagte der Mann noch einmal unmissverständlich.

Mit einem resignierten Seufzen korrigierte Sam seine Worte. „*Japan* hat Pearl Harbor bombardiert."

Hiroshi nickte kurz zu dieser geänderten Wortwahl, aber für seine Frau war die Sache damit noch nicht erledigt.

„Ich will wissen, was dieses Pearl Harbor ist! Ich habe noch nie davon gehört." Sie stemmte eine Hand in ihre Hüfte und wollte eine befriedigende Antwort.

„Mama, es gehört zu Hawaii und ist damit Teil des US-amerikanischen Staatsgebietes. Das bedeutet, dass Japan Amerika angegriffen hat!"

„Heißt das, dass es einen Krieg gibt?", fragte Kimi mit einem besorgten Runzeln auf ihrem hübschen Gesicht.

„Ja", antwortete Sam. „Mit großer Wahrscheinlichkeit." Er wandte sich wieder an seinen Vater. „Papa, du weißt, was das bedeutet? Du und Mama, ihr seid keine amerikanischen Staatsbürger."

„Wir haben versucht, die amerikanische Staatsbürgerschaft zu bekommen!", mischte sich Sams Mutter aufgebracht ein. „Sie lassen uns nicht Amerikaner sein. Mrs Lombardi kam aus Italien hierher. Sie züchtet sehr gute Tomaten, nebenbei bemerkt. Sie bekam die amerikanische Staatsbürgerschaft. Doch wenn man in Japan geboren ist, erlaubt das Gesetz so etwas nicht. Das verstehe ich nicht. Aber trotzdem ..."

„Genug, Frau!", befahl Hiroshi. Er stand abrupt auf und schritt in die Küche. „Jetzt ist keine Zeit für Klagen. Gib den Kindern zu essen. Joshito, komm mit mir."

Sam folgte seinem Vater durch den Flur ins Schlafzimmer seiner Eltern. Aus der Küche konnte er hören, wie die Stühle knarrten und über den Fußboden kratzten, während die anderen in der Familie ihre Plätze um den Tisch einnahmen. Wenn es ihnen wie Sam ging, hatten sie wahrscheinlich keinen Appetit, aber sie würden sich der Anordnung ihres Vaters nicht widersetzen. Wenigstens würde das Essen für Ablenkung sorgen.

Im Schlafzimmer begann Sams Vater, die Kommodenschubladen aufzuziehen und zu durchsuchen. Er forderte Sam auf, eine leere Schachtel zu holen. Diese füllte er mit Papieren – alten Briefen und Zeitungen und ein paar Dokumenten.

„Was machst du da?", fragte Sam.

„Falls die Polizei kommt", antwortete Hiroshi, wieder auf Japanisch, „dürfen sie nichts finden, was sie gegen uns verwenden könnten."

„Das sind doch nur Briefe von unseren Verwandten in Japan.“

„Alles aus Japan muss verschwinden. Schau gründlich in der Truhe nach.“

Allmählich füllte sich die Schachtel. Das Letzte, was Hiroshi oben auf die anderen Sachen legte, war eine schöne seidene japanische Flagge. Das weiße Feld war sauber und leuchtete kräftig; der rote Kreis in der Mitte war gestochen scharf und klar.

„Mein Vater hat mir diese Flagge gegeben, als ich Japan verließ“, sinnierte Hiroshi laut und redete hauptsächlich mit sich selbst. „Sie ist das Einzige, was ich von ihm noch habe.“

„Papa, niemand wird erwarten, dass du ...“

Hiroshi schüttelte vehement den Kopf. „Es darf kein Zweifel aufkommen, bei wem meine Loyalität liegt. Bring diese Sachen zum Ofen.“

„Aber, Papa ...“

„Tu, was ich sage, Sohn. Verbrenne die Sachen. Jetzt!“

Noch am selben Abend erfuhr Sam, welch ein weiser Mann sein Vater war. Die Familie saß um das Radio versammelt und hörte sich die Jack-Benny-Show an. Obwohl sie versuchten, sich durch die lustige Show abzulenken, hatte keiner von ihnen die schreckliche Nachricht dieses Tages vergessen. Außerdem kamen ständig Berichte im Radio, die sie daran erinnerten. Inzwischen gab es genauere Informationen aus Hawaii, die alle nicht sehr ermutigend waren, auch wenn es noch eine Weile dauern würde, bis es zuverlässige Zahlen über das wahre Ausmaß des Schadens gäbe. Fest stand nur, dass viele Amerikaner bei dem Angriff getötet oder verletzt und amerikanische Schiffe und Flugzeuge schwer getroffen worden waren. Das ganze Land stand unter Schock.

Kein Wunder, dass die Familie versuchte, sich mit dem lustigen Geplänkel von Jack Benny, Rochester und Co. abzulenken. Das Lachen tat nach den vergossenen Tränen gut. Die zwei Kleinen begriffen zwar nicht ganz, was geschehen war, aber sie weinten, weil ihre Mama weinte. Die Mutter weinte, als sie erfuhr, dass Sam alle Briefe von zu Hause – besser gesagt aus Japan – verbrannt hatte. Sie waren alles, was ihr als

Erinnerung an ihre Verwandten geblieben war, von denen sie wusste, dass sie sie nie wiedersehen würde. Sam erwähnte nicht, dass sie möglicherweise deportiert werden könnten und es leicht möglich war, dass seine Mutter sie früher wiedersähe, als ihr lieb war.

Plötzlich klopfte es an der Tür. Alle erschraken. Sie bekamen fast nie überraschenden Besuch, und schon gar nicht um diese Uhrzeit. Sam öffnete die Tür. Zwei Männer in grauen Anzügen mit ernsten Gesichtern standen vor ihm.

„Ist dies das Haus von Hiroshi Okuda?“, fragte einer der Männer.

„Ja“, antwortete Sam mit einem schweren Kloß im Hals.

Hiroshi kam zur Tür. „Ich bin Hiroshi Okuda“, erklärte er in einem sauberen, korrekten Englisch.

„Ich bin Agent Foster und das ist Agent Brown. Wir kommen vom FBI. Wir haben einen Durchsuchungsbefehl.“

„Warum?“, fragte Sam. „Ich meine, mit welcher Begründung?“ Aufgrund von Hiroshis Schwierigkeiten mit der englischen Sprache hatte sich Sam angewöhnt, im Umgang mit Weißen die Familie nach außen hin zu vertreten.

„Kommen Sie herein“, forderte Hiroshi die Männer auf. Offenbar erachtete er diese Angelegenheit für so wichtig, dass er trotz seines holprigen Englisch die Führung übernahm. „Was suchen Sie?“

„Konterbande“, antwortete Agent Foster.

Bei diesem unbekannten Wort runzelte Hiroshi die Stirn.

Der Agent erklärte kurz angebunden: „Waffen, Funkausrüstung, alles, was verdächtig ist.“

„Wir haben nichts dergleichen“, wehrte Sam ab.

„Das werden wir ja sehen.“

Die Beamten durchsuchten alle Ecken und Winkel des Hauses. Die Familie schaute benommen und schweigend zu. Die Männer fanden drei Gewehre und zwei Jagdmesser. Sam versuchte zu erklären, dass diese Waffen nur für die Jagd benutzt wurden. Die FBI-Männer schienen das nicht ganz zu glauben und legten die Waffen auf den Küchentisch. T. C. sprang aufgebracht auf.

„Was machen Sie mit diesen Sachen?“, fragte er und deutete mit dem Kopf auf die Gewehre. Eines davon war nagelneu, ein Geschenk, das T. C. erst vor zwei Wochen zu seinem Geburtstag bekommen hatte.

„Wir müssen sie konfiszieren."

„Was?", protestierte T. C. „Das können Sie doch nicht!" Er streckte die Hand nach dem neuen Gewehr aus, aber der FBI-Mann packte seine Hand und hielt ihn zurück.

„Langsam, Junge! Lass das. Diese Dinge werden beschlagnahmt. Vielleicht kannst du sie zurückhaben, wenn wir euch Japaner niedergemacht haben."

Sam legte T. C. beschwichtigend den Arm um die Schultern. „Wir bekommen sie später zurück, wenn sich alles geklärt hat." Er wusste, dass er nur leere Versprechungen machte, aber er hielt es für weise, seinen Bruder ein wenig zu beschwichtigen.

Draußen im Werkzeugschuppen wurde noch mehr „Konterbande" gefunden. Die FBI-Leute interessierten sich besonders für das Amateurfunkgerät, das sie dort aus einer Ecke zogen. Sam hatte dieses Gerät bekommen, als er noch ein kleiner Junge gewesen war. Später hatte er das Interesse an diesem Hobby verloren. Im Laufe der Jahre war das Gerät für andere Zwecke missbraucht worden. Was geblieben war, so unbrauchbar es auch war, sah sehr verdächtig aus. Außerdem stand im Schuppen eine halb volle Kiste Dynamit. Wieder versuchte Sam zu erklären, dass der Sprengstoff übrig geblieben war, als sie letztes Jahr ein neues Feld angelegt hatten.

Nichts von dem, was er sagte, änderte die Meinung der beiden FBI-Männer. Die Sachen wurden zusammengetragen und in den Kofferraum des FBI-Autos geladen. Sams Erleichterung, als die Männer wegfuhren, hielt sich in Grenzen. Irgendwie hatte er das Gefühl, dass das erst der Anfang gewesen sei.

Nachdem sie eine Weile ziellos durch die Gegend gefahren war, kehrte Jackie nach Hause zurück. Lernen kam für sie jetzt nicht infrage.

Ihre Mutter begrüßte sie an der Tür. „Oh, Jacqueline!", rief sie aufgeregt und zog ihre Tochter in die Arme.

„Du hast es also schon gehört", sagte Jackie. Sie klammerte sich an ihre Mutter und suchte instinktiv den Trost, den sie dort immer fand.

„Es ist so furchtbar. Ich kann es immer noch nicht glauben. Zwei Familien aus unserer Gemeinde haben Söhne, die in Hawaii stationiert sind. Sie wissen nicht, ob sie noch leben oder … oh, Gott! Krieg … es ist so unvorstellbar."

Die Pazifikflotte war erst im letzten Jahr von Long Beach abgezogen und nach Honolulu verlegt worden. Somit waren natürlich viele in Südkalifornien persönlich von diesem Angriff betroffen. Ihre Söhne und Ehemänner und Väter waren getötet oder verletzt worden. Das hatte Jackie in ihrer eigenen Trauer ganz vergessen. Wohl oder übel wurde sie daran erinnert, dass aus diesem Grund der Hass auf den Feind an der Westküste noch tiefer gehen würde.

„Wo ist Papa?", fragte Jackie, während sie und ihre Mutter sich ins Wohnzimmer begaben.

„Er ist im Büro. Ich habe ihm gesagt, dass er nicht gehen soll. Er ist doch erst vor ein paar Tagen aus dem Krankenhaus entlassen worden. Aber dieser japanische Angriff bedeutet Krieg. Und das will er natürlich auf keinen Fall versäumen. Er war von Anfang an Befürworter eines amerikanischen Eingreifens." Sie saßen nebeneinander auf dem Sofa und klammerten sich noch immer aneinander. Cecila sprach weiter: „Ich hätte nie gedacht, dass ich noch einmal einen Krieg erleben müsste. Es hatte geheißen, der letzte Krieg hätte alle Kriege beendet. Aber dein Vater sagt, dieser Krieg werde noch viel schlimmer werden, als der letzte war, und die ganze Welt werde mit hineingezogen werden. Dadurch, dass die Japaner beteiligt sind, könnte es leicht passieren, dass das amerikanische Festland angegriffen wird. Was soll sie schon aufhalten? Unsere eigenen Häuser könnten …"

„Mama, wir dürfen nicht in Panik geraten. Japan ist zu weit weg und außerdem wird unser Militär nie zulassen, dass der Feind unser Land angreift." Jackie zwang sich selbst, ihre Worte zu glauben. Sie wusste, dass Panik das Schlimmste wäre, was den japanischen Einwohnern in Kalifornien passieren könnte.

„Dein Vater hat den Gärtner angerufen und ihm gesagt, dass er nicht mehr zu uns zu kommen braucht."

Jerry war Japaner. Sein richtiger Name war Jiro, aber sie hatten ihn immer Jerry genannt, da sie sich bei dem ausländischen Namen nicht wohlgefühlt hatten. Er kam zweimal in der Woche. Jackie war hin und wieder stehen geblieben und hatte mit ihm geplaudert, aber sie hatte ihn nie richtig kennengelernt und ihn oft kaum bemerkt. Er war nicht der Feind. Er sprach gut Englisch und sie vermutete, dass er sogar die amerikanische Staatsbürgerschaft hatte. Ihr Magen zog sich zusammen. Wie viele andere Japaner würden ähnliche Anrufe wie Jerry bekommen? Wovon sollten sie jetzt leben? Was würde aus ihnen werden?

Aus *ihnen?*

Sie konnte nicht länger so distanziert von diesen Menschen sprechen. Ihr eigenes Leben war viel zu sehr mit dem Schicksal der Japaner in den Staaten verknüpft. Sie betrachtete ihre Mutter. Was würde sie dazu sagen, wenn sie es wüsste? Wie oft hatte sie ihrer Mutter schon erzählen wollen, dass sie sich in einen guten, gläubigen Mann verliebt hatte! Aber sie hatte einfach nicht den Mut aufgebracht, den unvermeidlichen Folgen, die das für ihre Familie nach sich zöge, ins Gesicht zu schauen. Allein schon das bloße Gerücht im letzten Monat von ihrer Freundschaft mit einem Japaner hatte, wie sie fürchtete, den Herzinfarkt ihres Vaters ausgelöst.

Jackie und ihre Mutter setzten sich an diesem Abend wie üblich zum Essen an den Tisch. Aber sie ließen während des Essens das Radio laufen. Mit jeder neuen Meldung, die das übliche Programm unterbrach, wurde ihr Essen schwerer verdaulich. So ging der Abend in die Nacht über, aber keine der beiden Frauen konnte zu Bett gehen. Cecilia sagte, sie könne nicht schlafen, solange Keagan nicht sicher und wohlbehalten nach Hause käme. Er war schon seit Stunden fort. Es war einfach zu viel auf einmal.

Gegen elf Uhr spürte Jackie, wie ihre Augenlider schwerer wurden. Vielleicht könnte sie trotzdem schlafen. Sie rollte sich mit angezogenen Beinen auf dem Sofa zusammen und legte den Kopf auf ein Sofakissen, mit dem sie die Armlehne des Sofas polsterte. Gerade als ihre Müdigkeit sie endgültig übermannen wollte, hörten sie, wie die Haustür aufging.

Keagan schritt ins Zimmer. Sein breites Gesicht war vor Aufregung gerötet und hatte fast die Farbe seiner ergrauenden roten Haare angenommen. Er trug einen blauen Anzug und eine braune Krawatte und sah angesichts der gegenwärtigen Weltlage fast zu gepflegt aus. Allerdings hatte er die Krawatte am Hals gelockert und die Falten auf seiner Stirn widersprachen der vor Energie sprühenden Aura, die ihn umgab. Die Ereignisse und Anstrengungen dieses Tages forderten auch von ihm ihren Tribut.

„Keagan, ich fing schon an, mir Sorgen zu machen." Cecilia legte das Buch, das sie geistesabwesend gelesen hatte, beiseite und beugte sich auf dem gepolsterten Sessel, auf dem sie saß, vor.

„Um Himmels willen, Frau! Ich bin doch kein Kind. Ich kann nach Hause kommen, wann ich will!" Er schritt auf einen Sessel zu. Seine Schritte waren nicht so leichtfüßig wie gewöhnlich. Da er ein groß gewachsener Mann war, hatte er schon immer eine ungewöhnlich würdige Art an sich gehabt.

„Kann ich dir etwas zu essen holen, Papa?" Jackie schwang ihre Füße vom Sofa und wollte aufstehen.

„Ich habe mit ein paar der Jungs schon gegessen." Er ließ sich in den Sessel fallen.

„Dann einen Tee?"

„Ich vermute, du wirst mir keinen guten *Bushmills on the rocks* mixen." In seinem Tonfall lag eine leichte Häme. Er wusste ganz genau, dass ihm der Arzt geraten hatte, er solle auf Alkohol verzichten. „Spar dir die Mühe. Es gibt mehr Kriegsnachrichten, als ihr wahrscheinlich bis jetzt im Radio gehört habt." Seine Stimme wurde auf eine Weise, die für ihn untypisch war, weicher. Die Falte zwischen seinen rötlichen Augenbrauen wurde tiefer. „Vor Kurzem haben die Japaner angefangen, die Philippinen zu bombardieren."

Blair!

Jackies Magen verkrampfte sich.

Cecilia keuchte.

Keagan zog sich aus dem Sessel hoch und setzte sich auf den Fußsessel neben Cecilia. Er legte eine Hand auf ihre zierlichen Hände, die zitternd auf ihrem Schoß lagen. „Blair wird nichts passieren", sagte er. Jackie hatte ihn noch nie so zärtlich sprechen hören.

Cecilia fuhr sich mit einer zittrigen Hand über die Lippen. „Wo-woher weißt du das?"

„Sie werden nur militärische Ziele angreifen. Die Flughäfen, Munitionslager, vielleicht den Hafen."

Blair war vor zwei Monaten auf die Philippinen gefahren, um zu versuchen, die Ehe, die sie durch ihre Lügen kaputt gemacht hatte, zu retten. Ihr Mann war bei der Armee und auf den Philippinen stationiert. War sie wirklich nicht in der Nähe von militärischen Gebieten? Was war, wenn sie ihn gerade besuchte? Was war, wenn ...? Jackie zwang sich, diesen Gedanken Einhalt zu gebieten, besonders als sie zu ihrer Mutter schaute und in ihrem Blick lesen konnte, dass sie ähnliche Gedanken hatte.

„Mama, Blair wird nichts passieren. Gary wird auf sie aufpassen", sagte Jackie, zwar ziemlich benommen, aber trotzdem nicht ohne eine Portion Gewissheit. Lieutenant Gary Hobart war ein guter Mann, und selbst wenn Blair ihn verletzt hatte, würde er notfalls sein Leben riskieren, um sie zu beschützen.

Jackie erhob sich und ging zu ihren Eltern. Sie kniete neben ihnen nieder und legte jedem eine Hand auf die Schulter. Sie wollte ihre Nähe spüren. Sie brauchten einander. Sie hatte das Gefühl, dass sogar ihr Vater sie und ihre Mutter brauchte, denn er entzog sich ihrer Berührung nicht. Im Gegenteil, er legte einen Arm um ihre Taille.

4

Manila, Philippinen
8. Dezember 1941

Blair rekelte sich lässig auf ihrem Bett und wachte langsam und genüsslich auf. Der Morgen war warm. Der sich friedlich drehende Deckenventilator bewegte die feuchte Luft kaum. Sie war überrascht, als sie mit einem Blick auf die Uhr neben ihrem Bett feststellte, dass es acht Uhr dreißig war, viel früher, als sie normalerweise aufwachte. Aber gestern war Sonntag gewesen und sie hatte nicht so lange gearbeitet wie gewöhnlich.

Während sie den Ventilator bei seinen endlosen Umdrehungen beobachtete, überlegte Blair, was sie mit diesem Tag anfangen sollte, besonders jetzt, da sie viel mehr Zeit hatte als sonst. Außerdem war heute ihr freier Tag. Vielleicht würde sie überhaupt nichts tun – eine sehr beliebte Beschäftigung in den Tropen! Die Hitze machte die Art von Aktivität unmöglich, die man in kälteren Klimazonen gewohnt war, auch in Gegenden wie Südkalifornien. Nicht dass Blair sich beklagt hätte! Seit ihrer Ankunft auf den Philippinen hatte sie angefangen, die Tropen und den bedächtigen, trägen Lebensstil der Inselbewohner zu genießen. Sie war erst seit zwei Wochen hier. Nach der siebenundzwanzig Tage langen Schiffsreise auf dem Ozeandampfer, der scheinbar in jedem Hafen im Fernen Osten angelegt hatte, hatte sie es nicht erwarten können, wieder festen Boden unter die Füße zu bekommen. Vermutlich hatte sie die tiefe Abneigung ihres Vaters gegen Wasser und Schiffe geerbt.

„Miss Blair, Sie sind schon wach?“, kam eine Stimme vom Türrahmen ihres Schlafzimmers. Auf der anderen Seite des Perlenvorhangs, der die Tür darstellte, tauchte die zierliche Gestalt von Blairs Dienstmädchen auf.

„Ja, Claudette, ich bin wach.“ Sie gab ein entspanntes Seufzen von sich.

„Soll ich Ihr Frühstück zubereiten?“

„Im Moment bitte nur eine Tasse Kaffee.“

„Ja, Miss." Claudette verschwand wieder.

Selbst im Haus ihrer wohlhabenden Eltern in Beverly Hills hatte Blair nie ein persönliches Dienstmädchen gehabt. Aber hier war das anders. Hilfskräfte waren so billig, dass jeder Ausländer sie sich leisten konnte, und es gab so viel Armut, dass man es kaum über das Herz brachte, einem Filipino eine Anstellung zu verweigern, wenn es irgendwie möglich war. Blair hatte Claudette an ihrem ersten Tag auf den Inseln kennengelernt. Nachdem sie Gary nicht hatte finden können, weil er im Einsatz in den Bergen war und dieser Einsatz mehrere Tage dauern würde, war Blair ziemlich niedergeschlagen in ein Kino gegangen. Der Film *Stella Dallas* mit Barbara Stanwyck lief. Blair hatte ihn zwar schon in den Staaten gesehen, aber das Kino war besser, als in der Hitze des Tages durch die fremden Straßen zu irren. In dem kühleren Kino wollte sie überlegen, was sie als Nächstes tun sollte.

Beim Hineingehen stieß Blair, die tief in Gedanken versunken war, mit einem jungen Mädchen zusammen. Blairs Popcorntüte flog davon. Das Mädchen war entsetzt und bat hundertmal um Verzeihung. Blair war genauso entsetzt, weil das Mädchen so aufgeregt war.

„Das macht doch nichts", winkte Blair ab. „Ich kann mir eine neue Tüte kaufen."

„Ich war schuld. Ich müsste ..."

„Davon will ich nichts hören."

Aber das Mädchen hörte nicht auf Blair, sondern ging tatsächlich zur Kasse, gab seine Eintrittskarte zurück und versuchte, Blair einen Peso von dem Geld, das es dafür bekommen hatte, zu geben. Blair war schockiert. Selten war sie Zeugin einer so großen Armut gewesen.

„Ich nehme dein Geld nicht", weigerte sich Blair. „*Ich* habe *dich* angerempelt! Ich habe nicht aufgepasst."

Dann nahm sie das Mädchen an der Hand, führte es zur Kinokasse zurück und wollte ihm sagen, es solle seine Eintrittskarte wiederkaufen. Im letzten Augenblick überlegte sie es sich jedoch anders und bezahlte mit ihrem eigenen Geld die Kinokarte des Mädchens. Zusätzlich kaufte sie ihm eine Tüte Popcorn und eine Limonade. Das Mädchen versuchte zu protestieren, aber Blair wollte nichts davon hören. Sie schauten sich den Film gemeinsam an.

Erst später, als sie das Kino verlassen hatten, stellten sie sich einander vor.

„Ich bin Blair Hayes." Blair hatte beschlossen, ihren Ehenamen nicht zu gebrauchen, solange die Dinge mit Gary ungeklärt waren. „Dies ist mein erster Tag in Manila."

„Ich bin Claudette Colbert. Dies ist mein vierzehntes Jahr in Manila!" Sie grinste über ihre Schlagfertigkeit.

Blair erwiderte das Grinsen. Die kleine Filipina sah jünger aus als vierzehn, abgesehen von einem kleinen Hauch jugendlicher Reife, der kaum bemerkbar war, solange man nicht genauer hinsah. Sie war trotz ihres schmutzigen Gesichts hübsch und hatte lockige, schwarze Haare, die mit einem schmutzigen Band zu einem Zopf zusammengebunden waren. Ihr ausgebleichtes rosa Kleid sah eher aus wie ein Sack und sie war barfüßig. Blair war überrascht, dass man sie in dieser Kleidung ins Kino gelassen hatte.

„Du sprichst sehr gut Englisch", bemerkte Blair, während sie den Gehweg hinabgingen.

„Man muss Englisch sprechen können, wenn man in Manila zurechtkommen will", sagte das Mädchen. „Und wenn man amerikanische Filme im Kino anschauen will. Das meiste Englisch habe ich im Kino gelernt."

„Bist du so auch zu deinem Namen gekommen?", fragte Blair, während sie gemeinsam weiterschlenderten. „Deine Eltern müssen das Kino auch sehr mögen."

„Ich habe mir meinen Namen selbst ausgesucht", erklärte Claudette stolz. „Ich liebe Filme. Claudette Colbert ist meine Lieblingsschauspielerin. Ich habe *Es geschah in einer Nacht* zehnmal gesehen!"

„Dann haben wir etwas gemeinsam. Ich mag Filme auch sehr gern. Ich habe sogar einmal in einem Film mitgespielt. Wahrscheinlich ist er auf den Philippinen noch nicht zu sehen."

„Sie sind ein Filmstar?"

„Nein. Ich spielte nur eine sehr kleine Rolle. Ich dachte, ich würde vielleicht gern Schauspielerin werden ... na ja, früher dachte ich das. Ich bin Sängerin ... und auch noch arbeitslos."

„Ich bin auch arbeitslos."

„Wo ist deine Familie, Claudette?"

„Ich bin ein Waisenkind. Die kleine Waise Claudette."

„Aber du musst doch irgendwo wohnen. In einem Waisenhaus oder bei einer Pflegefamilie?"

Sie zuckte die Achseln. „Ich wurde zu groß für das Waisenhaus. Also bin ich weggegangen. Ich glaube, allein komme ich besser klar."

Blair erschauderte bei der Vorstellung, dass dieses arme kleine Mädchen meinte, sein gegenwärtiges Obdachlosenleben sei besser als das Leben in einem Waisenhaus. „Aber wer kümmert sich denn um dich? Woher bekommst du etwas zu essen? Du bist doch erst vierzehn!"

„Ich schlage mich durch."

Ihr überlegenes Achselzucken sah angesichts ihres kindlichen Äußeren ein wenig mitleiderregend aus.

„Ich erledige für viele Läden in der Dewey Avenue Besorgungen. Meistens habe ich genug zu essen." Sie schwieg kurz und schaute Blair von unten an. „Miss Blair Hayes, haben Sie eine Arbeit, die ich für Sie erledigen kann? Ich mache es kostenlos, weil Sie mir Popcorn gekauft haben. Ich kann es mir nie leisten, Popcorn zu kaufen."

„Ich bin gerade erst hier angekommen ... Ich weiß nicht. Warte. Weißt du, wo ich hier wohnen kann?"

„Ja, kommen Sie mit."

Claudette führte Blair eine kurze Strecke die breite Allee entlang zum Manila-Hotel. Blair schaute an dem Gebäude hinauf, von dem selbst sie als Neuankömmling auf dieser Insel wusste, dass es das eleganteste Hotel in der Stadt sein musste. Früher wäre Blair überhaupt nicht auf die Idee gekommen, irgendwo anders abzusteigen, aber ihre Finanzen waren begrenzt. Jackie hatte ihr ein wenig Bargeld geliehen und sie hatte eine kleine Summe gespart. Es hatte genügt, um sich die Fahrkarte auf dem Ozeandampfer zu kaufen und für eine oder zwei Wochen angenehm leben zu können. Das Manila-Hotel war für dieses Budget eine Nummer zu groß, obwohl sie in ihrer eleganten amerikanischen Kleidung für Claudette, die nur Filmstars in schöner Kleidung gesehen hatte und logischerweise dachte, alle Amerikaner wären reich, wahrscheinlich wie ein typischer Gast des Manila-Hotels aussehen musste.

Blair lächelte ihre neue Freundin schwach an. „Gibt es noch etwas anderes?" Nachdenklich fügte sie hinzu: „Vielleicht sollte ich mir zuerst eine Arbeit suchen."

„Sie suchen eine Arbeit? Sie sagen, Sie sind Sängerin? Da weiß ich etwas."

Wahrscheinlich sah es für einen außenstehenden Beobachter absurd aus, dass sie sich von diesem Kind durch die Straßen führen ließ, aber Blair war sicher, dass die kleine Claudette Colbert ein Geschenk des Himmels war. Blair hielt es für eine gute Idee, selbstständig und unabhängig zu sein, wenn sie Gary gegenübertrat. Sie musste auf das Schlimmste vorbereitet sein: auf die Möglichkeit, dass er sie ablehnte. Aber das Letzte, was sie wollte, war, dass er ihr nur aus Mitleid verzeihen würde. Sie und Gary hatten genug Probleme, die geklärt werden müssten, ohne dass sie auch das noch brauchten.

Claudette führte Blair zu einem Nachtklub mit dem Namen Casa Mañana und stellte Blair der Besitzerin, einer Frau namens Silvia Wang, vor. Silvia Wang war halb Chinesin und halb Spanierin, eine Frau um die vierzig, groß, mit scharfen Gesichtszügen und schön. Ihre pechschwarzen Haare trug sie aufgesteckt, eine weiße Orchidee steckte hinter dem Ohr. In ihr korallfarbenes Seidenkleid im Mandschustil waren Drachen und Lilien eingewebt. Silvia Wangs gepflegtes Benehmen und ihre Sprache schienen kaum in die Nachtklubszene von Manila zu passen. Später erfuhr Blair, dass Silvias Vater ein chinesischer Diplomat gewesen war und ihre Mutter die Tochter einer wohlhabenden Familie in Manila. Die Mutter war von ihrer Familie enterbt worden, als sie ein uneheliches Mischlingskind zur Welt brachte. Silvias Vater hatte sich, zweifellos um in Diplomatenkreisen sein Gesicht zu wahren, weder zu der Frau noch zu dem Kind bekannt. Aber Silvias Mutter war von ihrer Familie nicht völlig mittellos gelassen worden, sodass sie beide gut leben konnten. Silvia hatte vornehme Privatschulen besucht. Als ihre Mutter starb, kaufte sich Silvia von ihrem kleinen Erbe das Casa Mañana.

Sie schaute Blair forschend von oben bis unten an. Blair fiel auf, dass diese Frau trotz ihrer eleganten Schönheit die Verschlagenheit einer Straßenhändlerin besaß.

„Ich habe schon genug Leute“, erklärte Silvia.

„Miss Blair war in einem großen Hollywoodfilm. Sie ist ein Filmstar“, warf Claudette ein.

„Es war kein großer Film“, beschwichtigte Blair Claudettes Eifer.

„Ich habe Ihren Namen noch nie gehört“, sagte Silvia. „Sind Sie mit Helen Hayes verwandt?“

„Nein. Aber ich bin eine gute Sängerin und ich kann Klavier spielen. Ich hatte in einem Nachtklub in Hollywood ziemlich beliebte

Auftritte.“ Sie wusste, dass sie die Wahrheit ein wenig stark strapazierte, aber diese verheerende Arbeit im Treasure Cove musste doch wenigstens für irgendetwas gut gewesen sein.

„Ein Soloauftritt?“

„Manchmal arbeitete ich mit einer Band, aber meistens solo. Ich war in einer Revue. Ich habe meine eigenen Kostüme dabei und ich kenne viele der neusten Lieder aus den Staaten.“

Silvia tippte sich mit einem schlanken Finger, der mit einem langen, blutrot bemalten Fingernagel endete, ans Kinn. „Nun ja ... ich muss zugeben, es wäre schon reizvoll, eine amerikanische Sängerin zu haben. Ich könnte eine Nummer mehr ins Programm aufnehmen, aber ich kann meine anderen Leute nicht entlassen. Das heißt, ich könnte Ihnen nicht viel Dollar, nicht einmal viel Peso bezahlen. Ich will ehrlich sein: Woanders fahren Sie wahrscheinlich besser.“

Blair behagte der Gedanke nicht, in der tropischen Hitze auf der Suche nach Arbeit durch die Straßen zu laufen und sich immer wieder anzubiedern. Außerdem gefiel ihr Silvia, die, auch wenn sie gerissen war, eine ehrliche Art hatte.

„Wenn Sie keinen Vertrag verlangen, nehme ich die Stelle an.“ Blair hatte sehr unangenehme Erfahrungen im Treasure Cove gemacht, weil sie einen Vertrag unterschrieben hatte, und sie wollte sich nicht noch einmal so übervorteilen lassen.

„Also gut. Abgemacht.“ Silvia reichte Blair ihre schlanke, manikürte Hand. „Aber wenigstens pro forma, wie man so schön sagt, sollte ich Sie vielleicht zuerst singen hören.“

Blair lachte. „Oh ja, natürlich!“

Claudette räusperte sich, um auf sich aufmerksam zu machen. „Miss Blair, jetzt haben Sie eine Arbeit. Vielleicht brauchen Sie ein gutes Dienstmädchen?“

„Oh ... nun ja ...“ Auf dieses Angebot war Blair überhaupt nicht vorbereitet. Sie dachte, Claudette hätte bestimmt keine Vorstellung davon, was ein Dollar wert war und wie wenig man sich mit dem Gehalt einer schlecht bezahlten Nachtklubsängerin in Manila leisten könnte.

Silvia mischte sich schnell ein. „Claudette, könntest du mir einen kleinen Gefallen tun?“

„Natürlich, Miss Silvia.“

„Auf der Arbeitsplatte in der Küche liegt ein Laib Brot. Könntest du ihn bitte einwickeln und ihn dem Zeitungsverkäufer in der Straße bringen? Du kennst doch Manuel, oder? Ich habe ihm das Brot versprochen und ich komme wahrscheinlich so schnell nicht von hier fort. Bis du zurückkommst, zeige ich Blair hier alles."

Claudette lief schnell in die Küche. Ein paar Minuten später hörte Blair, wie die Hintertür quietschend aufging und dann ins Schloss fiel, als Claudette das Haus verließ. Blair vermutete, dass Silvia mehr im Sinn hatte, als nur Manuel das Brot zu bringen. Sie drehte sich zu der Frau herum.

„Ich hoffe, ich habe mit meinem Zögern Claudettes Gefühle nicht verletzt", sagte sie. „Sie ist ein liebes Mädchen, aber ich bin erst heute in Manila angekommen und meine Finanzen sind nicht sehr gesichert. Ich habe keine Ahnung, was eine Wohnung kostet. Und ich brauche auch noch ein paar andere Sachen."

„Ich dachte mir schon, dass Sie wahrscheinlich neu hier sind. Kommen Sie. Setzen wir uns eine Minute. Möchten Sie etwas trinken?"

Ohne auf eine Antwort zu warten, deutete Silvia zu einem der runden Tische im Nachtklub. Es war noch früh und der Klub war noch nicht geöffnet. Der Raum war also leer. Als Blair einen Stuhl herauszog und sich setzte, ging Silvia zur Bar, wo ein vor Kälte beschlagener Krug auf der Theke stand. Sie holte zwei Gläser und füllte sie mit einer bernsteinfarbenen Flüssigkeit. Dann brachte sie die Gläser an den Tisch und nahm gegenüber von Blair Platz.

Blair nippte an dem Getränk. „Hm, der Eistee schmeckt köstlich. Ich komme aus Südkalifornien, aber trotzdem ist die Hitze hier ganz anders als bei uns."

„Die Trockenzeit beginnt gerade erst. Es dürfte also bald ein wenig besser werden." Silvia schwieg kurz und nippte an ihrem eigenen Getränk. Dann sprach sie weiter: „Blair, wir sind praktisch Fremde, aber da Sie neu hier sind, darf ich Ihnen vielleicht einen Rat geben?"

„Dafür wäre ich sehr dankbar. Ich möchte wirklich niemanden beleidigen."

„Ich denke, Sie könnten es schlechter treffen, als Claudette als Dienstmädchen anzustellen. Sie wird für eine ganz geringe Bezahlung arbeiten. Vielleicht sogar nur für Kost und Logis – und sie wäre gewiss sehr dankbar. Ich habe mir oft überlegt, sie selbst anzustellen und ihr nicht nur die wenigen Botengänge aufzutragen, die ich für sie finde.

Aber ich habe schon mehr Bedienstete, als ich brauche. Es ist schwer, ihnen eine Absage zu erteilen, weil ihre Not so groß ist."

Blair lächelte und dachte, dass Silvia in ihr wahrscheinlich einen genauso armen Schlucker sah wie in Claudette. Das Mindeste, was sie tun konnte, war, den Rat der Frau zu befolgen und dem Mädchen zu helfen, genauso wie ihr geholfen worden war.

„Sie brauchen nicht weiterzusprechen!", erwiderte Blair. „Ich sage es ihr, sobald sie zurückkommt. Ich hatte seit der ersten Minute das Gefühl, dass ich dieses kleine Mädchen genauso sehr brauche wie sie mich."

Blairs Worte gingen schneller in Erfüllung, als sie gedacht hatte. Claudette wurde für Blair unverzichtbar. Sie machte sie nicht nur mit der Stadt vertraut, sondern zeigte ihr auch die Gepflogenheiten auf den Philippinen. Die beiden bezogen eine Dreizimmerwohnung im zweiten Stock und das Mädchen übernahm alle Pflichten als Dienstmädchen, mehr noch: als Köchin, Haushälterin, Freundin und Vertraute. Das war ein Glück für Blair, die eine ziemlich schlechte Köchin und Haushälterin war. Claudette erledigte diese Aufgaben mit Bravour, aber da sie im Waisenhaus kochen gelernt hatte, kochte sie immer viel mehr Suppe oder Gemüse oder Eintopf, als die beiden in einer Woche vertilgen konnten. Zwei Fähigkeiten schätzte Blair an ihrem Dienstmädchen besonders: Sie war eine gute Freundin und Vertraute. Zuerst erschien es Blair seltsam, eine Freundin zu haben, die fast zehn Jahre jünger war als sie. Trotz ihres kindlichen Aussehens kam ihr Claudette manchmal wie eine alte Dame vor, die als Kind verkleidet war. Sie gaben ein gutes Gespann ab, denn oft kam sich Blair vor wie ein Kind in der Verkleidung einer Erwachsenen.

Bei den unsicheren Zeiten, die vor ihr lagen, auch wenn Gary endlich auftauchen würde, wollte sie auf die kleine Claudette auf keinen Fall verzichten.

5

Blair erinnerte sich deutlich an jede Einzelheit jenes Abends, an dem sie Gary zum ersten Mal wiedersah. Er lag jetzt etwas über eine Woche zurück. Blair hatte ihren Auftritt im Casa Mañana. Sie trug ein königsblaues, mit Pailletten und Rheinsteinen besetztes langes Kleid und sang hingebungsvoll eines ihrer Lieblingslieder ins Mikrofon. Das Quartett, das sie begleitete, spielte die meisten Noten richtig.

„Falling in love with love is falling for make-believe ..."

Sie schloss die Augen und sang die Melodie mit tiefer Hingabe. Sie betonte jedes Wort. Jede Note klang in ihr nach. So liebte sie die Musik am meisten, wenn sie sich so vollständig in ihr verlieren konnte, wenn sie und die Worte und die Melodie alles waren, was es auf der Welt gab. Die Zuhörer verblassten und waren nur noch verschwommen zu sehen, wenn sie sie überhaupt noch wahrnahm. Sie interessierte sich nicht mehr für die Gespräche an den Tischen, das Klirren der Gläser und nicht einmal das Gelächter einiger Gäste, die ihr nur wenig oder gar keine Aufmerksamkeit schenkten. In solchen Momenten war nichts wichtig, nur sie und die Musik.

Aber irgendwann musste das Lied unweigerlich zu Ende gehen. Ihre Stimme verstummte langsam mit dem letzten Wort. Das Quartett spielte die letzten Noten. Das Publikum applaudierte. Blair öffnete die Augen und lächelte. Ihr Blick wanderte über die Gäste an den Tischen. Alle sollten ihre Dankbarkeit für den Applaus spüren. Sie gab unumwunden zu, dass sie diesen Teil genauso genoss wie das Singen. Nein, nicht genauso, aber die Reaktion des Publikums beflügelte sie auf eine Weise, die sie nicht beschreiben konnte. Man mochte sie. Das bedeutete ihr etwas.

Ihr Blick erstarrte, als sie den uniformierten Mann sah, der an einem Tisch im hinteren Teil des Raumes saß. Normalerweise bemerkte sie die Gäste im hinteren Bereich nicht. Sie saßen weiter weg von den Scheinwerfern, die sie bestrahlten, aber dieser Mann war nicht so leicht zu übersehen.

Gary! Ihr Herz hüpfte in zehn verschiedene Richtungen. Einen flüchtigen Augenblick lang konnte sie nur den Gary von ihrer wunderschönen Hochzeitsreise nach Santa Barbara sehen, als sie glücklich und verliebt gewesen waren und es so ausgesehen hatte, als würde ihr Traum nie enden. Aber zu schnell verblasste dieses Bild und wurde von der Szene ihrer letzten Auseinandersetzung im Treasure Cove verdrängt, wo alle ihre Träume in tausend Scherben zerbrochen waren.

Gary war hier. Blair wollte sich in seine Arme werfen und gleichzeitig in die entgegengesetzte Richtung fliehen.

Inzwischen wohnte sie seit einer Woche in Manila. Sie hatte gewusst, dass er bald von seinem Einsatz zurückkommen würde, aber sie hatte nicht gewusst, ob er zu ihr kommen würde, wenn er die Nachricht erhielt, die sie am Stützpunkt hinterlassen hatte.

„Meine Damen und Herren", flötete sie mit erstaunlich ruhiger Stimme ins Mikrofon. „Ich mache jetzt eine kurze Pause. Genießen Sie den Abend. Es wäre schön, wenn Sie bis zu meinem Auftritt um dreiundzwanzig Uhr bleiben. Vielen Dank."

Das Quartett begann, Tanzmusik zu spielen. Während sie sich zwischen den Tischen einen Weg bahnte, standen viele Gäste auf und begaben sich zur Tanzfläche.

Gary stand von seinem Stuhl auf, als sie an seinen Tisch trat. „Hallo, Blair." Sein Tonfall und seine Miene verrieten nicht, was er dachte oder fühlte. Seine Freundlichkeit konnte auch nur ganz gewöhnliche Höflichkeit sein.

„Hallo, Gary. Du hast mich gefunden." Ein dummer Satz, aber ihre Kehle war wie zugeschnürt und ihr Kopf so benommen, dass sie von Glück reden konnte, dass sie überhaupt irgendetwas halbwegs Zusammenhängendes über die Lippen brachte.

Er zog einen Stuhl heraus und deutete darauf. „Willst du dich zu mir setzen?"

Sie setzte sich auf den Stuhl und versuchte mühsam, die Fransen an der Schleppe ihres Kleides nicht in den Stuhlbeinen zu verheddern. „Danke, dass du gekommen bist", fügte sie hinzu. Es kostete sie einige Anstrengung, aber sie gewann ein gewisses Maß an Gleichgewicht zurück.

„Was hätte ich sonst tun sollen?" Der Vorhang, der ihn umgab – das war die beste Beschreibung dafür, denn es war keine unüberwindbare Wand –, begann, sich ein wenig zu öffnen. Winzige Spuren von Schmerz blitzten durch den Spalt wie Mondstrahlen an einem bewölkten Nachthimmel. Plötzlich wusste sie, dass er sich genauso verzweifelt um Beherrschung bemühte wie sie. Wie traurig für sie beide. Sie hatte ihre Schauspielkunst, die ihr half, und er hatte diese gut eingeübte militärische Reserviertheit, die er schnell wieder aufsetzte. *„Falling in love with love"*, sagte er. „Das war das erste Lied, das ich dich singen hörte."

Die Geburtstagsfeier ihres Vaters vor weniger als einem Jahr. Seitdem war eine ganze Ewigkeit vergangen! Blair erinnerte sich auch an jenen Abend. So deutlich, als wäre es erst gestern gewesen, als sie mit Gary getanzt und ihm die Worte zu dem Lied, dessen Melodie das Orchester spielte, leise ins Ohr gesungen hatte. Sie erinnerte sich, wie sehr sie sich vom ersten Augenblick an zu Gary hingezogen gefühlt hatte. Hingezogen, aber gleichzeitig hatte er ihr eine Todesangst eingejagt! Er war anders als alle anderen Männer, die sie bis dahin kennengelernt hatte. Er hatte in ihr etwas Besonderes gesehen, nicht eine Frau, die wegen ihrer Schönheit begafft und umworben wurde, sondern eine Frau mit einem Herz und einer Seele, die mit zartem Respekt anzufassen war.

Aber das alles hatte sie mit ihren Lügen und Täuschungen zerstört. Mit einem Mal regte sich etwas Hartes und Trotziges in ihr.

„Vielleicht hätte ich lieber *South of the Border* singen sollen", bemerkte sie trocken. Dieses Lied hatte sie an jenem letzten Abend im Treasure Cove vorgetragen. Mit jeder anzüglichen, provozierenden Bewegung, zu der sie imstande gewesen war, weil sie gewollt hatte, dass er die wahre Blair sähe.

„Was machst du hier, Blair? Auf die Philippinen zu kommen ist einfach verrückt. Selbst für dich." Eine leichte Belustigung lag in seinen Worten. Der Vorhang, der ihn umgab, flatterte gefährlich.

Sie war versucht zu sagen: *Was sollte eine Ehefrau sonst tun, als ihrem Mann zu folgen?* Aber sie konnte sich nicht überwinden, ihre Ehe anzusprechen. Sie konnte kaum das Wort *Ehefrau* denken, ohne dass alles in ihrem Inneren rebellierte.

Deshalb sagte sie nur: „Ich musste es tun, Gary." Sie wollte nicht mehr sagen. Warum sollte sie sich noch mehr quälen? Vielleicht hatte sie erwartet, dass er sie in die Arme nähme und alles vergeben und sie mit seinen Küssen bedecken würde. Das würde offensichtlich nicht geschehen. Warum sollte sie es nicht einfach aufgeben? Er hatte gute

Gründe gehabt, sie zu verlassen. In Wirklichkeit hatte er sie nicht direkt *verlassen*, sondern nur beschlossen, dass seine Abberufung auf die Philippinen eine gute Gelegenheit wäre, über alles nachzudenken, ihnen Zeit zu geben, Abstand zu gewinnen, um alles zu verarbeiten und sich klar darüber zu werden, was sie beide angesichts der Dinge, die geschehen waren, fühlten. Blair wusste, dass solche Worte fast immer auf eine sehr höfliche Trennung hinausliefen. Vielleicht war es verrückt von ihr gewesen zu denken, dass sie alles in Ordnung bringen könnte, wenn sie die weite Reise bis zu den Philippinen auf sich nahm.

Plötzlich ließ er seinen schützenden Vorhang vollständig fallen. Sein Blick war gleichzeitig intensiv und gequält. „Du bringst mich völlig durcheinander, Blair. Ich weiß nicht, was ich denken soll ... was ich tun soll. Mein Kopf platzt gleich!“ Erschrocken und traurig sah sie, wie Tränen in seine dunklen, tiefgründigen Augen traten, auch wenn er sie nicht vergoss.

„Es tut mir so leid, Gary!“

„Komm, verschwinden wir von hier. Gehen wir irgendwohin, wo wir reden können.“

Sie blieben nur kurz stehen, um Silvia zu sagen, dass Blair für ein paar Minuten fort wäre. Dann verließen sie gemeinsam den Nachtklub. Die drückende, feuchte Luft war eine Wohltat nach dem, was im Klub über ihnen gehangen hatte, aber es dauerte keine Minute, bis dieselbe Spannung sich wieder zwischen ihnen ausbreitete.

Das Casa Mañana befand sich nicht an der Hauptstraße von Manila, sondern in einer Seitenstraße. Trotzdem mussten sie nicht lange gehen, bis sie die Hauptstraße, die Dewey Avenue, erreichten, wo um zehn Uhr abends noch ein fröhliches Treiben herrschte. Es war Freitagabend und Manila war für sein reges Nachtleben bekannt. Viele der Passanten waren amerikanische Soldaten. Das Kakigrün des Heeres, das Weiß und Blau der Marine waren überall zu sehen und vermischten sich mit der zwanglosen Kleidung der Insulaner.

Blair hatte bereits herausgefunden, dass die Philippinen ein vielschichtiges Land waren. Es war in vielerlei Hinsicht zutiefst amerikanisch, da die Vereinigten Staaten vor fast einem halben Jahrhundert die Inseln übernommen hatten. Damals hatte ein Bauboom eingesetzt, der zum großen Teil für die Entwicklung an der Dewey Avenue verantwortlich war. Die amerikanische Architektur erinnerte an

Städte in Amerika. Die Gegenwart des US-Militärs verstärkte diesen Eindruck noch, zusammen mit Plakaten, die Produkte aus den Staaten anpriesen, und Geschäften mit amerikanischen Waren. Aber bevor die Inseln zu Amerika gekommen waren, hatten die Spanier ihren Einfluss geltend gemacht. Dächer mit roten Ziegeln, schmiedeeiserne Tore, Häuser aus Lehmziegeln mit Spanischem Moos und Bougainvillea und kunstvolle katholische Kirchen erzählten farbenfroh von der spanischen Vergangenheit der Inseln. Ebenso unverkennbar war der exotische Einfluss des Ostens. Hauptsächlich die chinesische, aber auch die japanische und andere Kulturen aus dem Fernen Osten hatten sich in diesem Inselparadies ausgebreitet.

Blair war noch nie an einem solchen Ort gewesen. Aber im Augenblick konnte sie nicht an den Reiz der Palmen denken, die sich sanft im warmen tropischen Wind wiegten. Ihre ganze Konzentration galt dem Mann an ihrer Seite, dem Mann, der der Grund dafür war, dass sie sich an diesem fernen Ort aufhielt. Er sagte nichts und sie beschloss, seinem Beispiel zu folgen. Worte würden noch früh genug gesagt werden.

Nach einem kurzen Weg die Straße hinauf blieb Gary bei einem Armeejeep stehen. Ohne ein Wort zu sagen, öffnete er die Beifahrertür und hielt sie ihr auf. Sie stieg schweigend ein. Ihr Kleid war nicht unbedingt für ein Militärfahrzeug geeignet, aber sie schaffte es. Gary stieg auf der Fahrerseite ein und setzte sich hinter das Lenkrad. Er fuhr an und reihte sich in den dichten Verkehr ein. Sie kamen an hell erleuchteten Gebäuden vorbei. Musik drang durch die Türen der Nachtklubs auf die Straße. In der Nacht zuvor hatte es eine der ersten Verdunklungsmaßnahmen gegeben. Die grellen Neonlichter waren ausgeschaltet gewesen, aber heute Abend war alles wie immer.

Die Dewey Avenue schlängelte sich um die Wasserfront der Manila Bay und bot ein malerisches Bild mit dem Mondschein, der sich auf der Wasserfläche spiegelte. Gary fuhr ungefähr zehn Minuten, während Blair versuchte, sich auf das zu konzentrieren, was sie durch die Fenster sah. Heute interessierte dieser Anblick sie nicht und ihre Augen wanderten fast unbewusst zu dem Mann an ihrer Seite. Er sah so gut aus wie ein Filmstar mit seinen dunklen Augen und Haaren, die fast so schwarz waren wie die der eingeborenen Inselbewohner. Seine Gesichtszüge waren so perfekt wie die einer Bronzestatue, aber er war in keiner Weise kalt oder hart, außer in den Augenblicken, in denen seine militärische Distanz, die er in West Point eingeübt hatte, zum Vorschein kam.

Ihr Blick blieb nicht nur an seinem guten Aussehen hängen, sondern wanderte weiter. Sie bemerkte, dass seine Hände das Lenkrad umklammerten, als hinge sein Leben davon ab. Seine Augen waren nach vorne gerichtet und seine Lippen bildeten eine harte, dünne Linie, während sein Kinn zuckte und seine antrainierte regungslose Miene Lügen strafte. Sie wagte es nicht, irgendetwas in diesen Blick hineinzulesen, aber sie konnte die Erinnerung an die Tränen in seinen Augen nicht vergessen. Galten die ungeweinten Tränen dem, was sie verloren hatten, oder der Hoffnung, die ihre Anwesenheit bei ihm vielleicht weckte?

Bald bog er von der Hauptstraße ab und fuhr auf eine holprige Lehmstraße, die nach ein paar Minuten in einer Sackgasse endete. Gary stellte den Motor ab. Sie befanden sich auf einer Anhöhe, die einen Blick über die ganze Bucht bot. Es hätte eine herrlich romantische Kulisse sein können. Das Wasser funkelte am Fuß des kleinen Hügels und das Mondlicht glitzerte. Aber bei der Spannung, die zwischen ihnen herrschte, gestattete sich Blair keine romantischen Gedanken oder die Erinnerung an seine Lippen auf ihrem Mund, die immer noch sehr lebendig war, oder an seinen Geruch, wenn er ihr nahe war, oder an die Sicherheit, die sie spürte, wenn sich seine Arme um sie legten. Das alles würde sie vielleicht nie wieder erleben. Dieser Abend konnte das Ende all ihrer Hoffnungen sein.

„Eines Tages nehme ich dich mit in den Dschungel", bemerkte er leise. Seine Hände umklammerten immer noch das Lenkrad und seine Augen schauten weiterhin starr nach vorne. „Du bekommst keinen richtigen Eindruck von diesem Land, wenn du nicht im Dschungel gewesen bist. Die schwere Luft, die Urwaldpflanzen, das Kreischen der Affen, die zwischen den Bäumen herumspringen. Bis ich hierherkam, hatte ich eine Orchidee nur am Kleid meiner Begleiterin beim Abschlussball gesehen. Aber hier winden sich Hunderte von Orchideen wie Perlen um die Baumstämme. Es ist einfach wunderschön."

Blairs Kehle war wie zugeschnürt. Fast alles, was sie hörte, war: „Eines Tages ..."

Gab es vielleicht doch eine Zukunft für sie beide? Sie dachte an das Lied, das genauso sehr ihr Markenzeichen geworden war wie Judy Garlands, aber sie konnte kaum daran denken, ohne dass ihr Herz zu zerreißen drohte: *Someday I'll wish upon a star and wake up where the clouds are far behind me (Eines Tages wünsche ich mich auf einen Stern und wache auf, wo die Wolken weit hinter mir liegen) ...*

War sie endlich irgendwo über dem Regenbogen? Gaben seine Worte ihr Hoffnung? Sie wollte bei diesen Worten aufspringen, sich fest daran klammern und sie wahr werden lassen.

„Gary, du sagtest, du seist verwirrt und ganz durcheinander. Das bin ich auch." Sie hatte sich fest vorgenommen, ehrlich zu ihm zu sein und auch zu sich selbst. „Sag nicht ‚eines Tages', es sei denn ... es besteht wirklich eine Chance."

„Es tut mir leid. Ich habe das gesagt, ohne nachzudenken."

„Oh." Ihre Welt sackte in sich zusammen.

„Das habe ich auch nicht gemeint", fügte er schnell hinzu. „Ich meine ..." Er fuhr sich mit der Hand durch seine pechschwarzen Haare. „Du bist mehrere tausend Meilen weit gekommen, Blair. Ich muss wissen, warum."

„Das habe ich dir doch gesagt. Ich musste kommen." Sie musste ehrlich sein, aber sie wollte nicht sein Mitleid. „Zu Hause bin ich ... bin ich wieder in mein altes Leben zurückgefallen. Ich hasste es. Ich hasste mich. Ich ..." Nichts war schwerer zu sagen, aber sie musste ihm alles sagen. Schluss mit den Lügen! „Ich bin sicher, ich hätte mich irgendwann umgebracht."

„Guter Gott ... nein, Blair ...", stöhnte er.

„Ich will nicht, dass du Mitleid mit mir hast!", sagte sie so entschieden, wie sie nur konnte. „Das will ich nicht. Ich will nicht, dass du denkst, ich würde das als Drohung einsetzen, um dich zu halten. Wenn ich mir das Leben genommen hätte, wäre das nicht deine Schuld gewesen. Jedenfalls bin ich jetzt nicht mehr in dieser Verfassung. Ich bin weitergegangen. Hierherzukommen war ein großer Teil dieses Weges. Ob es dir nun gefällt oder nicht, du bist mit meinem Leben verstrickt. Ich könnte nicht weitergehen, ohne zu klären, was zwischen uns war."

„Willst du damit sagen ...?"

Sein betrübter Tonfall veranlasste sie, ihm scharf ins Wort zu fallen. „Gary, würdest du mich bitte ausreden lassen? Hör mich zu Ende an, damit nicht wieder alles durcheinandergerät. Ich habe dich in jener

Nacht im Treasure Cove angelogen, als ich sagte, dass ich dich nicht liebe."

„Das wusste ich."

„Natürlich war Liebe damals nicht genug", sprach sie weiter, als hätte er nichts gesagt. Sie musste diese Dinge sagen, bevor der Mut sie wieder verließ. „Es war noch so vieles andere, was in Ordnung gebracht werden musste. In mir, verstehst du? Ich musste erst auf die Nase fallen, damit ich endlich begriff, dass ich einiges ändern muss. Ich bin hierhergekommen, weil ich dich zurückhaben will, aber nicht so wie damals."

Ein leichtes Lächeln durchbrach seinen Trübsinn. „Ich sehe, dass du dich verändert hast, Blair. Hast du ... hast du Gott gefunden?"

Der Anflug von Hoffnung in seiner Stimme zehrte an ihr und ihr wurde bewusst, wie leicht es jetzt wäre, diese Hoffnung zu benutzen, um ihr Ziel zu erreichen. Dieser Gedanke ließ sie erschaudern. „Nein ... noch nicht." Wieder fiel es ihr schwer, die Worte auszusprechen. Ehrlichkeit. „Und hier wird alles noch verwirrender. Als ich so tat, als wäre ich Christin, war ich so glücklich wie nie zuvor in meinem Leben. Aber wenn ich jetzt Gott suche, geschieht es dann nur, weil ich dich gewinnen will? Und wie willst du je wissen, ob ich es ehrlich meine oder nur spiele? Wie soll *ich* selbst es wissen?"

„Dieselbe Frage stelle ich mir auch die ganze Zeit", murmelte er. Er drehte sich jetzt zu ihr um und schaute sie an. „Ich habe auch Gott gefragt. Ich wollte wissen, warum er das alles zuließ, als ich voll Glauben betete, ob ich dich heiraten sollte, und das Gefühl hatte, unsere Ehe sei wirklich sein Wille. Er hat mich getäuscht."

„Nein, *ich* habe dich getäuscht", widersprach sie ihm. „Nur ich."

„Das habe ich mir tausendmal gesagt. Das kannst du mir glauben! Ich habe dich oft beschimpft und dir Vorwürfe gemacht. Du kannst von Glück sagen, dass du so weit weg warst, sodass du die Wut nicht spürtest, die ich auf dich hatte. Aber, Blair, ich wusste, dass du mich liebtest. Ich wusste es so tief in meinem Herzen, dass ich dich nicht wirklich hassen konnte. Ich habe immer das verletzte kleine Mädchen gesehen, nie den unnahbaren Star, den du im Treasure Cove gespielt hast."

„Ich glaube, ich möchte, dass du ein wenig von beidem in mir siehst. Das heißt, ich will nicht dein Mitleid. Ich will nicht, dass du mich für hilflos und bedürftig hältst. Ich brauche dich, Gary, aber ich will nicht, dass das im Mittelpunkt dessen steht, was wir vielleicht miteinander finden. Falls es ein *Miteinander* für uns gibt."

„Das will ich auch. Aber Gott muss im Mittelpunkt von allem stehen."

Sie nickte. „Ich glaube, wir haben einen weiten Weg vor uns."

„Einen schweren Weg."

„Einen beängstigenden Weg."

Er streckte die Hand aus und zum ersten Mal an diesem Abend, zum ersten Mal seit ihrer Hochzeitsreise berührte er sie. Nur ihre Hand, aber er nahm sie fest in seine Hand. Die Wärme seiner Berührung fuhr wie ein Strom durch ihren ganzen Körper. Das brachte noch mehr Verwirrung in ihre chaotische Beziehung.

„Warum gehen wir nicht einfach an den Anfang zurück?", murmelte er leise, als habe er Angst, die Worte zu laut auszusprechen. „Tun wir so, als fingen wir ganz von vorne an."

„Tun wir so ...?"

„Auf eine gute Weise."

„Ich glaube nicht, dass wir so tun können, als wäre unsere Hochzeit ... unsere Hochzeitsreise ... nie geschehen." Nicht einmal sie war eine so gute Schauspielerin.

„Nein ..."

Sie sah in seinen Augen, dass er diese Stunden auch nicht vergessen hatte.

„Aber versuchen wir es doch, so gut wir können. Schauen wir, ob wir wieder aufbauen können, was wir hatten, nur dieses Mal wirklich, noch besser. Ehrlicher. Mit Gott."

„Ich will Gott", gestand sie. „Ich weiß, dass ich damals besser war, obwohl mein Glaube nur vorgetäuscht war. Wie schön müsste es erst sein, wenn er echt wäre! Aber ich werde nichts überstürzen und will nicht das Risiko eingehen ... ich weiß nicht genau, welches Risiko. Ich habe Angst, wieder alles zu verlieren. Und es muss etwas sein, was ich unabhängig von dir finde – auch wenn nur der Himmel weiß, wie das geschehen soll, denn ich habe das Gefühl, du spielst eine so große Rolle dabei. So, als würde man versuchen, einen einzigen Faden aus einem fest gewebten Tuch zu ziehen."

„Uns bleibt nichts anderes übrig, als es zu versuchen."

Es folgte ein Augenblick, in dem es so leicht gewesen wäre, einander in die Arme zu sinken. Sie wollte Gary festhalten und von ihm festgehalten werden. Sie wusste, dass er das Gleiche fühlte wie sie. Das Aufflackern innerer Leidenschaft war wie eine sichtbare Hitzewelle. Aber sie taten nichts. Der Augenblick verging wie ein Sieg. Beide hatten die Luft angehalten und atmeten jetzt langsam wieder aus.

Sie wusste, dass es nicht leicht wäre, „es zu versuchen". Ehrlich und echt zu sein war ihr noch nie leichtgefallen. Aber sie hatte einmal etwas gehört: „Richte deine Augen auf den Siegespreis." Das musste sie tun. Der Siegespreis war nicht nur Gary, sondern dieser tiefe Friede, den sie noch nie in ihrem ganzen Leben erfahren hatte.

6

Fast zwei Wochen waren seit jenem ersten Treffen zwischen Blair und Gary vergangen. Während Blair an diesem Morgen des 8. Dezember im Bett lag, wurde ihr bewusst, dass sie sich nur wenige Male gesehen hatten, da seine Pflichten ihn oft aus der Stadt fortriefen. Es war eine seiner Aufgaben, neue Filipino-Rekruten auszubilden. Oft fuhren sie zu Übungszwecken in den Dschungel. In gewisser Weise war das gut, denn es zwang sie, ihre Beziehung wirklich langsam neu aufzubauen. Aber es war auch für beide eine Übung in Geduld. Blair fragte sich oft, wie sie wissen sollten, wann der richtige Zeitpunkt gekommen sei, um ihre Ehe wieder neu aufleben zu lassen.

Sie streckte sich noch einmal in ihrem Bett und wollte gerade ihre Beine hinausschwingen, als der Perlenvorhang sich teilte und Claudette mit einem Tablett eintrat.

„Was hast du denn da, Claudette?", fragte sie mit einem Anflug von Tadel in der Stimme. Wie oft hatte Blair, seit sie das Mädchen als Dienstmädchen angestellt hatte, schon versucht, sie daran zu hindern, sie von vorne bis hinten zu bedienen.

„Entspannen Sie sich, Miss Blair. Heute ist Ihr freier Tag ..."

„Du servierst mir das Frühstück nicht im Bett!" Um ihre Worte zu unterstreichen, riss sie die Decke zurück und sprang beinahe aus dem Bett. „Nimm dieses Tablett wieder mit ins Wohnzimmer. Stell es auf den Tisch und dann isst du mit mir."

„Aber so ist das nicht gedacht!"

„Du hast zu viele Kinofilme gesehen, Miss Claudette. Jetzt marsch!"

Ein wenig deprimiert trat Claudette durch den Perlenvorhang den Rückweg an. Blair schnappte sich ihren Morgenmantel und wollte sich gerade zu dem Mädchen gesellen, als das Telefon, das neben ihrem Bett stand, klingelte. Beim dritten Klingeln nahm Blair den Hörer ab.

„Bist du dran, Blair?", fragte eine vertraute Stimme am anderen Ende der Leitung.

„Gary! Wie schön, dass du anrufst. Heute ist mein freier Tag und ..."

„Blair, hör mir zu, ja? Ich muss mich beeilen. Vor ein paar Stunden haben die Japaner Hawaii bombardiert. Das bedeutet Krieg, Blair."

Wie vor den Kopf geschlagen, sank Blair auf die Kante ihres Bettes. „War es schlimm?"

„Wir konnten bis jetzt nichts Genaueres erfahren. Aber es war bestimmt schlimm. Die Sache ist die: Die Philippinen werden als Nächstes dran sein. Ich weiß nicht, warum es nicht schon längst passiert ist. Wahrscheinlich hält das Wetter über Formosa die Japaner noch von einem Angriff ab. Blair ... bist du noch da?"

„J-ja", presste sie mühsam über die Lippen. Krieg. Sie konnte es nicht glauben. Natürlich redete jeder die ganze Zeit davon. Gary hatte gesagt, es sei nur eine Frage der Zeit. Aber niemand hatte es zu diesem Zeitpunkt wirklich erwartet oder geglaubt, dass die Japaner tatsächlich die Stirn hätten, die Vereinigen Staaten von Amerika anzugreifen. Blair hatte nie einen Deut auf dieses ganze Kriegsgerede gegeben. Es war immer weit weg gewesen, hatte nie zu ihrer Welt gehört. Das war Camerons Welt, nicht ihre.

Sollte sie jetzt plötzlich mittendrin stecken?

„Gary ... was soll ich tun?" Eine plötzliche Hilflosigkeit ergriff sie und wischte die ganze Selbstständigkeit weg, die sie so mühsam in Garys Gegenwart aufgebaut hatte, damit er kein Mitleid mit ihr haben müsste. Jetzt zitterte ihre Stimme. Sie fürchtete, sie würde aus Angst jeden Augenblick in Tränen ausbrechen.

„Bleib im Augenblick einfach, wo du bist. Die Japaner werden sich auf militärische Ziele konzentrieren. Ich denke, Manila wird noch eine Weile verschont bleiben. Aber ein paar Sachen kannst du trotzdem tun. Hörst du mir zu, Liebes?"

Liebes ... Dieses Wort klang herrlich. So hatte er sie noch nie angeredet, in einem so sanften, zärtlichen Ton. Wie ein Ehemann.

Aber daran durfte sie jetzt nicht denken. Andere Dinge hämmerten mit großer Wucht auf sie ein. *Krieg!*

„Blair?"

„Ich bin da, Gary." Ihre Stimme klang weit weg. Auch in ihren eigenen Ohren.

„Also gut, hör zu. Falls du Geld auf der Bank hast, hebe alles ab und wechsle es in amerikanische Dollars."

„Wa-warum?", fragte sie verwirrt.

„Ich will es dir offen sagen, Blair: Alles kann jetzt passieren. Wir waren darauf angewiesen, dass die Pazifikflotte uns vor den Japanern beschützt. Jetzt ist sie vernichtet ..."

Seine Stimme verstummte und sie glaubte, ein leises Seufzen durch die Leitung zu hören. Wenn er erschüttert war, was würde dann aus ihnen werden?

Er sprach weiter. Seine Stimme war wieder fest und zuversichtlich. „Du musst auf alle möglichen Notfälle gefasst sein."

Sie bat ihn bewusst nicht, diese „Notfälle" genauer zu beschreiben. Er sprach weiter. „Geh zum Markt und besorge dir so viel Dosenfleisch und nicht verderbliche Lebensmittel, wie du dir leisten kannst. Und kaufe eine Erste-Hilfe-Ausrüstung, so viel Chinin, wie du bekommen kannst. Dann packst du ein paar persönliche Sachen ein, nicht mehr als einen Koffer für dich und einen für Claudette, und einen Koffer mit Lebensmitteln. Ich werde schauen, ob ich dir ein Auto besorgen kann."

„Dann gehen wir weg?"

„Du musst darauf vorbereitet sein. Aber sollte Manila fallen, hast du nur die Wahl, zu bleiben und als feindliche Ausländerin interniert zu werden oder zu fliehen."

„Was würdest du tun, Gary?"

„Fliehen." Er zögerte keinen Augenblick.

„Oh, G-Gott!" Ihre Stimme zitterte.

„Aber das ist nur der schlimmste Fall. Es wird nicht passieren. Trotzdem schadet es nicht, wenn du vorbereitet bist. Ich versuche, später zu dir zu kommen, aber ich weiß nicht, ob oder wann ich hier wegkomme. Ich bin im Moment in Fort Stotsenberg. Wir sind alle in Alarmbereitschaft. Keiner hat Ausgang."

Allein der Gedanke, dass er vielleicht nicht käme, um ihr zu helfen, war niederschmetternd und zerschlug ihre ganze sogenannte Selbstständigkeit in tausend Scherben.

„Gary!"

„Ich tue, was ich kann."

„Bitte ... Gary!"

„Sei stark, Blair. Du kannst zu Pastor Sanchez gehen. Er wird dir helfen."

Der Pastor der kleinen Baptistengemeinde in Manila, die sie mit

Gary besucht hatte, war ein netter Mann, ruhig, sehr intellektuell. Ein Witwer mit zwei Söhnen, von denen einer in der Armee diente und der andere erst sechzehn war. Er hatte Blair mehr als Person und nicht so sehr als Pfarrer beeindruckt. Sie erwartete von einem Prediger irgendwie feurige Predigten und glaubte insgeheim, dass sie so etwas bräuchte, um Gott zu finden, Feuer und Schwefel und solches Zeug. Aber Pastor Sanchez' Predigten erinnerten sie mehr an Vorlesungen am College. Seine Predigten weckten in Blair den Wunsch, die Dinge in der kleinen Bibel, die Gary ihr geliehen hatte, nachzuschlagen, aber sie rührten nicht ihre Seele an. Trotzdem war das nicht der Grund, warum sie jetzt nur wenig Trost in Garys Worten fand.

Sie wollte nicht Pastor Sanchez. Sie wollte Gary! Sie brauchte Gary. Sie konnte einen Krieg nicht allein durchstehen. Internierung durch die Japaner oder Flucht? Auf solche Dinge war sie in ihrem Leben nie vorbereitet worden.

„Ich muss jetzt Schluss machen, Blair. Vergiss nie: Gott ist mit dir."

Sie schaffte es, sich relativ gefasst von ihm zu verabschieden, aber als es in der Leitung klickte und die Verbindung unterbrochen war, konnte sie nichts anderes denken, als dass seine Zusage, dass Gott bei ihr sei, wirklich schwach war. Sie hatte sich so sehr bemüht, an ihrem Glauben zu arbeiten, aber unliebsame Gedanken und Zweifel schlichen sich immer wieder ein und stellten alles infrage. Pastor Sanchez sagte, es gebe ein Mittelding zwischen blindem Glauben und Fragen, obwohl er anscheinend der Meinung war, dass es in Ordnung sei, Fragen zu stellen. Aber sie war sicher, dass ihre Fragen anders waren als die Fragen, die Gary manchmal stellte. Er fand am Ende immer eine neue Gewissheit. Sie war am Ende immer verwirrter als zuvor.

„Miss Blair, der Kaffee wird kalt." Claudettes Stimme riss sie aus ihren Gedanken.

Ihr Kopf fuhr herum. „Claudette, wir haben Krieg!", platzte sie heraus. „Die Japaner haben Hawaii angegriffen und wir sind als Nächste dran."

„Was sollen wir jetzt tun, Miss Blair?", rief Claudette verschreckt aus. Blair hatte gehofft, Claudette wäre die ruhigere von ihnen. Sie hatte vergessen, dass das abgebrühte Auftreten des Mädchens nicht viel mehr als Fassade war, genauso wie Blairs Auftritt als selbstständige Frau.

„Ich weiß es nicht! Wir könnten jederzeit bombardiert werden. Ich ... weiß es nicht!“

Claudette lief zum Bett und umarmte Blair stürmisch. „Bitte, ich darf doch bei Ihnen bleiben?“

Diese flehende Bitte war für Blair wie eine Ohrfeige. Die meiste Zeit wusste sie nicht, wer von ihnen sich um wen kümmerte. Aber jetzt war es klar: Claudette war das junge Mädchen, Blair war die Erwachsene. Egal, wie gern sie sich zusammengerollt und geweint hätte, jemand musste Entscheidungen treffen, und es sah so aus, als sollte sie das sein. Vielleicht könnte sie es schaffen, wenn ...

Sie versuchte, sich vorzustellen, sie spiele eine Rolle in einem Film. Ein Film, in dem über eine verschlafene, tropische Insel der Krieg hereinbrach. Ihre Rolle erforderte, dass sie ein harter Typ wie Barbara Stanwyck wäre. Sie kämpfte für das Gute. Sie war die Heldin.

„Claudette, Gary hat mich angerufen und gesagt, was wir tun sollen. Wir können es schnell schaffen, wenn wir uns aufteilen ...“

„Bitte, Miss Blair, lassen Sie mich nicht allein. Bleiben Sie bei mir!“

Dieser Bitte nachzukommen, fiel ihr nicht schwer. Blair wollte auch nicht allein sein. „Ich ziehe mich nur schnell an, dann gehen wir miteinander los.“

Gary dankte dem Mann im Büro, dass er das Telefon hatte benutzen dürfen. Er wusste, dass das ein großes Entgegenkommen war, da Privatgespräche stark eingeschränkt waren. Noch nie hatte er sich so hilflos gefühlt. Gestern war er hierher nach Fort Stotsenberg geschickt worden, um General Wainwright Papiere zu überbringen. Die Kavallerie war hier stationiert und Gary hatte gedacht, es wäre ein angenehmer Auftrag, weil er eine Gelegenheit bekäme, eines ihrer berühmten Polospiele zu sehen. Aber jetzt konnte er an nichts anderes denken, als dass er 120 Kilometer von Blair getrennt war.

Die Meldung von dem Angriff auf Pearl Harbor war jetzt ein paar Stunden alt. Die ersten Berichte waren eine knappe Stunde nach dem Angriff eingegangen. Bis zum Frühstück hatte es sich allgemein herumgesprochen und alle waren in Alarmbereitschaft. Sein Befehlshaber in Fort McKinley, wo er stationiert war, hatte angerufen und gesagt, er solle bleiben, wo er war, da er hier von größerem Nutzen sei als bei der zwei- bis dreistündigen Rückfahrt auf der Straße. Gary musste den Befehlen gehorchen. Andere Soldaten hatten auch Ehefrauen und Freundinnen irgendwo auf der Insel. Ihnen allen waren die Hände gebunden.

Gary hatte es gar nicht gefallen, mit dem Anruf bei Blair so lange zu warten, aber er wusste, dass sie normalerweise lange schlief, und es hätte sie noch mehr erschüttert, wenn sie mit einer solchen Nachricht aus dem Tiefschlaf gerissen worden wäre. Sie war auch so schon erschüttert genug. Er wusste, dass sie stark sein wollte. Sie sprach immer mit großer Bewunderung von ihrer älteren Schwester. Aber Blair war verwundbar, vielleicht sogar zerbrechlich. Er betete, dass sie den Mut aufbrächte, das zu tun, was sie tun musste. Er wollte ein Auto für sie finden. Wenn sie die Stadt verlassen müsste, wusste er nicht, wie sie das ohne ein Fahrzeug bewältigen sollte. Noch mehr als das wünschte er sich, er könnte sie sehen. Aber das war im Augenblick unmöglich.

Ein Bericht kam herein, dass Camp John Hay, ungefähr 320 Kilometer nördlich von Manila, in der Nähe von Baguio, bombardiert worden sei. Camp John Hay war von geringem strategischem Wert und er konnte sich nicht erklären, warum die Japaner es angriffen. Die Aufklärung berichtete von starkem Nebel über Formosa, wo die japanische Luftwaffe stationiert war. Vielleicht hatte der Feind sein Ziel nur verfehlt.

Am Vormittag bekam Gary Papiere, die er nach Clark Field bringen sollte, dem Hauptstützpunkt der amerikanischen Luftwaffe auf den Philippinen. Es lag gleich neben Stotsenberg. Es war Krieg und sie schickten ihn los, um Papiere zu überbringen! Er hatte gedacht, er hätte hier oben etwas Wichtiges zu tun, aber jetzt wurde er einfach als Laufbursche benutzt. Es reizte ihn sehr, seine Befehle einfach zu vergessen und nach McKinley zurückzufahren, das nur elf Kilometer von Manila entfernt war.

Es war fast Mittag. Deshalb ließ er die Papiere liegen und ging zuerst in die Offiziersmesse, um etwas zu essen. Er sah zwei bekannte Gesichter und schob sein Tablett auf den Tisch neben die beiden.

„Was machst du denn hier mitten im Urwald, Gary?“, fragte Lieutenant Frank Woodburn oder Woody, wie er genannt wurde. Er war ein schlaksiger, flachsblonder Mechaniker aus Dallas, Texas, und sprach mit einem behäbigen texanischen Dialekt.

„Ich bin gestern gekommen, um ein paar Berichte abzuliefern. Ich dachte, ich bekäme ein schönes Polospiel zu sehen."

„Tut mir leid, dass wir dich enttäuschen müssen", bedauerte Lieutenant Andy Mankowitz. „Alles, was wir dir bieten können, ist ein Krieg."

„Das ist doch nicht zu fassen", brummte Woody. „Ich konnte nach der Party für General Brereton in Manila gestern Nacht fast nicht mehr stehen. Und dann wird man so brutal geweckt! Ich habe immer noch einen Kater."

„Wie kommt es, dass die Bomber und Jagdflugzeuge wieder auf dem Boden sind?", erkundigte sich Gary.

An diesem Morgen waren die B-17 zu ihrem Schutz hochgeschickt worden und die Jäger waren hinaufgeschickt worden, nachdem japanische Flugzeuge gemeldet worden waren. Sie waren soeben wieder zum Stützpunkt zurückgekehrt.

„Sie haben keine Japaner gesehen", antwortete Andy. „Sie werden neu auftanken und heute Nachmittag wieder aufsteigen, schätze ich."

In diesem Augenblick erklang das Dröhnen von Flugzeugen über ihnen. Mehrere Männer gingen hinaus, um zu sehen, was das war. Auch Gary und seine Freunde gingen hinaus. Gary legte die Hand als Schild vor der Sonne an seine Stirn und schaute zum klaren Himmel hinauf. Er zählte siebenundzwanzig Flugzeuge in neun engen V-Formationen.

„Also, schau dir nur diese B-18 an!", rief Andy.

Langsam schüttelte Woody den Kopf. „Wir haben nicht mehr als eine Handvoll B-18 auf der ganzen Insel. Das können nicht unsere sein." Woody war schon eine ganze Weile hier und kannte seine Flugzeuge.

Jemand brüllte: „Ja! Hier kommt Verstärkung!"

Einen Augenblick später fielen die Bomben. Zuerst trafen sie Fort Stotsenbergs saubere, weiße Mauern und die Polofelder. Ein erster Schock lähmte die Männer, als sie die großen roten „Fleischklöße" an den Seiten der Flugzeuge entdeckten und begriffen, dass es japanische Mitsubishi-Bomber und Zeros waren. Die plötzlichen Explosionen brachten sie jedoch schnell in Bewegung. Die Flugzeugbesatzungen rasten zu ihren Flugzeugen. Einige, die bereits in ihren Flugzeugen saßen, ließen die Motoren an, aber es blieb keine Zeit, sie in Startposition zu bringen. Sie versuchten, ihre Waffen vom Boden aus zu betätigen, aber die Flaks waren selten benutzt worden und viel von der Munition war alt und unbrauchbar. Diejenigen, die tatsächlich ihre Flaks abfeuerten, verfehlten ihre Ziele.

Gary rannte mit mehreren anderen zu einem Versorgungsdepot, schnappte sich einen Helm und ein Gewehr und hechtete dann zum Schutz in einen Monsunkanal. Er feuerte auf die Zeros, obwohl er genau wusste, dass er nicht viel ausrichtete. Aber mehr konnte er im Augenblick nicht tun – außer zuzusehen, wie der Flugzeuglandeplatz in Rauch aufging.

Zwei P-26 versuchten aufzusteigen, aber eine japanische Brandbombe erwischte sie beide und verwandelte Flugzeuge und Besatzung in einen Feuerball, der in eine Reihe anderer Jagdflugzeuge taumelte, die alle in Flammen aufgingen. Ein paar Männer brachten sich mit dem Fallschirm in Sicherheit, aber nicht viele. Gary stöhnte bei diesem Anblick und richtete, vor Zorn zitternd, sein Gewehr auf einen Tiefflieger. Das feindliche Flugzeug warf eine Granate in seinen Graben. Er ging in Deckung. Etwas hatte ihn getroffen. Ein scharfer Schmerz brannte an seinem Hinterkopf. Erst jetzt bemerkte er, dass sein Helm weggeflogen war. Als er mit der Hand an seinen Hinterkopf fuhr, spürte er etwas Klebriges in seinen Haaren. Seine Finger waren blutverschmiert. Er unterdrückte den Anflug von Schwindelgefühl. Trotz seiner Hilflosigkeit wollte er den Rest des Angriffes auf keinen Fall bewusstlos sein. Genauso wenig wollte er ihn in diesem Graben verbringen.

Das Feld war übersät mit Verwundeten, die in Deckung gebracht werden mussten. Die Kantine und die Kaserne waren in Flammen aufgegangen, ebenso die Lagerdepots mit den lebensnotwendigen Vorräten. Gary schluckte Galle und Staub. Er rollte sich aus dem Graben und lief dann in tief gebückter Haltung zu einem Lastwagen, auf den Verwundete aufgeladen wurden.

Die Bomber drehten, nachdem sie zwei vernichtende Flüge über Clark Field geflogen waren, ab und traten den Rückweg an. Ihre tödliche Ladung hatten sie abgeworfen. Damit blieben nur die Zeros. Sie brachten mit ihren Granaten noch mehr Tod und Verwüstung über den Stützpunkt. Im Zickzack zwischen den tödlichen Einschlägen der Tiefflieger über das Gelände laufend, hievte Gary einen verwundeten

Piloten auf seine Schulter, drehte sich zu dem Lastwagen herum, der ungefähr zwanzig Meter entfernt wartete, und sank geschockt auf die Knie, als der Wagen getroffen wurde und in Flammen aufging.

Gary wurde übel. Er musste sich übergeben. Das Feuer eines weiteren Tieffliegers wühlte den Boden um ihn herum auf. Er ließ den Piloten von seiner Schulter auf die Erde rutschen und warf sich auf den verwundeten Mann. Etwas stach in seiner Wade, aber er rappelte sich wieder auf die Beine, sobald der japanische Jagdflieger abdrehte. Er konnte den Mann jetzt nicht mehr so tragen wie vorher und packte ihn unter den Armen.

„Lass mich liegen!", keuchte der Pilot. „Geh in Deckung."

„Nicht ohne dich!" Gary setzte erneut zum Spießrutenlauf an, obwohl er vor Rauch, Staub und Trümmern fast nichts sehen konnte.

Seine eigenen Schmerzen und Schwindelanfälle drohten ihn zu Fall zu bringen, aber das Gewicht des Piloten in seinen Armen und das Gefühl, gebraucht zu werden, ließen ihn weitermachen. Ein weiterer Lastwagen fuhr vor. Er lud den Piloten auf, der zwar inzwischen das Bewusstsein verloren hatte, aber immerhin noch lebte.

Der Angriff dauerte weniger als eine Stunde. Gary hatte jedes Zeitgefühl verloren. Es kam ihm wie eine Ewigkeit vor. Diese Tiefflieger schossen Löcher in alles, was sich bewegte, und auch in alles, was sich nicht bewegte. Als das letzte feindliche Flugzeug endlich abgedreht hatte, bedeutete das noch kein Ende des panischen Treibens. Nachdem die Verwundeten versorgt waren, mussten die Trümmer aussortiert werden. Alles, was noch zu gebrauchen war, wurde zur Seite gelegt. Das war erst der Anfang des Krieges, und auch wenn es wie eine völlige Niederlage der amerikanischen Streitkräfte ausgesehen hatte, zweifelte Gary nicht daran, dass das noch nicht das Ende der Kämpfe gewesen war. Sie würden jeden noch brauchbaren Fetzen benötigen, um einen Feind zu bekämpfen, den sie schwer unterschätzt hatten.

Wie hatte eine solche Katastrophe geschehen können? Welcher schlimme Kommandofehler hatte dafür gesorgt, dass sie so unvorbereitet gewesen waren? Im Gegensatz zu Pearl Harbor waren sie mehrere Stunden vorher gewarnt gewesen. War eine Meldung geschickt worden und nie angekommen?

Bald hörte man, dass die Japaner gleichzeitig den Jagdfliegerstützpunkt auf Iba Field angegriffen hatten, den zweiten wichtigen Luftwaffenstützpunkt auf der Insel Luzon und zugleich der Ort, an dem eine der zwei wichtigen Radarstationen auf den Inseln errichtet gewesen war. Die Verluste auf Iba waren fast genauso schlimm wie die Verluste in Clark – insgesamt die Hälfte der B-17 waren verloren, wodurch nur noch siebzehn übrig blieben, viele davon schwer beschädigt. Dreiundfünfzig P-40-Jagdflugzeuge sowie dreißig andere Flugzeuge waren ebenfalls verloren. Achtzig Männer waren getötet und einhundert verletzt worden. Bevor dieser Tag zu Ende ging, würden bestimmt noch andere Stützpunkte auf der Insel angegriffen werden.

Gary schleppte sich durch die Trümmer einer der Baracken und suchte weitere Verwundete, als er schließlich zusammensackte. Ein Sanitäter musste ihn aus dem ausgebombten Gebäude schleppen.

Er tastete Garys Kopfwunde ab und fragte ihn: „Wann haben Sie sich diese Wunde geholt?“

Gary zuckte die Achseln. „Ich weiß nicht. Vor zwei Stunden vielleicht.“

„Sie haben viel Blut verloren und müssen genäht werden.“

„Mir geht es gut. Ich kann gehen.“

„Ihr Bein blutet auch. Sie gehen jetzt zum Lazarett, Kumpel, und sonst nirgendwohin“, beharrte der Mann.

Gary bemühte sich, wieder auf die Beine zu kommen, aber seine Beine waren wie Gummi und in seinem Kopf drehte sich alles. Er wollte dagegen ankämpfen. Es gab noch so viel zu tun. Er konnte sich jetzt auf keinen Fall in ein Lazarett legen. Er musste zu Blair zurück.

„Nein ... ich bin bald wieder okay ...“ Er versuchte, sich aus dem Griff des Sanitäters zu befreien, aber die ruckartige Bewegung war zu viel und sein Magen rebellierte. Es war nicht das erste Mal an diesem Tag, dass er sich übergeben musste, aber jetzt waren seine Abwehrkräfte völlig erschöpft. Er fiel wieder zu Boden und übergab sich.

„Sie haben für heute genug getan, Lieutenant. Wenn Sie den Rest dieses Krieges kämpfen wollen, sollten Sie jetzt lieber mitkommen.“

Ich tue es für Blair, dachte Gary, als der Sanitäter ihn halb tragend, halb ziehend, zu einem Krankenwagen brachte. *Wenn ich tot bin, kann ich ihr nicht viel helfen.*

Im Lazarett fiel er in einen erschöpften Schlaf, sobald seine Wunden gesäubert und genäht waren. *Herr, hilf mir, zu ihr zu kommen, bevor die Japaner Manila bombardieren!*

7

Gegen Mittag kehrten Blair und Claudette gerade von den Besorgungen, zu denen Gary ihnen geraten hatte, in ihre Wohnung zurück, als eine Sirene zu heulen begann. Luftalarm. Die Explosionen, die folgten, kamen aus der Ferne, mindestens einige Meilen südwestlich der Stadt. Blair wusste, dass dies die Richtung war, in der Fort McKinley lag. Von Claudette erfuhr sie, dass in dieser Richtung auch einige Flugplätze lagen.

Fort McKinley war Garys Stützpunkt, aber ihr fiel ein, dass er irgendwo anders war. Fort St… Sie hatte nie besonders auf das ganze militärische Gerede geachtet, das sie gehört hatte, seit sie auf die Philippinen gekommen war. Gary hatte andere Stützpunkte erwähnt, aber – Gott vergebe ihr! – es hatte sie nicht genug interessiert, um richtig zuzuhören.

Jetzt, da die Einschläge in der Ferne in ihren Ohren widerhallten und der Boden unter ihren Füßen vibrierte, versuchte sie, sich die Gespräche, die sie in den letzten Wochen gehört hatte, ins Gedächtnis zu rufen. Aber für sie war trotzdem alles unverständlich, selbst wenn sie sich alles hätte merken können. Sie war eine hirnlose Närrin, genau wie ihr Vater ihr immer vorgeworfen hatte. Vielleicht hatte ihr das als Kind und Jugendliche geholfen, denn wenn ihr Vater nichts von ihr erwartete, konnte sie ihn auch nicht enttäuschen. Oberflächlich und unkompliziert zu sein war gefahrlos gewesen, besonders da es von einem Leben im Reichtum unterstützt wurde. Cameron hatte sich ständig mit ihrem Vater angelegt und Jackie hatte es irgendwie geschafft, seinen strengen Erwartungen gerecht zu werden. Nun ja, Blair war keine Heilige wie Jackie und sie war gewiss keine Kämpferin wie Cameron. Das machte ihr jetzt noch mehr Angst als die Todesgefahr, in der sie sich befand. Sie konnte auf keine innere Stärke zurückgreifen, die ihr helfen würde, mit den Ungewissheiten, vor denen sie jetzt stand, fertigzuwerden. Wenn ihre Welt zerbrach, würde sie sicher mit ihr zerbrechen.

Blair und Claudette liefen zum Luftschutzraum, den der Bruder der Vermieterin ihr im hinteren Teil des Hauses gebaut hatte. Es waren schon mehrere andere dort versammelt.

„Wo ist Fort Stot...? Ich weiß nicht genau, so ähnlich hieß es“, fragte Blair ihre Vermieterin.

„Sie meinen Stotsenberg?“, erkundigte sich Frau Acosta. Blairs Vermieterin war eine Filipina, die Blair nicht besonders gut kennengelernt hatte, weil sie immer so streng und unnahbar wirkte. Das Krachen von Bombenexplosionen in der Ferne änderte daran nichts. Sie wirkte ziemlich unbeeindruckt.

„Ja“, antwortete Blair und versuchte erfolglos, das Zittern in ihrer Stimme zu unterbinden.

„Es ist in der Nähe von Clark Airfield, ungefähr hundertzwanzig Kilometer im Norden. Hält sich dort Ihr Soldatenfreund auf?“

„Ich ... ich glaube, ja.“

„Also, ich bin froh, dass ich Witwe bin und keine Kinder habe. Ich muss mir nur um mich selbst Sorgen machen. Sie tun mir leid.“ Die Frau klang nicht sonderlich mitfühlend. „Aber wenn die Japaner einmarschieren, geht es uns wahrscheinlich allen schlecht. Mein Mann kämpfte in der Rebellenarmee, als ihr Amerikaner die Philippinen eingenommen habt. Ich habe deshalb aber nichts gegen euch, und er hatte auch nichts gegen euch. Auf lange Sicht haben wir es ganz gut getroffen, denke ich. Mein Mann konnte genug sparen, um ein Haus zu kaufen. Ja, ich weiß, mein Haus steht nicht gerade im besten Teil der Stadt, aber ...“

Die Frau plapperte unaufhörlich weiter. Blair verstand nicht, wie sie so reden konnte, als wäre nichts geschehen.

Claudette gab Blair den größten Trost. Sie klammerte sich eng an Blair und flüsterte: „Ihm wird nichts passieren, Miss Blair. Ihm wird nichts passieren! Er ist weit weg von hier.“

Aber später, nachdem ein anderer Heulton Entwarnung gegeben hatte und sie wieder in ihrer Wohnung zurück waren, hörten sie im Radio, dass Clark Field und Fort Stotsenberg zur gleichen Zeit bombardiert worden waren wie Iba, der Flugplatz, dessen Bombardierung Blair von Manila aus hatte hören können. Panik ergriff sie. Ihr Magen zog sich zusammen.

Wo war Gary? Warum hatte er nicht angerufen? Etwas Schlimmes war passiert. Sie wusste es.

In dieser Nacht wurden die Flugplätze Neilson und Nicols und der Stützpunkt Fort McKinley bombardiert. Sie waren alle keine fünfzehn Kilometer von Manila entfernt. Die tödlichen Lichter von den Explosionen waren von der Stadt aus zu sehen. Einige Leute schauten zu, als wäre es ein Silvesterfeuerwerk. Blair zitterte und weinte und klammerte sich genauso sehr an Claudette, wie das Mädchen sich an sie klammerte.

Als sie in dieser Nacht schlafen gingen, zogen sie die Matratze vom Bett und schoben sie zum Schutz unter das Bett. Dort schliefen sie, auf der Matratze unter dem Bett, jede in den Armen der anderen. Obwohl Schlaf wohl kaum die richtige Bezeichnung für den unruhigen Schlummer war, der ihre Augen immer wieder vor Erschöpfung zufallen ließ. Jeder Tiefschlaf wurde durch das Krachen der Explosionen verhindert. Mitten in der Nacht heulten die Sirenen – es gab neuen Luftalarm. Sie stolperten in den Schutzraum hinab und kehrten gegen vier Uhr morgens, nachdem es Entwarnung gegeben hatte, in ihre Betten zurück.

Als das Tageslicht anbrach, endeten die qualvollen Versuche, Schlaf zu finden. Claudette ging in die Küche, um das Frühstück zu bereiten, obwohl keine von ihnen großen Appetit hatte. Blair nutzte die Zeit, um sich um die Schachteln mit den Waren zu kümmern, die gestern Nachmittag geliefert worden waren, ein Ergebnis ihrer Einkäufe mit Claudette. Sie hatte gestern so große Angst gehabt, dass sie nicht einmal an ihre Einkäufe gedacht hatte. Ihre Angst war jetzt kein bisschen kleiner, aber sie musste sich um diese Sachen kümmern. Falls Gary käme, um sie zu holen, müsste sie fertig sein.

Falls!

Ach, Gary, wo bist du nur? Warum bist du nicht gekommen?

Mit verbissener Miene schleppte Blair die Koffer ins Wohnzimmer und hievte sie aufs Sofa. Außerdem zog sie ihren Überseekoffer heraus. Sie wusste zwar, dass er zu groß wäre, um ihn mitzunehmen, aber Frau Acosta sagte, sie würde ihn für Blair aufheben. In diesen Koffer steckte sie alles, was sie gern behalten wollte, was aber nicht praktisch genug war, um es mitzunehmen nach ... wohin auch immer sie gehen würde. Sie packte die Abendkleider, die sie bei ihren Auftritten im Nachtklub getragen hatte, und ein paar gerahmte Fotos ein, eines von ihr und Gary an ihrem Hochzeitstag – er in seiner Ausgehuniform und sie in einem schlichten, aber hübschen beigefarbenen Kleid. Sie sahen wie das ideale Brautpaar aus. Nicht einmal der leiseste Schatten der Katastrophe, die zwei Tage später über sie hereinbrach, war auf ihren glücklichen Gesichtern zu sehen. Das andere Foto war ein Familienporträt, das an dem Tag, an dem ihr Vater seinen fünfzigsten Geburtstag feierte, gemacht worden war. Sie hatte keine Ahnung, warum sie es in ihren Überseekoffer gesteckt hatte, als sie die Staaten verließ. Vielleicht bedeutete ihre Familie ihr doch mehr, als sie zugeben wollte.

Als sie die glücklichen Gesichter anschaute, die ihr von der Fotografie entgegenblickten, versank sie in Erinnerungen. Die Gesichter lächelten, aber die Familie Hayes kannte wahres Glück kaum. Was machten die anderen gerade? Was sagten sie zu diesem Krieg? Mit einem Mal vermisste sie ihre Familie. Verrückt, wenn man an ihre Geschichte mit ihnen dachte, vor allem mit ihren Eltern. Sie hatte ihr ganzes Leben lang gegen sie rebelliert, aber wie viel gäbe sie jetzt darum, zu Hause zu sein! Zumindest bei ihrer Mutter und ihren Schwestern. Sie wusste, dass ihr Vater sie wahrscheinlich mehr als je zuvor verachtete. Am Tag ihrer Hochzeit mit Gary hatte sie fast die Zustimmung dieses Mannes gewonnen, weil sie endlich etwas getan hatte, was ihm gefiel. Dann hatte sie alles kaputt gemacht und sie konnte sich immer noch an den Blick auf seinem Gesicht erinnern, als er von ihrem Verrat erfuhr – einen Blick, der sagte, dass er nicht im Geringsten überrascht sei. Das hatte sie viel mehr verletzt als die enttäuschte Miene ihrer Mutter. Das Bild erinnerte sie daran, dass sie ein Telegramm schicken müsste, damit sie wüssten, dass es ihr gut ging. Ihre Mutter und Jackie machten sich bestimmt Sorgen.

„Miss Blair, das Frühstück ist fertig", kam Claudettes Stimme. Sie war eine willkommene Ablenkung von ihren trüben Gedanken.

Blair ließ das Foto in den Überseekoffer fallen und ging zum Tisch. Ihr Magen war steinhart, aber sie zwang sich, etwas zu essen. Vielleicht würde sie die Energie brauchen für ... für was, das wusste sie nicht.

Als sie und Claudette ihr Frühstück aus Papayascheiben, Toast und Rühreiern aßen, kamen im Radio, das sie ständig laufen hatten, Nachrichten. Manuel Quezon, der Präsident der Philippinen, gab eine Erklärung zum Krieg ab. Sie war kurz, aber bewegend. Er bat Gott um seinen Schutz und bekräftigte die Loyalität der Filipinos zu Amerika.

Der Tag ging weiter, aber bis Mittwoch schienen die Angriffe zuzunehmen und der Tagesablauf wurde in immer kürzeren Intervallen durch das Heulen der Luftalarmsirenen und durch das Aufsuchen des Schutzbunkers unterbrochen. Einmal nahm Blair ihren ganzen Mut zusammen und gesellte sich zu ein paar anderen draußen auf dem Gehweg, wo sie einen Angriff beobachteten. Nichols Field und Fort McKinley wurden schwer getroffen. Riesige Rauchschwaden und Flammenzungen verrieten das Ausmaß der Zerstörung. In noch kürzerer Entfernung wurde auch Cavite Naval Yard bombardiert. Die meisten Marineschiffe in der Bucht waren aufs Meer hinaus geflohen. Cavite selbst hatte sich in einen riesigen brennenden Scheiterhaufen verwandelt.

Während sie zum Himmel hinaufschauten, stellten sie bedrückt fest, dass nur wenige amerikanische Flugzeuge aufstiegen, um dem feindlichen Angriff zu begegnen. Gegen Ende des Tages hatten die Japaner völlig freie Hand über den Luftraum. Flakfeuer beschossen den Feind, konnten aber nicht viel ausrichten. Blair musste fast lächeln. Flak. Noch vor einer Woche hatte sie diesen Ausdruck für Flugabwehrkanonen nicht gekannt und jetzt benutzte sie ihn wie ein abgebrühter Kriegsveteran. Oh, wie sie sich wünschte, sie wäre tatsächlich ein abgebrühter Veteran und könnte das alles mit stoischer Gelassenheit über sich ergehen lassen, statt bei jeder neuen Explosion zu Tode zu erschrecken.

Die Gerüchte verschlimmerten nur das, was das Auge nicht sehen konnte. Es wurde viel von einer fünften Kolonne und japanischen Landungen gesprochen. Diese Gerüchte führten Silvia Wang in Blairs Wohnung.

„Ich verlasse die Stadt", erklärte die Nachtklubbesitzerin. Die normalerweise kühle Fassade der Frau war unübersehbar erschüttert. „Ihr wärt gut beraten, dasselbe zu tun."

Viele verließen inzwischen die Stadt, das wusste Blair, aber sie konnte nicht fortgehen, solange sie Gary nicht gesehen hatte.

„Ich kann nicht gehen, solange ich von Gary nichts gehört habe. Er sagte, er würde anrufen. Ich kann nicht gehen!" Alles in ihr drängte sie davonzulaufen. Aber wohin? Genau diese Frage stellte sie ihrer Arbeitgeberin.

„Meine Familie hat ein Sommerhaus in den Bergen im Norden. Ihr könnt gern mitkommen."

„Ich habe Gerüchte gehört, dass die Japaner im Norden landen werden."

„Ja, aber in den Bergen ist es sicher. Sicherer als hier. Wenigstens für mich. Die Japaner hassen Chinesen. Lieber bringe ich mich um, bevor ich in ihnen in die Hände falle."

„Oh, Silvia, das darf einfach nicht passieren! Wir werden sie aufhalten. Aus den Staaten wird Hilfe kommen."

„Wie, Blair? Die Pazifikflotte ist zerstört. Euer Präsident hat England und Russland seine ganze militärische Ausrüstung zur Verfügung gestellt. Was haben sie da noch übrig, das sie uns schicken könnten? Es wird zu spät sein, bevor sie sich gerüstet haben, um die Japaner zu besiegen."

„Das glaube ich nicht. Hilfe wird kommen. Wir haben viele Reserven."

Traurig schüttelte Silvia den Kopf. „Glaub das ruhig, wenn es dir hilft, Schätzchen. Ich für meinen Teil werde kein Risiko eingehen. Was willst du machen, wenn dein Soldat nicht kommt und dich holt?"

Blair zitterte und spürte die Tränen, die in letzter Zeit nie weit unter der Oberfläche waren, in ihren Augen brennen. „Er wird kommen."

„Ist gut, Schätzchen." Silvias Stimme wurde weicher. „Ist ja gut. Vielleicht kommt er ja. Wenn du wartest, kommt er vielleicht tatsächlich." Sie schwieg kurz, dann öffnete sie ihre Handtasche und zog einen Umschlag heraus. „Das ist dein letztes Gehalt und die Entschädigung für zwei Wochen Dienstausfall."

„Oh, Silvia, das hättest du nicht tun müssen!" Blair starrte den Umschlag an. Sie freute sich über diese Geste, aber inwiefern sollte ihr jetzt Geld weiterhelfen?

„Nimm es. Es ist alles in amerikanischen Dollars. Ich habe genug und du brauchst vielleicht alles, was du hast, besonders wenn du hier bleibst." Sie drückte Blair den Umschlag in die Hand, die widerwillig ihre zitternden Finger darumlegte.

„Danke." Sie brachte die Worte kaum über die Lippen.

Silvia drückte ihr einen mütterlichen Kuss auf die Wange. „Ich hoffe, ich sehe dich irgendwann wieder. Wenn nicht ... pass gut auf dich auf. Ich habe eine kleine Landkarte in den Umschlag gesteckt, die den Weg zu meinem Sommerhaus beschreibt. Du bist dort jederzeit herzlich willkommen."

Weinend umarmte Blair Silvia, aber sie brachte kein Wort über die Lippen. Durch einen Schleier aus dicht fallendem Regen und mit dem

Gefühl, dass eine weitere Lebenslinie abgeschnitten war, schaute sie ihrer Freundin nach. Claudette und Silvia waren die einzigen Menschen, die sie in der Stadt kannte und denen sie vertraute. Natürlich würde ihr jeder Soldat helfen, wenn sie zu ihnen durchkäme, doch wenn sie zu ihnen durchkommen könnte, müsste sie auch zu Gary durchkommen. Aber wie? Wenn er in McKinley zurück wäre, hätte er bestimmt angerufen.

Da fiel ihr wieder Pastor Sanchez ein. Sie kannte ihn nicht gut, aber Gary hatte gesagt, er würde ihr helfen, obwohl sie nicht sicher war, wie er das anstellen sollte. Immerhin hatte er ein Auto. Vielleicht könnte er es ihr leihen oder sie selbst nach Fort McKinley hinausfahren, damit sie Gary suchen könnte. Ihre Vernunft sagte ihr jedoch, dass das ein noch verrückterer Plan war als ihr Entschluss, überhaupt auf die Philippinen zu kommen. McKinley war Kriegsgebiet und das Militär würde nicht dulden, dass eine aufgeregte Frau dort herumlief und ihren Mann suchte.

Trotzdem wollte sie nicht das Risiko eingehen, ihre Wohnung zu verlassen, falls Gary tatsächlich versuchen sollte, sie anzurufen oder zu kommen. Und sie konnte Claudette nicht bitten, ganz allein in der Wohnung zu bleiben. Sie wartete also weiter. Der Donnerstag war der schlimmste Tag. Formosa ging in einem späten Monsunregen unter und die Japaner konnten nicht fliegen. Es gab keine Luftangriffe. Alle warteten darauf, aber das, was sie befürchteten, trat nicht ein. Das Warten war fast genauso schlimm wie die tatsächlichen Bombenangriffe. Blair fühlte sich wie ein dürrer Zweig, der jeden Augenblick zerbrechen würde.

Schließlich, am Freitag, konnte sie es nicht länger ertragen. Es sah aus, als seien alle amerikanischen Stützpunkte in Rauch aufgegangen, und die Gerüchte von der Landung der Japaner klangen immer bedrohlicher. Sie bekniete Claudette, in der Wohnung zu bleiben, und versprach ihr, dass sie nur eine halbe Stunde fortbliebe. Tapfer willigte das Mädchen ein.

Das Pfarrhaus, in dem Pastor Sanchez wohnte, war mehrere Straßen von Blairs Wohnung entfernt. Sie legte einen schnellen Marsch zurück und war innerhalb von zehn Minuten dort. Sanchez öffnete seine Tür und begrüßte sie erstaunt.

„Es überrascht mich, dass Sie noch in der Stadt sind“, sagte er, als er sie in das kleine Stuckhaus bat. Er war ein klein gewachsener, schlanker Mann und sah wie ein Gelehrter aus. Seine dunklen Haare waren leicht grau und bildeten einen Kreis um eine kahle Glatze. Seine Brille mit dem Drahtgestell verstärkte das Aussehen eines Mannes, der mehr mit Büchern vertraut war als mit dem Umgang mit Menschen, obwohl er sehr nett war, auch wenn er die meiste Zeit in Gedanken woanders zu sein schien.

Sobald sie auf seinem Sofa saß, erklärte sie ihm, dass Gary vermisst werde. „Er sagte mir, ich solle hierbleiben, solange Manila nicht fällt. Was ist, wenn er kommt und ich fort bin?“ Aufgewühlt fügte sie hinzu: „Ich weiß einfach nicht, was ich tun soll.“

Mit einem verständnisvollen Nicken erwiderte er: „Ich verstehe Ihr Dilemma. Aber Sie müssen die Stadt bald verlassen. Viele entscheiden sich möglicherweise dafür, in der Stadt zu bleiben und das Risiko einzugehen, Gefangene der Japaner zu werden, aber ich würde das nicht empfehlen.“

Das Gleiche hatte Gary ihr auch gesagt. „Ist es wirklich so schlimm, Pastor Sanchez? Die Japaner können diesen Kampf doch nicht tatsächlich gewinnen.“

„Es heißt, sie seien im Norden schon gelandet. Ich weiß nicht, ob es stimmt ...“

„Es muss stimmen“, mischte sich eine andere Stimme ein. Blair blickte auf und sah, dass der sechzehnjährige Sohn des Pastors, Mateo, ins Zimmer gekommen war. „Papa, willst du immer noch, dass ich hierbleibe, obwohl an der Front dringend Männer gebraucht werden?“

„Jetzt ist nicht der richtige Zeitpunkt, Mateo“, sagte Sanchez, auch wenn sein Tonfall mehr nach einer Bitte als nach einem Befehl klang.

„Nie ist der richtige Zeitpunkt“, maulte der junge Mann. Er war um zehn Zentimeter größer als sein Vater und hatte ausdrucksstarke, gut aussehende Gesichtszüge. Seine funkelnden, dunklen Augen bildeten einen deutlichen Kontrast zu den warmen, sanften Augen seines Vaters.

„Wir haben Besuch, mein Sohn. Benimm dich bitte“, tadelte ihn sein Vater.

Ein Anflug von Demut überschattete einen Moment lang das Feuer in den Augen des Jungen, aber es kostete ihn offenbar einige Anstrengung. Er verbeugte sich höflich vor Blair.

„Es tut mir leid, wenn ich Sie beleidigt habe, Miss Hayes. Aber ...“

„Mateo!“, warnte Sanchez. Dieses Mal war nicht zu überhören, dass er es ernst meinte.

„Das stört mich nicht. Wirklich nicht“, sagte Blair schnell. „Wir sind zurzeit alle sehr angespannt.“

„Mein Sohn meint, er sollte mit sechzehn Jahren in die Armee gehen. Für mich ist er noch ein Kind.“ Sanchez seufzte. „Aber die Not ist groß. Vielleicht ist es an der Zeit ...“

„Ist das dein Ernst, Papa?“ Das aufgeregte Feuer kehrte in Mateos Augen zurück.

„Wir sprechen später darüber. Vielleicht ist es wirklich an der Zeit. Nur unser Herr weiß, welche Opfer von uns allen verlangt werden, bevor das alles vorbei ist. Aber jetzt, Mateo, könntest du uns bitte einen Kaffee bringen, während Blair uns den Grund ihres Besuchs mitteilt.“

„Ich habe nicht viel Zeit“, lehnte sie den Kaffee dankend ab. „Ich habe Claudette versprochen, bald wieder zu Hause zu sein.“

„Claudette?“ Mateo blieb an der Küchentür stehen. „Geht es ihr gut?“

Blair unterdrückte ein Lächeln. Es war das erste Mal seit Tagen, dass sie überhaupt das Gefühl hatte, lächeln zu können. Claudette, die ein paar Mal mit Blair und Gary die Gemeinde von Pastor Sanchez besucht hatte, schwärmte vom Sohn des Pastors. Sie würde wahrscheinlich den ganzen Krieg und ihre Angst vergessen, wenn sie hörte, dass er nach ihr gefragt hatte.

„Ja, ihr geht es gut, aber ich lasse sie nicht gern allein bei allem, was zur Zeit los ist.“ Blair schaute den Pastor flehend an. „Ich musste mit jemandem sprechen, dem ich vertrauen kann. Gary sagte, dass ich zu Ihnen kommen könne, Pastor Sanchez. Ich weiß auch nicht, wie Sie mir helfen können. Ich konnte einfach nicht länger untätig in meiner Wohnung sitzen. Warten ... und nicht wissen, ob es Gary gut geht. Gibt es irgendeine Möglichkeit, etwas über ihn in Erfahrung zu bringen? Ich versuchte, im Stützpunkt anzurufen, aber sie wissen dort nichts – das heißt, als ich endlich durchkam. Jetzt kann ich nicht einmal mehr telefonisch zum Stützpunkt durchkommen. Ich dachte, wenn ich hinausfahren könnte ...“

„Daran dürfen Sie nicht einmal denken“, wehrte Sanchez schnell ab. „Ich fürchte, der Stützpunkt ist ein einziges Trümmerfeld, und es ist viel zu gefährlich, weil es immer noch Angriffe gibt.“

„Aber ich verliere vor Sorge noch den Verstand!“

„Kann ich mit Ihnen beten?“

Das war genau das, was sie nicht hören wollte. Es kam ihr wie eine lahme, unnütze Geste vor. Sie wollte, dass er handelte, nicht nur irgendwelche leeren Worte sagte. Sie wollte nicht das abwerten, was sie in den letzten Monaten versucht hatte zu finden. Aber sie fand, dass jetzt nicht der richtige Zeitpunkt für Religion sei. Vielleicht konnten andere Trost darin finden, aber für sie war das alles einfach zu nebulös.

„Vergeben Sie mir, Herr Pastor, aber ich ... es ist nur so, dass ich ...“ Wie konnte sie sagen, was sie fühlte, ohne grob zu klingen?

Er verschonte sie damit. „Ich weiß, das erscheint ziemlich unzureichend. Aber das Gebet hat viel mehr Kraft, als man denkt.“ Er legte seine Finger aneinander und tippte mit ihnen an sein Kinn. Dann fügte er hinzu: „Ich nehme an, Sie hatten eher an eine sichtbare Handlung gedacht. Aber Sie haben sehr wenig Spielraum, meine liebe junge Frau. In solchen Situationen kann das Gebet das Wirkungsvollste sein, was man tun kann.“

„Also, ich werde Sie nicht daran hindern zu beten, wenn Sie wollen“, willigte sie, hauptsächlich aus Höflichkeit, ein.

„Mateo“, rief Sanchez. Das Klappern in der Küche hörte auf.

„Ja, Papa?“

„Kommst du und betest mit uns?“

Als Mateo sich auf das andere Ende des Sofas gesetzt hatte, beugte Sanchez den Kopf. Blair tat das Gleiche. Sie schloss auch die Augen. In ihrem Kopf kreisten zu viele Sorgen, als dass sie wirklich die Worte des Pfarrers hätte aufnehmen können. Er sprach von Gottes Schutz und seiner Hilfe in schwierigen Zeiten. Es waren gute, tröstende Worte, aber Blair halfen sie nicht weiter. Der harte Klumpen lag immer noch in ihrem Magen und die Angst lähmte immer noch ihr Herz. Aber sie sagte mit den anderen „Amen“ und lächelte zum Dank, als alle wieder den Kopf hoben.

Vielleicht spürte Sanchez, wie hin- und hergerissen sie war, denn er sagte: „Ich hatte gerade eine Idee. Ich wollte heute Vormittag nach Fort McKinley fahren, um dort zu helfen. Ich kann mich nach Gary erkundigen.“

„Könnte ich mit Ihnen fahren?“, fragte sie schnell.

„Gary bringt mich um, wenn ich Sie dorthin mitnehme.“

„Bitte, Pastor Sanchez. Wenn Gary dort ist, kann er vielleicht nicht wegkommen, und das könnte meine einzige Chance sein, ihn zu sehen."

„Papa", mischte sich Mateo ein. „Manchmal können wir im Krieg nicht immer auf Nummer sicher gehen. Miss Hayes sollte die Chance bekommen, wenn sie es für nötig hält. Findest du nicht?"

Blair staunte nicht schlecht über die Worte des jungen Mannes. Und auch sein Vater. Sanchez starrte seinen Sohn verwundert an. Mit einem Kopfschütteln gab er sich geschlagen. „Mein Sohn hat mehr Weisheit, als gut für ihn ist. Aber ich muss gestehen, dass er recht hat. Ich denke, Gary wird das verstehen. Einverstanden. Trinken wir eine Tasse Kaffee und essen ein paar Bissen. Dann fahren wir."

„Was soll ich wegen Claudette machen? Ich habe ihr versprochen, dass ich bald zurück bin."

Wieder fand Mateo die Lösung. „Ich gehe zu ihr, wenn Sie wollen. Ich sage ihr, was passiert ist, und bleibe bei ihr, bis Sie zurückkommen." Er schien diese Aufgabe sehr bereitwillig zu übernehmen.

„Das ist nett von dir, Mateo!" Blair erwähnte lieber nicht, dass Claudette wahrscheinlich in Ohnmacht fallen würde, wenn der Junge plötzlich vor der Tür stand.

8

Pastor Sanchez schlängelte sich durch den Verkehr der Stadt wie ein Taxifahrer. Er erwähnte, dass er mit Taxifahren sein Studium finanziert hatte. In Manila gab es genauso viele Staus wie in jeder anderen Großstadt. Dazu kam jetzt die panische Eile der Einwohner, die es nicht erwarten konnten, vor Eintreffen des Feindes aus der Stadt zu flüchten. Es war eine Ironie des Krieges, dass gleichzeitig viele Menschen vom Land in die Stadt strömten, weil sie hofften, dort Schutz zu finden.

Blair war dankbar, dass sie nicht selbst fahren musste, denn die Straßen waren jetzt genauso gefährlich wie ein Schlachtfeld. Die Fahrer bewegten sich mit halsbrecherischer Geschwindigkeit, sobald sich eine Lücke auf den verstopften Straßen auftat, ohne auf Ampeln, andere Fahrzeuge oder wenigstens Fußgänger zu achten. Das Chaos weitete sich auch auf andere Bereiche der Stadt aus. Es hatte einen Ansturm auf die Banken gegeben und wegen der Hamsterkäufe wurden die Lebensmittel knapp. Blair hatte ein wenig Schuldgefühle wegen der Menge an Vorräten, die sie und Claudette gekauft hatten, aber sie war gleichzeitig froh, dass Gary ihr dazu geraten hatte.

Die Nachrichten von der Landung der Japaner im Norden und Süden der Insel waren jetzt mehr als nur Gerüchte. Sie waren eine beängstigende Tatsache. Die Gerüchte und Diskussionen kreisten jetzt darum, ob MacArthur Manila zur offenen Stadt erklären lassen würde. Das würde den Abzug der amerikanischen und philippinischen Truppen bedeuten. Blair wusste nicht, ob und wie sie das betreffen würde, aber wenn Gary, als Teil des Militärs, gezwungen wäre, Manila zu verlassen, was würde dann aus ihr werden? Er hatte ihr gesagt, dass es nötig werden könnte zu fliehen. Aber wann? Wie? Und wohin sollte sie gehen? Vielleicht hätte sie mit Silvia gehen sollen. Wie sollte sie ihre Freundin jetzt finden, wenn hundertfünfzig Kilometer Dschungel zwischen ihnen lagen?

Blairs ängstliche Gedanken hinderten sie, die Auswirkungen des Krieges zu sehen, während Pastor Sanchez sie durch die Vorstädte der Hauptstadt führte, immer näher dorthin, wo die Bombardierungen den größten Schaden angerichtet hatten. Von Nichols Airbase war wenig übrig geblieben, nur hässlicher schwarzer Rauch, der von zerstörten Gebäuden aufstieg. Die erschöpft aussehenden Soldaten gingen herum und stocherten im Schutt. Blair brannten Tränen in den Augen, als sie sich Gary in dieser Verfassung vorstellte.

Ein Dorf in der Nähe des Luftwaffenstützpunkts war ebenfalls getroffen worden. Die Überlebenden waren auf der Flucht. Sie stapften die Straße entlang, aber jedes Mal, wenn ein Militärfahrzeug vorbeifuhr, winkten die Menschen und machten mit den Fingern das Siegeszeichen.

Der Wachmann ließ das Auto des Pastors problemlos passieren. Pastor Sanchez hatte so etwas wie einen Militärpass, da er oft als Militärpfarrer in der philippinischen Armee die einheimischen Soldaten betreute. Sie mussten mehrmals an den Rand fahren, um Militärlastwagen passieren zu lassen. Blair schaute in jedes Gesicht, aber keines war das Gesicht, das sie suchte. Als sie durch die Tore von Fort McKinley fuhren, war Blair von dem verlassenen Anblick, der sich ihr bot, völlig entmutigt. Sie hatte nicht einmal daran gedacht, dass die Männer auf der Straße aus McKinley kommen könnten.

Sie fuhren auf dem Gelände herum und erkundigten sich bei den Männern, die noch geblieben waren, nach Gary. Nur einer kannte Gary. Seine Auskunft gab Blair ein wenig Auftrieb.

„Ich habe ihn heute Morgen gesehen", sagte der Feldwebel. „Er kam mit einem Sanitätskonvoi von Clark herab ..."

„War er verwundet?", keuchte Blair erschrocken und voll Sorge.

„Jeder hat etwas abbekommen, Miss. Aber er war auf den Beinen." Der Mann kratzte sich am Kopf. Seine eigenen Schnitte und Abschürfungen waren überall an seinem Kopf und in seinem Gesicht zu sehen. „Ich glaube, er ist nach Nichols hinübergefahren. Ich erinnere mich, dass er ein wenig geschimpft hat, weil er den ganzen Weg aus dem Krankenhaus in Manila hierherkam, und kaum waren sie da, machten sie sofort kehrt und schickten ihn wieder woandershin. Er war natürlich ziemlich erschöpft. Aber wer ist das nicht?"

Pastor Sanchez legte den ersten Gang ein und lenkte seinen DeSoto herum.

„Herr Pastor", sagte Blair. „Ich dachte, Sie hätten hier zu tun."

„Sie brauchen mich hier nicht. Finden wir lieber Gary. Um das andere kann ich mich danach kümmern."

Blair wurde klar, dass der Pastor diese Geschichte wahrscheinlich nur erfunden hatte, weil er ihr helfen wollte.

Die Hoffnung, die die Worte des Feldwebels in ihr geweckt hatten, hielt nicht lange an. Blair war schnell wieder am Rand der Verzweiflung und fragte sich, ob sie Gary in diesem Chaos, das sie umgab, je finden würde. Wie leicht konnte es sein, dass sie auf der Straße an ihm vorbeifuhren, ohne es zu merken. Was hatte er im Militärlazarett in Manila gemacht? – Wenigstens vermutete sie, dass der Feldwebel vom Sternberg-Lazarett gesprochen hatte. Warum hatte Gary sie von dort aus nicht angerufen? Das Lazarett war näher als der Stützpunkt. Sie sprach diese Fragen laut aus.

„Ich bin sicher, er hätte angerufen, wenn er gekonnt hätte", sagte Sanchez. „Aber Sie dürfen nicht vergessen, Blair, dass er in der Armee ist und seine Befehle befolgen muss. Vielleicht hat er angerufen, während Sie bei mir waren."

Blairs Magen verkrampfte sich unter ihren Schuldgefühlen. Sie hatte angefangen, sich ein wenig zu ärgern, weil sie dachte, Gary wäre vielleicht in Manila gewesen, ohne sie anzurufen. Jetzt war es möglich, dass sie wegen ihrer eigenen Ungeduld seinen Anruf verpasst hatte. Wie konnte sie nur so egoistisch sein? Er musste panische Angst um sie haben – nein, Claudette hatte ihm bestimmt erzählt, wo sie war. Trotzdem musste sie endlich anfangen, auch an andere und nicht nur an sich selbst zu denken. Aber sie hatte so viel Angst. Wie gern wäre sie tapfer! Wie oft hatte ihr Vater ihr gesagt, sie solle sich „zusammenreißen" und „ein bisschen Mumm haben". Cameron hatte Mumm. Sie würde jetzt nicht zittern oder vor Angst fast den Verstand verlieren.

Plötzlich musste Blair an das Baseballspiel denken, bei dem sie mit dreizehn Jahren mitgespielt hatte. Die Zeitung hatte ein Picknick für ihre Mitarbeiter veranstaltet und ein Vater-Sohn-Baseballspiel war geplant. Blairs Vater kam um das Spiel nicht herum, nur weil er keine Söhne hatte. Er ließ Blair und Cameron spielen. Jackie hatte Glück gehabt. Sie war noch zu jung gewesen.

Dieses dumme Spiel erwies sich als eines jener einschneidenden Erlebnisse in Blairs Leben, an die sie sich immer erinnern würde. Als Cameron das erste Mal aufschlug, schaffte sie einen Home Run, aber sie hatte schon früher Baseball gespielt und sich immer an den Jungenspielen in der Schule beteiligt. Blair hatte noch nie einen Baseballschläger in der Hand gehabt. Das interessierte Keagan nicht. Er warf ihn in ihre zitternden Hände und sagte ihr, sie solle kein Feigling sein. Mit zittrigen Beinen nahm sie ihren Platz ein und versuchte, die Haltung der anderen Spieler nachzuahmen – wenigstens konnte sie gut schauspielern. Als sie zuschaute, wie der Ball auf sie zugeflogen kam, fühlte sie sich wie eine Zielscheibe und stand Todesängste aus, aber diese Angst war nicht so groß wie die Angst, ihren Vater zu enttäuschen. Ihr erster Schlag ging daneben, aber wenigstens hatte sie den Ball getroffen, weil sie den Schläger bewegte, während sie sich vor dem tödlichen Wurfgeschoss, das auf sie zukam, duckte. Es war geradewegs auf ihr Gesicht zugeflogen.

Die Außenfeldspieler kamen alle nach innen und sie wusste, dass sie gedemütigt werden sollte. Genau so kam es auch. Die gegnerische Mannschaft rief ihr alle möglichen abfälligen Beschimpfungen zu. Aber die schlimmste kam von ihrem Vater.

„Zeig doch ein wenig Mumm. Sei nicht so eine Memme!"

Sie beschloss, beim nächsten Schlag nicht auszuweichen. Sie stand wie eine Statue da, auch als der Ball direkt auf ihr Gesicht zusteuerte. Sie würde sich nicht ducken; sie wäre keine Memme.

Wumm! Der Ball traf genau ihre Nase. Zum Glück hatte der Pitcher mit Rücksicht auf ihr fehlendes Können seinen schnellen Ball nicht mit voller Wucht geworfen. Sie hatte nur Nasenbluten und eine große Schramme. Aber sie schrie und heulte vor Schmerzen. Ihr Vater sollte genauso sehr leiden wie sie. Er versuchte, sie zum Schweigen zu bringen, als er sie vom Ort ihrer Demütigung wegführte. Es war eindeutig auch für ihn eine Demütigung, und das war das einzige Angenehme an diesem Vorfall. Keagan befahl ihr aufzuhören, so zu jammern, und sagte, sie solle sich „wie ein Mann benehmen". Sie weinte noch lauter und trat ihn gegen den Knöchel. Normalerweise hätte er sie dafür übers Knie gelegt, aber das Nasenbluten bewahrte sie davor. Er wagte es nicht, ein verletztes Kind zu schlagen.

Das war das erste Mal gewesen, dass sie erkannt hatte, dass es völlig unmöglich war, ihren Vater zufriedenzustellen. „Benimm dich wie ein Mann", also wirklich!

Wie sehr wünschte sie, dass sie genau das jetzt könnte. Aber ihre jetzige Situation war viel beängstigender als die Zielscheibe eines Baseballs zu sein. Sie konnte sich bis heute nicht überwinden, einen Schläger in die Hand zu nehmen oder auch nur ein Spiel anzuschauen. Aber war denn da überhaupt nichts in ihr, irgendeine Kraftreserve, die sie jetzt anzapfen könnte? Sie wusste es nicht. Sie glaubte es nicht. Ja, sie war hierhergekommen, um Gary zu suchen, aber selbst diese Bemühungen geschahen mehr aus Angst als aus Tapferkeit.

Eines wusste sie: Sie musste einen Weg nach Hause finden, fort von diesem ganzen Krieg. Sie gehörte nicht hierher. Sobald sie Gary gefunden hatte, würde sie genau das tun. Es musste eine Möglichkeit geben, in die Staaten zurückzukommen. Sie würde sie finden. Einige Menschen waren einfach nicht dafür geschaffen, tapfer zu sein.

Sie fuhren fast eine ganze Stunde auf dem Nichols Airfield herum, aber am Ende fanden nicht sie Gary, sondern er sie. Er erkannte den DeSoto aus der Ferne und begann zu rufen. Sie hörten seine Schreie und wendeten. Er lief ihnen entgegen – halb lief er, halb humpelte er. Blair sprang aus dem Auto, sobald der Pastor auf die Bremse trat. Sie lief in Garys Arme, ohne sich darum zu kümmern, dass sie sich seit ihrer Hochzeitsreise weder umarmt noch geküsst hatten, oder darum, dass sie immer noch nicht entschieden hatten, wie ihre Zukunft aussehen würde. Gary umarmte sie auch, und das war alles, was zählte. Endlich lag sie in seinen schützenden Armen.

Aus Blair sprudelten ihre ganzen Ängste heraus. „Wo warst du? Ich habe gewartet und gewartet. Was ist passiert? Du bist verletzt!“ Sie berührte den Verband, der um seinen Kopf gebunden war. Er war mit Schweiß und Schmutz verschmiert. Ihr Herz verkrampfte sich bei der Vorstellung, dass er verwundet worden war.

„Langsam! Langsam!“, grinste er bei der Flut ihrer Fragen und Bemerkungen. „Mir geht es gut. Alles wird wieder gut werden. Wir sind jetzt zusammen.“

Sie nickte, immer noch in seinen Armen, und fühlte sich so sicher wie schon lange nicht mehr. „Was ist passiert?“

„Ich blieb in Clark hängen. Diese verrückten Ärzte sagten, ich müsste genäht werden und bräuchte vielleicht sogar eine Bluttransfusion. Das mit dem Blut konnte ich ihnen ausreden. Sie hatten ohnehin nicht genug Blut, nur für die schwersten Fälle. Als ich hörte, dass sie die Patienten von Clark ins Sternberg-Lazarett verlegten, meldete ich mich freiwillig als Begleitschutz. Ich kam gestern Nacht hier an, gerade, als ein Luftangriff kam. Als ich dich heute Morgen endlich anrufen konnte, warst du fort. Claudette erzählte mir, wo du bist, und ich wusste, dass du in guten Händen bist ... Bis jetzt." Er drehte sich zu Pastor Sanchez um, der aus dem Auto gestiegen war und in der Nähe stand. „Ich hätte nie gedacht, dass Sie sie hierherbringen würden, Herr Pastor." In seiner Stimme lag ein vorwurfsvoller Unterton.

„Sie machte sich so große Sorgen, Gary. Mir fiel nichts anderes ein."

„Ich schätze, ich bin sogar froh, dass Sie das getan haben. Ich weiß nicht, wann ich hier wegkomme."

„Du schätzt?", mischte sich Blair ein wenig beleidigt ein, als hätte sie dazu ein Recht.

„Du weißt, was ich meine. Wer kann schon sagen, wann der nächste Angriff kommt." Er legte einen Arm um sie und schob sie liebevoll zu dem DeSoto. „Komm, setzen wir uns ins Auto."

„Ich bin in ein paar Minuten wieder da", sagte Pastor Sanchez. „Sieht so aus, als könnten sie beim Beladen der Wagen dort drüben Hilfe brauchen."

Offenbar wollte er ihnen ein wenig Zeit zu zweit allein geben. Blair wollte ihm später dafür danken.

Sie und Gary drückten sich auf die Rückbank des Autos. Es tat gut, ein wenig von den furchtbaren Anblicken, die sie umgaben, abgeschirmt zu sein, ganz zu schweigen von dem Gestank nach Rauch, der in der Luft lag. Sie sprachen ein wenig über ihre Erlebnisse in den letzten Tagen. Trotz aller Ängste, die sie ausgestanden hatte, wurde Blair bewusst, dass sie im Vergleich zu dem, was Gary durchgestanden hatte, behütet gewesen war.

„Diese ganzen Jahre in West Point, die ganze Ausbildung und die Übungen ..." Er schüttelte den Kopf und war immer noch ganz aufgewühlt. „Niemand kann einen darauf vorbereiten, wie es in Wirklichkeit ist. Manchmal frage ich mich, warum ich überhaupt jemals zum Militär wollte. An diesen Aspekt eines Soldatenlebens habe ich nie gedacht. Ansehen zu müssen, wie Freunde sterben ..." Er brach abrupt ab. „Entschuldige, Blair. Du musst dir das nicht anhören."

„Bitte, Gary, du musst mich nicht mit Glacéhandschuhen anfassen." Sie wusste, dass dies eine Lüge war. Sie wünschte sich voll Verzweiflung, vor dem allen abgeschirmt und beschützt zu werden, aber sie wusste, dass Gary eine liebevolle, selbstlose Frau wollte, die sich selbst zum Wohl anderer zurücknahm. Spielte sie ihm schon wieder etwas vor? Oder versuchte sie nur, ein besserer Mensch zu sein? Sie wollte so gern das alles sein, aber sie bezweifelte, ob sie das könnte. Wenigstens würde sie es versuchen.

Zärtlich wischte er ihr eine Strähne ihrer platinblonden Haare aus der Stirn. „Vielleicht werde ich dir das alles später irgendwann erzählen. Aber jetzt sollten wir lieber planen, was zu tun ist."

„P-planen ...?" Ihre Stimme zitterte bei diesem Wort, das ihr überhaupt nicht gefiel. Das letzte Mal, als sie Pläne gemacht hatten, war vor vier Tagen am Telefon gewesen. Seitdem hatte sie ihn nicht mehr gesehen.

„Blair, ich werde nicht bei dir bleiben können ..."

„Oh, Gary, nein!"

„Ich muss bei meiner Einheit bleiben. Ich habe meine Pflicht."

„Was ist mit deiner Pflicht mir gegenüber?" Tränen traten ihr in die Augen. Sie wusste, dass sie jammerte, aber das war ihr im Augenblick gleichgültig.

„Wir haben Krieg. Wir können es uns nicht aussuchen."

Wenigstens war er so barmherzig, nicht ausgerechnet jetzt nachzufragen, welche Pflichten sie von ihm erwartete. Die Pflichten eines Ehemannes?

Er sprach weiter: „Auf der ganzen Welt müssen Männer ihre Frauen wegen des Krieges verlassen."

„Aber deren Frauen stecken nicht mitten in diesem Krieg", argumentierte sie trotzig. „Ich schon!"

„Du musst stark sein, Blair. Tapfer ..."

Das plötzliche Heulen der Luftalarmsirene ließ ihn verstummen. Darüber war sie im Grunde froh. Sie wollte nicht hören, was er hatte sagen wollen.

„Wir müssen von hier fort!", rief er und riss die Tür auf. Blair folgte ihm aus dem Auto und wollte zur vorderen Tür des Autos, aber er packte sie am Arm und riss sie fort. „Nein", warnte er. „Ein fahrendes Auto ist genau das Ziel, auf das sie schießen werden. Komm mit!"

Mit der Hand fest um ihre Taille gelegt, begann er zu laufen. Er zog sie hinter sich her, bis sie das Gleichgewicht fand und aus eigener Kraft laufen konnte. Sie registrierte kaum, dass die Männer, die die Wagen beladen hatten, in dieselbe Richtung rannten. Unter ihnen war auch Pastor Sanchez.

Als sie zu einem Entwässerungsgraben kamen, sprang jeder hinein, außer Blair, die am Rand stehen blieb und zögerte und sich gegen Garys drängendes Ziehen an ihrer Hand wehrte. Er ließ sie los.

„Spring!“, rief er.

Über ihrem Kopf konnte sie das Dröhnen von Flugzeugmotoren hören. Bald würden die Bomben fallen. Aber unten am Boden des Grabens befand sich ein glitschiges, grünes Zeug. Sie zog die Nase zusammen und erschauderte. Außer ihr schien das niemanden zu stören, aber sie hatte eine ihrer besten Seidenblusen an. Schließlich wurde ihr bewusst, wie dumm sie war. Trotzdem hielt sie die Luft an und schloss die Augen, als sie endlich sprang. Sie landete mitten im Dreck. Das Zeug spritzte auf ihren blauen Leinenrock und besudelte ihre hellrosa Bluse. Es roch furchtbar. Womöglich war der Graben als Latrine benutzt worden.

Dieses ganze Unbehagen war schnell vergessen, als rund um sie herum die Bomben einschlugen. Sie zog den Kopf ein und bedeckte ihn mit ihren schmutzigen Händen. Ihre Hände zitterten wie Espenlaub. Das hier war schlimmer als alles, was sie in den vergangenen Tagen erlebt hatte. Dieses Mal waren die Explosionen nicht mehrere Meilen weg, sondern nur wenige Meter! Der Boden zitterte wie unter einem Erdbeben in Kalifornien. Trümmer prasselten auf sie nieder. Etwas Scharfes traf Pastor Sanchez und verletzte ihn am Kopf, aber er stillte die Blutung, indem er sein Taschentuch auf die offene Wunde drückte. Blair wagte einen Blick nach oben, als er vor Schmerz aufschrie, aber dann bückte sie sich schnell wieder und legte die Hände über ihren Kopf. In ihrer eigenen Angst hatte der Gedanke, ihm zu helfen, keinen Platz.

Die Explosionen hallten in ihren Ohren wider. Es dauerte einige Momente, bis sie begriff, dass ihre eigenen Schreie sich mit dem Widerhall vermischten. Sie war wie erstarrt, gelähmt. In einer Hinsicht war sie Teil des erdrückenden Durcheinanders von Bomben und Kugeln, die den Boden erbeben ließen, aber gleichzeitig auch irgendwie distanziert. Alles, was sie außer ihrer Angst fühlen konnte, war Garys Nähe.

Sie lagen eine ganze Stunde in diesem Graben, bevor die Sirene Entwarnung verkündete. Aber selbst beim Heulen der Sirene erhob sie sich nicht aus ihrem eng eingerollten Kokon. Gary schüttelte sie sanft an der Schulter.

„Es ist vorbei“, sagte er.

Sie hob den Kopf ein paar Zentimeter von der Lehmwand, an der sie ihr Gesicht vergraben hatte.

„Bist du in Ordnung?“, fragte Gary. „Du warst so still außer ...“

Außer ihren Schreien?

Sie schaute ihn mit weiten Augen an. Hatte er erwartet, dass sie während dieses Albtraums gemütlich plauderten? „Vielleicht hätten wir das Gespräch im Auto beenden können, das so abrupt unterbrochen wurde“, schlug sie bissig vor – wenigstens so bissig, wie ihre zitternde Stimme erlaubte. „Oder wir hätten uns über das Wetter unterhalten können. Vielleicht hätte der Pastor uns eine Kanne Tee bringen können ...“ Mit einem Mal drückte sie ihre schmutzigen Hände an ihren Kopf. Verlor sie gerade den Verstand? Gary versuchte nur, nett zu sein.

Warum konnte sie nicht wenigstens einmal gut und selbstlos sein? Wo hatte sie gelernt, so selbstsüchtig zu sein? Nicht von ihrer Mutter ... nun ja, vielleicht wenn ihre Mutter sich hin und wieder auf ihre Seite und gegen ihren Vater gestellt hätte, müsste sich Blair nicht so sehr um sich selbst drehen. Blair stöhnte innerlich. Ihr war nie bewusst geworden, dass sie insgeheim ihrer Mutter solche Vorwürfe machte. Es stimmte also, dass Not das Schlimmste bei einem Menschen an den Tag brachte. Aber der Versuch, die Schuld auf ihre Mutter zu schieben, ob zu Recht oder zu Unrecht, rechtfertigte nicht Blairs gegenwärtiges Verhalten. Würde sie ihr ganzes Leben lang die Schuld für ihren schwachen Charakter auf ihre Eltern schieben? Oder würde sie endlich versuchen, an ihren Schwachstellen zu arbeiten?

„Ich ... es tut mir leid“, stammelte sie. Ihre Stimme klang genauso steif wie sich die Muskeln in ihrem Körper anfühlten.

„Ist schon gut“, murmelte er.

Andere kletterten aus dem Graben. Gary wollte bestimmt auch hinaus, aber sie konnte sich kaum bewegen, weil sie so lange so angespannt und verkrampft dagesessen hatte.

„Warte einen Augenblick, Gary“, sagte sie und klammerte sich an seinen Arm.

„Gut.“ Aber er warf einen Blick auf die anderen Männer.

„Jawohl, er kennt nur seine Pflicht“, dachte sie bitter, ohne überhaupt zu bemerken, dass sie ihren Entschluss, sich zu ändern, keine fünf Sekunden, nachdem sie diesen Entschluss gefasst hatte, wieder über Bord warf.

Als könnte er ihre Gedanken lesen, sagte er: „Ich werde bald gehen müssen, Blair. Für diesen Flugplatz kann jetzt nichts mehr getan werden und meine Einheit zieht ab. Wir müssen im Norden von hier Verteidigungsposten errichten."

Das alles interessierte sie überhaupt nicht. „Gary, bitte verlass mich nicht."

„Ich tue es nicht gern", seufzte er.

Heiße Tränen brannten in ihren Augen. Sie versuchte, sie mit den Fingern wegzuwischen, aber bei dem Schmutz – oder war es etwas anderes? – an ihren Händen brannten und tränten ihre Augen nur noch mehr.

„Lass mich nicht allein!", weinte sie.

„Blair, du bist stärker, als du denkst. Ich weiß, dass du tapfer sein kannst."

Da war es schon wieder. Plötzlich aufkeimende Wut verdrängte vorübergehend einen Teil ihrer Angst. „Hör auf damit!", schrie sie. „Das ist Unsinn, hörst du! *Sei tapfer, sei stark*", äffte sie die Worte grob nach. „Das werde ich nicht! Das muss ich auch nicht! Du musst bei mir bleiben. *Das* ist deine Pflicht, verdammt!" Es war nutzlos zu versuchen, eine selbstlose Heilige zu sein. Sie konnte es nicht! Sie konnte es einfach nicht! Tränen traten ihr in die Augen, nicht nur aus Angst, sondern auch Tränen des Bedauerns, weil sie schon wieder auf ganzer Linie versagte.

„Hör auf damit, Blair!" Er packte ihre Arme und schüttelte sie. Dieses Mal nicht besonders sanft.

„Nein! Das werde ich nicht! Das werde ich nicht! Das ..."

Ein weiteres unsanftes Schütteln schnitt ihre Tirade ab. „Hör wenigstens einmal in deinem Leben auf, so egoistisch zu sein, Blair. Ich dachte, du hättest dich vielleicht geändert, aber das hast du nicht. Zu Hause war es auch dein Egoismus, der alles kaputt machte. Deine Lügen, alles nur, damit *du* haben konntest, was *du* wolltest. Ja, du hast es später bedauert, aber vielleicht auch nur, weil du damit nicht mehr weiterkamst. Jetzt fängst du wieder damit an."

„Das tue ich nicht!", protestierte sie. Sie weigerte sich, die Wahrheit zuzugeben.

„Hör mir zu, Blair! Du bist ein Staubkorn verglichen mit all dem, was in diesen Tagen geschieht. Hörst du? Ein Staubkorn! Männer sterben ..." Er packte ihr Kinn mit seinen Fingern wie mit einer Beißzange und drehte ihren Kopf so herum, dass ihre Augen das Gelände sehen konnten. Zwei Tote lagen regungslos drei Meter neben ihnen. Männer, die es nicht rechtzeitig zum Graben geschafft hatten. „Die ganze Welt brennt, und das wird deinetwegen nicht aufhören. Es interessiert niemanden, ob deine Seidenbluse schmutzig wird oder du dir einen Fingernagel abbrichst. Ich kann auch nicht deinetwegen alles hinwerfen. Gott weiß, dass ich das möchte, aber ich kann nicht."

„Aber ich brauche dich, Gary", flüsterte sie.

Er schloss die Augen. Die Muskeln an seinem Kinn arbeiteten pausenlos. Schließlich sagte er mit großer Mühe: „Ich kann dich in die Stadt zurückbringen, aber danach muss ich fort."

Einer der Soldaten, die am Graben vorbeigingen, rief hinab: „Hey, Gary, ich habe gerade mit dem Hauptmann gesprochen. Wir brechen auf."

Gary fuhr sich mit der Hand durch die Haare. Er war offensichtlich innerlich hin- und hergerissen. Blair wollte ihn aus dieser Zwickmühle befreien, aber sie konnte es nicht. Es war einfach nicht richtig, dass ihm die Armee wichtiger war als sie, dass ihm der Krieg wichtiger war als sie. So war das nicht gedacht. In den Kinofilmen setzte der Held Himmel und Erde in Bewegung, um seine Geliebte zu beschützen.

„Ich werde sie sicher in die Stadt zurückbringen", bot Pastor Sanchez an.

Blair hatte ganz vergessen, dass er da war. Sein Taschentuch hielt er immer noch an die Seite seines Kopfes gedrückt.

„Ich würde es tun", sagte Gary. „Ich müsste allerdings ohne Erlaubnis meinen Posten verlassen, aber ich würde ..."

„Spar dir die Mühe, Gary", sagte Blair scharf. Sie wollte ihn aus seiner Zwickmühle befreien, aber sie würde es nicht großzügig tun. „Ich komme schon zurecht", fügte sie mit eisigem Ton hinzu.

Er zögerte, als überlege er, ob er auf ihren Tonfall oder auf ihre Worte antworten sollte. Offenbar entschied er sich für das Letzere: „Ich weiß nicht, wann und ob ich zurückkomme. Es kann sein, dass du fliehen musst. Herr Pastor, werden Sie ...?"

„Gary, ich habe mich verpflichtet, hier bei meiner Herde zu bleiben, solange noch welche hier sind. Aber ..." Er schwieg und dachte einen Augenblick nach, dann sprach er weiter. „Ich werde Blair mein Auto geben, wenn sie Mateo mitnimmt."

Blair starrte den Mann an, als würden ihm plötzlich Hörner wachsen. Was dachte er sich eigentlich? Dass er ihr sein Auto geben wollte, war wirklich wunderbar. Aber dass er ihr auch seinen Sohn anvertrauen wollte? Konnte er denn nicht sehen, dass sie kaum auf sich selbst aufpassen konnte?

„Danke, Herr Pastor", sagte Gary. Hörte sie Erleichterung aus seiner Stimme? Natürlich. Er kam um seine Verpflichtung ihr gegenüber herum.

Blair wollte gegen diese ganze Abmachung protestieren. Sie wollte ihnen sagen, dass sie sich ihr Pflichtgefühl, ihre Autos und ihre Söhne an den Hut stecken könnten, dass sie allein zurechtkäme. Aber das würde ihr niemand glauben. Nicht einmal sie selbst. Gary konnte sie nicht haben, also sollte sie lieber nehmen, was sie bekam.

Gary wandte sich an Blair. „Du verstehst das doch, oder? Bitte sag mir, dass du das verstehst."

Sie schaute ihn kalt an. „Ja. Ich verstehe, warum du die ganze Zeit, die ich auf den Philippinen bin, keine Entscheidung treffen konntest, was uns angeht. Ich verstehe jetzt, was dir am wichtigsten ist."

Mit diesen Worten kletterte sie aus dem Graben. Sie rutschte ein wenig, weil sie sich weigerte, Hilfe anzunehmen. Ihre Kleidung war jetzt fast überall braun vor Schmutz und Morast, und das störte sie nicht einmal. Aber ihre Schuhe! Oh, ihre Schuhe. Es waren italienische Schuhe, die sie vor dem Krieg gekauft hatte. Sie waren unersetzlich. *Ruiniert! Du Idiotin! Wie kannst du jetzt an deine Schuhe denken?*

Gary bedachte sie mit einem letzten Blick. Seine Augen flehten sie immer noch an, ihn zu verstehen. Aber sie drehte sich um und ging zum Auto. Er begab sich zu seinem Truppentransporter.

Sie und der Pastor stiegen in den DeSoto. Auf wunderbare Weise hatte das Auto den Angriff überstanden. Nur wenige Einschusslöcher von Granatsplittern entlang der Fahrertür waren zu sehen. Sanchez ließ den Motor an, legte den Gang ein und fuhr an.

„Gary!", schrie Blair plötzlich.

Endlich begriff sie, was für eine Idiotin sie war. Sie war nicht nur eine Egoistin, sondern auch eine verrückte Närrin! Irgendwo in ihr musste doch ein besserer Mensch stecken!

Pastor Sanchez trat auf die Bremse. „Sie wollen zurück?“

Sie schaute durch die Rückscheibe nach hinten. Gary war nirgends zu sehen. Der letzte Truppentransporter, in dem offensichtlich Gary saß, holperte über das Gelände und wirbelte riesige Staubwolken auf. Vielleicht gelänge es ihnen, den Transporter einzuholen. Aber was dann? Er hatte immer noch seine Pflicht und sie hatte immer noch große Mühe, das zu akzeptieren. Vielleicht würde er glauben, sie spiele ihm nur wieder etwas vor. Vielleicht tat sie das auch.

Vielleicht war es trotz allem am besten, alles so auf sich beruhen zu lassen. Zwischen ihnen stand immer noch viel zu viel. Vielleicht würde dieser Krieg ihnen irgendwie persönlichen Frieden bringen oder sie auf der Suche danach umbringen.

„Ja“, sagte sie plötzlich. „Fahren wir zurück!“

Pastor Sanchez trat wieder auf die Bremse. Er hatte erstaunliche Reflexe. Die Reifen drehten im Staub ein wenig durch. Dann griffen sie und sie rasten hinter dem Militärfahrzeug her. Einen Augenblick später sprang eine Gestalt von hinten vom Transporter und kam auf sie zugelaufen. Als der DeSoto nahe genug war, bremste Pastor Sanchez. Blair sprang mit einem schnellen Satz aus dem Auto.

Sie lief auf Gary zu, aber beide blieben voreinander stehen, ohne sich in die Arme zu fallen. Plötzlich herrschte eine starke Zurückhaltung.

„Gary, es tut mir leid, was ich gesagt habe ...“, begann sie im selben Moment, in dem er sprach.

„Es interessiert mich nicht, ob ich mich ohne Erlaubnis entferne. Ich gehe mit dir.“

„Nein, das musst du nicht. Es war falsch von mir, das zu erwarten. Ich komme schon zurecht.“ Sie schwieg kurz, dann fügte sie hinzu, weil es gesagt werden musste: „Wirklich, Schatz.“

„Mir gefällt das gar nicht“, sagte er. „Wir bekommen anscheinend überhaupt keine Verschnaufpause, was?“

„Auch wenn wir tausend Kilometer voneinander getrennt sind“, sagte sie leichthin. „Wenigstens sind wir im selben Land.“

„Du kommst zurecht. Das sehe ich.“

„Hilfe wird kommen, Gary. Das weiß ich. Es wird nicht zu Evakuierungen oder so etwas kommen. Ich wette, eine Flotte aus den Staaten ist bereits hierher unterwegs." Sie schaute in seine Augen und suchte darin Bestätigung. Aber er hatte diese antrainierte unlesbare militärische Miene aufgesetzt. Dann verwandelte sich seine Miene in ein zärtliches Nicken.

„Natürlich. Es muss so sein. Aber Blair, nur für alle Fälle ..." Er langte in die Brusttasche seines Hemdes, knöpfte es auf und holte zwei Sachen heraus. Er reichte ihr einen Zettel. „Das ist der Name einer Missionarsfamilie, die ich kenne. Sie wohnen in den Bergen auf der Halbinsel. Auf dem Zettel steht, wie du sie finden kannst. Vielleicht kannst du ihn brauchen ... das ist alles."

Sie nahm den Zettel, ohne einen Blick darauf zu werfen. Sie würde ihn nicht brauchen.

Dann hielt Gary ihr seine Hand mit der Handfläche nach oben hin. In der Mitte lag ein goldener Ring, ein schlichter Ring mit drei winzigen Diamanten. Blair starrte ihn an. Ihre Kinnlade fiel leicht nach unten, aber sie machte keine Anstalten, ihn zu nehmen. Das war ihr Ehering. Das letzte Mal hatte sie diesen Ring in Kalifornien im Treasure Cove gesehen, als sie die größte Lüge ihres Lebens erzählt hatte: als sie Gary gesagt hatte, sie würde ihn nicht lieben.

„Nimm ihn", sagte er. Ihre Augen wanderten zaghaft zu seinem Gesicht und dann schnell wieder weg aus Angst vor dem, was sie in seinen Augen sehen würde, und vielleicht auch aus Angst vor dem, was er in ihren Augen sehen würde. „Wir hatten nicht viel Zeit, etwas zu klären. Wahrscheinlich war das meine Schuld. Ich wollte es vor mir herschieben, weil ich wirklich Angst hatte, Blair. Dass du gekommen bist, hätte mir deutlich genug sagen müssen, was du fühlst, aber ich war immer noch unsicher wegen Gott und ich wollte nicht das Risiko eingehen, dass er sagen würde, es sei nicht sein Wille, dass wir zusammen sind. Ich dachte, wir hätten Zeit, alles in Ruhe zu klären. Ich weiß immer noch nicht, was ich denken soll, aber bitte nimm diesen Ring als mein Versprechen, dass ich die Hoffnung nicht aufgegeben habe und dass ich das nächste Mal, wenn wir uns sehen, nicht wieder ausweichen werde."

Blair wusste, dass sie nicht mehr erwarten konnte. Natürlich wollte sie jetzt ein Happy End wie im Kino. Aber während die Welt um sie herum im wahrsten Sinne des Wortes explodierte, wusste sie, dass Hoffnung das Beste war, was er ihr schenken konnte.

Statt den Ring zu nehmen, sagte sie: „Gary, vielen Dank für die Hoffnung, die du mir gibst. Ich werde sie in meinem Herzen bewahren. Aber behalte du den Ring, bis du weißt – bis *wir* wissen, dass es das Richtige ist.“ Sie lächelte scheu. „Ich hätte nie gedacht, dass ich es schaffen würde, auf etwas, das mir so wichtig ist, zu warten, aber ich glaube, es wird mir guttun.“

„Dann bleibt uns also die Hoffnung ...“, sagte Gary. Er steckte den Ring in seine Brusttasche zurück. „Hoffnung ...“

Der Wunsch, ihn zu umarmen, überwältigte sie fast und sie fühlte, dass er den gleichen Wunsch hatte. Aber sie taten es nicht. Sie bewahrte die Hoffnung in ihrem Herzen. Das musste genügen. Er beugte sich vor und berührte mit den Lippen leicht ihre Stirn.

„Wir sehen uns bald wieder“, sagte er, als trennten sie sich nach einem Abend, an dem sie fröhlich miteinander getanzt und gegessen hatten.

„Ja, hoffentlich.“ Ihre Stimme war auch federleicht, unberührt von Rauch und Krieg. Es gab Zeiten, in denen es nötig war, ein wenig zu schauspielern.

9

Kuibyschew, Sowjetunion
9. Dezember 1941

Als Cameron am Nachmittag gegen drei Uhr die Stufen zu ihrem Zimmer im Grand Hotel hinaufstieg, ging die Wintersonne bereits im Westen unter. Nur wenige Minuten vorher hatte ein Bus sie und mehrere andere Korrespondenten vor dem Hotel aussteigen lassen. Sie hatten eine Besichtigungsfahrt zu mehreren Kolchosen unternommen. Sie vermutete, dass das Narkomindel, das russische Kommissariat für Auslandsangelegenheiten, der Meinung gewesen war, die Reporter, besonders das amerikanische Kontingent, könnten eine Ablenkung nach den Meldungen über Pearl Harbor gut vertragen.

Cameron war froh darüber, obwohl sie die Stadt eigentlich nicht verlassen wollte, solange Alex hier war. Sie wusste nicht, wie lang er noch bleiben würde. Sie konnte ihn nicht anrufen, und ihm eine Nachricht zu schicken, war zu riskant. Außer jenem ersten Treffen hatten sie sich nur ein einziges weiteres Mal gesehen, und das nur sehr kurz.

In ihrem Zimmer hatte sich nichts verändert und auch in Kuibyschew oder überhaupt in Russland hatte sich nicht viel verändert. Sie drehte den Knopf an ihrer Heizung und verpasste dem Heizkörper ein paar Fußtritte, um dem veralteten Gerät etwas Wärme zu entlocken. Sie las eine Weile und begann dann, sich für das Abendessen frisch zu machen.

Als sie gerade ihren Lippenstift auftrug, eine neue Farbe mit dem Namen „Leidenschaftliches Pink“, den sie von ihrem Heimatbesuch mitgebracht hatte, klopfte es an ihrer Tür. Ihr Herz schlug schneller, da sie hoffte, es könnte Alex sein. Es war jedoch nur der Junge vom Telegrafenamt. Er reichte ihr ein Telegramm. Sie gab ihm eine Münze, bevor sie die Tür wieder hinter ihm schloss. Verwirrt starrte sie auf das zusammengefaltete Blatt. Selten wurden ihr die Telegramme direkt gebracht. Normalerweise wurde sie benachrichtigt, dass sie im Telegrafenamt ein Telegramm abholen könne. Sie stellte fest, dass diese Nachricht nicht vom *Globe* kam. Ihr Magen verkrampfte sich.

Im letzten Telegramm von zu Hause hatte sie erfahren, dass ihr Vater einen Herzinfarkt erlitten hatte.

Mit zittrigen Händen riss sie das Siegel auf. Das Telegramm kam von ihrer Mutter.

CAMERON BIN NUR UNGERN WIEDER ÜBERBRINGERIN VON SCHLECHTEN NACHRICHTEN STOP BLAIR WÄHREND JAPANISCHEM ANGRIFF AUF PHILIPPINEN STOP KEINE NACHRICHT VON IHR UND KANN NICHT ERREICHT WERDEN STOP FREUNDE IM BÜRO DES GENERALGOUVERNEURS HABEN KEINE INFORMATIONEN STOP BETE DASS ES IHR GUT GEHT STOP SCHREIBE WENN ICH GENAUERES WEISS STOP IN LIEBE MUTTER

Camerons Knie waren plötzlich wie Gummi. Sie umklammerte die Tischkante, um sich abzustützen. Blair!

Sie hatte gehört, dass die Philippinen angegriffen worden waren, aber diese Meldung war nicht viel mehr als eine Fußnote unter der großen Meldung von Pearl Harbor gewesen. Sie hatte natürlich daran gedacht, dass ihre Schwester sich dort aufhielt, aber da der Angriff erst so kurz zurücklag, gab es keine Möglichkeit, an Informationen heranzukommen, und so hatte sich Cameron, um nicht vor Sorgen verrückt zu werden, eingeredet, dass ihre Schwester unmöglich in Gefahr sein könne. Aber das Telegramm ihrer Mutter machte ihr gewaltsam bewusst, dass die Befürchtungen, die sie verdrängt hatte, begründet waren.

Schnell griff Cameron zum Telefonhörer. Es dauerte mehrere Minuten, bis sie mit der russischen Telefonvermittlung zurechtkam – wo war Sophia, wenn sie sie brauchte? Schließlich wurde sie zur amerikanischen Botschaft durchgestellt beziehungsweise was in Kuibyschew dafür galt und hatte Bob Wood am Apparat.

„Bob, wissen Sie schon irgendwelche Details über den Angriff auf die Philippinen?"

„Nicht viel mehr als das letzte Mal, als wir miteinander sprachen, Cameron. Der Angriff steht stark im Schatten von Pearl Harbor, fürchte ich. Aber es gibt Gerüchte, der Grund für das Schweigen könnte sein, dass es da drüben ein ziemliches Debakel gab."

„Wie meinen Sie das?"

„Sie hatten nach dem Angriff auf Pearl Harbor mehrere Stunden Vorwarnung", antwortete er. Sie konnte fast sehen, wie er den Kopf schüttelte. „Aber ... das ist inoffiziell, Cameron. Das ist nicht für die Zeitung."

„Ich verstehe, Bob. Ich frage nur nach, weil meine Schwester dort ist."

„Das tut mir leid!" Bob klang aufrichtig. „Es war schlimm. Alle wichtigen Flugplätze auf der Insel Luzon wurden zerstört und auch der Marinestützpunkt. Ich weiß das nur, weil der Vater von einem hier im Büro da drüben Oberst ist. Ist Ihre Schwester im Sanitätsdienst?"

„Nein, sie ist Zivilistin." Cameron seufzte und wurde immer blasser. „Wie viele Tote gab es?"

„Bestimmt viele, aber ich habe keine Zahlen. Ich wünschte, ich könnte Ihnen etwas Konkreteres sagen. Manila könnte bald in die Hände der Japaner fallen."

„Ich glaube, meine Schwester ist in Manila."

„Cameron, das tut mir so leid", sagte er wieder.

„Danke, Bob. Ich ... ich muss jetzt aufhören."

„Ich halte Sie auf dem Laufenden, sobald ich etwas höre."

Cameron legte den Hörer auf und atmete tief ein. Sie fühlte sich, als hätte sie einen Schlag in den Magen bekommen. Es erschien ihr einfach unvorstellbar, dass Blair in so eine Sache verwickelt sein konnte.

Konnte es tatsächlich möglich sein, dass Amerikas Kriegseintritt bereits ein Menschenleben, das ihr nahestand, gekostet hatte? Dieser Gedanke war entsetzlich. Ausgerechnet Blair. Die liebe, schöne, verwirrte Blair ... gerade erst dreiundzwanzig Jahre alt. Blair hatte noch nicht einmal begonnen, ihr Leben zu leben; sie hatte noch nicht einmal begonnen, die ganzen Verwicklungen und Stolpersteine, die sich ihr in den Weg gestellt hatten, zu verarbeiten.

Nein! Cameron wollte das einfach nicht glauben. Aber falls Blair dort war, sagte ihr eine schreckliche Vorahnung, dass ihre Schwester höchstwahrscheinlich in Gefahr war. Sie benutzte einfach nicht den Verstand, den Gott ihr gegeben hatte, um sich aus Schwierigkeiten fernzuhalten.

Cameron fuhr sich mit den Fingern durch die Haare und drückte die Hände an ihre Schläfen. Sie war ganz benommen und ihr wurde schwindelig. Sie sprang auf die Beine. Sie brauchte frische Luft. Hier drinnen hatte sie das Gefühl zu ersticken. Sie nahm sich lediglich genug Zeit, um in einen Mantel zu schlüpfen. Dann lief sie aus ihrem Zimmer.

Aus reinem Zufall traf sie auf dem Korridor auf Mr Hatenaka, einen der japanischen Korrespondenten. Die Sowjets versuchten, die Amerikaner und Japaner seit den Angriffen voneinander zu trennen, ein fast unmögliches Unterfangen in einem so kleinen Hotel. Aber es hatte überraschend wenige Zwischenfälle gegeben. Donovan hatte gestern Abend einem der japanischen Korrespondenten wegen einer kleinen Meinungsverschiedenheit einen Schlag versetzt. Aber das war alles.

„Miss Hayes", grüßte Hatenaka und verbeugte sich höflich.

Sie starrte ihn an. Sie hatte keine Feindseligkeit gegenüber ihren Kollegen aus Japan verspürt – bis jetzt. Es war das erste Mal seit dem Angriff, dass sie diesen Mann wirklich als Feind betrachtete.

Als sie nicht antwortete, sprach er weiter: „Bitte verstehen Sie, dass die Versenkung Ihrer Flotte eine politische Sache war. Ich persönlich habe nichts gegen Amerika." Er lächelte und verbeugte sich erneut. Das Licht spiegelte sich unangenehm auf seinen Brillengläsern.

Benommen schüttelte sie nur den Kopf und eilte an ihm vorbei.

Die Sonne war seit gut einer Stunde untergegangen und die Temperaturen waren deutlich gefallen. Jetzt war nicht der richtige Zeitpunkt für einen Spaziergang, aber wie zu Ehren ihrer oft so unvernünftigen Schwester achtete Cameron nicht auf ihren gesunden Menschenverstand und kehrte nicht in den Schutz des Hotels zurück. Luft, selbst diese eisige Luft, die ihre Lungen durchschnitt, war besser als die Enge ihres kleinen Zimmers, das sie plötzlich von allen Seiten zu erdrücken schien. Sie schlüpfte in die dicken Handschuhe, legte den Wollschal um, den sie in der Tasche ihres Mantels gehabt hatte, und zog ihre Pelzmütze weiter über ihre Ohren. Dann ging sie los.

Die schäbigen Holzgebäude von Kuibyschew, von denen viele aus der Zarenzeit stammten, boten Cameron wenig Trost und lenkten sie auch nicht von ihren wirren Gedanken ab. Alles, was sie denken konnte, war, dass Blairs Leben möglicherweise sinnlos verloren war und dass ihr eigenes in Scherben lag. Sie versuchte, solche düsteren Gedanken auszusperren und sich einzureden, dass es Blair vielleicht bestens gehe. Aber Hoffnung war ein Luxus, der Cameron immer mehr aus den Händen glitt. Zuerst hatte sie den Fluchtversuch von Oleg und Sophia vermasselt, dann war der Herzinfarkt ihres Vaters und ihr deprimierender Besuch zu Hause gekommen. Und dann war da Alex.

Was für eine Beziehung konnten sie sich erhoffen, wenn so vieles zwischen ihnen stand? Manchmal war ihr nicht einmal mehr klar, worauf ihre Beziehung begründet war, selbst wenn es die Probleme mit der Polizei nicht geben würde. Jedes Mal, wenn er von seinem neu gefundenen Glauben sprach – und das geschah jetzt viel öfter als früher –, spürte sie ein starkes Unbehagen. Was sollte aus ihnen werden?

Und jetzt Blair. Das war für sie der Tropfen, der das Fass zum Überlaufen brachte. Ihre Mutter hatte geschrieben, sie solle beten. Aber wie konnte sie zu einem Gott beten, bei dem sie insgeheim daran zweifelte, dass er sich überhaupt für sie interessierte?

„Cameron!"

Der Klang ihres Namens, von der eisigen Luft gedämpft, drang wie von weit her an ihre Ohren. Vielleicht war es auch nur ihre Einbildung. Das Knirschen von Schritten, die hinter ihr auf dem Schnee näher kamen, nahm sie kaum wahr. Sie war zu sehr in eine Decke aus Kälte und Verzweiflung gehüllt.

Eine Hand legte sich auf ihre Schulter. Endlich reagierte sie und drehte sich um. Vor ihr stand Alex.

„Im Hotel hat man mir gesagt, dass du zu Fuß weggegangen seist", sagte er. Große Dampfwolken unterstrichen seine Worte. „Was denkst du dir nur dabei? Es sind hier draußen minus dreißig Grad!"

„Ich ... ich brauchte frische Luft."

„Diese Luft kann dich umbringen! Komm mit. Gehen wir ins Hotel."

„Alex, ich habe gerade ein Telegramm von zu Hause bekommen ..."

„Dein Vater?"

Sie schüttelte den Kopf. „Meine Schwester ist auf den Philippinen. Die Japaner haben die Inseln bombardiert." Sie zitterte. Als sie die Worte laut aussprach, klangen sie noch viel realer und brutaler. „Sie ist nicht zu erreichen. Nicht einmal mit den Kontakten meiner Eltern. Die Angriffe dort sind viel schlimmer, als wir gehört haben. Das letzte Mal, als ich Blair sah, besuchte sie glücklich irgendwelche Hollywoodpartys. Und jetzt ... oh, Alex! Was ist, wenn sie ... tot ist?"

Er legte einen Arm um sie und schob sie sanft zum Hotel zurück. „Du darfst nicht vom Schlimmsten ausgehen. Höchstwahrscheinlich wurden nur militärische Ziele beschossen. Sie war doch nicht beim Militär, oder?"

„Woher soll ich wissen, was sie getan hat, seit ich sie das letzte Mal sah?", platzte sie heraus, als sei Alex an irgendetwas schuld. „Sie ist impulsiv, verrückt, verwirrt." Cameron schnappte nach Luft. „Ich ... ich kannte sie nicht ... nicht richtig. Aber ich liebe sie. Sie ist meine Schwester ..."

Sie hatte die Worte kaum ausgesprochen, als ihr Tränen in die Augen traten, über ihre Wangen rollten und gefroren, sobald sie ihre eisige Haut berührten.

Alex beugte sich zu ihr vor und küsste sie zärtlich. „Komm, Liebes ...", murmelte er. Sie hatten das Hotel erreicht und er öffnete die Tür.

Als er sie in ihr Zimmer führte, begann sie zu zittern. Er zog ihr die Handschuhe aus und rieb ihre Finger kräftig in seinen großen, warmen Händen. Sie wollte nicht daran denken, wie geborgen sie sich bei ihm fühlte. Seine Aufmerksamkeit schien ihr Blut wieder in Fluss zu bringen. Wie ein helfender Engel zog er ihr die nassen Schuhe und Strümpfe aus und rieb ihre Füße, während sie auf der Bettkante saß. Dann schlug er mit stärkerer Gewalt als sie vorher gegen den Heizkörper, um ihm etwas mehr Wärme zu entlocken.

Als ihre Lippen allmählich aufhörten, vor Kälte zu zittern, sagte sie: „Danke, Alex. Was führt dich eigentlich hierher?" Sie erinnerte sich an ihre Verzweiflung angesichts ihrer Beziehung, an die Hoffnungslosigkeit, die sich in ihr geregt hatte. Aber jetzt, da sie ihn am meisten brauchte, war er da. Das musste doch etwas zu bedeuten haben. Vielleicht war sie trotz allem zu hart zu Gott gewesen.

„Ich hatte einfach das Bedürfnis, bei dir zu sein." Er schaute sie mit einem Blick an, bei dem ihr trotz der schlecht funktionierenden Heizung warm wurde.

„Es ist fast, als ob ..." Aber sie brach ab. Sie konnte es nicht riskieren, ihren Gedanken zu Ende auszusprechen.

„Als ob was?"

„Nichts. Aber es ist ein schöner Zufall, dass du gerade jetzt gekommen bist, als ich einen Freund am dringendsten brauchte." Es war leichter zuzugeben, dass sie ihn brauchte, als einzugestehen, dass eine höhere Macht eingegriffen hatte.

„Ein Zufall, ja ... oder vielleicht Gottes Fürsorge."

„Ach, Alex ..."

„Cameron, das ist alles, was ich dir bieten kann", fiel er ihr ins Wort.

Seine Stimme war kaum lauter als ein Murmeln. „Bitte nimm es an. Gott kann und wird dich trösten."

Sie konnte ihm nicht widersprechen, nicht aus dem Grund, weil sie glaubte, was er sagte, sondern weil sie seinen Glauben nicht niedermachen konnte, wenn er so liebevoll war und sie ihn so sehr brauchte.

„Willst du es nicht einfach einmal probieren?", sprach er weiter.

„Ich weiß nicht ..." Sie wollte ihn auf keinen Fall vor den Kopf stoßen, aber ihre Frustration angesichts seiner Hartnäckigkeit wuchs. „Du kannst nicht von mir erwarten, dass ich das, was ich ein Leben lang geglaubt habe, einfach über Nacht aufgebe."

„Ich würde meinen, dass es nicht zu schwer sein kann, sich von Zynismus und Bitterkeit zu verabschieden."

„Das denkst du also von mir?" Ihre Stimme wurde lauter.

„Nein, aber das ist ein Teil von dir und etwas, von dem ich denke, dass du es bestimmt gern durch etwas Positiveres ersetzen würdest."

„Vielleicht würdest *du* es gern ersetzen. Vielleicht kannst du mich nicht so annehmen, wie ich bin ..."

„Du weißt, dass das nicht stimmt." Statt sie anzuschauen, ging er zum Heizkörper und versetzte ihm einen weiteren Schlag, dieses Mal mit dem Fuß. Sie hatte das Gefühl, dass er in diesem Augenblick am liebsten nicht nur dem Heizkörper einen Tritt verpasst hätte. „Ich will nur, dass du glücklich bist."

Sie zuckte innerlich zusammen. Seine Worte klangen lahm. Sie waren eine sehr schwache Umschreibung für das, was offenbar immer deutlicher zur Tatsache wurde. Sie hatten versucht, es zu ignorieren, aber entglitt diese ... diese *Sache,* die zwischen ihnen stand, völlig ihren Händen?

Er drehte sich um und kam neben sie. Er setzte sich aufs Bett und legte die Arme um sie. „Cameron, ich wollte dich nur trösten. Es tut mir leid, dass ich es völlig falsch angepackt habe. Bitte entschuldige mein schlechtes Benehmen."

„Sie haben sich wie immer tadellos benommen, Herr Doktor." Sie bemühte sich, ihren Ton lockerer klingen zu lassen. Sie konnte sich nicht überwinden, ihn von sich zu stoßen.

„Ich versuche es."

„Es ist nur deine lästige, geduldige ..."

„Meine liebe, süße Patientin."

Sie lachte. „Süß, Alex? Jetzt übertreibst du aber schamlos."

Er nahm ihr die Mütze ab und strich mit der Hand über ihre Haare. „Ich liebe dich, Cameron!" Jetzt lag nicht der geringste Humor in seiner Stimme, nur diese glühende Intensität, die so typisch für ihn war. Ihr lief eine Gänsehaut über den Rücken und gleichzeitig wurde ihr ganz warm.

Sie redete sich ein, dass alles gut würde – mit Blair und mit Alex. Etwas an ihm gab ihr trotz allem Hoffnung. Sie begann sogar zu denken, ihre Meinungsverschiedenheiten seien unwichtig. Sie mussten nur darauf achten, dass sie nicht über Religion redeten. Das sollte nicht so schwer sein. Früher war das auch nie ein Problem gewesen.

Alex rang mehrere Tage mit diesen Unklarheiten und war fast erleichtert, dass die Polizei ihn und Cameron voneinander fernhielt. Allerdings war dies genauso deprimierend. Cameron war die Frau, die er liebte, aber die Spannungen, die zwischen ihnen immer deutlicher spürbar wurden, waren für ihn fast unerträglich. Noch schlimmer, als sie für Cameron waren. Er ahnte, dass sie glaubte, sie könnten ihre „kleinen" Probleme wegen „seiner Religion" einfach ignorieren. Aber er wusste, dass dies nicht stimmte.

Als er hörte, dass Juri Fedortschenko bei einer Inspektionsreise ins Krankenhaus nach Kuibyschew kam, freute er sich. Er brauchte dringend jemanden, mit dem er sprechen konnte, da der Mensch, der dieses Bedürfnis normalerweise stillte, sich immer mehr von ihm entfernte.

„Du bist ein Geschenk des Himmels, Juri", sagte er, als sie bei ihrem Rundgang durch das Krankenhaus eine Pause einlegten, um in der Arztkantine eine Tasse Tee miteinander zu trinken.

„Wie ich sehe, ist hier alles unter bester Kontrolle und ich werde nicht gebraucht", erwiderte der ältere Arzt.

Sie setzten sich an einen alten Tisch und stellten die abgestoßenen Tassen mit dem dampfenden Gebräu vor sich. Die medizinische Ausstattung für Ärzte war hier weitaus schlechter als in Moskau. Nicht zum ersten Mal dachte Alex an den Komfort und Reichtum, den er aufgegeben hatte, als er Amerika verließ. Natürlich hätte er davon nichts gehabt, wenn er geblieben wäre, nachdem er seine Zulassung verloren hatte. Aber manchmal konnte er ein gewisses Bedauern seiner Fehler und des Preises, den er dafür bezahlte, nicht leugnen. Am schlimmsten war gewesen, dass er seinen Glauben an Gott verloren hatte. Obwohl er diesen Glauben jetzt wiedergefunden hatte, war seine Freude nicht ungetrübt.

Mit einem Seufzen erwiderte Alex: „Im Krankenhaus läuft alles gut, ja. Aber in meinem Leben ... leider nicht."

„Setzt dir die Polizei immer noch zu?"

„Sie versucht es, aber die armen Kerle sind mit mir überfordert. Sie sind den langen Arbeitsstunden eines Arztes nicht gewachsen. Dafür fehlt ihnen auch das nötige Personal. Natürlich werde ich überwacht. Aber mir geht es nicht um die Polizei ..." Er spielte mit dem Griff seiner Tasse. Plötzlich fiel es ihm sehr schwer zuzugeben, dass die Liebe, deren er sich vor einem Monat so sicher gewesen war, jetzt langsam, aber sicher abbröckelte. „Ich mache mir Sorgen um Cameron ... und mich."

„Ich habe gehört, dass sie aus den Staaten zurück ist."

„Ja, aber ich glaube, es ging ihr dort nicht so gut."

„Ihr Vater?"

„Er lebt und ist auf dem Wege der Genesung. Sie hatten nie eine herzliche Beziehung zueinander und ich glaube, sie hat sich während ihres Besuchs noch verschlechtert. Sie will nicht darüber sprechen. Ich beging den Fehler, ihr vorzuschlagen, sie solle auf Gott vertrauen ..." Juris ironisches Lächeln ließ ihn einen kurzen Augenblick verstummen. Dann fügte er mit einem schuldbewussten Achselzucken hinzu: „Ich weiß jetzt, dass es ein großer Fehler war. Meine starken persönlichen Erfahrungen machten mich zu eifrig. Ich dachte, jeder müsse dasselbe erleben."

„Es ist nie eine gute Idee, unsere Lieben damit zu überrumpeln."

„Ich hätte es wissen müssen", gestand Alex. „Ich kann mich immer noch daran erinnern, wie ich mich vor Jahren fühlte, als meine Eltern versuchten, mir ihren Glauben aufzuzwingen. Ich musste Gott auf meine eigene Weise und zu meiner eigenen Zeit finden."

„Wir sind alle nur Menschen, Alex. Es ist vielleicht keine gute Idee, unsere Familien mit unserem Glauben zu überfallen, aber es fällt schwer, es nicht zu tun, wenn wir so dringend wünschen, dass sie die wunderbare Sache, die wir gefunden haben, auch erkennen."

Alex nickte, aber er sah immer noch alles sehr düster. „Ich stelle fest, dass ich mich an das klammere, was Anna über Cameron sagte: dass sie Gott gegenüber offener werde." Juris Mutter, Anna, und Cameron hatten vor einiger Zeit bei einem Luftangriff gemeinsam im Luftschutzkeller gesessen und ein langes Gespräch geführt. Anna war nach diesem Gespräch zuversichtlich gewesen, weil Camerons Mutter Christin war und Cameron unter dem Einfluss ihres Glaubens aufgewachsen war. „Ich weiß nicht, Juri, aber seit sie aus Kalifornien zurück ist, scheint sie mehrere Schritte zurückgegangen zu sein. Vorher war sie relativ gleichgültig; jetzt scheint sie sich viel zu sehr darüber aufzuregen."

„Vielleicht ist das eine gute Entwicklung."

„Was?" Alex schaute seinen Freund mit offenem Mund verständnislos an.

Juri grinste und legte Alex eine Hand auf die Schulter. „Mich erinnert das an ein Tier, das in einer Falle gefangen ist, obwohl ich es hasse, den Glauben an Gott mit einer Falle zu vergleichen. Aber hör mir bitte einen Augenblick zu. Was macht ein Tier in einer solchen Situation? Es kämpft mit aller Kraft dagegen an. Solange dieses Tier kämpft, besteht so etwas wie Hoffnung. Erst wenn es aufgibt, gleichgültig wird gegenüber seiner Notlage, wenn du so willst, ist alle Hoffnung verloren. Ein schlechter Vergleich, ich weiß, aber ich denke, deine Cameron ist jetzt viel besser dran, selbst wenn sie offen feindselig ist, als vorher, als sie gleichgültig war."

„Von dieser Seite habe ich es noch nie betrachtet", gestand Alex. „Trotzdem wird es dadurch keineswegs leichter."

„Nein, bestimmt nicht. Für keinen von euch beiden."

Alex schwieg lange, bevor er schließlich zugab, was ihn außerdem noch quälte. „Juri, manchmal denke ich daran, dorthin zurückzukehren, wo ich vor zwei Monaten war, zu meiner eigenen Gleichgültigkeit."

„Das darfst du nicht, Alex."

„Vielleicht gibt ihr Kämpfen Anlass zu Hoffnung, aber ich fürchte, bei allem anderen, was sich noch gegen uns stellt, könnte diese Frage um den Glauben zum Bruch zwischen uns führen." Er zuckte hilflos die Achseln. „Ich fürchte, ich bin selbst nicht stark genug. Ich bin früher schon unter Druck zusammengebrochen und habe bei Drogen

Hilfe gesucht. Schau dir den Druck an, unter dem ich jetzt stehe. Außer Cameron und der Polizei ist da auch noch meine Arbeit. Ich muss mit zwei Stunden Schlaf pro Nacht auskommen. Tee ist jetzt meine Droge, und er schadet auch nicht. Aber was ist, wenn ...?“ Er schüttelte heftig den Kopf. Er wollte nicht daran denken oder davon sprechen, dass er vor nicht allzu langer Zeit Augenblicke gehabt hatte, in denen die Flaschen mit den Amphetaminen ihn stark in Versuchung geführt hatten. In dem Versuch, positiv zu denken, fügte er hinzu: „Wenigstens habe ich hier in Kuibyschew nicht mit einer so großen Last zu kämpfen. Das hilft.“

Juri wandte einen Moment den Blick ab und fuhr sich mit der Zunge über die Lippen, bevor er widerstrebend sprach: „Das macht es mir umso schwerer, dir zu sagen, dass du in Moskau gebraucht wirst. Dein Können ist in Moskau gefragt. Trotzdem würde ich dich nicht zurückrufen, wenn ich das letzte Wort in dieser Sache zu sagen hätte.“

Alex schloss die Augen und stöhnte innerlich. „Guter Gott ...“, seufzte er. „Was soll ich nur tun?“

„Ich kann die Entscheidungen der Stellen, die über mir stehen, nicht vollkommen beeinflussen, aber ich werde mich, so gut ich kann, für dich einsetzen. Für die Zwischenzeit habe ich einen anderen Vorschlag. Vielleicht würde dir etwas Gemeinschaft mit anderen Christen guttun und dir helfen, deinen Glauben zu festigen.“

„Dafür wäre ich dankbar, aber ich habe keine Zeit, Kontakte außerhalb der orthodoxen Kirche zu suchen, und solche meinst du bestimmt.“

„Ich kann dir vielleicht dabei helfen. Ich habe Freunde, die aus Moskau evakuiert wurden und hier eine Gemeinde ins Leben gerufen haben. Nichts Offizielles natürlich und nichts ... nun ja, Öffentliches sozusagen.“

„Eine Untergrundgemeinde? Ich hätte nicht gedacht, dass so etwas heute nötig wäre.“

Der Krieg hatte in Russland zu mehr Toleranz in Glaubensfragen geführt. Stalin konnte schlecht von westlichen, christlichen Ländern Hilfe erwarten und dabei gleichzeitig seine religiösen Verfolgungen fortsetzen. Nicht nur die orthodoxe Kirche, sondern auch andere Denominationen konnten sich jetzt frei versammeln. Wenigstens lautete so die offizielle Formulierung.

„Ich weiß, dass ich ein ewiger Pessimist bin", sagte Juri trocken, „aber ich bin nicht der einzige Christ, der seine Zweifel daran hat, dass die gegenwärtige Religionsfreiheit länger dauern wird als bis zum Ende des Krieges. Stalins antireligiöse Einstellung geht zu tief, um diese Freiheit mehr als unbedingt nötig zu gestatten. Wie dem auch sei, viele Gemeinden halten es für klug, jetzt im Untergrund zu bleiben, damit sie, wenn die religiöse Freiheit wieder stärker eingeschränkt wird, nicht unter neuen Repressalien zu leiden haben. Diese spezielle Gruppe, von der ich spreche, besteht aus ungefähr zwölf Leuten. Sie treffen sich wie in alten Tagen heimlich an einem unauffälligen Ort. Wenn sie entdeckt werden, tun sie nichts Illegales. Wenn sie unentdeckt bleiben, dann kann ihre Vorsicht ihnen zugutekommen, wenn wieder schlechtere Zeiten anbrechen."

„Es ist trotzdem riskant", erwiderte Alex. „Was ist, wenn sie für Verschwörer gehalten werden?"

„Diese Menschen haben weitaus schlimmere Gefahren erlebt. Im Vergleich dazu ist dieses Risiko für sie klein." Juri schwieg kurz und schaute seinen Freund fragend an. „Bist du interessiert?"

Alex sah, dass Juri fürchtete, diese neuen Anfeindungen in seinem Leben könnten Alex' neu erwachten Glauben zerstören. Alex fürchtete das auch. Er wusste, dass er die Unterstützung durch andere Christen brauchte. Vielleicht war es das Risiko wert.

„Ja", antwortete er entschlossen.

„Sie treffen sich heute Abend. Mir zu Ehren, um ehrlich zu sein. Ich nehme dich mit, da du das erste Mal mit jemandem kommen musst, den sie kennen."

„Verstehe."

„Ich muss morgen nach Moskau zurück. Vorher muss ich allerdings noch mit Cameron sprechen."

Alex zog neugierig die Stirn in Falten. „Was musst du?"

„Natürlich nicht, um ihr eine Predigt zu halten. Es geht um eine Sache wegen Oleg." Als nicht zu übersehen war, dass Alex' Neugier mit dieser Antwort nicht befriedigt war, fügte Juri hinzu: „Ich glaube, dies ist eine Angelegenheit, bei der es am besten ist, wenn so wenige Menschen wie möglich Bescheid wissen."

Alex schüttelte seufzend den Kopf. „Das verstehe ich. Du weißt gar nicht, wie oft ich mir ins Gedächtnis rufen muss, warum ich nach

Russland kam, und wie wichtig es mir ist, Medizin zu praktizieren. Wenn das nicht wäre, würde ich so gern weggehen."

„Du solltest nicht daran denken fortzugehen, Alex."

„Wie meinst du das?"

„Glaubst du wirklich, so etwas würde erlaubt werden?"

Alex fürchtete, dass es nicht erlaubt würde. Dieser Umstand erhöhte die vielen Probleme, die auf ihm lasteten, noch mehr. Er hatte oft darüber nachgedacht, wie schwer es Cameron fiel, das Leben in einem Polizeistaat wirklich zu verstehen, da sie ihr ganzes Leben lang in Freiheit gelebt hatte. Aber er befand sich in einer ganz ähnlichen Situation. Verstandesmäßig akzeptierte er seinen jetzigen Platz in Russland, aber ein großer Teil von ihm war immer noch von Freiheit geprägt und wollte einfach nicht begreifen oder akzeptieren, dass es diese Freiheit hier nicht gab. Er war seit drei Jahren in der Sowjetunion und trotzdem dachte er immer noch manchmal, er könnte einfach seine Koffer packen und hinfahren, wohin er wollte, so als fahre er von Illinois nach New York.

„Ich werde dich vermissen, alter Freund", sagte Alex, während er mit Juri wieder auf den Korridor hinausging.

„Ich dich auch, aber ich werde mein Möglichstes tun, damit es noch eine Weile dauert, bis ich dich in Moskau wiedersehe", lächelte Juri.

„Wie so vieles andere in diesen Tagen hat das auch seine zwei Seiten. Ich werde es als Zeit betrachten müssen, in der ich wirklich lernen kann, Gott zu vertrauen."

10

Cameron war überrascht, als sie eine Nachricht von Dr. Fedortschenko erhielt, in der er sie bat, zu einer Nachuntersuchung ins Krankenhaus zu kommen, weil er sich vergewissern wolle, dass sie von ihrem Unfall ganz genesen sei. Diese Nachricht war bestenfalls eine dünne Tarnung, denn es war sehr unwahrscheinlich, dass der Chefarzt des Moskauer Krankenhauses, in dem sie Patientin gewesen war, sie untersuchen müsse, besonders, da ihr eigener Arzt sich in Kuibyschew aufhielt. Trotzdem zögerte sie nicht. Solange Fedortschenkos Vorwand die Polizei nicht neugierig machte, kam sie gern zu ihm ins Krankenhaus.

Sie stapfte durch den hohen Schnee. Der Verkehr bewegte sich aufgrund des Wetters nur langsam vorwärts und zu Fuß zu gehen erschien ihr weitaus zuverlässiger, als ein Taxi oder einen Bus zu nehmen. Heute hatte sie ihre Pelzstiefel und einen warmen Wollpullover unter ihrem schweren Mantel an. Die Kälte konnte ihr nicht so viel anhaben wie neulich, als sie mit Alex draußen gewesen war. Außerdem schien ein schwacher Sonnenstrahl vom Morgenhimmel.

Sie war sicher, dass Dr. Fedortschenko nicht die Absicht hatte, sie zu untersuchen, und fragte sich natürlich, was er wohl von ihr wollte. War etwas mit Sophia? Oder sonst mit jemandem aus seiner Familie? Seine Mutter, Anna, war keine junge Frau mehr und der Krieg musste für jemanden in ihrem fortgeschrittenen Alter besonders schwer sein. Natürlich kamen ihr nur negative Gründe für dieses Treffen in den Sinn. Falls sie noch etwas Optimismus in sich gehabt hatte, wurde dieser durch das Leben langsam, aber sicher ausgehöhlt, besonders durch die wachsende Spannung, die sich ausbreitete, sobald sie mit Alex zusammen war. Er war der einzige Lichtblick gewesen, der sie durch die Schwierigkeiten zu Hause getragen hatte. Jetzt strahlte auch dieses Licht nicht mehr so hell.

Sie schämte sich für ihre Erleichterung, als sie Dr. Fedortschenko traf, ohne Alex über den Weg zu laufen. Was war das für eine Liebe? Das letzte Mal, als sie einander gesehen hatten, waren einige scharfe Worte gefallen. Shanahan war kurz bei ihnen gewesen und hatte erwähnt, dass er von einem Bankett für britische und amerikanische Würdenträger gehört habe, bei dem Stalin um Gottes Segen für ihre Länder gebeten habe. Sie und Shanahan hatten sich köstlich darüber amüsiert, wie weit Stalin ging, um Sympathien im Ausland zu gewinnen. Ihre Witze werteten nie die Religion an sich ab, aber sie vermutete, dass sie möglicherweise doch einige ziemlich abfällige Bemerkungen losgelassen hatten. Wenigstens hatte Alex es so aufgefasst und ziemlich beleidigt reagiert.

Rückblickend vermutete Cameron, dass sie diese Bemerkungen vielleicht ein wenig zu gezielt gemacht hatte. Vielleicht hatte sie tatsächlich versucht, Alex zu provozieren, obwohl sie keine Ahnung hatte, warum sie so etwas tun sollte. Wollte sie denn ihre Beziehung sabotieren? Mit einem Kopfschütteln verbannte sie solche Gedanken aus ihrem Kopf und folgte dem Arzt in eines der Untersuchungszimmer.

„Setzen Sie sich bitte." Dr. Federtschenko deutete auf einen Stuhl und nicht auf die Untersuchungsliege.

„Ich nehme an, dass ich nicht wegen einer Untersuchung hier bin?", fragte sie trocken.

„Ich hielt es für sinnvoll, wenigstens den Versuch zu unternehmen, unser Gespräch zu tarnen. In Russland ist Diskretion immer besser als Heldenmut." Er lächelte und setzte sich ihr gegenüber auf einen Stuhl. Der kleine Raum roch stark nach Desinfektionsmitteln. „Und, wie fühlen Sie sich?", fragte er mit einem entschieden ärztlichen Tonfall in der Stimme. „Sie haben sich von Explosionen und dergleichen ferngehalten, hoffe ich."

„Das habe ich. Es ist ganz angenehm, eine Pause von den Luftangriffen zu haben. Und auch keine Verdunkelung mehr mitmachen zu müssen. Was meine Gesundheit angeht, kann ich Ihnen versichern: Ich bin in bester Verfassung."

„Wie war es in den Staaten?"

„Ganz gut", antwortete sie knapp. Um das Unbehagen, das sie angesichts dieses Themas beschlich, zu verbergen, fügte sie hinzu: „Ich habe festgestellt, dass die Amerikaner sich in ihrer Isolation herrlich wohlfühlen. Ich traf tatsächlich Leute, die keine oder nur wenig Ahnung davon hatten, welches Ausmaß der Krieg hier drüben angenommen hat."

„Das ist wahrscheinlich ebenso die Schuld der sowjetischen Regierung wie die Schuld dieser Amerikaner."

„Es wird sich für die Amerikaner alles ändern. Jetzt stecken sie mittendrin.“ Sie wurde sich nur vage bewusst, dass sie *die Amerikaner* und *sie* sagte, als sei sie nicht Teil dieses Volkes. „Aber ich bezweifle, dass sich ihr Interesse an Russland dadurch ändern wird.“

Das Gespräch versiegte einen Augenblick, dann sagte der Arzt: „Ich wünschte, wir hätten mehr Zeit, um uns zu unterhalten, aber ich muss heute noch einige Termine einhalten, bevor ich nach dem Mittagessen zum Flughafen fahre.“

„Sie fliegen nach Moskau zurück?“ Als er nickte, fügte sie hinzu: „Geht es Ihrer Familie gut? Haben Sie Sophia gesehen?“

„Der Familie geht es gut. Ich habe Sophia einmal gesehen, seit sie bei der Frauenbrigade ist. Es ist sehr schwer für sie.“ Er schwieg kurz und schluckte. Sie konnte sehen, dass sich beim Gedanken an seine Tochter die Sorgenfalten um seine dunklen Augen vertieften. „Aber sie ist ein tapferes Mädchen. Ich bin stolz auf sie.“

„Sie ist eine ganz besondere junge Frau. Ich vermisse ihre Gesellschaft.“

„Ich nehme an, ich sollte zum Zweck dieses Treffens kommen.“ Er schien es nicht besonders eilig damit zu haben. „Vor zwei Wochen habe ich Oleg gesehen.“

„Ist er entlassen worden?“, fragte Cameron hoffnungsvoll.

„Nein, leider nicht. Ich bekam die Erlaubnis, ihn im Gefängnis zu besuchen. Er war krank. Ich benutzte die wenigen Kontakte, die ich in offiziellen Kreisen noch habe, um die Erlaubnis zu bekommen, ihn zu untersuchen.“

„Es ist doch hoffentlich nichts Ernstes?“ Egal, was andere sagten, sie würde nie aufhören, sich für das, was mit Oleg passiert war, verantwortlich zu fühlen. „Hat Sophia ihn gesehen?“

„Leider nicht, aber wenigstens konnte ich ihr berichten, dass es ihm so geht, wie man unter den Umständen erwarten kann. Er litt schwer unter Durchfall und starkem Flüssigkeitsverlust. Dadurch kam er ins Gefängniskrankenhaus. Inzwischen geht es ihm etwas besser. Als ich bei ihm war, wollte er mir eine Nachricht für Sie geben.“

„Für mich?“ Cameron verstand nicht, was das zu bedeuten hatte.

„Als Oleg ins Krankenzimmer kam“, berichtete Juri weiter, „hatte er große Schmerzen und fühlte sich sehr schlecht wegen seiner Krankheit. Ein anderer Patient war ein großer Trost für ihn. Nach Olegs

Worten war das ein Mann mittleren Alters, ungefähr in meinem Alter, auch wenn Oleg sagte, dass er viel älter ausgesehen habe. Aber das lag zweifellos daran, dass er fast zwanzig Jahre im Gulag gewesen war. Ich selbst habe den Mann nie gesehen, denn er starb zwei Tage vor meinem Besuch. Oleg sagte, er sei nett gewesen. Er hat meinem Schwiegersohn neue Hoffnung gegeben."

„Es freut mich, das zu hören, Herr Doktor, aber ich sehe nicht, was das mit mir zu tun hat."

„Vielleicht überhaupt nichts, aber Oleg fühlte sich genötigt, mir das zu sagen, damit ich es Ihnen berichten kann. Oleg und dieser Mann – ich glaube, er hieß Jakow – unterhielten sich oft. Im Laufe ihrer vielen Gespräche erwähnte Oleg, dass er jemanden von einer amerikanischen Zeitung kenne. Dieser Mann war Jude. Ich nehme an, Oleg erzählte ihm, was er in Dnjepropetrowsk gesehen hatte. Dadurch kam das Gespräch wahrscheinlich auf Sie."

Damit hatten die Schwierigkeiten mit Oleg begonnen. Er war in der Gegend von Dnjepropetrowsk gewesen, nachdem er aus deutscher Gefangenschaft entflohen war. Bei seiner Flucht war er unfreiwillig Zeuge eines Massakers der Deutschen an mehreren tausend jüdischen Bewohnern geworden. Der junge Mann war so unklug gewesen, über diesen schrecklichen Vorfall zu sprechen. Er hatte gedacht, Cameron könnte als Journalistin diese Gräueltat der Deutschen in der Welt bekannt machen und damit die Unterstützung anderer Länder für die Sache der Alliierten gewinnen. Für Oleg war die Welt nur in Schwarz und Weiß, Gut und Böse unterteilt und er konnte sich nicht vorstellen, dass diese Geschichte anders aufgenommen würde. Cameron war auf viel Widerstand gestoßen. Keiner wollte ihre Geschichte hören. Selbst wenn man Olegs Geschichte glauben wollte – und viele *wollten* so etwas einfach nicht für möglich halten –, gab es viele, die an Hitlers rassistischer Einstellung nichts Schlimmes fanden.

Trotzdem war es Cameron gelungen, die Unterstützung von Bob Wood, einem Mitarbeiter in der Botschaft, zu bekommen. Sie hatten versucht, Oleg und seine Geschichte aus dem Land zu bringen. Der Fluchtversuch war kläglich gescheitert und Oleg war im Gefängnis gelandet. Trotzdem erzählte der dumme Junge seine Geschichte immer noch Fremden. Dafür konnte Cameron nicht viel Verständnis aufbringen.

Sie atmete scharf aus. „Dr. Fedortschenko, Oleg ist sich sicher bewusst, welches Risiko er mit solchen unvorsichtigen Worten eingeht? Woher will er wissen, ob dieser Mann nicht einfach ein Spitzel war?"

„Sie kennen Oleg ...", seufzte Dr. Fedortschenko mit einem hilflosen Achselzucken. „Er ist ein guter Junge, aber so impulsiv. Allerdings war er sicher, dass dieser Mann ihm nichts Böses wollte. Und die Tatsache, dass er so bald danach eines natürlichen Todes starb, weist darauf hin, dass er vielleicht nicht von der Polizei war. Oleg sah den Mann sterben. Er war sogar an seinem Bett und hielt ihm bis zum Schluss die Hand. Wie dem auch sei, ich will Ihnen erzählen, was dieser Mann, Jakow, sagte."

Plötzlich meldete sich etwas in Camerons Gedächtnis. „Jakow ... sagten Sie?" Ihr Herzschlag stockte. Ihr Mund wurde trocken und sie musste sich zwingen, die nächste Frage auszusprechen. „Wie ... war sein Nachname?"

„Luban."

„Sind Sie sicher?", flüsterte Cameron, obwohl sie sich der Antwort sicher war.

„Kennen Sie den Mann?"

„Was hat er Oleg erzählt?"

Juri tat, als habe er nicht bemerkt, dass sie seine Frage ignorierte, und beantwortete ihre Frage. „Er erzählte meinem Schwiegersohn, dass er während des letzten Krieges einen amerikanischen Journalisten namens Hayes gekannt habe ..."

Cameron war zu benommen, um darauf zu reagieren, wie dumm es von Oleg gewesen war, diesem Mann ihren Namen zu verraten.

Juri sprach weiter: „Luban fragte sich, ob der Hayes, den Oleg erwähnte, und der Mann, den er kannte, derselbe sei. Als Oleg sagte, der Journalist, den er kenne, sei eine Frau und Mitte zwanzig und könne unmöglich die Person sein, die dieser Mann vor über zwanzig Jahren gekannt habe, seufzte Jakow nur und sagte, das sei trotzdem zu schön, um wahr zu sein. Dann sagte er noch so etwas wie: ‚Und selbst wenn die beiden miteinander verwandt wären, was würde das schon nützen?'"

Cameron hielt den Atem an und beugte sich vor. Mühsam fragte sie: „Sonst hat er nichts gesagt?"

„Der Mann wurde bald danach immer schwächer. Er hatte Leberkrebs im Endstadium."

„Hat er Oleg von seiner Familie erzählt?"

„Ja. Jakows Frau starb vor dem Großen Krieg. Er hatte einen Sohn, aber das Kind wurde ihm weggenommen, als er verhaftet wurde. Zweifellos wurde das Kind in ein Waisenhaus gesteckt. Wenn es Glück hatte, wurde es adoptiert."

„Nicht einmal das sowjetische Regime kann so herzlos sein, einen Mann völlig von seinem Sohn abzuschneiden." Cameron fuhr sich mit den Händen über das Gesicht. Sie wusste nicht, ob dieser erstaunliche Zufall Verzweiflung oder Jubel bei ihr auslösen sollte. Falls der Jakow Luban, den Oleg im Gefängnis kennengelernt hatte, tatsächlich der Geliebte ihrer Mutter gewesen war, machte sein Tod die einzige Möglichkeit, das Kind zu finden, für immer zunichte. Andererseits war die Tatsache, dass er nach so langer Zeit plötzlich auf diese Weise auf der Bildfläche auftauchte, ein Hoffnungsschimmer. Es war, wie wenn man bei einer Jagd plötzlich auf eine frische Fährte stößt.

Die entscheidende Frage lautete: War sie wirklich auf der Jagd? Sie hatte bislang nicht einmal den Mut aufgebracht, den Umschlag mit den alten Briefen und Fotos von Jakow zu öffnen, den ihre Mutter ihr kurz vor ihrer Abreise aus den Staaten gegeben hatte. Er lag immer noch unberührt in ihrem Koffer. War es nicht möglich, dass es mehr Menschen verletzen würde, wenn sie ihren Bruder fände, als es nützen würde? Falls er noch am Leben war, führte er ein eigenes Leben und wünschte vielleicht gar nicht die Komplikationen, die eine amerikanische Mutter unweigerlich mit sich brächte. Und wie war es mit Cecilia? Würde das Wissen, dass ihr Sohn lebte, ihr wirklich helfen, wenn sie ihn wahrscheinlich nie sehen konnte? Das wäre vielleicht eine noch größere Qual für sie. Und dann war da Keagan. Cameron wollte nicht einmal daran denken, wie ihr Vater reagieren würde, wenn er erfuhr, dass seine Frau in Russland eine Affäre gehabt hatte, aus der ein Kind hervorgegangen war – der Sohn, der Keagan selbst versagt geblieben war.

Schließlich die größte Frage überhaupt: Selbst wenn sie bereit wäre, diese ganzen Hindernisse zu ignorieren ... könnte sie überhaupt eine Jagd riskieren? Ein einziger falscher Schritt und die Polizei würde sie höchstwahrscheinlich des Landes verweisen.

„Cameron, geht es Ihnen gut?“, fragte Dr. Fedortschenko.

Immer noch ungläubig schüttelte sie den Kopf. „Diese Sache holt im Leben meiner Eltern einige Leichen aus dem Schrank. Sie waren während des Großen Krieges in Russland und auch später noch einmal während der Hungersnot in den Zwanzigerjahren. Ich habe selbst erst vor Kurzem einiges aus ihrer Vergangenheit erfahren. Ich hätte nie gedacht, dass mich das so mitnehmen würde. Es ist unglaublich.“

„Zu schade, dass dieser Mann gestorben ist“, murmelte Fedortschenko. „Aber falls Ihnen das irgendwie ein Trost ist: Es ist höchst unwahrscheinlich, dass Sie die Erlaubnis bekommen hätten, ihn zu sehen, selbst wenn Sie gewusst hätten, dass er im Gefängnis war.“

„Herr Doktor, wissen Sie, warum er im Gefängnis war?“

„Politische Gründe, nehme ich an.“ Er hob seine Arzttasche hoch, öffnete sie und holte einen großen, braunen Umschlag heraus. „Ich habe das mitgebracht, da ich hoffte, Sie hier anzutreffen oder es wenigstens Alex zu geben, damit er es Ihnen später hätte aushändigen können. Das sind die Sachen des Mannes, die direkt von seinen Händen in Olegs Hände kamen. Oleg gab sie mir. Ich habe sie aus dem Gefängnis geschmuggelt. Er wollte, dass sie nicht verloren gehen. Außerdem dachte er, falls Sie Luban tatsächlich kennen, würde es Sie vielleicht interessieren, die Sachen zu sehen. Er bat jedoch, dass Sie äußerst vorsichtig damit umgehen, da sie für ihn wertvoll sind.“

„Was enthält dieser Umschlag?“ Ihr Blick war auf das braune Kuvert gerichtet. Wurden hier Geheimnisse gelüftet? Oder nur neue Fragen aufgeworfen?

„Ein Brief und ein Buch.“

„Ein Brief ... von seinem Sohn ...?“

„Ich habe mir die Sachen nicht näher angeschaut. Falls er von seinem Sohn ist, dann ist unsere Regierung vielleicht doch nicht so grausam, wie man meint, oder? Ich will die Regierung gewiss nicht verteidigen, aber Luban war zu einer lebenslangen Haftstrafe verurteilt worden. Vielleicht war es sogar gut gemeint, als man die Bande zu seinem Sohn durchschnitt. Möchten Sie die Sachen haben?“

Sie nahm den Umschlag mehr aus Pflichtgefühl als mit Begeisterung entgegen. Während sie das Gewicht in den Händen spürte, fragte sie sich, wohin sie dieser Umschlag wohl führen würde. Sie starrte das Päckchen an und stellte plötzlich fest, dass bestimmte Instinkte in ihr stärker waren als ihr Wunsch zum Selbstschutz – ihre angeborene Neugier, ihr unermüdlicher Entdeckerdrang, ihre fast verhasste Unfähigkeit, eine Sache loszulassen, sobald sie sich einmal in etwas verbissen hatte. Ihre Mutter hatte zweifellos stark auf diese Seiten der Persönlichkeit ihrer Tochter gesetzt, als sie Cameron ihr Geheimnis anvertraute.

„Dr. Fedortschenko, wie schwer wäre es, einen Vermissten in Russland zu finden?"

„Für Sie, meine Liebe, ist es unmöglich, besonders wenn diese Person auch noch ein russischer Staatsbürger ist. Auch für jemanden wie mich ist es praktisch unmöglich. Sie wissen, wozu es führen kann, wenn man seine Nase in dunkle Winkel steckt. Von manchen Sachen sollte man lieber die Finger lassen. Besonders in Russland."

„Ja ... natürlich ..." Camerons Ton klang nicht unbedingt überzeugt.

Sie kannte sich selbst nur zu gut – besser als der Arzt – und wusste, dass sie nicht der Typ war, der Dinge auf sich beruhen lassen konnte. Obwohl es sie immer noch beunruhigte, dass sie bei Oleg versagt hatte, wusste sie, was sie zu tun hatte: Sie hatte den Drang, in dunklen Winkeln zu wühlen und die Dämonen, die dort möglicherweise lauerten, ans Licht zu holen. Die vielen Monate in Russland, in denen ihr nun schon die Hände gebunden waren und ihre natürlichen Instinkte durch die Regierung beschnitten wurden, hatten sie in dieser Hinsicht müde gemacht.

Und das aus gutem Grund.

Einen Kreuzzug zu starten, um etwas über ihren Halbbruder herauszufinden, konnte sehr unvorsichtig und gefährlich sein. Es konnte verheerende Folgen haben. Wenigstens dieses eine Mal in ihrem Leben musste sie langsam, vorsichtig vorgehen, falls sie überhaupt etwas unternahm, obwohl jeder Instinkt, den sie hatte, sie drängte, wie eine rächende Armee vorzupreschen.

11

Alex war an diesem Morgen guter Laune. Er scherzte und plauderte mit seinen Patienten und summte eine kleine Melodie, während er auf seinem morgendlichen Rundgang durch die Krankenhauskorridore schritt. Er hatte letzte Nacht so gut geschlafen wie schon seit Monaten nicht mehr, Grund genug für seine energiegeladene Stimmung.

Er wollte dieses Hochgefühl nicht auf das Treffen zurückführen, das er am Abend zuvor besucht hatte. Für ihn würde das fast bedeuten, als sehe man eine Art Zauber darin, und das fand er, ehrlich gesagt, unpassend. Es widerstrebte ihm, auf diese Weise an den Glauben heranzugehen. Er fühlte sich viel wohler, wenn alles seine Logik und Erklärung hatte. Aber ...

Er konnte nicht leugnen, dass er in dem Augenblick, in dem er jene kleine Wohnung betreten hatte, eine besondere Atmosphäre gespürt hatte. Es war eine typische Mittelklassewohnung gewesen, einschließlich des leichten Geruchs nach Kohl, der in der Luft lag, und des Samowars auf einem Schränkchen, der alles andere als kunstvoll gewesen war. Einfach schlichter rostfreier Stahl, aus dem Wasserdampf aufstieg, weil er gerade in Betrieb war. Das hatte ihn an das Zuhause seiner Eltern in Amerika und an Juris Haus in Moskau erinnert. Er hatte sich augenblicklich wohlgefühlt.

Aber es war mehr als nur die Umgebung gewesen, die ihn fasziniert hatte. Ungefähr fünfzehn Leute waren da gewesen. Ganz unterschiedliche Menschen: alte Bauersfrauen mit einem Tuch auf dem Kopf, Frauen, die für russische Verhältnisse relativ modern gekleidet waren, Männer in guten Anzügen und Männer in Arbeitskleidung. Einige waren still und in sich gekehrt, einige laut und freundlich. Aber alle hatten ihn willkommen geheißen. Besonders gefielen ihm die Gastgeber, Wasili und Marie Turkin. Sie war um die vierzig, groß gewachsen, elegant, attraktiv. Wasili war kurz gewachsen, fünfzehn Jahre älter als Marie, bekam allmählich eine Glatze, hatte eine Brille und war in seinen Bewegungen ziemlich unauffällig. Er vermittelte den Eindruck, irgendwie geistesabwesend zu sein.

Aber in seinen unauffälligen Augen lag eine aufrichtige Wärme, als er Juris Freund begrüßte. „Es ist mir eine große Freude! Juri hat nur Gutes über Sie erzählt.“ Die Hand, die er Alex reichte, war glatt und weich, nicht vertraut mit schwerer körperlicher Arbeit. Alex war sicher, dass er ein Professor sein musste. Aber sein Händedruck war fest und energisch. Mit einem Lächeln stellte Turkin Alex den anderen vor. Sie schienen alle ihre richtigen Namen zu gebrauchen. Das war überraschend, aber wie viel Vorsicht war wirklich nötig?

Marie Turkin war viel zurückhaltender als ihr Mann. Alex vermutete, dass das teilweise daran lag, dass sie einfach scheu war. Mit der Anmut einer Gräfin bot sie Tee an.

Nachdem sie sich eine Weile unterhalten hatten, forderte Wasili alle auf, einen Kreis zu bilden. Einige saßen auf Stühlen, andere auf dem fadenscheinigen Teppich, weil es nicht genug Stühle für alle gab. Alex wollte sich zu einem leeren Platz auf dem Boden begeben, aber Marie Turkin legte ihre schlanke, wohlgeformte Hand auf seinen Arm.

„Sie sind neu und ein Gast. Heute Abend bekommen Sie einen richtigen Stuhl.“ Es schien sie zu stören, dass überhaupt jemand in ihrem Haus auf dem Boden sitzen musste. Alex vermutete, dass sie in Moskau weitaus komfortabler gewohnt hatten und sich einschränken mussten, solange sie hier im abgelegenen Kuibyschew wohnten. Aber nie spürte er irgendeine Überheblichkeit, auch nicht bei Frau Turkin.

Er wollte ihr widersprechen, aber ohne Erfolg. Er wurde auf einen Esszimmerstuhl mit hoher Rückenlehne verfrachtet. Dann holte einer der Gäste eine kleine Harfe hervor und begann zu spielen. Alex erkannte die Melodie. Es war: „Welch ein Freund ist unser Jesus“. Er hatte das Lied bis jetzt nur auf Englisch gehört und die russischen Worte passten nicht ganz zur Musik.

Nachdem sie noch mehrere andere Lieder gesungen hatten, bat Wasili alle, den Kopf zu beugen, und eröffnete im nächsten Augenblick die ungewöhnlichste Gebetsversammlung, an der Alex je teilgenommen hatte. Er hatte von diesem Gebet, bei dem man sich mit Gott wie mit einem Freund unterhält, gehört, es selbst aber noch nie erlebt oder praktiziert. Seine Eltern hatten ihren Glauben formeller gehandhabt. Sie waren Atheisten gewesen, bevor sie Christen geworden waren. Trotzdem lagen ihre russischen Wurzeln in der russisch-orthodoxen Kirche. Obwohl sie eine protestantische Gemeinde in Amerika besuchten, nachdem sie Christen geworden waren, waren dieser Gemeinde neue Modeerscheinungen fremd gewesen.

Diese Gebetsversammlung dauerte über eine Stunde. Alex überraschte, dass er kaum bemerkte, wie die Zeit verging. Es war wirklich wie ein persönliches Gespräch, nur dass alle den Kopf gebeugt hielten und die Augen geschlossen hatten und dass sie mit Gott sprachen und nicht miteinander. Alle beteten nacheinander und sprachen in kurzen und prägnanten Sätzen. Diese persönlichen Gebete waren ganz anders als die langen formellen Gebete, die Alex von der Kanzel in der Kirche gewohnt war. Die meisten Gebete waren Bitten an Gott um Schutz und um Kraft für Angehörige, die im Krieg waren. Einige beteten für das Land in dieser schweren Zeit. Einige beteten sogar für Josef Stalin!

Andere sprachen Lobgebete. Alex war überrascht, dass das bewegendste Lob ausgerechnet von der zurückhaltenden Marie Turkin kam.

„Mein geliebter Vater, du bist zu wunderbar, um es mit Worten beschreiben zu können. Stark, allmächtig und mir trotzdem so lieb wie mein eigener Papa. Ich verstehe nicht, wie das sein kann. Ich komme mit größter Dankbarkeit vor dich. Ich danke dir, dass du ein Freund meines Herzens bist und mich in meiner kleinen Welt hören kannst! Gleichzeitig trägst du das Gewicht der Welt auf deinen Schultern. Ich fühle deine Liebe, als wäre ich dein einziges Kind, aber du machst dasselbe mit allen deinen Kindern. Du bist mir ein Wunder, mein Herr!"

Alex konnte nicht widerstehen. Er öffnete kurz die Augen und betrachtete diese Frau. Sofort bekam er Schuldgefühle, weil er das getan hatte, denn er sah Tränen, die aus ihren geschlossenen Augen rannen. Sie sprach wirklich zu ihrem besten Freund.

Alex betete an diesem Abend nicht. Eigentlich wollte er beten und bekam sogar dieses leichte Schwindelgefühl im Kopf, das ihm sagte, dass er jetzt an der Reihe wäre. Er war auch sonst nie zurückhaltend, wenn es darum ging, vor anderen zu sprechen. Das war es nicht, was ihn zurückhielt. Vielleicht hinderte es ihn einfach, dass er neu hier war. Juri betete laut. Als er seinen Freund beten hörte, drängte es Alex fast, es auch zu tun. Erst als Wasili die Gebetsversammlung mit einem „Amen!" beendete, wurde Alex der Grund für seine plötzliche Zurückhaltung bewusst. Nur ein Problem hatte in seinem Kopf ständig widergehallt und hatte ihn gedrängt, dafür zu beten. „Bete für sie!" Aber er konnte sich nicht überwinden, vor diesen Menschen für Cameron zu beten, da er wusste, dass sie es als eine Art Verrat auffassen würde. Ja, im Stillen betete er oft für sie, aber das hier wäre etwas anderes, und das konnte er ihr nicht antun. Ihn befiel eine starke Unruhe. Seine Liebe zu ihr entfernte ihn von seiner Liebe zu Gott.

Das Treffen endete kurz nach der Gebetszeit ohne eine Predigt oder Lehre. Ja, alles war ganz eigenartig gewesen. Alex war sicher, dass er wiederkommen wollte. Trotz seines inneren Konflikts wegen Cameron hatte diese Versammlung eine starke Wirkung bei ihm hinterlassen.

Alex summte immer noch die Melodie, während er seinen letzten Patienten an diesem Vormittag untersuchte und sich dann zum Operationssaal begab, wo ein voller Operationsplan für diesen Tag auf ihn wartete. Bis jetzt hatte er kaum auf die Melodie geachtet, obwohl es den ganzen Vormittag dasselbe Lied gewesen war. Jetzt wurde es ihm bewusst: „Welch ein Freund ist unser Jesus“. Er erinnerte sich an Maries Gebet und erkannte plötzlich, dass er seinem Herrn genauso nahe war wie Marie Gott in ihrem Gebet. Juri hatte gewusst, dass das geschehen würde.

Alex fühlte sich so gut, dass er nicht einmal stöhnte, als er seinen Freund Anatoli Bogorodsk auf sich zukommen sah.

Der Mann hatte ein freundliches Lächeln im Gesicht, obwohl sein halsloser Koloss sein Lächeln bedrohlich aussehen ließ. Er hatte den Körperbau eines Footballspielers, aber diesen Sport gab es in Russland nicht. Er setzte seine Muskeln für den NKWD ein – ein Grund, diesen Mann zu fürchten. Aus irgendeinem Grund betrachtete er Alex als Freund, nannte ihn oft *Bruder* und klopfte ihm freundschaftlich auf den Rücken. Alex hatte Anatolis kleinen Sohn behandelt, nachdem dieser von einem Auto angefahren worden war und in Lebensgefahr geschwebt hatte. Der Junge hatte mehr durch ein Wunder als durch Alex' Geschick mit dem Skalpell überlebt, aber das konnte er niemandem sagen.

Nicht dass Alex sich beschwert hätte. Man konnte es schlechter treffen, als einen Freund bei der Geheimpolizei zu haben.

„Anatoli, was führt Sie denn hierher nach Kuibyschew?“, fragte

Alex, als der Geheimagent neben ihm herging und sie gemeinsam weiter den Gang hinabschritten.

„Offizielle Geschäfte. Wie Sie wissen, ist das jetzt die Kriegshauptstadt der Sowjetunion." Er schüttelte den Kopf, als könnte nicht einmal er das glauben. „Ich langweile mich jetzt schon zu Tode. Nur gut, dass ich bald wieder nach Moskau zurückkomme."

„Ich habe gehört, dass wir die Deutschen in Moskau zurückgeschlagen haben und eine Offensive starten."

„Sie hat schon begonnen. Ich kann den Tag kaum erwarten, an dem wir diese Schlächter an den Rhein zurückdrängen und dann sie und *ihr* verdammtes Land in Schutt und Asche legen!"

Alex zuckte innerlich zusammen. Selten hatte er den Geheimagenten mit solcher Grausamkeit sprechen gehört. Er war natürlich ein gefährlicher Mann, aber die meiste Zeit trotzdem ziemlich leutselig.

„Ich spiele mit dem Gedanken, zur Armee zu gehen", fügte Anatoli hinzu. „Ich könnte Offizier werden. Ich will Deutsche umbringen und nicht meine eigenen Landsleute ausspionieren."

„Ist das der Grund, der Sie nach Kuibyschew führt, Anatoli?", fragte Alex mit einem leicht scharfen Unterton in der Stimme.

„Ich habe mehrere Gründe, aber ich kann doch nicht hier sein, ohne Sie zu besuchen. Ich wäre gekommen, auch wenn Sie nicht einer dieser Gründe wären. Lassen Sie sich von mir irgendwohin zum Essen einladen", sagte Anatoli mit seiner gewohnten gut gelaunten Freundlichkeit in der Stimme – freundlich für einen NKWD-Agenten. „Wie lange ist es her, seit wir das letzte Mal miteinander gegessen haben? Trotz der Rationierung und der Lebensmittelknappheit müssten wir in diesem Dorf doch ein annehmbares Café finden."

„Ich muss bald in den Operationssaal." Alex brach ab und entschied, dass es nicht das Schlechteste wäre, sich die Freundschaft dieses Mannes zu erhalten. „Aber ich führe Sie an einen Ort, wo es die beste Kohlsuppe in ganz Kuibyschew gibt."

„Besser als die Suppe meiner Vera?"

„Mit ihr kann es natürlich kein anderer Koch aufnehmen, mein Freund, aber die Suppe wird Ihnen schmecken."

Sie fuhren mit dem Aufzug ins erste Stockwerk. Dort führte Alex seinen Begleiter in die Krankenhauskantine, in der die Belegschaft ihre Mahlzeiten einnahm. Um diese Tageszeit, kurz vor Mittag, herrschte hier ein reger Betrieb. Alex und Anatoli störten sich nicht daran, in einer Schlange auf eine dampfende Suppenschüssel und einen Kanten Brot zu warten. Alex lebte praktisch von diesem Essen, da das Krankenhaus nur wenig anderes zu bieten hatte und er aus ganz praktischen Gründen im Krankenhaus wohnte. Gelegentlich wurde Borschtsch serviert, aber Kohlköpfe gab es anscheinend mehr als Rüben.

Sie stellten ihre Tabletts mit dem Essen auf einen kleinen Tisch, der unter diesem Gewicht wackelte. Die Suppe schwappte über den Schüsselrand. Als Anatoli seinen kräftigen Körper auf einen Stuhl wuchtete, wurde dieses Wackeln noch bedenklicher. Aber er bemerkte das kaum und begann, seine Suppe zu löffeln. Alex konzentrierte sich ebenfalls auf das Essen, obwohl ihn sehr interessierte, was Anatoli von ihm wollte. Das letzte Mal, als sie sich in Moskau gesehen hatten, hatte der Geheimagent ihn gewarnt, sich von Cameron fernzuhalten. Konnte das auch jetzt der Zweck seines Besuchs sein? Es würde Alex nicht überraschen, wenn ihre wenigen gemeinsamen Stunden von der Polizei entdeckt worden wären. Aber ein unauffälliger Blick über seinen Löffel hinweg auf den Mann verriet Alex, dass dies wahrscheinlich nicht der Fall war. Ebenso wenig glaubte er, dass er ihm nur einen freundschaftlichen Besuch abstattete.

Alex schüttelte den Kopf. Er wurde genauso argwöhnisch wie die meisten Russen. Warum sollte Anatoli ihn nicht einfach als Freund besuchen? Das hatte es in der Vergangenheit auch gegeben. Sie hatten Karten gespielt oder in Anatolis Wohnung miteinander gegessen. Alex hatte von Anatolis Sohn Schach spielen gelernt. Ja, es bestand eine Freundschaft, die tiefer ging als nur der Wunsch, sich die Gunst der Polizei zu erhalten.

Mit dem Mund voll Kohlsuppe bemerkte Anatoli: „Für ein Krankenhausessen ist das gar nicht schlecht. Allerdings nicht so gut, dass ich freiwillig ins Krankenhaus käme, wenn ich Sie nicht treffen wollte." Er schluckte und grinste. Ein Kohlstück hing zwischen seinen Zähnen. „Ich habe eine gute Nachricht für Sie, Genosse. Wenigstens hoffe ich, dass es eine gute Nachricht ist."

„Was ist es? In diesen Tagen freut man sich über jede gute Nachricht."

„Als der Krieg begann, kamen Sie zu mir und baten mich, ein gutes

Wort für Sie einzulegen, weil Sie in die Armee einberufen und in ein Lazarett an der Front geschickt werden wollten."

Ja, das hatte Alex getan. Er war vom nationalistischen Eifer genauso ergriffen gewesen wie alle anderen. Er hatte seinem Adoptivland dienen wollen. In Wirklichkeit war Russland viel mehr als das. Amerika war sein Adoptivland und die Rückkehr nach Russland war wie die Rückkehr in die Arme seiner leiblichen Mutter gewesen. Er hatte seine russische Staatsbürgerschaft nie aufgegeben, obwohl er das hauptsächlich aus Respekt vor seinen Eltern und nicht so sehr vor der Sowjetunion getan hatte. Als sein Adoptivland ihn fallen gelassen hatte – auch wenn das seine eigene Schuld gewesen war –, hatte er durch Mutter Russland Hilfe und wieder Sinn im Leben gefunden.

Es war erstaunlich leicht gewesen, sich in das Leben in der Sowjetunion einzufügen. In Amerika war er in einer starken russischen Gemeinde groß geworden. Er war sein ganzes Leben lang in diesen Traditionen aufgewachsen, und da seine Eltern nie richtig Englisch gelernt hatten, hatte er die meiste Zeit russisch gesprochen. Er konnte auch jetzt nicht akzentfrei Englisch sprechen und dachte nicht auf Englisch. Komischerweise hatte er einen stärkeren Akzent als Juri oder Anna. Erst als er zu seinem Medizinstudium an die Universität ging, bekam er richtigen Kontakt zum amerikanischen Lebensstil. Er hatte zwar achtundzwanzig Jahre seines Lebens in den USA verbracht, aber er war immer noch ein Russe. Er war sogar in die Kommunistische Partei eingetreten – ein fataler Fehler, wie er jetzt wusste, aber als er vor vier Jahren nach Russland zurückgekehrt war, hatte er das für eine gute Idee gehalten. Er hatte seinen Glauben an Gott aufgegeben und war so verbittert gewesen, dass er geglaubt hatte, jede Ideologie sei genauso gut wie eine andere.

Alex' Löffel blieb auf halbem Weg zu seinem Mund stehen. Den aromatischen Geruch des Kohls bemerkte er kaum noch. Warum kam Anatoli ausgerechnet jetzt damit an? Im Juni, als der Krieg begonnen hatte, war Alex' Antrag, in den aktiven Militärdienst einzutreten, abgelehnt worden. Er vermutete, dass der Grund für die Ablehnung eine Frage der Loyalität gewesen war. Die Polizei wollte nicht, dass jemand, der verdächtig war, sich weit vom wachsamen Auge des Kreml entfernte. Obwohl er russischer Staatsbürger und Kommunist war, war es eine unabänderliche Tatsache, dass er seine ganze Kindheit und die ersten Jahre als Erwachsener in Amerika verbracht hatte. Seine Position war bestenfalls ungewöhnlich.

„Sind Sie immer noch daran interessiert, mein Freund?", fragte Anatoli.

Alex stopfte sich einen Löffel Suppe in den Mund und hoffte, er käme um eine sofortige Antwort herum, denn er hatte keine Ahnung, was er von dieser Sache halten sollte. Nach allem, was in den letzten Monaten passiert war, war er ein wenig überrascht, als er feststellte, dass er in seinem Herzen immer noch ein loyaler Russe war.

„Ich gehe, wohin mein Land mich schickt, Anatoli." Er meinte es ernst.

Aber da war Cameron. Sein besonderer Status in diesem Land schenkte ihm die besten Möglichkeiten, die ein Russe haben konnte, um eine Beziehung zu einer Ausländerin zu haben. Ganz zu schweigen davon, dass sein Status als Zivilist es ihm ermöglicht hatte, in ihrer Nähe zu sein. Als schwer arbeitender Arzt hatte er nie einen Grund, sich zu schämen, weil er nicht beim Militär war. Er hatte es wirklich ganz gut getroffen.

„Ich glaube, das könnte jetzt möglich werden", verkündete Anatoli.

Alex' Kehle zog sich zusammen. „Obwohl ich noch unter Beobachtung stehe?"

„Pah! Die Beobachtung ist vorbei, Aleksei. Sie sind genauso frei wie jeder andere Russe." Anatoli lächelte verschlagen. „Sie wissen, was ich meine, oder? Sie haben meinen Männern die Arbeit schwer gemacht. Sie haben sie wirklich so weit gebracht, dass sie lieber an die Front gehen."

Diese neuen Informationen verschlugen Alex die Sprache. Er ließ seinen Löffel wieder in die Schüssel sinken und starrte den Geheimagenten an. Natürlich war in Russland Freiheit ein sehr relativer Begriff, aber dass er wenigstens das erreicht hatte ... Er konnte es kaum glauben. Ein Anflug von Argwohn meldete sich in ihm.

„Warum?", fragte er heiser.

„Keine Fragen. Akzeptieren Sie es einfach. Vielleicht ist es nicht für immer, und was machen Sie dann? Nutze jeden schönen Tag, wie man sagt."

„Haben Sie Befehle für mich?"

„Nicht genau. Aber Sie sollen nach Moskau zurückkommen. Ist eine Woche genug Zeit, um Ihre Arbeit hier abzuschließen?“

„Eine Woche!“ Er wusste nicht, warum ihn das überraschte, da er nie damit gerechnet hatte, lange hier zu sein. Was ihn schockierte, war sein Bedauern, weil er Wasili Turkins Wohnung nur noch ein einziges Mal besuchen konnte. Dann dachte er an Cameron – erst dann. Von ihr getrennt zu sein war nicht das Problem. Der Krieg war eine Zeit, in der man sich oft trennen musste. Das wussten sie beide. Das Problem war: Wie würden die Dinge zwischen ihnen stehen, bevor sie auseinandergingen?

Noch verzweifelter als je zuvor wollte er, dass sie seinen Glauben teilen würde. Ihm kam die Idee, dass Cameron, wenn sie nur die Turkins und die anderen, die er bei ihnen kennengelernt hatte, treffen könnte, ihre ablehnende Haltung aufgeben würde. Wenn sie mit eigenen Augen sah, wie stark der Glaube an Gott diese Menschen trug, müsste sie doch diesen Glauben auch für sich selbst haben wollen.

Alex sah plötzlich, wie sich alles so einfach zusammenfügen würde, wie alles, was ihm wichtig war, endlich eine Harmonie bilden würde. Cameron zum Glauben an Gott zu bewegen, musste doch leichter sein, als Berge zu versetzen. Gott war dazu sicher in der Lage. Warum fiel es ihm dann so schwer, das zu hoffen? Zum einen sicher deshalb, weil eine solche perfekte Zufriedenheit nicht sehr russisch war.

12

Schnell schob Cameron die Papiere in ihren Koffer zurück und ließ die Schlösser zuschnappen. Das Klopfen an ihrer Tür wurde lauter.

Ihr Herz klopfte wie wild. Sie kam sich wie ein Geheimagent vor, der dabei ertappt wurde, wie er Regierungsdokumente stahl. Diese Papiere waren ihr Eigentum! Sie wusste also nicht, warum sie so ein Geheimnis daraus machte. Und sie wusste auch nicht, warum sie niemandem hier in Russland von der russischen Affäre ihrer Mutter erzählt hatte – weder Alex noch Johnny. Das meiste hatte sie Juri Fedortschenko verraten, aber das war nötig gewesen, und selbst ihm gegenüber hatte sie nur wenig enthüllt. Warum erzählte sie sonst niemandem davon? Aus Angst? Schämte sie sich für ihre Mutter? Alles lächerliche Gründe.

Es klopfte noch einmal. Sie trat zur Tür und öffnete sie schwungvoll.

„Ich spiele ja normalerweise nicht den Laufburschen", verkündete Johnny Shanahan ohne irgendeine Vorbemerkung. „Aber wenn es für dich ist, Süße, kann ich nicht Nein sagen." Er schritt unaufgefordert ins Zimmer. Sein Blick fiel sofort auf den Koffer, der auf Camerons Bett lag. „Fährst du weg, Süße?"

Diesem Mann entging auch wirklich nie etwas!

Seine Bemerkung traf sie dennoch unvorbereitet. „Ich ... äh ... habe gerade erst fertig ausgepackt, seit ich aus den Staaten zurück bin."

„Ich packe auch nicht gern aus. Das schiebe ich immer vor mir her. Hey, wenn du willst, schleppe ich für dich den Koffer die Treppe hinauf und verstaue ihn im großen Schrank auf dem Dachboden. Er muss dir ja nicht den wenigen Platz wegnehmen, den du in deinem Zimmer hast."

„Danke, Johnny, aber ... ich ... habe genug Platz." Normalerweise konnte sie besser lügen. Ihr ganzes Zimmer war nicht viel größer als ein Schrank.

Johnny schritt auf die für ihn typische Art, die vollen Besitz von allem ergriff, egal, wo er auftauchte, ins Zimmer. Er ließ sich auf den einzigen Stuhl im Raum fallen, holte eine Schachtel Zigaretten aus seiner Brusttasche und zündete sich eine an. Er hatte eine unbeschreibliche Art an sich, seine Umgebung zu beherrschen. Er war nicht unbedingt ein besonders gut aussehender Mann. Johnny war nur fünf Zentimeter größer als Cameron und drahtig gebaut. Seine Augen standen zu eng beieinander, seine Lippen waren zu dünn und seine Nase war zu groß. Außerdem hatte er diese auffallende Narbe über seiner rechten Stirn, ein Grübchen am Kinn und hohe Backenknochen. Gesichtszüge, die viel zu unkonventionell waren, um gut auszusehen, aber Cameron hatte noch keine Frau erlebt, die in seiner Gegenwart nicht von seinem Charme fasziniert gewesen und ihm erlegen wäre. Ihr war es auch so ergangen. Früher einmal.

„Komm schon, Süße! Was versteckst du vor deinem alten Kumpel?" Er zog genüsslich an seiner Zigarette.

„Wie in aller Welt kommst du auf diese Idee? Meine Güte, du bist ja genauso misstrauisch wie der NKWD." Sie schüttelte den Kopf. „So langweilig kann dir doch nicht sein, Johnny."

„Oh doch, kann es sehr wohl!" Er sprang auf und ging einen Schritt auf das Bett zu.

Einem Reflex folgend, stellte sich ihm Cameron in den Weg. „Also gut", seufzte sie mit deutlich hörbarer Resignation. „Ich erzähle es dir. Hier drinnen ist ein zehnseitiger Artikel über ein Interview, das ich gerade mit Genosse Stalin geführt habe."

Er lachte. „Meinetwegen, wie du willst." Er setzte sich wieder auf den Stuhl. „Ich weiß, dass du lügst. Denn das erste Interview mit Stalin werde ich bekommen."

„Du bist ganz schön eingebildet. Weißt du das?"

Er lächelte. „Du kennst mich, Süße. Ich habe seit dem ersten Tag, als ich hier ankam, eine Liste mit Fragen für den alten Josef vorbereitet."

„Das klingt gar nicht mehr so, als könntest du es nicht erwarten, von hier fortzukommen."

Er zuckte die Achseln und atmete frustriert aus. „Ich würde sofort verschwinden, wenn ich deinen Vater endlich dazu bewegen könnte, die Dinge mit meinen Augen zu sehen. Zum einen ist Stalin in Moskau und ich bin hier. Herrliche Aussichten, aus mehreren hundert Kilometern Entfernung ein Interview zu bekommen." Seine Augen wanderten wieder zu ihrem Koffer.

Um ihn abzulenken, fragte Cameron schnell: „Wenn du ihm nur eine Frage stellen dürftest, was würdest du ihn fragen?"

Er überlegte und tippte sich unbewusst ans Kinn. „Nur eine einzige Frage, sagst du? Hm ... Herr Stalin, wovor haben Sie Angst?"

Jetzt lachte Cameron. Es wäre Johnny zuzutrauen, vor den Herrscher über die größte Nation der Welt zu treten und anzudeuten, dass dieser Mann vor irgendetwas Angst haben könnte, und der dann auch noch zugeben würde, wovor.

„Warum ausgerechnet diese Frage?", erkundigte sie sich.

„Er muss vor etwas Angst haben. Sonst würde er die Wahrheit nicht so unter Verschluss halten, wie er das tut. Findest du nicht? Er ist bestimmt ein sehr unsicherer Mann. Schau dir doch nur die Säuberungen in den Dreißigerjahren an. Er muss vor etwas Todesängste haben, sonst hätte er nicht die Hälfte seiner Armeeoffiziere und sogar einige seiner eigenen Mitarbeiter töten oder inhaftieren lassen. Aber der größte Beweis sind für mich diese ganzen Geheimniskrämereien. Nur jemand, der wirklich Angst hat, benimmt sich so."

Camerons Blick wanderte unweigerlich zu ihrem Koffer und dann schnell wieder weg. Sie fragte sich, ob Johnny diese unbewusste Bewegung bemerkt hatte. Er sagte nichts. Sie glaubte nicht, dass seine Worte in irgendeiner Weise gegen sie gerichtet waren. Hatte er recht? Wurde sie auch von Angst getrieben? War die Angst stärker als ihre angeborene Neugier? Wovor hatte sie Angst?

„Das ist interessant, Johnny", sagte sie schwach, hauptsächlich um sich selbst von diesen unangenehmen Gedanken abzulenken.

„Was würdest du ihn denn fragen, Hayes?"

„Ach, ich weiß nicht. Wahrscheinlich, was seine Lieblingsfarbe ist und auf welcher Seite des Bettes er schläft", antwortete sie vage.

Er lächelte herablassend. Seine Augen verrieten, dass er keine Minute glaubte, dass sie solche oberflächlichen Fragen stellen würde. Sein Vertrauen in sie als Journalistin veranlasste sie zu den Worten: „Johnny, vielleicht erzähle ich dir eines Tages, was in diesem Koffer ist. Es ist eine persönliche Familienangelegenheit. Manchmal denke ich zwar, ich sollte es jemandem erzählen. Aber ich bin einfach noch nicht bereit dazu."

„Hast du auch Angst, Süße?" Sein Tonfall war für seine Verhältnisse ungewohnt sanft und in gewisser Weise tröstlich.

Ohne es zu wollen, nickte sie.

„Okay", sagte er, „ich will nicht nachbohren, solange du mich nicht darum bittest. Ach, bevor ich es vergesse: Ich habe eine Nachricht für dich." Sie erwartete, dass er jetzt einen Zettel aus der Tasche ziehen würde. Als er das bemerkte, schüttelte er den Kopf. „Nein, ich richte dir die Botschaft mündlich aus. Ein gewisser Doktor will mit dir im Stroganoff zu Abend essen."

„Ich verstehe nicht, warum er dich gebeten hat, mir das zu sagen?"

„Er rief mich an. Wahrscheinlich hielt er es für sicherer, mich anzurufen und nicht dich." Er drückte seine Zigarette im Aschenbecher aus und stand schwungvoll auf. „Ich muss jetzt los." Er begab sich zur Tür und öffnete sie. Dann blieb er noch einmal kurz stehen. „Vergiss nicht, Hayes, ich bin für dich da, wenn du mich brauchst." Er warf ihr einen bedeutungsvollen Blick zu, der nur kurz den Koffer streifte.

Sie lächelte ihn dankbar an und fragte sich, ob sie es ihm wohl je erzählen würde. Und auch Alex. Diese beiden Männer und sie hatten schon einige Geheimnisse miteinander. Sie waren ihre besten Freunde in Russland. Wahrscheinlich auf der ganzen Welt.

Das Restaurant Stroganoff war genauso fantasielos wie sein Name, aber Kuibyschew hatte nicht viel Besseres zu bieten. Andererseits kam sie ja nicht wegen der mageren Menüauswahl mit schlechten Weinen und wenig Fleisch hierher.

Alex saß an einem Ecktisch. Das Restaurant bot wahrscheinlich für nicht mehr als für fünfzig Gäste Platz. Jetzt, zur Abendessenszeit, herrschte ein reger Betrieb. Hier trafen sich hauptsächlich Ausländer. Es war eine gute Idee, sich im Stroganoff mit Alex zu treffen, da der NKWD es immer nur von außen überwachte. Es wäre viel zu auffällig gewesen, wenn sie zu zweit das Restaurant betreten hätten.

Alex huschte als Erster hinein und hatte offenbar gut darauf geachtet, dass ihm keiner folgte. Ob Cameron beschattet wurde, spielte im Grunde keine Rolle, da es ganz normal war, dass sie hierherkam, um sich mit anderen Ausländern zu treffen.

Sie konnte gar nicht glauben, wie gut es tat, sein Gesicht zu sehen. Sie hatten sich seit Tagen nicht mehr gesehen und sie hatte ihn vermisst. Sie rutschte ihm gegenüber auf den Stuhl und legte ihre Handtasche auf den Tisch. Dann streckte sie den Arm über den Tisch und ergriff seine Hand. Sie wollte ihn küssen, aber damit hätte sie zu viel Aufmerksamkeit auf sich gelenkt. Die prickelnde Wärme seiner großen Hände zu fühlen, musste genügen.

„Ich habe schon unser übliches Essen bestellt", erklärte er. „Du weißt, wie lange sie hier brauchen, bis man etwas bekommt."

Ja, das wusste sie, aber es interessierte sie kaum. „Je länger es dauert, umso besser!"

„Ich fürchte, ich bin es vom Krankenhaus gewohnt, dass alles schnell gehen muss, aber ich werde langsam essen." Er drückte ihre Hand. „Es tut so gut, dich zu sehen. Ich habe gute Nachrichten: Ich werde nicht länger überwacht! Jetzt wird es leichter für uns werden, uns zu treffen."

„Alex, das ist ja wunderbar! Aber warum jetzt auf einmal?"

„Das erzähle ich dir später. Das ist Teil der anderen Nachricht, die ich habe."

„Erzähl es mir jetzt. Ich kann es nicht erwarten."

„Es ist ... keine so gute Nachricht."

Ihre Finger verkrampften sich in seiner Hand. „Du musst fort, nicht wahr?"

„Ich wollte warten, bis wir gegessen haben."

„Ich könnte jetzt nichts essen. Wann?"

In diesem Augenblick kam die Kellnerin mit einer Kanne Tee und zwei kleinen Tellern, auf denen eine salatähnliche Mischung lag. Aufgrund seiner üblichen Kundschaft versuchte der Wirt, westliche Essensbräuche nachzuahmen, was ihm meistens nicht besonders gut gelang. Cameron hatte so einen Salat erst hier in Russland kennengelernt – ein paar Rübenstückchen, ein wenig geraspeltes rohes Kraut und ein paar dünn geschnittene Zwiebeln, alles mit einer faden Essigsoße übergossen und kaum genug, um einen Vogel satt zu bekommen. Aber ihr war sowieso der Appetit vergangen.

„Wann, Alex?", fragte sie noch einmal, als die Kellnerin fort war.

„Manchmal wünschte ich, du würdest deine journalistischen Instinkte vergessen. Genießen wir doch erst einmal unser Essen."

„Kannst du das Essen wirklich genießen, wenn das wie ein Damoklesschwert über uns hängt?", fragte sie ein wenig bissig.

„Ich werde es versuchen. Wir wussten, dass es früher oder später so kommen würde."

„Ja ..." Sie ließ seine Hand los. Nervös spielte sie mit der Messingschnalle an ihrer Handtasche. „Alex, früher war ich ziemlich hart im Nehmen. Das hat Johnny auch immer gesagt. Aber seit ich nach Russland gekommen bin, ist etwas mit mir geschehen. Ich weiß nicht ... ich habe das Gefühl, ich verliere die Kontrolle darüber, wer ich bin. Ich habe das Gefühl, als wäre das Leben ein Tiger. Ich kann ihn kaum am Schwanz fassen, dann schlägt er schon um sich, um wegzukommen."

„Durch den Krieg verlieren viele Menschen die Kontrolle über ihr Leben. Mir geht es auch so."

„Aber mir gefällt das nicht!", rief sie aus, als würde die Leidenschaft in ihrer Stimme genügen, um diese Ohnmacht zu vertreiben. „Mir konnten früher keine Abenteuer und Gefahren zu groß sein. Jetzt ... will ich nur ..." Sie schüttelte den Kopf. „Ich bin nicht sicher, was ich will. Sag mir, dass das nicht mitleiderregend ist!"

„Ist es nicht." Er nahm wieder ihre Hand und hielt sie fest. „An dir ist absolut nichts mitleiderregend, Cameron."

„Ich will nur, dass alles wieder normal ist."

„Cameron ..." Er zögerte und biss sich auf die Lippe. Ihr gefiel sein Gesichtsausdruck nicht. Seine Miene verriet, dass er einen inneren Konflikt ausfocht. „Ich habe oft genau das gleiche Gefühl, so als müsste ich zerplatzen, und würde am liebsten davonlaufen. In mir wütet auch ein Tiger. Du weißt das. Aber ich habe etwas gefunden, das hilft. Der Tiger ist immer noch da und tobt, aber ich muss ihn nicht länger allein zähmen ..."

„Alex ..." Sie wusste, was er sagen wollte. In ihren Augen war das nur ein weiteres Problem. Keine Lösung.

„Zum Kuckuck, Cameron!", platzte er heraus.

Diese Reaktion war überhaupt nicht seine Art. Sie zitterte ein wenig und wusste nicht, warum.

„Würdest du mich wenigstens ein einziges Mal zu Ende reden lassen? So viel bist du mir doch schuldig!"

„Also gut, sprich weiter", sagte sie kühl. Sie entzog ihm ihre Hand, damit er ihr Zittern nicht bemerkte.

„Der Glaube an Gott ist kein Wundermittel, aber er ist auch keine

Täuschung. Er ist wie fester Boden, auf dem man stehen kann, wenn um uns herum das Chaos wütet."

„Wozu hilft er dann, wenn er das Chaos nicht wegnimmt?", fragte sie. Er schaute sie nur schweigend an. Er musste ihr nicht sagen, wie dumm ihre Frage war. Das wusste sie selbst. „Also gut", räumte sie ein. „Ich weiß, was du meinst. Meine Mutter sagte so etwas auch immer. Sie zitierte Bibelstellen. ‚Oh Gott, unsere Hilfe in der Vergangenheit, unsere Hoffnung in der Zukunft, unsere Zuflucht vor dem Sturmwind, unser ewiges Zuhause.' Frag nicht, warum ich mir diesen Satz gemerkt habe."

„Ich habe ihn auch schon einmal gehört, aber das ist ein Lied, kein Bibelvers. Trotzdem ... warum fällt es dir so schwer, etwas anzunehmen, das dir diese Sicherheit anbietet?"

Sie lachte und stieß einen bissigen Ton aus, der gleichzeitig einen Anflug von Verwirrung enthielt. „Hast du mir nicht zugehört, Alex? Was du da von mir verlangst, ist, dass ich meine Selbstkontrolle völlig aufgebe. Ich kenne Gott. Ich weiß, was er will. Alles!"

„Aber er wird es dir nicht wegnehmen. Du musst es ihm geben."

„Das kann ich nicht." Das Bedauern, mit dem sie diese Worte aussprach, überraschte sie selbst. Aber sie nahm sie nicht zurück. Sie konnte nicht.

„Gehen wir es doch ein wenig langsamer an, ja?" Seine Hand zuckte. Sie wusste, dass er ihre gern gehalten hätte, aber sie hielt sie eng bei sich. „Wir können diese Sache langsam angehen, einen Schritt nach dem anderen. Du brauchst nicht ins tiefe Wasser zu springen, ohne dir vorher die Zehen nass zu machen. Du recherchierst doch gern. Hier hast du eine Gelegenheit dazu. Du brauchst nichts weiter zu tun, als der Sache auf den Grund zu gehen. Du wärst ganz in deinem Element. Stelle die Fragen, die dich interessieren. Was ist daran so schlimm?"

Ihr fielen jede Menge Probleme zu seinem Vorschlag ein, aber am meisten störte sie, dass sie keine Fragen über Religion stellen und dem Glauben an Gott nicht auf den Grund gehen *wollte*. Hatte sie denn davor auch Angst? Angst vor den Antworten, die sie finden könnte?

Sie zuckte mit den Achseln, ohne sich auf etwas festzulegen.

„Ich weiß, wo du anfangen kannst", sprach er weiter.

In seinen Augen funkelte dieser Blick, den er bekam, wenn er in

Bezug auf eine Sache besonders leidenschaftlich war. Sie hatte diesen Blick gesehen, als er den Partisanenjungen hinter den deutschen Linien operierte.

„Ich würde dir gern ein paar Leute vorstellen, die ich hier in Kuibyschew kennengelernt habe. Sie gehören zu einer kleinen Kirche."

„Was für eine Kirche ist das?" Immer noch lagen eine unüberhörbare Vorsicht und Zurückhaltung in ihrem Tonfall. „Hier in der Stadt gibt es nicht viele. Aber ich habe ein paar sehr schöne gesehen." Etwas stieg in ihr auf – Angst, bitter wie der Geschmack von Galle.

„Sie treffen sich nicht in irgendeinem der Gebäude, die du gesehen hast", begann er langsam. Er schluckte und in Cameron rumorte alles. „Sie treffen sich in Privatwohnungen."

„Dann müssen sie aber eine ziemlich kleine Gruppe sein."

„Ja, ziemlich klein. Ungefähr ein Dutzend Leute."

„Keine russisch-orthodoxe Gemeinde?"

„Natürlich nicht. Ich würde sagen, sie haben eher Ähnlichkeit mit einer protestantischen Gemeinde in den Staaten." Er machte wieder eine kurze Pause, bevor er hinzufügte: „Es ist so etwas wie eine Untergrundkirche."

„Untergrundkirche?"

„Trotz der Religionsfreiheit, die zurzeit herrscht, gibt es viele Christen, die weiterhin im Untergrund operieren." Er schien eine vorbereitete Erklärung aufzusagen. „Sonst könnte der NKWD sie beschatten; wenn und falls diese Freiheit wieder beschnitten wird, wüssten sie sofort, wen sie verfolgen müssten."

„Das klingt für mich nicht, als wären das Christen, die voll Vertrauen und Hoffnung sind."

Sobald sie diese Worte ausgesprochen hatte, wusste sie, dass das ein Fehler gewesen war.

„Cameron, mach das nicht!" Er atmete bemüht langsam ein. „Ich weiß, dass du eine schwere Zeit durchmachst. Die ganzen Ungewissheiten, was uns betrifft, die Schwierigkeiten mit deinem Vater, die Sorge um deine Schwester ... ich will dir doch nur etwas zeigen, wo du Trost finden kannst."

„Du hast doch soeben noch gesagt, ich solle es langsam angehen? Jetzt sieht es so aus, als wolltest du mich mitten in die Löwengrube werfen."

„Ich hätte nicht gedacht, dass du vor ein paar Löwen Angst hast!", fauchte er zurück.

„Ich habe keine Angst!" Sie schrie diese Worte förmlich. Schnell mäßigte sie ihren Ton wieder, da ein paar Köpfe in der Nähe sich zu ihnen umdrehten. „Ich habe keine Angst vor den Dingen, vor denen ich deiner Meinung nach Angst habe."

Er schaute sie nur schweigend an, als sie diesen Unsinn erzählte. Sie versuchte verzweifelt, sich aus dem Netz, in dem sie sich verstrickt hatte, zu befreien. Aber das war ihr gleichgültig. Sie hatte das Gefühl, in eine Falle gelaufen zu sein, die Alex für sie ausgelegt hatte.

„Vergiss es, Alex. Ich will einfach nicht darüber reden." Er hob die Hand und wollte sie berühren, aber sie schüttelte den Kopf. Dann sprang sie abrupt auf.

Bevor sie wusste, was sie tat, hatte sie ihren Mantel von der Garderobe geschnappt und eilte schnellen Schrittes aus dem Restaurant. Sie schaute nicht zurück. Die Kälte schlug ihr ins Gesicht. Eine Sekunde später hörte sie, wie die Tür wieder aufgeschwungen wurde. Alex trat neben sie.

„Du kannst mich doch nicht einfach sitzen lassen." Sie konnte in diese einfache Aussage viele Bedeutungen hineindeuten. Aber warum fühlte sie sich, als wäre *sie* diejenige, die sitzen gelassen wurde?

„Das war einfach nicht der richtige Ort, um darüber zu sprechen", sagte sie lahm. „Aber ich weiß nicht, ob es einen guten Ort dafür gibt."

Er drehte sich zu ihr um. Sie wich an die Ziegelmauer des Restauranteingangs zurück. Sie waren im Freien, aber von drei Seiten durch den Alkoven geschützt.

„Besteht für uns denn keine Hoffnung?", flüsterte er. Eine eisige Dampfwolke folgte seinen schmerzerfüllten Worten. „Wenn du gegenüber etwas, das mir wichtig ist, so verhärtet bist?"

„Es ist dir offensichtlich wichtiger als ich!"

„Das ist nicht fair!"

„Wirklich nicht?" Verzweiflung stieg in ihr auf. Sie wollte davonlaufen, fliehen. Gleichzeitig fühlte sie sich von seinem durchdringenden Blick an die Wand gedrängt. Er schien sie im selben Augenblick zu sich hinziehen und von sich wegstoßen zu wollen. Ihre einzige Verteidigung bestand in einem lautstarken Angriff. Sie hatte keine Angst! Sie war kein Feigling!

Sie sprach unbeirrt weiter, obwohl ihre Worte sie innerlich zerrissen: „Alex, mit dieser Besessenheit setzt du unsere Beziehung aufs Spiel." Sie schaute ihn anschuldigend an. Mit einem Mal fügte sich alles wie ein Puzzle zusammen. Eine gewisse Logik. Etwas Greifbares. Ein wenig Kontrolle. „Die Polizei beschattet dich nicht mehr. Es wäre für uns jetzt so leicht. Aber du scheinst es wegwerfen zu wollen. Was ist, wenn sie diese kleine Untergrundkirche für eine Verschwörergruppe halten?" Seine Augen zuckten leicht. Sie konnte sehen, dass er daran auch schon gedacht hatte. „Ich kann es nicht glauben, Alex! Du hast daran gedacht und trotzdem bist du zu diesen Treffen gegangen. Jetzt verstehe ich, wie wenig dir unsere Beziehung bedeutet."

„Du verstehst das falsch, Cameron."

„Wieso?" Obwohl ihr Ton drohend klang, hoffte sie tief in ihrem Herzen, er hätte eine Antwort, die sie akzeptieren könnte.

„Das sind zwei verschiedene Dinge. Es hat nichts ..." Er brach abrupt ab. Er stöhnte. „Oh, guter Gott!" Er wandte sich wieder von ihr ab.

„Alex, was ist?" Sie konnte den Anflug von Mitgefühl in ihrer Stimme nicht verhindern. In dem Augenblick, in dem er sich umgedreht hatte, hatte sie gesehen, dass sich sein Gesicht wie unter starken Schmerzen verzog.

„Das darf nicht ...", murmelte er. „Das kann nicht ..."

„Was?"

„Ich liebe dich, Cameron. Ich kann nichts dagegen tun. Aber ich liebe auch Gott. Ich will ihn, nein, ich *brauche* ihn. Er muss der Mittelpunkt meines Lebens sein. Ich habe ihm freiwillig alles gegeben. Nur dich nicht. Ich habe dich vor ihm zurückgehalten, weil ich immer glaubte, ich könnte dich für ihn gewinnen." Er schaute sie wieder an. Sein Gesicht glich jetzt einem Trümmerfeld.

„Und jetzt ist dir gerade klar geworden, dass du das nicht kannst?" Traurigkeit überflutete sie und auch Hilflosigkeit. Wie leicht wäre es, ihm etwas vorzuspielen. Jackie hatte ihr erzählt, dass Blair das mit dem Mann, den sie liebte, getan hatte. Es hatte nicht funktioniert. Ein solcher Betrug funktionierte nie. Außerdem war Cameron nicht der Mensch, der sich jemandem so völlig unterwarf – nicht einmal dem Mann, den sie liebte.

„Ich kann es jedenfalls nicht erzwingen", antwortete er. „Aber was mache ich, bis es so weit ist? Falls es je so weit kommt? Wie kann ich mich für eine Seite entscheiden? Weißt du, was über einen Mann gesagt wird, der zwei Herren dient? Er wird entweder den einen hassen und den anderen lieben oder zu dem einen halten und den anderen verachten. Ich will nicht irgendwann anfangen, dich zu verachten, Cameron. Also ... muss ich eine Entscheidung treffen."

Ihr Herz stockte. Aller Ärger war verraucht. Sie lehnte immer noch an der Wand, da sie fürchtete, sonst umzufallen.

„Wir ... könnten einen Weg finden, wie es funktionieren kann." Bettelte sie? Es war ihr gleichgültig.

„Du hast selbst gesehen, was dabei herauskommt. Jedes Mal, wenn wir zusammen sind, wächst die Spannung. Es geht bei dem, was zwischen uns steht, nicht nur um eine banale Kleinigkeit."

„Für wen entscheidest du dich also, Alex?" Ihre Stimme zitterte trotz ihrer nüchternen Worte.

Als er zögerte, wünschte sie, er würde ihr wieder den Rücken zudrehen, damit sie sein Gesicht und die Ablehnung, die jetzt aus seinen wunderbaren Augen sprach, nicht sehen müsste. Ein Mann wie Alex würde nie die bloße Liebe einer Frau über etwas stellen, das so tief in seiner Seele verwurzelt war wie der Glaube seines Herzens.

„Du brauchst mir keine Antwort zu geben", sagte sie schnell. „Geh einfach und belass es dabei."

Sein verletzter Blick wanderte einen Moment über ihr Gesicht. Er öffnete den Mund, aber keine Worte kamen über seine Lippen. Er drehte sich um, zögerte aber immer noch. Er hatte ihr den Rücken zugewandt. Seine Schultern sackten unter seinem schweren Mantel zusammen. Sie sehnte sich danach, sein Gesicht noch ein einziges Mal zu sehen, weil sie dachte – oder hoffte? –, sie könnte wenigstens noch ein einziges Mal Blickkontakt zu ihm haben, dieser furchtbare Bann würde gebrochen und sie kämen beide wieder zu Vernunft. Aber sie machte keine Anstalten in diese Richtung. Vielleicht war sie wirklich ein Feigling. Vielleicht war sie auch nur zu stolz und wollte auf keinen Fall den Eindruck erwecken, sie würde um seine Liebe betteln.

Er stieß ein langes, abgehacktes Seufzen aus, ging einen Schritt und blieb dann stehen. „Cameron ..."

„Keine Entschuldigungen bitte." Ihre Abwehrmauern legten sich um sie wie der kalte sibirische Frost.

„Ich bringe dich nach Hause ..."
„Es ist nicht weit. Ich schaffe es allein."
„Dann ... leb wohl", flüsterte er. Sie sah nur eine Dampfwolke vor seinem Gesicht aufsteigen.
„Leb wohl, Alex." Sie legte eine Entschlossenheit in ihre Stimme, die sie ganz und gar nicht empfand.
Er ging weg, ohne sich noch einmal zu ihr umzudrehen. Es war besser so. Das musste er auch wissen. Sie war sicher, dass sie wie geschmolzener Schnee zusammensacken würde, wenn sie noch ein letztes Mal in das Gesicht des Mannes geschaut hätte, von dem sie wusste, dass sie ihn liebte, der sie aber nicht genug liebte.
Mit Gott konkurrieren konnte und wollte sie nicht.
Selbst als sie ihm nachschaute, fühlte sie tief in ihrer Seele, dass es unmöglich zwischen ihnen vorbei sein konnte. Sie kannten einander noch kein halbes Jahr, aber die Intensität dieser Monate hatte ihre Liebe zusammengeschmiedet. Hatte diese Intensität sie auch voneinander getrennt?
Oder war das nur eine Kriegsromanze gewesen? Sie hätte nie gedacht, dass sie diesem Phänomen zum Opfer fallen würde. Sie stand über solchen Sentimentalitäten und Schwächen. Aber selbst jetzt, da der Schmerz durch seine Ablehnung ganz frisch war, konnte sie das, was sie mit ihm verbunden hatte, nicht einfach so abtun. Alex hatte ihr von Phantomschmerzen bei verwundeten Soldaten erzählt, die ihre Gliedmaßen spürten, auch nachdem sie ihnen abgenommen worden waren. Genauso fühlte sie sich jetzt.
Und genauso wie für diese Amputierten, so schien es auch für sie, egal was sie fühlte, keine Möglichkeit zu geben, den Teil von ihr, der abgeschnitten worden war, wiederherzustellen.

Teil 2

„Habt frohe, schöne Weihnachten.
Lasst euer Herz leicht sein.
Von jetzt an sind eure Probleme nicht zu sehen.“

Hugh Martin / Ralph Blane
Meet Me in St. Louis, 1944

13

Los Angeles, Kalifornien
Mitte Dezember 1941

Jackie schaute ihren Viertklässlern zu, die schwer bepackt an ihr vorbeimarschierten. Jedes Kind schleppte einen Sack mit einer Decke, einem Kissen und ein paar anderen notwendigen Dingen ins Klassenzimmer. Diese Sachen sollten im Schulhaus gelagert werden für den Fall, dass die Kinder während eines Luftalarms dort festsitzen würden.

Ein Luftangriff!

So etwas war unvorstellbar. Schließlich befanden sie sich in den Vereinigten Staaten von Amerika! Der letzte Krieg, der auf ihrem Boden ausgetragen worden war, musste der Amerikanische Bürgerkrieg gewesen sein. Alle Bundesstaaten an der Küste waren in voller Alarmbereitschaft. Es gab Pläne für den Fall einer Invasion, Verdunklungsbestimmungen und sogar Evakuierungspläne.

„Dieser Sack ist so schwer!“, stöhnte ein Junge, während er seinen Sack zum Lagerraum schleppte.

„Was hast du denn da drinnen, Jimmy?“, fragte Jackie.

Sein Sack beulte sich viel mehr aus als das Gepäck der anderen Kinder. Als sie nachschaute, fand Jackie darin mehrere Bücher, eine Taschenlampe, Konservendosen mit Essen und andere Vorräte für mehrere Tage und nicht für ein paar Stunden.

„Meine Mama sagte, ich solle auf alles vorbereitet sein, Miss Hayes“, erklärte der Zehnjährige mit einem Achselzucken.

„Aber worauf denn?“, sagte sie mehr zu sich selbst als zu ihm. Sie schloss den Sack wieder. Wer weiß, vielleicht würde er das alles tatsächlich brauchen.

Der Junge ging mit den anderen Kindern weiter. An der Tür zum Lagerraum nahmen andere Lehrer die Säcke in Empfang und verstauten sie. Jackies Referendarleiterin trat neben sie.

„Ich hätte nie gedacht, dass ich so etwas einmal erleben müsste“, seufzte die Frau.

Mrs Brock war nur fünf Jahre älter als Jackie und hatte ihr immer eher das Gefühl gegeben, eine Freundin zu sein als eine Lehramtsanwärterin. Jackie war erst seit einer Woche an der Schule und würde mit ihrem Referendariat offiziell erst im neuen Jahr beginnen, aber da ihre Dozenten vorgeschlagen hatten, sie solle ein bisschen früher kommen, um ihre Kollegen und die Kinder schon einmal kennenzulernen, war sie jetzt schon hier. Man hatte sie mit offenen Armen aufgenommen. Bei allem, was seit dem Beginn des Krieges geschah – Luftalarmübungen durchführen, verängstigte Kinder beruhigen, Namensplaketten vorbereiten –, konnte ein zusätzliches Paar Hände an der Schule gut gebraucht werden.

„Meine Mutter sagte, während des Großen Krieges hätte man kaum das Gefühl gehabt, dass Krieg sei, besonders hier drüben an der Westküste nicht", bemerkte Jackie. Obwohl sich Cecilia in der ersten Zeit des Krieges in Russland aufgehalten hatte, war sie kurz vor dem Eintritt der Vereinigten Staaten in den Krieg nach Hause gekommen.

„Die Japaner waren damals nicht beteiligt."

„Ich fürchte, die Bedrohung ist real, auch wenn man sich schwer vorstellen kann, dass das amerikanische Festland je verwundbar sein könnte."

Mrs Brock erschauderte. Dann sagte sie leise, damit die Kinder sie nicht hören konnten: „Hast du es denn nicht gehört? Ich habe gehört, dass vierunddreißig japanische Schiffe vor der Küste von Manhattan Beach gesehen wurden. Ich wohne dort in der Nähe! Und es gab Berichte von drei japanischen Zerstörern vor der Halbinsel Palos Verdes."

Ja, Jackie hatte diese Gerüchte über die Anwesenheit der Feinde vor der Küste Südkaliforniens gehört. Ihr Vater war schließlich Herausgeber einer Zeitung. Aber sie hatte auch gehört, dass die meisten dieser Berichte nur falscher Alarm waren. Die vierunddreißig Schiffe waren nur Fischer von der Terminal-Island gewesen, wie sich später herausstellte, die gewartet hatten, bis der Nebel sich lichtete, ehe sie in den Hafen kommen konnten.

Es wäre dumm, die Gefahr an der Küste völlig zu unterschätzen, aber es war noch schlimmer, sie überdimensional aufzubauschen. Jackie verkrampfte sich immer noch, wenn sie an die Nachricht dachte, dass über tausend Japaner von der Regierung „interniert" worden waren. Zwar waren auch einige Deutsche und Italiener in Gewahrsam genommen worden, sobald diese Länder den USA einige Tage nach Pearl Harbor den Krieg erklärt hatten, aber wohl kaum in so großen Zahlen.

„Ich kann es kaum erwarten, dass die Weihnachtsferien beginnen“, sagte Mrs Brock. „Dann liegt die Verantwortung für die Kinder in dieser unsicheren Zeit bei deren Eltern. Vielleicht ist bis zum neuen Jahr alles vorbei.“

Jackie schaute die Lehrerin fragend an. Keiner, der die Augen nicht vor der Wirklichkeit verschloss, konnte so etwas glauben. Zweifellos war das nur Wunschdenken bei Mrs Brock. Ihr Mann hatte zu den vielen Männern gehört, die sich am 8. Dezember zum Militärdienst gemeldet hatten. Aber dieser Krieg würde nicht – konnte nicht – enden, solange Japan die Oberhand hatte, was im Augenblick höchstwahrscheinlich der Fall war. Die bestätigten Berichte über die Verluste in Pearl Harbor waren entmutigend. Die Flotte war stark beschädigt worden. Außerdem waren über zweitausend Amerikaner getötet und über eintausend verwundet worden. Der Gedanke an die große Zahl der Gefallenen ließ ihr Blut vor Patriotismus höherkochen. Aber das war erst der Anfang. Die Japaner waren auch in Guam, Hongkong, Malaysia und auf den Philippinen gelandet und hatten überall eine Spur der Verwüstung hinterlassen. Irgendwo dort war Blair – mitten im schlimmsten Kriegsgeschehen. Trotzdem konnte Jackie, sosehr sie es von ganzem Herzen *hoffte*, keine Minute glauben, dass dieser Krieg bald zu Ende gehen würde.

Jackie hängte das letzte Lametta an den Weihnachtsbaum. Ihre Mutter schaute ihr mit einem leichten Lächeln vom Sofa aus zu. Sie hatten darüber diskutiert, ob sie dieses Jahr einen Baum aufstellen sollten, obwohl Cameron und Blair fort waren und beide in Kriegsgebieten festsaßen. Aber von Blair war endlich ein Telegramm gekommen, in dem sie mitgeteilt hatte, dass es ihr gut gehe. Sie war in Manila und bereitete sich auf eine Evakuierung vor. Worte, die nichts Gutes verhießen, aber sie mussten froh sei, dass sie überhaupt von ihr gehört hatten, und es schien vernünftig, ein wenig zu feiern und Keagans Drängen, das Beste aus den Weihnachtstagen zu machen, nachzugeben.

Obwohl er alle Sentimentalitäten immer zynisch kritisierte, war Keagan ein Mann, der Weihnachten mit Begeisterung feierte. Der knurrige, kantige Ire hatte immer dafür gesorgt, dass seine Mädchen, als sie noch klein gewesen waren, während der Weihnachtszeit irgendwo in einem Warenhaus bei einem Weihnachtsmann auf dem Schoß sitzen konnten. Er gab großzügig Geld für Geschenke aus und musste nie daran erinnert werden, welche zu kaufen. Er hatte sogar mehrere Krawatten mit Weihnachtsmotiven, die er in der Woche vor den Feiertagen trug.

„Alles klar! Es geht los!“, donnerte Keagan, als Jackie vom Baum zurücktrat. Er bückte sich neben dem Baum zu einer Steckdose, steckte den Stecker ein und der Baum erstrahlte in hellem Licht.

„Wir werden eine Rüge bekommen, weil wir gegen die Verdunklung verstoßen“, bemerkte Cecilia.

„Die können mir gestohlen bleiben! Es ist Weihnachten“, knurrte Keagan. Er richtete sich wieder auf und stellte sich neben Jackie, um ihre gemeinsame Arbeit zu begutachten.

Das Lametta glitzerte neben den goldenen und silbernen, roten und grünen Glaskugeln, die von den Zweigen hingen. Die Glühbirnen waren wie Kerzen geformt, jede hatte eine andere Farbe. Oben an der Spitze steckte ein beleuchteter gelber Stern.

Jackie lächelte und legte den Arm um ihren Vater. „Ich bin froh, dass du uns dazu überredet hast“, sagte sie. „Meine Güte, wir brauchen ein wenig Normalität.“

Cecilia erhob sich und gesellte sich zu ihnen. „Ja, das glaube ich auch“, seufzte sie. Aber sie warf einen vorsichtigen Blick zum Fenster, um sicherzustellen, dass die Jalousien alle geschlossen waren.

„Also, wo bleibt der Eierlikör?“, fragte Keagan. „Wir müssen es schon richtig machen.“

Das war Familientradition. Zwei Tage vor Weihnachten versammelten sich alle, um den Baum zu schmücken. Danach gab es Eierlikör und Plätzchen. Keagan goss immer ein wenig Whiskey in seinen Eierlikör und Cecilia tadelte ihn deshalb jedes Jahr. Als die Mädchen noch kleiner gewesen waren, hatten sie immer gefragt, ob sie seinen Eierlikör probieren dürften. Dann hatten sie wegen des schrecklichen Geschmacks das Gesicht verzogen, während Cecilia erneut ihren Mann tadelte, weil er so nachsichtig mit den Mädchen war. Damals war alles ziemlich lustig gewesen.

„Ich hole ihn, Papa", sagte Jackie. „Setzt ihr zwei euch schon und macht es euch gemütlich."

Cecilia hatte in der Küche ein Tablett vorbereitet. Es fehlte nur noch der Eierlikör aus dem Kühlschrank. Jackie stellte den kalten Krug, den sie aus dem Eisfach geholt hatte, auf das Tablett und wollte es hochheben, als sie plötzlich von ihren Gefühlen überrollt wurde. Tränen traten ihr in die Augen. Traditionen waren ein zweischneidiges Schwert. Sie war fest entschlossen, den Festtag zu feiern, weil sie wusste, dass Blair und Cameron bestimmt genau wissen wollten, wie sie zu Hause die Feiertage verbracht hatten. Sie würden nicht hören wollen, dass alles trübsinnig und traurig war, weil sie nicht da waren und weil Krieg war. Sie würden von all den Festivitäten hören wollen, die sie verpassten, und auf diese Weise das Gefühl haben, dabei gewesen zu sein.

Für diejenigen, die zu Hause die Stellung hielten, war es nicht leicht. Die klaffenden Lücken – drei Kristallgläser mit Eierlikör statt fünf Gläser und die leeren Stühle am Tisch beim Weihnachtsessen – taten weh. Für Cecilia war es bestimmt am schwersten, aber Jackie fragte sich, ob sie selbst besser damit zurechtkäme. Sie musste sich zusammenreißen. Später würde sie ihren Schwestern schreiben und hoffen, dass die Briefe zu ihnen durchkämen.

Sie würde schreiben:

Liebe Schwester,
du glaubst nicht, wie viel Arbeit wir dieses Jahr mit dem Baum hatten. Papa musste den größten kaufen, den er fand, aber dann hatten wir nicht genug Lichter für den ganzen Baum. Wir wühlten noch einmal auf dem Speicher und fanden eine alte Weihnachtsschachtel in der Ecke. Ich denke, sie stand dort schon jahrelang. In dieser Schachtel befand sich eine funktionierende Lichterkette. Wir entdeckten darin auch den Schmuck, den jede von uns von Opa Atkins bekam, als wir noch ganz klein waren. Ach, du hättest sehen sollen, wie viel Whiskey Papa in seinen Eierlikör goss. Oder sollte ich lieber sagen: Er hatte einen Schuss Eierlikör in seinem Whiskey? Mutter bereitete einen wunderbaren Truthahn als Weihnachtsessen zu. Da Helen das ganze Jahr hauptsächlich das Kochen übernimmt, hat Mama nicht viel Übung, aber sie ist immer noch eine ausgezeichnete Köchin. Ihre überbackenen Bananen waren

himmlisch. Wir haben euch beide sehr vermisst und haben auf euch angestoßen ...

Entschlossen verdrängte Jackie die Traurigkeit aus ihrem Denken, nahm das Tablett und trug es ins Wohnzimmer zurück. Als sie es auf den Tisch stellte, stand Keagan auf und ging zum Spirituosenschrank. In seinem Schritt lag eine unübersehbare Resignation. Jackie hatte das Gefühl, dass er seinen Whiskey dieses Jahr nicht nur aus Tradition, sondern aus anderen Gründen trank. Konnte es sein, dass er seine älteren Töchter vermisste? Bedauerte er die harten Worte ein wenig, mit denen er sie bedacht hatte? Hatte er unter seiner harten Schale doch ein weiches Herz?

„Habe ich dir gesagt, Jackie“, sagte er, „dass wir dieses Jahr nicht zum Rose Bowl gehen können?“

„Ich habe gehört, dass es verlegt wurde. Das hatte ich mir schon fast gedacht.“

„Passt mir gar nicht in den Kram, dass es dieses Jahr keine Parade und kein Spiel geben wird. Zum ersten Mal seit dreiundzwanzig Jahren. In den letzten zehn Jahren waren wir immer dort.“

„Wir könnten doch nach North Carolina fahren“, schlug Jackie vor. Natürlich wollte das keiner.

„Wenn UCLA oder wenigstens Stanford spielen würde, könnte ich mir das vielleicht überlegen. Aber Oregon State und Duke? Ich habe kein Interesse, so weit zu einem Spiel zu fahren, wenn keine Jungs aus unserer Stadt dabei sind.“ Er zog den Korken aus der Flasche, die er in der Hand hielt, und goss sich einen kräftigen Schuss in sein Kristallglas. „Ach ja, das ist ein kleines Opfer.“ Er setzte sich neben seine Frau auf das Sofa.

Jackie reichte ihrer Mutter eines der anderen Gläser, nahm selbst eines und setzte sich auf einen gepolsterten Sessel. Ihr fiel kaum auf, dass ihre Mutter keine Bemerkung wegen des Whiskeys verlor. Man konnte ihr daraus keinen Vorwurf machen. Sosehr sie es auch versuchten, es war einfach nicht so wie sonst.

„Denkst du, die ganzen Vorsichtsmaßnahmen sind wirklich nötig, Papa?“

Keagan zuckte die Achseln. „Besser als untätig herumzusitzen und Däumchen zu drehen. Vor der Küste gibt es wirklich japanische Aktivitäten. Da draußen sind sicher U-Boote auf Patrouille. Wir müssen auf der Hut sein. Aber die Japaner konzentrieren ihre Bemühungen hauptsächlich auf den Fernen Osten. Auf die ..." Er brach abrupt ab und warf einen schnellen Blick auf Cecilia. „Wie dem auch sei, die einzige Art, wie diese gelben Affen uns schlagen können, ist durch einen heimtückischen Angriff."

„Papa, bitte sprich nicht so", sagte Jackie, ohne zu überlegen.

„Wie soll ich nicht sprechen?" Er schaute sie mit zusammengekniffenen Augen über den Rand seines Kristallglases an und nahm einen weiteren Schluck von der dicken, weißen Flüssigkeit.

„Du weißt schon ... gelbe ... Affen ... und so." Ihr wurde fast schlecht, als sie die Worte wiederholte.

„Mir fielen schon noch schlimmere Sachen ein. Aber wen stört das? Sie sind der Feind."

„Nicht alle. Es gibt Japaner, die amerikanische Staatsbürger und diesem Land loyal ergeben sind." Warum hatte sie damit angefangen? Ihr Magen zog sich zusammen, aber sie konnte nicht anders. Sie verabscheute die ganzen bösen Schimpfworte, die über die Japaner die Runde machten, ohne dass man an die loyalen Japaner in Amerika dachte.

„Am besten traut man keinem von ihnen. Es ist davon die Rede, dass dem Kongress ein Gesetzentwurf vorgelegt werden soll, der verlangt, dass sie alle zusammengetrieben werden. Das *Journal* wird diesen Gesetzentwurf unterstützen."

„Papa, du kannst doch ein solches Unrecht nicht unterstützen! Und wenn du sagst ‚alle', kannst du doch nicht auch die amerikanischen Staatsbürger meinen."

„Ich meinen jeden Einzelnen von diesen schlitzäugigen Teufeln! Man kann die Guten nicht von den Bösen unterscheiden."

„Aber sie haben doch auch Rechte ..."

„Dann hätten sie unsere Männer auf Hawaii und den Philippinen nicht bombardieren sollen." Das war Cecilia. Ihre leise Stimme verriet sowohl Entsetzen als auch Schmerz.

Jackie begriff, dass es einfach unmöglich es war, mit Logik und Vernunft an dieses Thema heranzugehen. Die Leidenschaften loderten hoch. Selbst Cecilia, eine vernünftige Frau, war davon ergriffen. Sie hatte eine Freundin, deren Sohn in Pearl Harbor getötet worden war. Ihre eigene Tochter befand sich immer noch in Gefahr vor japanischen Angriffen auf den Philippinen. Es gab keine Möglichkeit, dagegen mit Vernunft anzukommen, keine Möglichkeit, den Leuten den Unterschied zwischen einem Feind und einem Unschuldigen, der zufällig so *aussah* wie der Feind, klarzumachen.

Sie stieß die Luft aus, die sie während der Diskussion angehalten hatte, und gab dieses Thema resigniert auf – für heute. Es hatte keinen Sinn, sich und ihren Eltern Weihnachten zu verderben. Aber Keagan drehte seinen hageren, roten Kopf herum und schaute sie mit seinen grünen Augen durchdringend an.

„Warum regst du dich darüber so auf, junges Fräulein?", wollte er wissen.

„Ich will einfach, dass Gerechtigkeit geschieht."

„Das ist alles?" Er kniff die Augen zusammen und beugte sich vor. „Du bist doch nicht immer noch mit diesen Leuten zusammen, oder?"

Sie zögerte, bevor sie antwortete. Sie hatte immer geplant zu lügen, falls diese Frage aufkommen sollte. Doch sie konnte sich nicht dazu überwinden. Sie konnte ihre Eltern nicht anlügen. Aber sie konnte ihnen auch nicht von Sam erzählen. Die Worte blieben ihr im Halse stecken. Wenn sie nur kein solcher Feigling wäre!

Es war Cecilia, die als Nächste sprach. Ihr Tonfall war ruhig, aber ein leichtes Zittern lag in ihren Worten. „Antworte deinem Vater, Jacqueline."

Sie wollte ihnen so gern sagen: „Ja, Mama und Papa. Ich bin in einen Japaner verliebt. Er ist ein großartiger junger Mann. Papa, du würdest ihn mögen. Er mag auch Football, wie du. Du hättest endlich einen Sohn, mit dem du diese Spiele anschauen könntest. Wenn du nur vergessen könntest, dass seine Augen ein wenig anders sind als deine und meine." Sie wusste, dass die Ablehnung ihrer Eltern genauso viel mit der Form seiner Augen wie mit dem Krieg zu tun hatte. Diese Abneigung war schon lange vor Pearl Harbor da gewesen.

Aber diese ganzen tapferen Worte wollten ihr nicht über die Lippen kommen. Ihre Kehle war wie zugeschnürt und ihre Zunge fühlte sich an, als wäre sie auf ihre doppelte Größe angeschwollen. Gleichzeitig wusste sie, dass es zu spät war für Worte. Sie hatte gezögert. Ihre Eltern wussten Bescheid.

Schließlich zwang sie etwas über ihre Lippen: „E-es tut mir leid." Sie sprang auf und floh aus dem Zimmer.

Als sie die Tür zu ihrem Zimmer hinter sich schloss, betete sie, dass ihr niemand folgen würde. Vielleicht hätte sie das Haus verlassen sollen, aber sie wusste, wohin sie gehen würde. Und in diesem Moment schien ihr das nicht richtig zu sein. Sie wollte nicht, dass ihr Zusammensein mit Sam immer von Problemen überschattet wäre.

Niemand kam in ihr Zimmer. Sie war dankbar, dass ihr Vater nicht hinter ihr herpolterte, was sie fast erwartet hatte. Vielleicht war er zu sehr schockiert. Hatte er erraten, dass ihre Beziehung zu „diesen Leuten" mehr war als nur eine freundschaftliche Bekanntschaft?

Trotzdem war sie ein wenig enttäuscht, dass ihre Mutter nicht mit ihren üblichen tröstenden Worten kam. Selbst Cecilia war über Jackies Zögern nicht allzu glücklich gewesen. Vielleicht konnte sie ihre Tochter in dieser Hinsicht nicht trösten. Hatte Jackie eine Sünde begangen, die nicht vergeben werden konnte – etwas, das nicht einmal ihre Mutter vergeben konnte?

Eine große Leere breitete sich in ihrem Herzen aus. Sie legte den Kopf auf das Kissen zurück. War ihre Beziehung die Opfer wert, die Sam und sie bringen mussten? Hatte sie das Herz dazu? Sie hatte nie erwartet, dass ihr Vater den Mann, den sie sich erwählt hatte, befürworten würde. Sie hatte immer gewusst, dass sie ohne seine Zustimmung auskommen müsste. Aber wenn ihr auch noch die Gunst ihrer Mutter entzogen wurde? Was dann?

Tränen traten ihr in die Augen. Sie rollte sich auf die Seite und schlug mit der Faust auf das Kissen. „Gott, warum tust du mir das an? Warum gibst du mir einen Mann und lässt zu, dass ich mich in ihn verliebe, wenn du mich dann zwingst, zwischen ihm und meiner Mutter zu wählen? Das ist nicht richtig! Das ist nicht fair!"

Sie schlug wieder mit der Faust auf den kunstvollen Kissenbezug. Tränen tropften auf die zarte Baumwolle.

Beim Klingeln des Telefons fuhr sie in die Höhe. Es läutete ein zweites Mal. Zuerst wollte sie warten, bis unten jemand dranging, doch dann hob sie, einem inneren Impuls folgend, den Telefonhörer neben ihrem Bett ab und hörte gerade noch die Stimme ihres Vaters.

„Hallo ... wer ist da?", hörte sie ihren Vater nicht gerade freundlich poltern.

Ein Klicken am anderen Ende der Leitung war die einzige Antwort. Ihr Vater knallte den Hörer wieder auf die Gabel, ohne noch ein Wort zu sagen. Instinktiv wusste Jackie, wer am anderen Ende der Leitung gewesen war. Er musste es gewesen sein. Wie eine Antwort auf ihr Gebet. Eine seltsame Antwort.

Keagan legte den Hörer auf und kehrte mit einem verständnislosen Stirnrunzeln ins Wohnzimmer zurück.

„Was ist denn, Keagan?“, fragte Cecilia.

„Nichts. Als ich mich meldete, wurde am anderen Ende aufgelegt.“

„Wahrscheinlich hat sich jemand nur verwählt.“

„Die Leute sollten besser aufpassen, welche Nummer sie wählen!“ Er schüttelte den Kopf, setzte sich auf seinen Sessel und versuchte, seine gute Stimmung wiederzufinden. Wie konnte jemand, der sich verwählt hatte, ihn so ärgern?

Nein, es war nicht das Telefon, das ihn aufgeregt hatte. Es war seine Tochter! Er wusste, dass sie immer noch mit diesem japanischen Kerl zusammen war. Gott stehe ihm bei! Er hoffte, es war nur Freundschaft, wie sie behauptete. Aber selbst das war schon schlimm genug. Andererseits rannten Mädchen nicht wegen einer Freundschaft völlig aufgelöst in ihr Zimmer. Keagan wusste, dass er ihr nachgehen sollte und ... was?

Sie war zu alt für eine ordentliche Tracht Prügel. Sein ganzes Schimpfen und Toben hatte Cameron und Blair nicht von ihren verrückten Entscheidungen abhalten können. Er wusste keine andere Art, um mit seinen Mädchen umzugehen. Dass Cecilia sie verwöhnte und verhätschelte, hatte auch nicht weitergeholfen. Klar, sie mochten Cecilia und hassten ihn, aber er hatte nie die Absicht gehabt, einen Beliebtheitswettbewerb zu gewinnen. Er wollte nur anständige, gute junge Damen aufziehen, die anständige, gute Schwiegersöhne in die Familie bringen würden. Bis jetzt war die eine in einen arroganten Nachrichtenjäger verliebt, obwohl Cecilia ihm erzählt hatte, dass Cameron sich vor Kurzem in einen kommunistischen Arzt verliebt hatte. In seinen Augen war sie damit vom Regen in die Traufe geraten. Blair steuerte auf eine Scheidung zu, bevor sie überhaupt richtig verheiratet war. Und jetzt Jackie ...

Hilflos nahm er sein Glas Eierlikör und wünschte sich, er könnte es gegen einen kräftigen Schuss klaren Whiskey austauschen. Seine Frau und seine Töchter hielten es für einen großen Witz, dass er seinen Eierlikör mit Whiskey mischte. Wenn sie wüssten! Er hasste Eierlikör wie die Pest und trank ihn nur an Weihnachten, um ihnen einen Gefallen zu tun. Niemand dankte es ihm, dass er so oft gegen seine eigenen Wünsche handelte, um ihnen zu gefallen.

Ein leises Geräusch von der Ecke, in der Cecilia saß, ließ Keagan aufblicken. „Was ist?"

„Ich finde, du solltest hinaufgehen und mit ihr reden."

„Ich habe versucht, mit ihr zu reden. Das letzte Mal, als ich es versuchte, bekam ich einen Herzinfarkt davon ..."

„Wie kannst du nur so etwas Schreckliches sagen, Keagan! Ich hoffe, du hast das nie zu Jacqueline gesagt." Sie widersprach ihm selten. Ihm gefiel ihr Aufbegehren nicht, aber sie war eine sehr attraktive Frau, besonders wenn ihre Augen so funkelten wie jetzt.

„Natürlich nicht!" Er knurrte leise und kippte dann den Rest seines ekligen Getränks hinunter.

„Dann gehe ich eben und rede mit ihr." Sie rutschte auf die Kante ihres Sessels, zögerte aber noch.

„Wage es ja nicht, Cecilia. Diese Angelegenheit ist zu wichtig. Hier darfst du mir nicht in den Rücken fallen. Willst du, dass sie mit einem Japaner anbändelt?"

„Darum geht es nicht."

„Worum geht es dann?", wollte er mit finsterer Miene wissen.

„Ich weiß nicht." Cecilia spielte nervös mit den Knöpfen an ihrer Strickweste.

Jetzt war das ganze Feuer verschwunden und ihrer gewohnten unauffälligen Erscheinung gewichen. Er war nicht sicher, ob ihm das besser gefiel.

„Ich bezweifle, dass du das verstehen würdest", fügte sie lahm hinzu.

„Irgendein dummes Frauenzeug, nehme ich an."

Sie zuckte die Achseln und erhob sich. „Ich gehe und räume die Küche auf."

Sie musste es wirklich eilig haben, von ihm fortzukommen, wenn sie die Arbeit tun wollte, die genauso gut die Haushälterin am nächsten Morgen erledigen konnte.

Bevor sie verschwand, sagte er in einem versöhnlichen Tonfall: „Hör zu, Cecilia, Jackie ist ein gutes Mädchen und sie wird das Richtige tun."

„Was, glaubst du, ist das Richtige, Keagan?"

Er knurrte über den Zorn in ihrer Stimme. So weit zu seinem Versöhnungsversuch! Härte war alles, was diese Frauen verstanden. „Ich bin der Mann im Haus. Was ich sage, ist richtig." Sein eng zusammengekniffener Blick warnte sie, sie solle ja nicht wagen, etwas anderes zu sagen. Sie nickte nur und ging. Die Tatsache, dass sie nicht widersprochen hatte, war ein weiterer Beweis dafür, dass er wirklich recht hatte.

Er zuckte die Achseln und stand auch auf. Er trat an die Bar am anderen Ende des Zimmers und schenkte sich seinen längst nötigen Schluck Whiskey ein. Sein Blick fiel auf die Zeitungen, die er dorthin gelegt hatte, als er vor ein paar Stunden nach Hause gekommen war. Er nahm sie mit seinem Drink und kehrte zu seinem Sessel zurück. Die *Times,* den *Globe* und die *Sacramento Bee.* Er versuchte, die größten Zeitungen täglich zu lesen, aber heute hatte er keine Zeit dazu gehabt, da er das Büro früher verlassen hatte, um ein paar Weihnachtseinkäufe zu erledigen und ein paar Sachen zu besorgen, die sie als Baumschmuck brauchten.

Er legte die anderen beiseite und starrte auf den *Globe.* Egal, wie beschäftigt er war, er versäumte nie, den *Globe* zu lesen. Jedes Wort, das er las, schmeckte wie Galle, aber er zwang sich dazu. Er zwang sich, jeden Artikel auf den Nachrichtenseiten zu lesen. Camerons Artikel las er zweimal, manchmal sogar dreimal. Er schämte sich nicht zuzugeben, dass er jeden Artikel ausgeschnitten und alle aufgehoben hatte. Wahrscheinlich schämte er sich doch, es zuzugeben, denn niemand, nicht einmal seine Sekretärin Molly, wusste, dass er das tat. Er hatte ein kleines Album angelegt, das er in der verschlossenen unteren Schublade seines Schreibtisches in seinem Büro aufbewahrte.

Cameron war eine begabte Journalistin. Das hatte er auch noch nie einer Menschenseele gegenüber zugegeben. Es ging niemanden etwas an, welche Gefühle er in Bezug auf seine Tochter hatte. Bestimmt würden seine Gegner eine Möglichkeit finden, seinen Stolz und sogar seine Zuneigung als Waffe gegen ihn einzusetzen. Hatte Max Arnett nicht genau das getan? Und was sollte es nützen, Cameron davon zu erzählen? Sie war die Frau, die sie war, die Kämpferin, die sie war, weil er sie nie mit Lob überschüttet hatte. Wenn sie Lob erwarten würde, würde sie es nie in einer Männerwelt schaffen. Sie hatte es geschafft. Und zwar ganz allein. Darauf war er am meisten stolz. Sie brauchte ihn nicht. Sie brauchte niemanden.

Ja, er war stolz auf sie.

Als er die Zeitung aufschlug, sah er eine Gestalt an der Wohnzimmertür vorbeihuschen.

„Jackie, bist du das?“, rief er.

„Ja, Papa.“

„Wohin gehst du?“

„Nach draußen.“

Keagan knirschte mit den Zähnen. Er wollte sie am Kragen packen und schütteln, bis sie wieder zur Vernunft kam. Aber wieder wurde ihm klar, dass das nichts nützen würde. Am besten ließ er sie jetzt laufen und schaute, wohin ihr gesunder Menschenverstand sie führte. Sie hatte einen klugen Kopf auf den Schultern. Wenigstens zwei seiner Töchter hatten einen guten, altmodischen Pferdeverstand von ihm geerbt. Blair war ein anderer Fall. Aus dieser Tochter würde er beim besten Willen nie schlau werden.

Er konzentrierte seine Aufmerksamkeit wieder auf die Tochter, die gerade die Haustür öffnete, und sagte mit einem leichten Anflug von Ironie in der Stimme: „Dann frohe Weihnachten.“

14

Sie wagten es nicht mehr, sich auf öffentlichen Plätzen zu treffen. Aber das Ende des Feldweges war auch nicht schlecht, wenn der Mond über die Wipfel des angrenzenden Orangenhains stieg. Er sorgte gleichzeitig für eine traurige und romantische Atmosphäre.

„Woher wusstest du, dass ich es war, der angerufen hatte?", fragte Sam, nachdem er sich auf den Beifahrersitz von Jackies Auto gesetzt hatte.

Das Auto ihres Vaters, genauer gesagt. Dieser Umstand störte Jackie sehr. Camerons Ford, den Jackie fuhr, seit Cameron fort war, war nicht angesprungen. Jackie hatte jedes Gramm Mut zusammennehmen müssen, um ins Haus zurückzugehen und ihren Vater zu bitten, seinen Cadillac ausleihen zu dürfen, damit sie ein paar Freunde besuchen könne. Erst eine Stunde war vergangen, seit sie in ihr Zimmer gestürmt war. Sie war froh, dass er keine Fragen gestellt hatte, sondern ihr nur die Schlüssel gereicht und sie streng ermahnt hatte, spätestens um zehn zu Hause zu sein.

„Ich hatte einfach so ein Gefühl", antwortete sie Sam. Ein Gefühl, das aus der Not geboren war, aber das wollte sie nicht sagen. Es machte ihr Angst, dass sie ihn so sehr brauchte. „Wer sonst sollte auflegen, sobald er die Stimme meines Vaters hört?" Sie lächelte, um ihre Ängste zu vertreiben.

„Du hättest sehen sollen, wie ich erschrak, als eine Minute später das Telefon klingelte." Er schmunzelte. „Meine Hand hatte den Hörer kaum losgelassen."

„Ich hätte wenigstens nicht auflegen müssen, wenn jemand anders bei dir zu Hause ans Telefon gegangen wäre. Deine Familie geht gut damit um." Da sie näher auf dieses Thema eingehen wollte, fragte sie: „Warum hast du angerufen?"

„Mein Onkel wurde verhaftet ... ich nehme an, es heißt *interniert.*"

„Nein, Sam! Aus welchem Grund?"

„Er ist Präsident der Japanisch-Amerikanischen Gesellschaft in Berkeley. Anscheinend sind solche Führungspersonen die erste Zielscheibe."

„Das ist ja furchtbar! Eine himmelschreiende Ungerechtigkeit!"

„Das ist keine große Überraschung. Das ist anderen auch passiert, die wir kennen, und es war wahrscheinlich nur eine Frage der Zeit."

„Was ist mit deinem Vater?"

„Noch nichts. Mein Vater ist ein stiller Mann, der ziemlich zurückgezogen lebt. Andererseits würde es mich nicht wundern, wenn allein schon die Tatsache, dass er ein feindlicher Ausländer ist, Grund genug wäre. Wir müssen einfach warten, bis das FBI wieder vor der Tür steht. Dieses Mal, um ihn mitzunehmen."

„Würden sie deine Mutter denn auch mitnehmen?"

„Wer weiß? Wahrscheinlich bleibt sie verschont, weil sie sich um die Kinder kümmern muss. Ich weiß es nicht ..." Er lehnte den Kopf zurück und bewegte ihn hin und her. „Das alles ergibt überhaupt keinen Sinn."

Sie waren beide lange Zeit still. Jackie sah, wie angespannt sein Gesicht war, genauso wie an jenem Tag, an dem sie ihm von Pearl Harbor erzählt hatte, und wie fast immer bei den wenigen Gelegenheiten, bei denen sie einander seitdem gesehen hatten. Immer lag eine gewisse Anspannung in der Luft. Nicht zwischen ihnen, aber so, als würde die Spannung sie von außen umgeben und sie zu erdrücken drohen, das Leben aus ihnen herauspressen. Aus dem herauspressen, was sie gemeinsam hatten? Sie glaubte das nicht, aber die Möglichkeit bestand immer.

Als könnte er ihre Gedanken lesen, sagte er: „Erinnerst du dich an die erste Zeit, die wir uns kannten? Wir hatten viel Spaß. Damals waren wir nicht die ganze Zeit angespannt und ernst. Wir haben gelacht."

„Du hast viele Witze erzählt."

„Wir gingen samstagvormittags ins Kino, damit unsere Freunde uns nicht miteinander sahen. Dann amüsierten wir uns über die Kinderfilme."

„Ich war ganz schockiert, dass dir W. C. Fields gefällt."

„Das war kein Kinderfilm, my little chikadee!", sagte er und ahmte die Stimme des Darstellers nach.

Unfreiwillig musste sie kichern. „Mein literarischer Riese, mein künftiger Autor großer amerikanischer Romane ... ein Fan von W. C. Fields! Ach ja! Niemand ist vollkommen! Aber was hätte ich von einem Mann, der sich weigert, sein Gemüse zu essen, auch anderes erwarten können? Und das beim Sohn eines Gemüsebauern!"

„Das finde ich vollkommen logisch. Ich muss schon mein ganzes Leben lang zuschauen, wie das Grünzeug wächst. Und du kannst mir glauben: Ich habe zu Hause genug Gemüse gegessen; sonst hätte ich ein sehr schmerzendes Hinterteil. Aber mein Vater versprach mir, wenn ich ein erwachsener Mann sei, könne ich essen, was ich wolle."

„Ein fairer Handel."

„Er ist ein fairer Mann ... ein guter Mann." Er schüttelte erneut den Kopf und stieß ein trockenes, fast bitteres Lachen aus.

Jackie wusste, dass er an die furchtbare und sehr reale Möglichkeit dachte, dass sein Vater aus seinem eigenen Haus geschleppt werden könnte.

„Wir haben versucht, wieder ein wenig Spaß zu haben, Jackie. Aber wir können der Welt nicht wirklich entfliehen. Nicht für lange."

„Sam, ich glaube, meine Eltern wissen von uns." Sie wusste, dass der Zeitpunkt völlig falsch war, aber irgendwann musste es schließlich gesagt werden.

„Alles?"

„Ich bin sicher, das, was ich ihnen nicht gesagt habe, können sie erraten. Ich weiß nicht, wie ich damit umgehen soll."

„Was willst du tun?"

Ein harter Unterton klang in seiner Stimme mit. Sie konnte ihm daraus keinen Vorwurf machen. Aber diese Bitterkeit hätte sie bei ihm nie erwartet. Es tat ihr weh, ihn so reden zu hören.

„Ich habe nie die Zustimmung meines Vaters zu irgendetwas, was ich tue, erwartet. Aber wenn sich auch noch meine Mutter gegen mich stellt, weiß ich nicht, ob ich das ertragen kann."

„Jackie, wenn du jetzt Schluss machen willst, verstehe ich das."

„Meinst du, das könnte ich so einfach? Ich bin so hin- und hergerissen. Das sind wir beide, ich weiß."

Er nickte. „Ich weiß keine Antwort. Ich bete die ganze Zeit darüber. Aber eines weiß ich mit Sicherheit: Wir brechen kein Gesetz Gottes."

„Außer in Bezug auf unsere Eltern."

„Wir dehnen das Gesetz vielleicht ein bisschen, aber ich glaube nicht, dass wir es brechen." Er seufzte. „Also gut, das genügt vielleicht nicht. Aber jetzt wissen sie es ..."

„Deine Eltern wissen es auch?“

„Ja. Zumindest haben sie, genauso wie deine, einen Verdacht. Sie sind nicht einverstanden, aber ich bin ein erwachsener Mann. Sie können es mir nicht verbieten. So wie es im Augenblick auf der Welt aussieht, wollen sie mich bestimmt auch nicht enterben. Wir brauchen einander als Familie. Jetzt mehr als je zuvor. Sie tun mehr oder weniger so, als existiere das Problem gar nicht oder würde bald verschwinden.“

„Ich will aber nicht verschwinden“, flüsterte sie. Diese Worte waren die Wahrheit.

„Ich nehme an, dein Vater wird nicht so tun, als existierte ich nicht?“, fragte er trocken, aber auch mit einem Anflug von Hoffnung.

„Niemals“, antwortete sie ruhig.

„Ich werde nicht aufhören, an Wunder zu glauben.“

„Oh, Sam ...“ Sie hob eine Hand und strich eine lange, glatte Haarsträhne zurück, die ihm in die Augen gefallen war. Für einen Moment ließ sie ihren Blick forschend über sein Gesicht gleiten. „Ich sehe es nicht ... ich sehe es einfach nicht.“

„Was?“

„Das, was alle anderen sehen. Das, wovor sie alle so viel Angst haben.“

Er lächelte. Keine Bitterkeit lag jetzt auf seinen Lippen, nur ein Ausdruck, der fast kristallklar war, irgendwie rein, frei von all den harten Kanten, die die Welt ihm in letzter Zeit aufzwang. Dieser Ausdruck weckte in ihr die Erinnerung daran, wie es gewesen war, als sie sich in ihn verliebt hatte, und warum sie ihn immer noch liebte. Er hatte ein Herz wie kein anderer Mann, den sie kannte, komplex und gleichzeitig unkompliziert. Offen war vielleicht die beste Beschreibung für das Besondere, das sie an ihm fand. Offen ihr gegenüber, offen gegenüber anderen, sogar gegenüber jenen, die ihn schlecht behandelten, aber besonders offen gegenüber Gott. Er war kein Mann, der sich versteckte, auch nicht vor sich selbst.

„Das kommt daher, dass du mich mit liebenden Augen ansiehst“, sagte er. Als sie nickte, fuhr er fort: „Das sagt mir, dass es für uns Hoffnung gibt. Wir müssen nicht Opfer des Hasses sein, der um uns herum tobt.“

Er legte einen Arm um sie und zog sie nahe an sich heran. Sie legte den Kopf auf seine Schulter. Sie konnte kaum glauben, dass sie sich an diesem Abend mit ihm getroffen hatte, um ihre Beziehung zu beenden. Ihre Verzweiflung hatte sie so weit getrieben. Die Verzweiflung war jetzt zum größten Teil verflogen. An ihre Stelle war ihre tiefe Liebe zu diesem Mann getreten. Sie verstand es nicht, aber vielleicht musste sie es auch nicht verstehen.

Scheinwerfer wanderten wie Suchlichter über das Auto. Beide fuhren hoch und lösten sich abrupt aus ihrer Umarmung. Sam warf ihr einen entschuldigenden Blick zu, aber sie schüttelte nur traurig den Kopf. Sie waren *beide* hochgefahren und hatten einander losgelassen.

Der Motor des neu angekommenen Fahrzeugs wurde abgestellt. Dann wurde eine Tür geöffnet und wieder zugeschlagen. Sam stieg schnell aus Jackies Auto.

„Das ist Privatgrund. Wisst ihr das nicht?“, schimpfte eine knurrige Stimme.

Jackie widerstand dem Drang, aus dem Auto zu steigen. Es wäre am besten, wenn sie Sam diese Angelegenheit allein regeln ließ. Er kannte hier in der Gegend alle Nachbarn.

„Ja, ich weiß, Mr Compton“, erwiderte Sam.

„Du bist der Okuda-Junge, oder?“

„Ja, Sir, das bin ich.“

„Warum hast du das Auto hier oben abgestellt? Hast du Probleme mit dem Motor?“

Jackie sah ein anderes Licht im Rückspiegel. Es war eine Taschenlampe. Sie hielt den Blick starr nach vorne gerichtet.

„Ach so ... verstehe.“ Jetzt lag Belustigung in der Stimme des Mannes. „Du bist mit einem Mädchen zugange, was? Na ja, du bist nicht der Erste, der meint, mein Orangenhain eigne sich gut dafür. Aber seit dem Krieg kann man nicht vorsichtig genug sein. Ständig geht das Gerücht um, dass Los Angeles mit einer Invasion rechnen muss.“

„Wir verschwinden von hier“, sagte Sam.

„Das ist besser, ja. Deine Mutter würde mich vierteilen, wenn sie wüsste, dass ich dich damit durchkommen lasse.“ Er grinste. „Du bist mit diesem Jamischita-Mädchen zusammen, oder? Sie ist ein hübsches Ding ... für eine Japanerin.“

Jackie hörte eine Bewegung, das Knirschen von Stiefeln auf der Erde, danach schnelle Schritte, aber sie war so darauf konzentriert, nach vorne zu schauen und sich von ihrer Neugier nicht dazu verleiten zu lassen, den Kopf zu drehen, dass der plötzliche Lichtstrahl in ihrem Fenster sie erschreckte. Wie ein Wild, das von den Scheinwerfern eines Lastwagens erfasst wird, drehte sie sich um und starrte genau in das Licht.

„Was zum ...!", begann Compton. Dann brach er ab und spuckte auf die Erde. Er drehte sich um. Jackie sah, dass Sam nahe hinter dem Mann stand. Er hatte offenbar versucht, sich ihm in den Weg zu stellen, bevor er durch die Autoscheibe schauen könnte. Aber es war ihm nicht gelungen.

„Verschwindet sofort von meinem Land!", brüllte Compton. Jede Belustigung war jetzt aus seiner Stimme verschwunden. „Was treibt ihr hier Schmutziges? Und du glaubst, damit kommst du ungeschoren davon?" Er spuckte wieder.

„Wir tun nichts Schmutziges!", erwiderte Sam wütend.

„Verschwindet! Sofort! Oder ich rufe die Polizei. Das ist bestimmt illegal!"

„Sie können doch nicht ..."

„Fort von hier! Auf der Stelle! Oder ich jage euch dreckige Japaner alle aus der Stadt." Compton drehte den Kopf herum, um noch einmal durch das Fenster zu schauen. Dieses Mal erwiderte Jackie seinen Blick mit so viel Trotz, wie sie aufbringen konnte. „Sieht so aus, als wärst du damit einverstanden. Habe ich recht?"

Sie wollte sich etwas Passendes einfallen lassen, was sie ihm erwidern könnte, aber ihre Zunge wollte ihr nicht gehorchen. „Ja", war alles, was sie über die Lippen brachte.

Compton spuckte wieder, knapp an dem offenen Fenster vorbei.

„Verschwindet. Alle beide!"

Jackie lief bei der Abneigung und dem Gift in der Stimme des Mannes eine Gänsehaut über den Rücken.

Sam drängte sich an Compton vorbei. Es sah so aus, als wolle er nur vorbeigehen, aber Jackie sah das wütende Funkeln in seinen Augen. Er war kurz davor, diesem Mann einen groben Stoß zu versetzen, tat es aber nicht. Er öffnete die Tür, rutschte auf den Platz hinter dem Lenkrad und ließ den Motor an. Ohne zu protestieren, weil er sie vom Fahrersitz verdrängte, rutsche sie schweigend auf die andere Seite. Er lenkte das Auto herum, dass die Reifen quietschten und kleine

Steinchen flogen. Er hielt nicht an und verlangsamte auch das Tempo nicht, bis er vor dem Tor zum Grundstück seiner Eltern ankam.

„Dass der Abend so endet, wollte ich nicht", sagte er rau.

Sie fuhr mit der Hand die Umrisse seines Gesichts nach, als wollte sie die harten Kanten glätten. Es gelang ihr nicht ganz. Aber wenigstens ein Teil der Anspannung verflog.

„Sam, glaubst du, dass wir eine gemeinsame Zukunft haben, ein gemeinsames *Leben?*", fragte sie zärtlich.

„Ich träume davon."

„Dann musst du wissen, dass wir solche Dinge immer wieder erleben werden. Das gehört einfach dazu. Wir werden davor nicht verschont bleiben." Es war das erste Mal, dass sie weiter dachte als an das *Jetzt* mit Sam. Zum ersten Mal wurde ihr klar, was ein gemeinsames Leben mit ihm bedeuten würde.

Er nickte und sagte: „Aber ich hasse es, dass es so sein muss."

„Wir werden uns gegenseitig durch solche Situationen hindurchhelfen."

„Meinst du, das ist möglich? Dass wir zusammen sein können?"

„Wenn es Gottes Wille ist, ja."

„Du klingst viel sicherer als noch vor ein paar Minuten."

Mit einem schwachen Lächeln auf den Lippen nickte sie: „Komisch, nicht wahr? Ich schätze, das hat dieser ungehobelte Kerl bewirkt. Mein Papa sagt immer: Widerstand macht Männer weise und manche sogar reich. Diese grundlose Beschimpfung ließ mich deutlicher als je zuvor erkennen, dass wir vor dem Himmel ein Recht darauf haben, zusammen zu sein. ‚Ist Gott für uns, wer kann wider uns sein?' Es ergibt einen Sinn. Ich will damit nicht sagen, dass ich morgen nicht wieder völlig verwirrt sein werde. Aber im Augenblick fühle ich mich ziemlich unbesiegbar."

Er beugte sich zu ihr vor und küsste sie auf die Wange. „Vielleicht besteht doch noch Hoffnung für diesen Abend. Ich hatte noch einen anderen Grund, warum ich dich anrufen wollte. Vielleicht ist trotzdem ein guter Zeitpunkt dafür."

„Welchen Grund?"

„In zwei Tagen ist Weihnachten und ich bin nicht sicher, ob ich dich da sehen werde. Wir sollten an diesem Tag bei unseren Familien sein. Das ist mir klar."

„Deine Familie feiert Weihnachten? Sind deine Eltern nicht Buddhisten?“

„Meine Schwester Kimi und ich sind die einzigen Christen in der Familie, das stimmt. Mein Bruder weiß nicht, was er glauben soll, und meine kleinen Schwestern sind zu jung, um wirklich alles zu begreifen. Aber meine Eltern haben die ganzen Feierlichkeiten, wenn auch vielleicht nicht die Botschaft von Weihnachten immer genossen. Deshalb feiern wir ein wenig Weihnachten. Das heißt meine Eltern. Ich selbst feiere es mit seiner vollen Bedeutung. Dieses Jahr zweifle ich jedoch, dass wir viel feiern werden. Es ist einfach zu viel passiert. Wie dem auch sei, ich weiß, dass du an diesem Feiertag bei deinen Eltern sein solltest.“

„Das finde ich auch. Danke für dein Verständnis.“

Er zog ein kleines Päckchen aus der Innentasche seiner Jacke. „Ich habe zwei Geschenke für dich. Das erste ist eigentlich kein richtiges Geschenk. Ich will einfach, dass du weißt, dass mein Name Joshito ist, nicht Sam. Joshito Samuel Okuda. Du kannst mich aber gern weiterhin Sam nennen, wenn du willst. Ich habe nur in letzter Zeit den Eindruck, dass ich nicht leugnen kann, wer ich bin. Manchmal denke ich, das versuche ich, wenn ich meinen mittleren Namen benutze.“ Er stieß ein trockenes Lachen aus. „*Versuche* ist ein zu schwaches Wort. Die meisten *Nisei* versuchen, mit aller Gewalt Amerikaner zu sein und ihre japanische Identität so weit wie möglich zu verdrängen. Schon vor dem Krieg haben sich viele von uns richtiggehend geschämt, Japaner zu sein. Wenn ich Italiener wäre, könnte ich ein paar Vokale aus meinem Namen streichen und hoffen, mich irgendwann völlig anzupassen. Aber ich bin für mein Leben lang gezeichnet ...“

Sie öffnete den Mund und wollte ihm widersprechen, ihm irgendwie versichern, dass dies nicht so war, obwohl ihr bewusst war, dass sie nie wirklich ganz mit ihm mitfühlen könnte. Aber sich so zu schämen für das, was man war ... Es traf sie zutiefst.

Bevor sie etwas sagen konnte, sprach er weiter. „Die japanische Regierung ist auch mein Feind, auch wenn viele Weiße und sogar einige Japaner das nur schwer verstehen können.“ Er bewegte sich unruhig. Offenbar hatte er immer noch keinen inneren Frieden über diese Dinge. „Trotzdem macht mir alles, was zurzeit passiert, meine Herkunft deutlich bewusst. Ich habe das Gefühl, wenn ich sie aufgebe, schade ich damit mir selbst und meiner Familie. Eine schlechte Zeit für ein kulturelles Erwachen, aber wenn ich zur Zielscheibe für den Hass von Leuten wie Mr Compton werde, erkenne ich, wie falsch es wäre, mich selbst zu hassen. Denn dadurch würden sie gewinnen."

„Das sehe ich auch so, Sam ... Joshito. Ich will nicht, dass du weiß bist. Das wollte ich nie."

Er lächelte. „Danke. Und ich will nicht, dass du Japanerin bist." Mit einem leichten Zwinkern in seinen dunklen Augen fügte er hinzu: „Das spricht nicht für meine Mutter. Da ich gerade von meiner Mutter spreche ..." Er drückte ihr ein kleines Päckchen in die Hand.

Sie warf die Stirn in Falten und verstand nicht, was das Päckchen mit seiner Mutter zu tun haben sollte. Es war in Weihnachtspapier eingepackt und mit einer Seidenschleife versehen, wie sie kleine Mädchen in den Haaren trugen.

„Na los, mach es auf", forderte er sie auf, als sie zögerte.

Sie zog die Schleife ab und hob vorsichtig die Enden des Papiers hoch. Auf dem offenen Papier lag ein seidenes Taschentuch. Es war hellblau mit dunkelblauen gestickten Kranichen, zwei davon in jeder Ecke, zusammen mit zarten Blumen in Rot, Gelb und Blau und japanischen Schriftzeichen. Der Rand war mit weißer Spitze eingesäumt.

„Es ist wunderschön, Sam!" Sie fuhr mit dem Finger die Spitzen nach. Plötzlich traten ihr Tränen in die Augen. Sie wusste nicht warum. Vielleicht, weil sie sein Geschenk nicht mitgebracht hatte. Oder vielleicht, weil er inmitten der Dinge, die ihm und seiner Familie zurzeit widerfuhren, an ein Geschenk für sie gedacht hatte. Vielleicht weil das Geschenk selbst so vollkommen war. „Was bedeuten die Schriftzeichen?", fragte sie mit zitternden Lippen.

„Sie stehen für Glück und langes Leben."

Sie küsste ihn zärtlich auf den Mund. „Ich habe dein Geschenk zu Hause gelassen."

„Das macht doch nichts", versicherte er ihr.

„Das ist das erste Geschenk, das ich von dir bekomme", sagte sie, als wüsste er das nicht selbst. „Ich freue mich, dass ich etwas von dir habe. Etwas, das ich anschauen kann, wenn du nicht bei mir bist. Dann kann ich mich immer erinnern."

„Woran erinnern?" Eine wichtige Frage.

Sie grinste und antwortete: „Dass ich dich liebe."

„Was hast du für mich, das mir hilft, mich zu erinnern?"

„Nichts Besonderes im Vergleich dazu. Eine Brieftasche." Sie verzog das Gesicht. „Ich wollte dir etwas Wunderschönes schenken, aber ich konnte nichts finden. Deshalb entschied ich mich für die Brieftasche."

„Ich weiß, dass sie mir gefallen wird. Schenke sie mir bald. Ich brauche sehr dringend eine."

„Ach, du!" Sie stieß ihn verspielt gegen den Arm. Sie wusste genauso gut wie er, dass er zurzeit sehr wenig Geld hatte, das er in eine Brieftasche stecken könnte. „Das ist das Letzte, was du brauchst, aber danke, dass du das sagst." Sie schwieg kurz, dann fragte sie: „Sam, was hat dieses Taschentuch mit deiner Mutter zu tun?"

„Ich habe es von ihr gestohlen."

„Was?"

Jetzt war sein Grinsen wie früher. Ausgelassen und fröhlich. „Meine Mutter hat Dutzende von solchen Taschentüchern. Sie hat sie im Laufe der Jahre von Verwandten in Japan als Geschenke geschickt bekommen. Ich hatte zu wenig Geld, um dir wirklich etwas Schönes zu kaufen. Deshalb bat ich sie, ob ich ein Taschentuch von ihr als Geschenk für eine Freundin haben könnte. Sie schaute mich nur an und wusste ganz genau, für was für eine Freundin es sein sollte. Schließlich schüttelte sie den Kopf. ‚Nein, Joshito, dein Vater würde mir nicht erlauben, dass ich befürworte, was du tust. Nicht einmal durch diese Kleinigkeit.' Ich war bestürzt und überlegte schon, dass ich dir ein billiges Parfüm kaufen könnte. Da rief meine Mutter mich zurück. ‚Mein Sohn', sagte sie. ‚Weißt du, wie viele Taschentücher ich habe? Zu viele, um sie zählen zu können. Ich habe sie nie alle gezählt. Falls eines fehlen sollte, würde ich das nie merken. Stell dir das nur vor!'" Sam zuckte grinsend die Achseln. „Stört es dich, dass du ein gestohlenes Weihnachtsgeschenk bekommst?"

„Ich glaube nicht." Mit einem Lächeln und immer noch feuchten Augen schaute sie das hübsche Geschenk erneut an. „Sam, ich glaube, ich werde deine Mutter mögen."

„Sie wird dich auch mögen. Das weiß ich."

Sie warf die Arme um ihn und ließ ihre Tränen auf seinen Kragen fallen. Nicht im Traum würde sie daran denken, ihr schönes japanisches Taschentuch zu verwenden, um sie wegzuwischen.

15

Manila, Philippinen

Die Bombardierung schien nie aufzuhören. In den kurzen Atempausen war die unheimliche Stille von dem Grauen vor dem nächsten Angriff erfüllt. Blair wunderte sich, dass sie nicht den Verstand verlor. Ihre Nerven waren zum Zerreißen gespannt.

Sie hätte Manila noch am selben Tag verlassen sollen, an dem sie Gary das letzte Mal gesehen hatte, aber die Straßen waren so verstopft, dass sie beschlossen hatte, noch einen oder zwei Tage zu warten. Außerdem hoffte sie immer noch, Gary würde wiederkommen oder sie anrufen. Darauf beharrte sie hartnäckig.

„Ich gehe, wenn ich von Gary wieder höre", erklärte sie Claudette und Pastor Sanchez, die sie beide drängten, die Stadt zu verlassen.

Der Einzige, der es nicht sonderlich eilig hatte fortzukommen, war Mateo Sanchez. Er schien zu denken, je länger sie es hinauszögerten, umso mehr Zeit hätte er, seinen Vater zu überreden, ihn zur Armee gehen zu lassen. Aber der Pastor war noch vehementer gegen diese Idee als vorher. Er hatte seit Tagen nicht mehr von seinem ältesten Sohn, der bei der Armee war, gehört und wusste nicht, ob er noch lebte oder tot war.

Blairs Taschen waren gepackt. Ein Koffer war mit Lebensmittelkonserven und Medikamenten gefüllt, zwei andere platzten mit ihren und Claudettes Kleidern fast aus den Nähten. Alles praktische Sachen: feste Schuhe, für jede ein zweites Paar, Hosen, Baumwollblusen, Unterwäsche für eine Woche, Toilettenartikel. Nur der Himmel wusste, wie lang sie fort wären oder ob sie irgendwohin kämen, wo sie etwas kaufen könnten. Pastor Sanchez hatte einmal oder zweimal vom Dschungel gesprochen, aber Blair hatte solche Hinweise lachend abgewehrt. Sie würde nicht in den Dschungel gehen und ihn höchstens im DeSoto des Pastors auf ausgebauten Straßen durchqueren. Sie würde nicht länger als einen halben Tag brauchen, bis sie bei Silvia in deren Sommerhaus in den Bergen wäre. Dann könnte sie dort einfach abwarten, bis dieser Krieg vorbei wäre. In Silvias Haus war es bestimmt gemütlich. Diese Frau hatte nur das Beste.

Sie wollte einfach nicht über düstere Vorschläge nachdenken oder, wie Pastor Sanchez es ausdrückte, sich auf „das Schlimmste" vorbereiten. Meine Güte! Das Schlimmste war, dass sie Manila überhaupt verlassen musste. Noch schlimmer konnte es nicht mehr werden.

Blair klammerte sich lieber an die optimistischeren Gerüchte: Hilfe wäre unterwegs. Die Vereinigten Staaten schickten Schiffe mit Verstärkung – Männer, Flugzeuge, Waffen. Die Japaner würden aufgehalten werden, bevor sie überhaupt in die Nähe von Manila kämen.

Als sie Schritte auf der Treppe hörte, die zu ihrer Wohnung hinaufführte, ging Blair ins Wohnzimmer. Claudette hatte Mateo in die Wohnung gelassen und betrachtete den Jungen mit verträumten Augen. Wenigstens dafür war Blair ihm dankbar. Wenn er da war, vergaß Claudette ihre ganzen Ängste wegen des Krieges.

„Ich habe das Auto vollgetankt, Miss Hayes", sagte er und legte die Schlüssel des DeSotos auf den Tisch neben der Tür. „Aber sie haben mir nur einen Extrakanister gegeben und ich habe unsere ganzen Rationskarten aufgebraucht, um das Benzin zu bekommen."

„Ich bin sicher, dass uns das genügt. Wir können bestimmt unterwegs nachtanken, wenn das nötig sein sollte."

„Dann haben Sie entschieden, wohin Sie fahren?" Das war Pastor Sanchez, der ein wenig außer Atem hinter seinem Sohn die Treppe hochkam und jetzt an die halb geöffnete Tür trat.

„Zu meiner Freundin Silvia. Sie war sicher, dass es bei ihr ungefährlich ist", antwortete Blair, als hätte sie sich viele Gedanken darüber gemacht, obwohl sie diese Entscheidung spontan getroffen hatte.

„Wenn Sie diese Lösung vorziehen", sagte Pastor Sanchez und wischte sich mit einem großen, roten Taschentuch den Schweiß von der Stirn. Obwohl die Regenzeit längst vorbei war, war es immer noch heiß und feucht. „Falls das nicht klappt", sprach er weiter, „können Sie zu den Doyles fahren. Sie sind gute Leute. Ich kenne sie ein wenig. Sie werden Sie bestimmt gut aufnehmen. Außerdem sind sie viel näher bei Manila, auf der Westseite des Mount Santa Rosa."

Es überraschte sie nicht, dass er die Missionarsfamilie, von der Gary ihr erzählt hatte, bevorzugte. Sie wusste nicht, warum sie nicht auch auf ihrer Liste ganz oben standen. Schließlich müsste sie irgendwann ihre Gefühle in Bezug auf Gott klären. Aber sie sagte sich, ihr Widerstreben in Bezug auf die Doyles sei nur ein ganz natürliches Zögern, zu völlig Fremden zu gehen.

„Ich habe die Wegbeschreibung, die Gary mir gab", beschwichtigte sie ihn. „Falls ich sie brauchen sollte."

„Falls Sie zu weit nach Norden fahren, Blair", warnte Sanchez, „kann es passieren, dass Sie hinter die feindlichen Linien geraten."

„Nur wenn wir sie nicht aufhalten. Aber ich bin sicher, dass das geschehen wird. Silvias Villa liegt so abgelegen, dass kein Japaner sie finden wird." In Wahrheit wusste sie nur, was Silvia nebenbei über die Villa erwähnt hatte. Kühle Wände, geflieste Fußböden, Springbrunnen vor dem Haus, ziemlich vornehm eingerichtet. Wenn sie den Krieg schon auf dieser armseligen Insel verbringen musste, dann wollte sie ihn in einer solchen Umgebung verbringen.

Ihre Gäste standen immer noch im Türrahmen. Mit einem freundlichen Lächeln besann sie sich auf ihre Pflichten als Gastgeberin: „Kommen Sie doch bitte herein. Ich bringe Ihnen etwas Kaltes zu trinken." Damit schnitt sie gleichzeitig höflich alle weiteren Argumente von Pastor Sanchez ab.

Ihr Angebot war kaum angenommen worden, als draußen auf den Straßen die Luftalarmsirene ertönte. Sie eilten in Frau Acostas Schutzraum, in dem sich schon mehrere Menschen drängten. Die Vermieterin scheute sich nicht, diesen Umstand zu erwähnen, aber nicht einmal sie konnte bei einem Luftalarm Gäste abweisen. Sie hörten sich gut zwei Stunden ihre Klagen über die Enge und über alles andere an, bevor Entwarnung gegeben wurde. Blair war die Erste, die aus dem Raum floh. Sie war schweißgebadet, da sie nicht nur eingepfercht gewesen waren, sondern der Raum auch kaum eine Frischluftzufuhr hatte. Wenn die Trockenzeit auf den Inseln schon so aussah, wie wäre dann wohl die Regenzeit? Da sie im November angekommen war, hatte sie nur das Ende davon mitbekommen.

Blair holte schnell kühlen Papayasaft, sobald sie wieder in ihre Wohnung zurückgekehrt waren. Sie war nicht die Einzige, die ihr Glas in zwei Minuten leerte. Plötzlich klingelte das Telefon.

Sie lief in ihr Schlafzimmer und nahm schnell den Hörer ab, als enthielte er die Antworten auf alle Lebensfragen. Seit dem Abschied von Gary reagierte sie jedes Mal so, wenn das Telefon klingelte. Sie gab nie die Hoffnung auf, dass sie von ihm hören würde.

„Gary!“, sagte sie atemlos in den Hörer.

„Ja.“ Sosehr sie es auch gehofft hatte, war sie geschockt, dass er es tatsächlich war. „Ich kann nicht lange sprechen“, sagte er schnell. „Ich wollte dich nur wissen lassen, dass ich nicht nach Manila zurückkomme.“ Sie keuchte. Er sprach weiter, während sie eine andere Stimme hörte, die ihn im Hintergrund drängte, seinen Anruf zu beenden. „Es tut mir leid ...“ Sie wusste nicht, ob er das zu ihr oder zu der anderen Person sagte. „Blair, in zwei Tagen wird Manila zur offenen Stadt erklärt werden. Das ganze Militär wird abziehen müssen. Verstehst du? Es wird keinen militärischen Schutz mehr geben. Theoretisch bedeutet das auch, dass die Japaner mit den Bombardierungen aufhören müssten.“

„Das ist gut, oder?“, fragte sie mühsam, als er kurz Luft holte.

„Es wird nicht lang dauern, dann werden die Japaner einmarschieren. Du darfst nicht dort sein, wenn sie die Stadt besetzen. Du bist eine feindliche Ausländerin. Darüber haben wir schon gesprochen. Du musst die Stadt verlassen. Noch heute!“

„Wird es ein Schiff oder ein Flugzeug geben, das mich in die Staaten zurückbringt?“, fragte sie. Die ganze Zeit, in der sie sich auf eine Flucht in die Berge vorbereitet hatte, hatte sie das nur für eine vorübergehende Situation gehalten. Aus Garys Mund klang es jetzt so, als wäre es mehr. Bestimmt meinte er, sie wäre bis dahin auf dem Rückweg in die Staaten.

„Blair ...“ Sie konnte gleichzeitig Frustration und Bedauern in seiner Stimme hören, als er jetzt ihren Namen aussprach. „Durch die japanische Blockade können keine Schiffe kommen. Nur ganz kleine, die für die höchsten Beamten reserviert sind. Und auch sie kommen nur bis zur Insel Corregidor sicher durch. Was Flugzeuge betrifft ... du musst wissen ...“ Die andere Stimme im Hintergrund unterbrach ihn erneut. „Ich muss aufhören“, sagte Gary hastig. „Vergiss nicht, was ich dir gesagt habe. Höre auf Pastor Sanchez. Ich wünschte, ich könnte mehr tun ... hey! ...“ Die Leitung war unterbrochen.

„Gary!“, rief sie in den Hörer. Dann ließ sie den Hörer schwach auf den Tisch sinken und machte sich nicht einmal die Mühe, ihn wieder auf die Gabel zu legen.

Die anderen im Wohnzimmer hatten durch den Perlenvorhang das Gespräch zweifellos mitgehört. Wenigstens ihren Teil des Gesprächs. Als sie zu ihnen zurückkam, schauten alle sie erwartungsvoll an. Sie schüttelte nur den Kopf. Benommen sank sie auf einen Stuhl und erzählte ihnen alles, was Gary gesagt hatte. Sie waren genauso schockiert wie sie.

Pastor Sanchez brach das beklemmende Schweigen, das über der Gruppe lag. „Es ist noch mehrere Stunden hell. Ihr müsst sofort aufbrechen."

„Papa", mischte sich Mateo ein. „Ich könnte immer noch zur Armee ..."

„Nein!", sagte der normalerweise ruhige Pastor scharf. „Ich habe Blair versprochen, dass du ihr hilfst. Willst du, dass ich mein Versprechen breche?"

Blair wusste, dass das nicht ganz die Wahrheit war. Pastor Sanchez hatte sie gebeten, sich als Gegenleistung für sein Auto um seinen Sohn zu kümmern. Aber Blair wollte ihm nicht widersprechen. Sie war nicht besonders erpicht darauf, für einen zweiten jungen Menschen verantwortlich zu sein, aber wenn Mateo jetzt zur Armee ginge, könnte das bedeuten, dass sie den DeSoto nicht bekäme, und das konnte sie nicht riskieren. Ihre Hoffnung lag darauf, dass dieses Auto sie schnell in Silvias Villa in den Bergen bringen würde.

Als gehorsamer Sohn gab Mateo nur ein mürrisches: „Nein, Papa. Ich werde tun, was du sagst" von sich.

In weniger als einer Stunde waren sie unterwegs. Mateo saß am Lenkrad des DeSotos.

Gary kehrte zu seiner Einheit zurück, die in der Nähe des kleinen Dorfes Rosario biwakierte. Es war ihm gelungen, zusammen mit zwei seiner Kameraden in das Dorf zu kommen und Blair anzurufen. Die anderen beiden hatten ebenfalls eine Freundin in Manila. Jetzt mussten sie schnellstens zu ihrer Einheit zurück und warten, bis die Kampfhandlungen begannen. Dieses Warten war das Schlimmste – diese Lektion hatten sie in West Point nicht gelernt.

Am Tag zuvor war eine japanische Expedition mit über hundert feindlichen Schiffen begleitet von Kriegsschiffen im Golf von Lingayen gelandet. Sie hatten gehört, dass der Feind das Ufer im Norden fast ohne jede Gegenwehr besetzt hatte. Alle litten sehr darunter. Als der Feind landete, tauchten nur ein paar B-17 auf, um sie am Landen zu hindern, aber General Homma, dem Kommandanten der japanischen Streitkräfte, hatte das stürmische Meer mehr zu schaffen gemacht als der Widerstand der Amerikaner.

„Wir haben nicht genug Soldaten oder Material, um es mit ihnen aufnehmen zu können", sagte Garys Unteroffizier, Ralph Senger. Ralph war ein Bauernsohn aus South Bend, Indiana, und seit zehn Jahren bei der Armee – zwei Einsätze davon auf den Philippinen – und hatte Gary schon immer großzügig an seiner Erfahrung teilhaben lassen. Gary hörte auf den Mann, denn er wusste, wovon er sprach. Er war genau so, wie man sich einen Unteroffizier vorstellte – mehr Schultern als Hals, kräftig gebaut, aber alles Muskeln. Seine donnernde Stimme war nicht zu überhören. Seine Sprache war deftiger als jede andere, die Gary je gehört hatte, und in seinem militärischen Leben hatte er schon einiges gehört. Aber Gary mochte den Mann, weil man immer wusste, woran man bei ihm war.

„Dann wird es wohl unsere Aufgabe sein, sie aufzuhalten", erwiderte Gary mit wenig Zuversicht.

„Denen werden wir es schon zeigen!", mischte sich eine andere Stimme mit einem breiten texanischen Akzent ein.

„Hallo, Woody!", rief Gary. Angesichts der drohenden Kämpfe tat es gut, noch einen zweiten Freund zu treffen. „Was treibst du denn bei der Infanterie?" Obwohl nur zwei Wochen seit dem ersten Angriff auf Clark Airfield vergangen waren, kam es Gary vor, als habe er ihn seit Jahren nicht mehr gesehen.

„Wir wurden vom Flugplatz abkommandiert, um euch hier zu verstärken. Schätze, es hat nicht viel genützt, dass wir den Flugplatz in Ordnung brachten, da wahrscheinlich keine neuen Flugzeuge kommen werden." Woody kauerte sich neben den anderen auf dem Boden nieder. „Ich habe einen Blick auf eure Truppen hier geworfen und ich muss sagen, diese Filipinos sahen wirklich grün aus."

„Ja, und sie sind so nervös wie eine Henne in einem Hornissennest", sagte der Unteroffizier. „Die meisten sind neue Rekruten, aber ich habe Vertrauen zu ihnen. Sie verteidigen ihr Land und ich weiß, dass sie es schaffen werden."

Gary lachte. „Ich bin selbst auch nicht unbedingt ein alter Hase."

„Du wirst dich bestimmt gut schlagen", ermutigte ihn Woody. „Ich habe dich gesehen, als Clark bombardiert wurde. Du hast deine erste Schlacht hinter dir. Mit der Zeit wird es leichter werden."

Gary bedachte den Mann mit einem zweifelnden Blick. Er hatte sich in Clark Airfield vielleicht nicht blamiert, aber er glaubte gewiss nicht, dass der Krieg leichter werden würde. Er hatte jetzt viel mehr Angst als vorher, einfach, weil er jetzt eine Vorstellung davon hatte, was er zu erwarten hatte. Er sagte jedoch nichts. Es half nicht, über seine Angst zu jammern. Er war Soldat; er würde kämpfen. Dazu war er hier.

Kurze Zeit später schlug der Feind zu. Wenn Gary einen Augenblick zum Nachdenken gehabt hätte, wäre er vielleicht davongelaufen oder hätte geschrien. Beim ersten Artillerieangriff hechtete er instinktiv auf den Boden. Am liebsten hätte er sein Gesicht dort vergraben. In der feuchten Luft über seinem Kopf explodierte alles. Er wusste nicht, was ihn dazu brachte, den Staub aus seinen Augen zu wischen und den Kopf so weit zu heben, dass er sein Gewehr abfeuern konnte. Nicht Tapferkeit. In diesen ersten Augenblicken wusste er, dass er nicht tapfer war, nur verbissen. Er wusste, wie er sein Gewehr abfeuern musste, also schoss er, ohne lange zu denken.

Bis Roxas gegen seine Schulter knallte. Die Augen des achtzehnjährigen Jungen waren weit aufgerissen, als habe er soeben eine tiefschürfende Entdeckung gemacht. Aber er sprach nicht. Er konnte nicht. Eine japanische Kugel hatte seinen Hals durchbohrt. Blutstropfen spritzten über Garys Gesicht. Gary starrte ihn entsetzt an. Einen Augenblick war er wie erstarrt, unfähig zu irgendeiner Reaktion. Er hörte, wie der junge Mann mühsam um Atem rang, in seinem eigenen Blut erstickte. Das schien Gary daran zu erinnern, wer er war. Zugführer. Diese Jungen zählten auf ihn.

„Durchhalten, José!" Gary kramte in seiner Gürteltasche, in der er ein paar Erste-Hilfe-Sachen hatte, fand ein Tuch und versuchte, den Blutstrom aufzuhalten. Schließlich erholte er sich so weit von seinem Schock, dass er laut „Sani!" schreien konnte.

Der Sanitäter kam schnell, aber Roxas war schon tot, bevor er bei ihm ankam.

Unbeirrt drang der Feind weiter vor. Er ließ sich nicht von einem sterbenden jungen Mann oder einem verängstigten Lieutenant aufhalten. Es war nicht einmal Zeit zu beten, aber Gott gab ihm die Entschlossenheit, seine Arbeit zu tun und sogar den Kampfgeist seines Zugs anzustacheln. Neben Roxas verlor er in der ersten Angriffswelle noch einen zweiten Mann, Marcos. Er wurde in den Kopf geschossen und war sofort tot. Niemand hatte dem Jungen helfen können. Nicht dass sie viel hätten tun können – sie waren zu sehr damit beschäftigt gewesen, den Feind abzuwehren.

Garys Männer verteidigten bei diesem ersten Angriff ihre Stellung. Er hatte andere Einheiten gesehen, die zusammengebrochen und zurückgelaufen waren. Er war stolz auf seine Leute. Einige Filipinos waren noch Kinder. Einer hatte Tränen auf seinen schmutzverschmierten Wangen. Die Hand eines anderen zitterte, als er den Abzug an seinem Gewehr betätigte.

„Sehe ich auch so aus?", fragte sich Gary während einer kurzen Kampfpause. Er war nicht bereit zu sterben. Er war mit dem Wissen aufgewachsen, dass Christen die Hoffnung auf den Himmel und ewiges Leben haben und somit bereit sind, ihrem Gott zu begegnen. Er fühlte die kleine Ausbuchtung in der Innentasche seiner Jacke. Darin befand sich das Neue Testament, das ihm seine Mutter gegeben hatte, bevor er von zu Hause fortgegangen war. Er las darin, sooft er konnte. Trotzdem war er nicht bereit zu sterben – er wollte noch länger leben. Er hoffte, damit sei er kein schlechterer Christ. Er dachte an Blair, an die Dinge, die zwischen ihnen immer noch geklärt werden mussten, das Leben, das er sich mit ihr erhoffte. Es gab einfach noch zu viel, für das er leben wollte.

Eine Kugel pfiff an seinem Ohr vorbei. Nur eine Sekunde später ging er einem Reflex folgend in Deckung. Er musste sich konzentrieren. Jetzt war nicht der richtige Zeitpunkt, sich über das Leben Sorgen zu machen. Er musste seine ganze Kraft darauf verwenden, am Leben zu bleiben!

„Auf dieser Kugel stand fast Ihr Name, Lieutenant", sagte Senger, benutzte allerdings eine viel bildhaftere Sprache.

Gary schüttelte den Kopf und schluckte die Galle hinunter, die in seiner Kehle aufstieg.

Hauptmann Smithers kroch in diesem Augenblick hinten an ihre Stellung heran. „Wir lassen uns bis Rosario zurückfallen", befahl er.

„Langsam jetzt. Lasst diese Japaner für jeden Zentimeter, den ihr ihnen gebt, bezahlen."

Gary hatte in West Point Rückzüge gelernt, aber er hatte nicht gelernt, sie zu mögen. Besonders nicht, da er mit dem Glauben aufgewachsen war, die Vereinigten Staaten von Amerika seien mehr oder weniger unbezwingbar. Es erschien unmöglich, dass eine winzige Nation sie jetzt so überrollen sollte.

Als der Hauptmann sich weiter die Linie hinaufbewegte, nickte Gary Senger zu, er solle die Männer in Bewegung bringen. Das musste der Einheit nicht zweimal gesagt werden, aber sie musste oft daran erinnert werden, sich ruhig und geordnet zurückzuziehen. Gary wollte nicht, dass seine Einheit wie eine aufgeschreckte Hühnerschar zurückwich.

Schließlich brach die Nacht über sie herein, aber das schien den Feind nicht aufzuhalten. Artillerie- und Gewehrfeuer erfüllten immer noch die warme tropische Luft. Als die Artillerie eine kurze Pause einlegte, fielen die amerikanischen und philippinischen Truppen wieder weiter zurück. Gary hatte Mühe, seine Männer zusammenzuhalten. Sie wurden an der Flanke von einer japanischen Patrouille getroffen und er verlor zwei weitere Männer. Sie schalteten den größten Teil der feindlichen Patrouille aus, mussten aber weit in den Dschungel zurückweichen, um dem Rest aus dem Weg zu gehen.

Je tiefer sie in den Dschungel hineinkamen, umso schwerer war es, die Orientierung nicht zu verlieren und zu erkennen, aus welcher Richtung ihre eigenen Leute schossen und aus welcher Richtung das feindliche Feuer kam. Es dauerte nicht lang, bis der Kampflärm von weit her zu kommen schien. Gary fürchtete, der letzte Kampf könnte ihn von der Haupttruppe abgeschnitten haben. Er betete, dass sie sich immer noch in Richtung Rosario bewegten, und deutete seinen Männern die Richtung, in der er die anderen vermutete. Er schaute Senger mehrere Male an, aber selbst der Unteroffizier schien verwirrt zu sein.

Ein Viertel von Garys Zug war getötet worden. Trotzdem hatten die übrig gebliebenen Männer noch nicht den Mut verloren. Sie blieben zusammen, obwohl er ahnte, dass einige am liebsten schnell das Weite gesucht hätten. Er wünschte, sein Freund Woody wäre jetzt hier und könnte sehen, wie gut diese Jungs waren.

Als Gary Panzer hörte, fürchtete er, der letzte Kampfgeist seiner

Männer könnte jetzt ausgelöscht werden. Er merkte, wie sich sein eigener Magen verkrampfte vor Angst, es könnte der Feind sein, der in ihre Richtung kam.

„Stehen bleiben!", sagte er mit einer Stimme, die nicht viel mehr als ein Flüstern war. Wie erwartet, gab der Unteroffizier den Befehl weiter.

„Was meinen Sie, Herr Unteroffizier? Unsere oder ihre?", fragte Gary so leise, dass nur Senger ihn hören konnte.

Senger schüttelte den Kopf. Er wusste es auch nicht. Wenn es feindliche Panzer waren, könnte das seine Männer endgültig in Panik versetzen. Sie könnten leicht ziellos durch den Dschungel fliehen und würden dadurch zu beweglichen Zielscheiben. Am besten wäre es, sich ruhig zu verhalten, sich im Gebüsch zu verstecken und zu hoffen, dass die anderen vorbeizogen, ohne sie zu bemerken.

„Herr Unteroffizier, die Männer sollen in Deckung gehen."

Die Männer bewegten sich zurück, aber das donnernde Rollen der Panzer war nicht zu überhören. Ihre Augen traten vor Angst fast aus den Höhlen; ihre Knöchel wurden weiß, weil sie die Gewehre so krampfhaft umklammerten.

„Nicht rühren!", befahl Gary, sobald sie gut versteckt waren.

Er strengte seine Ohren an. Unsere? Ihre?

Dann hörte er es, dieses unverkennbare Rattern, das ein Sherman sein musste!

„Es sind unsere", atmete er auf.

Senger nickte. „Das heißt, dass die Straße nach Rosario nicht weit sein kann, denn diese Panzer ziehen sich zweifellos auch dorthin zurück." Damit deutete Senger, wenn auch nicht direkt, an, dass Gary sich verlaufen haben könnte. Natürlich hätte Gary sich das nicht eingestanden. Er hatte weiterhin gehofft, die Straße würde irgendwann vor ihnen auftauchen. Aber die Panzer waren eine Bestätigung. Senger schwieg kurz und strengte erneut seine Ohren an.

„Was ist?", fragte Gary.

„Weiß nicht. Irgendwie klingt es nicht, wie es soll. Gehen wir lieber."

Gary befahl seinen Männern, weiterhin auf der Hut sein, während sie sich langsam vorwärtsbewegten. Überall konnten Japaner sein. Sie waren zwar in der letzten Stunde auf keine gestoßen, aber das bedeutete nicht, dass nicht jederzeit welche hinter einem Baum hervorspringen könnten. Er ließ den Zug in die Richtung, aus der sie die Panzer hörten, weiterschleichen. Ihre Stimmung hob sich deutlich, als die Straße vor ihnen auftauchte und sie die Panzer vorbeifahren sahen und sicher waren, dass es ihre eigenen Panzer waren.

„Hey, Herr Unteroffizier, hatten Sie Angst?", fragte Ruiz. Er war achtzehn.

„Ich habe mehr Angst, wenn ich aufs Klo gehe!", antwortete Senger mit einem leisen Brummen.

„Und wie ist es mit Ihnen, Lieutenant?", fragte Torres.

Gary warf einen Blick auf den Unteroffizier und wusste, dass er es mit dem Mut dieses Mannes nicht aufnehmen könnte. Fast glaubte er, Senger habe *tatsächlich* keine Angst gehabt.

„Ich war kurz davor, dem Herr Unteroffizier mein ganzes Essen auf den Ärmel zu spucken", gestand Gary mit einem Lachen.

Die Männer lachten. Einige andere gestanden auch, dass sie Angst gehabt hatten. Diese Worten wurden nur geflüstert, auch das Lachen war ganz leise. Gary erlaubte ihnen die paar Augenblicke, um durchzuatmen, aber dann hob er die Hand.

„Wir müssen uns weiterhin ruhig verhalten." Er schaute die Männer in dem schwachen Licht des Viertelmondes an und stellte dankbar fest, dass ein Teil der früheren Anspannung verschwunden war. Sie wurden in null Komma nichts kampferprobte Veteranen. Und er auch.

Sie waren gezwungen, auf einem hohen Grat, von dem aus man einen Blick über die Straße werfen konnte, eine Pause einzulegen, da dort oben Stacheldrahtabsperrungen verliefen. Gary sah nicht weit von ihnen entfernt die 26. Kavallerie auf dem Rückzug. Sie hatten an diesem Tag große Leistungen vollbracht und hatten oft an vorderster Kampffront gestanden. Aber jetzt waren sie ausgelaugt und bewegten sich müde die schmale Straße entlang. Sechshundert berittene Männer. Die Shermans waren bereits ein gutes Stück vor ihnen und fast nicht mehr zu sehen.

Plötzlich hörte Gary den Grund für Sengers Unbehagen. Bald darauf konnte er ihn auch sehen. Japanische Panzerfahrzeuge bewegten sich die Straße entlang und steuerten direkt auf die Kavallerie zu! Da die Straßenböschung sie auf beiden Seiten einschloss, hatten sie keine

Fluchtmöglichkeit. Die japanischen Panzer schnitten sich durch sie hindurch wie ein Messer durch Seide. Männer und Pferde stoben auseinander. Die Panzer töteten alles, was sich ihnen in den Weg stellte. Gary widerstand dem Drang, auf die zerstörerischen Panzer zu schießen. Er wusste genau, dass sein Gewehr nicht viel ausrichten würde. Seine Männer hatten keine einzige Granate übrig. Sonst hätte er vielleicht einen oder zwei Angriffe riskiert. Er konnte nichts anderes tun, als dafür zu sorgen, dass seine Männer ihre Waffen nicht abschossen und ihre Gesichter unten hielten, damit keine der tödlichen Maschinen den Grat unter Beschuss nahm. Nach den ersten entsetzlichen Augenblicken dieses Zusammentreffens drückte er sein Gesicht auch tief nach unten auf die Erde.

Zwei Stunden später erreichte seine Einheit das Dorf Rosario. Sie mussten einen ziemlich weiten Bogen um die Straße schlagen. An einer Stelle waren sie eine halbe Stunde von einer japanischen Maschinengewehrstellung aufgehalten worden. Zwei seiner Männer wurden bei der Auseinandersetzung verletzt, aber schließlich war es ihnen gelungen, den Schützen von der Flanke zu packen und ihn auszuschalten.

Gary trottete müde ins Dorf. Einen der verwundeten Männer hatte er über der Schulter liegen. Gary erinnerte sich, dass er erst an diesem Tag – oder war es gestern gewesen? Er hatte jedes Zeitgefühl verloren – hier gewesen war, um Blair anzurufen, und mit dem Ladenbesitzer um den Preis für den Anruf gefeilscht hatte. Das Dorf war jetzt fast völlig von Zivilisten verlassen. Die Armee verteilte sich im Dorf und startete einen weiteren Versuch, den Vormarsch des Feindes aufzuhalten.

Er hörte, dass nur noch ungefähr hundertfünfundsiebzig Mann von der 26. Kavallerie hier waren. Die meisten anderen waren tot oder irgendwohin verstreut. Er musste den Rest der Gefallenenzahlen nicht hören, um zu wissen, dass die Verteidigung gegen den japanischen Vormarsch nicht gut verlaufen war. Er rechnete damit, dass jederzeit der Befehl käme, sich nach Bataan zurückfallen zu lassen. Die Armee würde den Rest der Insel aufgeben und sich auf die kleine, aber strategisch wichtige Halbinsel konzentrieren. Das war immer die militärische Strategie gewesen, aber Gary bezweifelte, dass jemand je gedacht hatte, dass es irgendwann tatsächlich so weit käme.

Er konnte jetzt nicht an das größere Bild denken. Er musste seine

Männer in Kampfstellung bringen. Die nächtliche Kampfpause würde nicht lange andauern. Sie hatten eine Stellung auf dem Dorfplatz zugeteilt bekommen und verschanzten sich dort.

16

Auf der Bundesstraße 3 aus Manila drängten sich Zivilisten, die aus der Stadt flohen, und das Militär. Alte und neue Autos, Handwagen, Pferde- oder Eselwagen und Menschen, die zu Fuß unterwegs waren, kämpften in wildem Chaos mit Jeeps, Truppenfahrzeugen und Panzerfahrzeugen um Platz auf der Straße. Blair zweifelte allmählich, ob sie überhaupt jemals aus der Stadt hinauskämen. Sie waren seit zwei Stunden auf der Straße und noch keine fünfzehn Kilometer weit gekommen.

Vielleicht wäre es doch besser gewesen, in Manila zu bleiben und auf eine freundliche Behandlung durch den Feind zu hoffen. Aber sie erinnerte sich an das Schaudern in Garys Stimme, sooft von einem japanischen Kriegsgefangenenlager die Rede gewesen war.

Der Fahrer des Wagens vor ihnen hatte Probleme mit seinem Eselwagen, der unter dem schweren Gepäck dieses Mannes und seiner Familie umzukippen drohte. Mateo, der am Steuer des DeSotos saß, versuchte, rechts an dem Wagen vorbeizukommen. In diesem Augenblick knallte der Auspuff eines Armeefahrzeugs und erschreckte den Esel. Der beladene Wagen schaukelte unter den panischen Bewegungen des Tieres auf die eine und dann auf die andere Seite. Einen Augenblick sah es so aus, als würde der Wagen genau auf den DeSoto krachen. Mateo riss am Lenkrad, jedoch zu stark, und beförderte das Auto in den Graben.

„Sind alle unverletzt?“, fragte der Junge, als das Auto im Graben stecken blieb. Nur einen Meter unterhalb der Straße, aber tief genug, um es ihnen unmöglich zu machen, allein wieder herauszukommen.

„J-ja“, antwortete Blair nach einem schnellen Blick auf den Rücksitz, wo Claudette saß. Sie schaute zur Straße hinauf und sah, dass der Eselwagen wieder gerade stand, ohne dass etwas passiert war. Es wäre viel schlimmer gewesen, wenn der Wagen, auf dem sich hinten die Kinder mühsam an den Haushaltswaren festklammerten, in den Graben gefallen wäre.

Blair und ihre Begleiter kletterten aus dem Auto. Eine schnelle Überprüfung ergab, dass die Reifen intakt waren eine große Erleich terung, denn sie hatten nur einen Ersatzreifen, und in diesen Tagen kam man nur sehr schwer an Reifen heran. Mateo ließ den Motor wieder an. Er war auch unbeschädigt. Das größte Problem – aus dem Graben herauszukommen – wurde ebenfalls schnell behoben.

„Hallo, ihr da unten! Braucht ihr Hilfe?" Blair schaute nach oben und sah einen amerikanischen Unteroffizier und zwei andere Soldaten über ihnen stehen.

Blairs hilfloses Nicken war Antwort genug.

„Wartet. Wir binden euer Auto an unseren Lastwagen und holen euch im Handumdrehen heraus", bot der Unteroffizier an.

Das Militärfahrzeug musste die Straße teilweise blockieren, um das zu schaffen. Die Menschen in den anderen Fahrzeugen, die dadurch warten mussten, waren darüber nicht besonders erfreut. Hupen dröhnten; Menschen schrien. Blair dachte, wenn die Leute mehr Rücksicht aufeinander nähmen, würde die Evakuierung viel reibungsloser verlaufen. Sie wären überhaupt nicht im Graben gelandet und könnten inzwischen vielleicht sogar schon so nahe bei Silvia sein, dass sie sich auf das Abendessen mit ihrer Freundin freuen könnten. So wie die Dinge standen, konnte sie froh sein, wenn sie zum Frühstück am nächsten Morgen in der Villa wären.

Ihre Stimmung hob sich ein wenig, als der DeSoto schließlich wieder auf der Straße stand. Das Militärfahrzeug fuhr auch an den Straßenrand und der Unteroffizier überprüfte Blairs Auto. Er legte sich unter das Auto und vergewisserte sich, dass der DeSoto fahrbereit war.

Er richtete sich wieder auf und wischte sich die Hände ab. „Sieht gut aus. Sie hatten Glück. Wohin wollen Sie?"

„Ich habe eine Freundin im Norden, nicht weit von Tarlac", antwortete Blair. „Ich werde dort wahrscheinlich warten, bis der Krieg vorbei ist."

Der Unteroffizier, ein schlanker Mann, höchstens zehn Zentimeter größer als Blair, kratzte sich den Kopf unter seinen zerzausten braunen Haaren. „Ich will Ihnen natürlich nicht vorschreiben, was Sie tun sollen, Miss, aber die Japaner kommen vom Norden, und es ist vielleicht nur eine Frage von Tagen, bis dieses Gebiet hinter den feindlichen Linien liegt."

„So weit werden sie nicht kommen." Woher sie ihre Zuversicht nahm, wusste sie nicht.

Er zuckte nur die Achseln. „Sie wären besser beraten, wenn Sie nach Bataan fahren. Wir ziehen uns auch dorthin zurück. Dort hätten Sie die Armee als Schutz."

„Meine Freundin ist sicher, dass ihre Villa gut versteckt und sicher ist." Hatte sie die richtige Entscheidung getroffen? Kam die Zuversicht, die sie hatte, mehr aus ihrer Sehnsucht nach dem Luxus in der Villa als aus praktischen Erwägungen?

„Falls Sie Ihre Meinung doch ändern sollten: Wenn Sie nach San Fernando kommen, können Sie auf der Bundesstraße 7 in Richtung Süden fahren und dann auf der Küstenstraße weiter. Sie könnten es sogar schaffen, nach Mariveles und dann auf Corregidor zu kommen."

„Geht die ganze Armee nach Bataan?"

„Wenn wir die Japaner nicht aufhalten können, ja."

„Herr Unteroffizier, kennen Sie jemanden in der 71. Infanterie? Das ist die Einheit meines Mannes. Lieutenant Gary Hobart." Ihr Entschluss, zu Silvia zu fahren, wackelte plötzlich. Falls Gary nach Bataan ging, könnte sie ihn dort vielleicht finden.

„Tut mir leid, Miss, ich kenne den Namen nicht." Er drehte sich um und schrie seinen Begleitern Garys Namen hinauf. Keiner hatte von ihm gehört. „Das heißt aber gar nichts, Miss. Hier sind viele Männer. Das ist, als suchten Sie eine Nadel in einem Heuhaufen."

Er hatte es als Ermutigung gemeint, erreichte aber genau das Gegenteil. Sie verlor die wenige Hoffnung, die sie gehabt hatte, Gary zu finden.

„Danke, Herr Unteroffizier." Sie warf auch den anderen Männern auf dem Wagen ein dankbares Lächeln zu. „Vielen Dank für Ihre Hilfe."

Sie erreichten San Fernando erst weit nach Einbruch der Dunkelheit. Die Stadt lag fünfundfünfzig Kilometer nordwestlich von Manila und befand sich an einer Eisenbahnlinie und an der Kreuzung der Hauptstraße, die nach Bataan führte. Für die Insel Luzon war es eine mittelgroße Stadt. Sie barst vor Flüchtlingen und Militärangehörigen aus allen Nähten. Mateo ergatterte für sie, wie es schien, das letzte Hotelzimmer der Stadt. Claudette ging in die Marktstraße, um zu sehen, ob so spät noch etwas Essbares in der Stadt zu bekommen sei, während Blair anfing, den DeSoto auszuladen. Während sie das Auto auslud, kamen zwei einheimische Jungen und boten ihr an, für ein paar Pesos ihre Sachen ins Zimmer hinaufzuschleppen. Sie hatte das Gefühl, sie tue ihnen etwas Gutes, wenn sie ihnen eine Möglichkeit gab, etwas Geld zu verdienen.

Sie folgte den Jungen ins Hotel und die Stufen hinauf in den zweiten Stock, wo sie sich frustriert in dem Zimmer umschaute. Selbst für eine einzige Person war es klein, aber sie mussten es zu dritt teilen. Das einzige Fenster ließ von dem leichten Wind, der draußen wehte, überhaupt nichts ins Zimmer. Es gab keinen Ventilator, nur ein einziges Bett und gerade noch so viel Platz, dass man eine Matratze für Mateo hineinquetschen konnte und eine kleine Ecke für ihre Koffer frei blieb. Sie und Claudette müssten sich das schmale Bett teilen.

Claudette kam mit leeren Händen vom Markt zurück. Alle Geschäfte waren geschlossen und im Hotel gab es wegen der Lebensmittelknappheit kein Essen. Widerwillig öffnete Blair zwei Sardinendosen, die sie auf ein paar Brotscheiben – das Einzige, was sie dem Hotelmanager hatte abschwatzen können, und das für einen ganzen Dollar! – legten. Blair war dankbar, dass Claudette darauf bestanden hatte, eine Kochplatte, einen Kessel und ein paar andere Küchenutensilien einzupacken. Blair hätte nie daran gedacht, dass sie sich ihr Essen selbst kochen müssten – weder im Freien noch in einem Hotelzimmer. Aber selbst in der Hitze war sie dankbar für den heißen Tee zum Essen.

Während sie sich auf das Schlafengehen vorbereiteten, wurde Claudette plötzlich scheu, und das aus gutem Grund. Immerhin befand sich Mateos Bett nur wenige Zentimeter von ihrem entfernt. Blair fand diese Lösung auch nicht besonders günstig.

„Erinnerst du dich an den Film *Es geschah in einer Nacht?*“, sagte Claudette. „Clark Gable und Claudette Colbert mussten auch ein Hotelzimmer miteinander teilen.“

„Ja“, nickte Blair. „Clark hängte eine Decke zwischen die Betten.“

„Er nannte sie die ‚Mauer von Jericho‘“, fügte Claudette mit einem Blick auf Mateo hinzu, der ihnen mit einem verständnislosen Blick zuhörte.

„Warum schaust du mich so an?“, fragte Mateo. Eine leichte Röte zog über seine Wangen. Dann schien ihm zu dämmern, wie unschicklich ihre gegenwärtige Situation war. „Hier ist kein Platz, um eine Decke aufzuhängen!“, protestierte er.

Da er aussah, als würde er gleich fliehen, schlug Blair vor: „Mateo, warum wartest du nicht einfach draußen, während wir uns hier umziehen und ins Bett gehen? Dann ziehen wir die Decke über unsere Augen, während du dich ausziehst."

Claudette protestierte leise. Sie hätte die romantische Idee mit der Decke aus dem Kinofilm bevorzugt, aber Mateo war schon aus dem Zimmer gestürmt, bevor sie einen Widerspruch einlegen konnte. Blairs Plan funktionierte gut und die Gefühle aller wurden berücksichtigt.

Blair warf sich die ganze Nacht unruhig von einer Seite auf die andere. Sowohl im wachen Zustand als auch im Schlaf quälten sie die Entscheidungen, die sie treffen müsste. Das Problem mit der Schlafsituation zu klären war einfach gewesen im Vergleich zu allen anderen, die auf sie warteten. An diesem Tag hatte sie mit mehreren Soldaten auf der Straße gesprochen. Alle hatten ihr praktisch denselben Rat gegeben wie der Unteroffizier. Was noch schlimmer war: Keiner hatte Gary gekannt. Einer, mit dem sie gesprochen hatte, war auch in der 71., aber er kannte Gary nicht.

Im Norden fielen Bomben. Das konnte sie genau hören, obwohl die Stadt, in der sie sich befanden, nicht davon berührt wurde. Trotzdem lockte sie Silvias Villa sehr. Bis zu diesem Tag hatte sie diese Villa beinahe als ihre Zuflucht betrachtet. Jetzt quälte sie eine starke Unsicherheit. Kurz vor Einbruch der Morgendämmerung kam ihr der Gedanke, dass sie über diese Frage beten könnte. Sie wusste nicht, ob Gott auf ihre Gebete hören würde, aber einen Versuch war es wert. Also bat sie um Gottes Führung, bevor sie in einen tiefen Schlaf sank.

Als sie erwachte, fühlte sie sich seltsam frisch – um dieses zusätzliche Geschenk hatte sie Gott gar nicht gebeten. Sie war sehr dankbar, besonders da sie zum ersten Mal sicher war, was sie tun wollte. Gary und Corregidor waren ihr viel wichtiger als der verlockende Luxus von Silvias Villa. Sie konnte nicht sagen, ob das eine Antwort auf ihr unsicheres Gebet in der letzten Nacht war, aber diese Entscheidung wurde deutlich bestätigt, als Claudette und Mateo ihr von ganzem Herzen zustimmten. In Mateos Fall vermutete sie, dass er zustimmte, weil er glaubte, diese Richtung bringe ihn näher zur Armee.

Sie beluden den DeSoto nach dem Frühstück, das eine Wiederholung des Abendessens war – Brot, Sardinen und Tee. Dann setzte sich Blair ans Steuer und sie begaben sich auf die Bundesstraße 7. Es herrschte immer noch ein ziemlicher Verkehrsstau. An einer Stelle war die Straße ausgebombt, was sie zwang, eine Umleitung zu nehmen, bei der sie sich fast verfahren hätten. Gegen Mittag erreichten sie das kleine Dorf Layac. Dieser Ort war noch unauffälliger, als es San Fernando gewesen war. Er bestand aus zwei Lehmstraßen, die von ein paar Gebäuden gesäumt waren, hauptsächlich Nipahütten. Diese Häuser waren in der ländlichen Gegend am häufigsten anzutreffen, obwohl Blair auch einige solche Hütten in den Vororten der größeren Städte gesehen hatte. Sie hatten ein Grundgerüst aus Bambusrohren und die Seiten und Dächer bestanden aus den breiten Wedeln der Nipapalme. Sie verliehen dem Dorf das typische romantische Aussehen, das man sich in den Tropen vorstellte.

Auf dem Markt kauften sie Zwiebeln und Rüben, das einzige frische Gemüse, das sie auftreiben konnten, und ein paar Papayas. Die Papayas aßen sie zum Mittagessen. In einem Schaufenster sah Blair einen ausgebleichten Nikolaus. Erst jetzt fiel ihr ein, dass morgen Heiligabend war. Einem Impuls folgend trat Blair, während Mateo und Claudette im Dorf spazieren gingen, in das Geschäft, eine kleine Drogerie, und machte ein paar Weihnachtseinkäufe.

Als sie wieder auf der Straße war, herrschte nicht mehr ganz so ein dichtes Treiben wie vorher. Vielleicht hatte sich Blair inzwischen auch einfach daran gewöhnt. Mateo übernahm wieder das Steuer. So konnte sie sich Zeit nehmen und die tropische Kulisse bewundern. Sie entdeckte, dass es mehr zu sehen gab als nur die Präsenz des Militärs. Schöne Sträucher mit weißen und rosa Hibiskusblüten verliehen dem üppigen Blattwerk Farbe. Paradiesvögel und Bougainvillea bildeten weitere Farbtupfen auf dem satten Grün. Pastor Sanchez hatte immer so unheilvoll vom Dschungel gesprochen, aber sie glaubte, ein Spaziergang zwischen diesen hübschen Pflanzen könnte irgendwann ganz nett sein. Als unter der Motorhaube des DeSotos Dampf aufstieg, waren solche Gedanken jedoch schnell vergessen.

„Mateo, was ist das?“

Er bremste bereits und fuhr an den Rand. Als sie ausstiegen und die Motorhaube hochhoben, bestätigte sich sein Verdacht. Der dampfende und zischende Kühler war fast leer.

„Ich habe heute Morgen das Wasser überprüft“, sagte er. „Die Leitung muss ein Loch haben.“

„Können wir so fahren?"

„Natürlich nicht!", antwortete er gereizt.

Sie glaubte nicht, dass er auf sie wütend war. Wahrscheinlich meinte er, er sei selbst für diesen Schaden verantwortlich.

„Es tut mir leid, Miss Hayes." Ihre beschwichtigende Handbewegung und ihr ermutigendes Lächeln konnten den Ärger auf dem Gesicht des Jungen kaum vertreiben. Er holte ihren Wasserkanister vom Rücksitz. „Mit dem Wasser müssten wir bis zum nächsten Dorf kommen. Dort kann ihn vielleicht jemand reparieren."

Dampfschwaden stiegen erneut von der Motorhaube auf, als sie ruckelnd und zuckelnd in das Dorf Hermosa kamen. Es sah nicht vielversprechend aus, dass sie hier finden würden, was sie für das Auto brauchten. Es gab nur ein paar Geschäfte und ein kleines Rathaus mit einem Postamt. Blair war deshalb überrascht, als sie eine Tankstelle fanden. Es gab zwar kein Benzin, aber einen Mechaniker. Blair hätte ihn beinahe vor Begeisterung geküsst, als er, von Kopf bis Fuß mit Öl verschmiert, aus der Werkstatt kam. Sie war froh, dass sie sich gerade noch beherrscht hatte, als er sich mit seinen ölverschmierten Fingern am Kopf kratzte, nachdem er sich den DeSoto angeschaut und seine düstere Diagnose verkündet hatte. Wenigstens sprach er Englisch und Blair konnte mit dem Mann verhandeln, ohne dass Mateo oder Claudette übersetzen mussten.

„Sie brauchen einen neuen Kühler, Miss", sagte er. Nach einem schnellen Blick auf Claudette und Mateo fügte er hinzu: „Oder Mrs?"

Mit einem beleidigten Knurren – wie konnte er wagen zu meinen, sie sei so alt, dass sie Kinder im Alter ihrer zwei Begleiter hatte! – sagte sie: „*Miss* Hayes." Oder hätte sie *Mrs* sagen sollen? Immerhin war sie verheiratet, auch wenn sie sich nicht so fühlte. Warum war das Leben nur so kompliziert?

Er beugte sich über den Motor und deutete auf die besagte Stelle. „Sehen Sie? Rost."

Blair wollte nicht einmal hinschauen. Sie blieb in einem guten Sicherheitsabstand zu der geöffneten Motorhaube stehen, als fürchte sie, der offene Motor könne herausspringen und sie mit seinen schmutzigen, ölverschmierten Fingern packen. Gegenüber dem Mechaniker hegte sie trotz ihres anfänglichen Impulses, ihn zu küssen, ähnliche Gefühle. Jedenfalls überließ sie es gern Mateo, sich mit dem Mechaniker über den Motor zu beugen und das zu tun, was Männer in solchen Situationen taten – was auch immer das war.

„Wie lang wird es dauern, einen neuen Kühler einzubauen?", fragte sie.

Der ölverschmierte Mann grinste. „Neuer Kühler. Haha. Es ist Krieg."

„Dann einen Austauschkühler?"

Immer noch grinsend schüttelte er den Kopf.

„Kann man ihn reparieren?", fragte sie. Ihre Hoffnung wurde immer kleiner.

„Können Sie ihn flicken?", fragte Mateo mit einem leichten Anflug von Überlegenheit in der Stimme. Er hatte gewiss begriffen, dass sie nichts von Autos verstand.

Langsam nickte der Mechaniker. „Haben Sie Geld?"

„Ja", antwortete sie. „Ich gebe Ihnen zehn amerikanische Dollar, wenn Sie ihn reparieren." Offenbar hatte sie zu schnell geantwortet, wenn sie die entsetzten Blicke von Mateo und Claudette richtig deutete. Ihr stand im Augenblick einfach nicht der Sinn nach philippinischem Feilschen. Sie schwitzte, war müde und hatte Hunger – Papayas machten nicht lange satt. Um die empörten Blicke ihrer jungen Begleiter zu besänftigen, fügte sie hinzu: „Ich bezahle, wenn er repariert ist. Gibt es hier eine Übernachtungsmöglichkeit?"

Er deutete zu einem Haus am Ende der Straße. Es war kein Hotel, da es in der ganzen Stadt kein Hotel gab. Aber der Mechaniker sagte, die Leute dort würden sie für die Nacht bei sich aufnehmen. Es war ein Nipagebäude, aber größer und ein wenig luxuriöser – falls eine Grashütte jemals wirklich luxuriös sein konnte – und es schien stabiler gebaut zu sein als viele andere, die sie gesehen hatte.

Es war Schwerstarbeit, ihr Gepäck von der Tankstelle aus die Straße hinabzuschleppen. Weit und breit war kein Kind zu sehen, dem Blair hätte *helfen* können, indem sie ihm eine Arbeit gab. Da sie erschöpft war, war sie froh, dass die Bewohner des Hauses Tagalog sprachen. So musste Mateo das Sprechen und Aushandeln des Preises übernehmen.

„Wieder nur *ein* Zimmer", sagte Mateo nach seinem Gespräch mit Mr Padilla. „Einen Dollar pro Nacht. Wir sorgen selbst für unser Essen, aber wir können ihre Küche zum Kochen benutzen."

„Das klingt fair. Sag ihm, dass wir das Zimmer nehmen."

Blair war zu müde, um an diesem Abend ans Kochen zu denken. Also holte sie wieder etwas aus ihrem Vorratskoffer heraus. Wenigstens wurde dadurch ihr Gepäck leichter, das sie viel mehr herumschleppen musste, als sie beim Kofferpacken in Manila gedacht hatte.

Der DeSoto war am Morgen noch nicht repariert; er sah aus, als wäre er gar nicht angerührt worden.

„Morgen", versprach der Mechaniker.

In gewisser Weise war Blair dankbar für die Pause. Vielleicht würde Gary sie finden, wenn sie länger an einem Ort blieb. Sie nutzte die Zeit, um ihre Wäsche an der öffentlichen Pumpe zu waschen. Claudette hatte angeboten, diese Arbeit zu übernehmen, aber Blair fand es nicht richtig, das Mädchen die Arbeit eines Hausmädchens verrichten zu lassen, wenn Blair sie nicht mehr bezahlen konnte. Sie beschloss, dass die Arbeit unter allen drei gerecht aufgeteilt werden sollte. Und sie dachte, es könnte eine nette Abwechslung sein, zur Pumpe zu gehen, die die einzige Wasserversorgung des Dorfes darstellte und an der offenbar die Wäsche gewaschen wurde. Etliche Dorffrauen waren bereits mit Waschzubern und Bergen schmutziger Wäsche dort. Die Pumpe schien außerdem der Ort zu sein, an dem Frauen den neusten Tratsch austauschten. Sie konnte zwar nichts davon verstehen, da sie Tagalog sprachen, aber das Ganze strahlte so viel Normalität aus, dass sie trotzdem dankbar dafür war. Diese Frauen kamen seit Jahren hierher. Nicht einmal der Krieg konnte daran etwas ändern. Vielleicht musste der Krieg doch nicht alles ändern.

„Nein, nein!", winkte eine der Frauen ab und riss Blair die Baumwollbluse aus der Hand, die sie zwischen zwei Fingern gehalten und halbherzig eingetaucht hatte, als habe sie Angst, sich die Hände nass zu machen. „So." Die Frau, die ungefähr so alt war wie Blairs Mutter, nahm das Kleidungsstück und behandelte es fachmännisch im Seifenwasser in Blairs Eimer. Die wenigen Worte Englisch, die sie sprach, hatten einen schweren Akzent.

Blair konnte keinen Unterschied in der Technik erkennen, außer dass die Frau wesentlich aggressiver an die Arbeit herangegangen war und ihre Hände vollständig in das Wasser getaucht hatte. Als Folge von vielen Jahren, in denen sie auf diese Weise ihre Wäsche wusch, waren ihre Hände faltig und trocken, fast ledrig. Die Nägel waren rau und ungepflegt. Um freundlich zu sein, lächelte Blair sie dankbar an und versuchte es auf die Art der Frau, aber innerlich erschauderte sie bei dieser Arbeit, besonders als sie sich einen Fingernagel abbrach. Zum ersten Mal, seit sie Manila verlassen hatte, setzte sich ein Gedanke in ihrem Kopf fest: Vielleicht war das Wäschewaschen an einer Pumpe nicht alles, was sie lernen musste, bevor sie ihr Ziel erreichte. Sie warf einen Blick auf ihre schlanken, weißen Hände, deren Nägel sauber manikürt und mit einem frischen, kirschfarbenen Nagellack überzogen waren. Sie dachte daran, die Frau zu bitten, ihre Wäsche zu waschen, und sie dafür zu bezahlen. Es würde nur ein paar Pesos kosten. Aber die Fahrt dauerte ohnehin schon um Tage länger, als sie geplant hatte, und sie musste anfangen, ihre begrenzten finanziellen Mittel einzuteilen. Wie sie es hasste, sparen zu müssen!

Nachdem die Wäsche zum Trocknen aufgehängt war, gingen Blair und Claudette auf den Markt, um Lebensmittel zu besorgen. Dieser Markt war größer als in den Dörfern, durch die sie bislang gekommen waren, und hatte auch ein größeres Warenangebot. Sie hatten gerade einige Karotten, Zwiebeln und ein paar Kartoffeln ausgewählt, als Mateo angelaufen kam.

„Miss Hayes, ich habe mit ein paar Soldaten gesprochen, die Lieutenant Hobart vielleicht kennen“, keuchte er.

„Wirklich?“ Sie ließ beinahe die Kartoffeln fallen, die sie in der Hand hielt, und schob sie schnell Claudette zu. „Claudette, schau, ob du ein Hähnchen finden kannst, das wir dazu essen können.“ Sie gab Claudette Geld und eilte hinter Mateo her.

In allen Dörfern auf ihrem Weg hatten sie viele Soldaten getroffen. Immer hatte sie nach Gary gefragt. Aber in letzter Zeit war sie angesichts der ständigen negativen Antworten, die sie bekam, immer entmutigter geworden und hatte es fast aufgegeben, ihn zu suchen.

Drei Soldaten, ein Amerikaner und zwei Filipinos, standen mit einem Glas warmem Bier in der Hand da. Blair wusste, dass das Bier warm war, denn kalte Getränke waren fast nicht zu bekommen.

„Sind Sie in der 71.?“, fragte Blair atemlos, als sie vor ihnen zum Stehen kam.

„Nein“, sagte ein schlaksiger, flachsblonder Lieutenant. „Ich bin Pilot. Lieutenant Woodburn“, fügte er mit einem Südstaatenakzent hinzu. „Dieser junge Mann erwähnte einen Lieutenant Hobart. Ich kenne einen Gary Hobart.“

„Das ist er! Das ist mein Mann!“ In ihrer Aufregung vergaß sie ganz, dass sie bis jetzt Gary nie als ihren *Mann* bezeichnet hatte. Aber wie sonst sollte sie ihr Interesse an ihm logisch erklären? „In der 71., oder?“

„Ja. Das muss er sein.“

„Wo ist er? Geht es ihm gut?“

„Das letzte Mal habe ich ihn vor zwei Tagen nördlich von hier in der Nähe von Rosario gesehen. Das liegt einige Kilometer von hier. Seine Einheit befand sich auf dem Rückzug. Ich bezweifle, dass er sich noch lange dort aufhält. Er war fit wie ein Turnschuh, als ich ihn sah.“

Das war eine gute Nachricht. „Seitdem haben Sie ihn nicht mehr gesehen?“

„Nein. Aber alle Truppen ziehen sich nach Bataan zurück. Sie können also wetten, dass er sich inzwischen auch irgendwo hier herumtreibt. Ich habe ihn aber nicht gesehen. Tut mir leid. Er ist ein feiner Kerl, Ihr Mann.“

Sie lächelte, obwohl ihr das schwerfiel. Ihre Hoffnungen waren zu groß gewesen. Sie hatte gedacht, dass man sie vielleicht direkt zu Gary bringen würde. Jetzt war sie genauso weit wie vorher. Auf den Landkarten sah Bataan wie eine winzige Halbinsel aus, kaum der ganzen Aufmerksamkeit wert, die ihr in letzter Zeit gewidmet wurde. Aber sie hätte genauso gut die Größe des Bundesstaates Kalifornien haben können, wenn man versuchte, einen einzigen Soldaten zu finden.

Sie dankte dem Lieutenant und kehrte enttäuscht zum Haus zurück. Claudette konnte die restlichen Einkäufe allein erledigen. Es war zu heiß, um ins Haus zu gehen. Sie setzte sich deshalb auf die Stufe vor dem Haus. Ihr war nach Weinen zumute. Da Mateo nicht sehen sollte, wie sie zusammenbrach, schickte sie ihn los, um die Wäsche zu holen, die in dieser Hitze bestimmt schon trocken war.

Zehn Minuten später kam Claudette vom Markt zurück. In einem Arm trug sie einen Korb mit frischem Gemüse, das sie gekauft hatte. Unter dem anderen hielt sie eine käfigähnliche Kiste, aus der ein gackerndes Geräusch zu hören war.

„Was ist denn das, Claudette?“, fragte Blair und deutete mit dem Kopf zu der Kiste. Als sie durch die Holzlatten spähte, sah sie, dass sich darin etwas bewegte.

„Ein Huhn, Miss Blair.“

„Ein Huhn! Was in aller Welt hast du damit vor?“ Blair verbarg ihren Ärger nicht.

„Sie sagten, ich solle ein Huhn kaufen. Das ist alles, was ich finden konnte.“

„Ich nehme an, du weißt, wie man dieses ... Tier in Eintopf verwandelt?“

„Ich kaufe ...“ Claudette schob Blair die Kiste zu. „Sie töten.“

Blair lachte trocken. „Ich weiß nicht einmal, wie man ein Huhn *kocht*, geschweige denn tötet. Du bist die Köchin.“

„Ich habe schon viele Hühner gekocht, aber es fing nie so an. Selbst im Waisenhaus, wo ich kochte, waren sie schon geschlachtet.“ Claudette hatte vielleicht auf der Straße gelebt und war dabei ganz gut zurechtgekommen, aber das war in der Stadt gewesen und nicht auf dem Land.

In diesem Augenblick tauchte Mateo auf. Die zwei Frauen richteten ihre Augen erwartungsvoll auf ihn.

„Was ist?“, fragte er abwehrend, als er ihre auffordernden Blicke sah.

„Hier, Mateo.“ Blair hielt ihm die Kiste entgegen. „Du weißt doch sicher, wie man dieses Tier in ein Essen verwandelt.“ Sie wusste nicht, warum sie das annahm, da er ebenfalls aus der Stadt kam. Er wollte sich vor Claudette bestimmt keine Blöße geben. Es war grausam von ihr, seinen Stolz auszunutzen, aber sie sah keine andere Möglichkeit.

Er verdrehte die Augen. „Ich war noch nie mit Frauen zusammen, die sich so wenig zu helfen wussten.“ Dann trabte er die Straße hinab zur Autowerkstatt. Ein paar Minuten später kam er mit einer Machete zurück.

„Woher hast du diese Waffe?“ Blair starrte das riesige, bedrohlich aussehende Gerät ungläubig an.

„Mein Vater hat sie in den Kofferraum gepackt. Er sagte, nur als Vorsichtsmaßnahme, falls wir sie im Dschungel brauchen sollten.“

Blair verdrehte die Augen. „Wer hätte das gedacht!“

Mateo öffnete die Kiste und packte das Huhn. Er zog es heraus, packte es an seinem dürren Hals und trug es zu einem Baumstumpf, der so aussah, als wäre er früher schon zu solchen Zwecken verwendet worden. Ohne auf das Kreischen und das panische Flügelschlagen des Tieres zu achten und mit einem Gesicht, das aussah, als habe er so etwas schon viele Male gemacht, hob Mateo die Machete.

„Warte! Halt!“, schrie Blair. „Bring es nicht um.“

„Was? Wollen Sie das Huhn lebendig kochen?“

„Nein!“ Blair lief eine Gänsehaut über den Rücken. „Aber …“ Sie betrachtete das mitleiderregende Geschöpf. „Es ist einfach ganz anders, wenn man seinem Essen in die Augen gesehen hat, bevor man es verspeist. Das kann ich nicht.“

„Gehen Sie ins Haus. Dann müssen Sie nicht zuschauen“, schlug Mateo vor.

Claudette fügte hinzu: „Ich kann einen guten *Gemüse*eintopf kochen. Im Koffer haben wir noch etwas Frühstücksfleisch, das ich dazu hineinschneiden kann. Das schmeckt wirklich köstlich.“

Mateo senkte die Machete und ließ versehentlich das Huhn los. Das freigelassene Tier zeigte absolut keine Dankbarkeit, sondern rannte schnell davon und zwang Mateo, ihm über den ganzen Hof nachzulaufen und einen Hechtsprung in den Schmutz zu machen, bei dem Staub und Federn nach allen Seiten flogen. Blair und Claudette lachten zu sehr, um ihm helfen zu können. Schließlich fing er das undankbare Tier ein und steckte es wieder in die Kiste.

„Ich lasse es nicht frei“, knurrte er. „Vielleicht haben wir irgendwann doch so viel Hunger, dass wir es schlachten. Außerdem hat es gutes Geld gekostet.“

„Wir könnten sie Mae West nennen“, schlug Claudette vor.

„Unser kleines Hühnchen“, fügte Blair trocken hinzu, genau wissend, dass dies nur ein weiterer Mund war, der gefüttert werden musste, ein weiteres Geschöpf, für das sie verantwortlich waren.

Mateo knurrte laut. Er wusste genauso gut wie Blair, dass sie nie ein Huhn essen könnten, das einen Namen hatte.

Es war ihr egal. Es war ein gutes Gefühl, mitten im Krieg zur Abwechslung ein Leben zu retten.

17

25. Dezember 1941. Weihnachten. Dieser Tag war anders als alle Weihnachtsfeste, die Blair bisher erlebt hatte.

Zum Frühstück gab es zur Abwechslung Bananen, Tee und den letzten Laib Brot, den sie zwei Tage zuvor gekauft hatten. Nach dem Essen überraschte Blair ihre Reisegefährten mit ihren Weihnachtsgeschenken. Die beiden waren ein wenig traurig, weil sie nichts für Blair hatten, aber sie erklärte ihnen leidenschaftlich, dass es ein herrliches Geschenk sei, mit Freunden Weihnachten feiern zu können.

Ihre Geschenke waren das überraschte „Ah“ und „Oh“, das sie dafür erntete, kaum wert. Sie hatte für jeden von ihnen einen breitkrempigen Strohhut gekauft und auch sich selbst einen geleistet. Mateos Hut war mit einem blauen Band verziert, Claudettes mit einem roten und Blairs mit einem grünen. Blairs und Claudettes Hüte waren so gemacht, dass das Band um den Hut unter dem Kinn zusammengebunden werden konnte. Es waren praktische Geschenke, bei denen sie es rechtfertigen konnte, dafür Geld auszugeben. Je mehr Zeit sie in der glühenden Tropensonne verbrachte, umso besser begriff sie, wie nützlich ein solcher Hut war.

Natürlich war der DeSoto immer noch nicht repariert. Sie konnte schließlich schlecht erwarten, dass Pedro, der Mechaniker, an Weihnachten arbeitete. Also verbrachten sie den Vormittag mit einem Spaziergang durch das Dorf und waren dankbar, dass ihre neuen Hüte die Sonne abschirmten. Ihre Vermieter, die Padillas, luden sie ein, später an diesem Tag mit ihnen zu essen.

Soldaten zogen weiterhin in großen Scharen durch den Ort. Mateo und Blair mischten sich so häufig wie möglich unter sie. Die Amerikaner freuten sich, wenn sie eine Amerikanerin unter den Dorfbewohnern erblickten, und verwickelten sie oft in ein Gespräch. Hauptsächlich unterhielten sie sich über zu Hause. Offensichtlich wollte keiner über den Krieg reden. Das störte Blair nicht. Über den Krieg zu sprechen, war einfach zu deprimierend. Die Männer kamen aus Kansas und New York und Texas. An Weihnachten hatten alle Heimweh. Die meisten waren schon länger als sie auf den Philippinen. Sie konnte ihnen also die neusten Nachrichten aus den Staaten erzählen. Die Männer hörten begierig zu, als sie von den neusten Filmen und Liedern und dem Tratsch über Prominente berichtete – alles Themen, bei denen sich Blair besser auskannte als mit Politik, Sport und dergleichen. Hauptsache, es waren Nachrichten von zu Hause. Die Soldaten waren nicht besonders wählerisch.

Gegen Mittag kamen Truppentransporter mit Verwundeten durch den Ort. Blair erfuhr, dass ein Feldlazarett gleich außerhalb des Dorfes errichtet wurde. Die Verwundeten waren Soldaten, die im Norden gekämpft hatten und jetzt nach Bataan evakuiert wurden. Ihr graute bei der Vorstellung, dass Gary unter ihnen sein könnte. Ihre Vernunft zwang sie, zum Lazarett hinauszugehen und sich zu vergewissern, ob er einer der Verwundeten war. Als sie eintraf, herrschte ein ziemliches Durcheinander, da man gerade erst dabei war, alles einzurichten. Dieses Tohuwabohu erschwerte ihre Suche. Sie versuchte, sich umzusehen, aber ein Arzt sagte ihr, sie solle entweder helfen oder aus dem Weg gehen. Sie entschied sich für den zweiten Vorschlag, da der Gedanke, kranke Männer zu versorgen, von denen einige voll Blut und Schmutz waren, sie abschreckte. Sie würde später wiederkommen, wenn sich alles ein wenig beruhigt hatte und alle Verwundeten sauber im Bett lagen und ihre schrecklichen Wunden nicht mehr zu sehen waren.

Sie versuchte, das Beste aus ihrem Weihnachtsessen zu machen. Die Padillas waren eine freundliche Familie. Blair konnte neunzig Prozent von dem, was gesagt wurde, nicht verstehen, aber sie genoss die Gesellschaft trotzdem. Mindestens ein Dutzend Menschen hatten sich um den großen Tisch im Wohnzimmer versammelt. Es war das einzige Zimmer im Haus, das groß genug für den Tisch war, der aus zwei breiten Holzbrettern auf zwei Sägeböcken bestand, über die Frau Padilla Bettlaken gebreitet hatte.

Als Blair Claudette fragen ließ, ob sie etwas mitbringen könnten, hatte Frau Padilla einen vielsagenden Blick auf Mae West geworfen. Statt des Huhns steuerte Blair ihre drei letzten Dosen grüne Bohnen bei, was von ihren Gastgebern genauso dankbar angenommen wurde, wie wenn sie das Huhn hergegeben hätte, besonders als Blair auch noch ihr ganzes frisches Gemüse und einen Kanten Ziegenkäse dazulegte, den sie auf dem Markt ergattert hatte. Der Hauptgang bestand aus einem köstlichen Hühnereintopf aus dem Hühnerbestand der Padillas. Das Essen schmeckte köstlich. Blair hatte keine Probleme, ein Huhn zu essen, solange sie es nicht vorher persönlich kennengelernt hatte.

Seltsamerweise weckte das Festessen mit den Padillas bei Blair melancholische Erinnerungen an ihre Familie und nicht an Gary. Ja, sie vermisste Gary, aber sie hatte noch nie einen Feiertag mit ihm verbracht. Sie hatten also keine gemeinsamen Erinnerungen. Die Erinnerungen an ihre Familienweihnachtsfeiern waren vielleicht nicht alle erfreulich – mit ihren Eltern und Schwestern hatte sie nie die fröhliche Gemeinschaft erlebt, die in der Familie Padilla zu spüren war. Aber trotz allem waren es die einzigen Weihnachtserinnerungen, die sie hatte, und sie waren nicht alle schlecht.

Den Baum schmücken ... Hatte ihre Familie dieses Jahr überhaupt einen Weihnachtsbaum? Oder war es arrogant von ihr zu glauben, ihre Familie würde, nur weil sie nicht da war, auf altvertraute Familientraditionen verzichten? Cameron war auch fort. Blair konnte fast den Eierlikör ihrer Mutter schmecken. Die Padillas hatten so etwas nicht. Sie hatten auch keinen Baum. Aber dieser Eierlikör ... Sie erinnerte sich an das Jahr, in dem sie ein wenig vom Whiskey ihres Vaters in ihr Glas geschmuggelt hatte und sowohl sie als auch ihr Vater ziemlich angeheitert gewesen waren. Sie hatte die Gesellschaft ihres Vaters genossen, was nicht oft vorkam. Vielleicht hatte sie deshalb in späteren Jahren angefangen, so viel Alkohol zu trinken. Leider würde selbst der ganze Alkohol der Welt nie eine Wiederholung dieses einmalig schönen Abends bringen.

Plötzlich erinnerte sich Blair an etwas anderes. Kurz bevor sie die Staaten verlassen hatte, hatte sie in einem Schaufenster einen wunderbaren Hut entdeckt, der herrlich zu Jackie passen würde. Sie hatte den Hut gekauft und ihn im Schrank in ihrem alten Zimmer im Haus ihrer Eltern versteckt und die Absicht gehabt, ihn ihrer Schwester zu Weihnachten zu schenken. Meine Güte, der Hut musste immer noch dort sein. Er wäre höchstwahrscheinlich längst unmodern, bis Blair Gelegenheit hätte, ihn Jackie zu geben.

Sie verdrängte diese deprimierenden Gedanken aus ihrem Kopf. So lange würde der Krieg nicht dauern! Das konnte nicht sein! Erst an diesem Morgen war im Radio eine Nachricht aus den Staaten gesendet worden: „Halte durch, Bataan! Hilfe ist unterwegs!“

Sie wäre sicher vor der Saison für die Frühlingsmode zu Hause.

Nach dem Essen verspürte sie den Drang, einen Brief nach Hause zu schreiben. Zwei handgeschriebene Seiten voll Belanglosigkeiten und Lügen, dass alles in bester Ordnung sei – damit ihre Familie sich keine Sorgen machte. Sie erzählte ihnen von Claudette und Mateo und wie angenehm es mit ihnen sei. Den Vorfall mit Mae West erwähnte sie hauptsächlich, weil ihr keine anderen unverfänglichen Dinge mehr einfielen, um die letzte Seite zu füllen. Sie wünschte ihnen frohe Weihnachten und sagte, sie sei sicher, dass sie bald nach Hause käme. Dann schlenderte sie zum Postamt und warf den Brief in den Briefkasten. Als sie sich wieder auf die Straße begab, traf sie Pedro, den Mechaniker.

„Frohe Weihnachten, Pedro", wünschte sie ihm, bemüht, kein Wort über den DeSoto zu verlieren. Immerhin war Weihnachten.

„Das wünsche ich Ihnen auch, Miss. Haben Sie einen Brief eingeworfen?"

„Ja, an meine Familie in den Staaten."

Er lachte.

„Was ist daran so lustig?", fragte sie leicht empört über seine arrogante Reaktion.

„Keine Post verlässt mehr die Inseln, Miss. Seit Tagen schon nicht mehr, glaube ich."

Sie kam sich töricht vor, zuckte nur die Achseln und ging weiter. Wahrscheinlich würde ihr Brief jetzt für die Dauer des Krieges in diesem Briefkasten liegen. Aber das wäre nicht lang, wie sie leidenschaftlich hoffte. Würde ihre Familie wissen, dass es ihr gut ging? Sie hatte Jackie ein paar Tage, bevor sie Manila verlassen hatte, ein Telegramm geschickt. Das musste genügen.

Blair wanderte zum Feldlazarett zurück. Auf dem Gelände herrschte jetzt schon mehr Ordnung. Blair war ziemlich überrascht, wie schnell man dort alles in geordnete Bahnen gelenkt hatte. Mehrere Zelte waren auf einer Wiese aufgebaut. Eine Flagge mit einem Roten Kreuz flatterte über der Mitte an einem großen Fahnenmast. Ärzte und Sanitäter und sogar ein paar Krankenschwestern waren auf dem Gelände unterwegs. Jeder hatte alle Hände voll zu tun, selbst an diesem Feiertag. Einer der Sanitäter deutete zu den Zelten, in denen sich die Patienten befanden. Blair steuerte auf das erste Zelt zu. Wenn nötig, würde sie die ganzen Zelte absuchen, um Gary zu finden.

Im Zelt waren die Männer gerade mit dem Weihnachtsessen fertig. Neben ihrer üblichen Ration hatten sie Schweinefleisch bekommen. Offenbar war einer der philippinischen Sanitäter auf die Jagd gegangen und mit einem fetten Wildschwein als Weihnachtsbraten zurückgekommen. Blair hatte gedacht, dass sie nur schnell zwischen den Betten durchgehen und dann im nächsten Zelt ihre Suche fortsetzen würde. Aber dieser Plan stellte sich als gar nicht so leicht heraus. Die Männer in den Betten waren nicht anders als die Soldaten, die sie auf der Landstraße oder im Dorf getroffen hatte. Die Amerikaner wollten über zu Hause reden und es wurde als besonderes Geschenk betrachtet, wenn sie das mit einer hübschen jungen Amerikanerin tun konnten. Einige versuchten, mit ihr zu flirten, aber keiner der Männer war in seinen Annäherungsversuchen grob oder unverschämt. Blair, die solche Aufmerksamkeit gewohnt war, wäre vielleicht sogar ein wenig beleidigt gewesen, wenn die Männer sie ignoriert hätten.

Die Wunden der Männer machten sie weitaus unsicherer als ihre Pfiffe, ihr Augenzwinkern und ihr Grinsen. Sie konnte kaum einem von ihnen in die Augen schauen, aber ihre Wunden zu sehen, verkraftete sie auch nicht, soweit diese über der Bettdecke zu sehen waren. Sie nahm sich vor, den Blick auf ihre Gesichter zu richten, solange ihre Köpfe keinen großen Verband und keine offenen Verletzungen aufwiesen. Bei den Patienten mit Kopfverletzungen hatte sie echte Probleme. Eingebundene Arme und Beine und Verbände um den Kopf waren noch das Geringste. Fehlende Arme und Beine störten sie am meisten. Der Anblick von Blut, das durch die Verbände sickerte, bereitete ihr Übelkeit, obwohl sie es schaffte, ihr Weihnachtsessen im Bauch zu behalten. Wenigstens war sie Schauspielerin genug, um ihre Übelkeit nicht zu zeigen. Sie versteckte sie hinter einem freundlichen Lächeln, einem Witz oder einer neckenden Bemerkung.

Bis eine der Krankenschwestern die Kühnheit besaß, sie um ihre Hilfe zu bitten.

„Könnten Sie mir bitte zur Hand gehen?“, bat die Frau mit einer Selbstverständlichkeit, als sei jede Person in einem Lazarettzelt dazu da, sich nützlich zu machen.

Blair wäre sich dumm vorgekommen, wenn sie abgelehnt hätte.

„Ich muss diesen Verband wechseln“, erklärte die Schwester. „Heben Sie einfach das Bein ein wenig, damit ich den alten Verband abwickeln kann.“

Das fragliche Bein war in Wirklichkeit nur ein Stumpen unter dem Knie des Patienten. Blair schaute zu dem blutigen Verband hinunter und dann zu der Schwester hinauf.

„Kommen Sie schon“, forderte die Frau sie auf. „Es beißt nicht.“

Diese Frau hatte leicht reden. Sie hatte solche Anblicke wahrscheinlich schon unzählige Male gesehen. Blair atmete zittrig ein. Sie berührte den Stumpen nur mit den Fingerspitzen und hob ihn ungefähr fünf Zentimeter vom Bett hoch.

„Ein wenig höher“, verlangte die Schwester.

Blair wurde schwindelig, aber sie gehorchte und nahm sich felsenfest vor, nie wieder in die Nähe eines Lazaretts zu gehen, selbst wenn das bedeutete, dass sie Gary nie finden würde. Dann begann die Krankenschwester, den alten Verband abzuwickeln. Blairs Kinnlade fiel nach unten. Ihre Augen weiteten sich immer mehr. Als der letzte Streifen entfernt wurde, drehte sich alles in ihrem Kopf. Noch nie hatte sie einen so furchtbaren Anblick gesehen! Rot, offen, blutig, nur noch wenig Fleisch, das an leicht geschwärzten Hautteilen hing. Dann zuckte der Stumpen unterhalb des Knies. So etwas Groteskes hatte Blair noch nie gesehen. Ihr Magen rebellierte. Ohne nachzudenken, ließ sie das Bein los und raste aus dem Zelt.

Sie schaffte es gerade noch bis vors Zelt, ehe sie sich übergeben musste.

„Geht es Ihnen gut?“, fragte ein Soldat, der an ihr vorbeiging.

Sie schaute ihn nur finster an. Der Mann war klug genug, sich um seine eigenen Angelegenheiten zu kümmern und sie in Ruhe zu lassen. Eine erneute Übelkeit überrollte sie. Ihr Mageninhalt landete auf ihren Schuhen und ihrer Kleidung. Die Schuhe waren zwar nur einfache Halbschuhe und die Kleidung war aus fester Baumwolle, aber jetzt musste sie wieder Wäsche waschen. Wenn das so weiterging, würden ihre Hände wirklich noch so ledrig werden wie die von jener Frau an der Pumpe. Sie stellte fest, dass ihre Sorgen wegen des Wäschewaschens ihre Gedanken von dem Bild ablenkten, das in ihr diese Übelkeit verursacht hatte, aber jetzt erinnerte sie sich wieder daran. Ihr Magen rebellierte.

Zehn Minuten später saß sie immer noch auf der Erde und lehnte sich zitternd an die Zeltwand. Sie hatte den Saum ihres Rockes benutzt, um sich die Lippen abzuwischen, aber ihr Mund schmeckte immer noch nach Galle. Die Schwester, der sie geholfen hatte, kam auf sie zu.

„Hier haben Sie Wasser, um sich den Mund auszuspülen", sagte sie. Blair nahm das Glas und schaute zu der Frau hinauf, auch wenn wenig Dankbarkeit in ihrem Blick lag. Es gelang ihr, die Schwester kurz genauer anzuschauen. Im Zelt war sie viel zu sehr auf die schreckliche Wunde fixiert gewesen, um etwas anderes wahrnehmen zu können. Die Schwester war in Blairs Alter, vielleicht sogar noch jünger. Sie war hübsch und hatte dunkle Haare. Ihre Nase war ein wenig groß und wurde von einer Brille mit einem großen, schwarzen Gestell hervorgehoben.

Blair nahm das Wasser und verzog nur das Gesicht. Sie wollte dieser Person nicht danken, die sie so in Verlegenheit gebracht hatte. Trotzdem befolgte sie ihren Rat und spülte sich mit dem Wasser den Mund aus. Dann trank sie einen Schluck. Ihr Magen hatte sich anscheinend wieder so weit beruhigt, dass er es vertragen konnte.

Die Schwester hockte sich neben Blair auf den Boden. „Es tut mir leid, dass ich das von Ihnen verlangte. Ich habe nicht nachgedacht. Ich dachte, wenn Sie im Zelt sind, sind Sie bestimmt da, weil Sie helfen wollen."

Blair wollte ihre saure Miene beibehalten; schließlich verdiente die Schwester keine schnelle Vergebung. Aber die Entschuldigung der Frau klang so aufrichtig, dass es Blair schwerfiel, nachtragend zu sein, besonders als ihr bewusst wurde, dass sie hauptsächlich auf sich selbst wütend war, auf ihre eigene Schwäche.

Die Schwester begann zu grinsen und sagte: „Ich heiße Alice Wharton. Sag einfach Alice zu mir. Ich bin Lieutenant."

„Ich bin Blair. Blair Hayes. Ich war in dem Zelt, weil ich jemanden suche."

„Wen denn?"

„Meinen ... Lieutenant Gary Hobart. Er ist in der 71. Infanterie."

„Dein Freund, nehme ich an."

„Ja, so ähnlich. Mein Verlobter, schätze ich ..."

„Hmm ... klingt kompliziert." Alice lächelte. Was von Blairs Zorn noch übrig geblieben war, verschwand. Sie empfand sogar eine Art Kameradschaft gegenüber dieser Krankenschwester, die sie selten bei anderen Frauen erlebte. „Ich hatte ungefähr drei Verlobte, seit ich hier bin", sprach Alice weiter. „Die anderen Mädchen sagen, ich sei zu wählerisch, aber ich weiß nicht … ich will einfach nicht den Falschen heiraten. Wie dem auch sei, jetzt mache ich mir um alle drei Sorgen."

„Du weißt nicht, wo sie sind?"

Alice schüttelte den Kopf. „Einer war auf der *California* in der Manila Bay. Ich denke, das Schiff ist unbeschadet weggekommen. Einer ist auf der Insel Mindanao stationiert. Und der andere kämpft im Norden, glaube ich. Mir graut bei jedem neuen Patienten, der hereinkommt, weil ich Angst habe, dass ich sein Gesicht kenne. Oh, was sage ich da? Mir graut bei allen, egal ob ich sie kenne oder nicht. Meine Güte, wie ich es hasse, dass diese guten Männer alle zu Krüppeln geschossen werden."

„Warum um Himmels willen bist du dann Krankenschwester geworden?"

„Was soll eine junge Frau denn sonst machen, wenn sie nicht gleich heiraten will? Lehrerin wollte ich nicht werden. Ich wollte reisen und Abenteuer erleben. Jetzt habe ich meine Abenteuer. Mehr, als mir lieb ist!" Sie lachte. Nicht bitter. Es war einfach ein helles, gut gelauntes Lachen. „Die Krankenpflege liegt mir."

„Offenbar ist sie aber nichts für mich. Nicht dass ich je überlegt hätte, Krankenschwester zu werden. Nie im Leben!" Sie lachte auch, obwohl ihr Lachen einen Anflug von Bitterkeit enthielt, als sie an die Entscheidungen dachte, die sie in ihrem Leben getroffen hatte: Sie waren nicht viel besser gewesen. Plötzlich wurde Blair bewusst, dass ihre Worte die Frau beleidigt haben könnten. „Es tut mir leid. Ich wollte damit nicht sagen …"

„Vergiss es", winkte Alice ab. „Wir tun, was wir tun müssen. Das ist alles. Es war ziemlich mutig von dir, hierherzukommen und nach deinem Gary zu suchen, wenn ich es mir recht überlege."

Blair schämte sich, dass Alice ausgerechnet *sie* als mutig bezeichnete! Diese Frau befand sich freiwillig mitten im Kriegsgeschehen, während Blair alles tat, um davor davonzulaufen. Sie konnte nicht einmal einem verwundeten Mann in die Augen schauen!

„Sag mal", sprach Alice weiter. „Wie sieht dein Freund denn aus? Ich kann ja die Augen offen halten, ob ich ihn sehe." Als Blair ihr eine Beschreibung gab, pfiff die Schwester. „Das klingt ja nach einem Traummann. Kein Wunder, dass du ihn suchst."

Sie unterhielten sich noch ein paar Minuten. Dann stand Alice wieder auf. „Ich muss zurück an meine Arbeit."

„Vielen Dank, dass du dich zu mir gesetzt hast, Alice. Vielleicht kann ich dir eines Tages wieder bei einem Verbandswechsel helfen." Blair stand ebenfalls auf, obwohl ihre Knie immer noch ein wenig wackelig waren.

„Was hältst du davon, wenn du wieder in die Zelte gehst und die Männer mit deinem schönen Gesicht von ihren Schmerzen ablenkst? Das ist genauso wichtig wie Medikamente und Verbände."

„Du bist zu nett zu mir. Na ja, wenigstens kann ich meine Suche zu Ende führen. Im letzten Zelt habe ich noch nicht geschaut."

„Dann reden wir später weiter."

Blair und Alice gingen in verschiedene Richtungen. Blair musste sich mehr, als sie Alice gegenüber zugeben wollte, zu ihren Schritten zwingen, um dieses letzte Zelt zu betreten.

Sobald sie in dem Zelt war, verriet ihr ein schneller Blick über die Gesichter, dass ihre Suche hier genauso erfolglos war wie in den anderen Zelten. Aber sie dachte an das, was Alice gesagt hatte, und nahm sich dieses Mal vor, von einem Feldbett zum anderen zu gehen und mit den Männern zu sprechen.

„Hey! Ich kenne Sie!", rief ein Soldat, der zwei Betten entfernt lag. „Sie waren Sängerin im Casa Mañana, nicht wahr?"

„Ja, das war ich", antwortete Blair. „Aber nicht lange, dann brach der Krieg aus."

„Ich war jeden Abend, an dem ich Ausgang hatte, dort, um Sie zu hören", sagte der Mann. „Mel, erinnerst du dich nicht auch an sie?" Ein anderer Mann in der Nähe nickte.

Blair errötete ein wenig. Es war nett, wenn andere sich an sie erinnerten und wenn die Erinnerungen so positiv waren. Aber was mussten diese Männer von ihr halten, wenn sie hörten, dass sie Sängerin in einem Nachtklub gewesen war? Sie wusste, dass sie Gary und auch anderen gesagt hatte, dass das nicht unbedingt eine anrüchige Arbeit sei, aber viele glaubten das trotzdem. Doch keiner der Männer in diesem Zelt schien sie plötzlich mit anderen Augen zu sehen.

„Könnten Sie uns nicht etwas vorsingen, Miss Hayes?", bat der erste Soldat, Steve.

Mel schlug vor: „Sie haben die beste Version von ‚Over the Rainbow‘ gesungen, die ich je gehört habe. Singen Sie uns dieses Lied doch bitte.“

Blair, die schon den ganzen Tag melancholisch gestimmt war, hatte keine Lust, ausgerechnet dieses Lied zu singen. Sie sehnte sich im Moment viel zu sehr nach einem besseren Ort „über dem Regenbogen“ und wollte nicht auch noch durch dieses Lied daran erinnert werden. Sie rechnete damit, dass es den Männern genauso ging.

„Ich habe eine bessere Idee“, schlug sie mit dem ganzen Enthusiasmus vor, den sie aufbringen konnte. „Wie wär’s, wenn ich ein paar Weihnachtslieder singe? Ihr könnt ja mitsingen, wenn ihr wollt.“

Blair kannte ein paar Weihnachtslieder. Das war eine weitere Familientradition gewesen: Sie versammelten sich am Heiligabend immer um das Klavier. Sie oder ihre Mutter spielten, obwohl meistens Blair an den Tasten saß, nachdem sie Unterricht bekommen hatte und mit der Zeit besser spielte als ihre Mutter.

Sie hatte gerade „Freue dich, Welt“ gesungen, als Claudette und Mateo ihre Köpfe ins Zelt steckten. „Ist alles in Ordnung?“, fragte sie die beiden.

„Ja, sicher“, antwortete Claudette. „Wir dachten nur ... wir leisten Ihnen ein wenig Gesellschaft.“

Blair lächelte sie herzlich an, obwohl sie ein wenig Schuldgefühle hatte, weil sie weggegangen war und die beiden allein gelassen hatte. Sie hatte erwähnt, dass sie noch einmal zum Lazarett gehen wolle, hatte aber nicht daran gedacht, dass die beiden auch traurig sein könnten, weil sie Weihnachten nicht in ihrer gewohnten Umgebung feiern konnten und nicht allein sein wollten. Abgesehen davon freute sie sich, dass Claudette und Mateo ausgerechnet *sie* gesucht hatten, um Gesellschaft zu haben. Dieser Gedanke schnürte ihr ein wenig die Kehle zu. Um wieder auf andere Gedanken zu kommen, stimmte sie „Jingle Bells“ an. Dann folgte „Ich steh an deiner Krippen hier“ und „Dies ist die Nacht, da mir erschienen“ und viele andere Lieder. Einige sang sie allein. Bei anderen stimmten ihre Zuhörer mit ein.

Schließlich bat einer der Männer um „Tochter Zion“. Das war zufällig Blairs Lieblingsweihnachtslied. Alle hörten andächtig zu. Sie sang ein Solo. Sie war nicht sicher, ob sie dieses etwas kompliziertere Lied schaffen würde, aber nach den ersten Worten ging sie so darin auf, dass sie ihre Unsicherheit ganz vergaß.

„Tochter Zion, freue dich, jauchze laut, Jerusalem! Sieh, dein König kommt zu dir, ja er kommt, der Friedefürst ..."

Irgendwo in der Ferne hörte man Bomben explodieren. Die Japaner feierten nicht Weihnachten. Flakfeuer vermischten sich mit den Explosionen, eine unüberhörbare Erinnerung, dass der Krieg nicht weit weg war.

„Hosianna, Davids Sohn, sei gesegnet deinem Volk! Gründe nun dein ewig Reich, Hosianna in der Höh! ..."

Blairs Augen wanderten über die Gesichter um sie herum. Zu ihrem Erstaunen sah sie nur Gesichter, nicht Blut, fehlende Gliedmaßen oder andere Schrecken. Nur strahlende, offene Gesichter voll ... war es Hoffnung? War es Frieden? Nur Gott wusste, wie weit der Frieden weg war.

„Hosianna, Davids Sohn, sei gegrüßet, König mild! Ewig steht dein Friedensthron, du des ewgen Vaters Kind ..."

Sie erinnerte sich, dass sie irgendwo gehört hatte – wahrscheinlich bei einem ihrer Gottesdienstbesuche mit Jackie oder Gary –, dass für Gott Frieden etwas anderes bedeutete als für die Menschen. Für ihn war Friede nicht nur, dass kein Krieg war; es war nicht einmal das Gegenteil von Krieg. Gottes Friede ging viel weiter, er war so etwas wie Friede mitten im Chaos, obwohl sie nicht ganz verstehen konnte, was das bedeutete. Aber sie wünschte sich diesen Frieden. Wenn das wahr war, Gott, dann war wirklich alles möglich.

„Hosianna, Davids Sohn, sei gegrüßet, König mild!"

Claudette legte einen Arm um Blairs Taille. Mateo kam ebenfalls näher. Die Männer schienen mit ihren Augen näher zu kommen. Wie nie zuvor in ihrem Leben spürte Blair einen seltenen Frieden. Es würde ihr sehr schwerfallen, dieses Gefühl zu erklären. Vielleicht versuchte sie es am besten gar nicht. Doch das Wort *Friede* tauchte immer wieder in ihrem Kopf auf. Sie konnte es nicht ganz festhalten, aber sie wusste, dass es ein großes Geschenk war, an das sie sich noch lange erinnern würde.

18

Kuibyschew, Sowjetunion

Cameron verließ das Telegrafenamt und riss sofort die Nachricht auf, die sie in der Hand hielt.

GLAUBE BLAIR GEHT ES GUT STOP JACKIE BEKAM GESTERN TELEGRAMM VON IHR STOP BLAIR KANN LAND WEGEN JAPANISCHER BLOCKADE NICHT VERLASSEN STOP HALTE DICH AUF DEM LAUFENDEN STOP IN LIEBE MUTTER.

Cameron atmete tief aus. Sie fühlte sich, als hätte sie seit dem ersten Telegramm vor zwei Wochen den Atem angehalten. In gewisser Weise hatte sie das auch getan. Seit jenem Tag hatte sie das Gefühl, ihr ganzes Leben sei bedroht. Sie hatte keinen Tropfen russisches Blut in ihrem Körper, aber in letzter Zeit merkte sie oft, wie sie in typisch russischen Trübsinn und Pessimismus versank. Alles, was zwischen ihr und Alex vorgefallen war, hatte sie nicht im Geringsten von ihren Sorgen um Blair abgelenkt. Beides zog sie mit gleicher Kraft nach unten. Sie war schon immer eine Zynikerin gewesen, aber dieser pessimistische Zynismus war sogar für sie zu viel.

Sie beschloss, die Worte ihrer Mutter als Hoffnungsschimmer anzusehen.

Cameron ging in den Aufenthaltsraum des Hotels und hoffte, dort trotz der späten Abendstunde noch jemanden anzutreffen, den sie an ihrer guten Nachricht teilhaben lassen könnte. Wieder spürte sie diese „Phantomschmerzen“, weil Alex nicht diese Person für sie war. Aber er war nicht nur emotional aus ihrem Leben fortgegangen. Er war vor einer Woche nach Moskau geflogen. Er hatte sie nicht angerufen, um sich von ihr zu verabschieden, obwohl sie nicht wusste, warum sie das erwarten sollte.

Zwischen ihnen war es aus. Sie würde deshalb keine jammernde, weinerliche Frau werden! Sie hatte immer sorgfältig auf ihre Unabhängigkeit geachtet. Jetzt hatte sie ihre Freiheit wieder und sollte sich eigentlich freuen. Das war genau der Grund, warum sie sich von Anfang an gegen romantische Verwicklungen gewappnet hatte und warum sie in Zukunft noch stärker auf der Hut sein würde. Natürlich war Alex ein gut aussehender, aufregender Mann. Aber genügte das, um das angenehme Leben, das sie sich aufgebaut hatte, bevor er auf der Bildfläche aufgetaucht war, aufzugeben? Nein, davon war sie fest überzeugt. Sie war zu sehr ihre eigene Persönlichkeit, um einem Mann wie Alex das zu geben, was er sicher brauchte. Er würde wahrscheinlich ohnehin viel besser zu ihrer Schwester Jackie passen. Hmm ... vielleicht sollte sie eine Gelegenheit suchen, die beiden miteinander zu verkuppeln. Sie könnten über Religion schwafeln, bis die Kühe nach Hause kämen.

Bitterkeit. Das war schlimmer als Melancholie. Was sie wollte, war Gleichgültigkeit. Leider konnte sie nicht einmal sich selbst vormachen, dass sie schon so weit wäre.

Im Aufenthaltsraum traf sie zu ihrer Freude Shanahan an, der an einem Tisch saß, eine seiner Lucky Strikes rauchte und das unverzichtbare Glas Wodka vor sich stehen hatte.

„Cameron, Süße! Du kommst gerade rechtzeitig, um mit mir anzustoßen!“ Auf seinem Gesicht lag ein Lächeln, das bis zu seinen Augen reichte. Nur ein leichter Anflug seines üblichen süffisanten Grinsens spielte um seinen Mund.

„Was feierst du denn, Shanahan?“, fragte sie.

„Du hast also noch nichts von dem Kommuniqué gehört?“

Sie schüttelte den Kopf. Trotz der ermutigenden Worte von zu Hause hatte sie es geschafft, wieder in einer missmutigen Stimmung zu versinken.

„Ach, du bist nicht gut drauf, Süße?“ Wie konnte ein Mann, der so oberflächlich war wie Johnny, so schnell sehen, in welcher Stimmung sie war? „Hier, das dürfte dich aufmuntern.“ Er machte eine effektvolle Pause, zog an seiner Zigarette und wusste ganz genau: Je länger er sich Zeit ließ, umso mehr konnte er sie auf die Folter spannen. Er war ein wenig enttäuscht, als sie ihn nicht mit ihrer üblichen Neugier löcherte. „Es ist so: Unsere Freunde beim Narkomindel laden uns Korrespondenten zu einem bezahlten Urlaub ein. Es geht nach ...“ Er ahmte ein Trommelrollen nach. „Moskau!“ Er zog eine Braue in die Höhe und grinste.

Das war eine gute Nachricht. Um ihm nicht auch die Laune zu

verderben, zwang sie sich zu einem Lächeln. „Endlich!", sagte sie. „Wann?"

„Morgen in der Früh."

„Bist du nicht begeistert? Seit Monaten betteln wir um so eine Fahrt. Unsere Bitten stießen alle auf taube Ohren. Und jetzt voilà! In ein paar Stunden geht es los." Sie rutschte ihm gegenüber auf den Stuhl. „Natürlich geschieht das zufällig am Tag, nachdem die Russen ihren Sieg im Kampf um Moskau verkündet haben."

„Inzwischen solltest du wissen, dass sie uns keine richtigen Kämpfe sehen lassen. Aber dieser Ausflug dürfte trotzdem interessant werden. Moskau! Es ist fast, als würden wir nach Hause fahren, auch wenn ich das nur ungern zugebe." Er sprang auf. „Ich hole dir etwas zu trinken. Heute Abend ist Selbstbedienung."

„Danke, ich will nichts trinken."

Er setzte sich wieder und schaute sie mit einem fragenden Stirnrunzeln an. „Fehlt dir wirklich nichts?"

Die aufrichtige Besorgnis in seiner Stimme tat ihr gut. „Nein, mir fehlt nichts. Ich habe sogar gute Nachrichten von zu Hause bekommen." Sie schob ihm das Telegramm zu. „Meine Familie hat ein Lebenszeichen von Blair bekommen. Ihr geht es gut."

Er überflog das Telegramm und sagte: „Das ist ja großartig. Das nimmt dir sicher eine schwere Last von den Schultern."

„Na ja, sie sitzt immer noch auf den Philippinen fest und die Situation dort ist alles andere als ermutigend." Meine Güte, sie wurde wirklich immer mehr eine Russin! Sie fand überall etwas Negatives.

„Sie schafft das schon. Und wenn sie es hinter sich hat, kannst du für sie ein Buch schreiben mit den ganzen Abenteuern, die sie erlebt hat."

„Das würde Blair gefallen. Etwas Hochdramatisches, aus dem man ein Theaterspiel inszenieren könnte." Cameron grinste. „Hey, Shanahan, ich habe plötzlich Hunger. Was hältst du davon, wenn du mich zum Essen ausführst?"

„Einverstanden, Süße. Ich gehe mit dir in die Stadt. Wir malen diesen kalten Eisberg rot an – nein! Wenn ich es mir genauer überlege, malen wir ihn irgendwie an, nur nicht rot!"

Lachend holten sie ihre Mäntel, dann hakte sie sich bei ihm unter und sie verließen das Hotel. Das Stroganoff war das einzige Restaurant, das so spät noch offen hatte. Cameron war seit jenem Abend mit Alex nicht mehr hier gewesen. Als sie eintrat, spürte sie eine gewisse Beklemmung. Sie unternahm einen schnellen, wenn auch nicht ganz erfolgreichen Versuch, dieses Gefühl beiseitezuwischen. Alex war fort. Sie war bei Johnny, genauso wie in alten Zeiten. Wie oft hatte sie sich in der letzten Woche nach den alten Zeiten gesehnt? Aber sie wusste, dass es zwischen ihr und Johnny nie wieder so wäre wie früher. Er war jetzt einfach ein lieber Freund und sie hatte nicht den Wunsch, ihm in die Arme zu fallen. Sie brauchte einen Freund und keinen Liebhaber.

Sie setzten sich an einen kleinen Tisch in der Ecke des fast leeren Restaurants, lehnten sich auf ihren Stühlen zurück und richteten sich auf eine lange Wartezeit ein. Die russische Bedienung war für ihre Langsamkeit bekannt, aber Cameron hatte es nicht eilig. Ja, sie mussten morgen früh aufstehen und sie musste vorher auch noch packen, aber das störte sie nicht. Sie wollte einfach ein paar Stunden so tun, als wäre das Leben wieder gut.

Sie sprachen eine Weile über triviale Dinge. Cameron genoss diese Normalität.

„Erinnerst du dich an Donald Farr?", fragte Johnny, als ihr Salat serviert wurde.

„Ja, natürlich. Ich habe die Geschichte über seine nebulösen Geschäfte geschrieben. Es kommt mir vor, als sei das Jahre her." Donald Farr war der wohlhabende kalifornische Industrielle, dessen fragwürdige Regierungskontrakte sie enthüllt hatte. Ihre Artikel hatten eine Anhörung im Senat ausgelöst. Aber dann hatten Farr und seine hoch bezahlten Anwälte seinen Hals unbeschadet aus der Schlinge gezogen.

„Er steht wieder in den Schlagzeilen", berichtete Johnny.

„Ich hoffe, sie haben ihn endlich hinter Schloss und Riegel gebracht."

„Nein, aber Harry Landis dachte, es würde dich bestimmt interessieren. Er hat mir gesagt, ich solle es dir ausrichten. Farr bekam soeben einen Waffenvertrag über mehrere Millionen Dollar."

„Das habe ich gern: Schmierige, skrupellose Typen werden auch noch belohnt", knurrte sie sarkastisch.

„Viele von seiner Sorte werden von diesem Krieg profitieren. In gewisser Weise tun wir das ja auch."

„Das ist wohl kaum miteinander zu vergleichen. Wenigstens geben wir es ehrlich zu. Oder nicht?“ Der Schatten eines Zweifels regte sich in ihr. Sollte sie sich vielleicht stärker gegen die sowjetische Zensur wehren? Hatte sie sich damit abgefunden? Sie hatte in letzter Zeit nicht einmal mehr Schuldgefühle wegen Oleg Gorbenko.

„Wir versuchen es wenigstens.“ Er spießte eine kleine Gurke auf seine Gabel, betrachtete sie angewidert und ließ sie dann wieder auf den Teller sinken. „Ich frage mich, ob es als Korrespondent der US-Armee viel anders wäre. Dort gibt es auch eine Zensur.“

„Dann hast du deine Meinung wegen einer Versetzung also geändert?“

„Zensur oder nicht, ich wäre immer noch lieber in einem echten Kriegsgebiet. Aber das wird nicht passieren. Dein Vater will mich hier haben. Landis will mich hier haben. Also bleibe ich.“

Ihr Essen kam, ein Hühnergericht, das der Küchenchef „Hähnchen Kiew“ nannte. Cameron bezweifelte, dass jemals jemand in Kiew so etwas schon gesehen hatte, aber bei den amerikanischen Gästen war es ein beliebtes Gericht.

„Shanahan, ich muss dir etwas gestehen“, sagte sie etwas unbeholfen. „Ich bin froh, dass du nicht versetzt worden bist. Ohne dich wäre es hier ziemlich langweilig.“

„Viel langweiliger könnte es nicht mehr werden, Süße.“ Er spießte ein Stück zähes Hühnerfleisch auf und betrachtete es einen Augenblick, bevor er weitersprach. „Mir steht es bis hier mit diesen Sowjets.“ Er tippte sich mit der Kante seiner freien Hand ans Kinn. „Ich spreche absichtlich von *Sowjets* und nicht von Russen. Es wäre vielleicht anders, wenn wir die Erlaubnis bekämen, ein paar normale russische Bürger zu sehen oder gar ein paar wichtige Offizielle. Wenn wir die *Erlaubnis* bekämen, überhaupt irgendetwas zu tun!“ Er steckte sich das Hühnchen in den Mund und kaute.

„Es ist frustrierend, auch wenn es ein paar unglaubliche Augenblicke gab.“

„Ja, aber nur Augenblicke. Allerdings muss ich sagen, dass es Spaß macht, wie du mir hinterherläufst, Hayes.“

„Ich bin dir nie hinterhergelaufen!“, konterte sie, aber ihrem Ton fehlte die übliche Bissigkeit, die eine solche Bemerkung ihr normalerweise entlockt hätte.

Er lächelte und zeigte ihr sein verschmitztes, teuflisches Grinsen.

Cameron wusste genau, dass Johny Shanahan nicht mehr derselbe Mann war, in den sie sich in Los Angeles verliebt hatte. Auch sie war nicht mehr dieselbe Frau.

Als könnte er ihre Gedanken lesen, sagte er: „Als du in Europa auftauchtest ... War das wirklich vor weniger als einem Jahr?" Er schüttelte den Kopf. „Kommt mir vor, als wäre es viel länger her. Egal, also ... als ich dich in Rom sah, war ich nicht sicher, ob du es schaffen würdest. Du warst so ein Küken."

„Danke, Shanahan, dass du mir das bis jetzt nicht gesagt hast."

„Habe ich dir das wirklich noch nicht gesagt? Ich werde allmählich nachlässig." Ein weiteres Grinsen zog über sein Gesicht, das Schnee zum Schmelzen hätte bringen können und womöglich sogar durch ihre neu aufgebaute Schutzmauer drang.

„Und, glaubst du jetzt, dass ich es schaffen werde?" Vermutlich würde sie nie aufhören, seine Zustimmung zu brauchen.

„Du bist erwachsen geworden ..."

„*Gealtert* würde ich sagen."

„Nein, nur gereift. Du stehst jetzt auf eigenen Füßen, wie man sagt. Du hast dich gut gemausert." Er wandte den Blick ab und spielte mit seinem Weinglas. Offenbar zögerte er weiterzusprechen. Schließlich holte er Luft und tat es trotzdem: „Ich respektiere dich, Cameron ... als Kollegin und als ebenbürtige Partnerin." Ausnahmsweise lag absolute Ehrlichkeit in seiner Stimme.

Camerons Augen wurden feucht, als ihr bewusst wurde, wie viel seine Worte ihr bedeuteten. Sie erinnerte sich schmerzlich daran, wie wenig sie es geschafft hatte, dem Mund ihres Vaters ein solches Lob zu entlocken, aber aus Johnnys Mund bedeutete es für sie fast genauso viel.

„Jetzt werde meinetwegen nicht sentimental", sagte er schnell.

„Ich war in meinem ganzen Leben noch nie sentimental!", protestierte sie vehement.

Er lachte. „Du bist eine schlechte Lügnerin, Süße."

„Kannst du denn nie aufhören, mich so zu nennen?"

„Nicht, solange ich dich damit auf die Palme bringen kann." Grinsend fügte er hinzu: „Das war eine meiner liebsten Beschäftigungen hier."

Beide sprachen in der Vergangenheit. Sie hatte das seltsame Gefühl, dass irgendwie eine Phase ihres Lebens zu Ende ging. In gewisser Weise beendete die ganze Welt seit dem japanischen Angriff auf Pearl Harbor eine Phase und begann eine neue Ära. Niemand konnte wissen, wohin dieser neue Weg führte.

Sie konnte nicht widerstehen und streckte den Arm über den Tisch und nahm seine Hand in ihre. „Du klingst, als würdest du trotzdem von hier fortgehen."

„Ich übe nur. Aber eines muss ich dir noch gestehen. Ich habe so das Gefühl, etwas, das ich mein Leben lang mit am meisten bedauern werde, ist die Tatsache, dass ich dich habe gehen lassen."

Er war ernst. Sie dachte an alles, was er ihr bedeutet hatte, und wusste, dass sie es vielleicht auch bedauern würde. Aber ihr wurde neu bewusst, dass es kein Zurück gab. Sie sagte nichts. Sie war zu gerührt, um sprechen zu können.

„Du musst die Dinge mit dem Doktor klären, Hayes. Du und er, ihr hattet wirklich etwas."

Das war wahrscheinlich seine schockierendste Bemerkung an diesem Abend. Ihre Augen traten vor Überraschung fast aus den Höhlen. Als sie sich wieder gefangen hatte, schüttelte sie den Kopf.

„Nein", erklärte sie. „Für uns gibt es keine Chance. Wir waren einfach zu unterschiedlich."

„Gegensätze ziehen sich an."

Sosehr sie es auch versuchte, konnte sie ihr Bedauern nicht verbergen, aber sie schüttelte trotzdem wieder den Kopf.

„Worüber habt ihr zwei euch eigentlich gestritten?", fragte Shanahan. Sie hatte ihm vor ein paar Tagen, als er sich gewundert hatte, warum der Doktor in letzter Zeit nicht mehr hier gewesen sei, kurz und beiläufig erzählt, dass es zwischen ihr und Alex aus sei. Komisch, dass er damals nicht nachgefragt hatte. Sie wünschte, er hätte es jetzt auch nicht getan, denn sie war nicht sicher, was sie sagen sollte.

„Also, er ... das heißt, ich ... er war ..." Ihre Stimme versagte. Worum war es bei dem Streit eigentlich gegangen? Sie verzog die Nase. „Ich weiß nicht ... ich meine, es klingt so dumm, wenn ich versuche, es in Worte zu fassen."

„So sind die meisten Reibereien zwischen Verliebten", konstatierte er in seiner überheblichen Art.

„Es war ernst, Johnny."

„Ernster als das Gute, das es zwischen euch gab?"
„Ich hatte Angst", gestand sie.
„Er bestimmt auch, schätze ich."
Sie starrte ihn an und nickte verwirrt.
„Schau, Cameron, niemand macht dir einen Vorwurf daraus, dass du Angst hast. Das ist für dich alles neu, nicht wahr? Ich meine, wie viele Erfahrungen hattest du mit Männern? Zuerst dein alter Herr – dieser Mann muss jeden verrückt machen. Und dann hattest du mich, einen verantwortungslosen Weiberhelden mit Bindungsangst. Kein Wunder, dass dich eine Beziehung zu einem anständigen Mann wie dem Doktor nervös macht. Du musst dir nur klarmachen, dass du gut genug bist für ihn. Was sage ich denn da? Du bist mehr als gut genug. Du bist das Beste, was diesem Mann je passieren kann. Ehrlich!"
„Meine Güte!", flüsterte sie und schluckte den Kloß in ihrer Kehle hinunter. „Ich weiß nicht, was ich denken soll." Auf keinen Fall wollte sie an den Funken neuer Hoffnung denken, den Johnnys Worte in ihr entfachten. Könnte ihre Beziehung zu Alex tatsächlich noch gerettet werden?
Das Risiko, dass sie sich irrte, war zu groß. Oder doch nicht? Sie wusste nicht, ob sie sich wieder öffnen könnte.
Sie verzog die Lippen zu einem schiefen Lächeln und sagte: „Ich habe ganz vergessen, dass du ein furchtbarer Lügner bist, Shanahan."
„Dein Urteil entsetzt mich!" Er verzog das Gesicht und tat, als sei er zutiefst gekränkt. „Dann werde ich dir beweisen, dass du unrecht hast: Ich habe nicht gelogen, als ich sagte, dass ich dich in dieser armseligen Stadt ausführe. Also, verschwinden wir von hier."
„Du willst damit sagen, dieses drittklassige Restaurant war noch nicht alles?"
Er verzog das Gesicht zu seinem altbekannten Grinsen. „Ich weiß, wo man hier tanzen kann." Er sprang auf die Beine und packte ihre Hand. „Komm mit."
An einem eisigen russischen Winterabend tanzen? Vielleicht war doch noch nicht alle Hoffnung verloren.

19

Cameron hatte seit dem Beginn des Krieges schon einige furchtbare Flüge mitgemacht, aber keiner davon war so schrecklich gewesen wie der Flug am nächsten Morgen in einer DC-3 sowjetischer Bauart. Der Abflug erfolgte von einer eisigen, windigen Startbahn. Durch einen schlecht gebauten Gefechtsturm drang Schnee in die Kabine. Dazu kamen die Kälte und der Wind. Die einzige Wärme im Flugzeug kam von zwei Flaschen Wodka, die unter den dreizehn Passagieren, von denen die meisten Journalisten waren, herumgereicht wurden.

„Geht mir aus dem Weg!", keuchte Levinson und bewegte sich eilig in Richtung des Topfes, der sich im hinteren Teil des Flugzeugs befand. Sein Magen war fast leer, als er wieder seinen Platz auf der harten Bank einnahm, auf der sie sich eng aneinanderdrückten. Hauptsächlich, um sich gegenseitig zu wärmen, aber auch wegen der Kameradschaft, die durch das gemeinsame Leid gefördert wurde.

Cameron hatte das Gefühl, auf dieser Bank festgefroren zu sein. Die Kälte war so schlimm, dass sie schon lang aufgehört hatte zu zittern und einfach wie gelähmt dasaß. Nur ihr Mund bibberte immer noch. Die eisige Kälte drang durch ihre Kleidung und den Stoß Wolldecken, die über die Passagiere gebreitet waren. Sie kam sich vor, als wären ihre Knochen eingefroren. Die anderen waren in einer nicht viel besseren Verfassung. Niemand bewegte sich außer zu regelmäßigen Gängen zum Topf, weil sie sich aufgrund der ständigen Turbulenzen übergeben mussten.

„Meine Fahrkarte für diesen Eisberg war viel zu teuer!", stöhnte Shanahan. Selbst er, von dem Cameron angenommen hatte, dass er jede körperliche Belastung aushielte, war grün im Gesicht.

„Fahrkarte?", fragte der NKWD-Agent mit einem Stirnrunzeln nach. Er und seine Kohorte waren die Einzigen im Flugzeug, denen der Flug nichts anzuhaben schien. Aber die sowjetischen Geheimpolizisten reagierten selten wie normale Menschen. „Für den Flug mussten Sie nichts zahlen", stellte er sachlich klar. Cameron konnte in seinem Tonfall einen leichten Spott entdecken.

Shanahan bedachte den Mann mit einem säuerlichen Blick und hob die Wodkaflasche an seine Lippen.

„W-wie l-lange n-noch?“, fragte Cameron, nicht mehr in der Lage, das Klappern ihrer Zähne zu unterdrücken.

„Nur noch ungefähr drei Stunden“, antwortete der Agent. War das ein hämisches Grinsen auf seinen dünnen, harten Lippen? In den Augen des Mannes lag jedenfalls ein böses Leuchten. Alle stöhnten und ließen die Flasche noch einmal herumgehen.

Während des gesamten fünfstündigen Fluges von Kuibyschew nach Moskau herrschte schlechtes Wetter. In der Nähe von Moskau sank mit der Temperatur auch die Sichtweite. Cameron drückte die Augen fest zu, als das Flugzeug zur Landung ansetzte. Nur einmal wagte sie es, sie zu öffnen, und das erwies sich als großer Fehler. Das Flugzeug war unter die dichten Wolken und den Nebel gesunken und streifte Baumwipfel. Es sah aus, als wolle es sich auf die Gebäude der Moskauer Vororte stürzen.

Das immer schlechtere Wohlbefinden der Fluggäste wurde auch nicht verbessert, als ein Mitglied der Crew in die Passagierkabine kam und auf eine Kiste kletterte, um durch den Gefechtsturm nach feindlichen Flugzeugen Ausschau zu halten. Cameron dachte, es könnte ein Segen sein, abgeschossen zu werden, statt ruhmlos in einen Schornstein oder auf einen der Züge, die unter ihnen über die Gleise rollten, zu knallen.

Wie durch ein Wunder landeten sie unverletzt, aber Cameron wusste, dass ihr Körper mindestens zwei Tage brauchte, bis er sich von den Foltern dieses Fluges erholt hatte. Abgesehen davon war sie froh, wieder in der Hauptstadt zu sein. Die vielen Menschen, die auf den Straßen zu Fuß unterwegs waren, überraschten sie. Die Hälfte der Stadtbewohner war evakuiert worden, aber viele waren zur Verteidigung geblieben. Eine Freudenstimmung begrüßte sie. Diese Menschen hatten die schlimmste Angst einer Stadt ausgestanden: einen Feind, der den größten Teil Europas und halb Russland unbesiegt überrollt hatte und jetzt auf sie zugekommen war. Die Moskowiter hatten den Feind buchstäblich wenige Kilometer vor der Stadt aufgehalten. Sie hatten gesiegt.

Pabjeda! Der russische Siegesruf war in diesen ausgelassenen Tagen überall zu hören.

Ansonsten schien die Stadt sich kaum verändert zu haben, seit Cameron sie vor über zwei Monaten verlassen hatte. Sie hörte, dass das Bolschoi-Theater bombardiert worden war. Bestimmt hatte es noch viele andere Verluste gegeben, sowohl an Gebäuden als auch an Menschenleben, aber es war immer noch Moskau. Der Rote Platz und der Kreml waren unbeschadet geblieben. Sie hatten nur einen Tag Zeit, um sich wieder im Metropol-Hotel niederzulassen und sich von dem Flug zu erholen. Am nächsten Tag wurde die Gruppe unerschrockener Journalisten in stabile russische ZIS-101-Fahrzeuge verfrachtet, die viel bequemer waren als die M-1, die sie bei ihrer letzten Fahrt an die Front gehabt hatten, und eher wie Limousinen aussahen. Ihr Ziel war Kaschira, ungefähr hundertsechzig Kilometer südlich von Moskau. Der Ausflug dauerte zwei Tage. Cameron erfuhr aus erster Hand, was die Deutschen bei ihrem Vormarsch auf Moskau durchgemacht haben mussten.

Am Spätnachmittag kam eines der Fahrzeuge in ihrem Konvoi von der Straße ab und landete in einer Schneewehe, ähnlich wie viele verlassene Fahrzeuge, die sie an diesem Tag gesehen hatte – oft mit Hakenkreuzen, aber auch viele mit einem roten Stern an den Türen. Während die russischen Fahrer darüber diskutierten, wie sie das Problem beheben wollten, schleppte Nikolai Palgunow die Journalisten allesamt die schneebedeckte Böschung hinauf. Danach folgte ein kurzer Marsch zu einem kleinen Blockhaus, einer *Izba*, wie die Russen so etwas nannten, am Rand eines kleinen Dorfes, das so versteckt lag, dass man es kaum sah. Zu ihrem Erstaunen schien das Dorf vom Krieg unberührt geblieben zu sein. Andere Dörfer und Städte, durch die sie gekommen waren, waren fast völlig niedergebrannt.

Als wäre der russische Pressechef ein Zauberer, stellte sich das Gebäude als ein Restaurant heraus! Cameron überlegte, wann dieses Haus mitten im Kriegsgebiet wohl das letzte Mal Gäste bewirtet hatte. Wider Erwarten wurde ihnen ein anständiges Essen serviert: heißer Borschtsch und danach ein Kartoffel-Hackfleisch-Gericht und dicke Scheiben Schwarzbrot, dazu heißer Tee, damit sie ihre frierenden Glieder wieder aufwärmen konnten. Und natürlich holte Palgunow ein paar Flaschen Alkohol aus seinem scheinbar nie versiegenden Vorrat.

Cameron hätte nichts dagegen gehabt, die Nacht in diesem gemütlichen Haus zu verbringen. Sie hatte jetzt einen vollen Bauch und warme Füße. Aber Palgunow wollte unbedingt noch an diesem Tag Kaschira erreichen.

Jed Donovan war der gleichen Meinung wie Cameron. „Hier gibt es genug Betten für uns alle“, schlug er vor.

„Wenn es sein muss, schlafe ich auch auf dem Boden“, nickte Shanahan.

„Wir haben einen Termin“, beharrte Palgunow.

Wie auf ein Stichwort brachen alle in lautes Gelächter aus. Wann wurde in Russland *jemals* ein Termin eingehalten?

„Es gibt eine Seitenstraße mit Telegrafenmasten, denen wir folgen können“, erklärte der Pressechef unerbittlich. „Diejenigen, die in dem beschädigten Auto waren, teilen sich auf die anderen Fahrzeuge auf. Wir sind bald an unserem Ziel.“

Zwei Dinge an diesen Aussagen bereiteten Cameron Sorgen. „Seitenstraße“ klang riskant. Selbst Hauptstraßen waren in Russland sehr schlecht. Aber noch schlimmer war das Wort „bald“. Sie wusste, dass sie sich auf eine lange Nacht einstellen mussten.

Mit den Scheinwerfern bahnten sie sich den Weg von Telegrafenmast zu Telegrafenmast. Das hätte funktionieren können, selbst als die Dunkelheit über sie hereinbrach, wenn sich nicht das Wetter gegen sie gestellt hätte. Nur wenige Minuten nach ihrem Aufbruch setzten starke Schneefälle und Wind ein. Man konnte keinen Meter weit sehen. Die Scheinwerfer waren nutzlos.

Cameron stellte sich vor, wie die Deutschen und zweifellos auch die Russen beim Kampf um Moskau in einem solchen Wetter festgesessen hatten, während Schneestürme tobten und sogar Panzer unbrauchbar wurden. Sie konnte sich Männer vorstellen, die sich durch einen Schneesturm kämpften, die Finger fast erfroren um den Abzug ihrer Gewehre, die aufgrund der Kälte nutzlos waren. Die anderen sprachen von den Problemen mit der Feldausrüstung in Schneewehen und Schneestürmen, aber Cameron konnte das Bild von *Männern* nicht aus ihrem Kopf verbannen. Es gab Gerüchte, dass deutsche Soldaten nur einen Wintermantel für ein halbes Dutzend Männer hatten. Hitler hatte offenbar befohlen, dass Waffen- und Munitionsnachschub Vorrang vor Kleidung für seine Armee haben sollte.

Cameron war nicht überrascht, als ein weiteres ihrer Fahrzeuge von der vereisten Straße rutschte. Der Fahrer wühlte die halbe Böschung auf, ehe er den Versuch aufgab, das Auto selbst wieder auf die Straße zu bekommen.

Sie schienen ganz allein auf der Welt zu sein. Nur Schnee wirbelte um sie herum und die Dunkelheit legte sich so eng um sie, als suche auch sie Gesellschaft. Wo noch vor wenigen Tagen Kämpfe getobt hatten, schien jetzt gähnende Leere zu herrschen. Wohl oder übel fanden sie sich damit ab, die Nacht in den Autos zu verbringen. Eine beklemmende Dunkelheit schloss sie ein, wie sie es noch nie zuvor erlebt hatten.

Wölfe heulten in der Ferne.

„Ich habe einmal einen Ranger in Montana interviewt", erzählte Ed Reed von der *Chicago Daily News.* Er war mit Cameron, Shanahan, Levinson, Barton, Palgunow, einem NKWD-Polizisten und dem Fahrer in eines der beiden Fahrzeuge gepfercht. „Er erzählte mir, dass er einmal mit einem gebrochenen Bein in den Bergen lag. Er zündete ein Lagerfeuer an. In der Nacht kam ein Rudel Wölfe den Berg herab, aber sie blieben außerhalb des Feuerscheins stehen. Es waren fünf Wölfe. Sie lauerten keinen Steinwurf von dem Mann entfernt und blieben dort die ganze Nacht sitzen. Er passte auf, dass das Feuer nicht ausging, als hinge sein Leben davon ab, aber ungefähr eine Stunde vor Sonnenaufgang ging ihm das Holz aus. Er war so müde und schwach, dass er einschlief. Als er aufwachte, war helllichter Tag, das Feuer war aus ... und die Wölfe waren fort. Sie kamen nie ganz nahe an ihn heran!"

„Komm schon, Ed", lachte Shanahan. „Dir fällt doch bestimmt eine bessere Gruselgeschichte ein!"

Levinson versuchte, durch die zugefrorene Fensterscheibe zu spähen. „Aber Wölfe können kein Blech durchbeißen, oder? Hier drinnen sind wir sicher, nicht wahr?"

„Ich habe mehr Angst davor, dass wir erfrieren könnten", bemerkte Cameron, „als vor Wölfen." Es hatte aufgehört zu schneien, aber die Temperaturen sanken immer weiter.

„Dagegen können wir etwas tun, indem wir unsere gemeinsame Körperwärme anzapfen", grinste Shanahan und zog vielsagend die Augenbrauen in die Höhe.

Cameron stieß ihn gegen die Schulter. „Lieber nehme ich es mit einem Schneesturm auf als mit euch menschlichen Wölfen."

Palgunow versuchte, die Stimmung mit einer Schachtel Schokolade und noch mehr Flaschen aus seinem Wodkavorrat zu heben. Trotzdem konnten die Männer der Versuchung nicht widerstehen, ihre Gefährten mit weiteren Geistergeschichten zu unterhalten. Cameron dachte, dass die Ereignisse, die in den vergangenen Tagen in dieser Gegend passiert waren, weitaus schlimmer gewesen sein mussten als jede Geschichte, die sie sich ausdenken konnten. Sie saßen zwar fest, aber wenigstens mussten sie nicht auch noch mit einem Angriff rechnen – zumindest kaum. Palgunow erwähnte nebenbei, dass es immer noch Berichte von Deutschen gab, die sich hinter den Linien verirrt hatten und unerwartet zuschlugen. Wenn der Pressechef ausnahmsweise etwas eingestand, dann musste tatsächlich eine Gefahr bestehen.

Am Morgen kam ein Fahrzeug der Roten Armee und zog das festsitzende Auto aus dem Graben. Dann konnten sie ihren Weg fortsetzen.

Die Realität der Schrecken, die sich Cameron in der Nacht zuvor nur ausgemalt hatte, begrüßte sie jetzt unbarmherzig im kalten, blassen Tageslicht. Auf einem Feld lagen Hunderte stecken gebliebener Panzer, ein armseliger Rest der starken deutschen Kriegsmaschinerie. Kleinere, schneebedeckte Hügel waren um die Panzer herum verstreut. Trotz ihrer Vorstellungskraft war es immer noch ein Schock, als ihr klar wurde, dass diese Schneehaufen die erfrorenen Leichen der Panzerbesatzungen waren, die dem Schneesturm, der sie eingeschlossen hatte, nicht hatten entfliehen können. „General Winter", wie ihn sowohl die Deutschen als auch die Russen nannten, hatte diese Division so wirkungsvoll aufgehalten, wie die Kriegsstrategie irgendeines menschlichen Generals es nicht besser hätte schaffen können.

Einige dieser Männer – ja, *Männer* – lagen über Fahrzeugen, fast so, als wollten sie sich nur kurz von den Kämpfen ausruhen. Andere vermittelten fast den Eindruck, als würden sie gerade irgendetwas tun. Es sah so aus, als hätten sie bis zum Ende die Hoffnung gehabt, sie könnten weiterkämpfen.

Camerons Magen rebellierte. Das Frühstück aus Schokolade und lauwarmem starkem Tee aus einer Thermoskanne war ihr nicht gut bekommen. Sie umklammerte den Türgriff und zwang sich durchzuhalten. Aus den Gesichtern einiger Männer im Auto schloss sie, dass sie auch nicht in einer besseren Verfassung waren als sie.

Plötzlich tauchten mehrere Gestalten vor ihnen auf der Straße auf.

Cameron konnte sie durch den Halbkreis, den die Scheibenwischer auf die vereiste Windschutzscheibe schnitten, kaum ausmachen. Einen Augenblick schlug ihr Herz schneller. Es konnten Deutsche sein. Aber als sie langsam näher kamen, sah sie, dass Kinder in der Gruppe waren.

Der Fahrer wollte an ihnen vorbeifahren – oder vielmehr kriechen. Cameron versuchte, ihn zum Anhalten zu überreden. „Warten Sie bitte!", sagte sie.

„Nein. Nein. Wir müssen weiter", widersprach Palgunow.

„Kommen Sie schon, Nicki", sagte Shanahan. Niemand wagte es je, den Pressechef mit „Nicki" anzusprechen, obwohl alle Reporter unter sich diesen Namen verwendeten. Palgunow war über diesen Verstoß gegen das Protokoll so entsetzt, dass er nicht einmal reagierte. Johnny sprach schnell weiter. „Sie haben vielleicht ein paar gute Geschichten für uns und Sie wissen ganz genau, dass sowieso nichts gedruckt wird, was Sie nicht genehmigen."

Alle redeten so laut auf ihn ein, dass der Mann schließlich nachgab. Er wusste tatsächlich, dass er die volle Kontrolle hatte. Der ZIS fuhr an den Rand und der Fahrer hupte, um die Fußgänger auf sich aufmerksam zu machen.

Cameron war die Erste, die aus dem Auto sprang. Die Gruppe bestand aus ungefähr zehn Leuten. Mehrere von ihnen waren Kinder. Ein Jugendlicher zog einen Schlitten, der mit Haushaltswaren beladen war. Zwei Kleinkinder saßen auf den Bündeln oben im Schlitten. Außerdem waren drei Frauen und ein gebeugter alter Mann in der Gruppe. Entsetzt sah Cameron, dass eine der Frauen barfuß war. Die anderen zwei Frauen und der Mann hatten einen nicht viel besseren Schutz für ihre Füße. Alle waren mit mehreren Stoffschichten armselig bekleidet. Es sah so aus, als trügen sie jedes Kleidungsstück, das sie besaßen, am Leib.

Cameron rief ihren Dolmetscher, der gleichzeitig einer der Fahrer war, und bat ihn, sie den Flüchtlingen – etwas anderes konnten diese Menschen nicht sein – vorzustellen.

„Wir kehren in unser Dorf zurück", berichtete eine der Frauen, eine hübsche, stämmige junge Frau um die dreißig, deren rosige Wangen und Nase gut zu ihrem breiten slawischen Gesicht passten. Cameron war klar, dass sie so rosig war, weil die arme Frau schrecklich fror. „Man hat uns gesagt, dass die Faschisten jetzt fort sind."

„Als die Deutschen kamen, zwangen sie uns, unsere Häuser zu verlassen", warf die dünne, barfüßige Frau ein, die aussah, als wäre sie ungefähr fünfzig. Ihre rosigen Wangen betonten nur ihre eingefallenen, müden Augen. „Wir flüchteten in den Wald und versteckten uns dort, bis wir erfuhren, dass es sicher sei, nach Hause zurückzukehren. Mein sechs Monate altes Baby ist dort gestorben." Cameron wurde klar, dass die Frau viel jünger sein musste als fünfzig.

„Sie wollten wissen, ob wir Kommunisten sind", erzählte die stämmige Frau. „Ich glaube, wenn wir Parteimitglieder wären, hätten sie uns getötet."

„Diese erbärmlichen Faschisten erzählten uns, Moskau wäre gefallen", warf der alte Mann ein. Er spuckte in den Schnee und fügte hinzu: „Lügner!"

Eine resignierte Lethargie, die so wenig zu ihrem Trotz zu passen schien, war bei den drei Sprechern zu spüren. Dass sie zusammengeschlagen worden waren, war nicht zu übersehen. Trotz ihrer lebhaften Fantasie konnte sich Cameron nicht vorstellen, welche Qualen sie erlitten haben mussten, während sie versuchten, mit wenig Nahrung und ohne warme Kleidung und in einem Krieg, der um sie herum tobte, zu überleben. Trotzdem trotteten sie jetzt in ihre Häuser oder was davon übrig geblieben war, zurück. Sie würden alles neu aufbauen und wieder kämpfen, wenn das Blatt im Krieg sich wendete.

Cameron wollte sie alle in die Wärme und den Luxus der Fahrzeuge holen, aber selbst wenn sie es angeboten und Palgunow es erlaubt hätte, wären diese Menschen nicht eingestiegen. Sie gehörten in ihr Dorf.

Kurz vor ihrem Ziel hielt der Journalistenkonvoi vor einem weiteren Blockhaus an, dem Hauptquartier von General Ragozin. Der General selbst war zwar nicht da, aber die anwesenden Offiziere bereiteten den Ausländern einen freundlichen Empfang.

Eine weitere gute Mahlzeit wurde ihnen serviert. Nach dem Essen sprachen mehrere Offiziere, deren Zungen durch das üppige Essen und Palgunows besondere „Überredungskunst" gelöst waren, frei über den Krieg. Es half, dass der Pressechef auf einem der weichen Stühle tief eingeschlafen war und dass einer der Offiziere ein passables Englisch sprach und dadurch der NKWD-Dolmetscher nicht gebraucht wurde.

„Einige sagen, General Winter hätte die faschistischen Barbaren aufgehalten. Ich sage nur: Pah!“, prahlte Oberst Barsak, ein Panzerkommandant. Sein breites, faltiges Gesicht, aus dem kleine, scharfe Augen schauten, und seine untersetzte, muskulöse Gestalt verliehen ihm eine gewisse Ähnlichkeit mit den Fahrzeugen, die er befehligte. „Es waren die starken T-34, die uns den Sieg brachten.“ Der Englisch sprechende Lieutenant dolmetschte.

„Das ist der neue Panzer, den ihr Russkis erst entwickelt habt, oder?“, fragte Donovan.

„Ein Wunder an moderner Technik! Wir haben – wie sagt ihr Amerikaner doch gleich? – Hackfleisch aus den deutschen Panzern gemacht. Unsere 76-Millimeter-Waffen konnten einen Panzer mit einem einzigen Schuss durchschlagen.“ Er grinste und zeigte dabei seine Zähne und Schadenfreude. Cameron fragte sich, wie viele er wohl auf diese Weise zerstört hatte. Wahrscheinlich Hunderte.

„Was haben eure T-34, das die deutschen Panzer nicht haben?“, fragte Cameron.

„Erstens eine Panzerung, an der deutsche Kugeln einfach abrutschen. So wie meine Hand über die seidigen Locken meiner Frau gleitet.“ Ein weiteres Grinsen folgte, dieses Mal ein wenig weicher. „Und eine breitere Spur. Wir können einen Hang schneller hinauffahren, als die deutschen Panzer einen Gefechtsturm drehen können. Wir drehen Kreise um sie. Ha! Diese arroganten Panzerdivisionen sind endlich auf jemanden gestoßen, der sie fertigmachen kann.“

„Erzähl ihnen von dem Telefonanruf“, drängte einer der Offiziere.

Barsak lächelte verträumt, als wäre gerade eine angenehme Erinnerung in ihm geweckt worden. Dann schüttelte er den Kopf. „Nein, sie werden es nicht glauben.“

„Wir glauben zurzeit alles“, ermutigte ihn Shanahan.

Barsak zögerte nur noch kurz, dann sprach er weiter: „Einverstanden, aber vergesst nicht: Das ist die Wahrheit. Ich habe es persönlich erlebt. Es war, als die Kämpfe im November am schlimmsten waren. Ich war im Hauptquartier, um Befehle von General Ragozin entgegenzunehmen. Er war beschäftigt und sein Sekretär hatte auch keine Zeit, also nahm ich den Hörer ab, als das Telefon klingelte. Eine Stimme sagte: ‚Hier Stalin. Haltet ihr durch?‘ Ich erkannte natürlich die Stimme, obwohl ich ihn bis dahin nur im Radio gehört hatte. Deutschen Panzerdivisionen bin ich mit ruhigerer Hand begegnet! Ich hätte beinahe den Hörer aus der Hand fallen lassen.“ Barsak grinste, leicht verlegen, leicht belustigt über seinen Humor. „‚Ja, Genosse Stalin, wir halten durch‘, sagte ich und meine Stimme klang ganz normal, muss ich voll Stolz dazu sagen. ‚Mit wem spreche ich?‘, fragte er. ‚Ich bin Oberst Wassili Barsak, Genosse Stalin.‘ Er antwortete: ‚Gut, Oberst. Haltet weiterhin durch. Russland steht hinter euch. Ich stehe hinter euch.‘ Dann legte er auf. Ich habe gehört, dass er noch mehr solche Anrufe machte. Wir hielten durch, denn wir wussten, dass unser Väterchen noch in Moskau war.“

Shanahan pfiff beeindruckt durch die Zähne. Er war nicht der Einzige. Cameron wusste, dass Stalin ein brutaler, rücksichtsloser Mann war. Aber dieser Mann verstand es auch, für sein Volk Väterchen Stalin zu sein. Es war beeindruckend.

Ein erneuter Sturm zwang sie umzukehren, nachdem sie General Ragozins Hauptquartier verlassen hatten. Nach einer weiteren Nacht auf der Straße kamen sie am nächsten Nachmittag wieder in Moskau an.

20

Seit dem Einfall der mongolischen Horden im dreizehnten Jahrhundert wurde Russland nicht mehr durch einen Krieg so stark verwüstet, schrieb Cameron über ihren Besuch an der Front. *Die Wehrmacht hat auf ihrem Rückzug nur wenig unversehrt gelassen. Die Zerstörung der Städte und Dörfer war von Überfällen und Plünderungen begleitet. Tausende Zivilisten wurden mitten im tiefsten Winter obdachlos, verloren ihr ganzes Hab und Gut und hatten nur noch sehr wenig zu essen. Die Reporterin betrat ein ausgebranntes Dorf und sah mit eigenen Augen einen Galgen, an dem Partisanen hingerichtet wurden. So gehen die Nazis mit einem eroberten Land um. Schon in der Vergangenheit hassten die Russen ihren deutschen Feind, aber jetzt hat dieser Hass eine beängstigende Tiefe erreicht. Er lässt den nationalistischen Geist des russischen Volkes in eine blinde Wut umschlagen. Man stelle sich lieber nicht vor, wie das Schicksal des Feindes aussehen wird, falls die Rote Armee je die Oder überqueren sollte.*

Cameron hob die Finger von den Tasten ihrer Underwood-Schreibmaschine. Was für eine Art, Weihnachten zu verbringen! Aber sie hatte es so gewollt. Sie war zu einer Weihnachtsfeier in der Botschaft gegangen, zu der die wenigen Mitarbeiter, aus denen die amerikanische Botschaft in Moskau noch bestand, geladen hatten. Bei der Feiertagsstimmung hatte sie sich nicht wohlgefühlt. Sie hatte sich entschuldigt und war lange vor dem Ende der Feier gegangen. Ihr erschien es viel passender, diesen angeblich fröhlichen Tag vor ihrer Schreibmaschine zu verbringen.

Gab es überhaupt keine glücklichen Geschichten zu erzählen? An diesem Tag hatte sie auf der Suche nach solchen Geschichten zwei Krankenhäuser besucht – gutes Material über Mitmenschlichkeit, das ihre Leser während der Feiertage bestimmt lesen wollten. Sie hatte es bislang vermieden, Alex zu suchen, war aber nicht überrascht, als ihre Schritte sie in sein Krankenhaus führten. Dort erfuhr sie, dass er nicht mehr da war. Er war in die Armee einberufen worden und nicht mehr in Moskau. Diese Nachricht schockierte sie, beunruhigte sie und erleichterte sie gleichzeitig. Vor allem hatte sie Angst um ihn.

Dieser verrückte Mann! Hatte er nicht schon genug getan? Er hatte Tag und Nacht in diesem Krankenhaus gearbeitet und die Verwundeten zusammengeflickt! Nein. Er war einfach nicht zufrieden, solange er nicht an der Front war.

Sie hatte gewiss nichts mit seiner Entscheidung zu tun. Mit einem unangenehmen Gefühl in der Magengegend hatte sie versucht, sich abzulenken, und war auf die Kinderstation des Krankenhauses gegangen – vielleicht nicht das beste Ziel, wenn man Aufmunterung suchte. Zu ihrer eigenen Überraschung war es nicht so deprimierend, einen Weihnachtsnachmittag mit kranken Kindern zu verbringen, wie sie befürchtet hatte.

Sie kam rechtzeitig zu einem kleinen Feiertagsprogramm, das die Krankenhausmitarbeiter für ihre jungen Patienten veranstalteten. Ein Baum war in einer Ecke aufgestellt worden, auch wenn ihn niemand als *Weihnachts*baum bezeichnete. Das ganze Ereignis wurde „Winterfest" genannt. Schließlich befand sie sich in einem staatlichen Krankenhaus und trotz der größeren Religionsfreiheit hielten sich viele noch an alte kommunistische Formen.

Sogar der Weihnachtsmann kam. Er wurde als „Wintermann" bezeichnet, sah aber ganz genauso aus wie der Weihnachtsmann, den Cameron seit ihrer Kindheit kannte. Ein schöner roter Samtmantel, hohe, schwarze Stiefel und sogar ein langer, weißer Bart verrieten, wer dieser Mann in Wirklichkeit war. Er war nicht dick – das waren in diesen Tagen in Russland nur wenige –, aber er sah genauso schön aus wie alle anderen Weihnachtsmänner, die Cameron bisher erlebt hatte. Nur viel patriotischer! Ein linientreuer Mann der Partei!

Lächelnd erzählte er den Kindern Geschichten über den Heldenmut seiner Partisanen – seine Version von Elfen, vermutete Cameron – und von seinen fröhlichen Guerrillakämpfern, die Zeit fanden, den Kindern Geschenke zu überreichen, während sie gleichzeitig Faschisten töteten und Russland verteidigten. Selbst Cameron lachte, als er anfing, um den Baum zu tanzen, eher wie Bacchus als wie der Heilige Nikolaus, und Soldatenlieder anstimmte und Propagandaslogans aufsagte, die Cameron auf Plakaten gelesen hatte, die an den Wänden der Stadt hingen.

Jedes Kind bekam ein Band, das es an sein Krankenhausnachthemd stecken konnte. Darauf war ein Bild von Stalin und das Wort *Pabjeda!* zu erkennen. Die Kinder schienen sich über das Geschenk zu freuen, aber Cameron war trotzdem froh, dass sie daran gedacht hatte, eine Tüte Süßigkeiten mitzubringen. Über die Abbildung von Väterchen Stalin hatten sie sich schon gefreut, aber bei den Süßigkeiten gerieten sie ganz aus dem Häuschen. Das machte Cameron froh, richtig froh.

Kurz vor Neujahr bekam Cameron einen Besuch, der ihr neuen Auftrieb gab. Sophia kam sie besuchen. In dem Augenblick, in dem Cameron das Gesicht ihrer Freundin erblickte, warf sie die Arme um die junge Frau, als wäre sie eine ihrer Schwestern.

„Komm herein. Ich kann es kaum glauben! Ich hätte dich angerufen, aber ich dachte, du seist in der Armee. Gib mir deinen Mantel. Setz dich. Willst du einen Tee?“, plapperte Cameron und überschlug sich fast vor Freude über das Wiedersehen.

Sophia Gorbenko wiederzusehen, mit eigenen Augen zu sehen, dass sie lebte und gesund war, tat gut. Ganz ehrlich gesagt, war es Cameron allmählich leid, nur mit Männern zusammen zu sein. Sie hatte nie in ihrem Leben viele Freundinnen gehabt und begriff plötzlich, wie kostbar sie waren. Bevor sich Cameron und Sophia vor zwei Monaten getrennt hatten – Sophia, um in eine Arbeitsmannschaft als eine Art Buße für Olegs Fluchtversuch einzutreten, und Cameron aufgrund der Evakuierung –, hatte sich gerade eine Freundschaft zwischen ihnen angebahnt, obwohl sie durch die Probleme wegen Oleg etwas überschattet gewesen war. Vielleicht erwartete Cameron jetzt zu viel, aber ihr Bedürfnis, eine Freundin zu haben, war so groß, dass sie einfach hoffte, sie könnten Freundinnen sein.

Sophia legte ihren Mantel, Hut und ihre Handschuhe auf das Bett und setzte sich dann auf das Ende des Sofas. „Ein Tee wäre herrlich.“

Cameron füllte einen Kessel im Badezimmer und stellte ihn auf die Kochplatte auf dem Wohnzimmertisch – natürlich war das Wohnzimmer nur eine Ecke des Zimmers, in dem ein Schreibtisch, Bett, Sofa, Lampentische und dergleichen standen. Aber im Vergleich zu ihrem Zimmer in Kuibyschew war es ein Palast.

„Kannst du dir vorstellen, dass ich nach Moskau kam und meine alte Kochplatte und meinen Kessel in Kuibyschew zurückgelassen habe? Es kostete mich einige Mühe, hier Ersatz zu finden.“

Sophia lachte. Bestimmt erinnerte sie sich auch an den mühsamen Einkauf auf der Jagd nach einer Kochplatte, den sie gemeinsam unternommen hatten, kurz nachdem sie Cameron als Dolmetscherin zugeteilt worden war. Dieser Einkauf hatte viel Ähnlichkeit mit einer Schatzsuche gehabt.

„Es tut so gut, Sie zu sehen, Miss Hayes. Sie sind schon eine Woche hier, habe ich gehört. Ich selbst bin erst vor ein paar Tagen zurückgekommen."

„Wirst du lange bleiben?", fragte Cameron. Ihre Stimme verriet ihre Hoffnung.

„So lange Sie mich brauchen – oder besser gesagt: So lange das Narkomindel es mir erlaubt." Sophia gestand sich ein trockenes Lächeln zu.

Obwohl gar nicht so viel Zeit vergangen war, seit sie sich das letzte Mal gesehen hatten, war ihre junge Freundin um Jahre gealtert. Aus ihren Augen sprach eine Tiefe an Erfahrung, die sie vorher nicht gehabt hatte.

„Dann arbeitest du wieder für mich? Das hatte ich gar nicht zu hoffen gewagt. Vielleicht erlaubt man dir, mit mir nach Kuibyschew zurückzukehren." Cameron hatte plötzlich einen Kloß im Hals und ihre Lippe zitterte leicht. Sie biss sich auf die Lippe. Schnell nahm sie den dampfenden Kessel von der Kochplatte und füllte eine Teekanne mit kochendem Wasser.

„Dolmetscher werden zurzeit dringend benötigt. Im Feld werde ich momentan nicht so gebraucht", sagte Sophia, als Cameron die Kanne und die Tasse zum Sofatisch brachte. „Obwohl ich froh bin, wieder zu Hause zu sein, würde ich Sie gern begleiten, wenn Sie nach Kuibyschew zurückfliegen."

„Geht es deiner Familie gut?", erkundigte sich Cameron, nachdem sie sich neben ihrem Gast auf das Sofa gesetzt hatte. „In Kuibyschew habe ich deinen Vater getroffen. Er hat mir kurz von dir erzählt." Sie war unsicher, ob sie die andere Frage stellen sollte, die sie brennend interessierte. Sophia wusste vielleicht Neues über Alex, da er ein enger Freund ihrer Familie war. Aber wenn sie diese Frage stellte, würde sie damit nur das Gespräch auf ihre gescheiterte Beziehung lenken, und sie war noch nicht so weit, dass sie darüber sprechen wollte.

„Es hat sich nicht viel geändert", antwortete Sophia. „Ich danke

Gott, dass mein Bruder und meine Schwester im Krieg nicht verletzt wurden. Oleg habe ich nicht gesehen."

Es mochte stimmen, dass bei Sophias Familie alles beim Alten geblieben war, aber je mehr sie sprach, umso mehr war Cameron überzeugt, dass Sophia nicht mehr dieselbe Person wie früher war.

„War es in der Frauenbrigade schlimm für dich, Sophia?"

„Nicht schlimmer als für unsere tapferen Männer." In ihren Worten lag jetzt eine Würde, die sie vorher nicht besessen hatte. Sie wirkte nicht mehr wie ein nervöses Hündchen. „Ich muss beschämt zugeben, dass ich vorher nie viel körperliche Arbeit verrichtet hatte. Allein aus diesem Grund dachte ich, ich würde in den ersten Tagen zusammenbrechen. Wir mussten Gräben um die Stadt herum ausheben. Ich habe gehört, dass die Frauen am Ende mindestens hundertfünfzig Kilometer Gräben ausgehoben hatten!" Sie klang stolz.

Ohne nachzudenken, ergriff Cameron die Hände der jungen Frau. Ja, sie hatten viel harte Arbeit gesehen. Sie waren von Blasen überzogen. An einigen Stellen hatte sich eine Hornhaut gebildet. Sie waren trocken und immer noch rot von der rauen Behandlung, der sie ausgesetzt gewesen waren. Von den zierlichen, blassen Händen, die für Cameron Texte abgetippt hatten und die ihre Telefonate erledigt hatten, war nichts übrig geblieben.

„Oh, Sophia!" Sie hielt die Hände ihrer Freundin zart fest. „Erzähle mir, wie es war."

Sophias Augen wurden feucht und verrieten, dass immer noch etwas von dem kleinen Kind da war, das Cameron in Erinnerung hatte. Sie wurde plötzlich an die Bauern erinnert, die sie auf der Fahrt nach Kaschira getroffen hatte, und an die seltsame Mischung aus Trotz und Verwundbarkeit, die sie ausgestrahlt hatten. Es war nicht so, als würde Schwäche sich plötzlich in Kraft verwandeln. Aber auf sonderbare Weise waren sie gleichzeitig von beidem besessen. Zerbrechlichkeit, Verwundbarkeit, Stärke, Mut und Trotz vermischten sich bei ihnen miteinander. Genauso war es auch bei Sophia. Sie sahen aus, als würden sie zusammenbrechen, wenn man sie bloß berührte – und gleichzeitig vermittelten sie den Eindruck, als trügen sie die ganze Welt auf ihren Schultern.

„Werden Sie darüber schreiben?", fragte Sophia.

„Willst du, dass ich darüber schreibe?"

„Ich glaube schon. Ich weiß, dass es nie an der Zensur vorbeikommen wird, aber vielleicht wird doch eines Tages die Geschichte von der Tapferkeit, die ich erlebt habe, erzählt werden. Das wäre gut. Ich selbst war nicht tapfer. Ich hatte die ganze Zeit viel Angst. Ständig mussten wir mit Luftangriffen rechnen. Wir waren oft unter Beschuss. Zehn Frauen, die mit mir zusammenarbeiteten, wurden verletzt oder getötet. Obwohl ich mit dem Leben davonkam, lebten wir alle täglich mit der Angst vor solchen Angriffen. Ich will Ihnen von Anija erzählen ..."

In der nächsten Stunde erzählte Sophia ausführlich über ihre Arbeit an vorderster Front bei der Schlacht um Moskau. Sie protestierte nicht, als Cameron einen Block und Bleistift nahm und sich Notizen machte. Vielleicht würde diese Geschichte nie veröffentlicht werden, aber diese Erlebnisse waren es wert, irgendwie aufgeschrieben zu werden.

Schließlich atmete Sophia tief ein und kam zum Ende. Ihre Wangen waren feucht von den Tränen, die sie längst nicht mehr zurückhalten konnte. Sie war emotional völlig erschöpft und brauchte eine Pause. „Cameron", flüsterte sie, „wir haben Moskau gerettet, aber der Preis dafür war sehr hoch!"

Cameron lächelte beinahe, als Sophia sie endlich mit ihrem Vornamen ansprach. Wie oft hatte sie in der Vergangenheit versucht, die junge Frau dazu zu bewegen? Jetzt klang es so natürlich. Ihre Beziehung war nicht mehr die zwischen einer Angestellten und ihrer Vorgesetzten. Cameron beschlich das seltsame Gefühl, dass Sophia in ihrer Beziehung leicht die beschützende, beratende Rolle übernehmen könnte. Sie strahlte eine emotionale Stärke aus, die Cameron zurzeit schmerzlich fehlte. Ja, Cameron war fähig, ihre tiefen inneren Mängel zuzugeben. Oh, sie würde es anderen gegenüber weiterhin vehement leugnen, aber in ihrem Inneren wusste sie, dass die stählerne Härte, die sie zur Schau trug, nicht unbezwingbar war. Der Stahl konnte sich beugen, vielleicht sogar brechen.

Sie konnte viel von Sophia lernen.

Dieses Gefühl von Nähe, das sie zu der jungen Frau empfand, und die Ahnung von ihrer eigenen Zerbrechlichkeit gaben ihr die Freiheit, die Frage zu stellen, die sie eigentlich nicht hatte stellen wollen.

„Sophia, hast du ... von Alex gehört?"

„Ich habe gehofft, es sei nicht wahr, als mein Vater mir erzählte, dass du und Alex euch getrennt habt."

„Es ist wahr. Ich habe ihn vor zwei Wochen in Kuibyschew das letzte Mal gesehen." Sie konnte kaum sprechen, so aufgewühlt war sie. Es fiel ihr schwer, das zuzugeben, besonders da sie fürchtete, dass ihre und Alex' Probleme allein ihre Schuld gewesen waren. „Ich habe versucht, ihn hier im Krankenhaus zu besuchen. Dort habe ich erfahren, dass er in der Armee ist. Was hat er sich nur dabei gedacht? Dieser Wahnsinnige!"

Sophias Lippen verzogen sich zu einem mitfühlenden Lächeln. „Der Krieg bringt uns vermutlich alle dazu, verrückte Sachen zu tun."

„Allerdings! So verrückte Sachen wie sich zu verlieben."

„Dann liebt ihr einander?"

Cameron zuckte die Achseln und gab eine ausweichende Antwort. „Welche Rolle spielt das schon? Wir hatten zu viele Meinungsverschiedenheiten. Es konnte nicht funktionieren."

Sophia nickte mit einem leichten, kaum merklichen Anflug von Überlegenheit. Zweifellos wusste sie alles, war aber so gnädig, Cameron damit nicht zu überfallen.

„Das ist wirklich schade. Es sah so aus, als würdet ihr beide bestens zusammenpassen."

„Hast du irgendeine Ahnung, wo er ist?", fragte Cameron. Sie ärgerte sich über ihre Neugier, konnte aber nicht anders. Sie musste es wissen.

„Leider nicht." Sophia bedauerte es unübersehbar, dass sie Cameron nicht weiterhelfen konnte. Wie um das wiedergutzumachen, fügte sie hinzu: „Aber ich bin sicher, dass er meinem Vater schreiben wird. Sobald er sich meldet, erzähle ich es dir."

„Nein ... eine saubere Trennung ... das ist das Beste." Ihrer Stimme fehlte jede Entschiedenheit.

„Was ist zwischen euch vorgefallen, Cameron? Wenn ich fragen darf?"

„Wie ich schon sagte ..."

„Welche Meinungsverschiedenheiten?"

Sophia wusste bestimmt schon die Antwort auf ihre Frage, versuchte aber, Cameron nicht zu überrumpeln.

„Na gut, es ging um Religion. Da hast du es! Bist du jetzt glücklich?" Cameron war selbst entsetzt über ihren harten Ton. Das hatte Sophia nun wirklich nicht verdient, selbst wenn sie denselben Glauben hatte wie Alex. „Es tut mir leid, Sophia. Ich habe kein Recht, dich anzuschreien."

„Nein. Aber ich kann dich verstehen. Alex und ich haben denselben Glauben an Gott."

„Möchtest du noch einen Tee?" Nervös sprang Cameron auf, obwohl Sophia den Tee dankend abgelehnt hatte. Sie nahm die Kanne, trug sie zum Kessel, füllte sie neu mit heißem Wasser und brachte sie zum Tisch zurück. Sie machte keine Anstalten, ihre eigene Tasse neu zu füllen, als sie zu ihrem Platz zurückkehrte. Sie hatte im Moment keine Lust auf Tee. Mit einem bitteren Lachen sagte Cameron: „Ich habe gehört, dass Gott Humor hat. Er muss sich kaputtgelacht haben, als er Alex und mich zusammenführte. Zuerst hatten wir beide eine ähnliche Einstellung. Wir waren beide unschlüssig oder wenigstens zynisch in Bezug auf Gott. Dann, als ich gerade so weit war, dass ich mich darauf einlassen konnte, Alex zu lieben – und, Sophia, es fiel mir wirklich nicht leicht. Ich bin nicht gern so ... so ..."

„Verwundbar?"

„Ja! Ich war so idiotisch! Und ich kam mir noch viel idiotischer vor, als Alex plötzlich *religiös* wurde und damit alles kaputt machte."

„Diese Kluft zwischen euch kommt also nur wegen eurer Meinungsverschiedenheiten über den Glauben?"

„Ich weiß nicht ... ich schätze, darauf lief es am Ende wohl hinaus. Er hatte das Gefühl, sich zwischen mir und Gott entscheiden zu müssen. Gegen Gott habe ich natürlich keine Chance!" Sie schwieg kurz und holte abgehackt Luft. Sie war schockiert über ihre Offenheit, schockiert über den Zorn, der in ihr hochgekommen war. Sie hatte gedacht, sie sei darüber hinweg. Sie fuhr sich mit den Fingern durch die Haare und warf einen flehenden Blick auf ihre Freundin. Jetzt bestand kein Zweifel mehr: Sophia war wirklich ihre Ratgeberin. „Ich verstehe das einfach nicht, Sophia. Du und ich, wir sind Freundinnen – das merke ich jetzt mehr als je zuvor. Dich höre ich nicht sagen, dass du dich zwischen mir und Gott entscheiden müsstest."

„Ich habe nicht den Eindruck, dass das nötig wäre."

„Was soll das schon wieder heißen?"

„Ich glaube nicht, dass Gott das von mir erwartet ..."

„Ach, so ist das? Aber eines Tages verlangt er das vielleicht, ja?", fragte Cameron scharf. „In diesem Fall will ich deine Freundschaft nicht.

Nicht, wenn sie an Bedingungen geknüpft ist." Sophias große Augen wurden noch weiter. Aus ihnen sprachen jetzt Verletzung und Selbstvorwürfe. „Sophia, es tut mir leid!", bedauerte Cameron schnell ihre unüberlegten Worte und ergriff die harten, rauen Hände ihrer Freundin.

„Ich werde nicht aufhören, deine Freundin zu sein", antwortete Sophia mit einer Gewissheit, die Cameron etwas beruhigte. „Gott wird das nicht von mir verlangen. Dessen bin ich mir sicher."

„Aber warum hat er es von Alex verlangt?"

„Ich kann mir das nur so vorstellen, dass es zwischen einem Mann und einer Frau, die eine enge Beziehung wünschen und irgendwann heiraten wollen, wie es bei dir und Alex vermutlich der Fall war, viel tiefer geht. ‚Ein Geist, ein Herz, ein Fleisch.' Das sind die Worte, die Oleg und ich bei unserem Ehegelübde sprachen. Zwei Menschen werden eins, Cameron. Kann das wirklich geschehen, wenn sein tiefster Wunsch ist, Gott zu gefallen, und deiner ... anders ist?"

Ohne auf das kurze Zögern in Sophias Stimme einzugehen, schüttelte Cameron den Kopf.

Wie ein hilfloses kleines Mädchen fragte sie: „Glaubst du, er hat aufgehört, mich zu lieben?"

„Das glaube ich nicht. Ich glaube, das Opfer, dich aufzugeben, muss einen Mann wie Alex wie eine offene Wunde schmerzen."

„Oh!" Tränen traten Cameron in die Augen. Ausgerechnet Tränen des Mitgefühls für Alex! Sie fühlte seinen Schmerz fast körperlich. Sie *fühlte* ihn wirklich.

Sophia nahm Cameron in die Arme. Cameron erinnerte sich daran, wie Sophia ihren weinenden Mann auch so getröstet hatte. Cameron fühlte sich ähnlich, wie er sich damals gefühlt haben musste. Die zarte Blume, die ein richtiges Pferd tröstete. Eine starke Blume, ein jämmerliches Pferd!

Als Camerons Tränen schließlich versiegten, fragte Sophia leise: „Hast du dir schon Gedanken gemacht, was du in Bezug auf Gott machen willst, Cameron?"

„Ich kann nichts machen. Ich kann die Kontrolle über mein Leben nicht aus der Hand geben. Wenn ich das tun würde, fürchte ich, würde ich innerlich sterben. Aufplatzen wie eine überreife Melone." Sie weigerte sich, den Widerspruch ihrer Worte zu erkennen, und weinte in den Armen dieser zerbrechlichen jungen Frau bittere Tränen.

Ohne Tadel oder Ironie und mit einem Ton, der so sanft war wie das Rascheln eines Blütenblattes, murmelte Sophia: „Du stehst im Moment kurz vor einem Zusammenbruch, nicht wahr?“

Cameron schaute die junge Frau böse an. Eine scharfe Antwort kam ihr in den Sinn, aber bevor sie ihr über die Lippen rutschte, nickte sie nur. „Das will Gott doch, oder? Er will mich brechen.“

„Nein, Cameron. So ist Gott nicht. Er heilt und richtet wieder auf. Er ist der große Arzt, nicht der große Zerstörer. Wenn du zerbrichst, dann nur, weil du dich dafür entscheidest.“

„Ich bin so verwirrt wie noch nie, Sophia!“

„Gut! Dagegen, glaube ich, hat Gott nichts, solange deine Verwirrung dich dazu bringt, die Dinge zu klären. Mehr kannst du sowieso nicht tun. Finde Antworten auf deine Fragen, deine Verwirrung.“

„Alex wollte auch, dass ich das tue.“

„Das ist das, was du am besten kannst, Cameron. Suchen, Fragen stellen, Antworten bekommen.“

„Also gut, ich werde darüber nachdenken.“

„Schön!“

Sophia drückte Cameron noch einmal. Dann beharrte sie darauf, dass sie den restlichen Tee nicht vergeudeten. Sie schenkte ihnen beiden noch einmal eine Tasse ein.

Teil 3

„Die Zeitungen räumen dem großen Kreuzzug
zur Rettung Englands so viel Platz ein,
dass sie nicht viel Platz übrig haben für das,
was an anderen Orten geschieht.
Deshalb liest man nicht viel über die Machenschaften
der Japaner im Fernen Osten,
obwohl guter Grund zu dem Verdacht besteht,
dass dort unerfreuliche Dinge geschehen."

H. L. Mencken
Januar 1941

21

Januar 1942
Bataan, Philippinen

Das Jahr 1941 verging ohne große Feier. Blair hoffte, 1942 würde ein besseres Jahr werden.

Der Rückzug der amerikanischen und philippinschen Streitkräfte nach Bataan wurde fortgesetzt. Die Bombardierungen durch die Japaner hatten zugenommen und die nördlichsten Teile von Bataan schienen beim japanischen Versuch, die im Rückzug befindlichen amerikanischen Truppen abzuschneiden, eine besondere Zielscheibe zu sein. Ein Dorf unweit von Hermosa war völlig zerstört worden. Viele Bewohner von Hermosa hatten das als Anlass genommen, ihren Heimatort zu verlassen. Das Feldlazarett hatte auch Befehl erhalten, in den Süden umzuziehen.

„Ihr könnt gern mit uns mitkommen", schlug Alice Blair vor.

„Ich will mein Auto nicht aufgeben", antwortete Blair der Krankenschwester. „Es müsste eigentlich bald repariert sein. Ich werde darauf warten."

Blair wusste, dass dies nicht der einzige Grund für ihr Widerstreben war, von hier fortzugehen. In den letzten paar Tagen hatte sie in dem kleinen Dorf Zuflucht und in dem trägen Leben, das im Ort herrschte, einen gewissen Frieden gefunden. Sie genoss die Mahlzeiten mit den Padillas und den Tratsch an der Dorfpumpe, wo Blair lernte, ein wenig Tagalog zu sprechen und auch ihre Wäsche selbst zu waschen. Dann waren da ihre Besuche im Lazarett, wo sie den Männern vorsang und für sie Briefe nach Hause schrieb. Auch wenn sie nicht abgeschickt werden konnten, war das Briefeschreiben ein Trost für die Männer. Sie half auch bei anderen ungefährlichen Arbeiten: das Essen austeilen, Haare schneiden. Sie entdeckte erst jetzt, dass sie dazu ein wenig Talent hatte. Alice achtete darauf, dass Blair vor aufregenderen Dingen verschont blieb.

Kein Wunder, dass sie nicht viel Zeit darauf verwendet hatte, Pedro wegen seiner langsamen Reparatur in den Ohren zu liegen. Sie war si cher, dass der DeSoto schon vor Tagen hätte fertig sein können, wenn sie Druck auf ihn ausgeübt hätte. Aber der Hauptgrund, warum sie es nicht eilig hatte, war ein anderer. Irgendwo in ihrem Hinterkopf hoffte sie, es würde sich herumsprechen, dass sie in Hermosa war – alle redeten davon, wie wirkungsvoll die „Bambustelegrafen" waren. Vielleicht würde Gary doch irgendwann hören, dass sie hier war, und er würde zu ihr kommen.

Aber wie schon in der Vergangenheit wurde ihr Schicksal schließlich vom Krieg entschieden.

Kurz nach Neujahr kamen die Bomben so nahe an das Dorf heran, dass die Padillas und die meisten anderen, die noch geblieben waren, beschlossen, ihre Evakuierungspläne wahr zu machen. Blair fiel es schwer, sich von diesen Menschen zu verabschieden, aber die Evakuierung trieb auch Pedro zum Handeln. Wenige Stunden, nachdem die anderen fort waren, hatte er den DeSoto fertig.

„Jetzt haben Sie keine Probleme mehr mit dem Auto, Miss", versicherte er ihr.

Als Blair ihn bezahlte, fragte sie: „Verlassen Sie auch das Dorf?"

Er deutete mit dem Kopf zur Werkstatt, in der ein mitgenommener alter Lastwagen mit gestapelten Haushaltswaren und mehreren Kindern wartete. Seine Frau, eine unauffällige Person mit müden Augen, saß auf dem Beifahrersitz. Aus irgendeinem Grund überraschte es Blair, dass der träge Mechaniker eine so riesige Familie hatte. „Wir brechen in einer Minute auf. Sie müssen auch fort, Miss."

„Ja, sobald wir gepackt haben."

Aber da es bereits um die Mittagszeit war, beschloss sie, dass es nicht schaden könne, noch ein letztes Essen im Haus der Padillas einzunehmen, auch wenn es leer und ziemlich einsam war, seit die Familie fort war.

„Wir fahren bald, Miss Hayes?", fragte Mateo mit einer leichten Dringlichkeit in der Stimme.

„Ja, Miss Blair", warf Claudette ein. „Wir wollen nicht in einem verlassenen Dorf bleiben."

In ihrer gegenwärtigen Stimmung störte es Blair mehr als sonst, dass die beiden sie mit *Miss* ansprachen. Es hatte sie schon immer grenzenlos gestört, weil es ihr das Gefühl gab, alt und furchtbar verantwortungsvoll zu sein. Sie wusste, dass die beiden jetzt Angst hatten.

Deshalb hielt sie den Mund. Stattdessen versicherte sie ihnen: „Ich weiß. Wir fahren, sobald wir gegessen und gepackt haben." Ihre Antwort klang ungeduldig, das wusste sie selbst. Offenbar begriffen sie, dass diese Ungeduld nicht gegen sie gerichtet war.

Sobald sie fertig gegessen hatten, räumten sie und Claudette das Geschirr weg, während Mateo den DeSoto belud.

„Miss Hayes! Kommen Sie schnell!", schrie Mateo von draußen.

Blair ließ das Geschirrtuch, das sie in der Hand gehalten hatte, fallen und rannte hinaus, dicht gefolgt von Claudette. Als sie auf der Veranda ankam, blieb sie abrupt stehen. Der junge Mann deutete auf ein Armeefahrzeug, das über die holprige Straße gerollt kam. Wusste er denn nicht, dass nicht jeder so von der Armee besessen war wie er? Sie wollte schon ins Haus zurücklaufen, als das Fahrzeug stehen blieb und die Beifahrertür aufging. Eine in Kaki gekleidete Gestalt stieg aus. Blairs Hand umklammerte das Verandageländer. Der Schild an seinem Hut warf einen kurzen Augenblick einen Schatten auf sein Gesicht. Blair hielt den Atem an. Wie oft hatte sie in der letzten Woche den Fehler begangen, auf einen völlig Fremden zuzulaufen? Noch eine Enttäuschung konnte sie nicht ertragen. Nicht jetzt, da sie kurz davor stand, innerlich zu zerbrechen.

Der Soldat schlug die Tür zu, richtete sich zu seiner vollen Größe auf und drehte sich zu ihr um. Die Sonne vertrieb die Schatten. Blair konnte immer noch nicht glauben, dass es wahr war.

„Ich dachte, ich würde einen besseren Empfang bekommen", bemerkte er mit einem Grinsen.

„Lieutenant Hobart, endlich sind Sie da!", rief Mateo und trat auf ihn zu.

Gary legte dem Jungen eine Hand auf die Schulter und ging mit ihm gemeinsam auf das Haus zu. Seine Augen wichen jedoch nicht von seiner Frau. Blair öffnete den Mund, um etwas zu sagen, aber ihr Herz schlug ihr bis zum Hals. Sie brachte keinen Ton über die Lippen.

„Willst du denn gar nichts sagen?", fragte Gary.

„Sie kann einfach nicht glauben, dass Sie es wirklich sind, Lieutenant Hobart. Sie hat jeden Tag nach Ihnen gesucht", sagte Mateo.

„Wirklich?"

Überraschte es ihn tatsächlich, das zu hören? Was hätte sie sonst tun sollen?

Claudette stieß Blair kräftig in die Rippen. „Miss Blair, sagen Sie doch etwas."

„Hallo, Claudette", sagte Gary. „Wie geht es dir? Ist sie wütend auf mich oder so etwas?"

„Nein ... ich bin ... nicht wütend", brachte Blair schließlich über die Lippen. „Es ist nur, dass ..." Mehr konnte sie nicht sagen. Ihre Tränen ließen sich nicht länger zurückhalten.

Immer zwei Stufen auf einmal nehmend, kam er schnell auf die Veranda und nahm sie eine Sekunde später in die Arme.

So hielt er sie mehrere Minuten fest und schaute nur einmal kurz von ihr weg, um den Fahrer weiterzuwinken. Aus dem Winkel ihrer tränennassen Augen sah sie, dass noch ein anderer Mann vom Wagen sprang, bevor dieser weiterfuhr, aber sie achtete nicht auf ihn. Gary war da. Mehr interessierte sie nicht. Dieses Mal würde er sie sicher retten und nicht wieder verlassen. Er hatte sogar das Militärfahrzeug weggeschickt. Das musste doch bedeuten, dass er bei ihr bleiben wollte.

Ihre Tränen versiegten schließlich und sie fand ihre Stimme wieder. „Ich kann nicht glauben, dass du wirklich hier bist! Woher wusstest du, dass ich hier bin, oder hast du mich nur durch Zufall gefunden?"

„Ich habe Geschichten über eine blonde Göttin gehört, die singen kann wie ein Engel. Ich wusste, dass du das sein musst." Er wischte ihr eine feuchte Haarsträhne aus der Stirn und lächelte. Er war immer noch der attraktivste Mann der Welt, obwohl sein Aussehen in den letzten Wochen eindeutig gelitten hatte: Sein Gesicht war mit Schmutz bedeckt, der sich kaum von seinem mehrere Tage alten Bart unterschied. Über dem linken Auge hatte er eine Schramme und über der rechten Wange einen tiefen Kratzer. Die Intensität seiner schwarzen Augen, die sie schon immer geliebt hatte, enthielt eine noch größere Tiefe, eine schmerzliche Müdigkeit, die nicht einmal sein Lächeln völlig vertreiben konnte.

Sie versuchte, nicht auf diese Augen zu achten, die sie im Moment eher beunruhigend als verführerisch fand, und lächelte. „Ich hatte gehofft, du würdest mich finden."

Wie um zu beweisen, dass er wirklich müde war, setzte er sich auf die oberste Stufe, nahm ihre Hand und zog sie neben sich. Claudette lehnte am Geländer und stützte das Kinn auf die Hand, während

Mateo sich auf der untersten Stufe auf den Boden setzte. Zum ersten Mal wurde Blair bewusst, dass die beiden fast genauso sehnsüchtig auf Gary gehofft und gewartet hatten wie sie. Obwohl sie jetzt gern mit ihm allein gewesen wäre, brachte sie es nicht übers Herz, sie wegzuschicken. Der andere Mann, ein Filipino in bäuerlicher Kleidung, setzte sich auf einen Baumstumpf – den Baumstumpf, der zum Holzhacken und manchmal auch zum Köpfen von Hühnern verwendet wurde.

„Gehört er zu dir?", fragte Blair und betrachtete den Fremden genauer.

Gary nickte und rief dem Mann zu: „Juan, das sind die Leute, von denen ich dir erzählt hatte."

Juan nickte als Antwort. Seine Lippen verzogen sich zu einem kurzen Lächeln, nicht gerade freundlich, eher nachsichtig und höflich. Er war ein kurz gewachsener Mann, nicht viel größer als Mateo, aber stämmig, auch wenn er eher muskulös als dick aussah. Blair war es immer schwergefallen, das Alter von Filipinos zu raten, aber diesen Mann würde sie ungefähr auf vierzig schätzen. Seine dunklen Haare und sein Schnurrbart waren noch ohne jedes Grau und seine gebräunte Haut war fast ohne Falten. In seinen dunklen, ernsten Augen lag eine unübersehbare Reife und Lebenserfahrung.

„Ich habe Juan als Führer besorgt", sprach Gary weiter. „Er sagt, er kennt sich in der Berglandschaft aus wie kaum ein anderer."

„Wir haben alles gepackt, Gary. Wir können sofort aufbrechen. Der DeSoto läuft auch wieder."

„Habt ihr vorher etwas zu essen?", fragte Gary. „Unsere Rationen sind ziemlich knapp." In diesem Augenblick knurrte sein Magen, wie um seinen Worten Nachdruck zu verleihen.

„Ich hole etwas, Miss Blair", bot Claudette an, drehte sich um und eilte ins Haus.

„Wie läuft der Krieg?", fragte Blair.

„Die Japaner haben Manila besetzt ..."

„Oh nein!"

„Es war nicht anders zu erwarten." Er seufzte. Dann drehte er sich um und schaute sie mit müden, durchdringenden Augen an. „Warum bist du nicht zu den Doyles gefahren? Ich dachte, du wärst inzwischen bei ihnen und längst in Sicherheit."

„Ich dachte, da die Armee sich nach Bataan zurückzieht, wäre es hier sicher. Und ich dachte, ich könnte irgendwie nach Mariveles und dann nach Corregidor kommen."

„Blair ..."

„Aber jetzt bist ja du da und uns kann nichts mehr passieren."

Er schwieg eine Weile. Da ihr diese Stille Unbehagen bereitete, versuchte Blair, das Schweigen mit Schilderungen von ihrer Fahrt von Manila bis hierher zu füllen.

Er sprach die ganze Zeit kein Wort. Als er endlich zum Reden ansetzte, kam Claudette mit einem Tablett. Sie gab ihm ein Sardinenbrot, etwas Obst und eine Tasse kalten Tee. Dann brachte sie Juan das Gleiche. Blair war beeindruckt, dass das Mädchen auch an den Fremden dachte. Blair selbst hatte diesen Mann schon ganz vergessen.

Nichts wurde gesagt, während Gary das Essen verschlang. Blair fragte sich, wann er wohl das letzte Mal eine anständige Mahlzeit bekommen habe. Die Vorräte konnten doch nicht so aufgebraucht sein. Wahrscheinlich hatte er nur keine Zeit zu essen gehabt. Aber er ließ keinen Krümel übrig und leckte sich sogar die Brösel und den Sardinensaft von den Fingern. Er hatte immer noch einen Finger im Mund, als ihm anscheinend plötzlich bewusst wurde, wie er aussehen musste. Er verzog entschuldigend das Gesicht. „Meine Mutter würde mich versohlen, weil ich so esse." Trotzdem leckte er den Finger sauber. „Du hast also noch genügend Vorräte?", erkundigte er sich.

„Wir haben genug für mehrere Tage, wenn wir noch frisches Obst und Gemüse auftreiben können. Ich habe gehört, dass es in Balanga einen schönen Markt geben soll. Wir müssten durch diesen Ort kommen. Die Padillas, die Leute, denen dieses Haus gehört, haben uns zwei Laibe Brot hiergelassen."

„Und dann ist da noch Mae West", sagte Mateo mit einem verschmitzten Grinsen.

„Mae West?", fragte Gary.

„Unser *Haustier*", sagte Blair betont.

„Ein Huhn, das fetter wird als irgendjemand von uns und nur darauf wartet, dass wir es verspeisen", entgegnete Mateo.

„Vorher gehe ich dir an den Kragen", konterte Blair. „Mateo und

Mae West verstehen sich nicht besonders gut", erklärte sie Gary. „Ich glaube, Mateo ist eifersüchtig, weil Mae West schlauer und schneller ist als er."

Mateo grinste trocken. Dann hob er einen Zweig vom Boden auf und warf ihn nach Blair. Sie duckte sich und der Zweig verfehlte sie, aber sie revanchierte sich und versuchte, Mateos Fuß einen Tritt zu versetzen. Sie musste sich zu weit vorstrecken, um ihn zu erreichen, und wäre beinahe die Stufen hinabgerutscht und selbst auf der Erde gelandet. Mateo lachte, als sie sich gerade noch auffing und wieder neben Gary rutschte. Sie kicherte ebenfalls. Gary schaute die beiden an. Er war ein wenig erstaunt, entweder darüber, dass sie sich wie Bruder und ältere Schwester benahmen, oder darüber, dass er mitten in einem verlassenen Dorf so einen Unsinn hörte, während gleich um die Ecke der Krieg tobte.

„Gut, dass ihr noch Vorräte habt", sagte er nach einem Moment. „Das Militär hat nämlich nichts übrig. Trotzdem solltet ihr lieber euren Verbrauch einschränken. Ihr könnt nicht damit rechnen, dass ihr Märkte findet, und ich erwarte nicht, dass ihr gut jagen könnt."

„Du kannst doch jagen, Gary", sagte Blair.

„Ja, aber ..."

„Wir fahren mit dir in Richtung Süden." Das war keine Frage.

„Ich will, dass ihr zu den Doyles fahrt, Blair." Das war ebenfalls keine Frage oder Bitte. „Und ich kann nicht mit euch kommen. Deshalb habe ich Juan mitgebracht."

„Du verlässt mich schon wieder!"

„Sag es nicht so."

„Aber es ist die Wahrheit, oder?"

„Das haben wir doch schon einmal durchgekaut." Seine Müdigkeit wurde noch deutlicher sichtbar. Einen Augenblick sah er fast alt aus, als breche er jeden Moment unter einer schweren Last zusammen. Unter ihr!

„Ich weiß, dass du deine Pflichten hast. Das sehe ich ein, aber ich sehe keinen Grund, warum wir nicht mit dir gehen sollten. Ich bin deine Frau. Du hast mir gegenüber auch eine gewisse Pflicht."

Mit übertriebener Geduld und ohne auf ihre letzte Bemerkung einzugehen, sagte er: „Hör zu, Blair. Hier wird in nächster Zeit schwer gekämpft werden. Es ist nicht sicher für dich hier. Du siehst doch selbst, dass die Bombardierungen schlimmer werden. Der Feind lässt uns Bataan nicht kampflos. Wir werden kämpfen müssen, wenn wir es behalten wollen. Und selbst dann ..." Er schwieg und schaute von ihr zu Claudette und Mateo und dann wieder zu ihr zurück.

„Was, Gary?", fragte sie. „Ich will es wissen. Ich will wissen, warum du mich wieder im Stich lassen musst."

„Im Stich lassen!" Sein Gesicht wurde rot. Das war sogar unter dem ganzen Schmutz zu sehen. Er sah aus, als wollte er ihr eine harte Antwort geben. Er beherrschte sich jedoch, atmete tief ein und antwortete mit gezwungener Ruhe: „Wir werden darum kämpfen, dieses Stück Land zu behalten, aber im Augenblick sieht es nicht danach aus, als hätten wir Erfolg. Wir haben keine Luftunterstützung. Die Japaner sind uns in allen Bereichen überlegen. Bestenfalls können wir nur hoffen, dass wir sie ein wenig aufhalten, sie hinhalten und damit den USA Zeit verschaffen, sich für diesen Krieg zu rüsten."

„Und uns Hilfe zu schicken."

„Vielleicht auch das." Sie wünschte, er würde hoffnungsvoller klingen. „Aber wir müssen mit dem Schlimmsten rechnen und darauf vorbereitet sein. Das bedeutet für dich, dass du zu den Doyles fährst. Ich habe gehört, dass sie so lange wie möglich in der Missionsstation bleiben wollen. Sie haben außerdem ein paar abgelegene Hütten in den Bergen. Du wirst dort sicherer sein als irgendwo anders auf der Insel. Du musst tun, was ich sage, Blair." Er drehte den Kopf herum und schaute die zwei jungen Leute an. „Ihr beide fahrt mit ihr. Darüber gibt es keine Diskussion."

Als ob er diesen letzten Satz nicht gehört hätte, verkündete Mateo: „Ich werde im nächsten Monat siebzehn. Ich werde zur Armee gehen."

Gary sprang auf, schritt auf den Jungen zu, blieb hoch aufgerichtet vor dem sitzenden Mateo stehen und starrte zu ihm hinab. Seine Miene war finsterer und dunkler, als man dem Schmutz und seinem Bart zuschreiben konnte. Blair wusste, dass er dem Jungen nie ein Haar krümmen würde, aber er *sah* eindeutig so aus, als würde er es vielleicht doch tun.

„Du tust nichts dergleichen!", erklärte er mit einer strengen, ruhigen Stimme, die mehr bewirkte, als wenn er geschrien hätte. „Zum einen fehlt dir die Erlaubnis deines Vaters. Und zum anderen brauchen Blair und Claudette dich. Du wirst doch kein Feigling sein und sie im Stich lassen ...!" Er brach abrupt ab und bemerkte seine schlechte Wortwahl zu spät.

Blair nutzte seinen Versprecher und setzte noch einmal nach. „Und was ist mit dir, Gary? Du lässt mich ... uns im Stich!"

„Das ist etwas anderes, und das weißt du ganz genau!" Dieses Mal schrie er fast. Aber ein kleines Zucken in seinen Augenwinkeln verriet, dass er selbst hin- und hergerissen war. „Ich habe jetzt schon ohne Erlaubnis meine Truppe verlassen", knurrte er. „Sie werfen mich wahrscheinlich in den Bunker, wenn sie hier einen finden, in den sie mich sperren können. Ich könnte sogar als Deserteur erschossen werden, weil wir nämlich Krieg haben!" Die Erschöpfung von Tagen machte sich bemerkbar. Er sank auf die untere Stufe und legte den Kopf auf beide Hände.

Blair bedauerte ihre Worte, wie immer zu spät. Wann würde sie je lernen, nicht nur an sich, sondern auch an andere zu denken, oder wenn sie das schon nicht schaffte, wenigstens erst zu überlegen und dann zu reden? Sie musste doch aus ihren früheren Fehlern gelernt haben. Der Himmel wusste, dass sie es versuchte! Aber ihre Angst war immer stärker. Sie kümmerte sich um andere Menschen. Sie verlor vor Sorge um Gary fast den Verstand. Sie wollte sich die große Gefahr, in der er sich befand, gar nicht vorstellen. Vermutlich war sie einfach zu schwach, um ihn über sich zu stellen. Vielleicht wenn sie eine Christin wäre, wie Gary sie sich wünschte ... Aber sie konnte nichts anderes tun, als sich noch mehr anzustrengen. Sie rutschte die Stufen hinab, bis sie wieder neben ihm saß, und legte den Arm um seine Schultern, so weit sie konnte. Er spannte sich unter ihrer Berührung an. Sie wusste, dass sie das verdiente.

„Es tut mir leid", murmelte sie.

„Ich weiß nicht, was du noch willst", sagte er, den Kopf immer noch nach unten hängend. Seine Worte klangen erstickt. „Ich bin hier, obwohl ich damit ein großes Risiko eingehe. Ich habe jemanden mitgebracht, der sich um euch kümmert. Ich tue alles, was ich kann, vielleicht mehr, als viele Männer unter diesen Umständen tun würden."

Sie zuckte bei seinen Worten zusammen. Sie waren wahr. Sie hatte ihn auf die vielleicht schlimmste Weise getäuscht, zu der eine Frau imstande sein konnte. Sie hatte ihn furchtbar benutzt, auch wenn ihre Motive nicht ganz böse gewesen waren. Aber sie konnte spüren, dass er immer noch zutiefst verletzt war. Trotzdem war er immer sanft zu ihr gewesen, freundlich, manchmal sogar liebevoll. Er hatte ihr nie ins Gesicht geschleudert, was sie getan hatte, obwohl er das hätte tun können. Er versuchte, ihre Reue zu akzeptieren. Sie hatte wirklich Nerven, dass sie immer wieder Forderungen an ihn stellte.

Mit einem zerknirschten Seufzen sagte sie: „Ich erwarte zu viel, ich weiß."

„Wenn es etwas helfen würde, dass ich mein Leben für dich gebe, Blair, würde ich es tun", sagte er mit einem abgehackten Seufzen. „Es ist mir gleichgültig, was du mir in der Vergangenheit angetan hast. Du kannst mir glauben, wenn ich sage, dass ich mich nicht deshalb von dir fernhalte. Aber ich kann nicht anders. Ich habe keine Wahl. Ich denke, ich kann dir mehr helfen, wenn ich in diesem Krieg kämpfe, wenn ich den Feind daran hindere, diese Insel und jeden darauf zu überrennen. Vielleicht hast du jedes Recht, mehr von mir zu erwarten. Aber ich weiß einfach nicht mehr weiter."

„Ich bin sicher, dass du besser weißt als ich, was richtig ist. Ich habe das nie gewusst." Sanft streichelte sie seine Schulter. Die Muskeln waren fest und hart wie Knoten. Sie litt mit ihm. Sie war so sehr auf sich selbst konzentriert gewesen, dass sie ihn nicht einmal gefragt hatte, wie es ihm ging. Sie hatte nicht einmal daran gedacht, wie es für ihn sein musste, im Krieg zu kämpfen. Aber sie hatte den Schmerz in seinen Augen gesehen und sie fühlte ihn jetzt in seinem Körper.

Er schien Blairs Worte zu akzeptieren: als Entschuldigung und als Zeichen ihres Verständnisses, auch wenn sie das nicht direkt aussprach. Jedenfalls schien er zu müde zu sein, um weiter nachzubohren. Sie schämte sich zu sehr, um noch länger darüber sprechen zu wollen. Sie saßen mehrere Minuten schweigend nebeneinander. Sie verwandelte ihr sanftes Streicheln in eine Massage. Sein leises Seufzen klang dankbar. Es war nicht viel, aber wenigstens war es eine Kleinigkeit, die sie für ihn tun konnte.

Claudette und Mateo verschwanden. Juan blieb weiterhin auf dem Baumstumpf sitzen, fast selbst wie ein Baumstumpf, schweigend, geduldig, unbeweglich.

Mit großem Widerwillen rappelte sich Gary schließlich auf die Beine. „Ich muss zurück. Sonst *werde* ich eingesperrt. Kannst du mich fahren? Es sind nur sechs oder sieben Kilometer."

„Natürlich."

„Danach solltest du dieses Dorf verlassen, sobald du die Kinder und Juan abgeholt hast. Es ist noch ein paar Stunden hell."

Während der Fahrt zu der Stelle, an der seine Einheit biwakierte, waren sie ziemlich schweigsam. Er erzählte ihr ein wenig mehr über den Krieg, eher allgemeine Informationen als seine persönlichen Erlebnisse. Sie erzählte ihm mehr über ihre Abenteuer in Hermosa. Sie sprachen kein einziges Mal über persönliche Fragen, erwähnten mit keiner Silbe die Unsicherheit, die zwischen ihnen lag. Es war keine Zeit für irgendwelche Entscheidungen. Warum sollten sie sich also quälen?

Als sie angekommen waren, küsste er sie nur leicht auf die Wange und sprang dann aus dem Auto. Sie wusste nicht, was sie erwartet hatte. Vielleicht erwartete sie wirklich zu viel. Sie schwieg und sah ihm stumm nach. Auf der ganzen Rückfahrt nach Hermosa weinte sie.

Vielleicht war sie den restlichen Tag deshalb so gereizt gegenüber ihren Begleitern. Ihre Stimmung wurde auch nicht besser, als sie ein besonders heikles Thema ansprachen, sobald sie das Dorf hinter sich gelassen hatten.

„Miss Blair", fragte Claudette. „Sind Sie und Lieutenant Hobart wirklich verheiratet?"

„Irgendwie", murmelte sie als Antwort und konnte ein Stöhnen nur mühsam unterdrücken. Sie hatte es nie als nötig angesehen, jemandem die Wahrheit zu sagen. Es war viel leichter und weitaus weniger demütigend, sie glauben zu lassen, sie und Gary wären nur befreundet oder bestenfalls verlobt. „Das ist eine lange Geschichte", fügte sie als Antwort auf die verwirrten Blicke ihrer Begleiter hinzu.

„Dann ist es falsch, wenn ich ‚Miss Hayes' zu Ihnen sage?", fragte Mateo.

„Es ist mir egal, wie du zu mir sagst."

„Soll ich Mrs Hobart zu Ihnen sagen?" Er merkte nicht, auf welchem gefährlichen Boden er sich befand.

„Nein! Das nicht ... ach, nenn mich irgendwie, nur nicht Mrs Hobart oder Miss Hayes oder Miss Blair. Irgendwie anders, bitte! Das klingt, als wäre ich eine Plantagenaufseherin oder so etwas." Das war ihr schon seit Beginn dieser Reise ein Dorn im Auge ... eigentlich schon, seit sie Claudette bei sich aufgenommen hatte. Jetzt war diese Anrede wie ein Sündenbock für alles andere, was sie quälte. Sie schaute die beiden Jugendlichen finster an und warf auch Juan einen drohenden Blick zu, der schweigend hinter dem Lenkrad des DeSotos saß und sie überhaupt noch nicht mit einem Namen angeredet hatte und sowieso kaum ein Wort mit ihr gesprochen hatte.

„Ihr seid nicht meine Diener oder meine Sklaven, meine Güte!", fügte sie hinzu und schüttelte unwirsch den Kopf. Sie war wütend, sogar zornig, aber nicht auf einen von ihnen, nicht einmal auf Gary. Einfach wütend auf das Leben und hauptsächlich auf sich selbst. „Nennt mich einfach ‚Blair'. Das gilt für euch alle. Hörst du, Claudette? Blair. Sonst nichts!"

Ein zitterndes, zerknirschtes „Ja ... Blair" von Claudette ließ Blair zusammenzucken. Wann würde sie endlich lernen, an die Gefühle der anderen zu denken? Sie war zerknirscht und hätte das Mädchen umarmt, wenn es nicht auf dem Rücksitz gesessen hätte. Claudette streckte eine Hand über Blairs Rückenlehne und streichelte ihre Schulter. Blair bedankte sich mit einem zitternden Lächeln für die zarte, gut gemeinte Geste. Von allen im Auto verstand Claudette am besten, wie verwirrend Namen sein konnten. Sie verstand auch, was es bedeutete, jemanden zu verlieren und von Menschen, die einen lieben sollten, verletzt zu werden.

22

„Werden wir noch weiterfahren, wenn es dunkel ist?“, fragte Blair, die feststellte, dass die Nachmittagsschatten immer länger geworden waren. Vielleicht kannte Juan die Straßen tatsächlich so gut, dass er nachts fahren konnte. Jetzt, da sie unterwegs war, wollte Blair so schnell wie möglich an ihr Ziel gelangen.

„Nein, wir halten bald an“, antwortete Juan knapp. Dieser Mann schien zu glauben, Reden koste Pesos, und ging deshalb so sparsam wie möglich damit um.

„Dann kommen wir heute Abend nicht mehr zur Missionsstation?“

„Morgen.“

„Hier oben sieht alles so verlassen aus. Ich hätte nicht gedacht, dass es hier in der Nähe ein Dorf gibt.“ Seit sie an diesem Nachmittag von Hermosa aufgebrochen waren, waren sie immer weiter in die Berge hinein und immer höher gefahren und nur auf immer dichteren Dschungel gestoßen. Die nicht asphaltierte Straße war immer schmaler geworden und alles wirkte weitaus weniger bewohnt. Der DeSoto holperte über Steine und stieß gegen Äste und Zweige. Es gab überhaupt kein Anzeichen einer menschlichen Behausung. Nicht einmal eine Nipahütte war zu sehen. „Ich könnte ein Bad gut vertragen, aber ich bin auch schon zufrieden, wenn wir einen Gasthof oder so etwas finden, selbst wenn wir dort nur Betten und etwas zu essen bekommen.“

Juan warf ihr einen fragenden Blick zu, blieb aber schweigend hinter dem Lenkrad sitzen.

Mehrere Minuten später brachte er das Auto zum Stehen, öffnete seine Tür und stieg aus.

„Juan, finden Sie wirklich, wir sollten uns die Zeit nehmen, hier noch eine Pause einzulegen? Es ist schon fast dunkel“, sagte sie.

„Wartet hier“, befahl er. Dann verschwand er auf einem Fußpfad im Dschungel.

Blair sagte nichts, da sie dachte, er müsse wirklich nur kurz anhalten. Sie fragte sich immer noch, wie hier in der Nähe ein Dorf sein könne. Bevor man in ein Dorf kam, passierte man normalerweise „Vororte“, selbst wenn diese nur aus zwei Hütten oder Schuppen bestanden. Sie schüttelte den Kopf. Ihr Magen fing an, sich zu verkrampfen.

Fünf Minuten später kehrte Juan zurück. „Holt eure Sachen und folgt mir."

„Wohin sollen wir Ihnen denn folgen?" Eine vernünftige Frage, wie sie fand.

„Dorthin, wo wir über Nacht bleiben."

„Hier drinnen?" Sie starrte in den dunklen Dschungel.

„Kommt."

Er wartete nicht auf eine Antwort, sondern drehte sich um und schritt den schmalen Pfad entlang. Mateo und Claudette waren aus dem Auto gestiegen und eilten hinter Juan her. Blair sagte nichts dazu, dass ihre Koffer zurückblieben. Am besten schauten sie sich diesen sogenannten Übernachtungsort erst einmal an und kamen danach zurück und holten ihre Sachen. Mit einem irritierten Achselzucken folgte sie den anderen. Sie war überrascht, als sie auf eine Lichtung kamen, in deren Mitte eine Hütte stand. Es war eine richtige Bambushütte, allerdings nicht die stabileren Gebäude, die sie in den Dörfern gesehen hatte. Sie sah aus, als könnte ein kräftiger Windstoß sie umwerfen. Blair dachte wehmütig an die *Drei kleinen Schweinchen*. Juan sah immer mehr wie ein großer, böser Wolf aus.

„Sie erwarten, dass wir hier übernachten?", fragte sie mit beherrschtem Ton. Es hatte keinen Sinn, Dampf abzulassen, solange sie die Fakten nicht kannte. Es war offensichtlich, dass diese Hütte seit geraumer Zeit verlassen war.

„Ich hatte gehofft, dass die Hütte noch da wäre." Juan schien mit sich ziemlich zufrieden zu sein, als er zur Tür ging und sie aufschob.

Alle anderen drängten sich um ihn und spähten in das dunkle Innere. Sie konnte nicht größer als zehn Quadratmeter sein. Selbst in der aufziehenden Dunkelheit konnte Blair erkennen, dass es schmutzig darin war. Wahrscheinlich hatten in den letzten zehn Jahren nur Tiere darin gehaust. Während sie noch überlegte, was für Tiere das gewesen sein könnten, hörte sie ein Geräusch. Zu ihrem Entsetzen sah sie ein pelziges Tier über die rauen Planken des Bodens huschen. Es blieb gerade lange genug stehen, um Blair mit seinen Knopfaugen im Dämmerlicht anzuschauen. Eine Ratte!

Sie sprang zurück. „Vergessen Sie es!" Sie erschauderte. „Gary hat

Ihnen gesagt, dass Sie sich um uns kümmern sollen. Unter Kümmern verstehe ich etwas anderes. Suchen Sie uns auf der Stelle ein Dorf! Und es sollte ein Gasthaus und Betten haben. Auf fließendes Wasser verzichte ich, wenn es sein muss!"

Juan grinste. „Hier oben gibt es keine Dörfer. Sie haben Glück, dass wir ein Dach über dem Kopf haben. Es ist sehr schön hier. Wenn es regnet, bleiben Sie trocken, oder?"

„Ich schlafe nicht bei Ratten!"

Er wandte sich von der Hütte ab und ging zu einer mit Gras bewachsenen Stelle auf der Lichtung. „Sie können auch hier schlafen." Er strich über das Gras.

„Ich habe noch nie im Leben im Freien geschlafen und ich habe nicht die Absicht, jetzt damit anzufangen." Sie fuhr so abrupt herum, dass ihr ein wenig schwindelig wurde, und stapfte zum Auto zurück.

Am Ende verbrachten Blair und Claudette die Nacht im Auto. Mateo, der zweifellos seine Männlichkeit unter Beweis stellen musste, und Juan blieben in der Hütte. Als der Morgen kam, weigerte sich Blair zuzugeben, dass die beiden wesentlich erfrischter aussahen als sie und Claudette. Blair hatte auf der vorderen Sitzbank wie eine Brezel zusammengerollt nicht gut geschlafen. Die Türgriffe hatten gegen ihre Schultern gedrückt und ihre Hüfte war jedes Mal, wenn sie sich umdrehen wollte, gegen den Schalthebel gestoßen.

Nach einem dürftigen Frühstück aus Brot und Bananen, die Juan von einem Baum in der Nähe schnitt – er war trotzdem zu etwas zu gebrauchen –, brachen sie wieder auf. Die Straße wurde noch schlimmer. Die Kurven wurden immer enger und an einer Seite des schmalen Weges fiel die Böschung steil ab. Juan erwähnte ein paar Mal die Möglichkeit, das Auto stehen zu lassen, aber Blair wollte nichts davon hören. Sie sahen keine Menschenseele. Erst gegen Mittag wären sie beinahe an den Leuten vorbeigefahren, die am Straßenrand saßen. Blair machte Juan auf sie aufmerksam, nicht aus irgendwelchen selbstlosen Beweggründen, sondern weil sie hoffte, sie könnten ihnen den Weg zu einem normalen Dorf zeigen. Diese Hoffnung erwies sich als Trugschluss, was für Blair ein schwerer Schlag war. Es fiel ihr nicht leicht zu akzeptieren, dass sie mitten im Niemandsland unterwegs waren.

Juan trat auf die Bremse. Die drei Flüchtlinge krabbelten den Hang zu ihrem Auto hinauf. Sie begrüßten sie in einem Dialekt, der nicht so klang wie das Tagalog, an das sich Blairs Ohren mittlerweile gewöhnt hatten. Claudette sagte, es sei Ilocano, sie könne es nur erkennen, aber nicht sprechen. Juan hingegen war in der Lage, sich mit den dreien zu unterhalten. Während er das tat, betrachtete Blair sie von Kopf bis Fuß. Die Frau sah aus wie fünfunddreißig, ziemlich rundlich, aber hübsch mit nussbrauner Haut und schwarzen, gewellten Haaren. Ihre Augen waren schwarz und im Verhältnis zu ihrem runden Gesicht klein. Es waren harte Augen, vielleicht auch nur verschlagen, außer wenn ihr Blick über ihre jungen Begleiter schweifte, zwei Jungen ungefähr im Alter von Mateo und Claudette. Aus den etwas weicheren Blicken, mit denen die Frau die Jungen bedachte, schloss Blair, dass sie ihre Söhne sein mussten. Der ältere Junge war so groß wie seine Mutter, kräftig gebaut und ziemlich gut aussehend, wenigstens so gut, dass Claudette ein paar Sekunden den Blick von Mateo abwandte. Der jüngere war im Vergleich zu ihm dürr und sein Gesicht war zu dünn, um gut auszusehen. Blair fragte sich, ob er beim täglichen Kampf ums Essen zu kurz kam. Wahrscheinlicher war, dass er sich irgendeinen Parasiten eingefangen hatte.

Nachdem er sich ein paar Augenblicke mit den Fremden unterhalten hatte, wandte sich Juan an Blair. „Das sind Quinta und ihre Söhne, Aurelio und Sancho. Sie wollen auch in die Berge und würden gern mit uns fahren."

Damit hatte Blair nicht gerechnet. Sie fand, dass es im Auto auch ohne die drei schon eng genug war. Aber sie konnte schließlich andere Flüchtlinge schlecht abweisen, nachdem sie selbst so viel Hilfe auf ihrer eigenen Flucht vor dem Feind erfahren hatte. Sie nickte also. Schnell, als fürchteten sie, Blair könne ihre Meinung wieder ändern, quetschten sie sich ins Auto. Die zwei Jungen setzten sich hinten zu Claudette, Mateo und Mae West und Quinta fand vorne Platz. Juan lud ihre wenigen Habseligkeiten, drei kleine Rucksäcke, in den Kofferraum.

Die Frau plauderte munter drauflos, sobald sie weiterfuhren. Juan dolmetschte ein paar Minuten – wahrscheinlich aus reiner Höflichkeit. Aber als Quinta immer mehr den Eindruck erweckte, als könne sie ununterbrochen reden, verstummte er bald und ignorierte sie mehr oder weniger. Sie redete noch eine Weile weiter, hauptsächlich mit

Blair, die versuchte, ihr klarzumachen, dass sie ihren Dialekt nicht verstand. Schließlich gab es die Frau auf. Entweder war sie zu müde oder zu frustriert, um weiterzureden. Auf dem Rücksitz war alles still. Quintas Söhne unternahmen keinen Versuch, sich mit Mateo oder Claudette zu unterhalten.

Als die Sonne anfing, im Westen unterzugehen, sagte Juan: „Wir werden bald unser Nachtlager aufschlagen."

„Ich dachte, wir schaffen es heute bis zur Missionsstation", bemerkte Blair und versuchte, die Schärfe in ihrem Ton so schwach wie möglich ausfallen zu lassen. Sie wollte wirklich nicht ständig nörgeln.

„Die Straße ist schlimmer, als ich dachte."

Sie waren an vielen Stellen im Schneckentempo über ausgewaschenes Gelände gekrochen und hatten sogar stehen bleiben müssen, um umgefallene Bäume und Sträucher aus dem Weg zu räumen. Die Straße sah aus, als wäre sie einige Zeit nicht mehr benutzt worden, vielleicht nicht mehr, seit der letzte Monsun vor ein paar Monaten über die Insel gefegt war. An einer Stelle waren sie gezwungen gewesen, auf einen Umweg auszuweichen. Blair hatte gefürchtet, Juan könnte sich verirrt haben, aber sie hatte nichts gesagt. Er war ihre einzige Hoffnung. Sie wollte also nicht akzeptieren, dass er möglicherweise versagen könnte.

Auf wundersame Weise fand Juan eine weitere Hütte. Nach den Informationen, die Blair ihm aus der Nase ziehen konnte, waren diese Hütten Wegstationen für die Arbeiter in den Holzfällerlagern weiter oben in den Bergen. Sie waren in regelmäßigen Abständen aufgestellt worden, damit die Arbeiter auf dem Weg in die Berge und wieder zurück in die Täler darin übernachten konnten. Sie fragte, warum die Straßen nicht besser in Schuss gehalten wurden, worauf er antwortete, dass die Lager vor zwei Jahren aufgegeben worden seien. Die Missionsstation befand sich an den westlichen Hängen des Berges. Die Missionare benutzten offenbar eine andere Straße, um nach Manila zu kommen.

Es war noch so viel Tageslicht, dass Blair diese Hütte gründlich untersuchen konnte. Als sie keine Tiere darin fand, beschloss sie, dass die Hütte wahrscheinlich besser wäre, als noch eine unbequeme Nacht im Auto zu verbringen. Sie ergab sich allmählich ihrem Schicksal.

Im Auto waren Decken. Blair legte sie als magere Polsterung auf den rauen, dreckigen Boden und bedeckte wenigstens einen Teil des Schmutzes. Es war so heiß, dass sie sich nicht zudecken mussten, aber Blair weigerte sich, ungeschützt auf diesem Boden zu liegen. Mit sieben Leuten in der Hütte würde es eng werden. Blair hoffte, Quinta und ihre Söhne würden höflich anbieten, im Freien zu schlafen. Schließlich hatten sie vorher auch draußen geschlafen. Aber diese Hoffnung gab Blair schnell auf, als Quinta ihre Rucksäcke holte und kleine, dünne Decken daraus zog und sie ausbreitete – in der Nähe der Tür, wie Blair mit einer gewissen Befriedigung feststellte. Wenigstens würden sie nicht über sie klettern, wenn sie nachts aufstehen mussten. Sie hatte sich ganz hinten in der Ecke eingerichtet. Das Problem der Schicklichkeit wurde dadurch gelöst, dass alle in voller Kleidung schliefen. Claudette legte sich auf die andere Seite neben Blair, so weit weg von den Jungen wie möglich.

Obwohl sie ansonsten schlecht ausgerüstet war, hatte Quinta Moskitonetze dabei, etwas, das Blair nicht eingepackt hatte. Aber selbst wenn sie daran gedacht hätte, hätte sie wahrscheinlich keine mitgenommen, sondern erwartet, dass Gasthäuser entlang des Weges so etwas für ihre Gäste hatten. Bei ihrem Aufbruch in Manila hatte sie keine Ahnung gehabt, was vor ihr liegen würde. Pastor Sanchez musste trotz seiner Aussagen über den Dschungel das Gleiche gedacht haben, denn Mateo hatte auch kein Netz dabei und auch Juan nicht. Aber jetzt war Trockenzeit. Moskitos sollten also kein allzu großes Problem darstellen.

Leider hatte Quinta in ihren Rucksäcken nichts zu essen. Sie verbarg ihre neidischen Blicke auf Blairs Koffer nicht, der, auch wenn er jetzt höchstens nur noch halb voll war, immer noch eine Schatzkiste mit eingemachtem Fleisch, Bohnen und sogar einer Schachtel Kekse darstellte, die sich bei der Feuchtigkeit nicht gut hielten, aber essbar waren, wenn der Hunger zu groß würde.

Blair trug Mateo auf, ein Feuer anzuzünden. Sie wollte heute Abend ein warmes Essen, selbst wenn sie es mit halb Luzon teilen musste. Sie wollte ein Mensch sein, der großzügig war, bereitwillig gab und sich um die kümmerte, die es nicht so gut hatten. Sie wusste, dass das Garys Ideal von einer Frau war. Aber sie musste sich auch um sich selbst und die Menschen, für die sie verantwortlich war, kümmern. Sie fand also, dass es keine billige Ausrede war, wenn sie sich sagte, dass sie das, was sie Quinta und ihren Söhnen gab, ihren eigenen Schutzbefohlenen wegnahm.

Trotzdem bekam sie Schuldgefühle wegen ihres Geizes, als Juan, der ohne ein Wort der Erklärung allein weggegangen war, eine Stunde später mit irgendeinem Fleisch zurückkam. Sie bezeichnete es absichtlich als *Fleisch* und nicht als *Tier*. Juan war so freundlich gewesen und hatte das Ding schon gehäutet und ausgenommen, bevor er es brachte. Es hatte also viel Ähnlichkeit mit etwas, was vom Metzger kam, besonders da Blair den Blick, so gut sie konnte, davon abwandte, bis es gekocht war. Als es in einem Topf mit Wasser über dem Feuer kochte, roch es so sehr nach Hühnersuppe, dass sie es als Huhn durchgehen ließ.

Blair ertappte sich bei dem Gedanken, was wohl ihre Mutter und ihre Schwestern davon halten würden, dass sie über einem offenen Feuer kochte, Wildfleisch aß und in einer Hütte auf dem nackten Boden schlief. Sie würden es nicht glauben. Sie glaubte es ja selbst nicht!

Nach dem Essen kam Claudette und setzte sich zu ihr ans Feuer. Es war nicht kalt, aber das Feuer verlieh der dunklen Nacht ein wenig Gemütlichkeit. Juan zeigte den Jungen, wie man eine Angel anfertigt. Quinta saß auf der anderen Seite des Feuers, die Knie zur Brust angezogen, und starrte in die Flammen und war zur Abwechslung schweigsam, sogar ein wenig missmutig.

„Werden sie lang bei uns bleiben?“, fragte Claudette.

Instinktiv warf Blair einen Blick auf Quinta, aber die Frau achtete nicht auf sie und Claudette. Blair hoffte, sie verstünde wirklich kein Englisch, sprach aber trotzdem lieber leise. „Ich hoffe nicht. Aber wohin sollten sie im Augenblick sonst gehen?“

„Du bist so nett, Blair.“

Blair schluckte schwer, als sie das hörte. Dann grinste sie. „Ich bin nicht nett, Claudette. Mir bleibt einfach keine andere Wahl.“

„Ich mag sie nicht. Aurelio sieht gut aus, aber es gefällt mir nicht, wie er mich anschaut. Seine Augen sind gemein. Er sieht aus, so als mache es ihm Spaß, Fliegen die Flügel auszureißen.“ Sie sprach ebenfalls im Flüsterton.

„Ich hoffe nur, es ist nicht mehr weit bis zu dieser Missionsstation.“

„Stimmt es, dass du noch nie im Freien geschlafen hast?“

Blair lachte. „Noch nie im Leben! Einmal übernachtete ich in einem Dreisternehotel. Das kommt der Sache bis jetzt am nächsten.“

Claudette lachte. „Ich habe in Manila oft in Gassen geschlafen. Das kommt der Sache wahrscheinlich näher. Aber hier ist es besser, finde ich. Es ist sehr hübsch hier."

Blair betrachtete ihre Freundin. Claudette sprach selten über das Leben, das sie geführt hatte, bevor sie zu Blair kam. Blair vermutete, dass es ein heikles Thema war, und fragte nicht nach. Jeder hatte seine Geheimnisse, Dinge, die lieber in seinem Herzen unter Verschluss blieben. Aber Claudette hatte so eine gute Einstellung zu den Schwierigkeiten, die sie durchgestanden hatte. Sie versuchte immer, das Gute in allem zu sehen. Blair wollte das auch gern lernen. In ihrer Abneigung gegenüber dem rauen Leben, zu dem sie in letzter Zeit gezwungen waren, hatte sie ganz vergessen, wie schön der Dschungel sein konnte.

„Claudette, du machst diese Flucht erträglich. Ich weiß nicht, was ich tun würde, wenn ich nicht eine Freundin wie dich bei mir hätte."

„Danke. Mir geht es mit dir genauso." Claudette schwieg kurz. Dann fügte sie hinzu: „Meine Eltern legten mich einfach vor die Tür des Waisenhauses, als ich noch ein Baby war. Ich hatte nie jemanden, Blair, bis ich dich kennenlernte. Ich schätze, du bist nicht alt genug, um meine Mutter zu sein, aber vielleicht eine ältere Schwester, wenn du nichts dagegen hast."

„Dieser Gedanke gefällt mir sehr gut. Stört es dich eigentlich, dass wir zur Missionsstation fahren? Ich habe dich nie gefragt, ob du überhaupt dorthin willst."

„Na ja, Lieutenant Hobart war derjenige, der nicht gefragt hat!", sagte Claudette mit gespielter Entrüstung. „Aber ich nehme an, er hatte gute Gründe. Und es stört mich nicht. Im Waisenhaus versuchten sie, mich zu einer Katholikin zu machen. Aber das hat nicht funktioniert. Die Schwestern meinten es gut, aber als sie davon sprachen, dass Gott ein liebevoller Vater ist, konnte ich das nicht verstehen. Was sollte ihn daran hindern, mich genauso im Stich zu lassen wie mein eigener Vater? Ich beschloss, dass ich allein besser zurechtkäme."

„Wir alle brauchen jemanden", seufzte Blair. „Aber ich verstehe, was du meinst. Meine Güte! Wenn ich mir vorstellen würde, Gott wäre wie *mein* Vater, würde ich schnell das Weite suchen. Genau das habe ich auch den größten Teil meines Lebens getan. Aber ich habe viele gute, anständige Menschen gesehen, die an Gott glauben. Sie bringen mich ins Fragen. Gary zum Beispiel oder Pastor Sanchez. Ich möchte wetten, diese Nonnen, die sich um dich gekümmert haben, waren auch anständig."

„Ja, meistens, außer wenn sie mir den Hintern versohlten. Aber normalerweise hatte ich es verdient. Wenn Gott nicht wie mein Vater ist, Blair, wie werde ich dann je erfahren, wie er wirklich ist?"

„Das weiß ich nicht. Ich bin selbst auf der Suche. Vielleicht finden wir das auf der Missionsstation heraus."

„Glaubst du, sie werden uns Predigten halten?"

„Hoffentlich nicht!" Blair erschauderte bei diesem Gedanken. Sie wären gewaltig in der Klemme, wenn sie für die Dauer des Krieges dort festsäßen und sich ständig Predigten anhören müssten. Dann kam ihr ein ermutigender Gedanke. „Gary hält viel von ihnen. Sie können also nicht ganz so schlimm sein. Aber ich will nicht angepredigt werden. Wenn ich Gott finde, dann will ich ihn selbst finden. Ich will mich zu nichts drängen lassen." In ihrer Stimme lag ein eigensinniger Unterton, der ihr erst jetzt auffiel. Sie hatte nicht viel darüber nachgedacht, wie es sein würde, wenn sie tatsächlich in dieser Missionsstation waren. Jetzt gab es plötzlich noch etwas anderes, das ihr Kopfzerbrechen bereitete.

Trotz dieser beunruhigenden Gedanken schlief sie in dieser Nacht tief und fest. Als es in der Hütte unruhig wurde, fuhr sie schnell aus dem Schlaf hoch.

„Sie sind fort!", rief Mateo.

„Was? Mateo, nicht so laut. Es ist noch früh", murmelte sie.

„Nein, alle aufwachen. Sie sind fort. Und das Auto auch."

Alle waren mit einem Schlag hellwach und redeten durcheinander – das heißt alle außer den drei Fremden. Sie waren nirgends zu sehen. Die offene Hüttentür verriet, dass Mateo auch in Bezug auf das Auto recht hatte.

„Das kann doch nicht sein!" Blair starrte ungläubig nach draußen.

„Es ist meine Schuld!", stöhnte Juan. Es war das erste Mal, dass dieser Mann irgendwelche Gefühlsregungen zeigte, seit Blair ihn kannte. „Ich hätte gestern Abend eine Wache aufstellen sollen, aber ... wer hätte das gedacht? Eine Frau und zwei Kinder ..."

Aurelio war gewiss kein Kind mehr. Und Quinta ... nein, sie hatten wirklich nicht ahnen können, dass sie etwas Böses im Schilde führten.

„Vielleicht haben sie nur das Auto genommen, um einen Markt zu finden", bemerkte Blair, aber sie konnte selbst hören, wie naiv ihre Worte waren.

„Verfolgen wir sie?", fragte Mateo.

„Nein", antwortete Juan. „Sie sind höchstwahrscheinlich wieder den Berg hinabgefahren, weil sie in dieser Richtung schneller entkommen können. Aber egal, in welche Richtung sie geflohen sind, zu Fuß würden wir sie nie einholen."

Allmählich begriffen sie, wie schlimm ihre Situation wirklich war. Sie waren jetzt zu Fuß. Alles, was sie besaßen, war im Auto gewesen.

„Mae West!", schrie Claudette. „Sie war noch auf dem Rücksitz."

„Nein ... nicht Mae West!" Blair sank auf die Stufe vor der Hütte, als ihr das Ausmaß ihrer Lage bewusst wurde. Sie begann zu weinen, als weinte sie um das Huhn. Zum Teil tat sie das auch, denn sie wusste genau, was so jemand wie Quinta einem hilflosen Huhn antun würde.

Claudette setzte sich neben sie und ließ ihren Tränen ebenfalls freien Lauf. Mateo stand nur da und schaute die beiden hilflos an. Juan blieb ein paar Sekunden stehen, dann ging er weg. Vielleicht würde er sie auch im Stich lassen. Er war nicht viel mehr als ein Fremder, auch wenn Gary ihn für diese Arbeit bezahlt hatte. Blair war jetzt wirklich auf sich allein gestellt. Was sollte sie nur tun? Sie wusste nicht einmal, in welcher Richtung die Missionsstation lag, selbst wenn sie eine Richtung von den anderen unterscheiden *könnte.* Plötzlich wurde sie von einer starken Panik ergriffen. Sie sprang auf.

„Juan!", brüllte sie und lief zuerst in die eine und dann in die andere Richtung. „Juan! Bitte verlassen Sie uns nicht! Juan!"

Sie hörte Blätter rascheln. Eine Sekunde später tauchte der Mann wieder auf.

„Wohin wollten Sie gehen?", fragte Blair anklagend. „Ich dachte ..."

„Ich wollte etwas zu essen suchen. Ich habe immer noch das hier." Er hielt sein Messer hoch, mit dem er gestern Abend ihr Essen gefangen hatte. „In ihrer Eile haben unsere Gäste das hier auch vergessen." Er deutete zu dem Topf, der immer noch auf der erloschenen Asche von ihrem Lagerfeuer stand.

Blair schniefte geräuschvoll und wischte sich mit der Hand über die feuchten Augen. „Würden Sie uns das nächste Mal bitte wissen lassen, was Sie vorhaben?"

„Es tut mir leid."

„Werden Sie ... werden Sie uns weiterhin führen?" Die Frage fiel ihr schwer, aber trotz ihrer Angst musste sie es wissen.

„Natürlich. Lieutenant Hobart hat mich dafür bezahlt, dass ich Sie zur Missionsstation bringe. Er kämpft für mein Land. Das ist das Mindeste, was ich für ihn tun kann."

„Warum sind Sie nicht in der Armee, Juan?"

„Ich bin zu alt. Aber wenn ich Sie wohlbehalten zur Missionsstation gebracht habe, werde ich es noch einmal versuchen. Ich bin sicher, dass sie mich jetzt nehmen werden."

Er war also anscheinend älter, als er aussah. Jetzt war vor allem wichtig, dass er sie nicht im Stich lassen würde. Aber auch mit jemandem, der sich im Dschungel auskannte – obwohl er sich nicht so gut auskannte, dass er letzte Nacht eine Wache aufgestellt hätte –, drängte sich die Frage auf, wie sie weiterkommen sollten.

Diese Frage plagte sie, während Juan wieder verschwand und auf Jagd ging. Sie versuchte, sich abzulenken, indem sie eine Bestandsaufnahme von dem, was ihnen geblieben war, machte. Warum sollte sie nicht jetzt damit anfangen, etwas von Claudettes positiver Einstellung zu übernehmen? Wie sich herausstellte, hatten sowohl Juan als auch Mateo ihre Rucksäcke gestern in die Hütte gebracht und sie als Kissen benutzt. Die Diebe hatten also ihre Sachen nicht stehlen können. Blair war nicht so kühn, Juans Gepäck zu durchsuchen, aber Mateo leerte seinen Rucksack und brachte zwei Ersatzhemden, ein Taschenmesser und eine Bibel zum Vorschein, was Blair überraschte, da er fast nie über Religion sprach, obwohl sein Vater Pastor war. Er hatte außerdem eine Taschenlampe, bei der die Batterien fast leer waren, eine Zahnbürste, ein Stück Seil und eine Feldflasche. Das war eine gute Ausbeute, wenn man bedachte, dass er noch einen Koffer im Auto gehabt hatte.

„Ich war Pfadfinder", erklärte er zu seiner Verteidigung. „Ich wollte für den Fall vorbereitet sein, dass wir zu Fuß marschieren müssten."

„Ich wünschte, ich hätte daran gedacht, einen kleinen Rucksack einzupacken", seufzte Blair, „den ich auch als Kissen hätte benutzen können. Dann hätte ich jetzt einen Lippenstift und eine Zahnbürste und saubere Unterwäsche."

„Und noch etwas zu essen", ergänzte Claudette.

„Wenigstens sind wir nicht ganz mittellos." Blair drehte Mateo den

Rücken zu und griff schnell in ihre Bluse. Als sie sich wieder umdrehte, hatte sie zusammengerollte Geldscheine in der Hand. „Ich dachte, das wäre bei mir sicherer als im Koffer."

Sie verbrachten die nächste Stunde damit, die Decken zusammenzurollen und sich zu überlegen, wie sie sich die Decken mit Mateos Seil am besten auf den Rücken binden könnten. Das mussten nur Blair und Claudette tun, da Mateos und Juans Rucksäcke Riemen für einen Schlafsack hatten. Als Juan mit einem weiteren namenlosen Fleisch zurückkehrte, waren die anderen in besserer Stimmung. Als er seinen Rucksack ausleerte, ging es ihnen noch besser. Er hatte etliche nützliche Dinge dabei: Ersatzkleidung, eine Feldflasche, ein Seil und dergleichen. Aber ein Gegenstand ganz unten in seinem Gepäck weckte bei Blair gemischte Gefühle. Er zog einen Armeerevolver mit Ersatzmunition heraus. Er sagte, Gary habe ihn ihm gegeben. Hatte Gary damit gerechnet, dass sie in so große Gefahr geraten könnten, dass sie eine Waffe bräuchten? Oder war der Revolver nur zum Jagen gedacht? Sie war erleichtert, dass die Diebe die Waffe nicht auch noch in die Hände bekommen hatten.

Blair schüttelte alle diese Bedenken von sich ab und versuchte, die richtige Einstellung zu dem zu bekommen, was vor ihr lag. Sie mussten zu Fuß durch den Dschungel marschieren, aber es konnte nicht mehr allzu weit zur Missionsstation sein. Das würde ein Abenteuer werden. Wie bei Tarzan! Blair war eigentlich nie ein großer Tarzanfan gewesen, aber dieser verträumt aussehende Johnny Weissmuller war es wert, den Film ein- oder zweimal anzuschauen. Und wenn Maureen O'Sullivan im Dschungel überleben konnte, dann konnte Blair das auch. Maureen hatte zwar Tarzan, während Blair nur einen sechzehnjährigen Jungen und einen über vierzigjährigen Bauern hatte, aber zusammen ergaben sie vielleicht einen Tarzan.

Jedenfalls wollte sie keinen einzigen Gedanken auf Pastor Sanchez' ominöse Worte über den Dschungel verwenden, als sie nach dem Frühstück aufbrachen. Das Kreischen der Affen in den Bäumen, der Duft nach Jasmin und anderen tropischen Blumen und sogar der schwache Wind, der die Hitze etwas erträglicher machte, ließ es wirklich eher nach einem Kinofilm aussehen als nach einem echten Abenteuer und ganz gewiss nicht nach einem Albtraum.

23

Es dauerte keine Stunde, bis es anfing zu regnen. Es war kein harmloser Schauer, sondern ein regelrechter Wolkenbruch.

„Ich dachte, jetzt sei die trockene Jahreszeit", murmelte Blair und wischte sich die Feuchtigkeit aus den Augen, damit sie genug sehen konnte, um den nächsten Schritt zu gehen.

„Nur im Vergleich zur Regenzeit", antwortete Mateo, der das Ende der Gruppe direkt hinter Blair bildete.

Dass der Regen nach einer halben Stunde wieder aufhörte und nach einer weiteren Stunde die Hitze ihre Kleider getrocknet hatte, richtete Blairs Stimmung nur wenig auf. Die Abenteuerlust, die sie am Anfang des Tages in sich zu wecken versucht hatte, wurde mit jedem mühsamen Schritt schwächer. Die Hitze und Feuchtigkeit waren noch nicht alles. Schlamm und fliegende Insekten – einmal hätte sie beinahe eines verschluckt! – und dazu die wunden Füße und wenig Hoffnung auf ein üppiges Mittagessen trugen dazu bei, dass sie am liebsten geweint hätte.

Claudette, die vor Blair ging, ließ einen nassen Zweig zurückschnellen. Er traf Blair ins Gesicht und riss ihr den Strohhut vom Kopf – noch etwas, das „Ma Barker" und ihr Clan nicht hatten brauchen können. Als Blair stehen blieb, um den Hut aufzuheben, rutschte ihr Fuß auf einem matschigen Hang aus. Sie landete mit dem Gesicht mitten im Schmutz und Matsch.

Sie fluchte. Es war ihr egal, dass sie den jungen Leuten ein gutes Beispiel geben sollte. Sie hasste es, ein Vorbild sein zu müssen! Sie hatte gewiss nicht zugestimmt, dass sie eines sein wollte. Wenn sie gewusst hätte, dass dies zu ihrem Job gehören würde, hätte sie dankend abgelehnt – sofern sie überhaupt eine Wahl gehabt hätte!

Was sie wirklich störte, war, dass es keine Hoffnung auf ein Bad am Ende des beschwerlichen Tagesmarsches gab. Kein Bad und kein Abendessen. Juans Jagdglück konnte bestimmt nicht ewig halten. In diese grimmigen Gedanken vertieft, war sie überrascht, als sie, während sie der Länge nach im Matsch lag, aufblickte und eine Hand sah, die ihr gereicht wurde.

„Danke, Mateo", sagte sie und ergriff die dargebotene Hand, obwohl sie immer noch Mühe hatte, auf dem schlüpfrigen Boden wieder auf die Füße zu kommen, ohne den jungen Mann nach unten zu ziehen. Als sie endlich wieder stand, bedachte sie ihn mit einem dankbaren Lächeln.

Er begann zu lachen. Als sie mit einem finsteren Blick ihre Hand aus seinem Griff befreite, fügte er zerknirscht hinzu: „Es tut mir leid, Blair. Aber du hast im ganzen Gesicht Matsch."

„Schneller da hinten!", befahl Juans Stimme mehrere Meter vor ihnen. „Wir müssen unbedingt zusammenbleiben."

„Dann gehen Sie doch ein wenig langsamer", fauchte Blair, während sie sich weiter mühte. Juan war auf einer Anhöhe stehen geblieben und schaute nach oben. Ohne zu sehen, was am Himmel sein Interesse erregt hatte, baute sie sich vor ihm auf und stemmte ihre schmutzigen Hände in die Hüften. „Warum müssen wir eigentlich diesen verfluchten Trampelpfad nehmen? Sagen Sie mir nicht, das wäre eine Abkürzung. Ich bezweifle, dass schon jemals ein Mensch hier gewesen ist. Ich sehe keinen Grund, warum wir nicht auf der Straße weitergehen sollten. Vielleicht nimmt uns sogar jemand mit."

Er deutete nach oben. Jetzt erst sah sie, dass ein Flugzeug über ihnen kreiste. Ein Flügel senkte sich auf eine Seite und sie sah den roten Kreis, der auf die Seite gemalt war. Jeder, der die Bombardierung von Manila erlebt hatte, konnte eine japanische Zero sofort erkennen.

Trotzdem verstand sie nicht, was das für sie bedeutete. Sie wusste bereits, dass die Japaner die Lufthoheit hatten. „Was ist damit? Sie können uns doch nicht sehen, oder?"

„Sie sind zu weit weg, aber wir müssen aufpassen. Folgt mir", erwiderte er.

Wie sie es hasste, wenn er nichts erklärte! Er marschierte bereits weiter und ließ ihr keine Gelegenheit, mit ihm zu diskutieren. Sie und die anderen trotteten hinter ihm her, während Juan von dem unwegsamen Pfad abbog, dem sie bis jetzt gefolgt waren. Er erklomm eine Felswand – eigentlich ging es nur ein bis zwei Meter nach oben, aber der Fels war nass und glitschig und Juan musste jedem helfen, nach oben zu kommen. Blair war inzwischen hoffnungslos schmutzig. Ihre beigefarbene Hose und weiße Bluse hatten die Farbe des tropischen

Lehms angenommen, genauso ihre weißen Leinenschuhe. Aber als sie neben Juan stand, vergaß sie das alles.

Ihr war nicht bewusst gewesen, dass sie so hoch gekommen waren, seit sie Hermosa verlassen hatten. Dieser zusätzliche Anstieg den kleinen Hügel hinauf hatte sie auf eine Kuppe gebracht, von der aus sie einen spektakulären Rundblick auf das Tal hatten, aus dem sie gekommen waren. Sie erinnerte sich, dass Bataan einige Berggipfel hatte, die über dreizehnhundert Meter hoch waren. Als sie jetzt ihren Blick in die Ferne schweifen ließ, sah sie einige dieser Gipfel, die sich viel höher erhoben, als sie selbst standen. Sie gab ein beeindrucktes „Ah!" von sich.

„Schauen Sie dort hinüber." Juan deutete nach Osten. Blair wusste nur, dass es der Osten war, weil die untergehende Sonne in der anderen Richtung stand. „Da unten ist Hermosa. Ich fürchte, die Japaner haben es inzwischen eingenommen. Ich habe bis heute keine feindlichen Flugzeuge in dieser Gegend gesehen. Das verrät viel."

Blair keuchte und schaute angestrengt in die Richtung, in die er deutete. Sie konnte jedoch nur schwach Anzeichen eines Dorfes ausmachen.

Alle stöhnten. Claudette umklammerte ängstlich Blairs Hand.

Blair beschlich ein seltsames Gefühl. Noch vor zwei Tagen war sie in Hermosa gewesen. Jetzt waren die Japaner dort und stolzierten durch dieselben Gebäude, an denen sie vorbeigegangen war. Es würde sie nicht überraschen, wenn sie im Haus der Padillas ihr Hauptquartier eingerichtet hätten. Es war eines der größten Häuser im Ort. Etwas noch viel Beunruhigenderes kam ihr in den Sinn. Sie hatte noch keinen einzigen japanischen Angreifer zu Gesicht bekommen. Wahrscheinlich sollte sie froh sein, dass ihr einziger Kontakt mit ihnen ein Flugzeug in der Ferne war, aber das machte alles auch nicht angenehmer. Es war, als seien sie die ganzen Tage vor einem Phantom davongelaufen.

Sie versuchte, praktisch zu überlegen. „Das ist doch umso mehr ein Grund, die Straße zu nehmen", beharrte Blair. „Dort kommen wir viel schneller voran."

Juan schüttelte den Kopf. „Wir müssen davon ausgehen, dass der Feind die Straßen kontrolliert. Wenn nicht, wird er es bald tun. Ich habe andere Flugzeuge gesehen, aber ich wollte euch nicht beunruhigen."

„Juan, ich dachte, das hätten wir inzwischen geklärt. Ich will, dass Sie mit mir reden. Ich will wissen, was vor sich geht."

„Ich werde es versuchen, aber Sie müssen lernen zu vertrauen."

Sie beäugte ihn gründlich. Er war fast ein Fremder. Anscheinend musste sie in letzter Zeit wirklich Fremden vertrauen. Es hatte keinen Sinn, sich dagegen zu wehren. Die Frage war nur, ob sie ihren eigenen Instinkten trauen konnte. „Ich werde es versuchen, Juan. Aber darin bin ich nicht besonders gut. Ich meine, schauen Sie doch nur, was mit Ma Barker war."

„Mit wem?" Er kniff die Augen zusammen und schaute sie an, als stelle er ihren Verstand infrage.

„Quinta. Ihr habe ich vertraut und fiel auf die Nase."

„Ich auch", gestand er. Die reumütigen Worte schienen ihm schwerzufallen. „Wir müssen tun, was wir können, und aus unseren Fehlern lernen."

„Ja, eine gute Idee. Eine Frage habe ich noch: Wie weit ist es noch zur Missionsstation?"

„Wenn wir mit dem Auto gefahren wären", überlegte Juan, „wären wir inzwischen schon dort. Aber wenn es Ihnen ein Trost ist: Wir hätten das Auto wahrscheinlich sowieso irgendwo stehen lassen müssen. Denn die Straße ist schlimmer als das letzte Mal, als ich hier war. Leider ist sie nicht so schlecht, dass sie Militärfahrzeuge aufhalten könnte. Von hier aus, schätze ich, sind es ungefähr noch vierzig Kilometer zur Missionsstation. Wir haben unseren höchsten Punkt erreicht. Von jetzt an geht es hauptsächlich bergab."

Blair hatte keine Vorstellung, wie lang man brauchte, um vierzig Kilometer weit zu marschieren. Sie war nicht einmal sicher, wie lang man für zwei Kilometer brauchte. Wahrscheinlich war sie schon einmal so weit gegangen, aber dieser Weg war sicher von Pausen in Geschäften und Boutiquen unterbrochen gewesen. Ja, sie hatte einmal einen Einkaufsbummel in London gemacht und mehrere Kilometer an einem Tag zu Fuß zurückgelegt. Dabei war sie aber auch ein paar Mal mit dem Taxi gefahren. Damals hatte sie diesen herrlichen Angorapullover gefunden in einem Farbton, der ihn wie ein Opal aussehen ließ, mit Zuchtperlen um den Halsausschnitt.

Sie schüttelte den Kopf. Solche Gedanken halfen ihr überhaupt nicht weiter. Wenn sie schon positiv denken wollte, dann war es wahrscheinlich positiv, dass sie hier einen Kilometer viel schneller zurücklegen konnten, weil sie nicht durch Geschäfte und Cafés abgelenkt wurden. Vielleicht könnten sie trotz der Hitze zwei Kilometer in der Stunde schaffen. Sie rechnete im Kopf. Vierzig Kilometer ... zwanzig Stunden. Wie viele Stunden Tageslicht? Wenn sie nicht trödelten, könnten sie die Missionsstation morgen erreichen.

„Und warum stehen wir noch herum?", drängte sie. „Wenn wir flott gehen, könnten wir es morgen schaffen."

„Wie kommen Sie auf diese Idee?", fragte Juan. „Ein solches Tempo wäre tödlich. Zwei Tage ist vernünftiger. Der Dschungel ist dicht und der Weg ist oft steil."

„Zwei Tage!" In ihr Stöhnen stimmte Claudette und sogar Mateo ein.

„Der Weg ist nicht immer frei und wir müssen Pausen einlegen, um Essen und Wasser zu suchen. Wir müssen Geduld haben."

Sie verriet ihm nicht, dass sie in ihrem Leben nie viel Geduld gelernt hatte. Zwei Tage! Natürlich war sie nicht allzu sehr darauf erpicht, zur Missionsstation zu kommen, aber noch zwei Tage in dieser Wildnis! Wie sollte sie das überleben? Dann warf sie einen schnellen Blick auf Claudette und Mateo und begriff, dass sie den beiden zuliebe stark sein musste. Sie waren beide für ihr Alter ziemlich reif, weitaus reifer, als Blair in diesem Alter gewesen war, aber sie waren immer noch auf sie angewiesen. Sie konnte es spüren, besonders bei Claudette, deren Hand sie immer noch wie ein Schraubstock umklammerte. Wenn Blair resignierte, würden die beiden auch den Mut verlieren.

Sie holte tief Luft. „Na, dann gehen wir los." Ihrer Stimme fehlte der Enthusiasmus, den sie noch vor ein paar Momenten gehabt hatte, als sie gemeint hatte, ihr Marsch würde Stunden dauern und nicht Tage.

Während sie weitertrotteten, vergaß sie erneut, wie schön der Dschungel war, denn ihre Füße verhedderten sich immer wieder in den Schlingpflanzen auf dem Boden. Einmal gingen sie unter einem Banyanbaum durch. Blair erinnerte sich, wie sie und Gary unter einem solchen Baum in Manila gesessen hatten und sie gedacht hatte, was es für ein romantischer, hübscher Baum sei. Jetzt blieb sie an einer seiner weit ausholenden Wurzeln hängen und stürzte. Dabei kratzte sie sich Hände und Knie auf und riss sich ein Loch in ein Hosenbein. Maureen O'Sullivan war nie mit Schmutz und Kratzern bedeckt gewesen. Blair warf einen Blick auf ihre Hände. Sie sahen hoffnungslos aus. Die Nägel waren rettungslos abgebrochen. Sie würde Garys Freunden einen furchtbaren Anblick bieten, falls sie jemals diese Missionsstation erreichten!

Als es wieder regnete, brummelte und spuckte sie und beschwerte sich, ohne zu bemerken, wie angenehm der Regen ihre schwitzende Haut kühlte und etwas von dem Schmutz abwusch. Der einzige Lichtblick an diesem Tag war, dass Juan einen trockenen Fleck fand, an dem sie die Nacht verbringen würden. Keine Hütte! Meine Güte! Sie hätte nie gedacht, dass sie irgendwann eines dieser mit Ratten verseuchten Gebäude schätzen würde. Jetzt konnten sie kaum ihre Decken auf dem Boden ausbreiten. Ein paar halbreife Bananen waren alles, was sie zum Essen hatten. Moskitos plagten sie in dieser Nacht, obwohl Juan ihnen erzählte, dass die Insekten in niedrigeren Höhen normalerweise noch schlimmer waren. Aber er gab zu, dass Bataan eine der schlimmsten Moskitogegenden der Welt war.

Der Morgen brachte keine großen Überraschungen. Es ging weiter wie am Tag zuvor: noch mehr Dschungel, Regen, Matsch und Hitze.

Dann geschah das Unvorstellbare.

Blair war wie üblich etwas zurückgeblieben. Mateo bildete dicht hinter ihr den Schluss des Zuges. Er hatte versucht, sie zu einem schnelleren Tempo zu drängen, und war wahrscheinlich frustriert, weil sie ihn zwang, langsam zu gehen. Beide erkannten im selben Augenblick, dass sie Claudette und Juan aus den Augen verloren hatten. Nicht nur das, sie konnten auch nicht mehr hören, wie sich die anderen durch das dichte Blattwerk kämpften.

„Juan! Claudette!", schrien sie beide.

Als sie nicht sofort eine Antwort bekamen, liefen sie panisch weiter und schrien ununterbrochen die Namen ihrer Begleiter.

Endlich vernahmen sie eine Antwort. „Beeilt euch!" Das war Juan.

Blair hätte ihn am liebsten umarmt, als er endlich in ihrem Blickfeld auftauchte. „Müssen Sie denn so schnell gehen?", warf sie ihm stattdessen vor.

„Ich dachte, Sie könnten es nicht erwarten, unser Ziel zu erreichen", entgegnete er. Sein Blick wanderte über die Gruppe. „Wo ist Claudette?"

Blairs Kopf fuhr herum. Claudette war nirgends zu sehen. Jetzt ergriff sie eine echte Panik. Sie fuhr herum und begann, auf dem Weg zurückzulaufen, den sie gerade gekommen waren. Laut schrie sie den Namen des Mädchens. Sie war erst ein paar Schritte weit gekommen, als Juan neben sie rannte und sie am Arm packte.

„Halt!", befahl er. Es war kein Ruf, kein Schrei, nur ein einfacher, ruhiger Befehl. Er zeigte nicht die geringste Panik. „Wir verlieren Sie sonst auch noch."

Er ließ seinen Blick weiterwandern und schaute Mateo an. Erst jetzt bemerkte Blair den panischen, angsterfüllten Blick in Mateos Augen. Er hatte genauso große Angst wie sie.

Juan sprach weiter. „Wir müssen zusammenbleiben. Sonst verirren Sie sich für immer im Dschungel. Es kommt nicht genug Sonnenlicht durch die Blätter, um die Richtung zu erkennen, wenn man keine Erfahrung hat."

Das war Blair bis jetzt kaum aufgefallen. Die Hitze war durch das tropische Blätterdach gedrungen und auch der Regen. Als sie jetzt nach oben blickte, sah sie ein Dach aus dichten Blättern über sich. Vom Himmel war überhaupt nichts zu sehen. Da drangen Juans Worte ganz in ihr Bewusstsein durch. „Für immer verloren ..."

„Claudette!", stieß sie einen zitternden, hilflosen Schrei aus.

Eine Viertelstunde lang suchten sie in einem weiten Radius das Gelände ab, wo jeder von ihnen dachte, Claudette zum letzten Mal gesehen zu haben. Das Furchtbare war, dass keiner mit Bestimmtheit sagen konnte, wann er sie das letzte Mal gesehen hatte. Blair musste zugeben, dass sie viel zu sehr in ihrem eigenen Schmerz aufgegangen war, um von den anderen groß Notiz zu nehmen, nicht einmal von der armen Claudette. Was für eine furchtbare Freundin sie war! Wieder wurde sie mit der entsetzlichen Realität konfrontiert, dass ihre Reue zu spät kam. Selbst jetzt dachte sie vor allem daran, wie ungeeignet sie war und dass sich niemand auf sie verlassen könne. Aber sie hatte nicht darum *gebeten*, dass man sich auf sie verließ. Sie hatte das nie gewollt. Sie war kein gutes Vorbild und ganz bestimmt keine Führungsperson. Das überließ sie lieber geeigneteren Frauen wie Cameron und Jackie. Oh, wie perfekt Jackie an ihrer Stelle wäre! Sie würde die anderen motivieren und trösten. Sie hätte bestimmt keinen von den Menschen verloren, die ihr anvertraut waren! Das bewies nur, dass Gott einen ziemlich seltsamen Humor hatte, wenn er einer unzurechnungsfähigen Närrin wie ihr Verantwortung übertrug. Was hatte er sich nur dabei gedacht?

„Au!", stöhnte sie plötzlich. Schon wieder dachte sie nur an sich selbst.

Sie musste sich darauf konzentrieren, Claudette zu finden. Immer wieder schrie sie Claudettes Namen, bekam aber nur das Kreischen der Affen als Antwort.

„Claudette, wo bist du?"

Ein Affe gackerte fröhlich.

Augenblick! Das war kein fröhliches Geräusch. Es war ein Winseln. Blair blieb wie angewurzelt stehen und signalisierte ihren Begleitern, ebenfalls ruhig zu sein.

Dann kam es wieder. „B-Blair ..."

„Claudette!", schrie Blair. Sie schaute sich hektisch um, konnte aber immer noch nicht erkennen, aus welcher Richtung die Stimme gekommen war.

Juan hatte ein besseres Gehör und ging geradewegs auf die Stimme zu. Er kam zu der Stelle, an der der überwucherte Boden steil abfiel. Blair lief an Juans Seite, aber sein Arm packte sie, um sie zurückzuhalten. Da bemerkte sie, dass der Boden ziemlich matschig war. Ein Schritt weiter und sie hätte leicht in die Grube hinab neben ihre Freundin rutschen können.

„Claudette, Liebes, wir sind hier", rief Blair. „Wir holen dich heraus." Das Wort *Wir* war stark übertrieben. Wenn Blair versuchen würde zu helfen, würde sie das arme Mädchen wahrscheinlich nur noch tiefer in den Schlamassel bringen. Ihr fiel plötzlich auf, dass Claudette in ihrer Not ausgerechnet ihren Namen gerufen hatte. Aber dieser Umstand verstärkte nur ihr Elend.

Juan musste sein eigenes und Mateos Seil zusammenknoten, bis es lang genug war, um Claudette zu erreichen. Nach wenigen Minuten hatten sie das Mädchen aus der Grube gezogen. Kaum war sie oben, rannte Claudette in Blairs Arme. Blair musste weinen, nicht aus Glück, weil sie ihre Freundin gerettet hatten, sondern weil sie die dankbare Zuneigung des Mädchens überhaupt nicht verdiente. Claudette umarmte auch Juan und Mateo, um ihnen ihre Dankbarkeit zu zeigen, aber das änderte nichts an der Tatsache, dass sie als Erstes zu Blair gekommen war.

„Wir müssen zusammenbleiben“, schärfte Juan ihnen ein, nachdem sich alle wieder beruhigt hatten. Als Blair den Mund öffnete, um zu protestieren, fügte er hinzu: „Ich werde langsamer gehen. Was passiert ist, war meine Schuld. Blair, Sie gehen ab jetzt voraus und bestimmen das Tempo. Ich bleibe nahe genug, um Ihnen die Richtung zu sagen.“

Blair wollte protestieren, da dieser Plan sie als Führerin dastehen ließ, aber der Vorschlag klang zu vernünftig, um nicht darauf einzugehen. Sie willigte ein und fügte hinzu: „Vielleicht können wir ein paar Minuten Pause machen und uns ausruhen.“

„Das ist eine gute Idee“, nickte Juan, was sie überraschte.

Sie fanden eine kleine Lichtung und setzten sich in einem engen Kreis auf die Erde. Sie hatten nichts zu essen und niemand hatte im Moment die Energie, auf die Suche zu gehen. Es genügte, dass sie einfach wieder zusammen waren. Blair wusste, dass sie nicht die Einzige war, der dieser Zwischenfall unter die Haut gegangen war. Sie begriffen jetzt alle, wie wichtig sie füreinander geworden waren. Außerdem war es ganz offensichtlich geworden, dass dies kein Sonntagsspaziergang war. Der Dschungel barg große Gefahren und nicht nur ein paar Unannehmlichkeiten. Eine kleine Unachtsamkeit hatte genügt und Claudette war in die tiefe Grube gestürzt. Nur dank Gottes Gnade war die Grube nicht tiefer gewesen und Claudette hatte mit nur wenigen Schrammen gerettet werden können. Dass sie das Mädchen gefunden hatten und sie gerettet werden konnte, war ein echtes Wunder.

Nach ungefähr einer halben Stunde sprang Juan auf. Die Pause war zu Ende. Sie rappelten sich alle auf die Beine, ausgeruht und bereit, ihren Fußmarsch fortzusetzen. Ein neues Gefühl der Kameradschaft verband sie. Aufgeregt und froh, einander wiederzuhaben, plauderten sie miteinander.

Plötzlich hob Juan eine Hand und zischte: „Pscht!“

Überraschend gehorchten alle auf der Stelle. Sogar Blair. Mit energischen Handbewegungen führte er sie schweigend von der Lichtung, auf der sie gerade noch gesessen hatten. Er drängte sie zum Weitergehen, bis sie weit genug weg vom Pfad waren und sich hinter einem dichten Gestrüpp aus Büschen, Bäumen und Sträuchern versteckten.

„Ein Militärlastwagen“, erklärte er schließlich mit einem kaum vernehmlichen Flüstern.

Blair strengte ihre Ohren an. Vielleicht war es jemand, der sie retten würde. An die andere Möglichkeit wollte sie gar nicht denken. Einige Augenblicke verstrichen. Sie hörten nichts mehr. Wenn es wirklich ein Militärlastwagen gewesen war, dann war er bestimmt weitergefahren. Aber wenn er angehalten hatte ... wann würden sie wissen, dass sie sich zeigen konnten? Der Gedanke, eine Rettungsmöglichkeit zu verpassen, war fast genauso schlimm wie die Angst, vom Feind gefangen genommen zu werden. Das nächste Geräusch, das sie hörte, war kein Automotor. Ein leises Blätterrascheln drang an ihre Ohren. Dann hörten sie Stimmen. Nicht Englisch. Nicht Tagalog. Die Sprache der Filipinos hatte mindestens siebenundachtzig Dialekte, aber Blair hätte ihren letzten Lippenstift darauf verwettet, wenn sie überhaupt noch einen gehabt hätte, dass das, was sie jetzt hörte, keiner dieser Dialekte war.

Sie hatte den Gärtner ihrer Familie gelegentlich so sprechen hören. Aber sie hatte dem Mann nie viel Aufmerksamkeit geschenkt, da er nur ein Gärtner war. Ebenso wenig hatte sie auf den Busjungen im Country Club geachtet oder auf den Mann am Blumenstand in der Sunset Avenue, den sie manchmal von oben herab behandelte. Wer hätte schon gedacht, dass das eines Tages eine Rolle spielen könnte? Wer hätte gedacht, dass sie eines Tages in einem fremden Dschungel zusammengekauert sitzen und angestrengt dieser fremden Sprache lauschen würde, dass ihr Leben davon abhinge?

Sie hatte diese Sprache vorher wirklich selten gehört, abgesehen vom Gärtner, Busjungen und Blumenverkäufer, aber sie wusste, dass die kehligen männlichen Stimmen hier im Dschungel Japanisch sprachen.

Sie konnte sich ein kurzes Keuchen nicht verkneifen. Juan warf ihr einen Blick zu, der so scharf war wie das Messer, das er jetzt in der Hand hielt. Für einen flüchtigen Augenblick überlegte sie, warum er nicht seine Pistole genommen hatte, aber sie hatte genug Verstand, ihre Fragen für später aufzuheben. Sie kniff die Lippen zusammen und schwieg.

Einen Moment später drangen zwei Männer auf die Lichtung, auf der sie erst fünf Minuten vorher gesessen hatten. Sie unterhielten sich und schauten sich überall um. Hatten die Männer sie gehört? Hatten sie ihre Rufe bei der Suche nach Claudette gehört? Wenn sie so nahe gewesen waren, mussten sie etwas gehört haben. Aber seit dem Ende der Suche war mindestens eine halbe Stunde vergangen. Wenn der Motor, den Juan gehört hatte, von ihrem Lastwagen gekommen war, konnten sie nichts gehört haben. Es bestand Hoffnung, dass sie nur zufällig hier waren. Blair stellte sich trotzdem darauf ein, gefangen genommen zu werden.

Ihr Blick war wie gebannt auf die Männer geheftet. Blair dämmerte es, dass sie zum ersten Mal in ihrem Leben japanische Soldaten zu Gesicht bekam. Sie hatten beide eine gedrungene Statur. Sie sahen bedrohlich aus und waren bis zu den Zähnen bewaffnet. Munitionsgurte lagen quer über ihrer Brust, Granaten hingen von ihren Hosengürteln, Gewehre baumelten auf ihrem Rücken. Wenigstens hatten sie keine Waffen in der Hand, was als gutes Zeichen zu werten war. Ihre Gesichter lagen unter dem Gesichtsschutz ihrer Helme im Schatten und waren in die andere Richtung gerichtet. Blair war froh, dass sie ihre Gesichter nicht deutlicher sehen konnte. Das Letzte, was sie auf der Welt wollte, war, ihrem Feind in die Augen zu schauen.

Plötzlich begann einer der Männer zu brüllen und auf der Lichtung herumzutanzen. Der andere zog seine Pistole und schoss zweimal auf die Erde. Dann brach er in lautes Gelächter aus, bückte sich und hob etwas vom Boden auf. Der erste Mann schrie dem zweiten etwas zu und lief von der Lichtung. Der zweite ließ fallen, was er gehalten hatte, und sprintete, immer noch lachend, seinem Gefährten hinterher. Blair hatte nicht die leiseste Ahnung, was sich zugetragen hatte, aber es hatte die beiden offenbar von ihrer Suche abgelenkt – falls es eine Suche gewesen war. Es hatte ihr und ihren Begleitern den Kopf gerettet.

Niemand widersprach, als Juan ihnen bedeutete, noch still zu bleiben, als die Soldaten längst verschwunden waren. Ungefähr eine halbe Stunde lang waren sie regungslos wie Statuen. Einmal war Blair sicher, Motorgeräusche gehört zu haben. Die Straße konnte nicht allzu weit weg sein. Selbst als Juan sagte, sie könnten sich wieder bewegen, zögerte sie. Was war, wenn da draußen noch mehr Japaner waren? Wie konnten sie wissen, dass sie in Sicherheit waren?

Würde sie je wieder in Sicherheit sein?

Aber Juan war bereits auf der Lichtung. Für sein Alter war dieser Mann unglaublich flink. Blair brauchte einige lange Sekunden, bis ihr ihre verkrampften Muskeln wieder richtig gehorchten. Als sie auf die Lichtung kam, hielt Juan denselben Gegenstand hoch, den der zweite japanische Soldat hochgehoben hatte – einen hellgrünen, seilähnlichen Gegenstand von ungefähr einem Meter Länge.

„Eine Reiskobra“, erklärte Juan.

„Eine Schlange!“ Blair lief eine Gänsehaut über den Rücken, obwohl die Schlange nicht mehr lebte. Zitternd wich sie ein paar Schritte zurück.

„Sehr giftig“, bemerkte Juan so beiläufig, als zeige er ihnen eine seltene Blume. „Aber sie hat uns das Leben gerettet. Wir können dankbar sein, dass dieser Japaner Schlangen genauso gern mochte, wie Sie sie anscheinend mögen, Blair.“

Sie fanden nie heraus, was die Soldaten vorgehabt hatten. Juan vermutete, dass sie eine Patrouille von der Straße gewesen waren, die, wie er bestätigte, keinen halben Kilometer von ihnen entfernt verlief. Er hielt es nicht für möglich, dass sie ihre Rufe bei der Suche nach Claudette gehört hatten. Es war reines Glück gewesen, dass die Schlange genau im richtigen Moment aufgetaucht war. Blair versuchte, für die Schlange dankbar zu sein, aber es gelang ihr nicht. Ihr war sehr wohl bewusst, dass die Schlange genau dort im Gras gelegen hatte, wo sie gesessen hatten, bevor die Japaner kamen.

In der Zeit, die sie zu Fuß im Dschungel unterwegs waren, hatte sie eine nebulöse Vorstellung von den Tieren und kriechenden Dingen, die sie umgaben, bekommen. Sie hatte einige harmlose Geckos gesehen und natürlich die Ratten. Fliegen und Moskitos waren eine ständige Belästigung. Ihre Haut juckte schon, wenn sie diese Tiere nur sah. Aber diese Schlange hatte eine schreckliche, fast lähmende Wirkung auf sie. Es gab tatsächlich richtige Tiere im Dschungel – gefährliche, giftige Tiere.

Nur eines trieb sie jetzt noch an, ihren Marsch fortzusetzen. Sie konzentrierte sich voll und ganz auf ihr Ziel, auf das Ende dieses schrecklichen Albtraums. Diese Konzentration verhinderte jedoch nicht, dass ihr Herzschlag jedes Mal aussetzte, wenn sie etwas im Gras rascheln hörte. Genauso wenig konnte sie nachts ruhig schlafen, nachdem sie wusste, dass es absolut nichts gab, was diese furchtbaren Tiere daran hinderte, über ihren lang ausgestreckten Körper zu kriechen. Aber die Missionsstation gab ihr die Kraft, vielleicht sogar den Mut, einen Fuß vor den anderen zu setzen.

Sie würde nie wieder *Tarzan* anschauen. Das war nur ein Haufen Hollywoodquatsch!

24

Durch den sprühenden Dunst eines weiteren Regengusses am folgenden Morgen bekam Blair zum ersten Mal die Missionsstation zu Gesicht – eine kleine Gruppe von Gebäuden, hauptsächlich Nipahäuser, die auf Pfählen standen. Ein Haus, das ebenfalls erhöht stand, hatte einen Holzrahmen. Außerdem sah sie ein Steingebäude mit einem Kreuz auf der Spitze seines Schindeldaches, das darauf hinwies, dass es eine Kapelle war. Blair fragte sich, woher diese ganzen Steine kamen. Selbst aus einem halben Kilometer Entfernung konnte sie sehen, dass dieses Gebäude mit viel Sorgfalt errichtet worden war.

Claudette trat neben sie und sagte mit einem Anflug von Ehrfurcht – vielleicht auch ein wenig Angst – in der Stimme: „So schlecht sieht es nicht aus. Ich finde, es sieht irgendwie einladend aus."

Blair nickte nur. So lange hatte die Missionsstation als die große Rettung vor ihnen gestanden, wenigstens als Ende ihrer körperlichen Unannehmlichkeiten. Immer hatte sie gedacht: „Wenn wir zur Missionsstation kommen ..." Jetzt, da sie vor ihr lag, pochte in ihrem Herzen eine neue Angst. Früher hatte sie nie Angst davor gehabt, fremde Menschen kennenzulernen, aber jetzt konnte sie eine gewisse Nervosität nicht leugnen. Sie drängte Menschen, die ihr völlig fremd waren, sich selbst und drei andere auf, und das zu einer Zeit, in der diese Leute bestimmt nichts weniger brauchen konnten als noch mehr Münder, die sie satt kriegen mussten.

„Wo sind denn alle?", fragte sie.

„Bei diesem Regen ist bestimmt niemand draußen", antwortete Juan.

Sie lachte beinahe. Dass sie daran nicht gedacht hatte! Sie hatte sich so sehr an den Regen gewöhnt, dass er ihr fast nicht mehr auffiel. Plötzlich wurde ihr schmerzlich bewusst, dass sie jeden Augenblick Garys Freunde kennenlernen würde und aussah wie ein verwahrloster Straßenhund: nass bis auf die Haut, die Haare hingen in wirren Strähnen nach unten, kein Make-up, zerrissene Kleidung.

Mit einem Achselzucken hoffte sie, ihre Befangenheit verbergen zu können, während sie ihre Gefolgschaft den Berg hinabführte. Sie glitt aus und rutschte den halben Weg auf dem Matsch hinab. Nach den Geräuschen hinter ihr zu urteilen, kamen ihre Gefährten auch nicht besser zurecht. Einer impulsiven Eingebung folgend, begann sie einfach zu laufen. Warum nicht einen wirklich dramatischen Auftritt hinlegen? Schließlich war sie Schauspielerin.

Als zwei Gestalten ungefähr zwanzig Meter vor ihnen auf den Weg traten, versuchte sie, abrupt stehen zu bleiben, was aber damit endete, dass ihre Füße unter ihr wegflogen und sie auf dem Hinterteil beinahe bis vor ihre Füße schlitterte. Sie blickte auf und sah zwei Filipinos vor sich stehen. Die Männer starrten wortlos zu ihr hinab. Einer war jung, wahrscheinlich nur ein paar Jahre älter als Mateo, der andere war mindestens zehn Jahre älter als Juan. Sie bedachte die beiden mit einem schiefen Lächeln, da sie nicht wusste, was sie sonst tun sollte, um ihre Würde zu wahren.

„Ich bin hier, um die Doyles zu besuchen“, sagte sie.

In diesem Augenblick trabten ihre Freunde hinter ihr an. Juan reichte ihr eine Hand und zog sie auf die Beine. Die zwei Fremden sagten nichts, sondern betrachteten die Neuankömmlinge nur von Kopf bis Fuß.

„Ich glaube, sie sprechen kein Englisch“, sagte Blair zu Juan.

Da sprach der ältere Mann. „Wir sprechen Englisch. Wir patrouillieren auf diesem Gelände. Ich ging davon aus, dass ihr keine Japaner seid, da ihr so viel Lärm gemacht habt. Aber wir müssen vorsichtig sein.“

„Ja, natürlich.“ Blair fiel auf, dass keiner der Männer bewaffnet war. Was hätten sie getan, wenn sie doch Japaner gewesen wären? Sie bemühte sich, ihre Worte mit Sorgfalt zu wählen. Vielleicht war es doch noch nicht ganz zu spät, um einen guten Eindruck zu machen. „Wir sind gekommen, weil wir auf der Missionsstation Schutz suchen. Mein Mann, Gary Hobart, ist ein Freund von Pastor und Mrs Doyle.“

„Ich kenne Lieutenant Hobart. Folgt uns bitte.“

Ein paar Minuten später standen sie zwischen den Gebäuden. Aus der Nähe sahen sie ziemlich gemütlich und robust aus. Zwei Häuser hatten bunte Vorhänge an den Fenstern und es gab überall Blumentöpfe. Farbenfrohe Bougainvillearanken schmückten die Nipadächer und die Dachvorsprünge der Häuser. Die Szene hätte sich gut für eine Ansichtskarte geeignet.

Die zwei Männer führten Blair und ihre Begleiter die Stufen zum Holzhaus hinauf. Ihr fiel auf, dass auf dieser Veranda besonders viele Topfpflanzen zu sehen waren, üppige, gut gepflegte Pflanzen neben einer gemütlichen Liege und ein paar Gartenstühlen. Sie war von diesen Dingen begeistert, denn sie ließen vermuten, dass hier ein freundlicher Ort war.

Der ältere Mann klopfte an die Tür. „Pastor Doyle? Ruberto ist hier. Wir haben Besuch."

Im nächsten Augenblick ging die Tür auf. Eine weiße Frau von ungefähr vierzig Jahren schaute durch die Moskitotür. Sie war fünf Zentimeter größer als Blair, schlank und gut aussehend, wenn auch nicht unbedingt hübsch. Ihre glatten Haare waren mausbraun mit ein paar grauen Strähnen dazwischen, was die Farbe nicht besser aussehen ließ. Sie waren glatt nach hinten gekämmt und in ihrem Nacken zu einem Pferdeschwanz zusammengebunden. Über ihrer Stirn lag ein glatt abgeschnittener Pony. Das Moskitonetz machte die scharfen Züge der Frau etwas weicher – eine lange Nase, ein langes, schmales Kinn und tief in den Höhlen sitzende Augen. Sie war nicht hübsch, vielleicht sah sie nicht einmal gut aus, aber sie war eine beeindruckende Frau. Das erkannte Blair auf den ersten Blick, obwohl sie nicht genau sagen konnte, was an dieser Frau so beeindruckend war.

Blair lächelte, so herzlich sie konnte. Sie spürte sofort, dass das eine Frau war, mit der sie sich gern gut stellen wollte. „Ich bin Blair ... Hobart." Vielleicht konnte sie es schaffen, ihr wirres Leben zu verbergen oder wenigstens herunterzuspielen.

„Garys Frau?" Die Stimme der Frau war tief und wohlklingend, wenn auch nicht musikalisch, eher wie die Stimme eines Redners.

Alles, was Blair in diesem Augenblick denken konnte, war: *Sie weiß Bescheid.* Diese Frau, diese Fremde, wusste alles über sie und Gary. Am liebsten hätte sie sich in ein tiefes Loch verkrochen. Wie konnte Gary dieser Person sein ganzes Leben erzählen? Meine Güte, er hatte nicht einmal mit Blair über alles reden wollen.

„Ja", krächzte Blair und ärgerte sich über ihre plötzlich heisere Stimme, die nach Schuld klang.

„Kommt herein." Die Worte waren nicht unbedingt unfreundlich. Vielleicht war *kühl* das beste Wort, um ihren Tonfall zu beschreiben. „Dominador", sagte die Frau zu dem jüngeren Mann. „Bitte geh zur

Quelle hinab und hole Pastor Doyle. Sag ihm, dass wir Gäste haben, und sorge dafür, dass er weiß, dass es *keine feindlichen* Gäste sind. Ruberto, bei dem, was du sagtest, als du geklopft hast, hätte ich denken können, die japanische Armee sei hinter dir her. Natürlich schaute ich aus dem Fenster und wusste somit, dass dem nicht so war."

Beide Männer entschuldigten sich dafür, dass sie ihr Angst eingejagt hatten, und trabten dann die Stufen wieder hinab. Blair entdeckte in der Frau absolut keine Angst und konnte sich nicht vorstellen, dass sie sich tatsächlich vor japanischen Besuchern gefürchtet hatte. Sie hätte den seltsamen Empfang der Frau fast auf ihre Angst zurückgeführt, erkannte aber sofort, dass das nicht der Fall sein konnte. Diese Frau hatte nicht so leicht Angst. Aber Blair wollte die Frau nicht so schnell in eine Schublade stecken. Jeder hatte schwache Augenblicke. Trotzdem hätte sie sich einen herzlichen Empfang gewünscht, wie man ihn vielleicht erwartet, wenn man zu einer christlichen Missionsstation kommt.

Im Inneren des Hauses sah Blair ein gemütliches, sauberes Wohnzimmer. Sie sah elektrische Lampen und sogar einen Deckenventilator, aber im Moment war nichts davon in Betrieb. Der Raum war deshalb halbdunkel und warm. Rohrmöbel standen neben Holztischen, einem gepolsterten Sofa und einem großen, mit Stoff überzogenen Sessel. Ein paar gerahmte Bilder mit tropischen Szenen hingen an den Wänden. Blair hielt sie für Originalaquarelle, die ziemlich gut gemacht waren, obwohl sie keine Kunstkennerin war. Topfpflanzen füllten den Raum mit Grün und ein leicht abgenutzter, runder Teppich bedeckte fast den ganzen Boden. Alles, wenigstens die Einrichtung, war ein wenig abgenutzt.

Als sich Blairs Augen an das schwache Licht gewöhnt hatten, sah sie, dass noch zwei Mädchen im Raum waren. Das eine, ein schlankes, hübsches Mädchen mit kastanienbraunen Haaren, war ungefähr in Blairs Alter oder ein bis zwei Jahre jünger. Sie saß in dem großen Sessel und hatte ein Buch in der Hand. Das andere Mädchen war eher in Claudettes Alter. Es saß auf der Bank an einem Klavier aus Mahagoniholz, hatte jetzt aber dem Klavier den Rücken zugewandt und betrachtete die Neuankömmlinge gespannt. Es hatte braune Haare wie ihre Mutter – Blair vermutete, dass sie die Töchter der Frau waren, denn ihre Ähnlichkeit war unübersehbar. Das jüngere Mädchen hatte ebenfalls die scharfen Gesichtszüge seiner Mutter, aber seine großen, braunen Augen verliehen ihm ein weicheres Aussehen.

„Ich bin Meg Doyle", stellte sich die Frau vor. „Meine Töchter ..." Sie deutete mit einer Hand auf die Mädchen. „Patience ist die ältere und Hope die jüngere." Als die Mädchen zur Begrüßung der Gäste höflich aufstanden, fügte Meg Doyle hinzu: „Mädchen, das ist Blair Hobart, Lieutenant Hobarts Frau."

„Hallo. Herzlich willkommen." Beide Mädchen strahlten mehr Herzlichkeit und Wärme aus als die Hausherrin.

„Ich freue mich, euch kennenzulernen. Darf ich meine Freunde vorstellen? Das ist Claudette, meine erste und liebste Freundin auf den Philippinen. Das ist Mateo Sanchez. Sein Vater ist Pastor einer Gemeinde in Manila." Sie wusste nicht, warum sie diese Information hinzufügte, vielleicht, um sich selbst eine gewisse Glaubwürdigkeit zu verschaffen. Es musste doch etwas bedeuten, wenn ein Pastor seinen Sohn in ihre Obhut gab. „Und das hier ist Juan ..." Erst jetzt fiel ihr auf, dass sie Juans Namen gar nicht kannte.

„Juan Torres", ergänzte er mit einer leichten Verbeugung vor Mrs Doyle.

„Juan hat uns hierhergeführt", fügte Blair hinzu. „Ich weiß nicht, was wir ohne ihn getan hätten."

„Bitte setzt euch", forderte Mrs Doyle die vier auf.

Es gab genug Stühle für jeden, aber Patience machte den großen Sessel frei und bot ihn Blair an, die allerdings protestierte, weil ihre nassen Kleider ihn ruinieren würden. Patience warf einen kurzen Blick auf ihre Mutter. Diese nickte knapp und das Mädchen bestand darauf, dass Blair den Sessel trotzdem nehmen sollte. Patience setzte sich auf einen Holzstuhl mit gerader Rückenlehne. Anscheinend war es eine Familienregel, dass die Gäste immer das Beste bekamen. Blair war zu müde, um noch länger zu protestieren. Sie konnte sich kaum erinnern, wann sie das letzte Mal so bequem gesessen hatte. Nachdem alle Platz genommen hatten, folgten mehrere Augenblicke des Schweigens. Mrs Doyle setzte sich auf einen Rohrstuhl und faltete die Hände auf ihrem Schoß. Sie wirkte überhaupt nicht unsicher. Blair konnte sich diese Frau nicht anders vorstellen als völlig beherrscht. Aber warum sagte sie nichts? Es wäre doch nur richtig, dass sie als Gastgeberin etwas sagte, damit sich ihre Gäste wohlfühlten.

Als habe sie Blairs Gedanken gelesen, ergriff Mrs Doyle schließlich das Wort. „Sobald mein Mann kommt, könnt ihr uns sagen, was euch hierherführt. Auf diese Weise müsst ihr euch nicht wiederholen."

„Ja, das klingt vernünftig", meinte Blair. „Ich möchte Ihnen noch einmal danken." Sie war nicht sicher, ob es etwas gab, für das sie ihr danken konnte, außer dafür, dass sie sie ins Haus gelassen hatte. Deshalb ließ sie es dabei bewenden. Bis jetzt war nichts darüber gesagt worden, dass sie die Nacht hier verbringen könnten. Blair zögerte, das jetzt anzusprechen.

Ein weiteres langes Schweigen folgte. Zu Blairs Entsetzen begann plötzlich ihr Magen laut zu knurren. Sie hatte den ganzen Tag nichts gegessen und vorher auch sehr wenig. Irgendwie hatte sie das Gefühl, dass dies ein weiterer Punkt war, der gegen sie sprach.

„Mutter", fragte Patience. „Soll ich für unsere Gäste etwas zu trinken holen?" Lag in ihrer Stimme ein winziger Anflug von Tadel? Unmöglich! Niemand konnte die Stirn haben, die erstaunliche Frau, die Blair so aufrecht gegenübersaß, zu tadeln, nicht einmal mit Patiences mildem Tonfall.

„Ja, Patience", antwortete Mrs Doyle ruhig. „Das habe ich vergessen. Bitte vergebt mir. Pastor Doyle braucht länger, als ich dachte."

„Soll ich dir helfen?", bot Hope an.

„Danke, das wäre nett", antwortete Patience ihrer Schwester freundlich.

Blair hatte noch nie so höfliche Mädchen gesehen. War das nur Theater für die Gäste? Oder hatte ihre Mutter sie so gut erzogen? Sie hielt beides für möglich. Die Mädchen gingen durch einen offenen Türrahmen links neben dem Wohnzimmer. Blair konnte in der Küche Schränke und einen Ofen sehen.

Noch mehr schweigende Minuten folgten. Blair betete, dass die Mädchen sich beeilen würden, damit sie wenigstens über den Tee oder was auch immer sie holten, plaudern könnten. Das Einzige, was aus der Küche zu hören war, war der Regen, der auf das Dach trommelte. Und hin und wieder ein knurrender Magen. Jetzt auch von ihren Freunden.

Dann wurde die Tür aufgerissen. „Uiuiui! Wie das gießt! Wenn ich es nicht besser wüsste, würde ich mir eine Arche bauen."

Der Neuankömmling schüttelte seinen Regenumhang und seinen

Hut auf der Veranda aus, bevor er sie auf einen Ständer im Haus hängte. Er war nicht auffallend groß, aber kräftig gebaut wie ein Stier: breite, stämmige Schultern, schmal in den Hüften, Arme und Beine wie Rammböcke. Blair dachte eher an einen Schmied als an einen Pastor, als sie den ersten Blick auf diesen Mann warf, der Pastor Doyle sein musste.

„Was soll das heißen, wir haben Besuch?", sprach er ohne Pause weiter. „Ich kann mich gar nicht erinnern, wann wir das letzte Mal Besuch hatten. Das muss mindestens einen Monat her sein, oder, Meg, Liebes?"

„Vor dem Notfall", antwortete seine Frau.

Blair wunderte sich über die Anrede *Liebes*, aber der Pastor schien diese liebevolle Anrede ernst zu meinen.

Pastor Doyle schritt ins Zimmer. Sein fröhlicher Blick wanderte über die Besucher. „Es regnet nicht. Es schüttet!" Er lachte über die Ironie seiner Worte. „Vielleicht bekomme ich ja trotzdem noch genügend Besucher für den Sonntagsgottesdienst. Ihr seid alle hier auf der Missionsstation herzlich willkommen, auch wenn ihr nicht zur Kirche kommen wollt. Lasst euch anschauen!"

Das tat er dann auch und ließ seinen Blick noch einmal über die Gäste wandern. Seine hellblauen Augen zwinkerten belustigt und – Blair war sicher – erfreut. Sie genoss diesen Blick richtig. Ein großer Teil ihrer Anspannung fiel von ihr ab. Vielleicht durften sie doch hierbleiben.

„Jetzt stellt euch doch bitte vor." Nachdem sie das getan hatten, sprach er weiter. „Ihr könnt mich Pastor Doyle nennen, wenn ihr wollt, aber es stört mich auch nicht, wenn ihr Conway zu mir sagt." Er brach ab und warf einen schnellen Blick auf seine Frau. Blair bemerkte, dass sich der Mund der Frau zusammengezogen hatte. „Ups!", lachte Pastor Doyle. „Meg hat es gern ein wenig förmlicher als ich. Das kommt heraus, wenn man ein Bauernmädchen aus Minnesota mit einem Cowboy aus Texas verheiratet. Ich schätze, die Jüngeren sollten bei *Pastor* bleiben, aber Juan und Blair, ihr nennt mich bitte Conway. Ich höre meinen Vornamen viel zu selten. So, Blair, was führt dich auf die Philippinen? Und wie geht es Gary?"

In diesem Augenblick kamen die Mädchen zurück. Jede hatte ein schwer beladenes Tablett in den Händen. Pastor Doyle ging ihnen entgegen und legte die Arme um die beiden. „Sind das nicht die besten Mädchen, die ihr je gesehen habt? Und die hübschesten – auch wenn ich zugeben muss, dass unsere weiblichen Gäste, was Schönheit angeht, eine starke Konkurrenz darstellen."

„Ich hoffe, wir können Freundinnen und nicht Konkurrentinnen werden", sagte Blair. Sie hatte den größten Teil ihres Lebens damit verbracht, mit anderen schönen Frauen zu konkurrieren, und wollte nicht, dass das wieder vorkäme.

„Ich finde, in diesem Haus ist genug Platz für noch mehr hübsche Mädchen", grinste Doyle.

„Wir legen Wert auf *innere* Schönheit", stellte Meg Doyle kühl klar.

Ein weiteres Schweigen folgte, in dem sogar Pastor Doyle kurzzeitig seine Redegewandtheit vergaß. Dann lachte er wieder. „Und ich bin mit einer Frau verheiratet, die sowohl innere als auch äußere Schönheit besitzt. Ganz zu schweigen davon, dass sie die weiseste Frau ist, die ich kenne." Er setzte sich auf die Armlehne von Megs Stuhl, legte einen Arm um sie und küsste sie auf die Stirn. Sie sah tatsächlich aus, als sei sie geschmeichelt. Die Stuhllehne knarrte gefährlich unter dem Gewicht des Mannes. Er sprang auf und setzte sich neben Mateo und Claudette aufs Sofa. „Mädchen, bringt das Zeug her. Unsere Gäste sehen aus, als hätten sie schon länger nichts mehr zwischen die Zähne bekommen."

Blair versuchte, gleichgültig auf das Essen auf den Tabletts zu reagieren. Dasselbe bemerkte sie auch bei Claudette und Mateo. Selbst Juan benahm sich höflich und zurückhaltend. Außer einer Kanne Tee wurden Teller mit Obst und mehrere Kekssorten auf den Tisch gestellt. Blair hätte alles, was sie sah, allein verschlingen können. Aber sie nahm nur einen Haferkeks mit Rosinen und kaute langsam daran und nippte an dem Tee, während Pastor Doyle das Gespräch ununterbrochen in Gang hielt. Es war ziemlich einseitig. Die anderen warfen nur hier und da eine Bemerkung ein. Er sprach von einem Problem mit der Quelle, einem Leck im Dach der Kapelle und von anderen Dingen, die vor allem seine Familie interessierten. Er wollte Fragen über den Krieg und über Blairs Fahrt hierher stellen, aber ihr Mund war anscheinend immer voll, obwohl sie versuchte, höflich zu sein. Das Gleiche galt für ihre Reisegefährten. Schließlich waren die Teller auf dem Tablett leer. Blair konnte sich nicht erinnern, dass jemand von den Doyles auch nur ein Stück gegessen hatte!

Um ihre Verlegenheit angesichts ihrer Gefräßigkeit zu verbergen, gab sie einen Bericht über ihre Erlebnisse, seit sie Manila verlassen hatten. Sie hoffte, die Doyles würden ihnen ein wenig Mitgefühl entgegenbringen. Blair war nicht unbedingt ein gesprächiger Typ. Deshalb fragten Pastor Doyle und die Mädchen an mehreren Stellen nach. Mrs Doyle sprach wenig. Claudette war ebenfalls schweigsam und auch Juan. Nur Mateo beteiligte sich ein wenig am Gespräch. Die Doyles interessierten sich vor allem für Kriegsnachrichten, auch wenn sie den Krieg nur als „Notfall" bezeichneten. Wenigstens Meg und die Mädchen taten das. Seit Manila gefallen war, hatten sie nichts mehr gehört, da die Japaner alle Rundfunksendungen störten.

„Alle unsere Leute hier in der Missionsstation, außer Ruberto und Dominador, sind kurz, nachdem es angefangen hat, gegangen", sagte Doyle.

„Das überrascht mich, Pastor Doyle", sagte Blair und bemühte sich, ihre Beunruhigung, als sie das hörte, zu verbergen. „Ich hatte gedacht, das hier wäre der sicherste Ort für sie. Aus diesem Grund schlug Gary vor, dass wir hierherkommen sollten."

„Man kann nie vorhersagen, was Menschen in Kriegszeiten tun. Die meisten sind weggegangen, weil sie einfach näher bei ihren Familien sein wollten. Einige sind tiefer in die Berge gezogen, andere kehrten zu ihrer Familie nach Manila zurück. Unser Dienst gilt vor allem den Menschen in den Bergen. In ihren Bergdörfern und Enklaven werden die Japaner sie nie finden. Aber macht euch keine Sorgen; ich denke, die Missionsstation ist sicher."

Er warf wieder einen Blick auf seine Frau. Den stummen Blickwechsel zwischen ihnen konnte Blair nicht deuten, aber sie war sicher, dass frühere Spannungen darin lagen.

„Wir haben Vorbereitungen getroffen, in Hütten, die wir tiefer in den Bergen haben, zu fliehen, falls das nötig werden sollte."

„Sie sollten wissen, Pastor Doyle", warf Juan ein, „dass die Japaner die Insel von Norden her wahrscheinlich schon bis Hermosa besetzt haben, was zweifellos bedeutet, dass auch andere Dörfer an der Küste, wenigstens im Osten, bald fallen werden. Außerdem stießen wir ungefähr zwanzig Kilometer von hier auf eine feindliche Patrouille auf der Straße."

„Dann ist die Zeit vielleicht näher, als ich dachte", seufzte Doyle nachdenklich. Seine Überschwänglichkeit verblasste vorübergehend.

Er fragte Juan noch weiter aus. Eine Stunde verging. Blair riss den Kopf hoch, als sie sich dabei ertappte, dass sie eindöste. Es war erst elf Uhr vormittags, aber sie hatte in den letzten zwei Nächten fast überhaupt nicht geschlafen. Claudettes Kopf lag auf der Rückenlehne des Sofas, auf dem sie saß. Sie war tief eingeschlafen. Mateos Augen sahen ebenfalls schwer aus. Es kostete ihn viel Mühe, sie offen zu halten. Blair kämpfte mit demselben Problem, war aber fest entschlossen, nicht unhöflich zu erscheinen. Jedoch fürchtete sie, dass sie nicht viel länger durchhalten würde.

Schließlich erlöste Mrs Doyle sie. „Conway, ich glaube, unsere Gäste sind müde."

„Ach, was bin ich doch für ein unsensibler Kerl!", rief er aus. „Wahrscheinlich hungere ich einfach nach Informationen. Meg, Liebes, was hältst du davon, wenn wir schauen, wo unsere Gäste wohnen können? Ihr seid herzlich willkommen, so lange bei uns zu bleiben, wie ihr wollt."

Meg Doyle stand auf und übernahm das Kommando. „Conway, führst du bitte Juan und Mateo in das Haus, in dem Ruberto und Dominador wohnen? Ihr habt es dort bestimmt recht gemütlich." Als die beiden Angesprochenen sich mit Pastor Doyle von ihren Plätzen erhoben und aus dem Haus gingen, richtete Mrs Doyle ihre Aufmerksamkeit auf Blair. Die Frau war sehr höflich. Blair spürte in ihr nicht den geringsten Widerwillen, die Besucher bei sich aufzunehmen. Aber sie war immer noch kühl. „Blair, du und Claudette, ihr könntet in einer der Hütten wohnen, die jetzt leer stehen, wenn ihr wollt. Oder ihr könnt im Gästezimmer hier in unserem Haus wohnen."

Blair war zu müde, um zu überlegen, was mit diesen beiden Möglichkeiten verbunden war. Es könnte ihr als abweisend ausgelegt werden, wenn sie sich für das leer stehende Haus entschied, oder man könnte denken, sie dränge sich auf, wenn sie das Zimmer im Haus bei der Familie wählte, falls dieses nur aus Höflichkeit angeboten worden war. Sie wollte diese Menschen nicht beleidigen, besonders nicht die eindrucksvolle Meg Doyle. Sie warf einen Blick auf Claudette und hoffte, sie könne ihr weiterhelfen, aber das Mädchen schlief immer noch.

Patience Doyle half Blair bei ihrer Entscheidung. „Oh, bitte bleibt bei uns im Haus. Ich würde mich so freuen, wenn wir uns besser kennenlernen würden."

„Ja, bitte“, fügte Hope hinzu.

Die unübersehbare Aufrichtigkeit in den Worten der Mädchen schockierte Blair. Wie sehr war sie doch das gekünstelte Hollywoodleben gewohnt! Sie spürte bei den Doyle-Mädchen den Wunsch nach Gesellschaft mit Frauen ihres Alters. Wie lange war es wohl her, seit sie diese Gesellschaft das letzte Mal genossen hatten? Jedenfalls konnte sie ihnen ihren Wunsch nicht abschlagen. Sie war nicht sehr erpicht darauf, in nächster Nähe zu Meg Doyle zu wohnen, aber bei Patience und Hope war das ganz anders.

„Das ist sehr nett von euch“, erwiderte Blair. „Das würde ich auch sehr gern. Und Claudette bestimmt auch.“

„Dann machen wir euer Zimmer fertig“, bestimmte Mrs Doyle. „Wir wecken Claudette, wenn das Bett gemacht ist.“

Während Hope das Geschirr abräumte und Mrs Doyle ging, um Bettwäsche zu holen, folgte Blair Patience durch einen Gang ins Gästezimmer. Sie kamen an einem Zimmer mit geschlossener Tür vorbei. Patience sagte, es sei das Schlafzimmer ihrer Eltern. Als Nächstes folgte ein Zimmer mit weit offen stehender Tür, das Patience und Hope gehörte. Dieses Zimmer hatte zwei Betten und war in Rosa eingerichtet und mit Rüschen geschmückt. Das Gästezimmer lag ganz hinten und war einfach möbliert mit einem großen Doppelbett, einem Nachttisch, einer Kommode und einem weiteren Teppich. Patience entschuldigte sich, dass es nur ein Bett gab, sagte aber, man könnte ein zweites Bett ins Zimmer stellen, nachdem Blair und Claudette sich ausgeruht hätten. Blair versicherte Patience, dass das Bett herrlich sei, auch wenn sie es zu zweit teilen würden.

Mrs Doyle kam ein paar Augenblicke später. Auf den Armen hatte sie einen Stapel Bettwäsche. „Patience, zeig Blair doch das Badezimmer, damit sie sich ein wenig waschen kann. Danach kannst du ihr ein paar von deinen Sachen zum Anziehen suchen. Ihr beide habt ungefähr dieselbe Größe.“

Das Badezimmer hatte fließendes Wasser, aber kein warmes Wasser. Patience erklärte, dass sie seit dem Notfall sparsam mit dem Diesel umgehen müssten, der den Generator antrieb. „Mutter erlaubt uns einmal in der Woche ein heißes Bad“, fügte Patience hinzu. „Dazwischen gibt es kalte ‚Katzenwäsche‘, wie Papa es nennt. Ich sorge dafür, dass ihr morgen warm baden könnt.“

„Bei dieser Hitze ist kaltes Wasser ganz angenehm."

Als Blair ins Gästezimmer zurückkehrte, gewaschen und nur mit dem Hausmantel bekleidet, den Patience ihr geliehen hatte, war das Bett bereits mit sauberen, weißen Laken überzogen und zurückgeschlagen. Über dem Fußende des Bettes war eine schöne Quiltdecke ordentlich gefaltet. Mehrere große, mohnähnliche rosa Blumen und grüne Blätter waren auf einen Musselinhintergrund genäht. Die Decke war alt, aber Blair sah auf den ersten Blick, dass sie wertvoll war. Sie war nie der Typ gewesen, der alte Sachen schätzte, aber sie war sicher, dass Mrs Dolye ihre beste Quiltdecke für ihre Gäste geholt hatte. Blair wunderte sich erneut über diese Frau. Sie war so reserviert, sogar streng und eindeutig kühl, aber trotzdem holte sie für Gäste, die überraschend in ihr Haus geschneit kamen, ihre besten Sachen hervor.

Ein ordentlich zusammengelegter Stapel Kleidung lag auf dem Bett. Ein hübscher rosa Pullover mit kurzen Ärmeln – nur gut, dass Blair Rosa genauso gern mochte wie ihre Gastgeber – ein beigefarbener Leinenrock, eine dunkelbraune Hose, Söckchen und leicht abgetragene Schuhe, außerdem ein Stoß Unterwäsche. Trotz der paar Kratzer an den Schuhen gehörte das alles offensichtlich zu Patiences bester Kleidung. Ein langes, weißes Nachthemd lag ebenfalls auf dem Bett.

Blair mutete es komisch an, um Mittag ins Bett zu gehen. Oft wachte sie erst gegen Mittag auf. Um diese Zeit ins Bett zu gehen und den ganzen Tag zu verschlafen, kam ihr ziemlich faul vor. Aber sie war todmüde.

Es klopfte an der Tür. Patience steckte den Kopf ins Zimmer. „Schlaft, so lange ihr wollt, Blair. Ihr habt viel Schlaf nachzuholen. Wenn ihr mitten in der Nacht aufwacht und Hunger habt, dann bedient euch einfach in der Küche."

„Danke", sagte Blair, von dieser großzügigen Gastfreundschaft überrascht. Egal, was für ein Mensch Mrs Doyle auch sein mochte, sie hatte ihre Mädchen gut erzogen. „Und danke für die Kleider. Aber hast du nicht etwas ... äh ... Älteres? Sie sind so schön ..."

„Davon will ich nichts hören! Weißt du denn nicht, wie viel Freude es mir macht, dir die Sachen zu geben? So viel Spaß hatte ich seit Monaten nicht mehr."

In diesem Augenblick kamen Claudette und Hope zur Tür. Claudette sah sauber und gewaschen aus und trug ein weißes Nachthemd

– das gleiche Nachthemd wie Blair. Sie hatte ebenfalls ein Bündel mit Kleidung, offenbar von Hope, auf den Armen. Ihre Augen waren ganz schlaftrunken. Hope hielt sie auf den Beinen.

Sobald Claudette zum Bett geführt war und sich unter die Decke gekuschelt hatte, verschwanden die beiden Schwestern. Blair legte die geborgten Kleider weg. Nur das Nachthemd zog sie über den Kopf. Als sie ins Bett schlüpfte, war sie sicher, dass sie um diese Zeit nicht schlafen könnte, egal, wie müde sie war.

„Claudette, meinst du ...?" Ein Schnarchen von ihrer Freundin verriet, dass sie keine Antwort bekäme.

Blair zog das Moskitonetz zu, legte den Kopf auf das Federkissen und zog sich das dünne Laken bis zum Kinn hoch. Es war zu warm für andere Decken, aber ihr gefiel das Gefühl von Sicherheit, das das Laken ihr schenkte. Es war nicht nur das Laken. Alles um sie herum vermittelte ihr das Gefühl von Sicherheit und Geborgenheit und Gemütlichkeit. Sie hatte sich seit Tagen danach gesehnt – und an wenig anderes gedacht! Es tat so gut. Aber etwas nagte an ihr und bedrohte ihre Zufriedenheit.

War es ein Anflug von Schuldgefühlen? Hatte sie das alles wirklich verdient? Sie war so oft selbstsüchtig und erkannte immer zu spät, was sie falsch gemacht hatte. Vielleicht würde sie etwas von Patience und Hope lernen. Die beiden waren so großzügig und freundlich. Abgesehen davon könnte Meg Doyle sie auch das eine oder andere lehren. Dieser Gedanke jagte Blair eine leichte Gänsehaut über den Rücken. Schließlich fielen ihre Augen zu und der Schlaf übermannte sie.

Teil 4

„Nichts kann uns jetzt etwas anhaben.
Was wir haben, kann nicht zerstört werden.
Das ist unser Sieg – unser Sieg über die Finsternis.“

Bette Davis
Dark Victory, 1939

25

Leningrad, Sowjetunion
Februar 1942

Von Kanälen durchzogen und mit Brücken geschmückt wie eine Königin mit ihren Juwelen, war Leningrad sicher die schönste Stadt der Welt. Trotzdem rechnete Alex mit dem Schlimmsten. Seit Monaten stand die Stadt unter ständigem Beschuss durch die Deutschen.

Der Lastwagen, auf dem Alex fuhr, schlingerte auf dem Eis. Eine Kiste rutschte auf ihn und schrammte seine Schulter, bevor er sie auffing und wieder zwischen die anderen Kisten zurückschob. Die Hälfte der Eisstraße über den Ladogasee hatten sie bereits geschafft, obwohl sie nur langsam vorankamen. Das Rutschen war die geringste ihrer Sorgen. Zweimal war der Lastwagen von patrouillierenden deutschen Bombern unter Beschuss genommen worden, die die Rote Luftwaffe, die sie als Eskorte begleitete, nicht hatte abhalten können. Der Feind hatte die meisten Versuche, der belagerten Stadt zu helfen, verhindert.

Alex konnte immer noch nicht glauben, dass beim Beginn der deutschen Blockade im September drei Millionen Menschen in der Stadt eingeschlossen gewesen waren. Die Zivilisten hatten die Gefahr einfach unterschätzt. Bis es zu spät war. Im Oktober hatte es so ausgesehen, als sei Moskau in viel größerer Gefahr. Deshalb waren aus Leningrader Munitionsfabriken beträchtliche Lieferungen an Waffen und Munition in die Hauptstadt geschickt worden.

„Hauptmann Rostowschikow", rief ihm einer seiner Begleiter hinten im Wagen zu. Jetzt, da er in der Roten Armee war, benutzte Alex seinen vollständigen russischen Nachnamen – den Namen, auf den die Armee bestand. „Essen Sie etwas. Es wird mindestens noch zwei Stunden dauern, bis wir da sind."

„Danke, Herr Stabsunteroffizier." Alex nahm die Brot- und Käsescheiben, die der junge Mann ihm auf einer alten Zeitung reichte, die als Teller diente. Der Anblick der Zeitung weckte in Alex einen Anflug von Melancholie. Wie so oft musste er an Cameron denken. Um sich von seinen schmerzlichen Erinnerungen abzulenken, unterhielt er sich mit seinem Begleiter.

„Stabsunteroffizier Pleskow, hatten Sie schon einmal wirklich Hunger?"

„Nein, ich glaube nicht."

Der junge Mann war zur Zeit der großen Hungersnot Anfang der Zwanzigerjahre wahrscheinlich noch ein Baby gewesen – falls er überhaupt schon auf der Welt gewesen war.

„An der Front kam es ein paarmal vor", sprach Pleskow weiter, „dass wir zu viel zu tun hatten, um essen zu können. Einmal saßen wir zwei Tage fest ..." Er brach abrupt ab und schüttelte den Kopf. „Das ist nichts im Vergleich zu dem, was die Menschen in Leningrad in diesem Winter erlebten. Ich bin in Leningrad geboren."

„Das wusste ich nicht, Pleskow. Ihre Familie ..."

„Wir zogen vor ein paar Jahren nach Moskau. Sie sind in Sicherheit, aber ich habe immer noch Freunde in Leningrad."

„Ich bin auch hier geboren", berichtete Alex. „Ich zog weg, als ich zwei war. Trotzdem ..."

„Trotzdem sind wir alle Russen", beendete Pleskow seinen Satz, als würde das alles erklären.

Über fünfundzwanzig Jahre in Amerika, und trotzdem wusste Alex, dass er immer noch mehr ein Russe war als irgendetwas anderes. In Amerika war er, außer in den Jahren, in denen er am College gewesen war, in einem abgeschirmten russischen Getto in Chicago aufgewachsen. Er war stolz gewesen, als er vor Kurzem seine Einberufung in die Rote Armee erhielt und vor ein paar Wochen seine Uniform bekam. Er war immer noch Parteimitglied, dachte er mit einer gewissen Ironie. Es gab viele, die Stalin hassten, aber trotzdem für Russland kämpften und starben.

„Was, glauben Sie, werden wir dort vorfinden, Herr Hauptmann?", fragte der junge Soldat. Er musste nicht hinzufügen, dass er Leningrad meinte.

„Viele mutige Menschen – am Verhungern und halb tot, aber trotzdem tapfer."

„Wahrscheinlich haben Sie recht." Der Junge lächelte traurig. „Dieser faschistische Schlächter, Hitler, dachte, er könnte die Stadt erstürmen und schnell einnehmen. Er muss sich mit einer Belagerung zufriedengeben, die von Tag zu Tag schwächer wird."

„Die Blockade ist nicht gebrochen", entgegnete Alex mit einem Pessimismus, der so typisch russisch war. „Auch nicht durch diese Straße über das Eis. Unsere Hilfe wird den Menschen in der Stadt nur helfen, eine lange Belagerung zu ertragen."

Alex kaute auf seinem Brot und Käse und dachte an das Gerücht, das er von einem verwundeten General, den er vor Kurzem behandelt hatte, gehört hatte: Am Anfang der deutschen Offensive gegen Leningrad hatte die Wehrmacht angeblich direkt von Hitlers Hauptquartier Befehl erhalten, dass die Stadt vollkommen ausgelöscht werden solle. Hitler wollte sich nicht die Last aufladen, Millionen von Gefangenen durchfüttern zu müssen. Außerdem wollte er nicht, dass seine Armee Minen und anderen Hinterhalten ausgesetzt wäre, die sie sicher erwarteten, wenn sie die Stadt einnahmen. Die Tatsache, dass der Führer sein ursprüngliches Ziel nicht erreicht hatte, bot nur wenig Trost. Die Verwüstung, die er hinterließ, kam einer völligen Vernichtung ziemlich nahe, besonders für die vielen Zehntausend, die bereits an Unterernährung gestorben waren.

Seit Monaten wurden alle Versuche der Russen, die Stadt zu erreichen, abgewehrt. Vor dem Einbruch des Winters waren Boote, die versuchten, den See zu überqueren, von der deutschen Luftwaffe beschossen worden. Im Oktober war der Ladogasee aufgrund des Eises nicht mehr schiffbar und man rechnete nicht damit, dass das Eis vor Ende November oder Anfang Dezember dick genug wäre, um den See mit Landfahrzeugen zu überqueren. Bevor das Eis dick genug war, hatten die Russen jedoch versucht, in Pferdewagen und kleinen Lastwagen Nachschub in die Stadt zu bringen. Aber nur kleine Mengen konnten auf diesem Weg transportiert werden, und selbst dabei brachen viele durch das Eis ein. Bevor sie diese schwachen Versuche unternehmen konnten, die Straße über den gefrorenen See zu benutzen, mussten die Russen das Problem überwinden, von den Deutschen gehaltene Gleisenden in den Häfen am See zurückzuerobern, damit die Waren wenigstens in die Nähe der Stadt gebracht werden konnten. Das gelang erst am 9. Dezember. Die Gleisenden und Straßen waren immer noch deutschen Angriffen ausgesetzt.

Alex' Konvoi gehörte zu den ersten, die in einer nennenswerten

Größe die Stadt erreichten. Sie kamen inmitten eines Luftalarms an. Als die Bomben die Erde erschütterten, fürchtete Alex, die Lastwagenladungen mit Vorräten könnten bei der Bombardierung zerstört werden, bevor sie ihr Ziel erreichten. Dieser Luftangriff war so verheerend wie die schlimmsten Bombardierungen in Moskau. Die Menschen hier waren seit Monaten ununterbrochen diesen Angriffen ausgesetzt und bekamen kaum eine Verschnaufpause.

Der Konvoi erreichte ein unversehrtes Lagerhaus. Alex wartete, bis das Material aussortiert war und die medizinischen Vorräte an einen Ort zusammengetragen waren. Seine Hauptaufgabe war es, die Verteilung der Medikamente zu überwachen. Er hatte außerdem eine wichtige Ladung Antityphus-Serum im Gepäck. Der Frost hatte viele Leitungen platzen lassen und die Einwohner gezwungen, das Wasser direkt aus der Newa und den vielen Kanälen in der Stadt zu holen. Dieses Wasser war nicht trinkbar und man fürchtete Epidemien, besonders wenn es anfing zu tauen. Der Frühling würde noch eine weitere Gefahrenquelle bringen, wenn die vielen Tausend Toten, die im Winter nicht richtig begraben worden waren, auftauten und beseitigt werden mussten.

Alex versuchte, an diese Dinge mit klinischer Distanz zu denken. Während er im Lastwagen durch die Leningrader Straßen gefahren wurde, um seine Lieferungen zu verteilen, notierte er sich im Geiste eine Liste mit den verschiedenen medizinischen Aufgaben, die er während seiner Besuche in mehreren Krankenhäusern angehen musste. Er hatte zwei Tage Zeit, in denen er so viele Krankenhäuser wie möglich besuchen und dafür sorgen sollte, dass Stationen eingerichtet würden, um die Antityphus-Injektionen verabreichen zu können. Es war schwer, sachlich distanziert zu bleiben, wenn er durch die Lastwagenfenster schaute und lebende Skelette über die Gehwege schlurfen sah. Als er eine Gestalt in einem Türrahmen liegen sah, ließ er den Fahrer anhalten und wollte ärztliche Hilfe leisten. Aber der Körper war kalt und tot und lag wahrscheinlich schon seit einiger Zeit da. Nach zwei weiteren vergeblichen Hilfeversuchen zwang er sich schließlich, diesem Drang zu widerstehen. Erleichtert dankte er Gott im Stillen, als sie das erste Krankenhaus erreichten. Hier konnte es unmöglich noch schlimmer kommen.

Dr. Scherba begrüßte ihn im Krankenhaus des Volkes – vor der Revolution hatte es „Krankenhaus zum Heiligen Kreuz“ geheißen. Es befand sich auf einer Insel, die er als Petersburger Seite in Erinnerung hatte, ein Industriegebiet der Stadt, das von den Bomben schwer beschädigt worden war. Alex hatte bei der Fahrt auf die Insel die Peter-und-Pauls-Kathedrale von der Brücke aus gesehen. Er konnte nicht historische Bauwerke über Menschenleben stellen, aber er murmelte ein kurzes Gebet, dass historisch einmalige Gebäude wie die Kathedrale und die Eremitage, die der russischen Volksseele so viel bedeuteten, unversehrt bleiben würden. Er hatte bereits gehört, dass der Zarskoje Selo ungefähr zwanzig Kilometer außerhalb der Stadt, ein schöner Palastbau, der einmal die Hauptresidenz von Zar Nikolaus II. gewesen war, vom Feind verbrannt und geplündert worden war.

„Mein lieber Hauptmann Dr. Rostowschikow“, begrüßte ihn Dr. Scherba. „Sie sind ein willkommener Anblick.“

Dr. Scherba war ungefähr sechzig Jahre alt und um einiges kleiner als Alex. Selbst in besseren Zeiten war er wahrscheinlich von unauffälliger Statur gewesen. Jetzt sah der Mann aus wie ein Gerippe mit Haut und Knochen. Sein sauber gepflegter weißer Spitzbart und Schnurrbart traten auffällig aus seinem untererernährten Gesicht hervor.

„Ich wünschte, ich hätte früher kommen können“, war alles, was Alex sagen konnte.

„Soll ich Sie herumführen?“

Riesige Teile des Krankenhauses waren ausgebombt worden und es war bei Weitem nicht so voll belegt, wie Alex erwartet hatte.

„Unsere Zahlen gehen in letzter Zeit in die Höhe, auch wenn es vielleicht nicht so aussieht“, erklärte Scherba. „Während der schlimmsten Zeit konnten wir so wenig tun. Diejenigen, die uns am meisten brauchten, hatten nicht die Kraft zu kommen. Warum sollten sie sich auch die Mühe machen? Warum sollten sie nicht in ihrer eigenen Wohnung sterben, statt mehrere Kilometer oder auch nur ein paar Straßen weit zu gehen, um dann in einem Krankenhaus zu sterben?“

„Was war mit den Verwundeten?“

„Ohne Essen starben sie schnell. Wir waren ... einfach hilflos.“

„Sie brauchten etwas zu essen, nicht Medikamente“, sagte eine Frau, die sich zu ihnen gesellte. „Bitte entschuldigen Sie meine Einmischung, aber ...“

„Nein, nein, Dr. Belostan“, sagte Scherba schnell. „Ich hatte vergessen, Sie zu rufen und Ihnen unseren Gast vorzustellen. Das, Dr. Rostowschikow, ist meine Assistentin und stellvertretende Chefärztin, Dr. Vera Belostan. Sie gehört zu den besten Ärzten, mit denen ich je zusammengearbeitet habe."

„Das kann ich mir gut vorstellen", sagte Alex und lächelte die Frau an. „Ich habe Dr. Belostan bei einem Ärztekongress vor dem Krieg kennengelernt."

„Ich wusste nicht, ob du dich daran erinnern würdest", antwortete sie mit einem Anflug von Bescheidenheit.

Die Vera Belostan, die Alex 1940 in Jalta kennengelernt hatte, war alles andere als bescheiden gewesen, wenigstens was ihre Meinung von sich selbst und von ihren medizinischen Fähigkeiten anging. Er vermutete, dass sich das auch auf ihr Aussehen ausgeweitet hatte. Sie war damals ziemlich schön gewesen – fast genauso groß wie er, anmutig und schlank wie ein Schwan, glänzende goldene Haare, die ihre helle Haut umrahmten, große graue Augen und hohe, gut geformte Backenknochen. Ja, sie war ziemlich hübsch gewesen. Ihr Auftreten hatte gezeigt, dass sie das wusste und erwartete, dass andere, besonders Männer, das ebenfalls bemerkten.

Jetzt war sie nur noch Haut und Knochen. Der Schwan glich mehr einem verhungerten Falken. Ihre Haare hingen glatt und strähnig nach unten, ihren Augen fehlte jegliches Feuer und ihre Haut war wie Pergament und sah aus, als würde sie jeden Augenblick zerreißen.

„Ehrlich gesagt, Vera, ich ..."

Sie lachte, aber es klang nur wie die leere Hülle eines echten Lachens. „Du brauchst dich nicht zu entschuldigen, Alex. Wir haben uns alle in Gespenster verwandelt. Stört es dich, wenn ich dich und Dr. Scherba bei eurem Rundgang begleite?"

„Ich habe eine bessere Idee", schlug Dr. Scherba vor. „Da Sie beide sich kennen und vielleicht gern über vergangene Zeiten sprechen möchten, könnten Sie doch den Rundgang mit unserem Gast zu Ende führen, Dr. Belostan."

„Aber Dr. Scherba", sagte Alex und konnte die plötzliche Panik, die ihn überkam, kaum verbergen. Er versuchte, sich einen Grund einfallen zu lassen, warum der ältere Arzt bei ihnen bleiben sollte, aber ihm fiel keiner ein. „Ich ... nun, wenn Sie meinen."

„Wir sehen uns, wenn Sie mit Ihrem Rundgang fertig sind. Dann können wir weitersprechen." Mit diesen Worten war Scherba verschwunden.

„Hast du immer noch Angst vor mir, Alex?", fragte Vera Belostan, als sie allein waren.

„Angst?", krächzte seine Stimme. Er schluckte und versuchte vergeblich, seinen trockenen Mund anzufeuchten.

Jene Woche in Jalta tauchte in seiner Erinnerung auf. Eine angenehme Sommerbrise, das glitzernde Meer, der Blumenduft in der Luft – es war die perfekte Umgebung gewesen, um sich zu verlieben. Es bedurfte nur einer charmanten, intelligenten, schönen Frau und eines Mannes, der weit weg von zu Hause war und verzweifelt versuchte, sich von einem schweren Trauma zu erholen. Sie fühlten sich bald zueinander hingezogen und waren in jener Woche fast unzertrennlich gewesen. Aber irgendwann hatte er erkannt, dass sie nicht die richtige Frau für ihn war. Sie war zu vollkommen, zu klug, zu charmant, zu schön. Sie war nicht unbedingt oberflächlich, aber so kühl, dass jede Leidenschaft erstickt wurde. Aber er hatte zugelassen, dass diese Beziehung eine ganze Woche anhielt, da er die Ablenkung genoss, die ihre Gesellschaft ihm bot. Er hatte deshalb immer Schuldgefühle gehabt. Als sie ihm zu verstehen gab, dass sie daran interessiert sei, die Beziehung auch nach der Konferenz fortzusetzen, hatte er einen Rückzieher gemacht und die Beziehung beendet, ohne ihr wehzutun, wie er fand.

„Das muss es gewesen sein, Alex", ließ sie nicht locker. „Warum sonst bist du so schnell vor mir davongelaufen, sobald ich Interesse daran zeigte, mehr als nur eine Freundschaft mit dir zu haben?" Sie zog eine Braue in die Höhe. Ihre frühere Arroganz klang immer noch in ihrer Stimme mit.

„Ich war damals nicht bereit für so etwas." Das war die Wahrheit. Damals hatte er fest geglaubt, dass er nie heiraten und eine Frau nie der ungewissen Zukunft mit einem ehemaligen Drogenabhängigen aussetzen würde. Damals hatte er immer noch den Reiz der Tabletten schmecken können, die ihn kurz vorher versklavt hatten. „Außerdem band deine Arbeit dich an Leningrad und meine Arbeit band mich an Moskau."

„Ich mache dir deshalb keinen Vorwurf, Alex." Obwohl sie halb verhungert war, trug sie den Kopf immer noch hoch wie eine Königin.

„Ich war auch nicht wirklich bereit, mich an einen Mann zu binden. Ich weiß nicht, warum ich es überhaupt in Erwägung gezogen hatte. Du hast einfach … eine umwerfende Wirkung auf Frauen."

Darüber musste er plötzlich zu lachen beginnen.

„Genau darum." Sie lächelte. „Du hast überhaupt keine Ahnung von deinem Charisma." Sie warf den Kopf zurück und war für einen kurzen Augenblick ganz der Schwan. „Dann setzen wir jetzt am besten diesen Rundgang fort."

Es gab im Krankenhaus nicht viel Interessantes zu sehen. Deshalb nutzte er die Gelegenheit, um sie über die Not in diesem Winter zu befragen.

„Man kann sich nicht vorstellen, was hungernde Menschen tun, um zu überleben", erzählte sie, während sie durch die Krankenhausgänge schritten. Du wirst in der Stadt kein Tier mehr finden. Vaselin und Haaröl sind aufgebraucht und sogar Leim wird hinten von Tapeten gekratzt und als Suppe gekocht. Diese Köstlichkeit habe ich selbst schon probiert und ich kann dir sagen, es besteht nicht die Hoffnung, dass sie nach dem Krieg große Beliebtheit finden wird."

„Das klingt unvorstellbar", war alles, was ihm dazu einfiel.

„Mein persönliches Lieblingsessen war Aspik aus Schafeingeweiden." Sie lächelte grimmig. „Irgendein erfinderischer Mensch fand tausend Tonnen gefrorene Schafinnereien in einem Lagerhaus. Sie verkochten es zu Aspik, aber es schmeckte so abscheulich, dass sie versuchten, den ekligen Geschmack mit Gewürznelken zu übertünchen. So furchtbar das Zeug auch schmeckte, wirst du davon nichts mehr finden. Das Krankenhaus konnte wenigstens Vitamine austeilen, bis uns die Vorräte ausgingen. Ich bin inzwischen darin Expertin, Skorbutgeschwüre zu behandeln."

„Wie steht es mit Verbrechen und unsozialem Verhalten? Ich habe erstaunliche Geschichten von couragierten Leuten gehört, aber es muss doch auch anderes gegeben haben."

„In einer Millionenstadt gibt es immer auch faule Äpfel, aber insgesamt gab es kaum Aufstände und Proteste. Zum Teil bestimmt wegen der harten Strafen, aber zum großen Teil aus reinem Patriotismus. In den ersten ein bis zwei Monaten gab es viele Betrügereien mit Rationscoupons für Lebensmittel. Ich habe von einer Frau gehört, die mehrere gefälschte Karten besaß und dafür hingerichtet wurde. Die

Deutschen warfen auch noch gefälschte Karten aus Flugzeugen ab, um Verwirrung zu stiften.

Aber, Alex, Nahrungsmittelknappheit ist nur ein Teil des Ganzen. Bis November hatte die Heizölknappheit dramatische Ausmaße angenommen und Wärme und Strom wurden nur für die wichtigsten Dinge verwendet – Fabriken natürlich und einige Regierungseinrichtungen. Unser Krankenhaus musste mit einem Minimum auskommen."

Alex warf einen kurzen Blick auf seine Begleiterin und staunte erneut über den unglaublichen Stolz in ihrer Haltung. Er konnte ihr daraus keinen Vorwurf machen. Er wusste, dass dieser Stolz wahrscheinlich der Grund für ihr Überleben war. Diese innere Einstellung war bestimmt mit ein Grund, warum die einen Menschen, wenn sie Hunger litten, darunter zusammenbrachen und starben, während andere dagegen ankämpften.

Sie stieß ein trockenes Lachen aus. „Du schaust mich an, als würdest du mir nicht glauben."

„Ich glaube dir. Ich kann es mir nur nicht vorstellen."

„Alex, ich wünsche mir nichts mehr, als für ein paar Minuten aus diesem Krankenhaus hinauszukommen. Würdest du mit mir irgendwohin gehen?"

„Wohin kann man denn hier gehen?"

„Es wird dich vielleicht überraschen, aber Leningrad ist nicht völlig ausgetrocknet. Was das kulturelle Leben angeht, gab es auch in der schlimmsten Zeit viele Theateraufführungen. Hungernde Schauspieler, die kaum die Kraft hatten, sich über die Bühne zu schleppen, taten, was sie konnten, um die Moral aufrechtzuerhalten. Trotzdem ist mir bewusst, dass es da draußen furchtbar trist ist, aber wenigstens etwas frische Luft wäre ganz nett."

Als er nickte, übernahm sie die Führung – etwas, das bei ihr sowieso ziemlich natürlich war – und geleitete ihn durch mehrere Flure zu einem Ausgang. Draußen war die Luft eisig kalt. Sie hatte ihren Mantel geholt – ein schäbiges Teil, das Alex schmerzlich daran erinnerte, wie viel Wert sie früher auf ihr Aussehen gelegt hatte. Trotz des schweren Wollmantels hakte sie ihren Arm bei Alex unter und ging ganz nahe neben ihm her.

Der Himmel über ihnen war winterlich hellblau. Keine Unheil verkündenden Wolken waren zu sehen. Die Straßen waren eisig und sic mussten vorsichtig gehen. Schnee war in hohen Wehen an den Häusern aufgehäuft. Es war nicht viel Mühe darauf verwendet worden, ihn zu beseitigen. Nur schmale Wege waren frei geräumt worden, damit man wenigstens noch durchgehen konnte.

Vera seufzte. Alex deutete es fast als befriedigten Seufzer. Er wollte nicht daran denken, was das bedeutete oder ob er in irgendeiner Weise der Grund für diesen speziellen Seufzer war. Vielleicht wusste er wirklich nicht, welche Wirkung er auf Frauen hatte, wie Vera gemeint hatte. Johnny Shanahan hatte einmal eine ähnliche Bemerkung fallen lassen. Aber ganz blind war er trotzdem nicht. Er hatte in Veras Augen einen Hunger gesehen, der wenig mit ihrem leeren Magen zu tun hatte.

Sie gingen ein paar Minuten spazieren, bis der Wind ihnen zu stark ins Gesicht wehte.

„Ich wohne nicht weit von hier", sagte sie. „Wollen wir zu mir gehen? Dort ist es nicht so kalt."

Zwei Straßen weiter blieben sie vor einem Haus mit mehreren Wohnungen stehen. Die Straße, auf der sie sich befanden, war von den Bombenangriffen erstaunlich unberührt geblieben. Das Gebäude selbst war ganz schön. Alex erinnerte sich, dass diese Gegend zu den besseren Wohngegenden der Stadt gehörte, eine wohlhabende Enklave, weit genug weg von den Fabriken auf dieser Insel. Vera hatte schon immer einen guten Geschmack bewiesen.

Im Inneren des Gebäudes war es nicht viel wärmer als in der frostigen Luft draußen. Alex stieß beim Ausatmen weiße Dampfwolken aus, während sie zwei Treppen hinaufstiegen. Sie sperrte die Tür zu ihrer Wohnung auf und ließ ihn in ein sauberes Zimmer eintreten, das im Vergleich zu den vielen Verwüstungen, die Alex bisher in der Stadt gesehen hatte, fast unberührt aussah. Aber es war eindrucksvoll eingerichtet. Ein gepolstertes Sofa, zwei Tischlampen, die auf dem Boden standen, ein paar Nippesfiguren, gerahmte Bilder und Fotos an den Wänden.

„Ich fürchte, ich bin eine furchtbare Gastgeberin", entschuldigte sie sich. „Ich kann dir nichts zu trinken anbieten. Nur das Sofa. Setz dich doch bitte. Alles, was ich aus Holz besessen hatte, habe ich schon längst als Heizmaterial verbrannt. Aber wenigstens können wir uns setzen und versuchen, es uns gemütlich zu machen."

Sie befolgte ihren eigenen Rat, setzte sich auf das Sofa und deutete mit der Hand auf den Platz neben sich. Alex setzte sich ein wenig weiter von ihr weg, als sie gemeint hatte.

„Ich hatte recht. Du hast immer noch Angst." Sie lächelte. „Aber wahrscheinlich bin ich auch nicht mehr die begehrenswerte Frau, die ich früher war."

„Das ist es nicht ..."

Ungeniert rutschte sie näher zu ihm heran und drehte ihm ihr Gesicht zu. Ihr Knie berührte sein Bein. Sie legte die Hand auf seinen Arm. „Du weißt ja nicht, Alex, wie es ist, mit einem Mann zusammen zu sein, der noch etwas Fleisch auf den Knochen hat, einem Mann, der noch alle Gliedmaßen hat und gesund ist." Sie betrachtete ihn mit unverhohlener Bewunderung und unternahm keinen Versuch zu verbergen, dass sie ihn begehrte. Sie lachte bitter. „Ich bezweifle, dass ich den Mumm habe, etwas anderes zu tun, als dich zu bewundern, aber ..." Sie beendete ihren Gedanken mit einem vagen Achselzucken. Das Seufzen, das sie jetzt ausstieß, klang eher hohl als befriedigt. „Und dass ausgerechnet du dieser Mann bist ... etwas regt sich in mir, das ich lange nicht mehr gekannt habe."

„Jalta ist lange her."

„Ich glaube, ich würde meine Seele verkaufen, um deine Arme wieder um mich zu fühlen, um nur für ein paar Augenblicke zu fühlen, dass ich doch kein Tier bin, auch wenn ich in den letzten Monaten wie eines gelebt habe."

Er wusste, was sie wollte. Es war nicht Liebe oder Sex, sondern Geborgenheit, dieses Grundbedürfnis aller Menschen. Deshalb wehrte er sie nicht ab, sondern bot ihr seine Arme an. Sie kam mit einem dankbaren Murmeln, gefolgt von einem weinenden Schluchzen.

„Tut mir leid", sagte sie. „Ich will nicht weinen."

„Ich verstehe."

Er war ein Bruder, der einer Schwester in Not Trost bot. Er erlaubte ihr, ihren Kopf auf seine Brust zu legen und still ihren Gefühlen Luft zu machen. Er streichelte ihr über die Haare und fragte sich, ob eine gute Ernährung ihnen wieder ihren früheren seidigen Glanz verleihen würde. Wie viele andere Menschen sehnten sich einfach nur nach einer Umarmung?

Er war völlig überrumpelt, als sie auf einmal den Kopf hob und ihre Lippen auf seinen Mund presste. Obwohl sie es vorher geleugnet hatte, regte sich immer noch ein Funke Leidenschaft in ihrem ausgemergelten Körper. Mit einem betroffenen Keuchen drehte er abrupt den Kopf weg. Ihre Kühnheit war offenbar plötzlich zu neuem Leben erwacht. „Vera, ich kann dir nicht mehr geben als eine Umarmung."

„Ich will mehr, Alex. Bitte ... ich bin schon so lange allein ..."

Er fuhr sich mit der Zunge über die Lippen. Ein Schmerz bohrte sich in seine Magengrube. „Ich kann nicht."

„Es ist mir egal, ob es aus Mitleid ist. Ich bin so leer innerlich."

„Es tut mir leid ..."

„Wenn es nicht Angst ist, Alex, dann bist du in eine andere verliebt, nicht wahr?" Sie lachte. „Ach ja, jetzt erinnere ich mich. Du warst immer so nobel und rein."

„Du hast mich deshalb wahrscheinlich schon damals ausgelacht."

„Nicht so, dass du es sehen konntest. Ich habe dich auch ein wenig bewundert, weil ich dich nicht korrumpieren konnte." Sie rutschte ein wenig von ihm weg und legte den Kopf so schief, dass sie ihm direkt in die Augen schauen konnte. „Ich beneide diese Frau, die deine Liebe besitzt. Ich besaß sie nie. Jetzt weiß ich, dass ich sie nie bekommen werde. Nicht einmal dein Mitleid."

„Du willst nicht mein Mitleid, Vera, oder das Mitleid von irgendjemand anderem." Er packte mit beiden Händen ihre Schultern und schob sie zurück, als wollte er sie an den Stolz erinnern, den sie, wie er genau wusste, besaß. „Du bist schön, stark und tapfer. Wenn du innerlich leer bist, dann nur, weil du vergessen hast, wer du bist, was du alles geschafft hast."

„Als Nächstes wirst du mir noch sagen, ich soll mich am Riemen reißen."

Ein Lächeln zog über seine Lippen. „Das könnte schon sein!"

„Als ich dich sah, warf mich das ein wenig aus dem Gleichgewicht, glaube ich. Du hast mich daran erinnert, dass ich eine Frau bin und nicht einfach ein Vorbild an *Stärke*." Dieses letzte Wort sprach sie mit einem Anflug von Verachtung aus. „Aber wahrscheinlich hast du recht. Jetzt ist nicht der richtige Zeitpunkt, das zu vergessen. Es ist immer noch Krieg."

„Bleibst du in Leningrad? Einige können jetzt aus der Stadt evakuiert werden."

„Natürlich bleibe ich! Ich mag vieles sein, aber bestimmt kein Feigling. Außerdem ist das Schlimmste vorbei."

„Hoffentlich."

Sie streichelte liebevoll seine Wange. Dann stand sie abrupt auf. „Komm, gehen wir ins Krankenhaus zurück. Der alte Scherba wird sich schon fragen, wo wir abgeblieben sind."

Als sie zehn Minuten später wieder das Krankenhaus betraten, blieb Vera kurz an der Tür stehen. „Danke, Alex, dass du mich daran erinnert hast, was wirklich zählt. Ich denke, das hat mir geholfen, es wieder mit dem aufzunehmen, was vor mir liegt."

„Natürlich kannst du das."

„Ich bin immer noch furchtbar eifersüchtig auf die Frau, der dein Herz gehört!" Sie betrat schwungvoll das Gebäude, die Schultern zurückgeworfen, den Rücken aufrecht. Ihr Stolz war zurückgekehrt.

Später lieh Alex sich einen Jeep aus – die amerikanische Version, ein Produkt von Franklin D. Roosevelts Leih-Pacht-Programm – und fuhr quer durch die Stadt in den Bezirk, in dem seine Mutter früher gewohnt hatte. Es kostete ihn einige Mühe, die Straße zu finden, da alle Wegweiser entfernt worden waren. In dieser Gegend hatte es viele Bombeneinschläge gegeben, aber es gelang ihm, ein paar Erkennungszeichen ausfindig zu machen, die seine Mutter erwähnt hatte. Er war ziemlich sicher, dass er das richtige Haus gefunden hatte.

Er blieb auf der gegenüberliegenden Straßenseite stehen. Das Haus stand jetzt leer. Wahrscheinlich bräuchte er gar keinen Schlüssel, um hineinzukommen. Aber selbst wenn er den Schlüssel seiner Mutter bei sich hätte, würde er nach dreißig Jahren bestimmt nicht mehr passen. Seit damals hatten viele Menschen in dem Haus gewohnt, besonders nachdem es in ein Apartmenthaus umfunktioniert worden war. Die Schlösser waren zweifellos oft ausgetauscht worden. Jetzt, da alle Gebäude Staatseigentum waren, gehörte es gewiss nicht mehr seiner Mutter.

Der Schlüssel war nur symbolisch.

Eine harte Faust legte sich um sein Herz, als er an dieses Symbol dachte. Cameron musste den Schlüssel noch haben, falls sie ihn nicht weggeworfen hatte – nein, das würde sie nie tun. Aber sie hatte ihn ihm auch nicht zurückgegeben. Hing er immer noch an dieser Kette um ihren Hals? Vielleicht hoffte er zu viel.

Er dachte an Vera. Selbst sie hatte gemerkt, dass er kein freier Mann war. Er war von Cameron weggegangen – oder war sie von ihm weggegangen? Er war nicht ganz sicher, wie es wirklich gewesen war. Nun ja, seine Beine waren von ihr weggegangen. Aber nicht sein Herz. Er liebte sie immer noch und es wäre für ihn Untreue gegenüber dieser Liebe, wenn er eine andere Frau auch nur küssen würde. Außerdem hatte er dazu sowieso keine Lust. Er wollte nur Cameron – diese harte, unabhängige, scharfzüngige, zarte, verletzliche Reporterin. Sie hatte sein Leben auf den Kopf gestellt und völlig umgekrempelt. Sie hatte ihm wieder das Gefühl gegeben zu leben. Er hatte sich sogar wieder so lebendig gefühlt, dass er seine Beziehung zur einzig wahren Quelle des Lebens, seinem Gott, erneuert hatte. Ohne Cameron hätte er vielleicht nie den Mut aufgebracht, sich wieder der Liebe einer Frau oder der Liebe Gottes zu öffnen. Was für eine Ironie!

Aber das ließ ihn hoffen, dass Gott mit ihnen noch nicht fertig war. Cameron hatte in mehr als einer Hinsicht den Schlüssel in der Hand. Sie war immer noch ein wichtiger Teil von ihm und sie würde es bleiben, bis – er war nicht sicher, bis wann. Er betete inständig, dass Gott ihm zeigen würde, wann der richtige Zeitpunkt war. Er wusste nur, dass es nicht jetzt war. Er wandte sich vom Haus seiner Mutter ab. Er würde nicht hineingehen, solange Cameron nicht an seiner Seite war.

26

Noch vor Ende des Jahres wurden die Korrespondenten nach Kuibyschew zurückgeflogen. Cameron war froh, Moskau erst einmal hinter sich lassen zu können. Aus irgendwelchen Gründen waren die Erinnerungen an Alex dort stärker, und das brauchte sie nicht. Sie musste nach vorne blicken.

Wenn Kuibyschew nur mehr Ablenkung bieten würde! Die Pressestelle hatte anscheinend ein wenig Mitleid mit den gelangweilten Journalisten, denn in den nächsten Wochen wurden sie zu verschiedenen Zielen gefahren und bekamen Rundfahrten zu Bauernhöfen und Fabriken in der Gegend um Kuibyschew geboten.

Cameron stürzte sich wie besessen in ihre Arbeit. Die verbissene Entschlossenheit, die sie zeigte, war der des Landes, über das sie berichtete, nicht ganz unähnlich. *Pabjeda* oder der Sieg in Moskau verringerte die Bedrohung durch die Deutschen im Rest des Landes nicht. Die Bewohner von Leningrad befanden sich immer noch im Belagerungszustand und verhungerten allmählich. Obwohl ein Versorgungsweg über den zugefrorenen Ladogasee eingerichtet worden war, würde es viel Zeit kosten, um den Lebensmittelbedarf der belagerten Stadt zu decken. Trotz ihres Hungers mussten sie eine militärische Verteidigung aufbauen und mit täglichen Bombardierungen rechnen. Cameron unternahm mehrere Versuche, um die Erlaubnis zu bekommen, in diese Stadt zu fahren, aber Ausländern war der Zutritt weiterhin untersagt.

An einem besonders trüben Nachmittag, an dem die Schatten über ihr Hotelzimmer immer länger wurden, obwohl es noch nicht einmal fünfzehn Uhr war, wandte sie sich einer neuen Ablenkung zu. Sie setzte sich auf ihr Bett und holte das Päckchen von ihrer Mutter heraus und auch den Umschlag, den Dr. Fedortschenko aus dem Gefängnis geschmuggelt hatte. Sie öffnete beides und verteilte den Inhalt über das raue Baumwollbettlaken. Seit diese Sachen in ihren Besitz gelangt waren, hatte sie nur ein- oder zweimal einen kurzen Blick darauf geworfen. Ihre angeborene Neugier war von einer ungewohnten Angst überschattet worden.

Sie wusste immer noch nicht, was sie mit Semjon Luban anfangen sollte. Sie hatte gehört, dass Oberst Boris Tiulenew, einer der Freunde ihres Vaters aus früheren Tagen, jetzt ein Büro in Kuibyschew hatte, aber sie zögerte noch, ihn wieder aufzusuchen. „Onkel Boris“ hatte eindeutig auch keinen Kontakt zu ihr gesucht. Ihre ziemlich vage Nachfrage in dieser Angelegenheit vor einigen Monaten hatte er sicher längst vergessen.

Mit einem resignierten Seufzen nahm sie den Stoß Briefe, den ihre Mutter ihr gegeben hatte. Sie waren in chronologischer Reihenfolge sortiert. Der erste war vom 24. Dezember 1916 datiert. Der im Laufe der Jahre vergilbte Umschlag war unauffällig und ohne Adresse. In der ersten Zeile des Briefes gab es keine Anrede. Er war in sauberen, gut lesbaren Buchstaben von Hand geschrieben.

Vergib mir, dass ich noch nicht geschrieben habe. Ich fand erst jetzt eine Möglichkeit, mit dir zu kommunizieren. Dieser erste Brief wird von jemandem, dem ich trauen kann, außer Landes gebracht. Dadurch kann ich etwas freier bei dem sein, was ich sage. Der offiziellen Post kann man nicht trauen, aber ich bete, dass sich eine Möglichkeit ergibt, dir in Zukunft Briefe zu schicken. Ich kann nicht versprechen, dass es viele sein werden, aber ich werde versuchen, dir treu zu schreiben. Derjenige, der diesen Brief mitnimmt (ich werde hier keine Namen nennen), lebt in Amerika und ist bereit, als Postbote für unsere Korrespondenz zu fungieren. Er wird dir alle nötigen Kontaktinformationen mitteilen, wenn er dir diesen Brief übergibt. Ich muss zugeben, dass ich sehr mit mir gerungen habe, ob ich überhaupt schreiben soll. Ich würde es verstehen, wenn du keinen Kontakt haben willst. Dein Leben muss weitergehen. Aber ich kenne dich so gut, dass ich glaube, es könnte dich interessieren, wie es unserem gemeinsamen Geschenk geht. Wenn du das nicht willst, werde ich dich nicht drängen. Ich werde deine Wünsche respektieren, denn ich weiß sehr wohl, wie schwer es für dich ist.
Heute ist Heiligabend, der erste, den Er erleben wird.

Cameron stellte in allen Briefen fest, dass er Semjon als „Er“ mit einem großen „E“ bezeichnete.

Ich habe einen kleinen Baum und ein wenig Schmuck gekauft.

Cameron erinnerte sich, dass ihre Mutter erwähnt hatte, dass Jakow Jude war. Sie wunderte sich deshalb, warum er diesen christlichen Feiertag feierte. Glaubte er an Christus, so wie Oleg? Das musste sie ihre Mutter irgendwann fragen.

Er ist natürlich viel zu jung, um zu verstehen, worum es an diesem Feiertag geht, aber seine großen braunen Augen sind fasziniert von dem Lametta und den Kugeln am Baum. Wenn Er in die Nähe kommt, versucht Er, sie zu fassen, aber ich habe den Baum auf den Tisch gestellt, damit Er nichts herunterziehen kann. Er ist ein sehr waches Kind und krabbelt bereits. Ich habe die Bekanntschaft von zwei Frauen gemacht, die Mütter sind. Sie helfen mir viel. Eine hat mir gesagt, dass Er schon sehr weit entwickelt ist, wenn Er in diesem Alter schon krabbelt. Ihr Sohn begann erst mit neun Monaten zu krabbeln. (Ich glaube, sie ist ein wenig eifersüchtig!)
Ist das sehr schwer für dich? Ich bin so unsicher, wie ich vorgehen soll. Ich habe eine kleine Kamera gekauft. Ein faszinierendes Gerät, mit dem man gut Schnappschüsse, wie man sie nennt, machen kann. Soll ich dir ein Foto schicken? Ich bete, dass ich wenigstens einmal von dir höre, damit ich weiß, was du wünschst. Hier ist alles ziemlich chaotisch. Der Krieg läuft schlecht und die Regierung wackelt. Ich versuche, mich aus der Politik herauszuhalten. Alles, was ich im Leben brauche, sind meine Bücher, meinen Gott und jetzt das kostbare Geschenk, das Gott mir gegeben hat, das Geschenk, das auch du mir gegeben hast. Aufgrund der politischen Situation ist das Postwesen ziemlich unsicher.
Ich bete, dass dieser und alle weiteren Briefe mit Gott unterwegs sind.
Ich wünsche dir frohe Weihnachten.

Am Ende stand keine Unterschrift. Cameron dachte an die vielfältigen Risiken, die diese Briefe bedeuteten. Aber mehr als alles andere beeindruckte sie das Bild, das diese Worte von dem Mann zeichneten, der sie geschrieben hatte. Allein dass er den Brief mit dem Wort *Vergib* begonnen hatte, sprach Bände. Er war ein sehr sensibler Mann. Sie konnte ihn sich mühelos vorstellen, wie er sich mit dem Weihnachtsbaum abmühte oder mit Bekannten über Kindererziehung sprach. Die Liebe, die er zu seinem Kind empfand, ragte am deutlichsten heraus.

Cameron versuchte, nicht den Vergleich zwischen diesem Mann und ihrem Vater anzustellen, obwohl sich ein solcher Vergleich schier aufdrängte. Sie versuchte, überhaupt nicht an ihren Vater zu denken, denn egal, was sie in Bezug auf Keagan empfand, konnte sie das winzige Körnchen Untreue nicht von sich abschütteln, das sich in ihr regte, weil sie diese Briefe in ihrem Besitz hatte und sie auch noch las. Trotzdem faltete sie den Brief in ihrer Hand vorsichtig zusammen, steckte ihn wieder in seinen Umschlag und öffnete dann den nächsten. Sie las jeden Brief langsam und sorgfältig durch und steckte ihn mit derselben Sorgfalt wieder in seinen Umschlag zurück. Sie zeichneten alle ein ähnliches Bild von ihrem Verfasser, Jakow Luban. Er war ein einfühlsamer, sensibler Mann. Ein Mann, der seinen Sohn liebte. Nachdem er offenbar von Cecilia die Erlaubnis bekommen hatte, den Briefkontakt fortzusetzen, erzählte er ungehindert alles, was es über seinen Sohn zu berichten gab. Er erzählte amüsante Anekdoten und gab ausführliche Berichte über Semjons Entwicklung.

Heute ist Er seine ersten Schritte gegangen und ich wusste, ich muss dir das schreiben. Er ging einen Schritt, wackelte und fiel auf sein Hinterteil. Es kostete einige Überredungskunst, bis ich ihn dazu gebracht hatte, es ein paar Minuten später noch einmal zu probieren. Ich fürchte, ich habe ihn mit einem Keks bestochen. Aber es funktionierte und Er ging durch das ganze Zimmer. Ich muss gestehen, dass eine meiner Bekannten denkt, ich gäbe ihm zu viele Kekse und Er wäre ein wenig zu dick. Aber eine andere sagt, in diesen Kriegs- und Notzeiten sollte ich dankbar sein, dass ich ein dickes Kind habe. Ich sehe das auch so. Russland bricht auseinander. Der Zar hat abgedankt und wir haben eine Übergangsregierung. An allen Ecken und Enden herrscht Mangel. Aber hab keine Angst. Er ist gesund und glücklich. Übrigens ist hier das Foto von seinem ersten Geburtstag, das ich dir versprochen habe.

Es waren insgesamt sieben Briefe, alle von Dezember 1916 bis März 1920. Cameron erinnerte sich, dass ihre Mutter erwähnt hatte, dies sei das letzte Mal gewesen, dass sie etwas von Jakow gehört habe. Dieser letzte Brief hatte zum größten Teil denselben Ton wie die früheren Briefe. Er war ganz auf Semjon konzentriert. Falls er irgendetwas anderes erwähnte, dann nur, weil es irgendwie in Zusammenhang mit dem Kind stand. Keiner der Briefe enthielt auch nur den geringsten Hinweis auf Jakows und Cecilias Beziehung oder irgendetwas Persönliches über Jakow, es sei denn, es bezog sich direkt auf das Kind. Bis auf seinen letzten Brief. Vielleicht versuchte er, Cecilia auf das Schlimmste vorzubereiten.

Ich will dich nicht mit meinen Sorgen belasten, aber ich dachte, es interessiert dich, dass ich meinen Buchladen verloren habe. Vor einem Jahr kam er unter staatliche Kontrolle. Die neue bolschewistische Regierung will Russland zu einem echten sozialistischen Staat machen, was immer das ist! Deshalb wurde Privatbesitz stark beschränkt. Da mir das Gebäude, in dem sich mein Laden befand, nicht gehörte, sondern nur das Inventar, kam er in den Besitz des Staates. Mein Geschäft wurde zuerst nicht angerührt und ich konnte mehr oder weniger so weitermachen wie bisher. Aber als sich die Regierung etwas stabilisiert hatte, hatten sie Zeit, Bereiche unter die Lupe zu nehmen, die sie vorher ausgelassen hatten. Die Geheimpolizei, die Tscheka, ist anscheinend auf der Jagd nach subversivem Material und hat angeblich welches in meinem Laden gefunden. Die meiste Literatur aus dem Westen ist für sie subversiv. Was sollen sie da erst von einem englischen Buchladen halten?
Ich erzähle dir das, damit du verstehst, warum ich umziehen muss. Wie du dich wahrscheinlich erinnerst, befand sich meine Wohnung über dem Laden. Ich habe ein paar Ersparnisse. Wir sollten also eine Weile gut zurechtkommen. Ich kann nicht sagen, wohin ich gehe. Die Gründe dafür sind offensichtlich. Er ist nach wie vor gesund und glücklich. Er ist jetzt fast vier Jahre alt. Auf dem beiliegenden Foto siehst du, dass Er seinen Babyspeck verloren hat und ein recht gut aussehender Junge ist, wenn ich das so sagen darf! Er kann gut sprechen und hat einen großen Wortschatz für ein Kind in seinem Alter. Ich überlege, ob es noch zu früh ist, ihm Englisch beizubringen. Ich habe vor, das irgendwann zu tun, aber die Kinderexperten, mit denen ich gesprochen haben, meinen, das könnte ihn nur verwirren. Ich denke, ich werde mit einem

oder zwei Wörtern anfangen und dann sehen, wie Er damit klarkommt. Aber ich muss vorsichtig sein, damit Genosse Lenin nicht denkt, mein Kleiner wäre subversiv!

Cameron fühlte sich erschöpft, als sie den Brief beiseitelegte, vom Bett aufstand und zum Tisch ging, auf dem sie eine Kochplatte stehen hatte. Dort kochte sie sich eine Kanne Tee, goss sich eine Tasse voll ein und ging zu ihrem Bett zurück. Während sie an dem heißen Gebräu nippte, starrte sie auf die Sachen hinab, die sie um sich ausgebreitet hatte. Der Tee wirkte beruhigend und erwärmte sie, wofür sie sehr dankbar war, weil der Heizkörper im Zimmer wieder einmal nicht funktionierte. Sie konzentrierte ihre Aufmerksamkeit wieder auf die Aufgabe, die vor ihr lag, und ließ ihren Blick über die Briefe wandern. Sie wusste, dass sie sie bestimmt irgendwann noch einmal lesen wollte, aber zuerst nahm sie die Fotos zur Hand. Es waren drei. Eines zeigte Semjon mit einem Jahr, ein anderes mit zwei Jahren an der Hand seines Vaters und das letzte mit drei Jahren, besser gesagt fast vier, da es nur zwei Monate vor seinem vierten Geburtstag aufgenommen worden war.

Falls Cameron auch nur die kleinste Vermutung gehabt hatte, dass dieser Junge Keagans Kind sein könnte, belehrte sie dieses gemeinsame Foto von Semjon und Luban eines Besseren. Vielleicht hatte er das Foto mit genau dieser Absicht Cecilia geschickt, obwohl er sich doch in seinen Briefen so sehr zurückhielt, von sich selbst zu sprechen. Abgesehen davon, dass Jakows Haare braun waren und Semjons mehrere Nuancen dunkler, verriet ihr Aussehen eine enge Blutsverwandtschaft. Das zeigte sich trotz der schlechten Qualität der ersten Fotos. Etwas anderes wurde ziemlich deutlich: Semjon war ein Wonneproppen. Er hatte so dichte Locken, dass Cameron sofort an Shirley Temple dachte. Aber Semjon war durch und durch ein Junge, was auf dem letzten Foto noch deutlicher wurde, auf dem seine Locken kurz geschnitten waren. Sie fand, er hatte einen leicht lausbübischen Ausdruck auf seinem ansonsten engelhaften Gesicht. Er sah ein wenig verwöhnt aus.

Cameron lächelte. Ein Kloß bildete sich plötzlich in ihrer Kehle, aber sie hielt ihre Tränen zurück. Ihre Gefühle waren stark aufgewühlt, als sie sich in Erinnerung rief, dass er kein dreijähriger Lausbub mehr war. Er war jetzt fast sechsundzwanzig. Ein erwachsener Mann – falls er noch lebte. Aus diesem Grund und aus hundert anderen Gründen konnte sie sich nicht erlauben, Gefühle für ihn zu empfinden. Auf keinen Fall!

Aber er war ihr Bruder ...

Sie schüttelte vehement den Kopf. *Nein, er ist ein Gesicht auf einem Foto, ein paar Worte auf Papier. Er ist nicht real. Es kann nicht möglich sein, dass er lebt.* Warum sollte sie überhaupt in dieser Sache weiter forschen? Warum sollte sie sich die Mühe machen? Es war unlogisch.

Aber sie würde es tun. Das wusste sie. Sie würde sich nur keine Gefühle erlauben.

Sie stellte die halb leere Teetasse auf den Tisch, setzte sich wieder aufs Bett, umgeben von den Erinnerungen an ein Leben – besser gesagt an zwei Leben. Sie nahm das Päckchen aus dem Gefängnis. Es enthielt ein Buch und einen einzigen Brief, der in dem Buch steckte. Zuerst konzentrierte sie ihre Aufmerksamkeit auf das Buch. Es musste wichtig für Jakow gewesen sein. Sonst hätte er es nicht im Gefängnis behalten. Es war auf Russisch geschrieben, aber mithilfe ihres Wörterbuches und ihrer immer besser werdenden Beherrschung der Sprache konnte sie den Titel entziffern. Es war ein Märchenbuch von Puschkin. Ein ungewöhnliches Buch für einen Mann im Gefängnis.

Als Cameron durch die Seiten blätterte, sah sie auf der Titelseite eine handgeschriebene Widmung. Sophia würde ihre Übersetzung später korrigieren müssen, aber sie war fast sicher, dass hier stand: „Für Semjon an seinem ersten Geburtstag, 10. Mai 1917".

Kein Wunder, dass er das Buch bei sich behalten hatte. Es war eine Erinnerung an seinen Sohn. Plötzlich wurde ihr das, was sie irgendwie wusste, seit sie mit Dr. Fedortschenko gesprochen hatte, in seiner vollen Tragweite bewusst. Vater und Sohn waren getrennt worden, als Jakow ins Gefängnis kam. Wie lang waren sie voneinander getrennt gewesen? Dr. Fedortschenko hatte erwähnt, dass Jakow Luban fast zwanzig Jahre im Gulag gewesen war. Er musste um das Jahr 1922 ins Gefängnis gekommen sein. Semjon war damals sechs Jahre alt gewesen.

Ein Bild von einem kleinen Kind, das von grausamen Tscheka-Agenten aus den Armen seines Vaters gerissen wurde, tauchte vor Camerons geistigem Auge auf. Eine traumatische Erfahrung für ein Kind. Für einen Mann, dessen ganze Welt dieses Kind gewesen war, war das ein Schmerz, der ihm das Herz brach. Aber Cameron konnte nicht wissen, ob das Kind damals überhaupt noch gelebt hatte. Sie stellte sich Semjon lieber tot vor, als daran zu denken, dass dieses niedliche, lausbübische Gesicht einen solchen Schmerz zeigte.

Cameron atmete tief ein. „Also gut, Cameron!“, sagte sie laut. „Wenn du das durchziehen willst, musst du distanziert bleiben! Du bist für niemanden zu gebrauchen, wenn du sentimental wirst. Du bist einer Story auf der Spur. Das ist alles.“

Nur wenig gerüstet durch diese Worte, holte sie den Brief aus dem Buch. Er war auf Russisch geschrieben. Selbst mit ihrem Wörterbuch würde sie ewig brauchen, um ihn zu übersetzen, falls sie es überhaupt schaffte. Sie beherrschte die russische Sprache immer besser, aber so weit reichte es noch nicht. Sie warf einen Blick auf ihre Armbanduhr. Es war vier Uhr nachmittags. Sophia wollte erst gegen einundzwanzig Uhr zu Lozowskis Pressekonferenz kommen.

Cameron verbrachte den Rest des Nachmittags damit, ein paar Depeschen zu beenden. Dann ging sie essen. Sie ließ sich danach viel Zeit im Speiseraum und diskutierte mit den anderen Journalisten über die letzten Kriegsnachrichten. Keine davon war gut, besonders die Meldungen aus dem Fernen Osten waren deprimierend. Hongkong war an Weihnachten gefallen, Singapur erst vor zwei Wochen und die letzte Information war, dass MacArthur Befehl erhalten hatte, die Philippinen zu verlassen. Ihre Schwester saß, soweit Cameron wusste, immer noch auf den umkämpften Inseln fest. Wie lange konnten sie noch gegen die Japaner verteidigt werden?

Als Cameron Sophia ins Hotel kommen sah, lief sie eilig in die Lobby und prallte mit der jungen Frau fast zusammen.

„Wenn sie dir doch nur ein Zimmer im Hotel geben würden“, seufzte Cameron. „Ich möchte wetten, sie könnten noch ein Bett in mein Zimmer quetschen ...“

„Erst gestern nanntest du dein Zimmer eine winzige Kammer“, entgegnete Sophia mit belustigter Miene. „Ist etwas passiert, Cameron?“

„Nein, ich brauche dich nur und du weißt, wie ungeduldig ich werden kann.“ Mit einem festen Griff auf Sophias Ellbogen manövrierte sie ihre Freundin zur Treppe. „Wir haben noch etwas Zeit bis zur Pressekonferenz. Kommst du bitte mit in mein Zimmer hinauf und hilfst mir bei etwas?“

Sie hatte nicht daran gezweifelt, dass ihre Freundin einwilligen würde. Cameron hatte es lange vor sich her geschoben, bis sie endlich das

Vermächtnis von Semjon und Jakow Luban untersuchte. Aber jetzt, da sie sich dazu überwunden hatte, konnte sie es nicht erwarten, damit weiterzumachen. Sie musste jeden Augenblick, den sie zuvor getrödelt hatte, wettmachen.

In ihrem Zimmer angekommen, ließ sie Sophia kaum Zeit, ihren Mantel, ihre Handschuhe und ihren Hut abzulegen, und erklärte, was sie von ihr brauchte. Sie versuchte, sich so kurz wie möglich zu fassen. Wenn sie Sophia schon in die Sache mit hineinzog, war es nur recht, dass sie eine Vorstellung davon bekam, worum es überhaupt ging. Die junge Frau hatte schon genug eigene Probleme. Einen Brief zu übersetzen, würde sie nicht ins Gefängnis bringen, aber so wie sie Sophia kannte, würde sie ihr auch in anderer Hinsicht helfen wollen. Cameron würde ihre Hilfe wahrscheinlich bald brauchen, zumindest als Dolmetscherin.

„Ich tue das gern", sagte Sophia. „Du kannst mich jederzeit holen, wenn du mich brauchst. Ich wünschte, ich würde nicht in einem anderen Gebäude wohnen. Dann müsstest du nicht auf mich warten."

Cameron lachte. „Meine Mutter hat mir immer gesagt: ‚Geduld formt den Charakter.'"

Cameron holte Jakows Brief aus dem Umschlag und sie setzten sich an den Tisch. Cameron hatte die Hotelangestellten endlich überreden können, ihr einen zweiten Stuhl zu bringen, sodass sie und ihre Dolmetscherin sich zum Arbeiten nicht auf das Bett setzen mussten.

Cameron bat Sophia, den Brief später schriftlich zu übersetzen. Jetzt genügte ihr eine mündliche Übersetzung.

November 1923

Lieber Jakow,
ich bekam die Erlaubnis, dir einen Brief zu schreiben, weil eine bestimmte Situation eingetreten ist. Ich habe versucht, mit dem, was du mir vor deiner Verhaftung anvertraut hast, treu umzugehen. Ich bin dein Bruder, und obwohl du weit weg nach Petrograd gezogen bist und wir uns nie sehr nahestanden, nahm ich deine Bitte ernst. Ich habe versucht, treu und gut für deinen Sohn zu sorgen. Meine Frau mag ihn fast genauso sehr wie unsere eigenen vier Kinder. Aber die Zeiten sind schwer. Ich kann kaum genug Essen für meine eigenen Kinder beschaffen. Unser Baby starb vor Kurzem an Unter-

ernährung. Ich will damit nicht sagen, dass dein Kind meinen Kindern das Essen stiehlt, aber du verstehst sicher, dass ich zuerst an sie denken muss. Trotzdem würde ich den kleinen Semjon nie auf sich allein gestellt lassen. Ich habe ein gutes Zuhause für ihn gefunden. Es ist ein reiches Ehepaar, hat man mir gesagt, das sein einziges Kind, einen sechsjährigen Jungen, verloren hat. Damit die Frau in ihrer Trauer getröstet wird, sind sie bereit, deinen Sohn an seiner Stelle anzunehmen. Ich weiß nicht, wer sie sind, da sie anonym bleiben wollen. Der staatliche Beamte, der dies arrangiert hat, hat mir versichert, dass sie sich gut um den Jungen kümmern werden.
Vergib mir, Jakow, aber ich muss das tun. Es bricht uns das Herz, aber es muss geschehen.
Dein Bruder Leo

Als Sophia geendet hatte, fiel es Cameron noch schwerer als vorher, distanziert zu bleiben, aber sie zwang sich dazu. Ein kühler Kopf war das Einzige, was ihr bei ihrer Suche helfen würde. Ihre Vernunft sagte ihr, dass Semjon Luban jetzt einen Schritt weiter weg und noch unerreichbarer für sie war. Wenigstens wusste sie, dass er 1923 noch gelebt hatte. Er war am Leben gewesen und gezwungen worden, eine weitere Trennung zu ertragen. Ein anonymes, wohlhabendes Ehepaar hatte ihn adoptiert. Diese Sache glich immer mehr einem Puzzle. Sie hatte ein weiteres Puzzleteil, aber es half ihr überhaupt nicht weiter.

„Bist du sicher, dass über das Ehepaar, das das Kind aufnahm, sonst nichts in dem Brief steht?“, fragte Cameron verzweifelt.

„Ich sehe nichts.“ Wie um Cameron zufriedenzustellen, drehte Sophia die Seiten des Briefes um. Sie wussten beide, dass sie nichts finden würde.

Cameron warf den Umschlag, den sie in der Hand gehalten hatte, auf den Tisch. „Ich weiß nicht, warum ich etwas erwartet hatte. Ich hätte wissen müssen, dass es ein hoffnungsloses Unterfangen ist, als ich herausfand, dass Jakow zwanzig Jahre im Gefängnis war.“

„Ich frage mich, warum er ins Gefängnis gesperrt wurde“, überlegte Sophia.

Cameron sah an Sophias aufmerksamem Gesicht, dass sie ebenfalls in den Bann dieses Geheimnisses gezogen wurde. „Würde es etwas ändern, wenn wir es wüssten?“

„Wahrscheinlich nicht, aber du hast erwähnt, dass er ein guter Mann war, ein guter Vater, also kein Krimineller."

„Ja." Cameron hob den Stapel Briefe an ihre Mutter hoch. „In seinen Briefen erwähnt er, dass er sich aus der Politik heraushält. Aber ich erinnere mich, dass dein Vater sagte, er sei ein politischer Gefangener gewesen."

„Das kann in Russland alles bedeuten. Es gibt neben Politik und Verbrechen noch tausend andere Möglichkeiten, wie ein Mensch es sich mit dem Staat verscherzen kann." Sophia betrachtete die Briefe in Camerons Hand.

„Möchtest du diese Briefe lesen, Sophia?"

„Das würde ich schon gern, aber bist du sicher? Es ist eine so persönliche Sache."

„Es wird kaum noch persönlicher als das, was ich dir schon erzählt habe." Cameron legte ihrer Freundin die Hand auf den Arm. „Du bist der einzige Mensch, dem ich es erzählt habe. Vielleicht der einzige Mensch außer meiner Mutter und mir, der davon weiß. Es ist ein gutes Gefühl, dieses Geheimnis mit einer Freundin zu teilen."

„Ich fühle mich geehrt, Cameron." Sophia wollte nach dem Bündel Briefe greifen, aber ihre Hand hielt auf halbem Wege inne. Statt die Briefe zu nehmen, die ihr Cameron hinhielt, hob sie den Umschlag auf, in dem der Brief von Jakows Bruder gesteckt hatte. „Das ist mir vorher nicht aufgefallen", sagte sie. „Auf dem Umschlag steht etwas, wenn auch keine Adresse. „Hier steht: ‚An Jakow Luban, Slobodskoi-Gefängnis, Kirow.' Darunter steht: ‚Von Leo Luban, Wdowin, Russland.' Das Wort ‚Russland' wurde durchgestrichen und in einer anderen Handschrift wurde ‚Union der Sozialistischen Sowjetrepubliken' darübergeschrieben." Sophia lächelte. „Ein sowjetischer Bürokrat störte sich offensichtlich an der alten Schreibweise."

Cameron hörte Sophias letzte Sätze kaum noch. „Sophia, Wdowin – das muss das Dorf sein, aus dem Leo kommt." Ihr Herz schlug schneller. „Ich habe etwas! Endlich habe ich einen Anhaltspunkt!" Sie sprang auf und hätte beinahe einen Freudentanz aufgeführt. „Hast du von diesem Ort schon gehört?"

„Nein, tut mir leid. Wdowin könnte überall sein."

„Das ist mir egal. Ich werde es finden. Ich werde nach Wdowin fahren!"

27

Wdowin war nirgends zu finden, jedenfalls nicht in einem normalen Atlas. Cameron suchte in den zwei Atlanten, die im Presseraum standen. Dort gab es ein Regal mit ungefähr einem Dutzend Büchern, aber die meisten waren mit einer dicken Staubschicht bedeckt, weil sie für die Journalisten einfach nutzlos waren.

Cameron setzte die Suche zwei Wochen lang hartnäckig fort, aber schließlich stolperte Sophia durch Zufall auf die mögliche Lage des Dorfes, als sie ihrer üblichen Aufgabe nachging und die neusten Zeitungen las. Ein Artikel in der *Prawda* konzentrierte sich auf die erfolgreiche Evakuierung von Fabriken aus Gebieten, die von den Deutschen besetzt waren. Von Juli bis Dezember 1941 waren ungefähr fünfzehnhundert Fabriken in die östlichen Gebiete des Landes verlegt worden. Im wahrsten Sinne des Wortes „mit Tür, Schloss und Riegel“. Einer dieser neuen Standorte war Swerdlowsk, die Hauptstadt der Region Ural.

„Hör dir das an, Cameron“, sagte Sophia und begann, aus der Zeitung vorzulesen. „‚In den Stahlwerken in Swerdlowsk wurden drei Arbeiter in diesem Monat besonders gewürdigt, weil sie die Quoten übertrafen.‘ Dann werden die drei Namen aufgezählt“, fügte sie hinzu, „aber nur einer davon ist für uns wichtig: ‚Pawel Mokasow aus Wdowin‘.“

„Oh ... meine Güte! Das ist es, nicht wahr? Steht noch mehr dazu in der Zeitung?“, fragte Cameron aufgeregt.

„Nein. Tut mir leid. Wahrscheinlich kann das sogar alles Mögliche bedeuten. Es muss nicht einmal heißen, dass sich das Dorf in der Nähe von Swerdlowsk befindet. Viele tausend Arbeiter wurden zusammen mit den Fabriken umgesiedelt.“

„Es gibt nur eine Möglichkeit, das herauszufinden.“ Cameron sprang auf. Dann setzte sie sich schnell wieder. Sie musste sich das noch einmal in Ruhe durch den Kopf gehen lassen. „Ich muss zu meiner Quelle bei der staatlichen Planungskommission Kontakt aufnehmen. Aber ich darf dabei nicht zu direkt werden.“

„Es wäre doch ganz harmlos, wenn du sagst, du möchtest diesem Artikel nachgehen."

„Das wäre ein guter Ansatzpunkt." Cameron seufzte. Sie wollte nicht den wunden Punkt mit Olegs Verhaftung anrühren. „Aber es könnte mein Freund, Oberst Tiulenew, gewesen sein, der dich und deine Familie verraten hat. Leider war ich so unklug und habe nach Olegs Verhaftung mit ihm gesprochen. Ich glaube zwar immer noch, dass er ein guter Mensch ist, aber selbst wenn er euch nur unabsichtlich verraten hat, ist jetzt ein wenig Zweifel bei ihm gesät."

„Ich sehe immer noch nicht ein, warum du diesen Artikel nicht als Aufhänger benutzen solltest."

„Onkel Boris ist ein gerissener alter Fuchs. Außerdem bezweifle ich, dass sie eine Fahrt nach Swerdlowsk organisieren, nur damit ich ein paar Fabrikarbeiter interviewe, falls ich herausfinden sollte, dass sich Wdowin tatsächlich in der Nähe von Swerdlowsk befindet. Wenn ich schon einmal nach Wdowin gefragt habe, könnte er leicht einen Zusammenhang herstellen, wenn ich darum bitte, in diese Gegend fahren zu dürfen. Vielleicht bin ich inzwischen auch einfach paranoid."

„Ich würde vorschlagen, du versuchst weiterhin, auf eigene Faust herauszufinden, wo dieses Dorf liegt. Wenigstens hast du jetzt eine konkrete Gegend, in der du gründlicher suchen kannst. Wenn du das Dorf gefunden hast, benutzt du deinen Kontakt, um den Besuch zu arrangieren. Wenn das Dorf in der Nähe von Swerdlowsk liegt, gibt es jede Menge Gründe, die eine Fahrt dorthin rechtfertigen würden."

Die Gewissheit in Sophias Stimme war für Cameron ermutigend. „Welche zum Beispiel?", fragte sie neugierig.

„Zum einen war es auch schon vor dem Krieg ein Industriezentrum, der Standort von Uralmash, einem riesigen Industriekomplex, der Schwermaschinen herstellt. Außerdem habe ich in der Zeitung gelesen, dass aufgrund seiner Nähe zu den Bergbauregionen im Ural ein großer Teil des Geologischen Instituts nach dem Ausbruch des Krieges nach Swerdlowsk verlegt wurde."

„Ich glaube, wir können es schaffen, Sophia!"

„Die Stadt hat noch etwas Besonderes." Sophia machte eine Pause, als wollte sie ihren Worten besonderen Nachdruck verleihen. „Vor der Revolution hieß es Jekaterinburg. In dieser Stadt wurden der letzte russische Zar und seine Familie hingerichtet."

„Du meinst, allein schon wegen der Industrie würden sie uns dorthin bringen?“

„Es liegt mehrere Hundert Kilometer von hier entfernt. Aber wenigstens befindet es sich nicht in einem Kriegsgebiet.“

Nach einem weiteren Tag ermüdender Nachforschungen – die jetzt ein wenig dadurch erleichtert wurden, dass sie eine konkrete Gegend im Kopf hatten, auf die sie sich konzentrieren konnten – machten sie Wdowin ausfindig. Es lag tatsächlich in der Nähe von Swerdlowsk. Trotzdem blieb das Problem, wie sie es bewerkstelligen sollten, dorthin zu gelangen. In diesem Land direkt um etwas zu bitten, war immer ein großes Risiko.

„Ich darf es nicht riskieren, dass Onkel Boris Verdacht schöpft“, sagte Cameron.

„Es gibt einen Bibelspruch, den die russischen Christen besonders lieben“, antwortete Sophia. „Er lautet: ‚Siehe, ich sende euch wie Schafe unter die Wölfe: seid deshalb klug wie die Schlangen und ohne Falsch wie die Tauben.‘“

„Dieser Rat steht in der Bibel?“, fragte Cameron ungläubig.

„Ja, im Matthäusevangelium.“

„Wer hätte das gedacht! Ich hätte nie geglaubt, dass das Christentum so praktisch sein könnte.“

Der Anflug eines Lächelns zog über Sophias Lippen. Cameron hatte den Verdacht, dass sie nur mühsam ein breites Grinsen unterdrückte. Sophia benahm sich immer vorsichtig, wenn geistliche Fragen zwischen ihnen angesprochen wurden, aber sie wich ihnen nie aus. Man musste ihr zugutehalten, dass sie das Thema nie selbst anschnitt. Meistens tauchte es wie jetzt ganz natürlich im Gespräch auf. Cameron hatte nie das Gefühl, ihre Freundin habe die Absicht, sie in eine Falle zu locken.

„Ja, sehr praktisch“, sagte Sophia. „Du wirst nicht enttäuscht sein, wenn du eines Tages Christ wirst.“

„Wenn ich eines Tages Christ werde?“ Cameron zog die Augenbrauen in die Höhe, wie sie hoffte, in einer gut gelaunten Geste.

Sophia errötete trotzdem. „Also ... ich hoffe ... ich habe dich jetzt nicht beleidigt ... Es ist nur so, dass ich es mir so sehr wünsche ...“

Selbst ein wenig verlegen, unterbrach Cameron sie schnell: „Ich habe nur einen Witz gemacht. Wer weiß, was passieren wird.“

„In Moskau dachtest du, du würdest dich vielleicht ein wenig genauer damit befassen ...?“

„Ich war etwas abgelenkt. Vielleicht, wenn ich diese Sache mit Wdowin geregelt habe ...“ Sie hatte wirklich die Absicht gehabt, sich genauer mit Religion auseinanderzusetzen. Das konnte immer noch geschehen. Wenn sie Zeit hätte, würde sie vielleicht einen Blick in die Bibel werfen, die Jackie ihr in den Koffer geschmuggelt hatte.

„Also“, wechselte Sophia abrupt das Thema. „Soll ich diesen Oberst Tiulenew anrufen?“

„Das sollte ich lieber selbst tun. Schließlich war ich die Einzige, die in der Vergangenheit Kontakt zu ihm hatte. Aber du kannst mir die Nummer heraussuchen und sie für mich wählen.“

Während Cameron den ermüdenden Prozess abwartete, bis ein Anruf durch die Hotelvermittlung zustande kam – was bei jedem Telefongespräch in Russland der Fall war! –, überlegte sie, wie sie Onkel Boris am besten packen sollte. Der Tipp, „klug wie die Schlangen“ zu sein, war ein guter Anfang. Aber das „ohne Falsch“ durfte sie auch nicht vergessen, was in ihrem Fall bedeutete, dass sie eine kräftige Portion Feinfühligkeit an den Tag legen musste.

„Herr Oberst, vielen Dank, dass Sie Zeit für mich haben“, sagte sie am nächsten Tag, als sie in Tiulenews Büro in Kuibyschew vorgelassen wurde. Der Raum sah aus, als sei sein Büro aus Moskau komplett hierher verlegt worden. Sie bedachte ihn mit einem gewinnenden Lächeln.

Seine Antwort war so herzlich, dass sie sich wegen ihres Argwohns fast schämte. Trotzdem konnte es sein, dass er unabsichtlich eine sensible Information ausgeplaudert hatte.

„Es freut mich immer, Sie zu sehen, *Camruschka.* Wie gefällt Ihnen Ihr Aufenthalt in Kuibyschew?“

„Es ist nicht so aufregend wie Moskau. Das Narkomindel bemüht sich, uns zu beschäftigen, aber ...“ Sie schloss ihren Satz mit einem Achselzucken. „Ich habe allerdings etwas entdeckt, das eine nette Abwechslung darstellen könnte. Mein Herausgeber ist ein ziemlicher Steinbeißer ...“

„Ein Steinbeißer?“

„Ja, er interessiert sich für Steine, Geologie und solche Sachen. Er fragte, ob ich nicht einen Artikel über die russische Bergbauindustrie schreiben könnte. Ich habe herausgefunden, dass das Geologische Institut nach Swerdlowsk verlegt wurde. Bei meinen Nachforschungen darüber habe ich erfahren, dass diese Stadt auch der Sitz von Uralmash und einiger historisch wichtiger Orte ist. Es wäre großartig, wenn ich diese Stadt einmal besuchen könnte."

„Swerdlowsk ist ziemlich weit von hier entfernt. Ein solcher Besuch könnte mehrere Tage dauern."

„Ach, Herr Oberst! Wir haben hier doch alle Zeit der Welt. Nicht einmal der Krieg bietet viel Neues. Es ist Winter."

„Ich werde sehen, was ich tun kann. Aber Ihnen ist hoffentlich klar, dass ein solcher Ausflug nicht für Sie allein arrangiert werden kann. Die anderen Journalisten müssten höchstwahrscheinlich auch Gelegenheit bekommen mitzufliegen."

„Wenn es sein muss." Sie seufzte resigniert. Natürlich wollte sie es so. Sie brauchte die anderen als Deckung, um sich unauffällig entfernen zu können. An den Oberst gewandt, fügte sie hinzu: „Damit könnte ich in ihren Augen vielleicht sogar so etwas wie eine Heldin werden."

Tiulenew führte zwei Telefongespräche. Ehe Cameron sein Büro verließ, hatte sie die Zusage, dass eine Fahrt nach Swerdlowsk organisiert wurde.

An diesem Abend schlug Cameron Jackies Bibel auf. Etwas, das sie nicht mehr getan hatte, seit sie in der vierten Klasse gewesen war und in ihrer Sonntagsschulklasse Preise für auswendig gelernte Bibelstellen verteilt wurden. Da sie erst kurz vorher aus Russland zurückgekommen war, hatte sie ihre Klassenkameraden beeindrucken wollen. Aber sie war völlig frustriert gewesen, denn sie hatte sich einfach nicht genug konzentrieren können, um sich irgendetwas auswendig zu merken, und schon gar nicht diese fremden, unverständlichen Bibelverse.

Waren ihre Motive jetzt genauso zwielichtig wie damals? Ihr war vollkommen klar, dass sie es jetzt tat, weil sie bei Onkel Boris so viel Erfolg gehabt hatte und das Gefühl hatte, sie sei Gott diese Geste schuldig, da der Rat aus der Bibel irgendwie zu ihrem Glück beigetragen hatte. Ohne Sophias Rat mit den Schlangen und Tauben wäre sie wahrscheinlich genauso erfolgreich gewesen. Aber ... sie zuckte die Achseln und wusste nicht, wie sie diesen Gedanken beenden sollte.

Als sie das Buch aufschlug, erinnerte sie sich noch an etwas anderes aus der Sonntagsschule. Sie hatte gehört, dass Kinder und Leute, die noch nicht viel mit der Bibel zu tun gehabt hatten, im Neuen Testament anfangen sollten, dieses umfangreiche Buch zu lesen. Jetzt fragte sie sich, warum das eigentlich so war. Sie wusste ganz genau, dass das Alte Testament ermüdend sein konnte. Aber etwas in ihr rebellierte plötzlich. Vielleicht versuchte man, sie auszutricksen, indem man die Ahnungslosen mit den versöhnlicheren Worten aus dem Neuen Testament lockte, bevor man sie mit den „Gesetzen" und den „Propheten" niederknüppelte.

„Pah!", schnaubte sie und öffnete die Bibel beim 1. Buch Mose. „Ich kann es mit allem aufnehmen. Ich brauche nicht mit Babykram anzufangen."

Als sie das 1. Buch Mose zur Hälfte gelesen hatte, schlief sie ein und war am nächsten Abend ein wenig demütiger, aber aus irgendeinem Grund nicht weniger fest entschlossen. Alle – besser gesagt Alex und Sophia – hatten ihr gesagt, sie solle Nachforschungen anstellen, was den christlichen Glauben anging. Jetzt hatte sie damit angefangen und würde sich nicht so leicht entmutigen lassen. Das lag in ihrer Natur. Wie ein Hündchen, das die Zähne in den Ärmel seines Herrn vergraben hatte, würde sie erst loslassen, wenn sie ein paar Antworten hätte. Am Abend zuvor war sie beim Lesen eingeschlafen und von dem wenigen, das sie bis dahin gelesen hatte, ziemlich verwirrt gewesen.

Dieses Mal schlug sie das Matthäusevangelium auf. Nach einem ermüdenden Geschlechtsregister fand sie zu ihrer Freude die Weihnachtsgeschichte. Sie hatte das Gefühl, sich auf vertrautem Terrain zu bewegen. Das konnte sie schaffen.

„Was schaffen?", murmelte eine leise Stimme in ihrem Kopf.

Die Bibel lesen. Nachforschungen anstellen. Weiter nichts.

Sie merkte, dass sie eine Verteidigungshaltung eingenommen hatte. Aber war das nicht verständlich? Die Religion hatte im Leben ihrer Mutter so wenig Positives bewirkt. Sie hatte auch Alex von ihr fortgerissen. Das allein sollte sie veranlassen, vor allem, was mit Religion zu tun hatte, davonzulaufen.

„Ausreden", sagte dieselbe Stimme.

„Ruhe!", murmelte sie laut.

Vielleicht waren es wirklich nur Ausreden. Sie konnte nicht leugnen, dass es einige gewichtige Argumente gab, die für die Religion sprachen. Jackie war immer bewundernswert gewesen. Und Anna Jewnowona, Sophias Großmutter, war der Typ einer starken Frau, dem Cameron gern nacheifern würde. Und Sophia. Und Alex ... Sobald Cameron an ihn dachte, wusste sie, dass er einer der Gründe war, warum sie diese Nachforschungen anstellen *musste*. Sie hatten gesagt, dass es mit ihnen vorbei sei, aber ihr Herz hatte noch lange nicht mit ihm Schluss gemacht. Fast jeden Tag fielen ihr Dinge ein, über die sie gern mit ihm sprechen würde. Erst gestern Abend, bevor sie einschlief, hatte das, was sie im 1. Buch Mose gelesen hatte, mehrere Fragen bei ihr aufgeworfen und sie hatte sich gefragt, was Alex wohl dazu sagen würde.

Es gab viele gute Gründe, warum sie diese Sache tun sollte. Sie könnte jedoch wirklich warten, bis ihr Kopf frei war von der Suche nach Semjon. Aber etwas sagte ihr, dass dies eine feige Tour war. Noch nie in ihrem Leben hatte sie sich vor irgendetwas gedrückt. Sie wollte jetzt nicht damit anfangen.

Sie senkte den Blick auf das aufgeschlagene Buch auf ihrem Schoß:

Die Geburt Jesu Christi geschah aber so: Als Maria, seine Mutter, dem Josef vertraut war, fand es sich, ehe er sie heimholte, dass sie schwanger war von dem Heiligen Geist ...

Cameron konnte an diesem Abend nicht so schnell einschlafen. Sie las das ganze Matthäusevangelium bis zum Ende durch. Danach lag sie lange wach. Viele Gedanken und Fragen kreisten in ihrem Kopf.

28

Schnell nahm die Planung des Ausflugs nach Wdowin Ausmaße an, als werde eine größere militärische Offensive organisiert. Die größte Hürde, die es zu überwinden galt, war die Sprachbarriere. Wie üblich bei solchen Ausflügen, die das Narkomindel organisierte, durften die Journalisten nicht ihre eigenen Dolmetscher mitnehmen. Für diese Aufgabe wurden Leute vom Presseministerium gestellt.

Selbst wenn Cameron es hätte arrangieren können, dass Sophia einer dieser offiziellen Dolmetscher wäre, würde es auffallen, wenn sie sich von der Gruppe entfernte. Beide konnten nicht fehlen, ohne dass jemand Verdacht schöpfte. Gleichzeitig stand es völlig außer Frage, dass sie einen Dolmetscher zu Hilfe nahm, dem sie nicht vorbehaltlos vertrauen konnte. Cameron überlegte, ob sie einen gebrochenen Arm vortäuschen und darauf bestehen sollte, dass sie angesichts dieses besonderen Umstandes ihre eigene Sekretärin mitbringen sollte, die für sie Notizen machte und dergleichen. Aber diese Idee war mit viel zu vielen Stolpersteinen behaftet. Sophia schlug vor, dass sie auf Russisch einen Brief schreiben und die Umstände erklären könnte. Cameron könnte den Brief dann der Familie in Wdowin zeigen, die sie ausfindig zu machen hoffte. Aber die Chancen, dass diese Leute eine Ausländerin ins Haus ließen, standen ziemlich schlecht. Selbst wenn sie es so weit schaffen sollte, war es viel zu mühsam, von ihnen zu erwarten, dass sie die Antworten auf Camerons Fragen aufschrieben. Außerdem war da die Frage, was passieren würde, wenn ein solcher Brief in die falschen Hände geriete.

Erst eine Woche vor der geplanten Fahrt hatte Cameron die beste Lösung.

„Sophia, könntest du allein nach Wdowin kommen? Du könntest um ein paar Tage Urlaub bitten, da ich dich, solange ich fort bin, nicht brauche, um eine Tante in Wdowin zu besuchen."

„Das könnten sie nachprüfen", erwiderte Sophia. Die beiden hatten inzwischen einige Übung dabei, Ideen zu entwerfen und dann alle etwaigen Probleme, die damit verbunden waren, herauszufinden. Auf diese Weise hatten sie viele haarsträubende Pläne, die sie geschmiedet hatten, als untauglich verworfen. „Sie werden einen Namen hören wollen."

„Du kannst ihnen doch den Namen von dem Arbeiter in dem Zeitungsartikel nennen. Pawel Mokasow, nicht wahr? Ich bezweifle, dass irgendjemand von ihnen diesen unwichtigen Artikel gelesen hat, und sie werden mit diesem Mann bestimmt nicht persönlich sprechen. Ich bezweifle, ob sie überhaupt nachfragen."

„Nein, nicht einmal sie werden so viel Zeit vergeuden." Sophia verzog das Gesicht, als denke sie angestrengt nach. „Aber was ist, wenn ...?" Sie schüttelte den Kopf. „Cameron, außer dieser Frage fallen mir keine anderen Probleme ein. Wenigstens keine großen!"

„Es muss noch andere Probleme geben." Obwohl das Ganze Camerons Idee war, konnte sie nicht glauben, dass dieser Plan nicht so schlecht war wie ihre anderen Einfälle.

Sophia lachte. „Du bist so russisch, Cameron! Aber es gibt nicht immer eine negative Seite."

„Du fährst also in das Dorf und wir treffen uns dort. Dann muss ich mir nur eine Möglichkeit einfallen lassen, wie ich unbemerkt aus Swerdlowsk fortkomme. Ich habe auf der Karte nachgesehen. Das Dorf ist nur fünfzehn Kilometer von Swerdlowsk entfernt. Ich muss eine Fahrmöglichkeit finden ..." Sie brach abrupt ab und lachte grimmig. „Meine Güte! Lohnt sich dieser ganze Aufwand? Wer weiß, ob Leo Luban nach so vielen Jahren überhaupt noch in dem Dorf lebt. Er kann längst gestorben sein. Seine Familie kann schon lange weggezogen sein. Das kann man vorher alles nicht überprüfen. Falls ich ihn finde, selbst mit dir an meiner Seite, wer sagt, dass er bereit ist, mit mir zu sprechen? Es kann gut sein, dass er nicht mehr weiß, als in dem Brief steht. Es sind einfach viel zu viele Ungewissheiten, um dieses große Risiko einzugehen."

„Du willst also aufgeben?"

Cameron sah in Sophias kurzer Frage keine Hinterlist. Aber ihre Freundin hätte durch keine anderen Worte Camerons Entschlossenheit stärker zementieren können. Aufgeben? Niemals! Egal, ob Sophia diese Frage absichtlich so formuliert hatte oder nicht, sie kannte diese Facette von Camerons Persönlichkeit sehr gut.

„Nie im Leben. Der Gedanke kam mir nie in den Sinn." Sie grinste Sophia trocken an, für den Fall, dass die Worte der jungen Frau zweideutig gemeint gewesen waren.

Sophia erwiderte ihren Blick mit einem unschuldigen Lächeln.

Es dauerte noch einige Zeit, bis sie alle Details ausgefeilt hatten. Cameron wurde klar, dass sie unter den Journalisten jemanden brauchte, den sie ins Vertrauen ziehen konnte, aber sie sprach Johnny erst darauf an, als das Narkomindel Sophia die Erlaubnis gegeben hatte, nach Wdowin zu fahren, und ihr die offiziellen Reisepapiere aushändigte. Johnny musste nicht lang überlegen. Er liebte ein paar Intrigen.

Cameron hatte auf ihren Reisen schon einige deprimierende Orte gesehen, besonders in der Sowjetunion, aber Swerdlowsk übertraf sie alle. Zum Teil lag das zweifellos an seinem schnellen Wachstum während Stalins erstem Fünfjahresplan. Vor dem Großen Krieg hatte Swerdlowsk fünfundsiebzigtausend Einwohner gehabt. Mitte der Dreißigerjahre war die Bevölkerungszahl auf fünfhunderttausend angewachsen. Jetzt, da aufgrund des Krieges Fabriken nach Osten verlegt wurden, war die Einwohnerzahl auf über eine Million hochgeschnellt. Die Gebäude waren düster und nützlich. Parks, malerische historische Gebäude und breite, schön angelegte Alleen fehlten gänzlich. In einer hübschen Gegend im Ural mit Seen und Wäldern und Wiesen, auf denen Vieh graste, lag dieses monströse, Rauch speiende Ungeheuer wie eine offene Wunde in der schönen Landschaft.

Das Hotel, das die Journalisten während ihres Aufenthalts bewohnten, trug den trefflichen Namen *Sowjetskaja* und schien die fantasielosesten, starrsten Aspekte der modernen sowjetischen Kultur zu repräsentieren. Aber Cameron war nicht in diese Stadt gekommen, um ihre Annehmlichkeiten zu genießen, falls es welche geben sollte. Den ersten geplanten Ausflug dieser Reise würde sie verpassen: eine ganztägige Rundfahrt zu mehreren Fabriken des Uralmash-Komplexes. Sie hatte beschlossen, ihren Plan so bald wie möglich in die Tat umzusetzen. Sie hatte schon während des Fluges aus Kuibyschew die ersten Schritte in diese Richtung unternommen und gelegentlich erwähnt, dass sie sich körperlich nicht wohlfühle.

„Ist euch auch so warm?“ Um ihre Worte zu unterstreichen, knöpfte sie ihren Mantel auf. Wie die meisten sowjetischen Flugzeuge war es alles andere als warm und sie hatte mit dem einstimmigen „Nein“

gerechnet, das prompt kam. Sie fächerte sich Wind zu und bemerkte: „Dann muss es wohl an mir liegen."

An jenem ersten Abend im Hotel schleppte sie sich durch die Gänge, als koste jede Bewegung sie große Anstrengung. Das Abendessen rührte sie kaum an. Johnny und die anderen kümmerten sich aufopfernd um sie. Cameron fürchtete schon, Johnny trage zu dick auf, da seine Fürsorge völlig untypisch für ihn war. Aber am nächsten Morgen stellte niemand Johnnys Aussage infrage, als er ankündigte, dass Cameron Fieber habe und die Gruppe bei der Tagestour nicht begleiten könne. Nikolai Palguow schaute zu ihr ins Zimmer. Cameron stöhnte und brachte mit krächzender Stimme ihr Bedauern zum Ausdruck.

„Ich denke, wenn ich heute einfach schlafe, bin ich morgen bestimmt wieder frisch und munter", seufzte sie.

„Soll ich Ihnen einen Arzt schicken?"

„Oh nein. Ich denke, das ist einfach ein Grippeanflug", erwiderte sie und hoffte, der Mann bemerke ihre plötzlich aufkommende Panik nicht, denn ein solches Angebot hatte sie nicht eingeplant. Wer hätte schon gedacht, dass der alte Bürokrat Palgunow so fürsorglich sein könnte?

Johnny, der neben Palgunow stand, fügte hinzu: „Ich habe ihr eine Aspirin und ein Schlafpulver gegeben. Sie braucht einfach Ruhe."

Palgunow hatte keinen Grund, etwas anderes zu vermuten, und ließ es dabei bewenden.

Eine halbe Stunde, nachdem sie sicher war, dass die ganze Gefolgschaft das Hotel verlassen hatte, schlüpfte Cameron in die russischen Kleider, die Sophia vor ihrem Abflug aus Kuibyschew für sie aufgetrieben hatte: ein schlichter, brauner Wollrock, eine schwarz-braun gestreifte, langärmelige Baumwollbluse, darüber ein brauner Pullover, eine dicke, schwarze Strumpfhose und abgestoßene, klobige Schuhe. Darüber kam ein schwarzer Wollmantel und ein hellrosa Schal über den Kopf. Alles war alt, saß schlecht und war unmodern. Damit dürfte sie auf der Straße kaum auffallen.

Bevor sie ihr Hotelzimmer verließ, legte sie zwei Kissen unter ihre Decke, nur für den Fall, dass jemand hereinschaute. Sie ging davon aus, dass einige NKWD-Spione im Hotel waren, und achtete sorgfältig darauf, beim Verlassen ihres Zimmers und des Hotels nicht gesehen zu werden. Aus der Stadt zu kommen, würde noch schwieriger werden.

Ein paar unschuldig gestellte Fragen am Vorabend an die Intourist-Beamten, die diese Tour leiteten, hatten ihr verraten, wo die Busstation war. Als sie jedoch an diesem Morgen dort ankam, erfuhr sie, dass nach Wdowin keine Busse fuhren. Aber sie erwischte einen Bus, der sie in die Nähe der Straße brachte, die von Swerdlowsk in dieses Dorf führte. Von dort aus würde sie versuchen, eine Mitfahrgelegenheit zu finden. Die fünfzehn Kilometer zu Fuß zurückzulegen, stand außer Frage, da sie bis zum Einbruch der Dunkelheit im Hotel zurück sein musste. Johnny würde tun, was er konnte, um Besuche in ihr Zimmer zu verhindern, aber auch ihm waren Grenzen gesetzt.

Mit einem Blick auf ihre Armbanduhr stellte sie fest, dass es schon fast elf Uhr war. Eine weitere Sorge war Sophia. Heute sollte das geplante Treffen stattfinden, aber Sophia sollte schon gestern im Dorf eintreffen. Hatte sie eine Übernachtungsmöglichkeit gefunden? Sie hatten festgestellt, dass es in dem Dorf ein kleines Hotel gab, hatten aber im Voraus nichts für sie buchen können. Sophia sagte, sie werde „im Glauben“ gehen, dass sie ein Zimmer bekäme.

Cameron schlug ihre Hände, die in dicken Handschuhen steckten, zusammen, um die Kälte abzuwehren. Ihre Freundin setzte wirklich viel Vertrauen auf ihren Gott, denn man konnte diese Kälte nicht überleben, wenn man auf der Straße schlafen musste.

Cameron fror gewaltig, obwohl sie durch die Bewegung die Kälte etwas in Schranken halten konnte. Sie versuchte, mehrere Fahrzeuge zum Anhalten zu bewegen. Aber ohne Erfolg. Sie wählte nur die aus, die auf keinen Fall offiziell aussahen. Nachdem sie ungefähr drei Kilometer gelaufen war, hielt endlich ein kleiner Lastwagen an. Er hatte irgendwelche Säcke hinten auf der Ladefläche. Im Führerhaus saßen bereits vier Leute.

Cameron kramte einen Zettel hervor, den Sophia ihr genau für einen solchen Fall geschrieben hatte. Sie reichte ihn dem Fahrer mit einem fragenden Lächeln auf den Lippen.

Auf dem Zettel stand: *Ich bin Sophia. Ich bin taubstumm. Ich brauche eine Mitfahrgelegenheit nach Wdowin. Vielen Dank.*

Der Fahrer schaute den Zettel verständnislos an. Cameron stöhnte innerlich, als sie begriff, dass der Mann nicht lesen konnte. Er reichte den Zettel der Frau, die neben ihm saß. Sie las ihn ihm vor und sie redeten miteinander. Die anderen Beifahrer gaben ebenfalls ihren Kommentar zum Besten. Schließlich nickte der Fahrer.

Er sprach russisch, aber Cameron verstand inzwischen genug von der Sprache, um seine Worte zu verstehen. „So weit wollten wir eigentlich nicht fahren, aber wir bringen dich hin."

Sie zuckte die Achseln und kratzte sich am Kopf, als würde sie nichts verstehen. Er nickte und fügte laut hinzu: „Ja, wir nehmen dich mit!"

Sie tat, als verstehe sie seine Körpersprache, aber nicht seine Worte, und nickte mit einem dankbaren Grinsen.

„Steig hinten ein", sagte er.

Sie kniff die Augen zusammen, als versuche sie, ihn zu verstehen. Er sagte laut: „Hinten!" und deutete mit der Hand. Sie nickte, eilte nach hinten und kletterte zu den Säcken hinauf. Der Lastwagen setzte sich rumpelnd in Bewegung. Schnell merkte sie, dass die Säcke nicht Getreide oder Samen enthielten, wie sie vermutet hatte, sondern Dünger! Sie fragte sich erneut, ob sich dieser ganze Aufwand lohnte. Sie betete, dass es nicht vergeblich war.

Wdowin war ein Dorf mit mehreren Lehmstraßen und vielleicht ein paar Hundert Einwohnern. Die Gebäude waren größtenteils aus Holz, einige gut erhalten, andere ziemlich baufällig und alle ohne eine erkennbare Anordnung. Wackelige Lattenzäune umgrenzten einige Gärten. Der Boden war mit Schnee bedeckt, obwohl der bräunliche Farbton das saubere Aussehen von frisch gefallenem Schnee vermissen ließ. Irgendwie bekam man selbst im März den Eindruck, dass nicht weit unter dem Schnee der Matsch lag. An einigen Stellen, an denen der Schnee besonders schmutzig war, war das mehr als nur ein vager Eindruck. An diesem Dorf war nichts idyllisch. Trotzdem wirkte es anheimelnd. Obwohl einige Gebäude aus rauem, ungestrichenem Holz bestanden, waren andere fröhlich gestrichen, das eine grün, das andere gelb und wieder ein anderes mit einer blauen Tür. Die Farbe war an vielen Stellen abgeblättert, aber trotzdem war das Dorf einladend.

Cameron fand das Hotel sehr schnell. Es war eines der wenigen Ziegelgebäude im Dorf, war aber nicht sehr groß. Es sah aus, als könne es nicht mehr als zehn Gäste beherbergen. Oh, bitte, lass Sophia da drinnen sein und sich an einem gemütlichen Feuer wärmen!

Das Gebäude sah mehr wie ein Haus als wie ein Hotel aus. Es mutete sie komisch an, sofort hineinzugehen, bis sie ein kleines handgeschriebenes Schild über der Tür las: *Fchadit!* Bitte eintreten. Sie legte die Hand auf den Türknauf, drehte ihn und trat in ein schwach beleuchtetes Foyer. Obwohl es darin warm war, sah sie keinen Herd mit einem Feuer. Sie erinnerte sich aber schnell, dass die meisten Häuser auf dem Land große Kachelöfen zum Heizen hatten. Diese Öfen waren oft nicht hoch und über ihnen befand sich ein Bett.

„Hallo!", rief sie auf Russisch.

Ein paar Augenblicke später betrat eine Frau den Raum. Sie war untersetzt, hatte ein rundes Gesicht, war mittleren Alters und hatte rote, offensichtlich gefärbte Haare. Sie trug einen leuchtend roten Lippenstift, der dicker aufgetragen war, als ihre Lippen waren, und hatte dunkle, dünne, mit einem Stift nachgezogene Augenbrauen. Ansonsten sagten ihre Kleidung und ihr Auftreten ebenso wie ihr freundliches Lächeln: „Bauersfrau".

Cameron erkannte, dass es schwer werden würde, so zu tun, als wäre sie eine Russin. Also sagte sie in ihrem holprigen Russisch mit starkem amerikanischem Akzent, dass sie einen Gast namens Sophia Gorbenko suche. Sie war ziemlich stolz auf ihre Fortschritte mit der russischen Sprache, bis die Frau wie aus der Pistole geschossen so schnell antwortete, dass Cameron rein gar nichts verstand. Eine Sprache zu sprechen, war eine Sache, aber sie von einer Expertin zu hören, eine ganz andere. Cameron zuckte die Achseln, um ihre Verwirrung zu zeigen. Schließlich sagte die Wirtin ihr einfach Sophias Zimmernummer und deutete zur Treppe.

Cameron fand das Zimmer. Als ihre Freundin ihr die Tür öffnete, war sie so froh, Sophia zu sehen, dass sie die Arme um sie warf. Erst jetzt wurde ihr bewusst, wie anstrengend ihre Fahrt von Swerdlowsk bis hierher allein ohne Dolmetscher gewesen war. Diese Erfahrung erinnerte sie an ihren ersten Tag in Moskau, als sie bei einem Luftangriff allein unterwegs gewesen war. Aber der heutige Ausflug war weitaus leichter gewesen als jener erste, da sie seit damals viel gelernt hatte.

Sophia war seit ihrer Ankunft in Wdowin gestern Abend nicht untätig gewesen. Sie hatte die Familie Luban ausfindig gemacht. Nur eine Tochter von Leo Luban war noch hier. Ihre Brüder waren alle in der Armee. Sie zu finden, hatte einige Detektivarbeit erfordert, da sie inzwischen verheiratet war und einen anderen Namen trug. Sophia hatte außerdem den Boden für Camerons Besuch bereitet, indem sie der jungen Frau von Camerons Wunsch, mit ihr zu sprechen, erzählt hatte. Marfa Elichin hatte zuerst argwöhnisch reagiert, als sie hörte, dass sie mit einer Ausländerin sprechen solle, aber Sophia hatte sie schließlich für sich gewonnen.

„Da ich nicht wusste, wann du kommst“, sagte Sophia, „konnte ich keine feste Zeit vereinbaren, aber sie sagte, sie werde den ganzen Tag zu Hause sein. Sie erwartet ein Kind und ist deshalb von ihrer Arbeit in einer Fabrik bei Swerdlowsk beurlaubt.“

„Dann gehen wir.“ Ausgerechnet jetzt begann Camerons Magen zu knurren.

„Wann hast du das letzte Mal etwas gegessen, Cameron?“

„Ich weiß nicht. Gestern Mittag, glaube ich. Ich konnte doch nicht viel essen. Schließlich sollten die anderen glauben, ich wäre krank.“ Sie warf einen Blick auf ihre Armbanduhr und sah, dass es schon fast ein Uhr war.

„Du musst jetzt etwas essen oder du wirst wirklich krank. Die Mittagessenszeit im Hotel ist vorbei, aber ich bin sicher, die Wirtin hat noch etwas übrig.“

Es war schon fast zwei Uhr, als Cameron und Sophia die Straße hinab zum Haus der Elichins gingen. Es gehörte zu den ärmlicheren Gebäuden im Dorf, war nicht gestrichen und sah aus, als könne ein kräftiger Wind es umwerfen. Der Lattenzaun war an einigen Stellen sogar schon umgefallen und das Tor hing nur noch an einem Scharnier. Aber als Cameron tief einatmete und an die Tür klopfte, hatte sie den Eindruck, dass wenigstens die Tür massiv gebaut war.

Die Frau, die ihnen öffnete, war Mitte zwanzig. Aber wie so viele Russinnen, besonders Frauen auf dem Land, sah sie älter aus. Ihre dunklen Haare waren mit mehreren Haarnadeln unvorteilhaft nach oben gesteckt. Ihr geblümtes Hauskleid war ausgebleicht, ebenso wie ihr Wolltuch, das um ihre Schultern lag. Cameron war keine Expertin, aber sie vermutete, dass Marfa nur noch einen oder zwei Monate bis zur Entbindung hatte. Ihr Lächeln war schwach, aber ehrlich. Zwei Kleinkinder lugten hinter ihrem Rock hervor.

Das Haus war in jeder Hinsicht arm, aber es war sauber und ordentlich. Marfa bedeutete ihnen, ihr in die Küche zu folgen, und erklärte

Sophia, dass es dort am wärmsten sei. Sie setzten sich an einen kleinen Tisch. Er war klein, weil die Küche selbst auch klein und beengt war. Eine rau behauene Bank auf einer Seite des Tisches stand an der Wand. Hierhin führte Marfa Cameron und Sophia und bat sie, sich zu setzen. Ein Stuhl auf der anderen Seite des Tisches ließ nur einen schmalen Durchgang frei, besonders da Marfa aufgrund ihrer Schwangerschaft viel Platz einnahm.

Cameron wollte sofort zu ihren Fragen kommen, aber die junge Frau beharrte als gute Gastgeberin darauf, ihnen erst einmal einen Tee zu kochen. Während sie das einfache braune Brot in Scheiben schnitt – offenbar alles, was sie ihnen zum Tee anbieten konnte –, hingen die Kinder sprichwörtlich an ihren Rockzipfeln.

Schließlich waren sie so weit und konnten reden.

„Sie sagten, Sie kennen meinen Vater?“, fragte Marfa auf Russisch, während Sophia dolmetschte. Das jüngere Kind der Frau – ungefähr zwei Jahre alt – saß auf ihrem Schoß und versuchte, alles zu greifen, was auf dem Tisch war. Marfas Worte waren deshalb ständig von „Nein, nein, Ilja“ und von Iljas Protesten untermalt. Das andere Kind, ein dreijähriges Mädchen namens Anja, saß auf dem Boden neben Marfas Füßen, kaute still eine Scheibe Brot und spielte mit einem ausgebleichten Gummiball.

„Ich habe ihn nie kennengelernt, aber sein Bruder ist ein Bekannter meiner Familie und ich versuche, seinen Sohn, Semjon, zu finden.“

„Ich erinnere mich ein wenig an Semjon, aber ich war erst vier, als er zu uns kam.“

„Woran erinnern Sie sich?“

Marfa stützte einen Ellbogen auf den Tisch und legte das Kinn auf ihre Hand. Sie schwieg, als denke sie angestrengt über diese Frage nach. „Sophia sagte, er ist Ihr Bruder.“

Cameron warf Sophia einen überraschten Blick zu, die mit einem leicht betroffenen Blick reagierte. Ihre Augen schauten sie entschuldigend an. Sie hatten nicht darüber gesprochen, was sie der Familie Luban erzählen wollten. Cameron hatte dieses Geheimnis so lange für sich behalten, dass sie nicht wusste, wie sie damit umgehen sollte, dass noch jemand Bescheid wusste. Aber was konnte es schon schaden? Marfa sah nicht aus wie eine Informantin. War es nicht besser, wenn sie die Wahrheit wusste? Jede andere Erklärung könnte die Frau so argwöhnisch machen, dass sie nicht redete, und das wäre nur allzu verständlich.

„Ja, das ist er", antwortete Cameron mit erstaunlich ruhiger Stimme. Er war ihr Bruder! Sie hatte einen Bruder. Sie stand vielleicht sogar kurz davor, ihn zu finden. Diese Vorstellung versetzte sie immer noch in Erstaunen. „Es ist eine lange Geschichte, wie es dazu kam, Marfa, aber er ist der Sohn meiner Mutter. Sie musste ihn aufgeben, als sie in die Staaten zurückkehrte."

„Ist mein Onkel Jakow dann sein Vater?"

„Ja ..." Sie wollte schon sagen: „Soviel ich weiß", überlegte es sich aber anders. Sie musste die Wahrheit akzeptieren.

„Ich kann mich an meinen Onkel nicht erinnern", sprach Marfa weiter. „Alles, was ich weiß, weiß ich nur, weil meine Mutter es mir später erzählte, aber meine Eltern sind inzwischen beide gestorben. Semjon war nur ein Jahr älter als ich und wir haben miteinander gespielt. Aber selbst diese Erinnerungen stammen mehr von dem, was ich später gehört habe. Er lebte nur zwei Jahre bei uns. Mama erzählte mir, dass meine zwei älteren Brüder uns jüngere Geschwister gern herumschubsten. Einmal, als sie es auf mich abgesehen hatten und ich anfing zu weinen, stürzte sich Semjon auf Petjr und raufte sich meinetwegen mit ihm. Petjr ist zwei Jahre älter als Semjon und war schon immer ein kräftiger Junge. Mein Vetter hat mich immer beschützt. Er war immer mehr wie ein älterer Bruder zu mir als meine leiblichen Brüder. Aber so war Semjon nun einmal. Er kam mehr als einmal von der Schule nach Hause und hatte Schrammen im Gesicht, weil er sich geprügelt hatte. Die Raufereien begannen immer damit, dass er versuchte, jemanden zu beschützen, oder weil er um etwas kämpfte, an das er glaubte. Oh, er hasste Lügen! Lügen konnte er auf den Tod nicht ausstehen!" Ein leichtes Lächeln zog über ihre Lippen. Sie schien sehr angenehme Erinnerungen an Semjon zu haben.

„Es muss schwer für ihn gewesen sein, seinen Vater zu verlieren."

„Oh ja. Meine Mama sagte, sie standen sich sehr nahe. Vielleicht raufte Semjon deshalb so viel." Marfa schwieg. Anja begann zu weinen, weil ihr Ball davongerollt war. Marfa begann, ihren unförmigen Körper vom Stuhl hochzuhieven, aber Sophia war schon aufgesprungen und holte den Ball. Marfa bedachte sie mit einem dankbaren Lächeln, bevor sie weitersprach. „Ich erinnere mich, dass er am Ende seiner Augenbraue einen schlimmen Schnitt von einer Rauferei davongetragen hatte. Das war der Anlass, weswegen der Lehrer meine Eltern in die Schule bestellte. Man überlegte, ob man ihn von der Schule verweisen sollte."

„Aber er konnte doch nicht älter als sieben gewesen sein!" Cameron hatte keine Ahnung von Kindererziehung, aber das erschien ihr eine strenge Strafe für ein Kind in diesem Alter.

„Bald danach starb mein kleiner Bruder und Semjon wurde weggeschickt. Ich erinnere mich, dass ich damals dachte, ich müsse ganz brav sein, sonst würden sie mich auch fortschicken." Marfa lächelte leicht, als könne sie solche kindischen Fantasien heute nicht mehr ernst nehmen. „Später erklärte Mama mir natürlich, dass Semjon aus einem anderen Grund wegging: Er konnte bei einer reichen Familie leben, die es sich leisten konnte, sich um ihn zu kümmern. Wir waren sehr arm."

„Wissen Sie irgendetwas über diese andere Familie, Marfa?" Cameron kostete es einige Mühe, diese entscheidende Frage auszusprechen. Alles hing von der Antwort auf diese Frage ab.

„Ich wusste, dass Sie das fragen würden", seufzte Marfa. Es klang nicht besonders ermutigend. „Sie legten sehr viel Wert darauf, dass ihre Identität unbekannt blieb. Ich weiß, dass sie nicht aus Wdowin waren, denn dann wäre es leicht gewesen, sie ausfindig zu machen. Ich habe immer gefragt, ob ich Semjon besuchen könnte. Als ich endlich alt genug war, um es zu verstehen, erklärte mir meine Mutter, dass seine neue Familie weit weg wohnte und dass es für Semjon das Beste sei, jetzt bei ihnen ein völlig neues Leben zu führen."

„Weit weg ...?"

„Es tut mir leid, Miss Hayes: Weit weg konnte hundert Kilometer weit weg heißen, besonders damals, als nur wenige Leute weit von zu Hause fortkamen. Es könnten aber auch tausend Kilometer sein."

Cameron versuchte zu akzeptieren, dass sie in eine Sackgasse gelaufen war. Wenigstens hatte sie ein wenig mehr über Semjon Luban erfahren, aber damit konnte sie sich nicht zufriedengeben. Sie musste mehr in Erfahrung bringen.

„Marfa, wer hat die Adoption arrangiert?" Cameron beugte sich vor, bereit, wieder einen Rückschlag einzustecken ... oder neue Hoffnung zu bekommen.

„Einen Augenblick." Marfa stand auf und verließ die Küche.

Cameron wechselte einen gespannten Blick mit Sophia. Ihre Freundin lächelte. Hoffnung leuchtete aus ihren Augen. Cameron versuchte, sich daran zu klammern. Falls Marfa irgendwelche Papiere hätte ...

Als Marfa zurückkam, hatte sie tatsächlich ein Papier in der Hand. Sie legte es vor Cameron auf den Tisch. „Das ist alles, was wir haben. Die einzige Erinnerung, die von Semjon übrig geblieben ist." Ihre Unterlippe zitterte. „Wir haben keine Fotos, weil wir uns nie welche leisten konnten."

Bevor Cameron sich auf das Papier konzentrieren konnte, hatten Marfas Worte eine andere wichtige Frage bei ihr aufgeworfen. „Was wurde aus Jakows Sachen, als er ins Gefängnis kam? Er hatte eine Kamera und muss viele Fotos gehabt haben."

„Alles, was ich weiß, ist, dass Onkel Jakow eines Nachts mit völlig leeren Händen, nur mit Semjon auf den Armen hier auftauchte. Ich erinnere mich, dass ich mitten in der Nacht aus dem Schlaf gerissen wurde. Später erzählte Mama mir, dass Onkel Jakow Leningrad eilig hatte verlassen müssen. Wahrscheinlich war er der Polizei nur mit knapper Not entkommen. Er kam hierher und flehte meinen Papa an, seinen Sohn aufzunehmen. Sie müssen wissen: Es war für meinen Vater ein großes Risiko, das Kind von jemandem, der Schwierigkeiten mit der Polizei hatte, aufzunehmen. Aber mein Onkel wurde von der Polizei verfolgt. Er wollte sichergehen, dass Semjon in guten Händen wäre, falls er verhaftet würde."

„Wissen Sie, warum die Polizei hinter Jakow her war?"

„Er stand in Verdacht, subversives Material zu vertreiben." Marfa beugte sich vor und fügte in einem verschwörerischen Tonfall hinzu: „Mama vermutete, dass es religiöse Traktate waren."

„Er war doch Jude, oder?"

„Er und mein Vater waren ungefähr zu einem Viertel jüdisch, aber ihre Familie hatte in zaristischer Zeit den russisch-orthodoxen Glauben praktiziert. Mein Vater war nie sehr für religiöse Sachen zu haben gewesen, und nach der Revolution schon gar nicht mehr. Aber Onkel Jakow ... mein Papa sagte, er sei viel zu religiös gewesen. Das schuf eine Kluft zwischen den Brüdern. Aber Jakow schwieg über seinen Glauben. Bis auf die letzten Jahre vor seiner Verhaftung. Ich bin nicht sicher, ob die Probleme mit der Polizei wegen seines Glaubens waren, aber meine Mama fand immer, dass die Schwierigkeiten seinen Glauben nur stärkten und ihn umso offener dafür machten. Deshalb wurde er wahrscheinlich von der Polizei verfolgt."

„Seine Verhaftung hatte also weder politische noch kriminelle Gründe?" Das war Sophia. Ihre Augen funkelten interessiert. Als Cameron ihr einen fragenden Blick zuwarf, zuckte sie leicht verlegen die Achseln. „Ich hatte mich das einfach gefragt, nachdem ich die Briefe gelesen hatte", fügte sie erklärend hinzu.

Jakow Luban war also ein religiöser Fanatiker gewesen? Cameron wusste nicht recht, was sie mit *dieser* Information anfangen sollte. Vorsichtshalber kehrte sie lieber zu weniger verfänglichen Fragen zurück. „Ihr Onkel kam in jener Nacht den weiten Weg von Leningrad bis hierher?"

„Das glaube ich nicht. Er war schon eine ganze Weile unterwegs gewesen und hatte versucht, der Polizei aus dem Weg zu gehen. Ich bin nicht sicher, wo er sich aufhielt, bevor er zu uns kam. Es war 1921, im Frühling – ich erinnere mich daran, weil wir gerade den Namenstag meines Bruders feierten. Vielleicht hatte er ja Semjon deshalb nie besonders gemocht: weil er seinen Festtag gestört hatte."

„Ich hatte angenommen, dass Jakow erst 1922 verhaftet wurde."

„Ja, meine Mutter erzählte mir später, dass er noch eine Weile auf der Flucht war, nachdem er Semjon hiergelassen hatte und bevor er verhaftet wurde."

„Sind Sie sicher, dass er nichts von dem, was er besaß, hierließ?"

„Glauben Sie, ich würde es vor Ihnen verstecken?", fragte Marfa. Cameron bemerkte an ihrem Tonfall sofort, dass die junge Frau beleidigt war, noch bevor Sophia die Worte übersetzt hatte.

„Es tut mir leid. So habe ich es nicht gemeint."

„Ich weiß, dass es wichtig ist." Marfa schüttelte, ebenfalls entschuldigend, den Kopf.

„Onkel Jakow blieb nur in dieser einen Nacht bei uns und das auch nur für ein paar Stunden, damit wir keine Schwierigkeiten bekämen. Ich nehme an, die Flucht vor der Polizei hatte ihn gezwungen, alles, was er besessen hatte, zurückzulassen."

„Das ist wirklich schade ..." Nicht nur, weil Cameron dadurch keine neuen Anhaltspunkte bekam. Vor allem erfüllte sie eine tiefe Traurigkeit, weil außer ein paar Blättern Papier, drei Fotos und einem Buch nichts von einem Leben übrig geblieben war. Cameron wünschte, sie hätte eines dieser Bilder bei sich. Dann könnte sie es jetzt Marfa schenken. Sie wusste, dass diese Frau sich sehr darüber freuen würde.

Dann konzentrierte Cameron ihre Aufmerksamkeit auf das Dokument, das vor ihr lag. Obwohl es ziemlich einfach war, schien es offiziellen Charakter zu haben; wenigstens trug es ein offiziell aussehendes Siegel. Cameron reichte es Sophia.

„Es besagt einfach", übersetzte diese, „dass Leo Luban aus völlig freiem Willen einen gewissen Semjon Luban, ein sieben Jahre altes Kind, der Fürsorge und Vormundschaft des Staates übergibt. Es ist unterzeichnet von Leo Luban und Genosse Wasili Scharenow vom Volkskommissariat, Region Ural."

„Ein Name ...", flüsterte Cameron. Sie wusste, wie schwach dieser Hoffnungsschimmer war, abertrotzdem war er ein weiteres Puzzleteil.

„Ich wünschte, ich hätte mehr", sagte Marfa.

„Sie waren uns eine sehr große Hilfe. Ich danke Ihnen so sehr!" Cameron ergriff die Hände der Frau und wollte lächeln, stellte aber fest, dass die Gefühle, die in ihr brodelten, ihren Lippen nur erlaubten zu zucken.

Marfa verstand das. Sie drückte Cameron herzlich die Hände. Als Cameron der Frau ihre Hände entzog und ihr die Adoptionspapiere zuschieben wollte, schüttelte sie den Kopf.

„Nein, Miss Hayes. Behalten Sie das", sagte Marfa. „Vielleicht kann Ihnen das weiterhelfen."

„Das kann ich doch nicht. Es ist alles, was Sie haben ..."

„Bitte nehmen Sie es. Und wenn Sie ihn finden, dann könnten Sie ihm vielleicht sagen, dass er eine Cousine hat, die ihn immer noch liebt, ja?"

Cameron konnte nur nicken. Ihre Tränen verhinderten jede andere Reaktion.

Danach plauderten sie noch eine Weile und tranken ihren Tee. Cameron hörte mit Vergnügen mehr Geschichten über Semjons Kindheit. Als es Zeit zum Aufbruch war, organisierte Marfa ihre Rückfahrt nach Swerdlowsk mit einem Nachbarn, der ein Fahrzeug besaß. Sophia fuhr ebenfalls mit und wollte noch eine Nacht in der Großstadt verbringen, außer Sichtweite der Journalisten natürlich, bevor sie nach Kuibyschew zurückkehrte.

Wieder in ihrem Hotelzimmer angekommen, früh genug, um vor den anderen Journalisten da zu sein, schaute sich Cameron erneut das Adoptionsdokument an. Selbst wenn das bedeutete, dass sie ihre „Krankheit“ hinauszögerte, würde sie versuchen, diesen Namen ausfindig zu machen, solange sie sich in Swerdlowsk aufhielt. Aber hauptsächlich dachte sie an einen traurigen, kleinen Jungen, der für die Gerechtigkeit kämpfte. Sie begann, ihn – ihren Bruder! – immer mehr zu mögen.

29

Der Junge reichte dem großen, jungen Mann das Päckchen.

„Danke.“ Der junge Mann warf einen Blick auf das Päckchen, das er jetzt in der Hand hielt. Als der Botenjunge stehen blieb, funkelten seine Augen ihn an. „Gibt es noch etwas?“

„Ich gehe jetzt in Major Simonows Büro. Falls ich irgendetwas für Sie mitnehmen soll ...“

„Nein ...“, sagte der junge Mann langsam und warf erneut einen Blick auf das Päckchen. „Noch nicht.“

Der Junge ging und der junge Mann schaute wieder auf das Päckchen, auf dem nur sein Nachname stand, Tweritonow. Dann wandte er sich von der Tür ab. In dem kleinen Raum standen zwei Zeichentische mit je einem hohen Stuhl und ein Schreibtisch, auf dem ein Telefon und andere Büroutensilien verteilt waren. An der Wand befanden sich Regale mit einer Vielzahl von Dingen, von denen die meisten mit der Arbeit zu tun hatten, die in diesem Raum erledigt wurde – Farben, Pinsel, Papier, eine große Auswahl an Stiften und Linealen. Sie waren wirklich sehr gut ausgestattet. Die Arbeit, die in diesem Raum geschah, war wichtig.

„Was hast du da, Semjon?“, fragte die andere Person im Raum, ein Mann, der ein paar Jahre älter war, ein wenig kürzer und stämmiger als der jüngere Mann. Er hatte eine dicke Brille und helle Augen.

Semjon hob den Blick. Er hatte beinahe vergessen, dass er nicht allein war. „Nichts.“

„Du siehst aber nicht so aus, als ob es nichts wäre.“

„Also gut ... es ist eigentlich alles.“ Semjon Tweritonow trat an die Zeichentische, die nebeneinanderstanden, um das Licht zu nutzen, das jetzt, da die Verdunklungsjalousien hochgezogen waren, durch ein großes Fenster über den Tischen ins Zimmer fiel. Außerdem brannte eine Stehlampe, die zwischen den Tischen stand. Semjon setzte sich auf seinen Stuhl und öffnete den Umschlag. Er zog ungefähr ein Dutzend Fotos, die zwanzig mal fünfundzwanzig Zentimeter groß waren, heraus. Trotz seines ursprünglichen Zögerns blätterte er jetzt mit verbissener Entschlossenheit schnell die Fotos durch. Knurrend ließ er den Stoß auf den Tisch fallen. „Sie sind furchtbar."

„Lass mich sehen." Der zweite Mann griff nach ihnen.

„Nein, Dmitri!" Semjon legte eine Hand schützend auf die Fotos. Dann zuckte er resigniert die Achseln. „Also gut. Schau sie dir an." Er schob sie über den Tisch.

Dmitri schaute die Fotos durch und nahm sich mehr Zeit dafür als sein Kollege vorher. Als er fertig war, schob er sie ihm zurück. „Sie sind nicht schlecht. Wie lang machst du das schon? Ein paar Monate?"

„Diese Bilder sind meine beste Arbeit, Dmitri. Ich hatte vor, sie Major Simonow zu zeigen." Er rieb sich das Kinn, das vom dunklen Schatten eines Eintagebartes bedeckt war. „Schau dir das hier an." Er schob seinem Freund ein Foto hin. „Die Frau ist nicht in der Mitte. Ich hatte die Absicht gehabt, sie zum Mittelpunkt des Bildes zu machen." Das Foto zeigte eine Schlange von Kunden vor einer Bäckerei. „Ich wollte die verbissene Entschlossenheit des russischen Volkes bei der Unterstützung der Kriegsbemühungen zeigen, die sich dadurch äußert, dass sie geduldig auf Lebensmittel warten. Du hättest den Blick im Gesicht dieser Frau sehen sollen. Reines Heldentum."

„Das Foto ist trotzdem gut, wenn man nicht weiß, welche Absicht du verfolgt hast. Aber schau dir doch das nächste Bild einmal genauer an. Du warst zu schnell, nehme ich an, um es wirklich zu sehen."

Es zeigte Frauen, die Granathüllen aus einem Ofen holten.

„Ich hätte näher hingehen müssen ..."

„Ach! Du bist zu streng zu dir, Semjon."

„Ich wollte, dass die Bilder perfekt sind."

„Glaubst du, jedes Bild, das ein Kriegsfotograf mitten im Bombenhagel unter Lebensgefahr schießt, ist perfekt?" Dmitri schüttelte als Antwort auf seine eigene Frage den Kopf. Dann fragte er weiter: „Bist du sicher, dass du das tun willst?"

„Warum, glaubst du, habe ich so schwer geschuftet, um das Fotografieren zu lernen? Damit ich den ganzen Tag in diesem Büro hier in Moskau sitze und Propagandaplakate zeichne?" Semjon wischte mit der Hand über den Zeichentisch, der mit Linealen, Federn und Papieren übersät war.

„Das ist eine wichtige Arbeit", argumentierte Dmitri.

„Ich will an die Front."

„Natürlich, das will ich auch. Aber unser Vaterland will mich hier haben.“ Dmitris Gesicht war einen Augenblick todernst. Dann huschte ein Lächeln über seine Lippen. „Ich werde mich bestimmt nicht darüber beklagen, dass niemand auf mich schießt.“

„Vielleicht würdest du das anders sehen, wenn du hier wärst, weil deine Eltern eine sichere Arbeit für dich wollen.“

Semjon fuhr sich mit der Hand durch seine dichten Haare. Die hellen Locken waren widerspenstig und bedurften dringend eines Haarschnitts. Daran musste er jetzt denken, denn die Locken ließen ihn jung aussehen. Wie ein kleiner Junge, der von seiner Mutter verhätschelt wurde. Seine dunklen Augen funkelten. Er wollte nicht zugeben, dass dies wirklich der Fall war. Er wusste sehr gut, dass sein Vater ihn nie daran gehindert hätte, sich als Soldat an die Front zu melden, wenn die Entscheidung ihm allein überlassen geblieben wäre. Aber unter den Tränen von Semjons Mutter hatten sie beide klein beigegeben, als er am Anfang des Krieges zur Armee hatte gehen wollen. Er war schließlich ihr einziges Kind und sie hatte vor vielen Jahren schon einmal einen Sohn verloren.

„Du solltest dich glücklich schätzen, dass du einen wichtigen Vater hast“, warf Dmitri ein. Er war bäuerlicher Herkunft und hatte schwer für seine Stelle in der Propaganda- und Agitationsabteilung der Kommunistischen Partei arbeiten müssen.

Semjon hatte nicht mehr tun müssen, um diese Stelle zu bekommen, als vor Jahren einen Kunstwettbewerb zu gewinnen. Damals war er noch bei den Jungen Pionieren gewesen. Diesen Tag verwünschte er immer noch! Seine künstlerischen Fertigkeiten waren damals bestenfalls rudimentär gewesen – er fand, dass sie das immer noch waren –, aber die Aussage seines Beitrags hatte die Aufmerksamkeit der Juroren geweckt. Die Worte „Seid wachsam!“ hatten über einem Bild von einem jungen Pionier, der einem heimtückischen, bösen Parteigegner eine lächelnde Maske vom Gesicht riss, gestanden. Nach dem Erfolg bei diesem Wettbewerb hatten seine Eltern sein Talent gefördert und ihn schließlich am Frunze-Institut in Moskau angemeldet, einer Schule für politische Unterweisung.

Es hatte ihn nicht gestört, diesen Weg einzuschlagen. Immerhin war sein Leben, bevor er zu seinen Adoptiveltern gekommen war, voller Konflikte und Probleme gewesen. Das hatten seine Eltern ihm erzählt, und er glaubte ihnen. Er hatte als Junge Albträume gehabt, die die Erzählungen seiner Eltern zu bestätigen schienen. Aus der Zeit, bevor er zu seinen Adoptiveltern gekommen war, hatte er fast keine Erinnerungen. Es war, als wäre ein dichter Vorhang zwischen diese zwei Lebensabschnitte gezogen worden. Manchmal flatterte er ein wenig und ließ einen schemenhaften Blick auf die Vergangenheit zu, nie genug, aber vielleicht trotzdem zu sehr, denn er dachte, die Albträume entsprangen diesen Schatten. Sein Vater sagte, es sei gut, dass er sich nicht besser erinnern könne. Semjon hoffte, er hätte recht, obwohl es manchmal ein komisches Gefühl war, dass ein Teil seines Lebens einfach fehlte.

Das beunruhigte ihn nicht oft, denn in seinem neuen Zuhause hatten seine Eltern ihn mit Liebe und Fürsorge und Stabilität überschüttet. Kein Wunder, dass er seine Eltern selten als *Adoptiv*eltern betrachtete. Sie waren seine richtigen Eltern. Er hatte keine Erinnerungen an irgendwelche anderen Eltern und wollte, wenn er ehrlich war, auch keine anderen. Sein Leben hatte eigentlich erst begonnen, als er über die Schwelle des Hauses der Tweritonows trat.

Ja, sein gegenwärtiger Weg war nicht schlecht – er hatte wirklich ein Talent, Propaganda zu streuen! Aber der Krieg änderte alles. Jetzt wollte er nur mittendrin im Geschehen sein und nicht Plakate zeichnen und Pamphlete entwerfen. Er hatte am Institut ein wenig fotografiert. Diese Arbeit hatte ihm gefallen, aber seine anderen Fächer hatten ihm dafür nicht viel Zeit gelassen. Doch jetzt, da Krieg war, sah er die Kamera und nicht den Pinsel als beste Möglichkeit, um an die Front zu kommen, da er den Wunsch seiner Mutter nicht völlig ignorieren und sich bei einer regulären Militäreinheit melden konnte. Aber sie wusste nicht, was die Aufgabe eines Kriegsberichterstatters war, und man könnte ihr vielleicht einreden, dass er sich in keiner direkten Gefahr befände.

Er war sicher, dass sein Vater ihn unterstützen würde, falls er einen Auftrag als Kriegsfotograf bekäme. Er könnte sogar ein gutes Wort für ihn einlegen. Stanislaw Tweritonow war ein wichtiger Mann, der Stellvertreter von Nikita Chruschtschow, dem obersten politischen Kommissar der Roten Armee. Chruschtschow und seine Leute hatten die lebenswichtige Aufgabe übernommen, sich zwischen den verschiedenen Fronten zu bewegen und sicherzustellen, dass die Befehle von

Genosse Stalin ausgeführt wurden. Sie waren im Grunde genommen Wachhunde, die die Loyalität und den Gehorsam von Offizieren und Parteimitgliedern überwachten. Als solcher war Semjons Vater ziemlich hin- und hergerissen gewesen, als er den Wünschen seiner Frau nachgegeben hatte. Die Loyalität eines Mannes in seiner Position könnte infrage gestellt werden, wenn sein eigener Sohn nicht an der Front war.

„Ich leugne ja nicht, dass ich Glück habe, Dmitri." Semjon nahm den Stapel Fotos hoch, klopfte sie kurz auf den Tisch, um sie sauber zu ordnen, und steckte die Bilder dann wieder in den Umschlag. „Aber trotzdem gehöre ich nicht hierher. Nicht jetzt."

„Dann willst du die Fotos zu Simonow bringen?"

„Sie müssen eben gut genug sein."

„Du widersetzt dich dem Willen deiner Eltern?"

„Eigentlich nicht. Ich werde immer noch beim Propagandaministerium sein. Aber ich muss dorthin gehen, wohin man mich schickt, oder? Das sieht sogar meine Mutter ein. Nur eine kleine Täuschung."

„Ich werde die Zusammenarbeit mit dir vermissen, Semjon." Mit einem trockenen Grinsen fügte Dmitri hinzu: „Aber diese ganzen Kugeln werde ich nicht vermissen!"

„Vielleicht sollte ich *deine* Loyalität infrage stellen", sagte Semjon, halb im Spaß.

Dmitri lachte, brach aber abrupt ab, als ihm leichte Zweifel kamen. „Das würdest du doch nicht, oder?"

„Erst gestern hast du eine fragwürdige Bemerkung über Genosse Stalin fallen gelassen und dich gefragt, ob wir sicher sein könnten, dass er während der ruhmreichen Schlacht um Moskau im Kreml gewesen sei. Ich wollte es aus Freundschaft übergehen. Aber ..."

„Das könntest du doch nicht, Semjon!", keuchte Dmitri. Sein Gesicht war noch blasser geworden, als es sonst schon war. „Es war eine gedankenlose Bemerkung. Aber wir wissen eindeutig, dass er, als es ganz schlimm war, nicht im Kreml war, sondern in einem Bunker in einer Metrostation."

„Solche Bemerkungen deuten an, dass unser Führer ein Feigling wäre."

„Ich habe nur eine bekannte Tatsache ausgesprochen. Das weißt du ganz genau."

„Ich habe nicht die Absicht, dich zu melden, Dmitri." Semjon schaute seinen Freund durchdringend an, halb flehend, halb warnend. „Aber hüte deine Zunge in Zukunft besser. Wir müssen in diesem Ministerium mehr als alle anderen in unserer Loyalität gegenüber unserem Land, der Partei und besonders unserem Führer tadellos sein."

Semjon stand auf, klemmte sich den Stoß Fotos unter den Arm und verließ den Zeichenraum. Seine vorherigen Selbstzweifel fielen allmählich von ihm ab, als er sich in Erinnerung rief, welche Ziele er verfolgte. Er wollte nicht an die Front, weil er Ruhm und Abenteuer suchte – wenigstens nicht nur deshalb. Er glaubte von ganzem Herzen, dass er von dort aus seinem Land besser dienen konnte. Nicht indem er ein Gewehr in die Hand nahm und Deutsche tötete, obwohl er das tun würde, wenn er müsste, sondern vielmehr auf die Weise, auf die er seine Talente am besten einsetzen konnte: indem er Bilder von den Kämpfen einfing, die eine Nation zum Sieg motivieren würden. Seine handwerklichen Fähigkeiten als Fotograf waren nicht perfekt, aber seine Leidenschaft für sein Land und das mächtige kommunistische System würden alle technischen Mängel problemlos überdecken. Seine Loyalität galt völlig uneingeschränkt seinem Land und der Kommunistischen Partei.

30

Los Angeles, Kalifornien
Februar 1942

Selbst im Abendlicht – das aufgrund der Verdunklungsbestimmungen nur aus dem Mondschein bestand – sah Sam das Schild im Schaufenster des Friseurs: „Kostenlose Rasur für Japaner. Für Unfälle keine Haftung."

Er hatte solche Anfeindungen vorher schon gesehen, zuckte aber immer noch zusammen. Seine Begleiter, drei japanische Freunde, mit denen er gerade aus dem Kino kam, machte er lieber nicht darauf aufmerksam. Er wollte ihnen nicht den Abend verderben. Sie versuchten, sich einen schönen Abend zu machen. Das hatte mit der Wahl des Films begonnen: *Hilfe, Gespenster* mit Abbott und Costello. Sie hatten vor Lachen gebrüllt, obwohl sie beim Betreten des Kinos in die hinterste Reihe gerutscht waren, um keinen Unfrieden heraufzubeschwören. Sie alle hatten schon zu spüren bekommen, dass sie an öffentlichen Orten auf Ablehnung stießen – auch schon vor dem Krieg. Normalerweise versuchten sie, sich diese Anfeindungen so weit wie möglich zu ersparen.

Jetzt schlenderten sie zu einem Café, um einen Imbiss einzunehmen. In diesem Café würden sie nicht abfällig behandelt werden, denn der Pächter war ein Japaner. Auf dem Weg dorthin ahmten Charlie und YoYo eine der Szenen aus dem Film nach, den sie schon mehrere Male gesehen hatten. YoYo, ein Spitzname für Yosuke, der kräftig gebaut war, gab eine gute Rolle ab und war fast genauso gut wie Lou Costello.

„Ich sagte, hinaus, Furdy", knurrte Charlie in bester Bud-Abbott-Manier.

„Ich will aber nicht", winselte YoYos Costello. „Es ist zu dunkel und ich will nicht ganz allein da draußen sein, wo ich mit niemandem reden kann." Er erschauderte wie der Schauspieler in dem Geisterhaus.

„Dann rede doch mit dir selbst", meinte Charlies Bud.

„Ich gebe mir zu viele dumme Antworten", kam die Costello-Antwort.

Alle lachten, aber Sam bemerkte, dass dem vierten Mitglied ihrer Gruppe nicht nach Lachen zumute war. Schon während des Films hatte Emi so ausgesehen, als wäre sie in Gedanken ganz woanders. Das war auch kein Wunder. Ihr Vater, Manager einer großen japanischen Import-Export-Firma und eine herausragende Persönlichkeit in der japanischen Gemeinde, war kurz nach dem Angriff auf Pearl Harbor zusammen mit vielen anderen führenden Persönlichkeiten, darunter auch Sams Onkel aus Berkeley, verhaftet worden. *Interniert,* wie das FBI es nannte. Die meisten waren *Issei*, obwohl von den staatlichen Stellen keine echte Unterscheidung zwischen ihnen und den *Nisei* gemacht wurde – es war nur Zufall, dass die *Issei* als die erste Generation Japaner in den Staaten älter waren und in der japanischen Gemeinde Führungspositionen übernommen hatten. Da die Bankkonten aller *Issei* eingefroren waren, war das für alle schwer, aber für Emi war es wahrscheinlich noch schlimmer, da sie immer einen luxuriösen Lebensstil geführt hatte.

Sam vermutete, dass das heute Abend nicht ihr einziges Problem war. Vielleicht fände er eine Gelegenheit, mit ihr allein zu sprechen. Diese drei waren seine besten Freunde von der High School. Charlie und YoYo gingen mit ihm zur Universität. Sam wusste, dass die beiden Emi bei ihren Problemen nicht helfen konnten. Das hätte sie einfach in Verlegenheit gebracht. Er fühlte sich auch nicht ganz wohl dabei, aber da er ein Jahr älter war als alle anderen, war er immer eine Art großer Bruder gewesen, eine Rolle, die für ihn ganz natürlich war. Seine Mutter hatte immer schon gesagt, dass es sich als gut herausstellen würde, dass er wegen einer Scharlacherkrankung ein Jahr später eingeschult worden war. Vielleicht war er aus diesem Grund ein wenig reifer und verstand es ein wenig besser, seinen Freunden zu helfen.

Sie erreichten das Café und bekamen schnell einen Tisch. Im Café war nicht viel los – die meisten japanischen Restaurants und Geschäfte blieben in letzter Zeit leer.

„Ich brauche keine Speisekarte", sagte Charlie, als die Kellnerin ihnen eine hinhielt. „Ich will einen Hamburger und eine Cola. Mit allem darauf."

„Auf unserer Cola gibt es nur Eiswürfel", sagte die Kellnerin trocken.

Alle lachten. Die Kellnerin war eine Weiße, aber der Pächter des

Restaurants war Japaner. Deshalb fühlten sie sich hier wohl. Selbst die Kellnerin lachte.

„Braucht sonst jemand eine Speisekarte?“, fragte die Kellnerin.

Nein, sie waren schon oft in diesem Restaurant gewesen und bestellten immer genau das Gleiche. Charlie wollte immer alles auf seinem Hamburger. YoYo wollte einen Burger mit allem und dazu Pommes und ein Schälchen Apfelmus. Emi bestellte einen Burger ohne Mayo. Sams Hamburger war ohne Salatblatt, Tomate und Gemüse, dafür aber mit mehr Mayo. Und alle tranken natürlich Coca-Cola.

„Weißt du, Sam“, sagte Emi, während sie auf ihr Essen warteten. „Ich bin froh, dass du dich entschlossen hast, heute Abend mit uns auszugehen. Wir sehen dich fast überhaupt nicht mehr.“

„Es ist einfach so viel los“, erwiderte Sam vage. Er hatte keinem von ihnen von Jackie erzählt, obwohl er damit rechnete, dass sie von den Gerüchten gehört hatten. „Na ja“, fügte er hinzu, um die Aufmerksamkeit von sich abzulenken. „Wenn du dich entschieden hättest, an die Uni zu gehen, dann würden wir dich öfter sehen.“

„Zum großen Leidwesen meiner Eltern“, seufzte sie, „hatte ich nie viel Interesse an der Schule.“

„Sie will einfach nur heiraten“, sagte YoYo. Seine neckende Art passte eher zu Schülern in der Mittelstufe als zu den fast Erwachsenen, die sie waren.

„Einige sagen, das College sei der beste Platz, um einen Mann zu finden“, bemerkte Sam.

„Nur solche Clowns wie euch drei“, konterte sie mit einem Lachen, das in Sams Ohren ein wenig leer klang. „Was hat dich denn so auf Trab gehalten, Sam?“

In diesem Augenblick kam ihr Essen und die Frage ging unter, aber Sam wusste, dass Emi die Sache nicht auf sich beruhen lassen würde. Er wusste auch, dass er es seinen Freunden eigentlich erzählen sollte. Ein so riesiges Geheimnis war es nicht. Aber Jackie handhabte die Situation genauso. Sie versteckten sich nicht, aber irgendwie doch. Sie versteckten sich in einer Welt, in der es nur ihre Liebe gab, in einer sicheren Welt, in der es nur sie beide gab. Es war nicht Verlegenheit oder Scham, die sie in diese Welt drängte, einfach ein Wunsch nach Frieden.

Aber die Welt war im Krieg.

„Meine Mutter packt“, erzählte YoYo. „Könnt ihr euch das vorstellen? Ich sage ihr immer wieder, dass sie übertreibt. Niemand wird uns zwingen wegzugehen.“

„Sei da nicht so sicher, Yo“, warf Emi ein. „Meinen Vater haben sie ohne Gerichtsverhandlung, ohne Haftbefehl oder sonstiges gerichtliches Zeug mitgenommen. Du hast die Gerüchte doch auch gehört, nicht wahr, Sam?“

Sam kniff die Augen zusammen. Wie hatte das Gespräch auf dieses Thema kommen können? Die Weltsituation musste wirklich schlimm sein, wenn sogar seine Freunde, die so gern ausgelassen waren, darüber sprachen.

„Ja, ich denke schon“, nickte er und versuchte, sich auf das Gespräch zu konzentrieren.

„Also, mein Onkel sagt, wenn sie meinen Vater einfach so festnehmen konnten, dann können sie alles tun.“

„Ich höre solche Gerüchte, seit der Krieg angefangen hat, und bis jetzt ist nichts passiert“, sagte Charlie. „Können wir nicht über etwas anderes reden?“

„Ja“, pflichtete Sam ihm bei. „Wir wollten den heutigen Abend genießen und uns bleibt nur noch eine Stunde bis zur Sperrstunde.“

Falls er die Stimmung seiner Freunde heben wollte, war das eine unkluge Bemerkung. Sie stöhnten alle unter dieser weiteren Ungerechtigkeit: Für alle Japaner war um zwanzig Uhr Sperrstunde.

In einem weiteren Versuch, die Situation zu retten oder vielleicht davor zu fliehen, sprang Sam auf und ging zur Jukebox. Sein Budget war sehr knapp und durch das Kino und jetzt das Essen schon mehr als ausgereizt, aber er vermutete, dass ein weiteres Fünfcentstück gut angelegt wäre, wenn er damit die Sorgen seiner Freunde etwas vertreiben könnte. Die Andrew Sisters müssten das schaffen. Er wählte: „Scrub Me, Mama, With a Boogie Beat“.

Während er an der Jukebox lehnte und den Fuß im Takt bewegte, sah Sam, wie Emi auf ihn zukam. Er hoffte, sie würde ihn nicht zum Tanzen auffordern, aber sie sollte ihn eigentlich gut genug kennen. Er war nie ein großer Tänzer gewesen.

„Sam, gehst du mir aus dem Weg?“ Ihre Stimme war leise und die Musik war so laut, dass sonst niemand sie verstehen konnte.

Panik ergriff Sam. Es war schon immer ein unausgesprochenes Gesetz in ihrer Gruppe, dass sie nur Freunde waren und nicht mehr. Emi ging mit vielen anderen Jungen aus, hatte aber nie irgendeine tiefere Zuneigung zu einem der drei Freunde gezeigt. Sie waren wie Geschwister und ganz zufrieden damit. Jetzt fürchtete Sam, das könnte sich geändert haben. Er war jedoch kaum erleichtert, als ihre nächsten Worte diese Sorge vertrieben.

„Schämst du dich, weil du eine weiße Freundin hast?“, fragte sie.

Er schluckte schwer und spürte, wie sein Gesicht zu glühen begann. „Wie bitte? Emi, wie kommst du denn auf so etwas?“

„Deshalb gehst du uns aus dem Weg, nicht wahr?“

„Ich gehe euch nicht ...“

Sie schüttelte den Kopf. „Das ist unter deinem Niveau, Sam.“

„Was?“ Er versuchte, unschuldig zu tun, aber er wusste, was sie meinte, und er wusste: Wenn er sich wegen seiner Beziehung zu Jackie wirklich schämte, dann war das unter seinem Niveau. Aber das machte es kein bisschen leichter, darüber zu reden.

„Egal, wie sehr YoYo oder sonst jemand es zu leugnen versucht, unsere Welt befindet sich im Umbruch“, sprach sie weiter. Ihre eindringlichen Worte bildeten einen seltsamen Gegenpol zu der rhythmischen Musik der Andrew Sisters. „An dem Tag, an dem sie meinen Vater abholten, wusste ich, dass nichts wieder so sein wird wie früher. Ich habe auf dem Weg hierher das Schild bei diesem Friseur gesehen. Und du hast es auch gelesen. Das weiß ich. Dir wurde dabei ganz übel, nicht wahr? Jemand muss nachgeben und ich denke, das werden wir Japaner sein.“

Sam wusste es auch und nickte. Aber er sagte: „Ich verstehe nicht, was das mit ... allem zu tun hat.“

„Sam, meinst du es ernst mit diesem weißen Mädchen?“

„Halte mir keine Vorträge, Emi!“

„Das tue ich nicht!“ Sie klang ein wenig beleidigt. „Ich ... ich ... muss einfach wissen, was du tun willst ... in dieser Sache.“ Ihre zitternde Stimme überraschte ihn. Wenn sie nicht in ihn verliebt war, was war dann der Grund dafür?

Er schwieg lange. Die Musik hämmerte in seinem Kopf wie auf einen Amboss. Am liebsten hätte er sie ausgeschaltet, aber seine fünf Cent würde er natürlich nicht zurückbekommen.

„Sam ... “ Sie kaute auf ihrer Unterlippe, bevor sie weitersprach. „Ich will dich nicht in Verlegenheit bringen. Ich ... du bist der Einzige, mit dem ich darüber sprechen kann."

„Über was, Emi?" Jetzt war er wirklich verwirrt.

„Ich kenne sonst niemanden, der eine weiße ... Freundin oder einen weißen Freund hat."

Das stimmte. Die japanischen *Nisei* taten alles, um Amerikaner zu sein, aber nur wenige suchten außerhalb ihrer Rasse Freunde oder auch nur gesellschaftliche Kontakte. Er kannte niemanden ... außer ...

„Emi, was meinst du mit *sonst niemanden*?"

Sie kaute weiter auf ihrer Lippe. Ihre Mundwinkel zitterten wieder. „Es gibt da einen jungen Mann. Wir haben uns in dem Lebensmittelgeschäft kennengelernt, in dem ich arbeite."

„Oh, Emi." Sein Tonfall war voll Mitgefühl.

„Er zieht in einer Woche in den Krieg."

„Er ist in der Armee?"

„In der Marine." In ihren Augen funkelten Tränen. „Er wollte mich heiraten, wirklich, aber das ist ziemlich schwer, so wie die Dinge stehen. Wir ... wir haben im Geiste geheiratet." Sam keuchte angesichts dieses Geständnisses, das sie unter Tränen machte, und wusste nicht, was er dazu sagen sollte. Sie sprach weiter. „Jetzt ... bin ich in Schwierigkeiten." Sie wischte sich eine Träne weg, die ihr über die Wange gelaufen war, und blieb demonstrativ mit dem Rücken zu ihren Freunden am Tisch stehen.

Es war nicht zu übersehen, dass sie am Boden zerstört war. Sams Knie wurden plötzlich auch ganz weich. Emi war auch Christin. Aber er wusste, wie leicht sie in diese Situation, in der sie sich jetzt befand, hatte geraten können. Wie oft schon hatte er angesichts der groben Ungerechtigkeit der Gesellschaft seine moralischen Überzeugungen über Bord werfen wollen? Er wusste ohne jeden Zweifel, dass in Gottes Augen nichts falsch daran war, jemanden aus einer anderen Rasse zu lieben. Aber die Gesellschaft hatte es zu einem Verbrechen gemacht. War es somit nicht ein Gesetz, das man brechen konnte? Diese Frage hatte er sich eine Million Mal gestellt und nie eine Antwort darauf bekommen.

„Emi, wissen es deine Eltern?"

Verzweifelt schüttelte sie den Kopf. „Ich habe so große Angst, es ihnen zu sagen. Und jetzt, da Papa fort ist, weiß ich nicht, ob Mama so etwas ertragen könnte." Sie nahm ein Taschentuch aus ihrer Tasche und putzte sich die Nase. „Ich weiß, dass wir nicht wirklich verheiratet waren, egal, wie sehr wir so taten, als wären wir es. Ich dachte, wenn wir vielleicht irgendwie tatsächlich heiraten könnten – deshalb wollte ich ja mit dir reden."

„Ich weiß nicht, was ich sagen soll." Sam wurde bewusst, dass er auch jetzt noch nicht mit der Sprache herausgerückt war und seine Beziehung zu Jackie gestanden hatte. *Gestanden* – was für eine furchtbare Art, es auszudrücken!

Aber Emi war zu verzweifelt, um es dabei bewenden zu lassen. „Du und sie, ihr müsst doch darüber gesprochen haben. Habt ihr euch keine Möglichkeit überlegt ...?"

In diesem Augenblick brach die Musik ab. So abrupt wie eine Ohrfeige. Plötzlich war alles still. Die einzige Antwort, die er ihr geben konnte, war ein schnelles Kopfschütteln.

„Hey, ihr zwei!", rief YoYo. „Was ist denn mit euch los?"

„Gibt es etwas, was ihr uns nicht erzählt?", neckte Charlie.

Alles war lustig gemeint, wenn auch das Timing sehr schlecht war. Ohne zu antworten, und mit saurer Miene ging Sam zum Tisch zurück und zog seine Brieftasche heraus – die Brieftasche, die Jackie ihm vor weniger als zwei Monaten zu Weihnachten geschenkt hatte. „Es wird spät", sagte er und holte das Geld heraus, um sein Getränk und Essen zu zahlen. „Wir sollten lieber gehen."

Charlie und YoYo wechselten verständnislose Blicke miteinander, aber ein kurzer Blick auf Emis gerötete Augen verriet ihnen, dass sie nicht lange diskutieren sollten. Sie waren außerdem klug genug, ihre zwei ernsten Freunde nicht noch mehr zu necken. Auf dem Heimweg waren alle sehr schweigsam. Sam saß am Steuer. Emi brachte er als Erste nach Hause. Sie stieg aus dem Auto, blieb aber kurz stehen, bevor sie den Gehweg zu ihrem Haus hinaufging.

„Du hast ein Recht darauf, glücklich zu sein, Sam. Nimm es in Anspruch. Aber ... vermassele es nicht so wie ich." Sie drehte sich um. Sam streckte die Hand aus dem Fenster und ergriff ihren Arm.

„Kommst du klar?"

Sie zuckte nur die Achseln. Dann wandte sie sich schnell ab und ging davon.

Als er auf die Straße zurückfuhr, fragten Charlie und YoYo wie aus einem Mund: „Was hatte das denn zu bedeuten?"

„Nichts", erwiderte Sam kurz angebunden.

„Ihr beide seid doch nicht ..."

„Nein!" Sam schrie fast. Er wusste, dass seine Freunde seinen Zorn nicht verdient hatten. Sie konnten nicht wissen, dass er hauptsächlich auf sich selbst zornig war, weil er Emi nicht helfen konnte. Wahrscheinlich war er auch ein wenig auf die ganze Welt zornig.

„Tut mir leid", entschuldigte er sich bei seinen Freunden. „Emi hat einfach ein Problem." Nicht nötig, ihnen zu sagen, dass er auch ein Problem hatte. Ein riesengroßes Problem. Aber genauso wie Emi fürchtete er, dass er es für sich behalten müsse.

Als Sam nach Hause kam, saß seine Familie im Wohnzimmer und hörte sich das Lux-Radio-Theater an. Er wollte gern allein sein und ging in die Küche, wo er sich ein Glas Milch einschenkte und eine Handvoll Zuckerkekse, die seine Mutter gebacken hatte, aus der Blechdose holte. Er verstand nicht, wie er jetzt nach dem Hamburger und der Cola noch Hunger haben konnte, aber er hatte seinen Hamburger nicht aufgegessen. Er tauchte einen Keks in die Milch und versuchte, nicht an die fünfundvierzig Cent zu denken, die er für dieses Essen sinnlos ausgegeben hatte. Er hatte insgesamt fünfundsiebzig Cent für den ganzen Abend bezahlt – fünfundsiebzig Cent, die er eigentlich nicht übrig hatte – und jetzt wünschte er, er wäre nicht mitgefahren. Wenn er Emi hätte helfen können, hätte sich das Ganze gelohnt. Aber wie konnte er ihr helfen, wenn er sich nicht einmal selbst helfen konnte?

Ja, er hatte schon oft an die Dinge gedacht, über die er und Emi sich unterhalten hatten. Er hatte auch darüber gebetet. Oft hatte er sogar daran gedacht, seine Beziehung zu Jackie zu beenden. Aber wie konnten sie miteinander Schluss machen, ohne dass sie beide sehr darunter leiden würden? Und wenn sie an ihrer Beziehung festhielten, wie konnten sie wirklich glücklich sein, wenn die ganze Welt gegen sie war?

Er liebte sie. Wieder fragte er sich: *Warum ausgerechnet Jacqueline? Warum nicht ein Mädchen wie Emi? Ein japanisches Mädchen.* Es war nicht so, dass es nicht viele nette Mädchen seiner eigenen Rasse gegeben hätte, die er hätte lieben können. Aber er liebte nicht Emi oder Seiko oder Mitsue. Er liebte Jacqueline. Aus irgendeinem Grund, den er nicht erklären konnte, vervollständigte sie ihn.

Warum, Gott? Sollte ich dir dafür danken oder dich dafür verfluchen? Nein! Niemals! Sie ist ein Geschenk von dir. Das ist alles, was ich weiß.

Das ist alles, was ich weiß.

„Joshito."

Sams Kopf fuhr fast schuldbewusst in die Höhe, als er die Stimme seiner Mutter vom Türrahmen aus hörte.

„Hallo, Mama." Er lächelte schwach und hoffte, die Schuldgefühle, die ihn quälten, verbergen zu können.

„Warum hast du dich nicht zu uns ans Radio gesetzt? Die Sendung ist heute Abend gut."

„Ich weiß nicht. Ich war einfach nicht in der Stimmung dazu." Er wünschte, seine Mutter würde englisch sprechen. Er fühlte sich noch schlechter, als er jetzt japanisch sprach, nachdem er sich bis vor ein paar Minuten den ganzen Abend so amerikanisch gefühlt hatte. Das verstärkte seine inneren Konflikte nur noch mehr. Er dachte daran, ihr auf Englisch zu antworten, aber das wurde in ihrer Familie als Zeichen mangelnden Respekts betrachtet.

„War es mit deinen Freunden nicht schön?" Sie setzte sich zu ihm an den Tisch. „Willst du noch mehr Kekse? In der anderen Dose sind Haferkekse."

„Nein ... mir geht es gut."

„Du siehst aber nicht so aus, als ginge es dir gut, Joshito." Sie legte eine Hand auf seine Stirn. „Kein Fieber."

„YoYo sagte, seine Mutter sei dabei zu packen", antwortete er, wohl wissend, dass seine Worte nur eine Tarnung waren, um die Wahrheit zu verbergen. „Sie ist sicher, dass es bald eine Evakuierung geben wird."

„Das könnte passieren. Ich habe mein bestes Geschirr auch schon gepackt. Joan Fenton hat versprochen, dass sie in ihrem Keller so viel wie möglich für uns aufheben wird."

„Mama! Du nicht auch noch!" Für einen kurzen Augenblick war Sam von seinen eigenen Problemen abgelenkt. Seine Mutter war nicht der Typ, der schnell in Panik geriet. An den Gerüchten musste also wirklich etwas Wahres dran sein. Aber bei diesem Gedanken brachen seine Probleme erneut über ihn herein. Er hatte nicht in Erwägung gezogen, dass er und Jackie durch äußere Kräfte auseinandergerissen werden könnten. Irgendwie hatte er zwar schon daran gedacht, aber nicht so konkret.

„Ich denke, es ist am besten, auf alles vorbereitet zu sein."

Er nahm einen weiteren Keks in die Hand und starrte ihn an. Alles? „Mama, wie wusstest du, dass Papa der Mann war, den du heiraten solltest?"

Sie wirkte nicht im Geringsten erstaunt über diese Frage, obwohl sie aus heiterem Himmel kam. „Du weißt, dass unsere Eltern uns füreinander bestimmt hatten. Dein Vater war bereits in Amerika. Und so schrieben wir uns ungefähr ein Jahr lang Briefe. Aber obwohl unsere Beziehung von anderen arrangiert worden war, konnten wir uns am Ende selbst entscheiden."

„Du hattest nur die Briefe?"

„Dein Vater redet nicht viel, aber er kann schöne Briefe schreiben." Sie lächelte verträumt.

„Aber woher wusstest du es? Du musst doch sicher gewesen sein, sonst wärst du nicht so weit gereist, um einen Mann zu heiraten, den du vorher nie gesehen hattest."

„Als ich deinem Vater nach knapp einem Jahr schrieb, dass ich bereit sei, nach Amerika zu kommen und ihn zu heiraten, schrieb er mir schnell zurück." Sie kicherte bei der Erinnerung. „Er sagte, er müsse mir gestehen, dass er ganz anders sei als seine Briefe. Er sagte, seine Zunge sei langsamer als sein Kopf. Das wusste ich bereits. Ich hatte ihn vorher schon einmal gesehen, als wir noch Kinder waren, und ich konnte mich erinnern, dass er damals schon nicht viel geredet hatte. Also antwortete ich ihm und fragte, ob er die Dinge in seinen Briefen so gemeint habe, wie er sie geschrieben hatte, oder ob es Lügen gewesen seien. Er schrieb: ‚Natürlich habe ich sie so gemeint.' Er versprach mir, dass er mich nie anlügen würde. Ich konnte aus seinen Briefen erkennen, dass er ein Mann war, der wusste, was er wollte. Er schrieb von Träumen, aber nicht wie ein Träumer. Er wusste, was er wollte, und hatte keinen Zweifel daran, dass er es auch schaffen würde. Ich kann es nicht erklären, Joshito. Ich wusste einfach, dass er der richtige Mann für mich war. Hier drinnen." Sie klopfte sich in der Nähe ihres Herzens auf die Brust.

Konnte es wirklich so einfach sein?

„Joshito, du wirst es auch wissen." Ihr Blick war so voll *Wissen*. Sam hatte seinen Eltern gegenüber Jackie nie erwähnt, aber genauso wie seine Freunde wussten sie zweifellos auch Bescheid. Sicher hatten sie ihn nur deshalb nie zur Rede gestellt, weil sie hofften, wenn sie es ignorierten, würde das Problem irgendwann von selbst verschwinden.

„Ich ... ich denke, ich weiß es, Mama." Er fuhr sich mit der Zunge über die trockenen Lippen und wusste nicht, was er sagen sollte, wenn sie weitere Fragen stellte.

„Dann musst du das tun, was dein Herz dir sagt."

„Selbst wenn es ..." Er wurde von ihren Fingern zum Schweigen gebracht, die sich fest auf seine Lippen drückten.

„Joshito, du bist auch ein Mann, der weiß, was er will. Du warst nie ein gedankenloser, oberflächlicher Junge. Dein Papa und ich sind sehr stolz auf dich und vertrauen dir, dass du tun wirst, was richtig ist."

„Wenn ich nur wüsste, was richtig ist", seufzte er.

Sie klopfte auf *seine* Brust. „Dein Herz sagt dir, was richtig ist."

„Aber Mama, du verstehst nicht ..."

„Ich verstehe sehr genau. Und ich weiß, dass es für keinen von uns leicht sein wird. Aber wenn ich an deiner Stelle wäre, würde ich nicht zögern." Hoshi Okuda strich ihrem Sohn mitfühlend über die Wange.

Seine Augen wurden ganz groß und seine Kinnlade fiel nach unten. Als er wieder etwas Fassung gewonnen hatte, konnte er die nächste Frage nur heiser über die Lippen bringen. „Dann habe ich euren Segen?"

„Dein Vater und ich haben darüber gesprochen. Wir stehen dir nicht im Weg."

Er hielt das für eine sehr ausweichende Antwort. Aber er war klug genug, nicht weiter in sie zu drängen.

„Ich glaube, dein Papa hätte jetzt gern ein paar Haferkekse. Komm und hör dir den Rest der Sendung mit uns an."

„Ich komme gleich", nickte er.

Sie holte eine Dose von der Arbeitsfläche und kehrte ins Wohnzimmer zurück. Er blieb noch einen Augenblick sitzen. Noch nie in seinem Leben war er so unschlüssig gewesen. Er hatte den Segen seiner Eltern? Nun, nicht genau, aber er hatte *etwas*. Und was noch bemerkenswerter war: Er hatte ihnen nicht einmal von Jackie erzählen müssen. Trotzdem waren seine Probleme damit noch lange nicht gelöst. Es gab noch unzählige andere Hürden, die es zu überwinden galt.

Zwei Ereignisse, die fast gleichzeitig geschahen, drängten ihn zu einer schnellen Entscheidung. Die erste fand am 19. Februar statt, als

Präsident Roosevelt den Exekutivbefehl 9066 unterzeichnete. Von den unerwarteten japanischen Siegen im Pazifik und der um sich greifenden Paranoia an der Westküste angeheizt, erlaubte der Befehl, unter dem dürftigen Vorwand, es sei „militärisch nötig“, alle Personen aus bestimmten Gebieten zu evakuieren, bei denen es die Behörden im Rahmen der allgemeinen Sicherheit für nötig hielten. Das Wort *Japaner* wurde bei dem Befehl sorgfältig vermieden, aber jeder wusste, dass es gegen sie gezielt war.

Das zweite Ereignis traf Sam viel tiefer. Er hörte von seiner Schwester, dass Emi Tanaka Selbstmord begangen hatte.

31

Sam brachte sein Auto in der Auffahrt zum Stehen, aber aus irgendeinem Grund konnte er die Hände nicht vom Lenkrad nehmen, um die Tür zu öffnen und auszusteigen. Vielleicht war das gar nicht so schlecht, denn er war nicht sicher, ob er, selbst wenn er die Hand auf den Türgriff hätte legen können, seine Beine in Bewegung setzen könnte. Seine Knie waren weich wie Pudding.

Er säße nicht in dieser Klemme, wenn Jackie seinem ersten Lösungsvorschlag zu ihrem Problem zugestimmt hätte. Als er ihn an dem Tag, als er die schockierende Nachricht von Emis Tod erfahren hatte, Jackie unterbreitete, wäre sie beinahe an die Decke gegangen. Nur dass es keine Decke über ihnen gab, da sie im Freien waren und auf dem Collegegelände spazieren gingen. Allerdings sah der Himmel aus wie eine niedrige Decke. Grau und schwer. Es sah aus, als würde Los Angeles nun doch noch ein Winterwetter bekommen.

„Das ist das Lächerlichste, was ich je gehört habe, Joshito Okuda!", hatte sie erwidert. Sie hatte nicht geschrien, aber trotzdem viel Leidenschaft in ihre leise Stimme gelegt.

„Ich halte es für das Beste." Als er dieses Gespräch vorher allein eingeübt hatte, waren seine Antworten weitaus intelligenter ausgefallen.

„Du meinst, es sei das Beste, wenn wir Schluss machen? Für wen soll es das Beste sein, wenn ich fragen darf?"

„Jackie, hör mir bitte zu ..."

„Nein! Das werde ich nicht." Sie begann, schneller zu gehen, und er musste laufen, um sie einzuholen. Sie verlangsamte ihr Tempo nicht, sondern wartete, bis er wieder neben ihr war. „Was du gerade vorgeschlagen hast, sagt mir, dass du mich nicht wirklich liebst. Vielleicht hast du mich nie geliebt."

„Du weißt, dass das nicht wahr ist!", keuchte er. Er packte ihren Arm, um sie dazu zu bewegen, langsamer zu gehen. Ein Passant starrte die beiden drohend an. Er ließ die Hand fallen und dachte, wie ungerecht es sei, dass er seiner Freundin nicht einmal die Hand auf den

Arm legen durfte, ohne befürchten zu müssen, dafür ins Gefängnis zu kommen. Jackie wurde langsamer und drehte sich zu ihm um. Ihr Blick war so verwirrt und verwundbar, dass alles in ihm danach schrie, sie ganz fest zu halten. Aber er hielt die Arme an seinen Seiten und ging weiter. Er hätte sie nicht an der Uni treffen sollen. Sie mussten allein sein, obwohl das vielleicht auch keine so gute Idee war, so verwirrt, wie seine Gefühle im Moment waren.

Sie gingen eine Weile schweigend weiter. Sams Vorschlag, mit Jackie Schluss zu machen, war ihm so logisch, so vernünftig erschienen. Bis jetzt, bis er bei Jackie war, in ihrer Nähe, und ihre Liebe und ihre Verwundbarkeit fühlte.

„Sam", sagte sie nach einigen Minuten. „Wie bist du auf diese Idee gekommen?"

Er wollte nicht über Emi sprechen. Das Leben war so zerbrechlich und Gottes Wille war so verwirrend. Jackie war vielleicht auch zerbrechlich. Wenn ihr so etwas seinetwegen passieren würde ... Allein schon bei dem Gedanken wollte sich sein Magen umdrehen.

„Sam, was ist?", ließ sie nicht locker.

Bevor er recht wusste, was er tat, und weil es einfach richtig war, Jackie an dem teilhaben zu lassen, was sein Herz bewegte, erzählte er ihr alles über Emi.

„Oh, Sam!" Ihre Augen umarmten ihn, auch wenn ihre Arme das in der Öffentlichkeit nicht tun konnten.

„Ich weiß nicht, was wir sonst tun sollten, Jackie", sagte er traurig.

„Du glaubst doch nicht, dass uns so etwas auch passieren könnte?" Die absolute Ungläubigkeit in ihrer Stimme überraschte ihn.

„Hast du denn nie daran gedacht? Nicht an Selbstmord – aber wenn es Emi passieren konnte, dann stehen wir doch alle in der Gefahr, dass wir das tun! Aber ich meinte das andere. Zusammen ... zu sein. Manchmal scheint das, was sie getan haben, eine Ehe im Geist, der einzige Weg zu sein."

„Ich habe schon daran gedacht, Sam." Ihre Stimme war ganz ruhig.

„Jackie!" Es entsetzte ihn, dass sie so bereitwillig klang. „Ich kenne dich besser. Das würdest du nicht."

„Es ist nicht falsch, an etwas zu *denken*", konterte sie. „Und du musst zugeben, dass es verführerisch ist."

„Genau das meine ich. Zu verführerisch. Aber das führt uns nur in eine Falle, die überhaupt nichts löst. Nicht für dich und nicht für mich, wenn wir unsere Überzeugungen als Christen nicht über Bord werfen wollen."

„Und deshalb siehst du keine andere Lösung, als dass wir einfach Schluss machen? Unsere Liebe ignorieren? Getrennte Wege gehen, als ob nie etwas zwischen uns gewesen wäre?"

So ausgedrückt, klang es verrückt. „Siehst du eine andere Lösung?"

„Wir könnten heiraten. Ich meine, richtig heiraten."

Seine Kinnlade fiel nach unten. Das war das dritte Mal innerhalb einer Woche, dass eine Frau ihn aus dem Gleichgewicht warf. Zuerst Emi, dann die erstaunlichen Worte seiner Mutter. Und jetzt das. Ihm gefiel dieses Gefühl nicht. Noch weniger gefiel ihm, dass diese Frauen normalerweise recht hatten.

Um dieses unwillkommene Gefühl abzuwehren, lachte er. „Ja, das ist wirklich die einfachste Lösung! Warum bin ich nur nicht selbst darauf gekommen?"

„Ich meine es ernst, Sam."

Wieder diese felsenfeste Stimme, die ihm eigentlich Angst machen sollte.

„Warum sollten wir nicht das tun, worauf jedes Paar in unserer Situation ein Recht hat? Ich weigere mich, mich unheiligen gesellschaftlichen Regeln zu beugen."

„Meine Eltern haben uns ihren Segen gegeben", murmelte er leise. Seine Worte überraschten ihn selbst, weil er immer noch nicht sicher war, ob er Jackies einfache Lösung akzeptieren konnte.

„Was?"

„Sie weigerten sich, direkt von dir zu sprechen", erklärte er und versuchte, sein Gleichgewicht wiederzuerlangen. „Aber auf ihre Art haben sie das getan. Mama sagte, sie und Papa würden uns nicht im Weg stehen." Er fuhr mit der Zunge über seine plötzlich spröden Lippen. Was sagte er da? Wohin führte das alles?

„Wenn wir auf ein Wunder gewartet haben, Sam, dann ist das eindeutig eines."

„Das reicht aber noch nicht."

„Nein ..."

Er wusste, dass sie an ihre Eltern dachte. Genau wie er. „Wenn wir das tun ...", sagte er und wusste plötzlich, was sie tun würden. „Dann müssen wir es richtig machen. Keine Ehe im Geist, keine unehelichen Kinder und keine Geheimnisse."

Sie nickte. Dann sagte sie mit einem leicht belustigten Unterton: „Aber ein Problem haben wir: Du hast mir noch keinen Heiratsantrag gemacht."

„Nein, das habe ich nicht." Jetzt war seine Stimme felsenfest. Er begriff selbst nicht warum, denn seine nächsten Worte waren die beängstigendsten, die ihm je über die Lippen gekommen waren. „Als Erstes werde ich bei deinem Vater um deine Hand anhalten."

Sie blieb wie gelähmt stehen. Offenbar wurde ihr erst in diesem Moment klar, was „keine Geheimnisse" bedeutete, was „es richtig machen" bedeutete. Ihre ganze vorherige Zuversicht war wie weggeblasen.

„V-vielleicht sollten wir doch lieber warten", stotterte sie. „S-so weitermachen wie bisher. Wir haben noch genug Zeit." Aber sie wussten beide, dass ihnen keine Zeit blieb. Jeden Augenblick konnte er von zu Hause fortgeschleppt, womöglich sogar eingesperrt werden, aber wahrscheinlich eher irgendwo anders hin „umgesiedelt". Sie schüttelte vehement den Kopf. „Was sage ich denn da? Das ist die einzige Möglichkeit, nicht wahr?"

„Die einzige Möglichkeit, die wir haben, Jackie." Jetzt fühlte er sich sicher, unerschütterlich. Vielleicht war das bei Paaren so. Wenn einer schwach war, war der andere stark, damit immer einer den anderen stützen konnte.

Während er jetzt vor dem Haus der Familie Hayes in seinem Auto saß, fragte er sich, wo diese Stärke abgeblieben war. Er bräuchte Jackie jetzt an seiner Seite, aber sie hatten beschlossen, dass es am besten war, wenn er am Sonntagnachmittag einfach vorbeikam. Um diese Zeit war ihr Vater sicher zu Hause. Jackie sagte, wenn sie ihre Eltern vorher auf das Gespräch vorbereitete, würde das die Konfrontation nur noch verschlimmern. Sie wollten es richtig machen, aber sie wollten nicht gleich mit der Tür ins Haus fallen.

Sam schälte seine Finger vom Lenkrad und konnte gut nachempfinden, wie sich der Prophet Daniel gefühlt haben musste, als er in die

Löwengrube geworfen wurde. Gott war während der ganzen Zeit bei Daniel gewesen. Sam war sicher, dass Gott jetzt auch bei ihm war. Er *fühlte* Gottes Nähe im Moment nur nicht.

Er wusste, dass es Gott sein musste, der ihm die Kraft gab, die Autotür zu öffnen, seine wackeligen Beine hinauszubefördern und sie den Weg zu der teuren Eichentür des Hauses zu bewegen. Und nur Gottes Kraft konnte ihn dazu bewegt haben, seinen bleischweren Arm zu heben und die Klingel zu drücken.

Als er „Oh, Gott!" krächzte, kam dieses Gebet so tief aus seinem Herzen wie nie zuvor ein Gebet.

Er wusste sofort, dass die Frau, die ihm die Tür öffnete, Jackies Mutter war, auch wenn er ihr noch nie begegnet war. Sie hatte Jackies Augen, weit auseinanderstehend, hellbraun und schön. Ihre braunen Haare mit den grauen Strähnen waren zu einem Knoten nach hinten gekämmt. Dünne Strähnen fielen ihr über die Ohren. Sie verliehen ihr ein zerbrechliches Aussehen. Aber Sam zitterte trotzdem innerlich.

„Ich ... ich bin hier ... das heißt, ich hatte gehofft, mit Mr und Mrs Hayes sprechen zu können." Seine Stimme krächzte wie die eines Jugendlichen im Stimmbruch. Sie fragte sich wahrscheinlich, was ein Vertreter an einem Sonntagnachmittag an ihrer Tür wollte. Noch dazu ein Japaner!

„Ich bin Mrs Hayes." Ihre Stimme war vornehm und höflich, enthielt aber eine unüberhörbare Frage. „Darf ich fragen, was Sie wünschen?"

„Also, ich ..." Sein Kopf war wie leer geblasen. Ihm fiel kein einziges Wort von dem ein, was er sich zu sagen vorgenommen hatte. Was hatte er an dieser Stelle sagen wollen? „Ich ... ich bin ein Freund Ihrer Tochter, das heißt, ein Freund von Jacqueline." Wenigstens erinnerte er sich, dass Mrs Hayes Jackies vollen Namen ihrem Spitznamen vorzog.

„Mama, wer ist denn an der Tür?", kam Jackies Stimme. Eine Erleichterung durchflutete Sam. Sie hatte genau gewusst, wann er hatte kommen wollen, und musste wissen, dass er an der Tür stand. Sie war gekommen, um ihn zu retten. Er sprach ein stilles Dankgebet – nicht das erste, das er an diesem Tag leise betete. Sie zwinkerte ihm hinter der Schulter ihrer Mutter heimlich zu. „Oh, Sam. Schön, dich zu sehen. Mama, das ist ein Freund von mir von der Uni." Ihre Stimme klang so natürlich.

„Aber er fragte nach deinem Vater und nach mir", sagte Mrs Hayes.

„Also, er ...", begann Jackie.

„Ich wollte Jacquelines Eltern kennenlernen ... da wir befreundet sind." Sam war dankbar, dass seine Stimme endlich wieder normal klang. Jackies Gegenwart gab ihm viel Kraft.

„Also ... äh ..." Mrs Hayes stammelte leicht vor Unsicherheit. Hatte sie bereits erraten, was hier im Busch war?

„Komm doch herein, Sam", lud Jackie ihn ein. „Es ist doch in Ordnung, dass Sam uns besucht, nicht wahr, Mama?"

„Natürlich ..." Missfallen klang in der Stimme der Frau mit, aber ihre angeborene Höflichkeit behielt die Oberhand. Sie trat zurück und ließ ihren Gast eintreten.

Sam verkniff es sich, ein erleichtertes Aufatmen auszustoßen. Der größte Löwe wartete noch auf ihn.

Sam folgte Jackie ins Wohnzimmer. Mrs Hayes bildete den Abschluss. Wenn Sam sich nicht wegen so vieler anderer Dinge Sorgen gemacht hätte, hätten ihn vielleicht der Luxus und Reichtum, den dieses Haus ausstrahlte, eingeschüchtert. Jackie ließ sich nie anmerken, dass sie reich war. Deshalb hatte er nie einen Gedanken darauf verwendet. Gott sei Dank hatte er keine Zeit, sich jetzt den Kopf darüber zu zerbrechen.

Als er in der Tür zum Wohnzimmer stand, genauer gesagt einem Türbogen ohne Tür, sah er Keagan Hayes vor sich sitzen. Kritisch beobachtete diese den ungebetenen Gast. Sams Knie wurden wieder weich wie Wackelpudding. Dieser Mann *war* ein Löwe. Seine Mähne aus roten Haaren sah so bedrohlich aus, dass man die grauen Strähnen kaum bemerkte, die den erfolglosen Versuch unternahmen, ihm ein weicheres Aussehen zu verleihen. Sam wusste nicht, ob Löwen grüne Augen hatten, aber falls sie das hatten, sahen sie bestimmt aus wie die Augen, die ihn jetzt ins Visier genommen hatten. Ihn ganz allein! Als sich ihre Blicke in diesem Augenblick begegneten, war Sam sicher, dass diese Augen alles sofort durchschauten. Sie bauten die Puzzleteile zusammen: Japaner, die Gerüchte, alles. Sie wussten womöglich sogar, warum dieser Japaner jetzt freiwillig in die Löwengrube eindrang. Wie jeder Mann, der in einer solchen Situation halbwegs bei Verstand war, verspürte Sam den starken Wunsch zu fliehen. Er konnte sich selbst nicht erklären, warum er stehen blieb.

„Papa, das ist ein Freund von mir, den ich an der Uni kennengelernt habe. Sam Okuda." Jackie benutzte nicht Sams ersten Vornamen, wofür er sehr dankbar war. Er hatte sich Sorgen gemacht, dass sie das vielleicht tun würde, da sie die Gewohnheit hatte, diesen Namen in den verrücktesten Situationen zu gebrauchen. Im Augenblick wollte er so amerikanisch wie möglich sein.

Es war ein Wunder – ein wahres Wunder! –, dass der Löwe nicht knurrte und sich auf ihn stürzte. Eine spürbare Abneigung ging von diesem Mann aus. Er verzog das Gesicht nicht zu einem höflichen Lächeln. Seine Augen wanderten funkelnd von Sam zu Jackie und dann wieder zu Sam. Er stand nicht auf und reichte Sam auch nicht seine riesige Pranke zur Begrüßung.

„Ein Freund von der Uni?", fragte Mr Keagan Hayes. Er schaffte es, diese einfachen Worte anklagend und drohend klingen zu lassen.

„Papa, bitte." Jackies Zuversicht wurde schwächer. „Er ist nur zu Besuch hier."

Als Mr Hayes den Mund öffnete, zwang sich Sam, diesen dummen Vergleich mit dem Löwen zu vergessen.

In diesem Moment trat Mrs Hayes vor und sprach: „Bitte, setzen Sie sich, Mr Okuda. Wir freuen uns über Ihren Besuch." Sie warf ihrem Mann einen Blick zu, den Sam nicht hätte sehen sollen. Der Blick enthielt ein Flehen, aber auch noch etwas anderes. Drohen? Wie eine Löwin, die ihr Junges beschützt? Sam wusste von Jackie, dass Mrs Hayes den Japanern seit dem Kriegsausbruch keine Liebe entgegenbrachte. Aber vielleicht war die Liebe zu ihrem Kind stärker als jeder Hass auf einen Feind. Wenigstens hoffte Sam das.

Sam folgte Jackie zum Sofa und setzte sich auf die Kante. Jackie setzte sich ungefähr dreißig Zentimeter neben ihn und achtete sorgsam darauf, ihn nicht zu berühren. Er widerstand dem starken Drang, sie anzuschauen. Er überlegte fieberhaft, was er jetzt sagen könnte, eine nette, unverbindliche Bemerkung am Anfang des Gesprächs, aber sein Kopf war wieder wie leer geblasen und sein Mund ausgetrocknet.

„Sam hat an der UCLA seinen Abschluss in Englisch gemacht", erzählte Jackie. „Im Juni hat er graduiert und arbeitet jetzt an seinem Mastertitel. Er will Schriftsteller werden, Papa."

„Ehrlich gesagt, hoffe ich, dass ich an der Schule Englisch unterrichten kann ..." Großartig, seine ersten Worte, und er widersprach der Tochter dieses Mannes! Schnell fügte er hinzu: „Ich will auch Schriftsteller werden, aber erst wenn ich ein festes Einkommen habe."

Mr Hayes zog die Stirn in Falten, was gut verständlich war, denn Sams Aussage war typisch für jemanden, der die Eltern der Braut für sich gewinnen wollte.

„Lehrer?", fragte Mrs Hayes. „Ein wunderbares Ziel. Wie Sie bestimmt wissen, will Jacqueline auch Lehrerin werden. Sie kann wunderbar mit Kindern umgehen. Sie unterrichtet in der Sonntagsschule, seit sie dreizehn ist."

„Ja, das weiß ich", nickte Sam. „Sie hat in meiner Gemeinde bei den Kindern ausgeholfen, als sie dort zu Besuch war ..." Panik ergriff ihn. Hatte er zu viel gesagt? Plötzlich wurde ihm bewusst, dass er nicht genau überlegt hatte, wie weit dieses Treffen gehen würde. Wie viel von ihrer Beziehung sollte er an dieser Stelle offenlegen? Sollte er heute schon das Thema Heiraten ansprechen? Es wäre vielleicht besser, damit bis zu einem anderen Besuch zu warten.

„Ihre Gemeinde?" Mr Hayes' Stimme brach das plötzliche Schweigen. „Soll das heißen, meine Tochter hat eine buddhistische Kirche besucht?"

„Nein, Papa", stellte Jackie schnell klar. „Sam ist Christ. Ich war ein- oder zweimal in seiner Gemeinde."

Hayes setzte sich auf seinem Sessel vor. Seine Augen wanderten wie eine scharf schneidende Klinge zwischen Sam und Jackie hin und her. „Packen wir den Stier bei den Hörnern ..."

„Papa!"

„Keagan!"

Beide Frauen war gleichermaßen erschrocken.

„Was ist der Zweck dieses kleinen Besuchs?", ließ Mr Hayes nicht locker, obwohl er die Schärfe seines Tonfalls etwas mäßigte. „Sie sind hier, um ‚die Eltern kennenzulernen', nicht wahr? Also, ich kann ..."

„Ja, Sir, das bin ich", unterbrach ihn Sam, schockiert über seinen plötzlichen Mut, aber er sprach weiter. „An dieser Stelle in meiner Beziehung zu Jackie habe ich das Gefühl, dass es falsch wäre, weiterzumachen, ohne dass Sie mich kennengelernt haben."

„An welcher Stelle?" Hayes erhob zum ersten Mal seine Stimme. „Weitermachen? Was weitermachen?" Er sprang auf die Beine. „Da gibt es nichts, das weitergemacht wird. Haben Sie verstanden? Und jetzt hinaus mit Ihnen!"

„Keagan, du bist unhöflich!" Mrs Hayes' Stimme klang scharf. „Ich dulde solche Grobheiten gegenüber unserem Gast nicht."

Hayes' Kopf fuhr herum. Er starrte seine Frau an. Sam schaute sie auch mit offenem Mund an. Zum vierten Mal versetzten ihn die Worte einer Frau in Erstaunen. Er hatte von Jackie oft gehört, wie scheu und zurückhaltend ihre Mutter sei.

„Bitte setz dich, Keagan, und lass uns wie zivilisierte Menschen darüber reden", sagte die Frau ruhig.

„Begreifst du, was hier gespielt wird, Cecilia?", fragte Hayes.

„Ich glaube, ich fange an, es zu begreifen. Das ist kein zufälliger Besuch, nicht wahr, Jacqueline?"

„Wir wollten euch nicht täuschen, Mama ... Papa", gestand Jackie. „Wir wussten nur nicht, wie wir es am besten anstellen sollten. Das ist alles."

Die erstaunliche junge Frau an seiner Seite gab Sam Mut, auch wenn er es immer noch nicht wagte, sie anzuschauen. „Wir haben beide den starken Wunsch, diese Sache richtig zu machen. Diese Sache bedeutet ..." Eine plötzliche Angst schnürte ihm die Kehle zu. Aber er zwang sich, die Worte auszusprechen: „Dass wir heiraten wollen."

Hayes stieß ein hartes Lachen aus. „Nur über meine Leiche!"

„Bitte, Papa!"

„Ich will nicht weiter darüber reden. Das ist das Lächerlichste, was ich je gehört habe. Das Gespräch ist beendet!" Hayes ging einen Schritt auf Sam zu.

Sam stand auf. Er wusste nicht, ob er das tat, um dem Mann ins Auge zu sehen oder um schneller fliehen zu können.

„Jackie und ich lieben einander", hörte er sich sagen, aber es klang seltsam, von weit her, wie eine Stimme in einem Tunnel. „Ich liebe Ihre Tochter, Mr Hayes. Egal, was Sie jetzt mit mir machen. Das wird daran nichts ändern. Wir finden, wir haben ein Recht auf diese Liebe und darauf zu heiraten, wie das andere in unserer Situation auch tun. Aber wir wollen Sie nicht übergehen."

„Das müsst ihr aber, wenn ihr glaubt, dass das auch nur einen Schritt weitergeht!", donnerte Hayes. „Wenn meine Tochter Sie heiratet, dann wird sie von ihrer Familie enterbt werden. Wollen Sie das?"

„Nein, das will ich nicht."

„Ich habe genug gehört", sagte Mrs Hayes mit einem Blick auf ihren Mann. Sie war auch aufgestanden und wandte sich jetzt an Sam. „Sam – darf ich Sie Sam nennen? Würde es Ihnen etwas ausmachen, uns jetzt allein zu lassen?" Es war eine höfliche Aufforderung, dass er jetzt gehen solle. „Ich denke, es wird Zeit für ein Gespräch innerhalb der Familie."

„Natürlich." Sam konnte dieser Frau auf keinen Fall widersprechen. Außerdem hatte er den schwachen Eindruck, dass sie auf seiner Seite stand.

„Sie können bald wieder zu uns kommen", sagte sie herzlich, als wäre das ein reiner Routinebesuch. Obwohl Sam bezweifelte, dass ein solcher zweiter Besuch je stattfinden würde, fand er den Tonfall dieser Frau seltsam tröstlich.

„Mutter?" Jackies Stimme zitterte bei dem Wort.

„Sam versteht, dass es Dinge gibt, die eine Familie allein besprechen muss", erklärte ihre Mutter. „Sei bitte so lieb und begleite Sam zur Tür. Aber bleib nicht zu lange."

Jackie führte ihn nicht nur zur Tür, sondern hinaus auf die Veranda. Sie schloss die Tür hinter sich. Im nächsten Augenblick schien sich alles, was Sam auf den Beinen gehalten hatte, in Luft aufzulösen. Er sackte gegen den Holzrahmen des Hauses. Jackie legte die Arme um ihn. Eine neue Panik wollte sich seiner bemächtigen, als er sich schnell umblickte, um zu sehen, ob sie vom Haus aus beobachtet werden konnten. Plötzlich war es ihm egal. Er brauchte es, von ihr festgehalten zu werden.

„Du warst so mutig!", murmelte sie.

„Ich hatte eine Todesangst."

„Ich weiß", flüsterte sie und küsste ihn.

„Was nun?"

„Ich weiß nicht genau." Sie küsste ihn wieder. Er hatte nicht mehr genug Kraft, um sie daran zu hindern, egal, wer zuschaute. „Aber ich denke, es wird gut werden. Ich glaube, du hast meinen Eltern gefallen."

Er verschluckte sich beinahe und lachte ungläubig, dann hustete er. „W-weil sie mich nicht umgebracht haben?"

„Wir müssen positiv denken." Sie verpasste ihm noch einen Kuss.

Dann schob sie ihn sanft weg. „Ich muss jetzt hinein, aber ich werde dich anrufen. Und, Sam, ich liebe dich."

Er nickte benommen und schleppte sich irgendwie zu seinem Auto.

Jackie atmete mit zusammengebissenen Zähnen tief ein und kehrte dann ins Haus zurück. Es sagte sich so leicht, dass alles gut werden würde. Es war sogar leicht, es zu glauben. Das bedeutete aber nicht, dass der Weg nicht steinig sein würde.

Ihre Eltern saßen wieder beide im Wohnzimmer. Beide schwiegen. Es war ein Schweigen, das knisterte und vibrierte. Sie bekam eine Gänsehaut. Sie wusste, dass dieses Schweigen bald gebrochen würde. Egal, was ihre Eltern sagten, sie würde den erstaunlichen Mut nicht vergessen, den Sam gezeigt hatte. Ebenso wenig würde sie vergessen, wie sich seine starken Arme angefühlt hatten, als er sie umarmt hatte. Nur wenn sie das in Erinnerung behielt, würde sie ihren Eltern vermitteln können, welche Liebe sie zueinander empfanden.

„Deine Mutter denkt, das wird ein Happy End geben", knurrte Keagan ohne Vorspann.

Jackie warf ihrer Mutter einen schnellen Blick zu und suchte darin Bestätigung. Aber Cecilias Augen waren auf ihren Mann konzentriert, ja, fast auf ihn geheftet, als wagte sie es nicht, ihn auch nur einen Moment aus den Augen zu lassen, um nicht die Macht aus der Hand zu geben, die sie über ihn hatte, falls sie überhaupt eine hatte.

„Dein junger Freund hat heute viel Mut bewiesen, Jacqueline", sagte Cecilia.

„Ja, er ist mutig", erwiderte Jackie. „Und einer der klügsten Männer, die ich kenne."

„Ich werde mir das hier nicht anhören!", knurrte Keagan. „Mutig. Klug. Pah! Das ist mir alles egal. Ich werde dafür sorgen, dass du ihn nie wieder siehst, Jackie. Ich werde dafür sorgen, dass er eingesperrt wird ..."

„Halt den Mund, Keagan!", entfuhr es Cecilia. Sie keuchte entsetzt über ihre ausgesprochen unhöflichen Worte. Aber sie nahm sie nicht zurück.

Keagan knurrte laut, unfähig, auf diese schockierenden Worte eine zusammenhängende Antwort zu geben.

Jackie hatte das Gefühl, sie müsse etwas sagen. „Wir wollen keinen Unfrieden säen. Uns ist es sehr wichtig, dass ihr, dass unsere Eltern uns akzeptieren, wenn schon sonst niemand."

„Wie sehen es seine Eltern?", fragte Cecilia.

„Ähnlich wie du und Papa, glaube ich. Aber sie sagten, sie vertrauen seinem Urteil und werden sich ihm nicht in den Weg stellen."

„Es interessiert mich einen Dreck, was ein Haufen Japaner denkt!", knurrte Keagan.

„Rede nicht so, Keagan!", schalt ihn Cecilia.

„Und ich habe genug von dir, Frau!" Keagan warf seiner Frau einen finsteren Blick zu. Offenbar war er wieder der Alte. „Du traust dich was! So mit mir zu reden."

„Ja, das tue ich, weil das wichtig ist." Ihre Wangen waren dunkelrosa gefärbt. Jackie war sicher, dass das nichts mit Verlegenheit zu tun hatte. „Ich hätte dir schon bei Cameron und Blair widersprechen sollen, aber jetzt reicht es mir endgültig."

„Du bist also damit einverstanden, dass deine Tochter einen Japaner heiratet und kleine gelbe Enkelkinder zur Welt bringt?", fauchte er.

„Nein, das bin ich nicht." Cecilias Blick wanderte entschuldigend kurz zu Jackie. „Eigentlich nicht. Ich spüre Wut und sogar Hass über die japanische Bombardierung von Pearl Harbor, besonders über die Bombardierung der Philippinen und die furchtbare Situation, in der sich unsere Blair deshalb befindet. Aber ich werde mich nicht der falschen Meinung beugen, jeder Japaner wäre schlecht, denn das stimmt genauso wenig wie die Behauptung, dass jeder Deutsche schlecht wäre oder jeder Italiener – oder dass jeder Amerikaner gut wäre. Aber abgesehen von alledem werde ich Jacquelines Glück nicht im Weg stehen. Wenn dieser junge Mann irgendwie abstoßend oder heimtückisch wäre ... dann vielleicht. Aber er ist offensichtlich ein vorbildlicher Mann, ein anständiger Mann. Ein Mann, den ich selbst für meine Tochter ausgesucht hätte."

„Dann soll sie sich doch einen anständigen *weißen* Mann suchen", verlangte Keagan und erhob sich. „Sie heiratet keinen Japaner. Ich werde sie enterben ..."

„Das wirst du nicht!" Cecilia schrie fast, als sie jetzt auch aufstand.

Jackie hatte noch nie erlebt, dass ihre Mutter laut wurde. „Du hast zwei unserer Töchter aus dem Haus vergrault, aber bei allem, was heilig ist: Du wirst das nicht noch einmal machen." Sie schaute ihn finster an, Auge in Auge, Nase an Nase, soweit ihre kleine Statur das zuließ.

„Ich habe gesprochen!" Keagan wollte den Raum verlassen, aber Cecilia stellte sich ihm in den Weg.

Wie eine Mauer. Wie eine Brandmauer.

„*Ich* habe gesprochen, Keagan Hayes!", knurrte sie. „Jacqueline wird Sam Okuda heiraten, wenn sie das will. Und zwar mit unserer Unterstützung – mit der Unterstützung ihrer *beiden* Eltern. Und du, Keagan, wirst diesen Raum nicht verlassen, bevor du nicht zugegeben hast, dass er der mutigste junge Mann war, den du je gesehen hast."

„Das werde ich nicht!" Er versuchte, um sie herumzugehen, aber sie versperrte ihm wieder den Weg.

„Doch, das wirst du!"

Er schaute sie schweigend an. Obwohl Jackie stolz auf ihre Mutter war, war sie sicher, dass sie diesen Mann zu weit getrieben hatte, viel zu weit. Sie fürchtete, Keagan könnte ihre Mutter tatsächlich schlagen. Trotz aller Auseinandersetzungen, die Jackie schon zwischen ihnen erlebt hatte, hatte er nie zu körperlicher Gewalt gegriffen. Jackie betete, dass es jetzt nicht zum ersten Mal dazu käme. Sie betete gegen alle Logik, dass diese Konfrontation irgendwie friedlich enden würde oder wenigstens in einem Waffenstillstand.

„Okay. Er war mutig", brummte Keagan leise, aber trotzdem klar vernehmlich.

Jackie wäre nicht schockierter gewesen, wenn es zu einer handgreiflichen Auseinandersetzung gekommen wäre.

Dann, als hätte diese Frau überhaupt keine Angst, drängte Cecilia weiter: „Und du unterstützt Jackie, weil du *ihrem* Urteilsvermögen traust."

Keagans Kinn arbeitete auf Hochtouren. Ein großer Kampf wütete in ihm. Sein Mund ging auf und schloss sich wieder, ohne dass ein Ton über seine Lippen kam. Schließlich nickte er nur.

Jackie würde von diesem Mann nicht mehr erwarten. Sie lief auf ihn zu und warf die Arme um ihn. „Danke, Papa!"

32

Keagan trat den Rückzug in sein Büro an. *Rückzug*. Das war das richtige Wort.

Die militärische Stärke einer einzigen, kleinen, schwachen Frau hatte ihn völlig außer Gefecht gesetzt! Er, ein Mann, der nie in seinem Leben vor einem Kampf zurückgewichen war. Was war nur mit ihm los? Hatte sein verdammtes Herz ihm seine Männlichkeit geraubt?

Hatte er wirklich seine Zustimmung gegeben, wenn auch schweigend, dass seine Tochter einen Japaner heiratete? Er war von dieser eigensinnigen Frau, die er geheiratet hatte, in die Ecke gedrängt worden. Er schüttelte den Kopf und konnte es immer noch nicht glauben, dass sie sich ihm tatsächlich in den Weg gestellt hatte, ihn angebrüllt hatte. Dass sie ihm gesagt hatte, er solle den Mund halten!

Kein Wunder, dass er nachgegeben hatte. Er hatte einfach unter Schock gestanden. Er könnte sein Wort zurücknehmen, obwohl das ebenfalls ein Novum bei ihm wäre. Besser, als zuzulassen, wie seine Tochter sich ruinierte und wahrscheinlich auch noch die ganze Familie. Cecilia und Jackie sprachen von Verliebtsein und Mut, aber sie hatten keine Ahnung von der Realität, von der Gesellschaft, in der sie lebten. Keagan wusste persönlich von einer Familie im Country Club, deren Tochter sich mit einem Farbigen eingelassen hatte. Die ganze Familie war aus dem Klub ausgeschlossen worden.

Ja, er könnte seine Zustimmung widerrufen. Aber das würde er nicht, und er wusste warum. Cecilias Worte von Liebe und Mut und Jackies Glück waren Quatsch, wenigstens was sein Handeln anging. Aber mit einer Sache, die sie gesagt hatte, hatte sie eine schmerzliche Wunde bei ihm angerührt: dass er Cameron und Blair aus dem Haus getrieben hatte. Natürlich nicht absichtlich, und in Blairs Fall hatte sie es ja förmlich herausgefordert. Beide Mädchen hatten ihn verletzt, Cameron, weil sie für seinen Konkurrenten arbeitete, und Blair, weil sie ihn zum Narren gehalten hatte, nachdem er sie als Brautvater in die Kirche geführt hatte.

Aber er musste sich fragen, was für ein Vater er war, wenn er zwei Töchter hatte, die sich von ihm distanziert hatten, und er kurz davorstand, sich auch noch mit der letzten zu überwerfen. Er hatte nie behauptet, vollkommen zu sein, aber etwas musste furchtbar schiefgelaufen sein, dass es so weit hatte kommen können. Vielleicht war er manchmal doch ein wenig zu streng mit ihnen gewesen. Vielleicht hatte er zu viel von ihnen erwartet. Sie waren immerhin nur Mädchen.

Keagan bewegte sich unbehaglich auf seinem Schreibtischstuhl. Der Weg, den seine Gedanken eingeschlagen hatten, gefiel ihm überhaupt nicht. Er würde nicht anfangen, sich selbst zu hinterfragen. Was geschehen war, war geschehen. Unvorstellbar, dass er sich bei Cameron entschuldigen sollte, weil er wegen ihrer Arbeit für den *Globe* zu hart mit ihr umgesprungen war! Wenn er sich so weit erniedrigen und jämmerlich um Vergebung bitten würde, würde sie jeden Respekt vor ihm verlieren.

Die Vergangenheit war nicht mehr zu ändern. Schwaches Herz oder nicht, er würde nicht anfangen, deshalb zu jammern. Aber vielleicht konnte es nicht schaden, wenn er für die Zukunft sein Denken etwas änderte. Er wollte versuchen, die Vergangenheit ein wenig wiedergutzumachen und manches in Zukunft anders zu machen. Nichts Dramatisches. Vielleicht hin und wieder ein ermutigendes Wort. Er musste sich ja nicht völlig zum Idioten machen. Jackie nachzugeben, war ein Anfang, auch wenn es ein furchtbarer Anfang war. Bei der Vorstellung, dass sie einen Japaner heiratete, wurde ihm schlecht. Aber selbst wenn Cecilia ihn zu seiner Zustimmung gezwungen hätte, hätte er nicht zugestimmt, wenn er nicht wirklich der Meinung gewesen wäre, dass dieser junge Mann viel Mut bewiesen hatte, als er sich so mit ihm anlegte. Der Wunsch des Jungen, den Segen der Eltern zu bekommen, verriet, dass dieser Japaner wahrscheinlich wirklich ein anständiger Kerl war. Und das achtete Keagan bei einem Mann. Bei jedem Mann.

Außerdem hatte er kürzlich mit dem Generalstaatsanwalt, Earl Warren, gesprochen und aus erster Hand erfahren, dass sehr bald alle Japaner an der Westküste evakuiert werden würden. Es war davon die Rede, dass sie für die Dauer des Krieges in Internierungslager gesteckt werden sollten. Das würde Jackies Heiratspläne genau zum richtigen Zeitpunkt durchkreuzen.

Ein leises Klopfen an der Tür riss Keagan aus seinen Gedanken.

„Herein", brummte er.

„Ach, hier bist du, Keagan“, sagte Cecilia, während sie ins Büro trat und die Tür hinter sich schloss.

„Wo sollte ich denn sonst sein? Das ist der einzige Raum, in dem ich vor einem Haufen verrückt gewordener Frauen meine Ruhe finde!“

Mit einem schwachen Lächeln kam Cecilia um den Schreibtisch und stellte sich neben ihn. Er hätte eigentlich aufstehen müssen. Das wäre höflich gewesen, wenn eine Frau einen Raum betrat, aber im Moment stand ihm der Sinn nicht sehr danach, zu dieser wild gewordenen Frau höflich zu sein.

„Du hast das Richtige getan, Keagan“, sagte sie. „Ich bin stolz auf dich.“

„Pah! Stolz worauf? Dass ich meine kleine Tochter in die Hölle schicke? Ich glaube, dir ist nicht klar, was auf sie zukommt, wenn sie diesen ... diesen Mann heiratet.“

Cecilia gab nicht gleich eine Antwort. Sie beugte sich vor und küsste ihn auf die Stirn. Dann ging sie wieder auf die andere Seite des Schreibtisches und setzte sich auf einen Stuhl. Schließlich sagte sie mit einem Lächeln: „Mir ist klar, dass ich sehr behütet lebe, aber ich habe eine Vorstellung davon, was Jackie erwartet. Es wird nicht leicht sein für die beiden.“

„Aber sie haben ihre Liebe, und sie wird ihnen durch alles hindurchhelfen!“, knurrte er zynisch.

„Sie haben viel mehr. Sie haben ihren Glauben an Gott.“

„Gott, ja?“ Er lehnte sich auf dem Stuhl zurück, legte die Fingerspitzen aneinander und tippte sich ans Kinn. Er sah ein neues Argument, das seine Frau zum Einlenken bewegen könnte. „Und wenn es wahr ist, was die meisten glauben? Dass es unheilig ist, die Rassen zu vermischen?“

„Darüber werde ich mit dir nicht diskutieren“, erwiderte sie mit einem verschmitzten Lächeln. „Du bist bei Diskussionen mit mir immer Sieger, egal, wer recht hat und wer unrecht hat. Ich weiß nur, dass ich gerade mit Jacqueline gesprochen habe, und sie hat mir versichert, dass sie und Sam ihr Leben Gott übergeben haben und ihm in allem vertrauen. Das ist alles, was mich interessiert.“

Keagan wusste, dass er, egal, was seine Frau sagte, keine Chance gegen Gott hatte. Er hielt nicht viel von dem ganzen religiösen Gewäsch, das Cecilia von sich gab, aber er war kein völliger Heide und wahrscheinlich war es schon etwas wert, dass dieser Japaner auch keiner war. Was geschehen war, war geschehen. Er würde der Natur nicht ins Handwerk pfuschen.

„Und was willst du jetzt, Cecilia?"

„Ich wollte dir nur danken."

Er knurrte.

Cecilia sprach weiter: „Jackie sagte, dass sie am Freitag freinehmen werden und am Donnerstag losfahren ..."

„Losfahren?"

„Du musst doch wissen, dass sie hier in Kalifornien nicht heiraten können. Sam hat sich erkundigt. Albuquerque ist der beste Ort, meint er."

„Albuquerque!"

„Sie erwarten nicht, dass wir kommen. Sie wollen, dass wir so wenig wie möglich dadurch gesellschaftlich in Mitleidenschaft gezogen werden. In diesem Punkt muss ich ihnen recht geben, obwohl es schwer sein wird, nicht an der Hochzeit meiner kleinen Tochter teilzunehmen. Sie wollen uns schonen."

Keagan fuhr sich mit der Hand durch seine rote Mähne. „Diese ganze Sache ist verrückt. Eine Woche? Warum die Eile?"

„Der Präsident hat vor Kurzem etwas unterzeichnet, das wahrscheinlich zur Folge hat, dass die Japaner an der Westküste evakuiert werden. Und zwar bald. Du weißt doch bestimmt davon ..." Sie brach ab und schaute ihn mit ihren großen, weichen Augen hart an. Sie war immer noch eine hübsche Frau, selbst jetzt, als ein Anflug von Wut über diese Augen zog. „Natürlich wusstest du das! Hattest du gehofft, das würde passieren und ihre Pläne zunichtemachen? Oh, Keagan! Hast du deshalb eingewilligt?"

Er zuckte die Achseln. „Ich habe eingewilligt, weil du mich in die Enge getrieben hast. Aber selbst du müsstest einsehen, dass das die beste Lösung für diesen Wahnsinn wäre. Ich werde ihnen nicht im Weg stehen, aber du musst doch begreifen, dass es sinnvoll wäre, wenn sie warten, bis sich alles wieder beruhigt hat. Wenn sie jetzt heiraten und die Japaner evakuiert werden, was werden sie dann tun? Wird Jackie mit ihm gehen?"

„Wohin gehen? Weißt du das?" Ihre Frage war so scharf und schneidend, dass sie von ihrer ältesten Tochter hätte kommen können.

„Es ist die Rede von ... Lagern."

„Konzentrationslager!", flüsterte sie entsetzt. „Wie die, von denen Hitler welche in Deutschland gebaut haben soll?"

„Ich bin sicher, dass sie viel zivilisierter sein werden."

„Selbst wenn es Country Clubs wären! Es ist Unrecht."

So hatte er seine Frau noch nie erlebt. Eine solche Leidenschaft. Ein solches Feuer. Er wusste nicht, ob er sie anfauchen oder anerkennend lächeln sollte. „Egal, willst du Jackie an so einem Ort sehen? Darauf könnte es womöglich hinauslaufen", fügte er hinzu.

„Ich will einfach nicht glauben, dass so etwas passieren könnte. Nicht in diesem Land. Sam ist amerikanischer Staatsbürger. Sie werden amerikanischen Staatsbürgern so etwas doch nicht antun."

Keagan nickte unverbindlich. Nach dem, was er aus seinem Gespräch mit dem Generalstaatsanwalt erfahren hatte, wurde von den treibenden Kräften nicht zwischen Japanern ohne und Japanern mit amerikanischer Staatsbürgerschaft unterschieden. General DeWitt, der Chef des westlichen Verteidigungskommandos, hatte wahrscheinlich vielen aus dem Herzen gesprochen, als er sagte: „Ein Japaner ist und bleibt ein Japaner!"

Als er einen Blick auf seine Frau warf, stellte er fest, dass ihre betroffene Miene jetzt weit von der feurigen Leidenschaft entfernt war, die noch vor ein paar Minuten in ihren Augen aufgelodert war. Plötzlich empfand er großes Mitgefühl mit ihr. Sie war hin- und hergerissen zwischen dem Glück ihrer Tochter und den grausamen Realitäten des Lebens. Er würde es nie laut zugeben, aber er konnte mit ihr mitfühlen. Das Leben war schon verdammt kompliziert. Er wollte auch, dass Jackie glücklich würde, aber er glaubte nicht, dass sie es auf dem Weg, den sie einschlug, werden würde. Trotzdem war er nicht so kaltherzig, dass ihm ihr verliebter Blick für diesen jungen Mann entgangen wäre. Er hatte gesehen, dass es nicht das Geplänkel eines Schulmädchens war. Reine Liebe, wahre Liebe, wie er sie selbst nie erfahren hatte, aber wenigstens konnte er sie bei anderen erkennen, besonders bei seiner eigenen Tochter.

Einem Impuls folgend – was in aller Welt war nur mit ihm los? – stand er auf, ging zu seiner Frau und nahm Cecilias Hände in seine.

„Ich wünschte, ich könnte dir jetzt mehr Trost sein, Cecilia", murmelte er leise. Er konnte kaum glauben, dass diese Worte aus *seinem*

Mund kamen. „Du weißt genauso gut wie ich, dass ich in solchen Sachen furchtbar schlecht bin. Aber ich wünschte ... die Dinge in unserer Familie wären anders gelaufen."

„Wirklich, Keagan?" Waren ihre Augen feucht?

„Ich bin niemand, der etwas bedauert, aber ..."

„Du brauchst nicht mehr zu sagen. Ich verstehe." Sie drehte ihre Hand um und drückte seine. „Ich hoffe nur, Keagan, dass wir das gemeinsam schaffen."

„Was sollten wir sonst tun?"

„Wie wahr, Schatz!" Sie fuhr sich mit der Hand über die Augen. „Das war der eigentliche Grund, warum ich gekommen bin. Ich wollte dir danken, dass du in Bezug auf Jackie zu mir gestanden hast. Wir haben das Richtige getan. Ich weiß es. Im Moment sieht vielleicht alles schwarz aus, aber das ändert nichts daran, dass das, was wir getan haben, richtig war."

„Ich hoffe es, Cecilia."

Sie blinzelte, zweifellos überrascht. Er war ja doch nicht völlig gefühllos! Er musste nicht *immer* recht haben! Heute hatte Cecilia bewiesen, dass sie mehr war als nur hübsches Beiwerk. Dass sie eine Kraft war, die man nicht unterschätzen durfte. Und das gefiel ihm ganz gut.

33

Die Zugfahrt hatte lang gedauert. Andererseits war es für Jackie wundervoll gewesen, fast zwei Tage ausschließlich mit dem Mann zusammen zu sein, den sie liebte. Es hätte vollkommen sein können, wenn sie nicht den Blicken und abfällig gemurmelten Kommentaren der anderen Reisenden ausgesetzt gewesen wären. Jackie wünschte, sie hätten mehr Geld bezahlt, um ein eigenes Abteil zu bekommen, aber ihre Finanzen waren begrenzt. Ihre Eltern hatten ihr zwar etwas Geld gegeben, aber Sam wollte nicht zu viel Hilfe von ihnen annehmen, was sie gut verstehen konnte. Außerdem waren sie und Sam zu dem Schluss gekommen, dass es nicht anständig wäre, die Nacht vor ihrer Hochzeit zu zweit allein in einem Abteil zu verbringen, selbst wenn sie nichts Unschickliches taten.

Also hatten sie die Plätze zweiter Klasse, die ablehnenden Blicke und die unerwünschten Kommentare ertragen. Sie waren in ihrem Verhalten äußerst vorsichtig gewesen, aber allein schon die Tatsache, dass sie nebeneinandersaßen, offensichtlich *zusammen waren*, war für viele schon schlimm genug.

Am kühlen, frostigen Morgen des 6. März, einem Freitag, kamen sie in Albuquerque im Bundesstaat New Mexico an. Der Himmel war klar und blau. Keine Wolke war zu sehen. Ein idealer Tag, um zu heiraten.

Sie nahmen ein Taxi vom Bahnhof direkt zum Gericht. Da sie auf den harten Sitzen kaum geschlafen hatten, waren sie ziemlich müde. Trotzdem hatte es keinen Sinn, länger zu warten. Ihre Rückfahrkarten waren für den nächsten Morgen datiert. Sie würden eine einzige Nacht in dieser Stadt verbringen und wollten diese als Ehemann und Ehefrau erleben.

Allein schon beim Gedanken an diese Worte bekam Jackie eine Gänsehaut. Sie war bereit, Sams Frau zu werden. Sie wusste, dass sie es als Ehepaar nicht leicht haben würden. Sie hatte keine Angst davor. Wenigstens keine Angst, die sie nicht Gott hätte übergeben können. Wenn sie überhaupt nervös war, dann nur bei der Vorstellung, bald verheiratet zu sein. War sie gut vorbereitet? Konnte sie eine gute Ehefrau sein? Sie war einundzwanzig. Eine erwachsene Frau. Aber manchmal fühlte sie sich wie ein Kind.

Als sie aus dem Taxi stiegen, blickte sie zu dem Gebäude hinauf, in dem sie ein neues Leben beginnen würde, dann schaute sie den Mann an ihrer Seite an. Ein Japaner. Nie hatte sie versucht, so zu tun, als wäre er weiß. Sie sah seine körperlichen Unterschiede deutlich, aber im Gegensatz zu so vielen in ihrer Gesellschaft war das nicht alles, was sie sah. Sie kannte seinen Charakter, seinen Geist, seinen Sinn für Humor. Sie liebte ihn, wie er war. Aber sie war sich bewusst, dass sie ihn nicht losgelöst von seiner Kultur oder Rasse sehen durfte. Sie heiratete den ganzen Mann. Das wollte sie nicht vergessen.

Sie wusste, dass er dasselbe empfand. Sie waren keine Rassisten, aber sie waren sich beide ihrer verschiedenen Rasse wohl bewusst. Wie sollte das auch anders sein, wenn ihnen diese Tatsache ständig von allen Seiten ins Gesicht geschleudert wurde? Aber für sie beide war das kein Stolperstein. Es war ein Geschenk.

„Und", fragte er nervös, „bist du bereit, deine Freiheit aufzugeben?"

„Jetzt werden dir die Ketten angelegt."

„Noch nie hat sich ein Mann fröhlicher in den Abgrund gestürzt!" Er grinste. „Solange wir zusammen sind, habe ich nichts dagegen."

„Ich habe mehr das Gefühl zu fliegen ... sehr hoch!"

„Schweben! Das gefällt mir viel besser als Fallen." Er nahm ihre Hand in die seine. „Dann hast du keine Zweifel?"

„Keine."

„Ich auch nicht. Komisch, oder? Ich mache mir Gedanken, ob ich ein guter Ehemann sein werde. Aber ich habe nicht die geringsten Zweifel an der Richtigkeit dieses Schrittes." Er berührte zärtlich ihre Hand. „Komm."

Der Beamte sah aus, als wollte er sich weigern, ihnen eine Heiratsurkunde auszustellen. Dazu hatte er jedoch kein Recht, da New Mexico ein Bundesstaat war, in dem es keine Gesetze gegen eine Heirat zwischen verschiedenen Rassen gab. Am Ende veranlasste allein seine Verpflichtung gegenüber dem Gesetzestext – nur diese buchstabengetreue Befolgung der geltenden Gesetze – diesen Mann dazu, ihnen das Formular zu geben, nachdem er ihre Geburtsurkunden genau überprüft hatte. Wortlos schob er ihnen das Papier unter der Glasscheibe zu.

Jackie lächelte ihn an. Nichts konnte ihr diesen Augenblick verderben, auch dieser Mann nicht. „Vielen Dank!", jubelte sie fröhlich.

Das Leichteste wäre jetzt gewesen, einen Friedensrichter zu bitten, für sie die Hochzeitszeremonie durchzuführen. Sie waren jedoch übereingekommen, dass sie einen Pfarrer wollten, auch wenn sie nicht in einer Kirche heiraten könnten. In zwei Kirchen in der Stadt waren sie schon gewesen. Beide Male waren sie unverrichteter Dinge wieder weggeschickt worden. Der eine Pfarrer wartete mit der lahmen Ausrede auf, er habe keine Zeit. Der andere weigerte sich offen, einen Japaner und eine weiße Frau zu vermählen. Als Nächstes versuchten sie es bei einer katholischen Kirche, die in der Nähe der zweiten protestantischen Kirche stand, aber natürlich lehnte der Priester mit der Begründung ab, dass sie nicht katholisch seien. Jackies Fröhlichkeit begann, sich zu trüben.

In einem Restaurant wollten sie eine Pause einlegen. Keiner hatte großen Hunger, aber sie wollten sich einfach hinsetzen und ausruhen. Jackie taten die Füße weh. Sie trug ein neues Kostüm, ein jadegrünes Wollkostüm mit hüftlanger Jacke. Der Filzhut mit der zurückgelegten Krempe passte gut zum Kostüm, ebenso die Schuhe. Die Schuhe waren neu und sie hatte keine Zeit gehabt, sie einzulaufen. Sie hatte sich überlegt, in Weiß zu heiraten, aber entschieden, dass ein Brautkleid für das Büro eines Friedensrichters oder eines Pfarrers unpassend sei, und sie hatte kein praktisches weißes Kleid gefunden, das ihr gefallen hätte. Außerdem hatte sie den Eindruck gehabt, wenn sie schon Geld für neue Kleidung ausgab, dann sollte es etwas sein, das sie nicht nur an diesem einen Tag anziehen konnte. Sie musste lernen, mit ihrem Geld sparsam umzugehen. Eines Tages würde Sam als Lehrer und Schriftsteller gut verdienen, aber in nächster Zeit mussten sie jeden Cent zweimal umdrehen, bevor sie ihn ausgaben.

Sam bestellte das „Blaue Menü Spezial" – Rindfleisch, Kartoffelbrei und grüne Bohnen. Er bat die Kellnerin, ob er statt der grünen Bohnen Mais haben könnte. Sie war nicht besonders erfreut und sagte, *falls* sie das tun könnte, würde es einen Aufpreis kosten. Die Frau war schon unfreundlich gewesen, bevor Sam diese Bitte geäußert hatte. Jackies Magen verkrampfte sich. Sie bestellte nur eine Gemüsesuppe. Dazu bestellten sie für jeden eine Tasse Kaffee. Nachdem sie beide im

Zug nicht viel Schlaf bekommen hatten, waren sie müde und brauchten einen Koffeinstoß.

Die Kellnerin brachte ihr Essen. Sie knallte die Suppe so unwirsch auf den Tisch, dass sie überschwappte und beinahe Jackies neues Kostüm bespritzt hätte. Sams Gericht hatte grüne Bohnen und nicht Mais. Die Bohnen waren über das ganze Essen verteilt. Er musste sie also aus den Kartoffeln und der Soße picken, bevor er essen konnte. Er war eine solche erniedrigende Behandlung gewohnt und beschwerte sich nicht bei der Frau. Die Erfahrung hatte ihn gelehrt, wegen so etwas keine Szene zu machen. Er spaßte mit Jackie, dass er zwar fast ein verheirateter Mann sei, aber trotzdem nichts Grünes essen könne. Keiner konnte so richtig darüber lachen. Offenbar versuchte er, sich von dem Verhalten der Kellnerin nicht den Tag verderben zu lassen, aber die ablehnende Haltung der Pfarrer, mit denen sie gesprochen hatten, machte es ihm nicht leicht.

Sie aßen. Dann suchten sie ein Telefonbuch, um die Adresse einer anderen Kirchengemeinde zu finden, und begaben sich wieder auf den Weg. Jackie konnte Sams Mutlosigkeit förmlich spüren.

„Jackie", sagte er, nachdem wieder ein Taxi nicht angehalten hatte, obwohl Sam deutlich gewunken hatte, „besagt diese Heiratsurkunde nicht, dass wir verheiratet sind?"

„Ich denke schon."

„Ich meine, *wirklich* verheiratet?"

„Auf der Urkunde ist eine Zeile, in der ein Pfarrer und zwei Zeugen unterschreiben müssen. Worauf willst du hinaus?"

„Nichts ... nur eine verrückte Idee, dass wir vielleicht gar keine Zeremonie brauchen und die Urkunde genügen könnte. Aber wir brauchen diese Unterschriften. Ohne sie wäre es wahrscheinlich nicht legal."

Der Gedanke, auf eine Zeremonie zu verzichten, war ihr ebenfalls in den Sinn gekommen. Aber selbst wenn ihre Ehe allein durch die Heiratsurkunde legal wäre, waren beide fest entschlossen, sich vor Gott ihr Eheversprechen zu geben, es richtig zu machen – wenigstens, was in ihren Augen richtig war. Jackie weigerte sich, sich von der Gesellschaft ihre innersten Überzeugungen rauben zu lassen.

Sam zog das Papier mit der Adresse aus seiner Jackentasche. „Diese Kellnerin sagte, die Gemeinde sei in der nächsten Straße – falls sie nicht gelogen hat, um uns eins auszuwischen." Sie gingen los. Nach ein paar Schritten blieb er abrupt stehen. „Warte! Ich wusste, dass etwas fehlt."

„Wovon redest du denn, Sam?"

Ohne etwas zu sagen, zerrte er sie bei Rot über die Straße. Ein paar Autos hupten. Auf der anderen Straßenseite blieb er vor einem Blumenladen stehen.

„Oh, Sam!" Ihre Kehle war vor Rührung wie zugeschnürt.

„Du brauchst einen Brautstrauß. Was bin ich doch für ein Rüpel, dass ich das vergessen konnte." Bevor er die Ladentür öffnete, blieb er noch einmal stehen. „Ich habe dir auch noch gar nicht gesagt, wie schön du aussiehst. Ich bin wirklich ein Rüpel. Wie hältst du es nur mit mir aus?"

„Weil ich dich liebe, du Rüpel!"

Er grinste. Ihre Antwort freute ihn. „Ich weiß, dass du wahrscheinlich immer von einem seidenen Hochzeitskleid mit langer Schleppe und Spitzen und allem Drumherum geträumt hast. Eine riesige Kirche, überall Blumenschmuck und alle deine Freunde ..."

„Hör auf damit, Sam!", schimpfte sie. „Ich will genau das hier. Dich und ein grünes Kostüm und einen Stuhl im Büro eines Pfarrers. Mehr brauche ich nicht. Das musst du mir glauben."

„Ich glaube dir. Es ist nur so, dass ich hin und wieder daran erinnert werden muss."

„Es ist schwer, aber wir werden heute heiraten, und niemand wird uns unser Glück stehlen, egal, wie sehr es alle versuchen!" Mit einem Lächeln hakte sie sich bei ihm unter und küsste ihn trotzig auf die Wange. „Da! Albuquerque, schau her!"

Sie suchte weiße Lilien aus. Mit einem freundlichen Lächeln steckte der Verkäufer sie zu einem Strauß und band sie mit einer Schleife zusammen, die zu ihrem Kostüm passte – er hatte sich viel Mühe gemacht, die richtige Farbe zu finden, einen Ton heller als ihr Kostüm, damit sie einen schönen Kontrast bildete. Er war offensichtlich mexikanischer Herkunft und schien nicht zu bemerken, dass das Paar, das diesen Strauß kaufte, zwei verschiedenen Rassen angehörte. Jackie hoffte, ab jetzt hätten sie mehr Glück.

Von dieser freundlichen Behandlung ermutigt, suchten sie die Kirche. Bald fanden sie das kleine weiße Gebäude in einer Seitenstraße. Nebenan war ein Pfarrhaus, aber sie gingen zuerst zur Kirchentür. Die

Tür war angelehnt. Sie traten ein. Ein kleines Querschiff führte in den Gottesdienstraum, der ebenfalls klein war. Jackie schätzte, dass nicht mehr als hundert Leute darin Platz finden würden, wenn überhaupt. Ein Mann fegte den abgetretenen Holzboden um den Altar. Er trug ein kariertes Flanellhemd und eine Kakihose.

„Entschuldigen Sie", sagte Sam leise, wie es sich in einer Kirche gehörte.

Der Mann hielt in seiner Arbeit inne. „Ja, was kann ich für Sie tun?"

„Wir suchen den Pfarrer."

Der Mann lächelte. Es war ein sympathisches Lächeln. Er war ein großer, schlanker Mann, ungefähr fünfzig, mit braunen Haaren und einer dicken Brille über kleinen, hellen Augen, die freundlich funkelten.

„Ich weiß, dass ich nicht unbedingt wie ein typischer Pfarrer aussehe, aber Sie haben ihn gefunden." Er trat auf sie zu. Als er näher kam, lehnte er seinen Besen an eine Kirchenbank und reichte Sam die Hand. „Ich bin Peter Billingsly, Pastor und manchmal auch Hausmeister."

Sam schlug in die dargebotene Hand ein. Jackie konnte fast fühlen, wie ein Funke zwischen den beiden Männern übersprang. Sie selbst spürte auch etwas. Sie hatte das Gefühl, eine verwandte Seele gefunden zu haben. Sie schaute dem Mann in die Augen und wusste, dass er ein Freund war. Flüsternd dankte sie Gott dafür.

„Mein Name ist Sam Okuda, und das ist ... meine Verlobte, Jackie Hayes." Er brach ab. Vielleicht rechnete er trotz der offensichtlichen Herzlichkeit dieses Mannes damit, wieder unverrichteter Dinge vor die Tür gesetzt zu werden.

„Es freut mich, Sie beide kennenzulernen."

„Wirklich?", entfuhr es Sam. Er verzog die Lippen zu einem reumütigen Lächeln. „Entschuldigen Sie, Sir, aber das haben wir heute bei nicht vielen Leuten erlebt."

Pastor Billingsly schüttelte den Kopf. „Das ist sehr schade. Was kann ich für Sie tun?"

Sam atmete tief ein. „Sir, wir ... wir kommen aus Kalifornien, aber wir sind hier, weil wir heiraten wollen. Wir haben eine Heiratsurkunde dabei." Er brachte sein Anliegen eilig vor, als wollte er die Worte loswerden, bevor wieder eine Absage käme.

„Ich verstehe ...“, sagte der Pfarrer bedächtig. Offenbar sah er große Probleme. „Dann kommen Sie doch mit mir in mein Büro, damit wir uns unterhalten können.“

„Unterhalten?“

„Ja, wenn Sie nichts dagegen haben. Ich kenne die Leute gern, bevor ich sie traue. Normalerweise führe ich mit ihnen mehrere Ehevorbereitungsgespräche.“

„Pastor Billingsly“, warf Jackie schnell ein. „Das würden wir gern tun, aber wir müssen spätestens am Montag wieder in Kalifornien sein.“

„Dann unterhalten wir uns wenigstens ein paar Minuten“, schlug Pastor Billingsly vor. „Ich muss sicher sein, dass ihr meine Hauptkriterien für eine Ehe erfüllt – dass ihr einander liebt und dass ihr Gott liebt.“

Ihr Gespräch dauerte bis weit in den Nachmittag. Später sagte der Pastor, dass er schon in den ersten zwei Minuten ein ziemlich klares Bild von ihnen gehabt und gewusst habe, dass sie seine Kriterien erfüllten. Die übrige Zeit hatte er es einfach genossen, sich mit ihnen zu unterhalten. Jackie empfand ähnlich. Die Zeit war so schnell vergangen, dass sie kaum bemerkt hatte, wie spät es geworden war. Sam hatte sich ebenfalls entspannt und Jackie vermutete, dass dies mit ein Grund dafür war, warum sich der Pfarrer so viel Zeit für sie nahm. Als sie das Büro verließen, hatten sie einen Freund fürs Leben gefunden.

„Ich gehe jetzt und ziehe etwas an, das für eine Hochzeit besser passt“, sagte Pastor Billingsly.

„Uns gefällt, wie Sie aussehen“, widersprach Sam, der ihm keine Umstände machen wollte.

Jackie sah ihm an, dass er das Gespräch mit dem Pfarrer genossen hatte, aber niemand konnte ihm einen Vorwurf daraus machen, dass er es nicht erwarten konnte, die Zeremonie endlich zu beginnen.

Billingsly lachte. „Ich weiß, dass es ein langer Tag für dich ist, mein Sohn, und dass du es nicht erwarten kannst. Aber wir können uns ein paar Minuten Zeit nehmen, um es richtig zu machen. Aus unserem Gespräch habe ich entnommen, dass euch das wichtig ist. Außerdem muss ich erst noch zwei Zeugen auftreiben. Meine Frau kann eine Zeugin sei. Und ihre Schwester ist die zweite Zeugin. Sie wohnt gleich um die Ecke und ist sicher bereit zu kommen. Jetzt gehen wir ins

Pfarrhaus. Edith kann euch einen Tee kochen, während ihr wartet. Es wird nicht mehr lang dauern, dann könnt ihr vor den Altar treten."

„Vor den Altar?", flüsterte Jackie und wollte es kaum glauben. „Wir können in der Kirche heiraten?"

„Natürlich."

Eine Stunde später versammelte sich die kleine Gruppe vor dem frisch gefegten Altar in der Kirche. Der Pastor trug seinen besten Anzug; seine Frau, Edith, und ihre Schwester, Evelyn, waren ebenfalls festlich gekleidet. Jackie hätte beinahe geweint, so sehr freute sie sich, dass die zwei Schwestern ihre Hochzeit zu einem ganz besonderen Ereignis machten. Edith spielte auf dem Klavier den Hochzeitsmarsch und bestand darauf, dass Jackie feierlich zum Altar schritt. Sie musste an Blairs Hochzeit denken und daran, wie ihr Vater sie zum Altar geführt hatte. Es hätte sie traurig stimmen können, dass sie diesen Weg allein gehen musste, aber sie war nicht traurig, denn sie wusste: Wenn sie ihn darum gebeten hätte, wäre ihr Vater gekommen.

Evelyn hatte eine Kamera und schoss ein paar Fotos. Sie versprach, Jackie die Bilder zu schicken, sobald sie entwickelt waren. Jackie hätte sich nie träumen lassen, dass sie so eine herrliche Hochzeit hätten. Sie hatte sich bestimmt nicht danach gesehnt und es wäre auch nicht nötig gewesen. Sie hatte Gott nicht einmal darum gebeten. Aber nur Gott konnte ihr diesen stillen Herzenswunsch erfüllen, selbst wenn sie nicht einmal gewusst hatte, dass sie diesen Wunsch hegte.

„Nehmt euch an der Hand und schaut einander an. Dann sprecht mir nach", sagte Pastor Bilingsly, als sie einander ihr Eheversprechen geben sollten.

Sams Hände waren ruhig und trocken. Jackies Hände zitterten ein wenig.

Beide gaben sich nacheinander ihr Eheversprechen.

„Ich, Joshito Samuel Okuda, nehme dich, Jacqueline Marie Hayes, zu meiner Frau ..." Irgendwie verlieh er jedem einzelnen Wort des traditionellen Ehegelübdes eine ungeheure Tiefe. Er stockte bei keinem einzigen Wort. Er klang, als habe er sich sein ganzes Leben darauf vorbereitet, ihr dieses Versprechen zu geben.

Sie wollte genauso sicher klingen. Er sollte wissen, dass jedes Wort aus dem Teil ihres Herzens kam, der allein ihm gehörte. „Ich, Jacqueline Marie Hayes, nehme dich, Sam ... ich meine, Joshito Samuel Okuda, zu meinem anvertrauten Mann. Ich will dir vertrauen und treu sein von diesem Tag an, in guten wie in bösen Tagen, in Armut und in Reichtum, in Gesundheit und in Krankheit. Ich will dich lieben und achten nach Gottes heiligem Willen, bis dass der Tod uns scheidet. Das gelobe ich dir vor Gott."

Sie steckten einander die Ringe an, einfache Goldringe, die sie in Kalifornien gekauft hatten. Dann war es vorbei. Evelyn, die gute Seele, bewarf sie mit Reis, als sie aus der Kirchentür traten. Dann fotografierte sie das glückliche Paar. Jackie wollte unbedingt auch ein Bild vom Pfarrer und den zwei Frauen knipsen. Aber Evelyn hinderte Jackie daran, ihren Brautstrauß zu werfen.

„Wir sind beide alte, verheiratete Frauen. Behalte ihn als Erinnerung", sagte Evelyn.

„Und das auch", sagte Edith und reichte Jackie ein kleines, hübsch eingepacktes Geschenk. „So etwas schenke ich jedem Paar, das Peter traut. Es ist nur ein kleines Hochzeitsalbum, in das ihr die Fotos kleben und eure Erinnerungen an eure Hochzeit festhalten könnt. Zum Glück habe ich immer ein paar in Reserve."

Jackie traten Tränen in die Augen. Sie umarmte die beiden Frauen. „Danke. Ich werde herrliche Erinnerungen haben, die ich hier festhalten kann."

Jackie würde die Erinnerungen in ihrem Herzen bewahren, bis sie Zeit hatte, sie in das Album einzutragen. Sie wurden ihr besonders wertvoll, nachdem mehrere Hotels sich weigerten, ihr und Sam ein Zimmer für die Nacht zu geben. Als sie schließlich in einem schmuddeligen, heruntergekommenen Hotel in der Nähe des Bahnhofs landeten, für das sie doppelt so viel zahlten, wie es wert war, störte sie das kaum. Zerrissene Laken, Kakerlaken, klebriger Fußboden – alles verblasste in der Freude, endlich im Herzen und in der Seele mit dem Mann vereint zu sein, den sie liebte, mit dem Mann, den Gott ihr in seiner unvorstellbaren Barmherzigkeit geschenkt hatte.

Teil 5

„Die Pflicht und die Notwendigkeit,
der japanischen Aggression bis zum Letzten zu widerstehen,
überschreitet jede andere Verpflichtung,
die uns jetzt auf den Philippinen erwartet ...
Ich übertrage Ihnen deshalb diese äußerst schwierige Mission
in dem vollen Wissen um die verzweifelte Situation,
in der Sie sich in Kürze befinden könnten."

Franklin D. Roosevelt
an General Douglas MacArthur
im Februar 1942
Der Fall der Philippinen von Louis Morton, 1953

34

Die Philippinen
März 1942

Blair betrachtete ihre Hände. Sie sahen aus wie die einer alten Waschfrau. Seit sie auf die Missionsstation gekommen war, fühlte sie sich immer mehr wie Aschenputtel, aber ohne die Hoffnung auf ein Happy End. Der einzige Unterschied war, wie sie zugeben musste, dass auf der Missionsstation *jeder* arbeitete. Dafür sorgte Meg Doyle!

Trotzdem hatte Blair das Gefühl, eine besondere Dosis abzubekommen. Von Anfang an konnte sie sich des Eindrucks nicht erwehren, dass Mrs Doyle es auf sie abgesehen habe. Vielleicht hatte Blair das ein wenig herausgefordert, aber die Frau hatte sie anscheinend seit der ersten Minute auf dem Kieker.

„Alle Frauen wechseln sich beim Kochen ab", hatte Mrs Doyle zwei Tage nach Blairs Ankunft verkündet. Blair und ihren Begleitern war eine Ruhepause gegönnt worden, um sich von den Strapazen des Dschungels zu erholen, aber jetzt war es an der Zeit, sich in den normalen Tagesablauf auf der Missionsstation einzufügen. „Du kannst doch kochen, oder?"

Die Art, wie sie diese Frage vorbrachte und fast unterstellte, dass die unzuverlässige junge Frau, die einen so guten Mann wie Gary getäuscht hatte, unmöglich brauchbare Fähigkeiten aufweisen könnte, trieb Blair in die Defensive.

„Natürlich kann ich kochen", log sie und flehte Claudette mit einem heimlichen Blick an, ihre Lüge nicht zu entlarven. Das liebe Mädchen hielt den Mund.

„Gut, dann kannst du morgen früh Hope beim Frühstück helfen. Wir essen um Punkt sieben Uhr. Du musst also bis spätestens sechs Uhr aufstehen."

Blair ließ sich davon nicht aus der Ruhe bringen. Mrs Doyle wollte sie vielleicht mit dieser frühen Morgenstunde abschrecken. Aber seit sie Manila verlassen hatte, hatten sich Blairs Schlafgewohnheiten grundlegend geändert. Nicht, weil sie das so gewollt oder geplant hätte, sondern weil es auf dem Weg hierher nachts nichts zu tun gab, das sie auf den Beinen gehalten hätte. Also ging sie früh zu Bett und stand dementsprechend morgens auch früh auf. Sechs Uhr war für sie überhaupt kein Problem.

Die Probleme begannen mit der eigentlichen Zubereitung der Mahlzeit. Hope war mit ihren vierzehn Jahren sehr tüchtig – bei einer so schrecklichen Mutter war das auch nicht anders zu erwarten! Aber sie war keine gute Lehrerin, selbst wenn sie geahnt hätte, dass Blair vielleicht Unterweisung nötig hätte. Sie ging jedoch davon aus, dass Blair wisse, was sie tue.

Hope sagte einfach: „Koch du doch den Kaffee. Ich kümmere mich um die Pfannkuchen."

Blair stimmte diesem Vorschlag gern zu. Sie hätte keinen Pfannkuchen backen können, selbst wenn ihr Leben davon abhinge. Aber jeder Idiot müsste doch eine Kanne Kaffee zustande bringen. Es war nicht Blairs Schuld, dass plötzlich eine Spinne auftauchte. Sie hasste schon normale Spinnen, aber diese Spinne war größer als eine große Münze. Sie zwang sich, nicht zu schreien. *Etwas* Selbstachtung hatte sie doch noch, besonders vor einem Kind. Das Tier war auf der anderen Seite des Raumes. Wenn es näher kommen sollte, würde sie etwas unternehmen. Die Vorstellung, die Spinne zu zerdrücken, war genauso eklig wie der Gedanke, dass sie näher gekrochen käme. Blair ließ das Ungetüm nicht aus den Augen, vergaß dabei aber zu zählen, wie viele Löffel Kaffee sie in den Topf gegeben hatte. Sie fand, dass die Menge richtig aussehe, und goss das Gebräu auf. Die Spinne drehte sich um und verschwand zur Tür hinaus.

Als der Kaffee zu Hopes leichten, köstlichen Pfannkuchen serviert wurde, verzogen alle am Tisch das Gesicht, schwiegen aber höflich. Alle außer Mrs Doyle. Sie ging beinahe an die Decke.

„Ich kann nicht glauben, dass eine erwachsene Frau so verantwortungslos sein kann", schimpfte sie, als sie erfuhr, dass Blair das starke Gebräu zu verantworten hatte. Er war so stark, dass sich das Silber beschlagen würde – nur gut, dass die Doyles nur Edelstahlbesteck hatten. „Wir legen Wert darauf, Gottes Güter verantwortlich zu verwalten. Jetzt im Notfall ist das noch wichtiger als sonst!" Sie schrie nicht. Es kam eher einer strengen Zurechtweisung gleich. Blair zog unter den Worten der Frau den Kopf ein. Sie hasste sich dafür und hasste auch fast die Frau dafür, dass sie sie so demütigte. „Jeder Bissen auf dieser Missionsstation ist kostbar", fuhr Mrs Doyle fort. „Wer weiß, wann wir neue Vorräte bekommen können. Besonders Kaffee!" Enttäuscht schüttelte sie den Kopf. „Ich hätte wirklich mehr von dir erwartet."

„Sie hat es doch nicht absichtlich getan, Meg", versuchte Pastor Doyle, seine Frau zu beschwichtigen. „Wir können den Kaffee doch mit Wasser verdünnen und etwas davon für morgen aufheben."

„Am meisten stört mich, dass sie mich anscheinend angelogen hat", tobte Mrs Doyle gnadenlos weiter. „*Kannst* du kochen, Mädchen?"

Blair war wütend. Wie eine Kriminelle verhört und angeklagt zu werden! Sie war Gast in diesem Haus, oder nicht? Sie musste sich das nicht bieten lassen.

„Wie bitte?" Blair schaute die Frau mit gerunzelter Stirn an. „Sie haben kein Recht, mich eine Lügnerin zu nennen."

„Beruhigt euch doch alle bitte", sagte der Pastor. Er warf seiner Frau einen leicht tadelnden Blick zu. „Meg, Blair ist unser Gast. Ich gebe dir recht, dass wir alle hier mithelfen müssen, aber du solltest nicht ganz so streng sein, meinst du nicht, Liebes?" Sein Lächeln, gemischt mit dem tadelnden Blick, war wirklich sehr geschickt. Meisterhaft, dachte Blair. Er wusste, wie er seine Frau anpacken musste. Blair mochte diesen Mann, auch wenn sie sicher war, dass sein Blick als Nächstes ihr gelten würde. Genau so war es. „Blair, das Letzte, was wir hier wollen, ist, dich in Verlegenheit bringen. Du kannst offen zu uns sein. Niemand wird dich verurteilen, wenn deine Fähigkeiten ... äh ... anders sind, als wir es gewohnt sind." Der Zug um seine Lippen war entwaffnend.

„Also gut, ich kann nicht kochen", gestand Blair zerknirscht.

„Na also, da hast du es, Meg", lächelte Pastor Doyle, als wäre damit alles gelöst. „Nach dem Frühstück könnt ihr beide euch doch zusammensetzen und schauen, welche anderen Arbeiten Blair übernehmen kann. Du willst doch mithelfen, soweit du kannst, nicht wahr, Blair?"

„Natürlich will ich das. Ich bin nicht faul." Sie warf Meg Doyle einen Blick von der Seite zu, eine Herausforderung an die Frau, ihre letzte Aussage nicht anzuzweifeln.

Der Pastor war ein guter Vermittler, aber er war ein wenig naiv, wenn er dachte, Blair und Meg könnten sich in irgendeiner Weise zu einem freundlichen Gespräch zusammensetzen.

Später an diesem Vormittag gelang es ihnen, miteinander zu sprechen und einen Aufgabenplan für Blair zu erstellen, aber dies geschah auf eine steife, erzwungene Weise. Keine mochte die andere. So viel war klar. Pastor Doyle war wirklich naiv, wenn er dachte, seine Frau würde Blair nicht verurteilen. Blair hatte das von Anfang an gespürt, obwohl Mrs Doyle diese Abneigung zweifellos mit der subtilen weiblichen Art kaschierte, die Männern oft entging.

Am Ende hatte Blair jede Menge Arbeiten aufgeladen bekommen. Oh, sie war damit einverstanden gewesen, als sie und Mrs Doyle zusammensaßen. Aber ihr war eigentlich kaum eine Wahl geblieben. Etwas anderes hätte die negative Meinung der Frau über sie nur bestätigt.

Was Blair jedoch wirklich erstaunte, war die Tatsache, wie diese Frau so viele Aufgaben finden konnte, mit denen sie jeden auf der Missionsstation, nicht nur Blair, vom Sonnenaufgang bis zum Sonnenuntergang auf Trab hielt. Blair war für den größten Teil des Fegens und Staubwischens zuständig. Meg Doyle besaß einen perfekt funktionierenden elektrischen Staubsauger, aber aufgrund der Kraftstoffknappheit wegen des Krieges gingen sie sehr sparsam mit Strom um. Warum den Electrolux-Staubsauger nehmen, wenn Blair da war und starke Arme hatte, um einen Besen zu schwingen?

Meg sagte gern: „Untätige Hände sind eine Fundgrube für den Teufel."

Nachdem Mrs Doyle diese Maxime einfach zu oft verkündet hatte, bat Blair zur Freude aller um eine Bibel und bat Patience, ihr zu zeigen, wie man eine Konkordanz benutzt. Dann nahm Blair diese Bücher, um zu beweisen, dass dieser Satz nicht in der Bibel stand. Mrs Doyle war nicht glücklich über Blairs Entdeckung oder darüber, dass sie kostbare Zeit dafür vergeudet hatte, aber sie murmelte nur etwas von Unverschämtheit, was wohl nicht für Blairs Ohren bestimmt war.

Trotz der Spannungen mit Mrs Doyle fand es Blair angenehm, Patience und Hope besser kennenzulernen. Meg Doyle, die für Blair „Mr Sklaventreiber" war, gestand ihren Untertanen am Abend vor dem Schlafengehen ein wenig Freiheit zu. Die Schlafenszeit war streng auf zehn Uhr festgelegt. Nach einer genauso streng eingehaltenen halben Stunde stiller Zeit – diese stille Zeit benutzte die Familie für persönliches Bibellesen und Gebet, auch wenn von Gästen nicht erwartet wurde, dass sie in der Bibel lasen oder beteten, sondern nur „still nachdachten“, wie Mrs Doyle es ausdrückte.

Die „freie“ Zeit wurde noch mehr beschränkt, da sie erst begann, nachdem Mrs Doyle die Stunde nach dem Abendessen mit einer Andacht belegte. Blair verstand nicht, warum diese Andachten so selten Pastor Doyle hielt. Er wäre bestimmt viel unterhaltsamer als Mrs Doyles knochentrockene Monologe.

Nach der Andacht war meistens eine oder zwei Stunden frei, in denen Blair, Claudette und die zwei Schwestern oft zu den anderen ins Zimmer kamen und plauderten. Einmal manikürten sie einander die Fingernägel, was Blair dringend nötig hatte. Patience teilte ihre einzige Flasche hellrosa Nagellack mit ihr. Mrs Doyle erlaubte ihren Töchtern keinen dunkleren Nagellack. Patience hatte um diesen hellen schon betteln müssen.

Die Doyle-Mädchen waren trotz ihrer strengen Erziehung ziemlich fröhlich. Sie hielten Blair und Claudette nie eine Predigt. Meistens führten sie einfach „Mädchengespräche“ – über Kleider, Jungen, Filme. Die Mädchen durften nicht ins Kino gehen, aber selbst auf dieser abgelegenen Insel wussten sie ein wenig über Hollywood und hörten gern zu, wenn Blair von den großen Stars erzählte. Sie waren auch vom Thema „Jungen“ fasziniert. Blair war von den vier natürlich die Erfahrenste, aber sie sprach nie von den riskanteren Aspekten ihrer Erfahrungen. Sie freute sich über die Unschuld der Mädchen und schämte sich, dass sie diese nicht mehr hatte. Diesen dunklen Teil ihres Lebens verachtete sie abgrundtief.

Die jüngeren Mädchen hatten andere Fragen. Die Art Fragen, auf die man in einem Andy-Hardy-Film die Antwort bekäme.

„Wie lässt man einen Jungen wissen, dass man interessiert ist?“

„Was sollte man tun, wenn ein Junge versucht, dich anzusprechen?“

„Hast du schon jemals einen Jungen angerufen, bevor er dich angerufen hatte?“

Für Hope und Patience waren die meisten dieser Fragen rein theoretischer Natur. Dominador war der einzige junge Mann in der Nähe, der wenigstens annähernd ihr Alter hatte, und selbst er hatte in einem Dorf am Fuß des Berges eine Freundin. Zur Schule waren sie in ein Mädcheninternat in Manila gegangen. Jetzt, seit der Krieg ausgebrochen war, war es natürlich nicht mehr möglich, nach Manila zu kommen. Aber in der Nähe des Mädcheninternats hatte es ein Jungeninternat gegeben, und dort hatten Tanzveranstaltungen und Ähnliches stattgefunden. Meg Doyle missbilligte die meisten Tanzarten, gestattete jedoch gesetztere Formen wie Walzer, da Pastor Doyle nichts Schädliches daran sehen konnte.

Während dieser Gespräche erfuhr Blair auch mehr über das Leben auf der Missionsstation. Als sie über Tanzen sprachen, fragte Blair: „Sind sich eure Eltern denn nicht in allem einig?"

„Ich glaube nicht", antwortete Patience kichernd. „Sie versuchen, es uns nicht merken zu lassen, aber wenn ihre Stimmen lauter werden, ist das kaum zu überhören. Papa sagt, wenn zwei Menschen sich in jeder Kleinigkeit einig wären, dann wäre einer von ihnen überflüssig."

„Sie konnten sich nicht einmal bei unseren Namen einigen", bemerkte Hope.

„Wer hat sich durchgesetzt?", fragte Claudette, die immer großes Interesse am Namen von Menschen zeigte.

Blair wusste die Antwort auf diese Frage, noch bevor Hope antwortete: „Mutter natürlich!", grinste sie.

„Es muss schwer sein, solchen Namen gerecht zu werden", bemerkte Blair. Sie fügte nicht hinzu, dass sie es entsetzlich fände, wenn sie mit einem solchen Namen herumlaufen müsste. Laut sagte sie: „Ich dachte immer, es sei schon schlimm, einen Jungennamen zu haben. Aber nach einer Tugend benannt zu werden, das stelle ich mir noch unangenehmer vor!"

„Ich weiß. Es ist furchtbar, aber man gewöhnt sich daran", sagte Patience. „Sogar ich habe mich daran gewöhnt und ich denke, mich hat es am schlimmsten erwischt. Patience, Geduld! Bei allem, was recht ist!"

„Wahrscheinlich ist es gar nicht so schlecht, dass ich mir meinen Namen selbst aussuchen musste", bemerkte Claudette.

„Ich weiß nicht", erwiderte Blair. „Du hast nie gesagt, wie du wirklich heißt."

„Weil der Name furchtbar ist."

„Er kann nicht schlimmer sein als unsere Namen", erklärte Hope.

„Komm schon, du musst ihn uns verraten", bettelte Patience.

„Einverstanden, aber ihr müsst mir versprechen, dass ihr ihn nie benutzt. Welchen Vorteil hat man sonst davon, dass man eine Waise ist und sich seinen Namen selbst aussuchen kann?" Sie warf den anderen einen fragenden Blick zu. Nachdem alle genickt hatten, verriet sie mit säuerlicher Miene: „Aquilina! Brr!"

„Das ist spanisch. Weißt du, was der Name bedeutet?", fragte Patience.

„Ja, ein bisschen Spanisch kann ich. Es heißt ‚Adler'. Ist das nicht doof?"

Blair fand den Namen um einiges schöner als Claudette Colbert und weitaus weniger dumm, aber sie liebte Claudette und würde diese Meinung deshalb nie laut aussprechen.

„Das ist ein großartiger Name, Claudette." Patiences Stimme klang ernst. „Adler sind ein herrliches Symbol und schöne Tiere. Mir fällt dazu etwas ein, das ich vor Jahren auswendig gelernt und nie vergessen habe. Hör zu: ‚Die aber auf den Herrn harren, kriegen neue Kraft, dass sie auffahren mit Flügeln wie Adler, dass sie laufen und nicht matt werden, dass sie wandeln und nicht müde werden.'" Sie lächelte und in ihren Augen lag ein leichter Anflug von Neid – eine nette Art von Neid.

„Woher stammt dieser Satz?", fragte Blair.

„Jesaja 40,31", antwortete Patience mit einem zufriedenen Lächeln, weil sie sich die Stelle gemerkt hatte. „Aus der Bibel", fügte sie hinzu.

„Oh." Blair hatte gehofft, es stamme aus einer unverfänglichen Quelle, wie zum Beispiel Shakespeare. Ein Teil von ihr war zwar auf der Suche nach Gott, aber ein anderer Teil spürte bei diesem Thema immer noch ein starkes Unbehagen.

Claudette schien das nichts auszumachen. „Vielleicht kannst du mir später ja zeigen, wo dieser Satz steht. Ich hätte nicht gedacht, dass so gute Sachen in der Bibel stehen."

Ihre kleinen Plauderstündchen berührten religiöse Themen immer auf diese Weise – unschuldig, feinfühlig, nie aufgesetzt oder zwanghaft. Blair und Claudette waren offene Gefäße. Oh, Mrs Doyle könnte Blair leicht vom christlichen Glauben abschrecken, aber die junge Frau sagte sich, dass in jedem Korb auch faule Äpfel seien. Aber noch während sie so etwas über „Mrs Sklaventreiberin" dachte, tat diese Frau plötzlich etwas, das dieser Meinung völlig widersprach.

Wie an jenem Tag, an dem sie Blair von der Hintertür der Küche rief.

„Blair, hättest du Lust, mir zu helfen, den Eintopf für das Abendessen zuzubereiten?“

Blair war draußen und klopfte die Teppiche – die Arbeit, die ihr am meisten verhasst war, da trotz der vielen Regentage mehr Staub im Haus war, als Blair je für möglich gehalten hatte. Der ganze Staub legte sich auf die Teppiche und die Möbel im Haus. Als Mrs Doyle rief, schaute sich Blair schnell um. Die Frau hatte sicher mit jemand anderem gesprochen. Ihre Stimme war zu freundlich, als dass sie Blair gemeint haben konnte.

„Also, ich ...“ Blair wusste nicht, wie sie darauf antworten sollte. Konnte diese Frage nur ein Trick sein? Blieb Blair wirklich eine Wahl?

„Nach dem, was ich kurz nach deiner Ankunft hier über dein Kochen gesagt habe“, erklärte die Frau, „kann ich verstehen, wenn du keine Lust dazu hast. Aber ich habe mir gedacht, dass du es vielleicht lernen möchtest. Das ist alles.“

„Sie wollen mir zeigen, wie man kocht?“ In Blairs Stimme lag immer noch viel Argwohn.

„Nur Eintopf für den Anfang.“

„Ich bin ziemlich schmutzig. Der ganze Staub von den Teppichen hängt an mir.“ Blair vermutete, dass sie beide erleichtert wären, wenn sie das unerwartete Angebot ablehnte. Die Frau fragte bestimmt nur, weil ihr Mann Druck auf sie ausgeübt hatte, dass sie Blair etwas entgegenkommen solle.

„Ich nehme die Teppiche ab“, bot Mrs Doyle an. „Du kannst schon hineingehen und dich waschen. Wir treffen uns dann in der Küche.“

Das klang nicht nach jemandem, der versuchte, sich vor einer unangenehmen Pflicht zu drücken. Trotzdem war Blair immer noch unbehaglich zumute, als sie sich ein paar Minuten später in der Küche einfanden. Mrs Doyle lächelte und reichte Blair eine Schürze. Dieses freundliche Lächeln sah im strengen Gesicht dieser Frau ein wenig bizarr aus. Es war nicht so, dass sie nie lächelte, aber wenn sie tatsächlich einmal das Gesicht zu einem Lächeln verzog, dann sah sie nie so aus, als fühle sie sich dabei wirklich wohl.

„Der Mann, der mit euch kam, Juan, ist ein Geschenk des Himmels“, bemerkte Mrs Doyle leutselig. „Heute war er auf der Jagd und kam mit zwei dicken Kaninchen zurück. Conway war noch nie ein besonders guter Jäger.“

„Ich wünschte, wir könnten mehr tun, um bei der knappen Lebensmittelsituation zu helfen“, erwiderte Blair. „Ich weiß, dass die Vorräte immer knapper werden.“

„Gott wird uns versorgen.“

„Trotzdem ...“

„Du darfst kein schlechtes Gewissen haben, wenn du etwas isst, Blair.“

„Aber meinetwegen haben Sie vier zusätzliche Münder, die Sie satt bringen müssen.“

Meg hob den Deckel von einem großen Topf hoch, der auf dem Herd blubberte. „Wir gönnen euch jeden Bissen“, sagte sie voll Überzeugung. „Gott hat euch zu uns geführt. Er wird uns versorgen. So einfach ist das.“

„Sind Sie wirklich der Meinung, dass Gott *mich* hierhergeführt hat, Mrs Doyle?“ Blair schaute die Frau an. Sie wollte sie nicht unbedingt reizen. Sie war einfach neugierig.

„Allerdings glaube ich das“, antwortete Meg knapp. Sie vermittelte den Eindruck, als wolle sie mehr sagen, halte sich aber zurück. Nach einer kurzen Pause fügte sie schließlich hinzu: „Ich habe diese Kaninchen jetzt schon mehrere Stunden gekocht.“

„Worin?“, fragte Blair und war froh, dass ihre neugierige Frage zu nichts geführt hatte.

„Ich habe sie in den Topf gelegt, sie mit Wasser aufgegossen und Gewürze dazugegeben – ein Lorbeerblatt, Salz, Pfeffer. Oh, und eine Zwiebel. Conway mag sein Essen am liebsten unverfälscht. Sonst hätte ich noch Rosmarin dazugetan.“

„Und dann?“

„Jetzt schneiden wir Gemüse. Das sind meine letzten Karotten. Aber wir haben noch Zwiebeln und Rüben und jede Menge Bambussprossen.“ Sie schmunzelte leicht. „Was meine Mutter wohl dazu sagen würde, wenn sie wüsste, dass ich Bambussprossen in einen Eintopf schneide?“

„Sie haben bestimmt viele exotische Dinge gelernt, seit Sie hier leben. Wie lang sind Sie eigentlich schon hier?“ Blair nahm ein Messer und begann, die Karotten zu schneiden, die Mrs Doyle ihr reichte. Sie fand, vier bis fünf Stücke aus einer Karotte müssten richtig sein.

Mit einem leicht belustigten Lächeln sagte Mrs Doyle: „Du musst sie erst sauberschrubben.“ Blair ahnte, dass die Frau sich sehr bemühte, Geduld zu zeigen, aber es war genauso unübersehbar, dass es sie schockierte, wie unwissend eine junge Frau in Bezug auf so eine einfache Aufgabe sein konnte. „Und dann schneidest du sie in ungefähr ein Zentimeter dicke Scheiben.“

Während sie die Karotte so kräftig unter dem laufenden Wasser schrubbte, wie sie konnte, lenkte Blair das Gespräch wieder auf das vorherige Thema zurück. Lieber redete sie über Mrs Doyle. Dann müsste sie nicht über sich selbst sprechen – oder über Gary. „Wie lang sind Sie schon in dieser Missionsstation?“

„Seit zehn Jahren. Hope war damals drei. Zwei Wochen nach unserer Ankunft feierte sie ihren vierten Geburtstag. Wir hatten keinen Kuchen, keine Kerzen. Meine Güte, war ich deprimiert ...“ Mrs Doyle brach abrupt ab und warf Blair einen schnellen Blick zu, dann erklärte sie, fast wie eine Entschuldigung: „Ich war jung. Mein Glaube an Gott war nicht so fest, wie er hätte sein sollen.“

Blair verstand nicht, warum diese Frau das Gefühl hatte, sie müsse sich für ihre Bemerkung entschuldigen. War es nicht richtig, deprimiert zu sein, wenn man Christ war? Musste man perfekt sein? Blair wusste, dass viele, die behaupteten, Christen zu sein, gewiss nicht perfekt waren. Bedeutete das, dass sie weniger gute Christen waren als die perfekteren? Aber sie wagte es nicht, Mrs Doyle eine dieser Fragen zu stellen. Sie mochten ein paar angenehme Minuten miteinander verbringen, aber sie würde bestimmt nicht so weit gehen und die Frau absichtlich veranlassen, über Religion zu reden.

„Soll ich die Zwiebel schneiden?“, fragte Blair unschuldig, als sie mit den Karotten fertig war.

„Ja, gern.“

Nach einer kurzen Anleitung über die richtige Technik, eine Zwiebel zu schälen und zu schneiden, war Mrs Doyle eine Weile still, aber sie hatte wieder diesen Blick auf ihrem langen, eckigen Gesicht, der darauf hindeutete, dass sie noch mehr sagen wollte. Blair hoffte, sie würde es unterlassen. Sie atmete fast erleichtert auf, als das Gespräch sich wieder um das Kochen drehte.

„Wir lassen das Gemüse mit dem Fleisch bis ungefähr eine halbe Stunde, bevor wir essen, kochen“, erklärte Mrs Doyle. „Aber das Gemüse sollte mindestens eine Stunde Zeit zum Kochen haben, damit sein Geschmack sich mit dem Eintopf vermischt. Es schadet also nicht, wenn es länger dauert. Dann dicke ich die Brühe ab."

„Wie?"

„Ich habe hier nur Mehl. Mit Maisstärke geht es auch. Man kippt das Mehl nicht direkt in die heiße Brühe, weil es Klumpen bilden würde. Zuerst gibst du ungefähr eine halbe Tasse mit etwas Wasser in eine Schüssel und rührst daraus eine dicke Creme an. Dann gießt man sie langsam nach und nach in die Soße. Ich lasse es dich machen, wenn es so weit ist."

„Danke, Mrs Doyle. Ich bin Ihnen wirklich sehr dankbar." Blair lächelte zaghaft. „Sie fragen sich bestimmt, was das für eine Frau ist, die nicht einmal einen anständigen Kaffee kochen kann."

„Diesen Vorfall habe ich längst vergessen, Blair." Es schien sie zu stören, dass Blair diese Sache erwähnte. „Gary hat allerdings erwähnt, dass du kochen könntest."

„Wirklich? Hat er das?" Blairs Stimme wurde heiser. Ihre Wangen färbten sich rot. Sie erinnerte sich, dass sie einen Kartoffelauflauf zu einem Gemeindefest mitgebracht hatte, das sie mit Gary besucht hatte. Sie hatte ihm erzählt, sie hätte den Auflauf selbst gemacht, obwohl sie in Wirklichkeit die Köchin ihrer Mutter bestochen hatte, ihn für sie zuzubereiten. Eine ihrer vielen Lügen. Falls sie noch irgendwelche Zweifel gehabt hatte, ob Gary mit den Doyles über sie gesprochen habe, dann waren diese jetzt ausgeräumt. Zumindest mit Mrs Doyle hatte er über sie gesprochen.

„Er kam einmal zum Essen, als ich überbackene Kartoffeln kochte", erzählte Mrs Doyle. „Dabei erwähnte er, dass du so etwas einmal für ihn zubereitet hättest und dass es sehr gut geschmeckt hätte."

„Ich ... ich schätze, ich war damals nicht ganz ehrlich", gestand Blair. „Ich hatte sie von der Köchin meiner Eltern machen lassen."

„Wahrscheinlich ist es normal, dass eine junge Frau will, dass ihr Verlobter in ihr eine gute Hausfrau sieht."

„War das alles, was er über mich sagte?" Blair wollte es eigentlich gar nicht wissen, aber sie konnte sich die Frage nicht verkneifen. Vielleicht wäre es am besten, es offen zur Sprache zu bringen. Vielleicht sollte sie zugeben, dass sie ihn in wichtigeren Dingen als wegen eines Kartoffelauflaufs getäuscht hatte.

Aber die Chance war vertan, als Hope und Claudette mit einem vollen Korb mit reifen Früchten, die sie gerade gepflückt hatten, in die Küche platzten. Sie plapperten und lachten ausgelassen.

„Hope, was ist denn das für eine Art, ein Zimmer zu betreten?“, tadelte Mrs Doyle sie, wieder ganz in ihrer strengen Art. „Blair und ich haben ein ruhiges Gespräch geführt.“

Beide Mädchen entschuldigten sich zerknirscht.

„Merkt es euch einfach für das nächste Mal. Und, was habt ihr da?“

Blair hatte das Gefühl, noch einmal mit knapper Not davongekommen zu sein, und versuchte nicht, das Gespräch wieder dort anzuknüpfen, wo sie unterbrochen worden waren.

35

Trotz allem fand Blair das Leben auf der Missionsstation überraschend angenehm. Es war Wochen her, seit sie das letzte Mal einen solchen Frieden erfahren hatte. Wenn sie ehrlich war, musste sie zugeben, dass es auch schon Jahre sein konnten.

Sie ertappte sich dabei, dass sie Mrs Doyles „stille Zeit" zum Nachdenken verwendete. Wie etwa an jenem Abend, als sie auf dem Bett saß, das sie mit Claudette teilte. Claudette verbrachte ihre stille Zeit in der Küche, damit sie während dieser Zeit ungestört sein konnten. Mrs Doyle hatte diese Aufteilung festgelegt und vorgeschlagen, dass sie jeden Abend tauschten. Diese Frau meinte es wirklich ernst und wollte diese Zeit so optimal wie möglich nutzen!

Da Claudette gern bereit schien, sich auf dieses Arrangement einzulassen, wollte Blair auch nicht lange diskutieren. Ihr ganzes Leben lang hatte sie alles getan, um nicht nachdenken zu müssen, um sich keine Gedanken über die Wunder des Lebens zu machen ... oder über ihr eigenes Tun. Jetzt fragte sie sich, ob das zu ihren vielen Schwierigkeiten beigetragen hatte. Jedenfalls fand sie, es könne nicht schaden, die Zeit jetzt zum Nachdenken zu nutzen. Falls ihr langweilig würde, könnte sie einfach unter die Decke schlüpfen und schlafen. Wer wollte schon sagen, ob sie nicht betete oder so etwas? Aber irgendwie ahnte Blair, dass „Mrs Sklaventreiberin" es wüsste.

So saß sie jeden Abend da und zwang sich, über „alles" nachzudenken. Zum größten Teil sah das so aus, dass sie über ihre Vergangenheit nachdachte. Ihr wildes Leben, ihre Rebellion gegen ihre Eltern, ihren Vater. Meg Doyle mochte noch so streng und kritisch sein, aber an Keagan Hayes kam sie nie auch nur annähernd heran. Wenigstens hatte Meg Augenblicke, in denen sie nett und großzügig war. Es war fast, als lebten zwei sich bekämpfende Personen in dieser Frau, die anscheinend nicht einmal selbst genau wusste, welche die Oberhand behalten sollte.

Keagan dagegen hatte nie auch nur die leiseste Spur eines inneren Konflikts gezeigt. Andererseits hatte er sie an ihrem Hochzeitstag zum Altar geführt. Blair staunte, als sie jetzt daran dachte. Konnte es sein, dass in ihrem Vater mehr steckte, als sie ahnte? Sie hasste es, sich eine solche Frage zu stellen. So vieles von dem, wer sie war, schien auf ihrer Ablehnung gegenüber diesem Mann zu beruhen. Was wäre sie, wer wäre sie ohne diese Ablehnung? Sie wollte kein rückgratloses, immer braves und süßes Mädchen sein – egal, welche Frau Gary sich ihrer Meinung nach vielleicht wünschte. Trotz ihres häufigen Zorns auf Mrs Doyle bewunderte Blair diese Frau irgendwie. Sie war eine Christin, die eindeutig nicht rückgratlos und süß war. Sie hatte zwar einige sehr raue Kanten, aber es war ermutigend, dass im christlichen Glauben auch für Menschen wie Meg Platz war. Vielleicht war auch für Blair Platz – ohne dass sie ihre Persönlichkeit aufgeben müsste.

Das einzige Problem war, dass Blair immer noch nicht ganz sicher war, wer dieser innere Mensch in ihr war. Sie fühlte sich nicht wohl dabei, nett und süß zu sein, aber genauso wenig wollte sie immer nur kritisch sein, denn wer war sie, dass sie irgendjemanden kritisieren durfte?

Sie erinnerte sich an eine von Mrs Doyles Andachten nach dem Abendessen. Sie hatte davon gesprochen, dass man sich von Gott läutern lassen müsse. Blair konnte sich nicht an die genauen Worte erinnern ... Plötzlich sprang Blair auf und begann, in ihren und Claudettes Sachen zu wühlen. Es machte sie ein wenig unruhig, nur hier zu sitzen. Diese Suche war also hauptsächlich eine Ablenkung, aber vielleicht konnte sie die Stelle finden, die Mrs Doyle aus der Bibel zitiert hatte. Lesen war für Blair genauso wenig ein Vergnügen wie Nachdenken, aber sie reizte die Herausforderung, in der Bibel etwas zu suchen.

Sie fand die Bibel, die Meg Doyle ihr und Claudette geliehen hatte. Sie kratzte sich am Kopf, zog nachdenklich die Stirn in Falten und versuchte, sich zu erinnern, wo diese Verse gestanden hatten. Jemand hatte erwähnt, dass sie im letzten Buch des Alten Testaments standen. Sie blätterte, bis sie bei einem Buch ankam, das Maleachi hieß, und war erleichtert, als sie sah, dass es ein kurzes Buch war. Schnell überflog sie die vier Kapitel und fand, was sie suchte. In Kapitel drei, Verse zwei und drei stand:

Wer wird aber den Tag seines Kommens ertragen können und wer wird bestehen, wenn er erscheint? Denn er ist wie das Feuer eines Schmelzers und wie die Lauge der Wäscher. Er wird sitzen und schmelzen und das Silber reinigen, er wird die Söhne Levi reinigen und läutern wie Gold und Silber. Dann werden sie dem Herrn Opfer bringen in Gerechtigkeit.

Trotz der tropischen Hitze zitterte Blair. Vielleicht waren diese Verse doch nicht so gut. Es klang nicht so, als würde es Spaß machen, das Objekt zu sein, das dieser Schmelzer läuterte. Ganz und gar keinen Spaß! Andererseits war das Mrs Doyles Vorstellung von Glauben. Spaß hatte nach Meinung dieser Frau nichts damit zu tun. Jeder Spaß war schlecht. Blair war nicht bereit, das zu akzeptieren! Sie fragte sich oft, wie Pastor Doyle diese Sache sah, und hatte das Gefühl, dass er vielleicht anders darüber dachte, da er ein Mensch zu sein schien, der von Herzen gern Spaß hatte. Sie überlegte, dass sie ihn eines Tages fragen könnte, aber im Moment hatte sie nicht das Gefühl, ihn gut genug zu kennen, um sich auf ein so persönliches Gespräch einzulassen. Außerdem war er den größten Teil des Tages nicht im Haus. Während die Frauen viel Arbeit im Haus hatten, schien er draußen genauso viel zu tun zu haben. Außerdem hatte Mrs Doyle erwähnt, dass er in der Kirche ein kleines Büro habe, in dem er laut ihren Worten ein Buch schrieb.

Trotzdem ließ dieser Vers Blair keine Ruhe. Mrs Doyle hatte gesagt, dass das Feuer alles wegnehmen würde, was schlecht war. Genau das wollte Blair. Sie wollte den Müll in ihrem Leben loswerden. Wenn das geschehen wäre, könnte sie vielleicht – nur vielleicht – entdecken, wer die echte Blair war.

Plötzlich wurde Blair bewusst, dass sie bei ihrem ganzen Nachdenken kein einziges Mal an Gary gedacht hatte. Sie wollte sich schon Vorwürfe machen, weil sie wieder nur an sich selbst dachte, aber dann kam ihr ein neuer Gedanke. Vielleicht setzte sie sich endlich selbst mit dem Glauben an Gott auseinander, unabhängig von Gary. Das war gut. Aber sie konnte nicht leugnen, dass ein kleiner Teil in ihr Angst davor hatte, zu viel an ihre Beziehung zu Gary zu denken. Solche Gedanken lösten zu viele Ängste aus, die in ihr schlummerten – Angst um ihn, Angst um ihre gemeinsame Zukunft und Angst, dass sie sich vielleicht nie so weit ändern könnte, dass sie gut genug für ihn wäre. Einem inneren Impuls folgend, legte sie die Bibel weg und beugte den Kopf. Sie wusste, dass man „seine Ängste an Gott abgeben“ kann. Jackie hatte davon gesprochen und auch Gary und die Doyles hatten das gesagt. Ein wenig Beten hatte ihr in der Vergangenheit geholfen. Es konnte gewiss auch jetzt nicht schaden.

Blair entdeckte bald eine andere Freude in der Missionsstation. Eines Tages war sie zufällig allein im Haus – eine seltene Gelegenheit bei den vielen Menschen, die hier lebten. Allein und – Wunder über Wunder! – fertig mit ihrer Arbeit für diesen Tag. Es war drei Uhr nachmittags. Sie schlenderte zum Klavier. Sie hielt sich inzwischen schon einige Zeit auf der Missionsstation auf, hatte es aber immer noch nicht gewagt zu fragen, ob sie spielen dürfe. Obwohl sie vor einem größeren Publikum professionell aufgetreten war, zögerte sie irgendwie, hier in der Missionsstation zu spielen. Aber heute fühlte sie sich sicher, da niemand in der Nähe war. Sie rutschte auf die Bank und öffnete den Deckel über den Tasten. Auf dem Notenständer waren einige Notenblätter. Blair kannte viele Lieder auswendig – ein gutes Gedächtnis gehörte zu ihren wenigen brauchbaren Talenten, ein Talent, das ihr sowohl als Schauspielerin als auch als Sängerin zugutekam. Sie konnte aber auch gut Noten lesen und fast jedes Musikstück, das ihr vorgesetzt wurde, spielen. Klassische Musik war ein wenig schwerer als moderne Musik, aber mit ein wenig Übung konnte sie auch Bach oder Beethoven gut spielen.

Sie blätterte die Notenblätter durch und sah, dass alles Kirchenlieder waren – was in diesem Haus nicht überraschte. Es lag auch ein Kirchengesangbuch daneben. Sie hatte nichts gegen Kirchenlieder und fand viele sogar sehr schön. Die Lieder waren das Einzige bei ihren Gottesdienstbesuchen gewesen, was sie wirklich genossen hatte.

Sie hielt bei dem Lied „Die Erde ist schön“ mit dem Blättern inne. Dieses Lied hatte ihr schon immer gefallen. Sie spielte zwei Verse und ging wie immer völlig in der Musik auf. Sie kannte das Sprichwort: „Musik kann ein wildes Tier zähmen“ und fand, dass dies für sie eindeutig zutraf. Musik zu spielen und zu singen, hatte wirklich eine beruhigende Wirkung auf sie. Ihr kam der Gedanke, dass sie, falls sie sich je selbst finden würde, sich dann bestimmt in einem Lied und nicht in einem Schmelzofen finden würde. Trotzdem wusste sie, dass sie ein Feuer bräuchte, das ihre vielen Unreinheiten auslöschte. Vielleicht kam die Erleuchtung durch die Musik später. Sie hoffte es. Sie hoffte, Gott würde ihr das nicht wegnehmen.

Als nächstes Lied wählte sie eines, das sie noch nicht kannte. Es gefiel ihr aber auf Anhieb sehr gut. Sie wollte gerade die zweite Strophe beginnen, als eine Stimme sie veranlasste, die Hände so schnell von den Tasten zu nehmen, als wäre sie beim Stehlen erwischt worden. Kein Wunder beim tadelnden Ton in dieser Stimme!

„Hope, ich dachte, du solltest deinem Vater helfen ..."

Meg Doyles Stimme hatte in der Ferne begonnen, irgendwo im hinteren Teil des Hauses aus der Richtung der Küche, war dann näher gekommen und brach abrupt ab. Blair drehte sich schnell auf der Bank um.

„Ach, du warst das?", fragte Mrs Doyle mit perplexer Miene, als könne sie ihren Augen nicht trauen.

„Ja ... es tut mir leid, wenn ich das nicht hätte tun sollen." Blair konnte sich nicht vorstellen, warum das, was sie da tat, falsch sein konnte, aber sie hatte immer den Drang, sich bei Mrs Doyle zu entschuldigen.

„Du brauchst dich nicht zu entschuldigen. Ich habe den Mädchen gesagt, dass ich ein wenig Ruhe wollte, aber dir gegenüber habe ich es nicht erwähnt. Du konntest es also nicht wissen."

„Ich höre auf, wenn Sie gerade gebetet haben. Ich höre auf jeden Fall auf."

„Nein, bitte nicht. Um die Wahrheit zu sagen, ich fand es recht schön und kam nur, weil ich dachte, es wäre Hope, die ihre Pflichten vernachlässigt." Mrs Doyle trat neben Blair. „Du hast sehr schön gespielt. Hope versucht es, schafft es aber noch nicht richtig. Das war ein weiterer Grund, warum ich hätte wissen müssen, dass nicht sie am Klavier saß. Seit sie aufgrund des Notfalls die Schule verlassen musste, hatte sie keinen Unterricht mehr. Leider bin ich nicht musikalisch. Ich kann ihr also nicht helfen. Patience hat auch nur rudimentäre Kenntnisse. Meine ältere Tochter hat auf diesem Gebiet mein mangelndes Talent geerbt, fürchte ich. Hope ist ... nun ja, unsere einzige Hoffnung, einen Musiker in die Familie zu bekommen."

„Ich würde ihr gern helfen, wenn Sie das wünschen." Eilig fügte Blair hinzu: „Ich muss Sie jedoch warnen: Ich habe noch nie irgendjemandem irgendetwas beigebracht. Ich bin also nicht sicher, ob ich das kann."

„Ich bin sicher, dass sie für jede Hilfe dankbar ist, die sie von dir bekommt." Im Tonfall der Frau lag eine Förmlichkeit; es klang fast, als gefiele es ihr nicht, von Blair Hilfe annehmen zu müssen. „Jetzt muss ich wieder zurück, bevor die Farbe trocknet."

Jetzt erst bemerkte Blair, dass Meg eine Schürze trug, die überall mit Farbe und Spritzern übersät war.

„Sie haben gemalt?"

„Ein kleines Hobby von mir." Ihre Stimme war fast schüchtern, was bei Mrs Doyle genauso ungewöhnlich war, wie es ein breites Grinsen gewesen wäre.

„Haben Sie die Bilder gemalt, die ich im Haus an mehreren Wänden gesehen habe?"

„Die meisten. Ich weiß, es ist Eitelkeit, meine Arbeit zur Schau zu stellen, aber ich denke, es wäre eine Vergeudung, Geld für Farbe, Papier und Leinwand auszugeben und dann die Ergebnisse in einem Schrank liegen zu lassen. Allerdings muss ich zu diesem Dilemma noch Klarheit aus der Bibel finden."

Blair konnte sich nur mit viel Mühe ein Lächeln verkneifen. Es klang ziemlich übertrieben, dass die Frau sich wegen so etwas den Kopf zerbrach. Obwohl sie Meg Doyle nur wenig kannte, wusste sie, dass sie um dieses „geistliche" Problem lange und schwer gerungen hatte. Für Blair war die Sache einfach: Man malt ein Bild, spielt in einem Theaterstück, singt ein Lied und diese Arbeit sollte von anderen gewürdigt werden. Sie erinnerte sich, dass sie einmal gehört hatte, man solle sein Licht nicht unter einen Scheffel stellen. Das erschien irgendwie widersprüchlich. Aber sie wagte es nicht, diese Gedanken Mrs Doyle gegenüber zu erwähnen. Dieses Muster an Geistlichkeit würde Blairs Logik bestimmt in der Luft zerreißen.

Stattdessen sagte sie nur: „Ihre Bilder sind schön. Ich dachte schon, dass jemand in der Missionsstation diese Bilder gemalt haben musste, denn mir fiel auf, dass die Motive von hier waren. Besonders gefällt mir das Bild von der Veranda vor dem Haus mit den vielen Pflanzen."

„Meine Pflanzen und mein Malen gehören zu den größten Freuden meines Lebens – natürlich außer meinem Glauben an Gott."

„Natürlich." Blair hoffte, Mrs Doyle würde den Anflug von Sarkasmus in ihrer Stimme nicht bemerken. War es denn falsch, wenn

Christen auch noch andere Freuden im Leben hatten? Mrs Doyle hatte geklungen, als müsse sie sich deswegen rechtfertigen.

Mrs Doyle wollte gerade etwas dazu sagen und öffnete auch schon mit einem strengen Blick den Mund, als ein Gebrüll von draußen sie innehalten ließ. Die beiden Frauen wechselten fragende Blicke. Alle waren zur Quelle hinabgegangen, um Pastor Doyle bei den Problemen zu helfen, die es dort gab. Überwuchernde Sträucher verstopften den Zufluss und mussten zurückgeschnitten werden. Konnte es sein, dass sich jemand bei der Arbeit verletzt hatte? Die Rufe, die sie hörten, klangen eindeutig aufgeregt.

Die Tür wurde aufgerissen. „Mrs Doyle!" Es war Dominador, der junge Mann, der auf der Missionsstation mitarbeitete. „Ich war auf Patrouillengang. Ich habe ein paar Japaner gesehen!"

„Bist du sicher?", fragte Mrs Doyle.

„Es war aus der Ferne, aber ich bin todsicher."

„Warum bist du dann da draußen und brüllst so laut herum, dass sie dich hören können?", schimpfte die Frau. Blair stellte sich dieselbe Frage.

„Es tut mir leid. Ich ... ich ..."

„Vergiss es, Dominador. Wie weit sind sie weg?"

„Ich war unten an der großen Flussbiegung, als ich ungefähr ein halbes Dutzend Soldaten den Fluss überqueren sah. Ich bin den ganzen Weg zurückgelaufen. Es sind ungefähr fünf Kilometer von hier."

„Dominador, lauf zur Quelle hinab und hole alle hierher. Sag ihnen, sie sollen sich beeilen." Der junge Mann stürmte wieder aus dem Wohnzimmer. Meg Doyle drehte sich zu Blair um. „Komm, wir packen so viele Vorräte zusammen, wie wir können." Als Erstes eilte sie in die Küche. Dabei murmelte sie: „Lieber Gott, bitte verhindere, dass sie uns finden!"

Blair folgte ihr und wiederholte schweigend dasselbe Gebet. Japaner nur fünf Kilometer entfernt! Wie konnte das sein? Die Missionsstation sollte angeblich ein sicherer Ort sein. Gary hatte Blair versprochen, dass sie hier in Sicherheit war. Wurde ihr Friede und Trost jetzt wieder geraubt? Was würden sie tun? Wohin konnten sie gehen? Ihr Magen verkrampfte sich, als sie daran dachte, dass sie wieder in den Dschungel fliehen müssten. *Bitte, Gott, das nicht!* Aber was blieb ihnen sonst übrig, wenn sie nicht gefangen genommen werden wollten? Meg Doyle sah jedoch im Moment nicht wie eine Frau aus, die sich auf diese Möglichkeit vorbereitete.

36

„Uns bleiben nur noch ein paar Stunden Tageslicht“, sagte Pastor Doyle, als alle im Wohnzimmer versammelt waren. „Wir müssen uns Zeit nehmen, um unsere Vorräte einzupacken.“

„Wohin gehen wir?“, fragte Juan.

„Nach Gethsemane.“ Der Pastor lächelte über die verständnislosen Blicke seiner Gäste. „Das sind ein paar Hütten, die wir im Dschungel haben. Wenn wir vorsichtig sind, wird der Feind uns dort nicht aufspüren.“

„Ich denke, ich sollte diese Beobachtung erst einmal überprüfen“, sagte Juan. „Dominador, führst du mich bitte dorthin, wo du den Feind gesehen hast?“

„Das wäre nur Zeitvergeudung“, argumentierte Dominador. „Glaubst du mir etwa nicht?“

„Juan hat recht“, warf Pastor Doyle ein. „Wir müssen es sicher wissen. Wir werden weiterpacken, während ihr fort seid. Aber bleibt nicht zu lange.“

„Wenn wir in einer Stunde noch nicht zurück sind, brecht ihr ohne uns auf“, entschied Juan. „Wir treffen euch dann später in Gethsemane. Kennst du den Weg dorthin, Dominador?“

„Ja, ich weiß den Weg.“ Dominadors Tonfall klang beleidigt. „Und ich weiß auch, dass da draußen Japaner sind.“

Er ging nur widerwillig mit Juan. Alle anderen konzentrierten sich auf das Packen. Mrs Doyles Fähigkeiten, Leute herumzukommandieren, waren jetzt ganz nützlich. Jeder bekam klare Anweisungen und einen Koffer oder einen Rucksack, den er vollpacken sollte. Lebensmittel, Medikamente, für jeden eine Garnitur Kleidung zum Wechseln, Seife und Decken. Die Hütten in Gethsemane waren zwar mit dem Nötigsten ausgestattet, aber Mrs Doyle hatte dort schon länger nicht mehr nach dem Rechten gesehen und wollte jetzt nichts dem Zufall überlassen. Sie würde auch die Suppe, die sie zum Abendessen kochen wollte, nicht verkommen lassen und wies Hope an, sie in Kanister zu füllen, die dann auf die Rucksäcke verteilt wurden.

Eine Stunde später waren sie fertig und konnten aufbrechen. Blair konnte dem Pastor ansehen, dass er mit sich rang, was er tun sollte, da Juan und Dominador noch nicht zurück waren. Blair hoffte, er würde ihnen noch ein paar Minuten Zeit geben, besonders wegen Juan, den sie nicht im Stich lassen wollte, nachdem er so viel für sie getan hatte.

Sie warteten fünfzehn Minuten länger als vereinbart. Dann kehrten die beiden Männer endlich zurück. Dominador ließ den Kopf hängen.

„Wir haben keine Spur von Japanern gesehen", erklärte Juan.

„Ich sage euch, ich habe sie gesehen!", platzte Dominador heraus und hob kurz den Kopf.

„Es ist möglich, dass sie weiter weg waren, als du dachtest", besänftigte Juan ihn. „Von dort, wo der Junge auf einer kleinen Anhöhe gestanden war, konnte ich mehrere Kilometer weit ins Tal sehen. Ich schätze, acht bis zehn Kilometer weit."

„Nun, egal, ob es Japaner waren oder nicht", erwiderte Pastor Doyle, „vielleicht kann dieser falsche ..." Er brach ab, als Dominador den Mund öffnete, um gegen das Wort *falsch* zu protestieren. Doyle korrigierte sich schnell. „Dieser frühe Alarm könnte trotzdem zum Besten sein. Wir hatten vorher schon gehört, wie nahe der Feind ist, aber ich hoffte, diese Berichte wären übertrieben. Jetzt, denke ich, sollten wir unseren Plan, die Missionsstation zu verlassen, in die Tat umsetzen."

„Sollen wir noch heute aufbrechen?", fragte Mrs Doyle.

„Selbst wenn die Japaner noch acht oder zehn Kilometer weit weg sind, sollten wir nichts herausfordern und die Nacht nicht hier verbringen. Aber wir können uns ein paar Minuten nehmen, um Atem zu holen und uns zu vergewissern, dass wir nichts vergessen haben."

Diese Minuten waren kaum nötig, da Meg Doyle ihre Organisationsarbeit gut gemacht hatte. Offenbar hatte sie sich schon vorher einen solchen Evakuierungsplan mit einer kurzen Vorwarnzeit aufgestellt. Den Mädchen gelang es, noch ein paar Luxusartikel in ihre Rucksäcke zu stopfen. Weniger als zwei Stunden nach dem ersten Alarm war die Gruppe fertig und stand mit Sack und Pack an der Tür.

Bevor sie aufbrachen, blieb Pastor Doyle noch einmal an der Haustür stehen. „Wir hatten hier ein schönes Zuhause. Ich hoffe nur, dass diese Japaner nicht alles zerstören, wenn sie kommen."

„Conway", sagte Mrs Doyle, „vergiss nicht: ‚Wo unser Schatz ist, da ist auch unser Herz.'"

Blair fand es ziemlich brutal, in dieser Situation ausgerechnet so etwas zu sagen. Sie wusste, dass dieser Ausspruch aus der Bibel war. Sie hatte ihn schon früher gehört. Aber sie fand, ein Mensch habe ein Recht, traurig zu sein, wenn er das Zuhause, das er liebte, vielleicht für immer verließ. Der Pastor hatte es nicht nötig, gerade jetzt eine Bibelstelle ins Gesicht geschleudert zu bekommen.

Aber zu Blairs Überraschung legte er einen Arm um seine Frau und lächelte. „Danke, Liebes, dass du mich daran erinnerst. Mein Schatz ist bei mir – du, meine Töchter und unsere Freunde. Gehen wir."

Pastor Doyle führte sie zu einem schmalen Pfad hinter dem Haus. Er sagte, sie könnten das Missionsfahrzeug nicht nehmen, da die einzige Straße, die nach Gethsemane führte, vielleicht von den Japanern kontrolliert wurde. Blair wand sich innerlich, als ihr klar wurde, was das bedeutete. Sie waren eine fest entschlossene, unerschütterliche Gruppe, die die Missionsstation verließ. Juan und Ruberto bildeten den Abschluss und verwischten sorgfältig ihre Spuren. Blair hoffte, das wäre nicht vergeblich. Sie zitterte immer noch bei dem Gedanken, dass die Japaner vielleicht nur zehn bis fünfzehn Kilometer weit weg waren! Niemand konnte mit Sicherheit sagen, ob die Missionsstation vom Feind gesichtet worden war. Der Pastor machte sich Vorwürfe, weil sie nicht schon früher aufgebrochen waren, statt zu warten, bis sie es unter diesem Zeitdruck tun mussten. Aber Blair hatte bei den Doyles von Anfang an ein gewisses Leugnen beobachtet, was den Krieg betraf. Angefangen damit, dass sie nur von einem „Notfall" sprachen, bis dahin, dass sie damit rechneten, dass ihre Gemeinde jeden Tag zurückkehren würde. Ihr Dienst galt den Menschen, die tief in den Bergen lebten. Es waren hauptsächlich Menschen, die noch nicht einmal von der katholischen Kirche erreicht worden waren. Patience hatte Blair stolz erzählt, dass sie ungefähr zweihundert Menschen hatten, die sich zum christlichen Glauben bekehrt hatten. Aber als die Leute in den Bergen von der japanischen Invasion hörten, waren sie in ihre weit abgelegenen Hütten in den Bergen zurückgekehrt und wagten sich auch nicht zu einem gelegentlichen Sonntagsgottesdienst hinaus.

Blair hasste es, erneut zu einem Marsch durch den Dschungel gezwungen zu sein. Die Missionsstation war alles andere als luxuriös gewesen, aber sie hatte den Komfort dort genossen, auch wenn er nicht üppig gewesen war. Jetzt war sie wieder Schlangen und Käfern und Matsch und lästigen fliegenden Insekten ausgesetzt. Sie stöhnte jedes

Mal leise, wenn etwas ihre Haut berührte. Voll Ekel und Angst fragte sie sich, was für ein schreckliches Untier das wieder sein könnte. Ihr Unbehagen wuchs, als die Dunkelheit über sie hereinbrach und sie gezwungen waren, im Freien ihr Lager aufzuschlagen. Aber sie musste zähneknirschend zugeben, wenn auch nur im Stillen, dass sie Mrs Doyle dankbar dafür war, dass sie daran gedacht hatte, Moskitonetze einzupacken. Das Netz würde keine Giftschlange von ihr fernhalten, aber gegen andere kriechende, krabbelnde Tierchen bot es doch einen gewissen Schutz. Sie war auch für die halb gekochte Suppe dankbar. Selbst kalt mit teilweise noch hartem Gemüse schmeckte sie köstlich.

Früh am Morgen, bevor der Himmel richtig hell wurde, weckte Mrs Doyle alle. Mit nur einer Scheibe Brot und etwas Wasser zum Frühstück ging der Marsch weiter. Von den Japanern war immer noch keine Spur zu sehen, aber Juan und Ruberto trafen weiterhin alle nötigen Vorsichtsmaßnahmen, um zu verhindern, dass sie ihnen folgen konnten.

Im letzten Teil ihres Marsches kamen sie zu einem steilen Berg, fast eine Felswand. Pastor Doyle verkündete, dass sie hier hinaufsteigen mussten. Juan, der wie immer erfinderisch war, kletterte als Erster hinauf und bastelte mit einem Seil einen Flaschenzug, mit dessen Hilfe sie die Rucksäcke und Koffer nach oben beförderten. Der Flaschenzug war nicht stark genug, um Menschen hinaufzuziehen. Sie mussten also mit Händen und Füßen die Höhe erklimmen. Unten stand jemand, der schob, und oben reichte ihnen jemand die Hand, um sie hochzuziehen. Es waren genug Kanten und Vorsprünge, an denen man sich festhalten konnte, aber Blair war trotzdem erleichtert, als sie für das letzte Stück Juans Hand fassen konnte.

„Wenigstens werden die Japaner nicht auf die Idee kommen, dass es hier zu einem Weg geht“, murmelte sie.

Gegen Mittag erreichten sie ihr Ziel. Die Sonne stand hoch am Himmel und war heiß. Blair war mehr aufgrund der Hitze als aufgrund des Marsches schweißgebadet und erschöpft, auch wenn Pastor Doyle ein strammes Tempo vorgegeben hatte. Die Anlage, die sie Gethsemane nannten, bestand aus fünf Nipahütten. Es waren bereits mehrere Leute hier. Blair war nicht bewusst gewesen, dass die Hütten schon belegt sein könnten, aber Pastor Doyle erklärte, dass einige aus ihrer Gemeinde, die im Tal wohnten, vom Feind aus ihrem Haus vertrieben worden waren und hier Schutz suchten. Insgesamt waren es ungefähr zwanzig Leute. Der Pastor versuchte, alle einander vorzustellen. Blair vergaß die meisten Namen schnell wieder, merkte sich aber, dass diese Menschen alle irgendwie miteinander verwandt waren. Rubertos Bruder war auch in der Gruppe.

Die Doyles und ihre Truppe zogen in eine leer stehende Hütte. Diese Hütte war etwas größer und offenbar eigens für sie freigehalten worden. Sie bestand aus einem großen Raum und einem zweiten, kleineren Raum, der durch einen Vorhang abgetrennt war. Es gab eine notdürftige Küche, aber kein fließendes Wasser im Haus. Latrinen waren mehrere Schritte von den Hütten entfernt angelegt worden. Wasser zum Kochen und Waschen musste aus einem Bach in der Nähe geholt werden. Da das Wasser erst abgekocht werden musste, sagte Pastor Doyle, sie würden trotz des Risikos in dem altertümlichen Holzofen ein Feuer anzünden. Blair war erleichtert, als sie das hörte, denn das bedeutete auch, dass es etwas Warmes zu essen gäbe. Aber es gefiel ihr nicht, dass es nur ein Klohäuschen gab. Wie sie das hübsche Badezimmer der Doyles mit der Toilette und der wunderbaren Badewanne geliebt hatte!

Aber da sich sonst niemand beklagte, schwieg Blair ebenfalls.

Mrs Doyle entwarf fast ohne Pause ihren üblichen Arbeitsplan – sie erteilte Befehle und wies jedem Aufgaben zu, als wäre sie ein Feldwebel beim Drill. Blair konnte sich ein Murren nicht verkneifen. Ihre Füße brachten sie nach dem anstrengenden Marsch fast um und ihr tat einfach alles weh. Dazu hatte sie auch noch starke Kopfschmerzen. Sie fand, ein paar Minuten Ruhe wären eigentlich nicht zu viel verlangt.

„Blair, wir müssen alle anpacken. Nur dann können wir es uns hier gemütlich machen.“ Wenigstens klang die Frau geduldiger als sonst.

„Ja, natürlich“, seufzte Blair und nahm den Eimer, um frisches Wasser zu holen.

Patience, die den Weg zum Bach kannte, nahm einen zweiten Eimer und begleitete Blair.

„Es tut mir leid, dass wir dir nichts Besseres bieten können“, sagte Patience, während sie das kurze Stück von der Hütte zum Bach durch den Dschungel gingen. Ihre Stimme klang völlig ernst. Sie war einfach die Art freundliche Christin, die Blair mit Religion assoziierte, aber Patience war so nett, dass sie das nicht störte.

„Was?“ Blair hätte sich vielleicht beklagt, aber nie hätte sie eine Entschuldigung erwartet. Sie wusste nicht, was sie erwartete. Sie gab ihren Gastgebern keine Schuld für die Strapazen. Sie litten genauso sehr wie sie.

„Du bist so etwas nicht so gewohnt wie wir. Wenn du möchtest, kann ich mit Mutter sprechen, dass sie ein bisschen weniger streng mit dir sein soll. Wir verstehen ...“

„Hältst du mich für schwach und unfähig?“, fragte Blair. Sie fühlte sich auf den Schlips getreten und stürmte aufgebracht davon. Sie kannte den Weg nicht, konnte aber einen kleinen Pfad deutlich erkennen und folgte ihm. Sie wusste nicht, warum sie so wütend war. Patience hatte in keiner Weise herablassend gesprochen. Sie verstand Blair wirklich oder bemühte sich wenigstens darum. Manchmal aber war es einfach die „Nettigkeit“ dieser Leute, die Blair auf die Palme brachte. Außer „Mrs Sklaventreiberin“ waren alle nett, zuvorkommend und angenehm. Selbst Mrs Doyle hatte ihre sanften Momente, obwohl Blair zugeben musste, dass sie auch dann, wenn sie wie üblich streng und hart war, fast immer fair war. Blair hatte zwar vielleicht das Gefühl, dass Meg Doyle sie besonders beobachtete, aber sie ließ Blair nie mehr arbeiten als die anderen.

Sie erreichte den Bach und blieb stehen, um Atem zu holen. Patience kam hinter ihr näher.

„Stell deinen Eimer ab, Blair. Das Wasser kann warten. Können wir uns hinsetzen und ein paar Minuten miteinander reden?“

Mit einem Achselzucken ließ Blair den Eimer fallen und sank ins Gras. Es war nass, aber Blair zuckte kaum zusammen. Anscheinend gewöhnte sie sich allmählich an solche Unannehmlichkeiten. Sie wusste, dass die Sonne sie schnell wieder trocknen würde.

Patience setzte sich zu ihr. „Ich habe mich so gefreut, dass jemand in meinem Alter hier ist. Seit ich mit der Schule fertig bin, war es ziemlich einsam. Einige Frauen in unserer Gemeinde sind in meinem Alter, aber die meisten sind schon verheiratet und haben Kinder und ich habe mit ihnen überhaupt nichts gemeinsam.“

„Und dann hattest du mich am Hals“, bemerkte Blair. Sie versuchte, es im Spaß zu sagen, was ihr aber nicht ganz gelang, da sie vermutete, dass es die Wahrheit war.

„Das will ich damit nicht sagen, Blair“, sagte Patience ein wenig ungeduldig. Sie rupfte einen Grashalm ab und drehte ihn zwischen den Fingern. „Ich kann es einfach nicht richtig ausdrücken! Ich versuche nur, dir zu sagen, dass niemand hier das Gefühl hat, dich am Hals zu haben. Ich sehe dich als ein Geschenk Gottes für mich und ich denke, Hope empfindet es ebenso, besonders da du Claudette mitgebracht hast. Hope hatte auch nie eine enge Freundin." Patience betrachtete den Grashalm einen Augenblick, dann warf sie ihn weg. „Mutter kann ein wenig hart sein, ich weiß."

Blair musste sich sehr beherrschen, um ihr nicht eifrig zuzustimmen, aber Patience sah, dass sie ihr Grinsen kaum unterdrücken konnte. Sie lächelte. Damit war es mit Blairs Selbstbeherrschung vorbei. Ihre Lippen zuckten. Patience kicherte. Einen Augenblick später lachten beide laut los.

„Also gut", sagte Patience trotz ihrer Belustigung. „Mutter ist manchmal mehr als hart, aber sie meint es gut. Ehrlich! Auch wenn ich verstehe, dass du das nur schwer glauben kannst. Vielleicht wächst sie an dir."

„Wie ein Dschungelpilz!", platzte Blair heraus. Sie keuchte und warf sich die Hand auf den Mund. Durch die Finger sagte sie: „Es tut mir leid. Das ist mir so herausgerutscht."

Aber Patience kicherte wieder lauthals. „Wenn Mutter das gehört hätte, würde sie deinen Mund mit Seife auswaschen."

„Du verrätst es ihr doch nicht!" Blair wusste nicht, ob sie weiterlachen oder entsetzt sein sollte. Sie konnte den Grund für Patiences Belustigung nicht eindeutig bestimmen.

Offenbar spürte Patience ihr Unbehagen. Denn sie schüttelte den Kopf und versuchte, ihr Lachen zu unterdrücken. Es dauerte einen Augenblick, bis sie wieder normal sprechen konnte. „Oh, Blair! Danke, dass man mit dir lachen kann. Aber vertraue mir, ich werde es meiner Mutter nie verraten. Ich weiß nicht, warum sie dich so behandelt. Mit Claudette geht sie anders um."

„Ich wollte nicht sagen, dass sie mich besonders auf dem Kieker hat."

„Das hat sie auch sicher nicht. Aber ..." Patience zuckte die Achseln, ohne ihren Satz zu beenden.

„Ich bin sicher, dass sie mit mir nicht einverstanden ist."

„Aber warum denn nicht? Weil du aus einer reichen Familie kommst und harte Arbeit nicht gewöhnt bist? Nein, das würde sie dir nie vorwerfen."

Blair wusste, dass mehr dahintersteckte, und war jetzt sicher, dass Patience und wahrscheinlich auch Hope nichts von ihrer Situation mit Gary wussten. Offenbar war er doch etwas vorsichtig gewesen, als er seine Probleme bei Fremden ablud. Es ärgerte sie ein wenig, dass er das überhaupt getan hatte, aber sie konnte verstehen, dass er das Bedürfnis gehabt hatte, mit jemandem zu sprechen. Vielleicht stand er den Doyles näher, als sie gedacht hatte. Warum sollte er keine Freunde haben, von denen sie nichts wusste? Sie überlegte, ob es ihr helfen würde, mit jemandem darüber zu reden. Sie hatte Jackie gehabt und diese hatte ihr trotz ihres jungen Alters und ihrer Unerfahrenheit geholfen. Patience war genauso alt wie Jackie und bestimmt genauso unerfahren. Vielleicht spielte das gar keine so große Rolle. Hauptsache, sie hatte jemanden, mit dem sie reden konnte.

„Ich glaube, ich weiß, warum deine Mutter mich nicht mag", sagte Blair. Es kostete sie viel Überwindung, die Worte auszusprechen. Sie wollte nicht, dass Patience schlecht von ihr dachte, aber sie hatte das starke Gefühl, dass diese junge Frau, ganz wie ihr Name Patience, Geduld, sagte, Blair trotzdem nicht verurteilen würde. „Ich nehme an, Gary hat deinen Eltern einige Dinge erzählt, die ich getan habe und die ... nun ja, auf die ich nicht stolz bin. Es ist ..." Sie schaffte es nicht. „Es ist wirklich schwer, darüber zu reden."

„Du brauchst es mir nicht zu erzählen, wenn du nicht kannst." In Patiences Stimme lag viel Ermutigung. Dann sagte sie: „Hast du mit meiner Mutter darüber gesprochen?"

„Nein!" Das war das Letzte, was Blair tun würde, auch wenn sie es nicht zugab.

„Dann weißt du es nicht mit Bestimmtheit, oder?" Blair nickte. Patience sprach weiter: „Ich glaube nicht, dass meine Mutter etwas gegen jemanden hat, ohne mit ihm darüber zu sprechen." Sie runzelte die Stirn. Offenbar wollte sie nicht glauben, dass ihre Mutter das tun würde, war aber nicht ganz sicher.

„Es ist schon okay." Blair wollte die junge Frau beruhigen. „Ich verstehe, warum sie in Bezug auf mich so empfindet. Ich weiß, dass es Dinge gibt, die einfach so furchtbar sind, dass nicht einmal Gott sie vergeben kann ..."

„Das stimmt nicht, Blair!“ Alle Unsicherheit fiel jetzt von Patience ab. „Gott vergibt alles.“

„Ich weiß, dass man das sagt, aber ich denke, man kann es zu weit mit ihm treiben ...“

Patience schüttelte so vehement den Kopf, dass ihre langen, kastanienbraunen Zöpfe auf ihrem Rücken hin und her baumelten. „Unmöglich!“

„Aber ...“

In diesem Moment hörten sie ein Knacken im Gebüsch. „Hey, ihr zwei, wo bleibt das Wasser?“ Es war Mateo. „Mrs Doyle will das Essen machen.“

Eilig sprangen die beiden jungen Frauen auf. Sie schnappten sich ihre Eimer und tauchten sie schnell ins Wasser. In Mateos Beisein könnten sie nicht weiter über dieses Thema sprechen.

Patience sagte leise: „Reden wir später weiter, Blair. Oder noch besser: Sprich mit meiner Mutter. Sie ist nämlich eine weise Frau.“

Blair überlegte, ob sie Patiences Rat befolgen und mit Mrs Doyle sprechen sollte. Die Erinnerung an die Situationen im Haus, als sie versucht hatte, Blair das Kochen beizubringen, und als sie später Blairs Angebot annahm, die Mädchen Klavierspielen zu lehren, waren noch frisch. Vielleicht könnte sie wirklich mit ihr sprechen. Aber am nächsten Tag bekam Blair die Aufgabe, auf einen Topf Bohnen, der auf dem Ofen köchelte, aufzupassen, und sie ließ das Feuer zu heiß werden. Sie war abgelenkt gewesen, weil sie sich mit Claudette unterhalten hatte. Das Ergebnis waren angebrannte Bohnen. Mrs Doyle war mit ihrer Standpauke noch nicht fertig, als auch noch Juan hereinkam und ziemlich aufgebracht war, weil das Feuer zu viel Rauch entwickelte. Sie mussten vorsichtig sein. Es war möglich, dass Japaner in der Nähe waren.

Blair fühlte sich furchtbar. Mrs Doyle weigerte sich, kostbares Essen wegzuwerfen. Also mussten alle die verkohlten Bohnen essen. Wie immer waren die anderen zu höflich, um etwas zu sagen, aber an der Art, wie sie ihren Blicken auswichen, konnte Blair sehen, dass sie nicht glücklich waren.

Noch schlimmer wurde die Sache, als sich Mrs Doyle als Thema für ihre Abendandacht ausgerechnet „Dienst“ aussuchte. Sie forderte alle auf, ihre Bibeln aufzuschlagen und mitzulesen. Natürlich hatte jeder eine Bibel dabei. Mrs Doyle hatte genau darauf geachtet, dass sie bei dem eiligen Aufbruch eingepackt wurden. Sie las Vers für Vers und blätterte fachmännisch zwischen den Seiten. Sie schien dieses Thema besonders gut zu kennen. Einen Vers las sie mit besonderem Genuss vor, wobei ihr Blick in Blairs Richtung zielte.

„‚Darüber hinaus ist es wichtig, dass ein Knecht als treu erfunden wird.'" Dann blätterte sie ein paar Seiten in ihrer Bibel zurück und sagte: „Ich schließe mit einem Gleichnis, das unser Herr Jesus erzählt hat. ‚Denn es ist wie mit einem Menschen, der außer Landes ging: Er rief seine Knechte und vertraute ihnen sein Vermögen an; dem einen gab er fünf Zentner Silber, dem andern zwei, dem dritten einen, jedem nach seiner Tüchtigkeit, und zog fort ...'"

Blair erinnerte sich vage, dass sie in der Sonntagsschule das Gleichnis von den anvertrauten Talenten schon gehört hatte. Sie erinnerte sich nicht mehr, worum es bei dem Gleichnis gegangen war, aber damals hatte sie gewusst, dass ihr musikalisches Talent eine Gabe Gottes war. Mürrisch und mit einem leichten Anflug von Neugier hörte sie Mrs Doyle zu. Der Mann mit den fünf Talenten machte daraus fünf mehr, während der Mann mit den zwei Talenten zwei mehr daraus machte. Aber der Kerl mit nur einem einzigen Talent vergrub es und hatte deshalb keinen Gewinn vorzuweisen.

Mrs Doyle las weiter. „‚Da sprach der Herr zu ihm: Recht so, du tüchtiger und treuer Knecht, du bist über wenigem treu gewesen, ich will dich über viel setzen; geh hinein in deines Herrn Freude.' Aber zu dem letzten Knecht sagte er: ‚Du böser und fauler Knecht! ...'"

Blair wusste, dass diese Worte allein an sie gerichtet waren, obwohl sie sich weigerte, Mrs Doyle anzuschauen. Sie ließ ihre Gedanken abschweifen, denn sie wollte nichts mehr davon hören. Soweit sie es beurteilen konnte, hatte das nichts mehr mit verbrannten Bohnen zu tun. Diese Frau hörte sich nur gern Worte wie *böse* und *faul* sagen.

Leider kehrte Blairs Aufmerksamkeit gerade zurück, als Mrs Doyle las: „‚Den unnützen Knecht werft in die Finsternis hinaus; da wird sein Heulen und Zähneklappern.'"

Blair wäre am liebsten aufgestanden und gegangen. Aber damit würde sie ihre Schuld nur zugeben. Sie war nicht schuldig! Sie hatte nur das Essen anbrennen lassen, um Himmels willen! Plötzlich wurde ihr eine andere Bedeutung von Mrs Doyles Worten bewusst. Blair *war* schuldig, und zwar eines viel schlimmeren Vergehens als angebranntes Essen. Das war zweifellos die nicht gerade subtile Art dieser Frau, Blair diese Tatsache bewusst zu machen. Blair hatte ihren eigenen Mann angelogen und betrogen. Das musste, wenigstens für eine Frau wie Meg Doyle, eine schlimmere Sünde sein als jede andere. Eine Sünde, die es sicher wert war, dafür an einen Ort geworfen zu werden, an dem es ewiges Heulen und Zähneklappern gab.

Blair unternahm keinen Versuch, an diesem Abend mit jemandem zu sprechen. Sie bemerkte, dass Patience und ihre Mutter irgendwann gemeinsam nach draußen gingen. Vielleicht würde Mrs Doyle Patience ein paar Dinge klarmachen. Die junge Frau war in einigen Punkten des christlichen Glaubens offenbar falsch informiert, die sogar Blair wusste. Vergebung musste Grenzen haben. Der Herr hatte dem Mann mit nur einem Talent nicht viel Barmherzigkeit entgegengebracht.

Die zwei Frauen kehrten in die Hütte zurück, als es schon längst dunkel war. Alle hatten sich inzwischen in ihre Decken gerollt – die Frauen im vorderen Teil der Hütte, weil er größer war und weil sie normalerweise die Ersten waren, die am Morgen aufstanden, und die Männer im abgetrennten, hinteren Teil. Es gab keine Betten, nur Matten auf dem Boden. Sie benutzten nachts kein Licht, weder elektrisches Licht noch Kerzen, da nicht auszuschließen war, dass japanische Flugzeuge über ihnen kreisten.

Blair hörte, wie die Tür quietschend aufging und spähte verstohlen unter ihrer Decke hervor. Sie sah die schattenhaften Umrisse der beiden Frauen. Sie glaubte, einen ungewohnt demütigen Blick in Mrs Doyles Gesicht gesehen zu haben, war aber sicher, dass sie wahrscheinlich nicht richtig gesehen hatte.

Als die zwei auf Zehenspitzen zu ihren Decken schlichen, die neben Blair lagen, kniff sie die Augen zu, weil sie keiner der beiden ins Gesicht schauen konnte. Sie sank in einen unruhigen Schlaf, träumte von klappernden Zähnen und hörte sich weinen. Endlose Tränen liefen ihr über die Wangen. In Todesqualen warf sie sich hin und her, war gekettet und erstickte beinahe an einem himmlischen Tuch, das verdächtig viel Ähnlichkeit mit einem Moskitonetz hatte.

Irgendwann in ihren Träumen – es musste ein Traum gewesen sein – kümmerte sich ein Engel um sie, aber der Engel hatte ein langes, eckiges Gesicht, nicht hübsch, aber ganz ansehnlich. Dieses himmlische Wesen war von einem strahlenden Licht umgeben und versuchte, Blairs Tränen mit einem kühlen Tuch wegzuwischen. Ah, das Tuch fühlte sich so gut an, aber wie konnte das Feuer der Hölle abgekühlt werden?

Stimmen drangen an Blairs Ohren. Keine Engelsstimmen, keine himmlischen Lieder.

„Japanische Patrouille ..."

„Wir müssen fort."

„Nicht, solange sie in diesem Zustand ist ..."

„Wir müssen aber."

„Geht ihr. Ich komme später nach ..."

„Sei nicht verrückt."

„Mutter, ich bleibe."

„Ich werde sie auch nicht allein lassen!"

„Vertraue auf Gott ..."

Ein großer Kampf der Engel. Aber warum waren die Engel in der Hölle?

Blair versuchte zu sprechen. Worte bildeten sich und Töne kamen über ihre Lippen, aber selbst in ihren Ohren klangen sie nicht richtig. „So besser dran ... Gary ist auch weg ... ich verdiene es nicht ... kalt ... so k-kalt ... b-bitte ... geht ..."

Sie fühlte das Gewicht, als Decken auf sie gelegt wurden, aber das konnte ihr Zittern nicht verhindern. Es dauerte nicht lang, dann warf sie diese Decken weg, weil sie plötzlich meinte, vor Hitze zu verbrennen. Sie glühte, als würden die Flammen der Hölle um sie herum sie verzehren. Sie übergab sich auch ein paar Mal und der Engel, der nicht hübsch war, putzte sanft alles weg und zog Blair ihre verschwitzten und besudelten Kleider aus und frische an.

„Es wird wieder gut", tröstete der Engel sie.

„Wie lang wird das dauern?", kam eine andere Stimme. Die Stimme zitterte und klang nach Tränen. Claudette? Oder ein anderer Engel mit einem nussbraunen Gesicht?

„Claudette ... bist du krank ...?", murmelte Blair.

„Nein, Blair. Du bist krank", antwortete Claudettes angenehme Stimme.

„Nein ... ich ... verbrenne ... Heulen und Zähneklappern ..."

„Nein, du verbrennst nicht!", sagte der Engel. Die Stimme klang streng, aber nicht böse. „Oh, Gott, bitte vergib mir, dass ich sie verurteilt habe! Wenn ihr irgendetwas zustößt ... Wenn ich keine Gelegenheit bekomme, das in Ordnung zu bringen ...“

„Es wird wieder gut, Meg.“

Eine männliche Stimme. Blair hatte sie vorher schon gehört. Sie hatte gesagt, dass sie wegmüssten. Warum waren sie nicht weggegangen?

„Gott hält seine Hand über dich und dieses Mädchen. Das weiß ich.“

„Ich weiß es auch. Aber warum war ich ...?“

In diesem Augenblick musste Blair sich wieder übergeben – über die frische Kleidung und das frische Bett. Der Engel – Meg? – machte alles wieder sauber. Immer noch sanft, als verdiente Blair, so behandelt zu werden. Sie hob eine Tasse mit Wasser an Blairs Lippen.

„Du musst trinken“, sagte sie. „Ich weiß, dass dein Magen empfindlich ist. Aber du brauchst Flüssigkeit.“

Wie lang das so ging, konnte Blair nicht sagen. Irgendwann verstummten die Stimmen und ihr zitternder, schwitzender Körper wurde ruhiger. Die Träume erschienen ihr weniger real, mehr wie in einem normalen Schlaf.

37

Das Erste, was Blair sah, als sie aufwachte, war Meg Doyle, die neben Blairs provisorischem Bett auf dem Fußboden saß. Sie lag jetzt in dem abgetrennten Teil der Hütte und sah zwei andere Matten neben ihrem Bett liegen. Außer Mrs Doyle war niemand da. Die Pastorenfrau lehnte mit dem Rücken an der Hüttenwand, hatte den Kopf zurückgelegt und die Augen geschlossen.

Blair fühlte sich völlig schwach. Sie versuchte, unter der Decke eine Hand zu heben, nur um zu sehen, ob sie es könnte. Es gelang ihr nur, sie ein wenig zu rühren, bevor sie wieder auf die Decke zurückfiel. Plötzliche Angst überfiel sie. War sie gelähmt?

„Mrs Doyle!“, wollte sie schreien, aber ihre Stimme war nicht mehr als ein heiseres Flüstern.

Die Frau öffnete sofort die Augen. „Ja, Blair.“

„Was ist mit mir los? Was ist passiert?“

„Endlich bist du wach.“

Die Frau lächelte. Das Lächeln war nicht wie ein Sonnenschein, was in diesem Gesicht sicher lächerlich ausgesehen hätte, aber es enthielt eine Klarheit und Herzlichkeit, die Blair noch nie zuvor bei ihr gesehen hatte.

„Du hattest einen Malariaanfall. Du warst fast zwei Tage krank, aber das Chinin zeigt endlich Wirkung.“

„Malaria!“ In Blairs Vorstellung war das eine furchtbare exotische Krankheit. Deshalb benutzte auch jeder auf den Inseln Moskitonetze. Aber sie hätte nie gedacht, dass sie diese Krankheit bekommen könnte. „Werde ich sterben?“, fragte sie ängstlich.

„Nein“, antwortete Mrs Doyle beruhigend. „Wenn es richtig behandelt wird, ist Malaria selten tödlich. Aber es kann sein, dass du in Zukunft noch öfter Anfälle bekommst, besonders da wir nicht mehr viel Chinin haben. Leider sind die Tage, die du ohne Schutz im Dschungel verbracht hast, nicht ohne Folge geblieben.“

„Blair! Du bist wach! Geht es dir gut?“ Claudette erschien im Türrahmen. Ihre Stimme zitterte noch, genauso wie in Blairs Träumen. Sie kniete neben Blairs Bett nieder. „Ich hatte solche Angst.“

Blair wollte die Hand ihrer Freundin drücken, um sie zu trösten, aber das war zu anstrengend. Sie konnte nur lächeln. „Es geht mir gut. Ich bin nur ein wenig schwach."

„Claudette ist nie von deiner Seite gewichen", sagte die Pastorenfrau. „Ich habe sie für dich beten hören."

„Ja, ich habe gebetet." Claudette warf Mrs Doyle einen scheuen Blick zu. „Mrs Doyle, Sie haben das nur gehört, weil Sie selbst auch nie von ihrer Seite wichen. Blair, sie war besser als ein Arzt! Ich konnte nichts anderes tun als beten."

Blair wusste kaum, was sie sagen sollte. Sie meinte schon, sie würde weinen ... schon wieder. Sie erinnerte sich, dass sie in ihren wirren Träumen viel geweint hatte. Es waren Tränen unter Todesqualen gewesen. Dessen war sie sich sicher, aber sie war nicht sicher, was der Grund dafür gewesen war. Ehrfurcht vermutlich, weil zwei Menschen sich so sehr um sie kümmerten. Eine davon war ausgerechnet Meg Doyle! Sie verstand das nicht. Sie wusste, dass sie das nicht verdiente.

„Danke", murmelte sie schließlich.

„Du musst dich ausruhen", sagte Mrs Doyle. „Ich koche dir einen Tee und etwas Reis, wenn du glaubst, dass du das vertragen kannst."

„Ja, ein wenig Hunger habe ich schon."

Mrs Doyle stand auf. „Komm, Claudette, geben wir Blair Zeit, sich auszuruhen, während wir beide ihr etwas zu essen zubereiten."

„Mrs Doyle", sagte Blair. „Ich erinnere mich, dass ich etwas von einer japanischen Patrouille gehört habe. Sind ... wir in Sicherheit?"

„Gott beschützt uns. Ungefähr die Hälfte der Leute, die hier waren, als wir ankamen, flüchtete, als einer der Männer mehrere Kilometer von hier eine Patrouille entdeckte."

Eine gewisse Schärfe in ihrer Stimme und ein Zucken um ihre Lippen bei diesen Worten erinnerte sie an die Mrs Doyle, die Blair kannte. Sie konnte offenbar den mangelnden Glauben derer, die sich in Sicherheit gebracht hatten, nicht verstehen.

„Aber seitdem wurde kein Japaner mehr gesichtet. Du brauchst dir keine Sorgen machen. Vertraue Gott, Blair."

„Ich werde es versuchen", war die ganze Antwort, zu der sie fähig war.

Mrs Doyle öffnete den Mund, um etwas zu sagen. Dann überlegte sie es sich offenbar anders, machte ihn wieder zu und wandte sich zum

Gehen. Blair rechnete damit, dass diese Frau ihren mangelnden Glauben kritisieren würde. Es war wirklich bemerkenswert, dass sie sich dafür entschied, ihre Bemerkungen für sich zu behalten. Vielleicht wurde ihr bewusst, dass es für eine Person wie Blair, eine gottlose Frau, schon eine Besserung bedeutete, wenn sie es *versuchte*. Trotzdem weigerte sich Blair, dieser Frau etwas Negatives zu unterstellen. Höchstwahrscheinlich war Blair am Leben, weil Meg Doyle sich so sehr um sie gekümmert hatte. Ein hilfreicher Engel.

Blair döste noch ein wenig, aß ein bisschen Reis und trank ein wenig Tee, döste wieder ein und bekam Besuch von den anderen Doyles, von Mateo und sogar von Juan. Sie schlief wieder ein. Niemand wollte sie mit Informationen über ihre Situation belasten, aber sie gewann den Eindruck, dass sie sich nur von Tag zu Tag über Wasser hielten und bereit waren, jederzeit zu fliehen. Einige Tage nach ihrer Genesung erwähnte Mateo, dass Juan einen Erkundungsauftrag ausgeführt habe – der Junge schien solche militärischen Ausdrücke zu lieben – und zur Missionsstation geschlichen sei. Er hatte herausgefunden, dass die Japaner sie beschlagnahmt hatten und die Gebäude als eine Art Hauptquartier benutzten. Soweit er es beurteilen konnte, war der Feind erst Tage nach ihrer Evakuierung dort angekommen. Mrs Doyle schimpfte mit Mateo, weil er Blair das erzählt und damit riskiert hatte, dass sie sich zu sehr aufregte. Später kam er mit niedergeschlagener Miene herein, um sich bei ihr zu entschuldigen. Das war für Blair schlimmer als das, was er ihr vorher erzählt hatte.

Sie befolgte Mrs Doyles Rat und betete ein wenig, aber nur im Stillen. Sie versuchte, Gott zu vertrauen, was in diesem Augenblick wirklich leicht war, da sie zu schwach war, um etwas anderes zu tun.

Ihre Lebensmittelvorräte waren trotz Mrs Doyles strenger Rationierung nach zwei Wochen erschöpft. Einige Männer kletterten abwechselnd im Schutz der Nacht den Berg hinab, um bei Bauern etwas zu essen zu kaufen oder, wie Blair vermutete, zu stehlen. Sie konnten nicht mit Gewehren auf die Jagd gehen, da sie knapp an Munition waren und das Risiko zu groß war, patrouillierende Japaner auf sich aufmerksam zu machen. Fleisch gab es deshalb nur wenig. Einmal kamen sie mit Rindfleisch zurück, das sie gekauft hatten, aber es war so wenig, dass sie daraus nur eine sehr dünne Suppe kochen konnten. Juan stellte Fallen für kleinere Tiere auf, aber mit wenig Erfolg.

Die Männer brachten immer wieder Neuigkeiten mit. Keine davon war gut. Die Japaner hatten den größten Teil von Nordbataan überrollt. Selbst Gethsemane war nicht vollkommen sicher. Sie hörten immer wieder den Aufruf aus Amerika: „Halte durch, Bataan. Hilfe ist unterwegs." Diese Aufrufe wurden von außerhalb der Inseln über die „Stimme der Freiheit" an die wenigen Rundfunkgeräte gesendet, die auf der Insel noch in Betrieb waren. Aber dieser Appell klang allmählich genauso dünn, wie die Suppe schmeckte. Die Armee hielt die Verteidigung von Bataan aufrecht, aber ihre Versorgungssituation war noch schlimmer als für die Leute in Gethsemane. Wie konnte eine Armee weiterkämpfen, wenn sie nichts zu essen hatte?

Blair machte sich immer größere Sorgen um Gary. War er am Leben? Wenn ja, ging es ihm gut? Würde sie ihn je wiedersehen?

Sie war sich nur einer Sache sicher: Wenn sie ihren Mann wiedersehen sollte, konnte sie vielleicht endlich die Frau sein, die er immer gewollt hatte. Sie veränderte sich innerlich jeden Tag mehr. Was noch erstaunlicher war: Sie tat es nicht, um ihn zu gewinnen. Die verzweifelte Situation, in der sie sich beide befanden, ließ die Idee, einen Mann zu gewinnen, ziemlich trivial erscheinen. Es war nicht mehr ihr vorrangiges Ziel, Gary zurückzugewinnen. Ihr einziger Wunsch war, dass er lebte und in Sicherheit war und darüber hinaus, dass sie ihn wiedersehen würde, damit sie eine Gelegenheit bekäme, ihn um Vergebung zu bitten.

Das war die erstaunlichste Veränderung bei Blair. Sie fand heraus, wie wertvoll Vergebung war. Diese Erkenntnis verdankte sie ausgerechnet Meg Doyle.

Eines Tages kam Meg an Blairs Bett, das wieder in den Hauptraum der Hütte verlegt worden war, seit Blairs Gesundheitszustand sich allmählich besserte. Sie waren allein. Alle anderen waren draußen und verrichteten die vielen Arbeiten, die ihnen zugeteilt worden waren.

„Ich habe deine Medizin." Mrs Doyle kniete sich nieder und drückte Blair eine Chinintablette in die Hand. Dann reichte sie ihr einen Becher Wasser.

Blair nahm die Medikamente dreimal am Tag. Sie wusste, dass sie sie nötig hatte, machte sich aber Sorgen, weil sie den begrenzten Vorrat aufbrauchte. Mrs Doyle sagte ihr, sie würde in ein paar Tagen die Dosis auf eine Tablette am Tag reduzieren.

„Ich denke, ich bin wieder stark genug, um aufzustehen“, sagte Blair, nachdem sie die Pille geschluckt hatte. Sie hatte schon ein paar Mal versucht aufzustehen, wäre aber der Länge nach hingefallen, wenn sie nicht von anderen Hilfe bekommen hätte.

„Lass dir Zeit.“ Mrs Doyle überkreuzte die Beine unter sich und legte ihren Rock um ihre Knie, als habe sie vor, eine Weile zu bleiben. Da Blair schon fast wieder gesund war, war die Pastorenfrau nicht mehr ständig an ihrer Seite; Blair hatte sogar fast den Eindruck, sie gehe ihr aus dem Weg – so weit man in einer Hütte mit zwei Räumen jemandem aus dem Weg gehen konnte.

War ihr Blairs Gesellschaft so zuwider? Blair hatte schon gemeint, Mrs Doyle habe ihre Haltung ihr gegenüber geändert, aber jetzt stellte sie das wieder infrage.

„Conway und ich haben darüber gesprochen, ob wir in den Süden gehen sollten“, sagte Mrs Doyle. „Wir hatten gedacht, wir könnten hier abwarten, bis der Notfall vorbei ist, aber ...“

Blair fand, die Frau sah tatsächlich demütig aus!

Mit einem schweren Seufzen sprach sie weiter. „Ach, ich muss den Tatsachen ins Auge schauen. Wir müssen akzeptieren, dass dieser ... *Krieg* ... schlimmer ist, als wir dachten. Wir wollten unsere Gemeinde nicht im Stich lassen, aber jetzt muss die Sicherheit unserer Töchter Vorrang haben.“

„Glauben Sie, bei der Armee wäre es sicherer?“, fragte Blair. „Gary wollte, dass ich hierherkomme, weil ich weit weg von den Kämpfen sein sollte.“

„Ja, das war ursprünglich sicher richtig. Aber jetzt haben sich die Dinge geändert. Wenn die Armee Bataan nicht halten konnte, werden sie wahrscheinlich so viele Menschen wie möglich auf die Insel Corregidor evakuieren, sagt Conway. Wir meinen, wenn wir es nach Mariveles schaffen, werden sie wenigstens die Frauen mitnehmen. Das heißt, auch dich und Claudette.“ Sie strich ihren Rock glatt. Blair war vorher nie aufgefallen, dass die Hände der Frau braun und rau waren. Sie hatten viel Arbeit gesehen. „Das bedeutet aber, dass wir einige Risiken eingehen müssen, auch wenn wir das nicht mit Sicherheit sagen können. Wir werden nichts tun, bis du wieder stark genug bist.“

„Ich will euch kein Hindernis sein ...“

„Pscht“, tadelte Mrs Doyle sie, „so etwas will ich nicht hören. Wir sind jetzt alle ein Team. Wie die Musketiere – alle für einen, einer für alle."

„Sie wissen ja nicht, wie ich mich dabei fühle, Mrs Doyle. Ich weiß, dass ich das nicht verdiene ..."

„*So* etwas will ich auch nicht hören!" Ihre Stimme war fast wieder so hart und scharf wie immer, aber in ihren Augen lag noch etwas anderes. „Ich komme mir ohnehin schon schlecht genug vor, weißt du. Darüber würde ich gern mit dir sprechen, wenn du dich fit genug fühlst."

„Sie kommen sich schlecht vor? Ich wüsste nicht warum."

„Ich habe dich ab der Minute verurteilt, als ich dich das erste Mal sah, Blair." Sie zog eine Braue in die Höhe und fügte trocken hinzu: „Wie ich sehe, widersprichst du mir nicht!" Sie lächelte. „Ich habe für dich gebetet, aber meine Gebete gingen alle in die Richtung: ‚Oh, Gott, lass sie erkennen, wie falsch ihre furchtbare Art ist!' Ich versuchte, streng zu dir zu sein, da ich meinte, das würde dich zu Gott führen. Ich kenne Gottes Liebe, aber ich kenne auch den Zorn Gottes und ich dachte damals, du bräuchtest eine größere Dosis Zorn als Liebe." Sie räusperte sich unsicher und fügte hinzu: „Vermutlich fällt es mir leichter, Zorn auszuteilen als Liebe."

„Ich verdiene den Zorn", sagte Blair. „Ich habe furchtbare Dinge getan. Ich war so schrecklich gemein zu Gary. Wenn er mir nie vergibt ..."

„Was? Meine Güte, Gary hat dir schon längst vergeben. Wenn er dir das nicht gesagt hat ..."

„Vielleicht hat er es versucht, aber ich habe nicht zugehört. Wahrscheinlich dachte ich, Vergebung sei nicht genug. Damals wollte ich mehr als nur Worte. Ich wollte, dass alles wieder normal wäre zwischen uns – wie damals, als ich ihn angelogen hatte. Aber auch nachdem er gesagt hatte, dass er mir vergeben hat, war er distanziert."

„Er war sehr verwirrt."

„Meinetwegen."

„Ich war auch keine Hilfe."

„Wie?" Blair war sicher, dass sie sich verhört haben musste. Was konnte Meg Doyle damit zu tun gehabt haben?

Mrs Doyle wurde noch angespannter als vorher. „Willst du noch etwas Tee? Das Wasser ist noch heiß vom Frühstück."

„Nein, danke." Blair legte eine Hand auf Mrs Doyles Arm, als diese aufstehen wollte. „Bitte erzählen Sie mir, was Sie damit meinen. Ich weiß, dass Gary mit Ihnen gesprochen hat, aber wie sollten Sie etwas mit seiner Verwirrung zu tun gehabt haben?"

Widerstrebend setzte sich Mrs Doyle wieder. Sie atmete tief ein. „Ja, Gary hat mit uns gesprochen. Du musst wissen, dass er mit niemandem sonst darüber sprach. Er betrachtete uns als seine Freunde, obwohl wir uns erst ein paar Monate kannten. Er hatte von der Missionsstation gehört, und da wir zur selben Glaubensrichtung gehören wie seine Gemeinde in den Staaten, kam er uns besuchen. Er brachte eine Wagenladung mit gespendeten Sachen mit, die er auf dem Stützpunkt organisiert hatte." Eine gewisse Zärtlichkeit ließ ihre scharfen Züge kurzzeitig weich werden. „Er ist ein bemerkenswerter Mann, der nicht so leicht zu verwirren ist, würde ich sagen. Vermutlich weiß er normalerweise, was er zu tun hat."

Blair verzog das Gesicht. Sie wusste, dass es die Wahrheit war. Sie wusste, dass sie diejenige gewesen war, die seine Festigkeit ins Wanken gebracht hatte.

„Es ist, wie ich sage, Blair." Meg tätschelte Blairs Schulter. „Ich war keine Hilfe. Ich machte klar, dass ich mit dir nicht einverstanden war – ohne dich überhaupt zu kennen! Er wollte versuchen, eure Ehe zu retten, aber er respektierte meine Meinung. Wie konnte er mit einer so furchtbaren Person wie dir zusammen sein? Wie konnte er so eine Person *lieben?* Dieser arme junge Mann musste ja verwirrt sein! Ich habe Gary seine Last noch schwerer gemacht und das tut mir sehr leid. Das werde ich ihm auch sagen, sobald ich ihn sehe."

Blairs Herz schmerzte, als sie jetzt die Situation aus Garys Perspektive sah. Sie zwang sich zu ihrer nächsten Frage. „Meinen Sie, er hätte die Ehe annulliert, wenn ich nicht hier aufgetaucht wäre und alles noch mehr verwirrt hätte?"

„Er wusste nicht, was er tun sollte, aber ich bin sicher, dass es ihm in erster Linie darum ging, das zu tun, was für dich am besten wäre."

„Oh, Gary!" Blair blinzelte ihre Tränen zurück und tastete nach einem Taschentuch, fand aber nur die Decke. Sie drückte einen Zipfel an ihre Augen.

„Er liebt dich, Blair. Er war felsenfest überzeugt, dass das, was du getan hast, nie böswillig gemeint war."

Blair schniefte laut. Mrs Doyle stand auf, kramte in ihrem Rucksack und kam mit einem sauberen Taschentuch zurück, das sie Blair reichte.

„D-danke“, stammelte Blair aufgewühlt. Sie schnäuzte sich. Als sie sich einigermaßen beruhigt hatte, fügte sie hinzu: „Ich sehe immer noch nicht, was Sie falsch gemacht haben sollen.“

„Nichts, das Gary sagte, konnte meine Meinung über dich ändern. Ich sah in dir einen verlogenen, verwöhnten Balg“, gestand Mrs Doyle. Es war ihr anzusehen, wie schwer ihr dieses Geständnis fiel. „Als ich dich sah, hielt ich an dieser Meinung fest. Nichts, was du tatest, konnte meine Meinung ändern. Aber ich konnte nicht vergessen, dass ich zu seiner Verwirrung beigetragen hatte. Deine Anwesenheit auf den Philippinen und andere Dinge, die du sagtest, verrieten mir, dass Gary dich wahrscheinlich nicht verlassen würde. Wenn also ein guter Mann wie Gary sein Leben ruinieren wollte, dann sah ich es als meine Aufgabe an, wenigstens eine gute Christin aus dir zu machen. In meinen Augen hattest du keine sanfte Behandlung verdient. Es war meine göttliche Pflicht, dir die Furcht Gottes einzuprügeln – wenn nötig mit Gewalt!“ Jetzt schniefte sie und auch ihre Augen wurden feucht. „Blair, kannst du mir vergeben?“

„Es gibt nichts zu vergeben ...“

„Ich wusste ab dem ersten Tag, den du in unserem Haus warst, dass du im Grunde ein anständiges Mädchen bist. Du bist nicht das böse Flittchen, das ich mir ausgemalt hatte. Das hätte ich allein schon deshalb wissen müssen, weil ein Mann wie Gary dich liebte. Aber ich wollte meine Vorurteile nicht aufgeben. Tief in meinem Herzen wusste ich, dass ich falsch lag, aber statt loszulassen, ließ ich dich büßen. Ich hoffe, du kannst mir das vergeben.“

„Mrs Doyle, was hat Sie bewogen, Ihre Meinung zu ändern? Haben Sie nur Mitleid mit mir, weil ich krank bin?“

„So könnte es aussehen. Aber am Abend, bevor du krank wurdest, bekam ich wieder etwas Vernunft eingeprügelt. Es war Patience ...“

„Patience?“ Blair konnte sich kaum vorstellen, dass dieses nette Mädchen irgendjemandem Vernunft „einprügelte“. Und schon gar nicht ihrer Mutter.

„Sie erzählte mir von eurem Gespräch am Bach. Sie fragte, ob ich dir wegen deines behüteten Elternhauses einen Vorwurf mache.“ Meg Doyle lachte leise bei der Erinnerung an das Gespräch mit ihrer Tochter. „Als ich ziemlich widerwillig zugab, dass ich dir wegen einiger anderer Dinge einen Vorwurf mache, konfrontierte sie mich mit einem meiner eigenen Bibelverse, den ich in meiner Andacht über Dienst gelesen hatte. Patience fand übrigens, dass es furchtbar war, wie ich dich an jenem Abend unter Beschuss nahm. Ich fürchte, ich muss dich deswegen auch um Vergebung bitten. Die Bibelstelle stand im Korintherbrief." Sie stand auf und holte ihre Bibel vom Küchentisch. „„Nun fordert man nicht mehr von den Haushaltern, als dass sie für treu befunden werden'", las sie, als sie wieder neben Blairs Matte Platz genommen hatte. „Erinnerst du dich? Patience fragte sich, warum ich die Stelle nicht bis zum Ende gelesen hatte, besonders Vers fünf, in dem es heißt: ‚Darum richtet nicht vor der Zeit, bis der Herr kommt, der auch ans Licht bringen wird, was im Finstern verborgen ist, und wird das Trachten der Herzen offenbar machen. Dann wird einem jeden von Gott sein Lob zuteil werden.'" Sie legte einen Finger in das Buch und hob den Blick. Sie schien mehr in sich selbst hineinzuschauen. „Meine liebe Patience hielt *mir* an diesem Abend eine gesalzene Predigt! Sie sagte, an dieser Stelle fordert der Apostel Paulus seine Leser auf, treue Haushalter zu sein, aber nicht einmal er war würdig, die anderen zu verurteilen – oder sich selbst zu beurteilen. Nur Gott ist würdig, und wenn Gott richtet, sieht er die Herzen an. Patience weiß keine Einzelheiten über deine Situation, aber sie kannte mich gut genug, um zu merken, was ich tat, und um zu wissen, dass es falsch war. Ich bin so dankbar, dass meine Töchter besser sind als ich."

„Es sagt viel über Sie aus, dass Sie so großartige Töchter haben", erwiderte Blair. „Und ich vergebe Ihnen, auch wenn es mir ziemlich seltsam und unnötig vorkommt. Ich begreife aber, dass es manchmal wichtig ist, diese Worte auszusprechen. Ich hoffe, ich kann sie eines Tages zu Gary sagen."

„Davon bin ich felsenfest überzeugt. Ich kann mir nicht vorstellen, dass Gott dich so weit gebracht hat und dir diese Gelegenheit nicht geben sollte."

„Mrs Doyle, würden Sie mir ein paar gute Stellen zeigen, die ich in der Bibel lesen kann, damit ich ... nun ja, damit ich mehr über den Glauben lerne?"

„Das tue ich sehr gern. Aber jetzt solltest du dich erst einmal ausruhen." In den Augen der Frau lag ein kleiner Triumph, als hätte sie einen persönlichen Sieg errungen. Vielleicht war es das erste Mal in ihrem Leben, dass sie es sich verkniff, einem anderen ihren Glauben aufzudrängen. Noch dazu, wenn dieser andere so bereitwillig war.

Blair deutete das als ein gutes Zeichen. Sie fragte sich, ob das bedeutete, dass Mrs Doyle sich um Blairs geistlichen Weg keine Sorgen mehr machte. Blair selbst machte sich keine großen Sorgen. Sie wusste, wohin sie ging. Wenigstens in diesem Bereich ihres Lebens. Ihr Weg führte zu Gott.

38

Das Geräusch war Gary inzwischen unheimlich vertraut: ein lang gezogenes Pfeifen wie das Heulen des Windes durch eine schmale Schlucht. Er hatte gelernt, auf dieses Geräusch sofort zu reagieren. Das tat er auch jetzt und tauchte mit dem Kopf voraus in einen Graben.

Artilleriegeschütze schlugen um ihn herum ein, rissen die Erde auf und erschütterten den Boden, obwohl der Einschlag mindestens dreißig Meter von seiner Position entfernt erfolgte. Er kam sich ein wenig töricht vor, weil er sofort in Deckung gegangen war. Aber keine Sekunde, nachdem sein Körper gegen die Seite des Loches geflogen war, vernahm er ein Knurren. Unteroffizier Senger hatte im selben Graben Schutz gesucht. Gary vermutete, dass es keine Schande war, in Deckung zu gehen, wenn der Unteroffizier das auch getan hatte. Senger stand in der Einheit im Ruf, nur im äußersten Notfall Schutz zu suchen. Er wartete immer, bis das Pfeifen – ein langer, durchdringender Ton – verriet, dass die Explosionen viel näher kamen. Selbst er wurde bei dem pausenlosen Beschuss in den letzten zwei Tagen allmählich nervös. Gary hatte von Senger gelernt, die Entfernung der Geschosse zu berechnen, aber manchmal machte eine Ungleichmäßigkeit im Gelände oder der Wind diese Berechnung zunichte. Lieber ein wenig verlegen, als sich den Kopf abschießen zu lassen.

„Wissen Sie“, sagte Senger, dessen Stimme über den Einschlägen kaum zu verstehen war, „es ist eine Schande, dass General Homma diese ganzen Granaten vergeudet. Wenn er ein wenig Geduld hätte, könnte er uns einfach aushungern, bis wir uns ergeben.“

„Ich habe das Gefühl, das genügt ihm nicht. Er will einen klaren Sieg.“ Es war schwer, sich zu unterhalten, aber Gary brauchte diese Ablenkung. Er begab sich in eine bequemere Position. Die Granaten schlugen weiterhin pausenlos ein. Sie würden vielleicht eine ganze Weile in diesem Graben bleiben müssen. „Ich habe gehört, dass dieser Japaner viel Wert darauf legt, sein Gesicht zu wahren. Er sieht nicht besonders gut aus, wenn er uns trotz seiner Überlegenheit in allen Gebieten nicht zum Aufgeben zwingen kann.“

„Sie glauben also, die Gerüchte von einer weiteren großen japanischen Offensive sind wahr?"

Gary nickte grimmig. „Wir müssen uns darauf einstellen. Homma wird einen klaren Sieg wollen."

„Wir können ihm nicht viel Gegenwehr bieten, wenn wir weniger als ein Pfund Reis am Tag haben und was wir sonst irgendwo zum Essen zusammenkratzen können. Wie viel haben Sie schon abgenommen, Lieutenant?"

Daran wollte Gary nicht denken, und auch nicht daran, dass er inzwischen so schwach war, dass es ihn viel Kraft kosten würde, aus diesem Graben zu klettern. „Ich wog ungefähr neunzig Kilo, als ich auf die Philippinen kam."

Der Unteroffizier betrachtete ihn von Kopf bis Fuß. „Jetzt sehen Sie eher nach fünfundsiebzig Kilo aus. Ich wiege auch ungefähr so viel, aber ich bin ein paar Zentimeter kleiner als Sie. Die meisten Männer haben nicht mehr die Kraft, irgendwo nach Essen zu suchen. Unser halbes Regiment leidet an Malaria und Ruhr. Ich mache mir Sorgen, Herr Lieutenant."

„Hören Sie zu, Senger, die Männer zählen auf Sie. Ich belaste Sie nur ungern damit, aber es ist wahr. Sie blicken zu Ihnen mehr auf als zu mir. Sie dürfen jetzt einfach nicht schlappmachen."

„Ich habe ja nur gesagt, dass ich mir Sorgen mache." Der bärtige Unteroffizier. verdrehte die Augen und knurrte. „Ich werde bestimmt nicht depressiv. Aber unterschätzen Sie sich nicht. Sie sind der Anführer und die Männer respektieren Sie."

Das wusste Gary, aber es tat gut, daran erinnert zu werden. Deshalb hatte er dasselbe auch zu Senger gesagt. Er wusste, dass dieser Mann nie die Nerven verlieren würde, auch wenn die gegenwärtige Situation sie fast dazu trieb.

Die kleine Halbinsel Bataan, vierzig Kilometer lang und dreißig Kilometer breit, eignete sich gut zur Verteidigung. Der dichte Dschungel bot eine gute Deckung für Bodenoperationen, besonders bei einem Feind mit Luftüberlegenheit. Die Berge in der Mitte waren zerklüftet und unwegsam, was für den Feind genauso schwierig war wie für die Verteidiger. Aber die amerikanischen und philippinischen Truppen konnten das Land nicht nur mit Entschlossenheit und Mut verteidigen, auch wenn sie das im Moment mit aller Kraft versuchten.

Obwohl der Rückzug auf die Bataanhalbinsel schon immer der Schlachtplan der Armee gewesen war, hatte Gary mit Schrecken festgestellt, wie wenig Vorräte dort gelagert waren. Vor ein paar Tagen hatte er den Quartiermeister gefragt, wie viele Tagesrationen sie noch hätten. Er hatte erfahren, dass es noch für zwei bis drei Wochen reichte, und hatte schwören müssen, diese Information für sich zu behalten. Was das große Geheimnis dabei war, wusste Gary nicht. Selbst der unterste Gefreite musste erkennen, dass ihre Tage gezählt waren. Sie hatten bereits begonnen, sich mit den Vorräten von Corregidor beliefern zu lassen. Vor ungefähr einem Monat hatten sie mit einigen Fischern verhandelt und für kurze Zeit frischen Fisch gehabt, aber als die Japaner davon erfuhren, schnitten sie den Kontakt zu den Fischerbooten ab. Es kursierten Gerüchte, dass die Marine einige U-Boote für Nachschublieferungen ausrüstete, aber die japanische Blockade war schärfer geworden und die U-Boote waren bis jetzt nicht aufgetaucht.

Nahrungsknappheit war nur ein Teil ihrer immer schlechter werdenden Situation. Die Blockade und die Schwierigkeiten, aufgrund der feindlichen Bombardierungen Nachschublinien offen zu halten, führten auch zu einer ernsten Knappheit an Munition und Benzin, wodurch die Möglichkeiten für eine größere Offensive durch die Armee ziemlich eingeschränkt waren. Zusätzlich wurden die gesundheitlichen Probleme immer schlimmer. Die unterernährten Männer hatten Malaria, Ruhr, Tropenfieber und anderen Krankheiten einfach nicht viel entgegenzusetzen. Die kleineren Klagen wurden auch von Tag zu Tag gefährlicher. Probleme mit den Füßen lähmten mehr Männer, als er wahrhaben wollte. Er hatte seinen Männern unzählige Male gesagt, sie sollten ihre Füße an die Sonne halten und ihre Schuhe lüften, aber oft war einfach keine Zeit dafür. Niemand wollte bei einem Angriff barfüßig überrascht werden. Gary hatte selbst furchtbare Probleme mit Juckreiz. Wenn seine Ruhrattacken ihn nicht davon abgelenkt hätten, wäre er vielleicht durchgedreht.

Als der Beschuss eingestellt wurde, kletterte Gary aus dem Graben. Vor dem Angriff war er unterwegs gewesen, um mit dem Sanitäter über die Vorräte zu sprechen. Er plante, bald jemanden zurückzuschicken, um zu erkunden, was er für die Einheit bekommen konnte. Es würde wahrscheinlich nicht viel dabei herauskommen, aber wenigstens gab es den Männern das Gefühl, etwas zu tun. Gary hatte das, was seine Mutter „Beschäftigungstherapie“ nannte, immer gehasst, aber jetzt griff er selbst darauf zurück als ein Mittel, um seine Männer von ihren größeren Problemen abzulenken.

„Lieutenant Hobart, sind Sie das?“

Gary drehte sich um. Der Mann, der ihn gerufen hatte, war der Sekretär aus Oberst Reeses Büro.

„Ja. Watkins, richtig?“

„Ja, Sir. Der Oberst will Sie sprechen.“

„Jetzt gleich?“

„Sobald Sie fortkönnen. Spätestens um dreizehn Uhr.“

„Ich hatte sowieso vor, jemanden ins Hauptquartier zu schicken. Aber vorher muss ich noch mit meinem Sanitäter sprechen, ob er etwas braucht.“

„Gut, Sir. Ich muss noch weiter. Warten Sie nicht auf mich“, sagte Watkins, salutierte flüchtig und eilte davon.

Die militärische Disziplin wurde auch immer lockerer gehandhabt. Einige Offiziere konnten sich darüber furchtbar aufregen. Gary vermutete, dass er aufgrund seiner Ausbildung an der Militärakademie in West Point besonderen Wert darauf legen sollte, aber bei allem anderen, was ihn beschäftigte, konnte er sich wegen eines schlampigen Grußes nicht sonderlich aufregen.

Nach ein paar Minuten mit seinem Sanitäter und ein paar Worten mit seinem Unteroffizier begab sich Gary zum Hauptquartier. Als er das Gelände betrat, kam ein Jeep angerast und wirbelte dicke Staubwolken hinter sich auf. Er kam genau vor der Nipahütte, die als Hauptquartier diente, mit quietschenden Bremsen zum Stehen. Reese, ein stämmiger Mann, mehrere Zentimeter kleiner als Gary, aber zäh wie gutes Leder, verließ das Fahrzeug. Reese war dafür berüchtigt, dass er grundsätzlich selbst am Steuer saß und wie ein Irrer fuhr. Er schien es immer eilig zu haben. Jetzt sprang der Mann im wahrsten Sinne des Wortes aus dem Jeep. Er litt unter den knappen Lebensmittelrationen genauso wie alle anderen, aber er schien immer noch vor Energie zu strotzen.

„Sie kommen gerade richtig, Hobart“, begrüßte ihn der Oberst knapp. „Kommen Sie mit.“ Gary musste laufen, um mit dem Tempo dieses Mannes Schritt zu halten. Reese stürmte durch die Tür und klopfte beim Gehen den Staub von seiner Kampfjacke. Er hielt in seinem kräftigen Schritt nur einen Augenblick am Schreibtisch seines Sekretärs inne. „Lieutenant Acosta, haben Sie die Kommandeure meiner Kompanie von der Besprechung um dreizehn Uhr informiert?"

„Ja, Sir. Einige sind schon da."

Reese warf einen Blick auf seine Armbanduhr. „Gut. Melden Sie es mir, wenn alle hier sind." Mit einem kurzen Blick auf Gary sprach er weiter: „Folgen Sie mir, Lieutenant."

Seit er gehört hatte, dass er ins Hauptquartier kommen solle, überlegte Gary, was der Grund für diesen Befehl sein könnte. Er hatte selten direkten Kontakt zum Oberst, auch wenn Gary mit seinem Sohn in West Point in derselben Klasse gewesen war. Reese schälte seine Finger aus den Handschuhen und warf sie auf den Schreibtisch. Dann begann er, in einigen Papieren zu wühlen. Er setzte sich nicht. Gary blieb selbstverständlich ebenfalls stehen, auch wenn er locker stehen durfte.

„Ich weiß nicht, ob Sie es schon gehört haben, Hobart: Hauptmann Smithers wurde heute Morgen getötet", sagte Reese, ohne seine Suche auf dem Schreibtisch zu unterbrechen. Sein Tonfall war sachlich, vielleicht, weil er durch seine Suche abgelenkt war oder weil er inzwischen daran gewöhnt war, solche Informationen weiterzugeben.

Schockiert antwortete Gary: „Nein, Sir. Das hatte ich noch nicht gehört."

„Er wurde schwer am Kopf getroffen. Ist verblutet, bevor er ins Sanitätszelt gebracht werden konnte."

„Er war ein guter Kommandant, Sir. Das ist ein großer Verlust für die Kompanie."

„Natürlich bedeutet das eine Kommandoänderung in der Kompanie." Reese schien endlich gefunden zu haben, was er suchte, und zog einen weißen Umschlag hervor. Gary nickte. Seine Kehle schnürte sich bei dem, was möglicherweise jetzt kam, zusammen. „Hier, Hobart. Ihre Streifen. Ich mache Sie zum Hauptmann Ihrer Kompanie." Er öffnete den Umschlag, schüttelte die goldenen Streifen auf den Schreibtisch und reichte sie Gary.

„Ja, Sir", antwortete Gary heiser und nahm die Streifen. Er hatte damit gerechnet, dass er bald befördert würde, aber nicht in diesem Moment und nicht auf diese Weise. Er und Smithers hatten sich nicht sehr nahe gestanden, aber er hatte diesen Mann als Person und als Vorgesetzten geschätzt.

„Smithers hat Sie schon vor einem Monat zur Beförderung vorgeschlagen. Das ist also mehr als nur eine Beförderung aufgrund einer personellen Notlage. Sie haben sie verdient."

„Ich hätte mir eine Beförderung unter anderen Umständen gewünscht, Sir." Überrascht, dass seine Finger ein wenig zitterten, steckte sich Gary die Insignien an, die ihn als Hauptmann auszeichneten.

„Ich auch. Wie Sie wissen, haben wir nur noch sehr wenige Offiziere." Reese nahm einen zweiten Umschlag von dem Papierstoß auf seinem Schreibtisch. „Das ist für Unteroffizier Senger. Ich befördere ihn zum Lieutenant. Ich weiß zwar, dass der Mann stolz darauf ist, ein alter Unteroffizier zu sein, aber wir brauchen ihn als Befehlshaber. Wenn er sich darüber aufregt, dann sagen Sie ihm, ich verspreche ihm, ihn wieder zu degradieren, wenn der Krieg vorbei ist."

Gary gestattete sich ein leichtes Lächeln. Senger hatte die natürliche Abneigung eines Unteroffiziers gegenüber Offizieren, besonders solchen, die noch grün hinter den Ohren waren. Aus irgendeinem Grund war er Gary gegenüber immer sehr großzügig gewesen.

„Jetzt ab mit Ihnen ins Messezelt zur Kommandeursbesprechung", befahl Reese. Er salutierte vor Gary. „Gratuliere, Hauptmann Hobart."

Gary salutierte ebenfalls. „Vielen Dank, Sir."

Bei der Besprechung teilte Reese seinen Kommandeuren mit, dass vor zwei Tagen General MacArthur Corregidor verlassen habe und nach Australien aufgebrochen sei. Derartige Gerüchte machten bereits die Runde, aber es jetzt offiziell zu erfahren, war nicht weniger deprimierend. Gary wusste, dass dies besonders für die Filipinotruppen ein schwerer Schlag war, die MacArthur als eine lebende Legende betrachteten. MacArthur war viele Jahre lang ein untrennbarer Teil der Philippinen gewesen. Vor ihm hatte sein Vater eine entscheidende Rolle dabei gespielt, die amerikanische Präsenz auf den Philippinen zu sichern.

Reese betonte, dass der General versprochen habe, auf die Inseln zurückzukehren, aber diese Verlautbarung war trotzdem demoralisierend. Taktisch gesehen war der Rückzug des Generals sinnvoll. Nachdem hintereinander Hongkong, Malaysia, Singapur und die Dutch East Indies gefallen waren, war Australien verwundbar geworden. Somit war beschlossen worden, dass alle militärischen Anstrengungen sich darauf konzentrieren müssten, dieses strategische Gebiet zu verteidigen. Die Philippinen mussten so gut wie möglich durchhalten. Obwohl niemand etwas sagte, war allen bewusst, dass dies bedeutete, dass die versprochene Verstärkung aus den Staaten wahrscheinlich nie kommen würde.

An den folgenden Tagen hörte Gary niemanden das Wort *Kapitulation* aussprechen. Alle, die er kannte, hatten nichts anderes im Sinn, als so lange wie nötig zu kämpfen. Aber nach der Abreise von MacArthur spürte man stark, dass dieser Kampf zwar äußerlich weitergeführt wurde, aber dass ihm der innere Antrieb geraubt worden war.

Die Malaria schlug in den nächsten Wochen in Gethsemane erbarmungslos zu. Mateo hatte einen leichten Anfall, ebenso wie drei andere Bewohner des Geländes. Blair erlitt noch zwei weitere Anfälle. Das Chinin ging aus.

Als sie eines Morgens auf ihrer Matte lag und abwechselnd mit Fieber und Schüttelfrost kämpfte, hörte sie, wie Conway und Meg berieten, was sie tun sollten. In einem Punkt schienen sie sich einig zu sein: Blair brauchte dringend einen Arzt.

Blair versuchte, ihnen von der anderen Seite des Raumes aus zu widersprechen. Aber ihre geschwächte Stimme war nicht viel mehr als ein heiseres Flüstern. „Nein ... ich werde schon wieder ..."

Meg warf einen kurzen Blick in ihre Richtung, zuckte als Antwort aber nur leicht die Achseln und konzentrierte dann ihre Aufmerksamkeit wieder auf ihren Mann.

„Das kannst du nicht machen, Conway. Das lasse ich nicht zu!"

„Ich werde dich und die Mädchen nicht im Stich lassen", versprach er. „Ich werde zuerst dafür sorgen, dass ihr Frauen in Sicherheit seid."

Meg knurrte nur abfällig, als er das sagte, und stellte klar, was sie davon hielt. „Du hast keine Ahnung von der Armee. Du wirst erschossen, sobald du eine Uniform anziehst."

„Meg, du weißt ganz genau, dass ich mich melden würde, wenn wir in den Staaten wären. Das ist meine Pflicht. Ich hätte das schon früher getan, aber ... die Umstände ließen es nicht zu. Und ich hatte den Eindruck, dass eure Situation zu unsicher war, als dass ich euch hätte verlassen können. Aber wenn wir in den Süden gehen und ihr evakuiert werden könnt – dann kannst du doch nicht erwarten, dass ich davonlaufe, während alle gesunden Männer kämpfen!"

Meg lehnte sich auf ihrem Stuhl zurück und schaute ihren Mann durchdringend an. „Du bist fest entschlossen?"

„Ja."

„Dann muss ich darauf vertrauen, dass du Gottes Willen tust."

Er nickte mit einem leisen Anflug von Triumph in den Augen. „Ich glaube, das ist der Wille des Herrn für mich ... für uns."

„Ich werde dir nicht im Weg stehen." Blair fand, die Frau habe zu schnell nachgegeben. Den Blick in ihren Augen kannte Blair gut. Es war der Blick einer Frau, die nachgab, aber ganz genau wusste, dass sie tun würde, was sie selbst für das Beste hielt. Blair fragte sich, was Meg Doyle im Sinn hatte.

Einen Augenblick später wurde die Tür aufgerissen. Mateo stürmte, dicht gefolgt von Claudette, in die Hütte. „Entschuldigen Sie", sagte er mit aufgeregter Stimme, die keineswegs zerknirscht klang. „Ich stand draußen vor dem Fenster. Ich habe gehört, was Sie gesagt haben ..."

„Mach dir keine Sorgen, Mateo", unterbrach ihn Pastor Doyle. „Wir lassen euch nicht im Stich. Wir werden dafür sorgen, dass ihr auch evakuiert werdet."

„Das will er ja gar nicht", rief Claudette, unüberhörbar außer sich. „Herr Pastor, Sie müssen ihn zurückhalten!"

„Sei ruhig, Claudette", ermahnte Mateo sie. „Das geht dich nichts an." Er richtete seinen Blick voll Eifer und Entschlossenheit auf den Pastor. „Wenn wir in den Süden gehen, Herr Pastor, dann müssen Sie ein gutes Wort für mich einlegen, dass ich auch in die Armee aufgenommen werde. Ich bin jetzt siebzehn; es ist meine Pflicht, für mein Land zu kämpfen."

Blair wurde bewusst, dass seit ihrem Aufbruch aus Manila sowohl Mateo als auch Claudette Geburtstag gehabt hatten. Die Feiern waren angesichts ihrer angespannten Lage klein ausgefallen, aber Mateo war tatsächlich schon siebzehn und Claudette war fünfzehn, auch wenn sie immer noch viel jünger aussah.

„Das werde ich, mein Sohn", versprach Pastor Doyle.

„Was!", riefen drei weibliche Stimmen gleichzeitig aus.

„Bitte, Pastor Doyle. Das können Sie ihn doch nicht machen lassen!“ Claudettes Proteste waren lauter als die der anderen. Tränen traten ihr in die Augen. Blair hatte geahnt, dass sich eine Romanze zwischen den zwei jungen Leuten anbahnte, hatte die Sache aber nie sehr ernst genommen. Die Leidenschaft, die jetzt in Claudettes Stimme lag, verriet etwas viel Tieferes als kindliche Verliebtheit.

„Halte dich da heraus, Claudette.“

Mateos Stimme enthielt auch eine Leidenschaft und noch etwas anderes, das Blair bis jetzt nicht bei ihm bemerkt hatte. Es war die Stimme eines Mannes. War er über Nacht erwachsen geworden?

Claudettes Lippe zitterte, während ihr die Tränen über die Wangen rollten. Sie war so aufgewühlt, dass sie nichts mehr sagen konnte. Blair versuchte aufzustehen, um zu ihr gehen und sie zu trösten, aber sie kam nur bis zu ihren Knien, als Mateo schon auf das Mädchen zuging und einen Arm um ihre Schultern legte. Bis jetzt hatte er nie gezeigt, dass er Claudettes Zuneigung erwiderte, aber in diesem Moment lag etwas in seinen Augen, das unübersehbar mehr als nur Besorgnis war.

„Claudette ... Aquilina ... ich will dich nicht verlassen“, sagte er. „Aber du kannst mich nicht zwingen, ein Feigling zu sein. Es ist meine Pflicht zu kämpfen. Ich habe mein Wort gegeben, dafür zu sorgen, dass du in Sicherheit bist, und das werde ich halten, aber dann muss ich meinem Land dienen. Ich muss einfach!“ Er warf einen Blick auf Blair, als erwarte er von ihr Bestätigung.

Blair hatte das Gefühl, als durchlebe sie ihren letzten Abschied von Gary noch einmal. Pflicht! Männer sprachen dieses Wort so leicht aus. Sie fragte sich, ob alle Frauen dieses Wort so hassten wie sie. Claudette hasste es eindeutig und auch Meg war über das Pflichtgefühl ihres Mannes alles andere als begeistert. Es war falsch, dass Männer sich in Gefahr begaben und die Frauen, die sie liebten, hilflos, allein und voll Sorgen zurückließen. Aber Blair hatte in letzter Zeit viel über Vergebung gelernt. Ihr war bewusst, dass sie Gary vergeben musste, weil er sie verlassen hatte, genauso wie Claudette Mateo vergeben musste. Sie lernte, die Dinge aus einer anderen Sicht als nur aus ihrer eigenen zu sehen, und konnte jetzt erkennen, dass diese Männer das Gefühl hatten, bei dem, was sie taten, im Recht zu sein. Sie kannten keinen anderen Weg, um die Frauen, die sie liebten, zu beschützen. Selbst wenn es das äußerste Opfer erforderte. Es war edel. Trotzdem machte es ihre Frauen wahnsinnig.

„Claudette, komm her“, sagte Blair sanft und hielt ihr einen Arm entgegen.

Als Claudette kam und sich an Blair drückte, legte Blair einen Arm fest um die Schulter des Mädchens. Claudette lehnte den Kopf an Blair. Sie weinte immer noch und schniefte und zitterte ein wenig.

„Liebes“, sagte Blair leise und liebevoll. „Wir müssen unsere Männer gehen lassen. Ich denke, auf diese Weise tun *wir* unsere Pflicht. Ja?“

Claudette konnte nur nicken.

Sobald Blair wieder kräftig genug war, machten sich die Bewohner von Gethsemane fertig, um in den Süden zu gehen. Die Gruppe war mittlerweile zu einem kleinen Kern zusammengeschrumpft. Alle Bergbewohner entschieden sich dafür, in Gethsemane zu bleiben oder in ihre Dörfer tiefer in den Bergen zurückzukehren. Ruberto gesellte sich zu dieser Gruppe, da viele Verwandte von ihm darunter waren. Somit versammelten sich am Morgen des 28. März nur die Doyles, Blair, Claudette, Mateo, Juan und Dominador mit gepackten Rucksäcken und bereit zum Aufbruch. Das Gepäck war leichter, als sie gehofft hatten, da die Lebensmittelvorräte sehr zusammengeschrumpft waren.

Blair freute sich nicht auf einen weiteren Marsch durch den Dschungel. Alle kümmerten sich liebevoll um sie und sie versuchte, nicht zu klagen. Trotzdem konnte sie den Gedanken an die kleinen, krabbelnden Tierchen kaum ertragen, die sich zu Unmengen im Dschungel tummelten. An die größeren Tiere wollte sie überhaupt nicht denken. Nachdem sie sich in Marsch gesetzt hatten, schlüpfte ein Gecko in ein Loch in ihrem Schuh. Sie kreischte so laut, dass alle fürchteten, sie würde die Japaner auf sich aufmerksam machen.

Die Japaner stellten ein weiteres Problem dar. Gut zwei Tage ihres Marsches befanden sie sich in feindlich besetztem Gebiet und danach konnte man nur raten, wer die Oberhand in dem Landstrich hatte, durch den sie sich bewegten. Das Artilleriefeuer, dem sie auf ihrem Weg in den Süden öfter ausweichen mussten, konnte genauso gut von den Japanern wie von Freunden sein.

Nachts war Blair zu erschöpft, um mehr zu tun, als an der Stelle, die die Männer für ihr Lager aussuchten, zusammenzusacken. Mrs Doyle verteilte immer noch Aufgaben an alle. Blair blieb nur verschont, weil ihre Krankheit ihr nicht viel mehr Kraft ließ als für den Tagesmarsch. Aber sosehr Blair sich vorher über die Arbeit beklagt hatte, hasste sie es noch mehr, jetzt nicht ihren Teil daran übernehmen zu können. Oft wollte sie trotzdem etwas tun, wurde aber von Mrs Doyle nur scharf zurechtgewiesen.

„Dein Körper ist der Tempel Gottes, Blair. Geh verantwortungsvoll damit um!" Ihr Tonfall war genauso streng wie damals, als sie Blair angeschrien hatte, sie wäre zu verschwenderisch. Blair wurde einfach nicht schlau aus dieser Frau.

Resigniert ging Blair in eine Ecke des Lagers, wo sie den anderen nicht im Weg stand, und ließ sich ins Gras sinken. Sie war so erschöpft, ihre Gliedmaßen fühlten sich so sehr wie Gummi an, dass sie nicht einmal versuchte, ihr zu widersprechen. Am selben Tag kam Mrs Doyle – natürlich erst, nachdem alles im Lager organisiert war und alle Aufgaben verteilt waren – zu Blair und setzte sich neben sie.

„Ich wünschte, ich könnte sanfter sein", sagte Mrs Doyle.

„Oh, das habe ich verdient. Nach allem, was Sie getan haben, damit ich wieder gesund werde, ist es undankbar von mir, wenn ich mich überanstrenge."

„Hier, nimm das."

Blair bemerkte erst jetzt, dass Mrs Doyle ein Stoffbündel in den Händen hielt. Als sie es öffnete, entdeckte Blair darin mehrere Mangos und Bananen.

„Juan hat nicht weit von hier Bananenbäume gefunden. Die Mangos sind auch endlich reif."

„Ich habe wirklich keinen großen Hunger."

„Du musst etwas essen, Blair!" Mrs Doyles Stimme war wie immer scharf. Resigniert zog sie eine Braue hoch und verzog die Lippen zu einem trockenen Lächeln. Ihre Stimme wurde weicher. „Du musst essen. Das musst du wirklich."

Blair nahm eine Mango aus dem Tuch und schnitt mit dem kleinen Messer, das Mrs Doyle ihr reichte, sauber die Schale auf. Der Saft tropfte ihr über die Finger und Hände. „Sie ist wirklich reif!" Sie steckte eine Scheibe in den Mund.

„Blair, du verstehst doch, dass in einer ... in jeder Gruppe alle möglichen Leute sind, nicht wahr?“, fragte Mrs Doyle.

„Ja ...“ Blair war nicht ganz sicher, was diese plötzliche Frage zu bedeuten hatte.

„Es gibt auch alle möglichen Christen und ich wage zu behaupten, dass keiner von uns vollkommen ist.“

„Ja, das weiß ich.“ Blair steckte einen Finger in den Mund, um sich den süßen Mangosaft abzulecken. Dann fügte sie hinzu: „Worauf wollen Sie hinaus, Mrs Doyle?“

„Ich will nur, dass du weißt, dass Menschen wegen Käfern zu schreien anfangen oder einen scharfen Ton haben und trotzdem Christen sein können.“

„Ich glaube, das verstehe ich.“ Blair aß noch ein Stück Obst. „Ich bin nicht sicher, ob ich Christ bin – aber ich begreife, dass ich einer sein könnte, auch wenn ich es nicht ertragen kann ...“ Sie brach ab und erschauderte. Die Erinnerung an das Gefühl, wie der Gecko sich in ihrem Schuh wand, war noch sehr lebendig. „... dass mich Käfer berühren.“

„Ich habe damit nicht nur dich gemeint“, gestand Mrs Doyle. Ihre Worte klangen plötzlich wie ein Geständnis. „Ich meinte mich selbst. Ich versuche, geduldig und freundlich zu sein, aber das fällt mir nicht leicht. Trotzdem möchte ich dir kein Stolperstein sein.“

„Das sind Sie nicht, ehrlich nicht ... wenigstens nicht mehr. Vielleicht waren Sie das früher ein wenig, bevor ich krank wurde und wir uns unterhielten. Aber das hält mich nicht mehr zurück.“

„Was dann, Blair?“

„Ich weiß es nicht.“ Dieses Geständnis kam für Blair selbst überraschend, da ihr erst jetzt bewusst wurde, dass sie wirklich etwas zurückhielt. Sie wusste, dass sie ihr Leben Gott übergeben wollte, aber sie hatte es vermieden, die Worte auszusprechen. Sie hatte das „Lebensübergabe-Gebet“ nicht gesprochen, von dem Jackie ihr so oft erzählt hatte. Vielleicht war es nur ihre Krankheit, die sie zurückhielt. Wenn sie wieder mehr bei Kräften wäre ... Nein, sie wusste, dass das eine Ausrede war.

Dann traf es sie wie ein Schlag. Ihr Zögern hatte immer noch mit Gary zu tun. Sie wollte um ihrer selbst willen glauben und nicht wegen Gary. Sie war endlich sicher, dass sie jetzt so weit war, aber da war immer noch ein kleiner Teil in ihr, der diesen Sprung nicht wagen wollte ohne die Gewissheit, dass sie dafür als Gegenleistung Gary bekäme. Es war fast, als wollte sie mit Gott einen Handel abschließen. Sie würde ihr Leben Gott übergeben, wenn sie sicher war, dass Gary sie zurückhaben wollte. Was für eine krankhafte, schreckliche Einstellung!

Sie hob den Blick und schaute Mrs Doyle an. Sie wusste, dass aus ihren Augen Überraschung und auch ein Anflug von Unverständnis über ihre eigene furchtbare Einstellung lag.

„Was ist, Blair?" In Mrs Doyles Stimme schwang Besorgnis mit.

„Ich weiß, was mich zurückhält. Aber es ist schwer zuzugeben, dass ich so furchtbar sein kann nach allem, was Gott für mich getan hat ..."

„Alle herhören! Beeilt euch! Schnell, in den Dschungel!" Dominador lief ins Lager. Seine Stimme war drängend, aber leise. „Eine Patrouille ist in der Nähe."

Ihnen blieb keine Zeit, ihre Sachen zusammenzupacken, auch wenn das Gepäck dem Feind verraten würde, dass sie in der Nähe sein mussten. Sie konnten nur hoffen, dass sie schneller laufen konnten als die Japaner oder, wenn sie Glück hatten, die Feinde sie im dichten Dschungel aus den Augen verlieren würden. Keine dieser Möglichkeiten klang sehr Erfolg versprechend. Blair rappelte sich auf die Füße und zwang ihre müden Beine, sich zu bewegen. War jetzt bald alles aus?

Blair stolperte und stürzte. Pastor Doyle half ihr auf und warf sie wie einen Mehlsack über seine Schulter. Er entschuldigte sich murmelnd für seine raue Behandlung und sprintete hinter Juan her, der das Schlusslicht der Gruppe bildete. Ein paar Minuten später, als alle anderen fast schon nicht mehr zu sehen waren, blieb Juan stehen und drehte sich um.

„Ich lasse unser Gepäck nur ungern zurück", sagte er zu Pastor Doyle. „Ich schleiche zurück und sehe nach, wie groß die Gefahr ist, und um unsere Sachen zu holen, falls das möglich ist. Ich bin bald wieder da."

Blair wollte ihn zurückhalten. Er konnte leicht in ein Nest Japaner laufen. Aber er hatte sich bereits umgedreht und Pastor Doyle lief in die andere Richtung weiter. Als sie die anderen eingeholt hatten, forderte er sie auf anzuhalten.

„Wir warten hier auf Juan." Er ließ Blair von seiner Schulter herab.

Als sie sich auf die Beine rappelte, war sie trotzdem dankbar, weil ihr das ganze Blut in den Kopf gelaufen war.

„Aber die Japaner!“, argumentierte Dominador.

„Bist du sicher, dass es Japaner waren? Vielleicht waren es Bauern ...“

„Ich habe Uniformen gesehen.“

Jetzt, da sie so weit bei Atem waren, dass sie wieder klar denken konnten, fragte sich Blair, ob es klug gewesen war loszulaufen, ohne sich vorher zu vergewissern, dass Dominador richtig gesehen hatte. Blair gab zu, dass sie selbst auch in Panik geraten war, aber konnten sie sich auf Dominador wirklich verlassen? Es war immer noch ziemlich unsicher, was er gesehen oder nicht gesehen hatte, bevor sie die Missionsstation verlassen hatten. Blair hatte nie allzu viel Vertrauen zu dem jungen Mann gehabt. Er schien für sein Alter unzuverlässig und unreif zu sein. Sie verglich Menschen nicht gern, aber Mateo war, obwohl er ein paar Jahre jünger war, viel verantwortungsbewusster.

„Trotzdem“, sagte Pastor Doyle, „hätten wir nicht Hals über Kopf davonlaufen und unsere Sachen liegen lassen sollen.“ Er schüttelte den Kopf und ärgerte sich offenbar über sein eigenes Handeln. „Ich gehe zu Juan zurück. Ihr wartet hier auf uns.“

Bevor irgendjemand, besonders seine Frau, widersprechen konnte, trabte Pastor Doyle zum Lager zurück. Sie warteten nicht länger als fünf Minuten, aber dieses Warten war eine Qual. Blair strengte ihre Ohren an, obwohl sie nicht genau wusste, was sie zu hören erwartete. Schreie? Schüsse? Etwas anderes? Wenn Juan und Pastor Doyle gefangen genommen würden, was sollten sie dann tun? Sich auch ergeben oder versuchen weiterzulaufen?

Blair begann zu beten, als sie Schreie hörte. Aber nicht die Schreie, die sie befürchtet hatte.

„Kommt. Alles ist in Ordnung!“ Es war Pastor Doyles Stimme.

Niemand zog die Möglichkeit in Betracht, dass es eine Falle sein könnte. Alle stürmten sie zu ihrem Lager zurück. Blair *stürmte* nicht ganz. Es war mehr ein Stolpern. Sie kam mit einigem Abstand nach den anderen auf der Lichtung an und wurde von dem schönsten Anblick begrüßt, den der Dschungel zu bieten hatte: gute alte amerikanische Kaki-Uniformen.

39

Die amerikanischen Soldaten waren überrascht, so viele Amerikaner auf der Lichtung anzutreffen. Es folgten lautstarke Begrüßungen und viele Fragen. Enttäuscht stellte Blair fest, dass keiner dieser Soldaten Gary war.

Als Pastor Doyle den Männern berichtete, woher sie kamen und dass sie seit drei Tagen zu Fuß im Dschungel unterwegs waren, waren die Männer überrascht, dass sie es so weit geschafft hatten, ohne von den Japanern aufgespürt zu werden.

Meg Doyle erklärte: „Gottes Hand war über uns."

„Einige meiner Leute brauchen ärztliche Hilfe", sagte Doyle.

Blair war dankbar, dass er sie nicht als einzige Kranke herausstellte.

„Wir können euch zu einem Fahrzeug bringen und binnen zwei Stunden in eines unserer Lazarette fahren lassen", bot ein großer, dünner Stabsunteroffizier an.

Blair sah, dass die Männer alle übermäßig dünn und abgezehrt aussahen und allgemein kriegsmüde wirkten. Wieder musste sie an Gary denken. Ihr Herz wurde schwer. Als schien sie ihre Traurigkeit zu spüren oder vielleicht auch nur, weil sie sah, dass Blair schwankte, kam Claudette unauffällig an ihre Seite und legte ihr einen Arm um die Schultern. Blair lächelte ihre Freundin dankbar an. Sie war so wütend gewesen, weil Gary sie im Stich gelassen hatte, aber jetzt sah sie, wie Gott für sie gesorgt und ihr Freunde geschenkt hatte, die sie unterstützten und liebten. Gary musste gewusst haben, dass das geschehen würde. Wenigstens musste er darauf vertraut haben, dass Gott für sie sorgen würde.

Sie waren dankbar, dass sie nicht weit von der Straße weg waren und mit einem Armeetransporter in den Süden in ein Lazarett gefahren wurden. Auf Bataan gab es zwei große Feldlazarette. Beide waren als Tausend-Betten-Einrichtung geplant gewesen, aber jetzt platzten sie mit doppelt so vielen Patienten aus allen Nähten. Lazarett Nr. 1, wie es genannt wurde, versorgte in erster Linie chirurgische Patienten und war an den Hängen des Mariveles Mountain gelegen, in einem Gebiet, das die Krankenschwestern wegen seiner Ähnlichkeit mit dem

Erholungsort in den Bergen im Norden von Luzon „Little Baguio“ nannten. Lazarett Nr. 2 befand sich zwanzig Kilometer südlicher, näher an der Küste bei Cabcaben. In dieses zweite Lazarett brachten die Soldaten Blair und ihre Begleiter.

Blair, die schon wieder unter Schüttelfrost litt, bekam sofort eine Dosis Chinin verabreicht, aber den anderen erklärte die Krankenschwester bedauernd, dass die Armee die Verteilung von Chinin zur Prophylaxe ausgesetzt hatte, da die Vorräte immer knapper wurden. Dann suchte sie ein Bett für Blair.

Der nächste Tag war für Blair ziemlich verschwommen. Das Chinin unterdrückte den Malariaanfall zwar schnell, aber sie war so erschöpft, dass sie die meiste Zeit schlief. Vage erinnerte sie sich an kurze Besuche von ihren Freunden. Claudette erzählte ihr, dass sie, Mrs Doyle und ihre Töchter im Lazarett mitarbeiteten und so viel zu tun hatten, dass sie nicht viel Zeit bei Blair verbringen konnten. Blair murmelte, sie sollten sich um sie keine Sorgen machen, und schlief schnell wieder ein. Erst zwei Tage später erfuhr sie, dass Pastor Doyle, Mateo, Juan und Dominador zum Militärdienst eingezogen worden waren. Sie hatten sich von ihr verabschiedet, bevor jeder zu seiner Truppe fuhr, aber sie konnte sich an ihre Besuche nicht erinnern.

Blair erwachte am zweiten April und fühlte sich seltsam erholt – seltsam, weil sie sich nicht erinnern konnte, dass sie sich *vor* ihrem Malariaanfall so erholt gefühlt hatte. Sie schlüpfte aus ihrem Bett, das nicht mehr war als eine Matratze auf dem Dschungelgras mit einer dünnen Bambusabtrennung zu den anderen Betten, und streckte vorsichtig die Beine aus. Sie trug immer noch dieselbe Kleidung wie bei ihrem Aufbruch in Gethsemane. Das tropische Klima griff die Kleidung offenbar stark an und nutzte sie schneller ab als normal. Ihre beige Hose und ihre weiße Bluse waren ziemlich mitgenommen und schmutzig, ebenso ihre Schuhe. Ihr letztes Bad hatte sie mehrere Tage, bevor sie auf die Soldaten gestoßen waren, die sie in das Lazarett gebracht hatten, in einem Fluss genommen. Bestimmt roch sie furchtbar, vor allem da die Hitze am Tag noch mehr Schweiß aus ihren Poren trieb. Ob es hier eine Möglichkeit gab, sich zu baden?

Als sie auf die andere Seite der Bambusabtrennung trat und sich umschaute, fand sie, die ganze Szene vor ihr sei sehr ... *Rustikal* war ein freundliches Wort, um die Szene zu beschreiben. Sie sah jetzt, dass ihr Bett das einzige mit einer Trennwand war, da sie die einzige Frau in einem Meer von männlichen Patienten war. Lazarett Nr. 2 war ein Lazarett unter freiem Himmel. Das Dschungeldach bot ausgezeichneten Schutz vor der Entdeckung durch japanische Luftpatrouillen, aber Blair sah, dass es auch der einzige Schutz für die Patientenbetten war, die sich so weit erstreckten, wie das Auge reichte. Einige Patienten lagen auf normalen Krankenhausbetten mit verstellbarer Rückenlehne, aber viele Betten waren einfach Matratzen, die direkt auf dem Boden lagen wie ihre.

„Hier ist ganz schön was geboten, was?", bemerkte eine Stimme hinter Blair.

Sie fuhr herum und schaute in ein bekanntes Gesicht. „Alice Wharton!"

„Diese Insel ist klein." Die Krankenschwester lächelte. „Du siehst viel besser aus als vor ein paar Tagen, als sie dich brachten."

„Das muss ich auch, nachdem ich so lange geschlafen habe. Wie lange eigentlich? Mir kommt es vor, als wären es Tage gewesen."

„Fast zwei Tage."

Blair erinnerte sich an die freundliche Krankenschwester, die sie vor so langer Zeit getröstet hatte. Vor über drei Monaten! An Weihnachten. Sie wollte nicht daran denken, wie lang ihr diese Zeit *vorkam*. Diese drei Monate hatten es mit Alice auch nicht besser gemeint als mit Blair. Die junge Schwester sah um mindestens fünf Jahre gealtert aus. Ihre früher einmal glänzenden Haare waren jetzt matt und konnten eine gute Wäsche und Pflege dringend vertragen. Ihr hübsches Gesicht war schmutzverschmiert und vor Hunger ausgezehrt. Um ihre Augen lagen dunkle Ringe und ihre Haut war blass. Es hätte Blair nicht überrascht, wenn Alice auch an Malaria oder an irgendeiner anderen Tropenkrankheit litt. Ihre dunkel umrandete Brille war über der Nase und an einer Schläfe notdürftig zusammengeklebt. Ihre Armeehose und ihr Armeepullover hingen viel zu groß an ihrem dünnen Körper.

„Möchtest du etwas zu essen?", fragte die Schwester nach einer kurzen Pause.

„Ich glaube, ich würde lieber baden."
Alice lächelte. In dem Lächeln, das auch ihre Augen hinter den verkratzten Gläsern ihrer Brille erreichte, war wenigstens noch ein gewisses Strahlen geblieben. „Wenn du dich dazu fit genug fühlst, kann ich dich in das private Badezimmer der Krankenschwestern führen."
Bei dem trockenen Tonfall der Frau fragte sich Blair, ob das ein Scherz sei, aber sie zuckte die Achseln und folgte Alice.
Während sie gingen, brachte Alice Blair auf den neusten Stand, was die Kriegsereignisse anging. Seit den letzten Berichten, die sie gehört hatte, hatte sich nichts gebessert. Die Japaner hatten – wie viele befürchteten – ihre letzte Offensive gegen die belagerten Verteidiger auf Bataan gestartet. Aus den Staaten war keine Hilfe gekommen. MacArthur war nach Australien gegangen und nur die Optimisten konnten das als gutes Zeichen werten.
„Einige sagen, vielleicht kann er jetzt diese Nachschubkonvois zu uns durchbringen", erklärte Alice. „Aber …" Sie zuckte nur die Achseln und schüttelte den Kopf. „Das kannst du deuten, wie du willst", fügte sie hinzu. „Die meisten von uns haben es aufgegeben, zu spekulieren. Wir tun einfach, so gut wir können, unsere Arbeit."
„Das muss unter diesen Umständen sehr schwer sein." Blair hob eine Hand und deutete auf das Lazarett unter freiem Himmel, durch das sie gingen.
„Wir denken nicht lange darüber nach. Das können wir nicht. Sonst würden wir durchdrehen. Wir machen einfach Tag für Tag weiter. Aber ich glaube, für eine Ladung Chinin würde ich meine Seele verkaufen. Malaria macht uns schneller fertig als die Japaner. Es ist nicht unüblich, dass ein Arzt mitten bei einer Operation Schüttelfrost bekommt. Ich wäre beinahe umgefallen, als ich neulich einen Verband wechselte."
„Dann hast du auch Malaria?"
„Nur wenige haben sie nicht."
„Was wird aus allen hier werden, Alice?", fragte Blair verzweifelt.
„Nicht spekulieren. Immer einen Tag nach dem anderen."
Blair nickte. Aber diese Gedanken ließen sie trotzdem nicht los. Mrs Doyle würde ihr sagen, sie müsse Gott vertrauen und ihre Ängste in seine Hände legen. Blair fürchtete, dass man, auch wenn man das getan hatte, sich trotzdem noch Sorgen machte. Das Wichtige war

wahrscheinlich, dass man sich von diesen Sorgen nicht lähmen ließ – und dabei half Gott zweifellos.

Sie hatten die Krankenstation verlassen und kamen in einen Bereich, der gut abgetrennt war. Hier hingen Decken als Abtrennung zwischen den Bäumen, während andere als ziemlich wackelige Dächer dienten. Auf anderen Zweigen hingen verschiedene Kleidungsstücke. Ein paar Frauen waren auf den Beinen, während andere auf Matten lagen oder an Baumstämmen lehnten.

„Das ist unser Schwesternwohnheim", verkündete Alice mit einer seltsamen Mischung aus Stolz und Belustigung in der Stimme. „Deine Freundinnen wohnen hier. Dein Bett schieben wir auch zu uns herein." Alice begrüßte ein paar Frauen und stellte ihnen Blair vor. Alle waren freundlich und gaben ihr das Gefühl, willkommen zu sein. Keine schien sich im Geringsten den Kopf darüber zu zerbrechen, dass Blair noch ein weiterer Mund war, den es satt zu bekommen galt, und eine weitere Person, um die man sich kümmern musste.

„Das ist ja erstaunlich!", sagte Blair ehrfürchtig. Sie hatte zwar genug Zeit damit verbracht, sich im Dschungel zu behaupten, aber sie stellte sich immer noch vor, dass Krankenschwestern nur in klinisch weißen Räumen und auf sterilen, sauber getünchten Gängen mit dem Geruch nach Desinfektionsmitteln unterwegs waren. Das hier war das absolute Gegenteil.

„Wie schön ist es doch zu Hause", entgegnete Alice drollig.

Das „Badezimmer", wie Alice es beschönigend genannt hatte, war nur eine seichte Stelle im Fluss, der hier in der Nähe vorbeifloss. Sie versicherte Blair, dass keine neugierigen Augen sie beobachten würden. Trotzdem tauchte Blair lieber voll angezogen in den Fluss und begründete das damit, dass ihre Kleidung ebenfalls gewaschen werden müsse. Sobald sie aus dem Wasser war, trocknete die Sonne sie schnell wieder. Aber die Hitze und die Anstrengung gingen nicht spurlos an ihr vorüber. Alice brachte sie in das „Zelt", das ihre Freundinnen bewohnten, und versprach ihr, dass sie bald eine Matte hereinbringen lassen würde. In der Zwischenzeit streckte sich Blair auf einer der anderen Matten aus und schlief ein.

Als sie einige Zeit später aufwachte, war die Sonne untergegangen. In den Bäumen über ihnen plapperten fröhlich die Affen. Sie hatte sich an die Dschungelgeräusche gewöhnt, wurde sich aber erst jetzt bewusst, wie beruhigend sie waren. Sie erinnerte sich an Situationen im Dschungel, als alles ruhig gewesen war und Juan sich deshalb Sorgen gemacht hatte. Deshalb fand sie jetzt Trost in der Kakofonie der Geräusche um sich herum, besonders da sie von einer Verschnaufpause vor feindlichen Bombardierungen begleitet war.

Als sie sich im Bett aufsetzte, knurrte ihr Magen. Sie wollte sich gerade auf die Suche nach etwas Essbarem begeben, als Claudette ins „Zimmer" kam. Zum ersten Mal fiel Blair auf, wie blass und abgezehrt das Mädchen aussah. Blair machte sich Vorwürfe, weil sie in den letzten Tagen so wenig an ihre Freunde gedacht hatte. Sie fand, ihre eigene Krankheit war keine Entschuldigung.

„Ich habe dir etwas zu essen gebracht", sagte Claudette. Blair sah, dass sie einen Korb in der Hand hatte. „Es ist nicht viel, etwas Reis und eingemachte Tomaten. Kein Fleisch. Jemand hat einen Affeneintopf gekocht, aber das würde ich nicht empfehlen."

Blair erschauderte. Es wäre furchtbar, etwas zu essen, das ihr noch vor ein paar Momenten so eine tröstende Musik geschenkt hatte. „Reis und Tomaten klingt gut. Danke. Hast du Zeit, dich ein wenig zu mir zu setzen?"

Als Antwort setzte sich Claudette auf die Matte neben Blair. „Ich habe neulich Affenfleisch probiert", erzählte sie. „Es schmeckt furchtbar. Es ist zäh und es scheint einem beim Kauen im Mund zu wachsen. Igitt!"

„Möchtest du etwas davon?" Blair holte die Schale mit Reis und einen Löffel aus dem Korb.

„Nein. Ich habe schon gegessen. Aber Mrs Doyle sagte, ich solle darauf achten, dass du alles aufisst."

Blair steckte den Löffel in den Reis und verscheuchte gleichzeitig einen Schwarm Fliegen. Sie hatte bereits festgestellt, dass es bei den vielen fliegenden Insekten auf Bataan anstrengend sein konnte zu essen, aber hier im Lazarett schien es besonders schlimm zu sein, höchstwahrscheinlich wegen der vielen offenen Wunden und stinkenden Latrinen. Wenn Blair nicht so viel Hunger gehabt hätte, hätte sie leicht den Appetit verlieren können.

„Wie geht es den anderen, Claudette?" Blair kippte die Dose Tomaten über den Reis, damit er ein wenig Geschmack bekam. „Es tut mir leid, dass ich mich überhaupt nicht um die anderen gekümmert habe."

„Du hättest nichts tun können, Blair. Wir hatten ein schlechtes Gewissen, weil wir so wenig Zeit für dich hatten. Aber sie brauchen hier so dringend Hilfe."

„Ich werde morgen anfangen mitzuarbeiten ..."

„Das musst du nicht, Blair."

„Ich will aber!", beharrte Blair mit dem Mund voll Reis. „Einer dieser Männer könnte Gary sein ..." Sie packte Claudette am Arm. „Du hast ihn doch nicht gesehen, oder?"

„Wenn ich ihn gesehen hätte, hätte ich es dir doch sofort gesagt!" Claudette wandte den Blick ab, aber Blair glaubte, Tränen in den Augen des Mädchens gesehen zu haben.

„Was ist?"

„Es ist nur, dass ..." Claudette schniefte. Ihre Augen wurden immer feuchter. „Ich verstehe jetzt ein wenig besser, was du durchmachst. Mateo ist auch fort."

„Er hat es also endlich geschafft, in die Armee zu kommen?"

Claudette nickte und schniefte wieder. „Er wollte sich von dir verabschieden, aber du hast geschlafen." Sie biss sich auf die Lippe und fügte hinzu: „Sie haben ihm ein Gewehr gegeben, Blair. Er wird wirklich kämpfen! Ich weiß nicht, wie ich diese Sorgen aushalten soll."

„Du magst ihn wirklich sehr, nicht wahr?" Sie schaute ihrer Freundin forschend ins Gesicht und sprach weiter: „Ich meine, ich mag ihn auch, aber du empfindest mehr für ihn."

Claudettes blasse Wangen wurden plötzlich rosa. „Meinst du, ich sei zu jung, um einen Mann lieben zu können?" Ihre Frage klang zum Teil ernst, zum Teil verteidigend.

„Ich weiß selbst nicht viel über Liebe!", seufzte Blair. „Ich werde dir sicher nicht vorschreiben, wie du dein Liebesleben zu gestalten hast. Aber fünfzehn ist schon jung, findest du nicht?"

„Ich will ja noch nicht heiraten, selbst wenn wir das könnten. Aber ich kann doch nichts gegen meine Gefühle machen. Trotzdem bin ich wütend auf ihn. Er hätte nicht in den Krieg ziehen müssen. Er ist noch zu jung."

„Wenn es dir ein Trost ist: Ich kann nicht glauben, dass sie ihn ohne Ausbildung in den Kampf schicken werden. Wahrscheinlich setzen sie ihn einfach als Botenjungen ein oder so."

„Trotzdem ..."

„Ich weiß", sagte Blair mitfühlend. „Niemand ist hier wirklich in Sicherheit. Claudette, ich glaube, es ist Zeit, dass du und ich etwas tun, das wir schon lange vor uns herschieben."

„Du meinst beten?"

„Das natürlich auch, aber ich meine noch mehr." Es fiel Blair fast genauso schwer, einem anderen Menschen diesen Vorschlag zu unterbreiten, wie es für sich selbst zu tun. Sie hatte kein Recht, anderen vorzuschreiben, wie sie ihr Leben führen sollten. Aber sie und Claudette hatten eine so enge Beziehung, dass sie das vielleicht doch tun konnte. Sie betrachtete ihre Freundin einen Augenblick und stellte fest, dass ihre Worte auf offene Ohren stoßen würden, vielleicht sogar höchst erwünscht waren. „Claudette, ich werde mein Leben Gott übergeben. Ich denke schon lange daran, das zu tun, habe es aber aus verschiedenen Gründen immer wieder vor mir hergeschoben. Es ist endlich Zeit, dass ich mich durch meine Angst nicht mehr davon abhalten lasse, das zu tun, was ich tun muss. Was meinst du?"

„Wenn du das tust, werde ich es auch tun!", sagte Claudette eifrig.

„Aber du musst es für dich selbst tun, weil *du* es willst."

„Ich weiß." Claudette lächelte sie mit Tränen in den Augen an. „Ich will es, Blair. Ich schätze, ich brauchte nur ein wenig Ansporn."

Blair kratzte die letzten Reiskrümel aus ihrer Schale und war überrascht, dass sie alles so schnell gegessen hatte. Sie schob den Reis in ihren Mund. Als sie fertig gekaut hatte, fragte sie: „Willst du es jetzt tun?"

„Nur du und ich? Brauchen wir nicht eine Kirche oder wenigstens Mrs Doyle?"

„Ich ... ich glaube nicht ..." Blair beschlich eine neue Angst. Sie hatte in den letzten Monaten so viele beängstigende Situationen durchgemacht, aber diese war nicht weniger Furcht einflößend, als dem Feind gegenüberzustehen oder eine Schlange zu sehen. „Wir könnten auf sie warten. Vielleicht sollten wir lieber warten."

„Sie hatte ziemlich viel zu tun, als ich von ihr wegging. Es kann noch Stunden dauern, bis sie wieder da ist. Aber wir können es ja auf morgen verschieben."

Dieser Satz half Blair zu ihrer Entscheidung. „Nein! Wir dürfen es nicht wieder aufschieben. Wir müssen es jetzt machen. In fünf Minuten kann eine Bombe auf dieses Lazarett fallen und wo sind wir dann?“ Sie rief sich ins Gedächtnis, was sie über Gottes Liebe, seinen Frieden und seine Fürsorge gelernt hatte. „Warum sollten wir auch nur eine Minute länger ohne Gott leben?“ Obwohl ihr das Herz bis zum Hals schlug, lächelte sie Claudette zuversichtlich an, stellte ihre leere Schale weg und ergriff Claudettes Hände.

„Kennst du die richtigen Worte?“, fragte Claudette mit einem leichten Zittern in der Stimme.

„Die richtigen Worte sind nicht so wichtig, glaube ich. Gott ist da nicht so pingelig. Ich glaube, selbst Mrs Doyle würde sagen, dass er in unser Herz schaut.“ Trotzdem versuchte Blair, die Worte zu sagen, die sie von anderen gehört hatte. Claudette wiederholte ihre Worte, als wüsste Blair ganz genau, was sie tue.

„Lieber Gott, ich komme mit einem suchenden Herzen zu dir. Ich bitte dich, mir meine Sünden zu vergeben, und ich gebe dir jetzt mein Herz. Bitte hilf mir, dir immer zu folgen. Danke, Jesus!“

Teil 6

„Ein Japaner ist ein Japaner ...
Es macht für mich keinen Unterschied,
ob er ein amerikanischer Staatsbürger ist oder nicht ..."

General John DeWitt
Oberkommandant des westlichen Verteidigungskommandos, 1942

40

April 1942

Gary kämpfte sich die steinige Anhöhe von Bahn Nr. 4 hinauf, hielt sein Gewehr fest und strengte sich an, durch den dunklen Dschungel zu spähen. Die Nachtblindheit aufgrund von Vitamin-A-Mangel, wie der Arzt sagte, behinderte ihn sehr. Ein Stabsunteroffizier mit besseren Augen bildete die Spitze des Zuges. Gary behielt ihn im Auge. Jeder Mann in der Reihe hatte ein weißes Taschentuch aus seiner Hosentasche hängen, damit ihn sein Hintermann besser sehen konnte. Mehr konnten sie nicht tun. Im Dschungel wimmelte es von japanischen Patrouillen. Gary hoffte nur, sie würden nicht mitten in eine hineinstolpern.

Noch während er sich darüber Sorgen machte, durchbrachen keine hundert Meter von ihnen entfernt Schüsse die Stille der Nacht. Alle suchten eilig Deckung im Dschungel.

Das Gegenfeuer von seinen Männern ließ in der Richtung, aus der das ursprüngliche Feuer gekommen war, das Laub aufspritzen. Das scharfe Schnalzen, das sich eindeutig von den Schüssen abhob, war kaum zu hören. Gary drehte sich schnell zu ihrer Flanke herum, sah die feindliche Uniform zwischen den Blättern aufflackern und feuerte. Er traf den Japaner, der versucht hatte, um sie herumzuschleichen, tödlich. Fast genauso plötzlich wie vorher die Schüsse gekommen waren, legte sich jetzt eine unheimliche Stille über sie. Einen Augenblick später durchdrang der viel zu bekannte und befürchtete Ruf die Nacht.

„Sani!"

Dem Schrei folgte das Trampeln von Füßen zwischen den Bäumen. Das Geräusch war ganz nahe. Gary folgte den Schritten. Während er lief, vergewisserte er sich bei seinen Männern, dass das Gebiet sicher war – wenigstens für den Moment. Der Sanitäter kniete über einem anderen Mann. Ruiz stand neben den beiden.

„Den Unteroffizier hat es erwischt", sagte Ruiz mit zitternder Stimme. Gary verstand die Verzweiflung des jungen Mannes. Senger galt für alle Männer als unbesiegbar.

Garys Magen krampfte sich zusammen. Senger war sein bester Freund in der Einheit. Gary hatte zwar einen höheren Rang als Senger, aber Gary erfuhr bei ihm nicht nur Freundschaft, sondern auch Unterstützung und Rat. Ihn jetzt zu verlieren ...

„Ich bin okay", kam Sengers heisere Stimme. „Und ich bin jetzt Lieutenant, Ruiz, und nicht mehr Unteroffizier. Jetzt gehen Sie zurück an Ihren Posten! Dort werden Sie mehr gebraucht als bei mir."

Gary unterdrückte ein Lächeln. Ruiz warf ihm einen fragenden Blick zu. Gary nickte schnell und klopfte dem jungen Stabsunteroffizier kurz auf die Schulter, als der Mann an ihm vorbeilief. Dann kniete er neben dem Sanitäter und seinem Patienten nieder. Senger knurrte und drehte sich so unruhig, dass der Sanitäter Probleme hatte, seine Wunden zu behandeln.

„Herr Hauptmann, können Sie ihm bitte befehlen, ruhig liegen zu bleiben, damit ich ihm einen Verband anlegen kann?", bat der Mann.

„Lassen Sie den Sanitäter doch seine Arbeit machen, Ralph, okay?"

„Es ist nur eine Fleischwunde. Ich habe gesehen, dass der Major kurz vor mir getroffen wurde. Er sieht viel schlimmer aus ..."

„Und er wird bereits behandelt", unterbrach ihn der genervte Sanitäter. „So wie ich versuche, Sie zu behandeln. Je schneller ich einen Verband über dieser Wunde habe, umso schneller können Sie wieder weiterkämpfen."

„Sind Sie sicher?", fragte Gary besorgt. Sosehr er Senger brauchte, wollte er trotzdem auf keinen Fall sein Leben aufs Spiel setzen.

„Sie glauben doch wohl nicht, dass ich ins Lazarett gehe, oder?", knurrte Senger.

Gary zog eine Braue hoch, sodass Senger es deutlich sehen konnte. Obwohl er gewiss nicht stur auf das militärische Protokoll pochte, hielt er dies für einen geeigneten Zeitpunkt, um den Lieutenant daran zu erinnern, wer hier das Sagen hatte.

„Sir!", fügte Senger verspätet hinzu.

„Ich lasse Sie wissen, ob Sie fit genug sind, um zu kämpfen", sagte Gary. „Sanitäter, was meinen Sie?"

„Ja ... Ich meine: Ja, Sir. Er ist fit. Seine Schulter wird ihm wehtun, aber er ist genauso fit wie alle anderen."

„Allerdings bin ich fit ... Sir!", knurrte Senger.

„Anscheinend haben wir das Gebiet verteidigt. Sobald Sie bei Ihrer

Einheit zurück sind, sagen Sie den Männern, dass sie schlafen sollen." Gary vermutete, dass es schon fast Mitternacht war. „Ich schaue nach dem Major."

Major Perkins war tot und auch ein halbes Dutzend Feinde war getötet worden. Gary versuchte, Perkins' Leute neu zu gruppieren, obwohl sie bei dem Hinterhalt schwere Verluste erlitten hatten. Etwas anderes blieb ihm nicht übrig. Dann wurde es allmählich ruhig für die Nacht, soweit das bei den sporadischen Schüssen in der Ferne möglich war.

Gary hätte in dieser Nacht sowieso nicht viel schlafen können, selbst wenn er nicht immer wieder von mehreren Offizieren seiner Einheit gestört worden wäre, die ebenfalls kaum schliefen. Ungefähr eine Stunde vor Tagesanbruch döste er schließlich ein. Kalt und steif erwachte er, als schwache Lichtstrahlen durch das Blätterdach des Dschungels drangen. Seine Kleidung war vom Schweiß des letzten Tages und dem Tau in der Nacht immer noch feucht und ließ ihn bis auf die Knochen frösteln. Zur Abwechslung würde er für die Hitze des Tages wirklich dankbar sein. Sein Magen knurrte, aber es gab nichts zu essen und er konnte sich nicht die Zeit nehmen, im Urwald etwas zu suchen.

Während er seine Gliedmaßen streckte, fiel ihm ein, dass heute der 3. April, ein Freitag, war. Karfreitag. Er wusste, dass der heutige Tag auch für die Japaner ein Feiertag war. Es hatte etwas mit einem ihrer früheren Kaiser zu tun. Der Feind würde den Feiertag wahrscheinlich in Kriegermanier begehen – mit Tod und Zerstörung. Gary musste wahrscheinlich das Gleiche tun. Im Hauptquartier fand vielleicht ein Gottesdienst statt, aber den würde er verpassen. Er konnte nichts weiter tun, um diesen Feiertag zu ehren, als sich kurz ein paar Gedanken an seine Familie zu gönnen. Würden sie auch dieses Jahr ihre gewohnten Traditionen beibehalten? Mittags ein Gottesdienst und danach ein einfaches Familienessen aus Brot und Bohnen. Sein Vater würde sagen, dass dieses einfache Essen sie an das Leiden Jesu erinnern sollte. Gary hatte während seiner Jugend lange nicht verstehen können, was sein Vater damit meinte, denn ihm schmeckten die Bohnen seiner Mutter.

Dann kam Ostern, ein weiterer besonderer Tag für seine Familie. Bevor er nach West Point ging und auch später hatte es ihm immer Spaß gemacht, in der Gemeinde Ostereier für Kinder zu verstecken, sooft er zu Hause war. Sein Papa vergaß nie, irgendwo ein rohes Ei zu verstecken. Er sorgte immer dafür, dass eines der älteren und frecheren Kinder es fand. Alle lachten immer laut, wenn das Ei in der eifrigen Hand des Kindes kaputtging. Würden seine Großeltern und Tanten und Onkel und Cousinen wie üblich zum Osteressen kommen? Würde seine Mutter Schinken oder Truthahn servieren? Mit süßen Kartoffeln, von denen Butter und flüssiger brauner Zucker tropfte? Er zwang seine Gedanken, sich nicht um das Essen zu drehen. Solche Gedanken taten ihm überhaupt nicht gut. Aber es war schön, in dieser höllischen Welt, in der er jetzt lebte, eine Pause einzulegen und an etwas Normales zu denken, an etwas, was nicht nach Tod roch oder von den Schrecken gezeichnet war, die er in den letzten Monaten erlebt hatte: Dinge wie das Lächeln oder die sanften Worte seiner Mutter, das Lachen und die lustigen Geschichten seines Vaters.

Die Gedanken an seine Familie verwandelten sich schnell in Gedanken an Blair. Er hatte kaum Zeit gehabt, sie als Teil seiner Familie zu sehen, aber wie sehr wünschte er, sie würde Teil dieser Traditionen werden! Er war immer noch nicht sicher, ob das geschehen würde, aber er wünschte es sich sehnsüchtig. Er war nie wirklich bereit gewesen, sie aufzugeben, und war es immer noch nicht. Er war zwar vielleicht so dumm gewesen, auf ihre kleinen Lügen hereinzufallen, aber in einer Sache hatte sie bestimmt nicht gelogen – das wusste er ganz genau: dass sie ihn liebte. Als sie ihm an jenem letzten Tag in Kalifornien gesagt hatte, sie würde ihn nicht lieben, hatte er genau gewusst, dass das ihre größte Lüge war. Eine andere Gewissheit, die er auch nicht leugnen konnte, war die Gewissheit, die er bei ihrer Hochzeit gehabt hatte: die Gewissheit, dass Gott diese Ehe wollte. Es könnte immer noch so sein. Es könnte ...

Seine Gedanken wurden von Artillerieschüssen unterbrochen. Vorbei war der friedliche Feiertag.

Den ganzen Tag standen sie unter schwerem Granatbeschuss. Gary wusste, dass dies die erwartete japanische Offensive sein musste. Die letzte Offensive? Die Kompanie wurde an allen Seiten getroffen. Am Ende schoss der Feind ein Loch in die linke Flanke. Er stellte seine Einheit ein paar Kilometer östlich von ihrer letzten Position auf, wo sie auf wunderbare Weise ihre Stellung mit Müh und Not verteidigen konnten. Gary hörte, dass ein paar Filipinoeinheiten durch den pausenlosen

Artilleriebeschuss so schwer in Bedrängnis geraten waren, dass sie auseinanderbrachen und völlig ungeordnet davonliefen. Garys Kompanie hielt durch, aber mit hohen Verlusten. Er zwang sich, seine Verwundeten und Toten so zu bezeichnen: Verluste. Einige von ihnen waren Freunde, alle waren sie seine Kameraden gewesen. Sie waren nicht viel mehr als Prozentzahlen, wenn er sie dem Hauptquartier meldete. Aber bei jedem Toten wurde es schwerer, gefühllos zu bleiben. Das quälte ihn genauso stark wie der Hunger und die Ruhr und der Schüttelfrost. Die Temperatur im Dschungel betrug mindestens fünfunddreißig Grad. Einige sagten, dies sei das heißeste Jahr seit Langem. Aber ein paar Mal zitterte er so stark, als wäre es mitten im tiefsten Winter in West Point. Er wusste, dass er sich mit Malaria angesteckt hatte, aber es war fast, als würden seine inneren Ängste nach außen treten und das Zittern verursachen und nicht irgendeine körperliche Krankheit.

Er zwang sich weiterzumachen, zu vergessen, dass er körperlich halb tot war. Dann stolperte er über die Leiche des jungen Ruiz. Sein Gesicht war so blutig und entstellt, dass Gary den Stabsunteroffizier nur anhand seiner Erkennungsmarke identifizieren konnte. Plötzlich begann Gary zu weinen. Er litt so stark unter Flüssigkeitsmangel, dass ihm keine Tränen aus den Augen liefen, aber seine Schultern zuckten und sein Gesicht verzerrte sich vor Schmerz. Er wandte sich ab, damit seine Männer ihn nicht so sahen. Ein Gefallener mehr, Teil der vierzig Prozent Verlustrate. Das war alles.

Aber als er allein war, setzte er sich an einen großen Bahitebaum. Hinter den großen Wurzeln konnten sich zwei bis drei Männer verstecken. Wie sehr er sich wünschte, dass er sich für immer verstecken könnte! Um keine Aufmerksamkeit auf sich zu lenken, nahm er eine Landkarte heraus, die in seiner Jacke steckte, faltete sie auseinander und tat so, als betrachte er sie. Nur für den Fall, dass irgendeiner der Männer ihn zufällig sähe. Er durfte sie nicht sehen lassen, dass er einem Zusammenbruch nahe war.

Senger trat neben ihn, nahm ihm die Landkarte aus der Hand und drehte sie um. „Manchmal kann man eine Karte besser lesen, wenn sie richtig herum ist“, bemerkte er trocken.

Gary konnte als Antwort nur ein Knurren ausstoßen.

Senger setzte sich neben ihn. „Einige Filipinos sagen, in diesen Bäumen wohnen böse Geister.“

„Danke, Ralph. Genau das brauche ich jetzt." Selbst Garys Sarkasmus war nur halbherzig.

„Ein guter Grund, sich von Ihrem Hintern zu erheben und diese Truppe zu befehligen." Seine Worte waren mit jeder Menge Flüche gewürzt.

Gary kniff bei der derben Aussprache die Augen zusammen, aber seine Antwort war fast genauso scharf. „Ich darf also nicht einen Augenblick da sitzen und eine Landkarte anschauen ..." Er stieß ein trockenes, humorloses Lachen über diesen schwachen Vorwand aus. „... oder versuchen, einen Grund zu finden, warum ich weitermachen soll."

„Nein", erwiderte Senger knapp. „So etwas ist nicht erlaubt."

Die Wahrheit dieser Worte drang schließlich in Garys Trauer und Verzweiflung ein. Ihm blieb wirklich keine andere Wahl. Es gab natürlich die Möglichkeit, sich selbst in den Fuß zu schießen. Vor ein paar Tagen war er in Lazarett Nr. 1 gewesen, um ein paar seiner Verwundeten zu besuchen. Dort hatte ihm ein Arzt gesagt, dass die Fußverletzungen sich dramatisch erhöhten. Er war stolz gewesen, dass er keine solchen Drückeberger in seiner Einheit hatte. Er wäre nicht der Erste. Doch Gary widerstand diesen Gedanken. Das war er seinen Männern schuldig.

Er benutzte sein Gewehr als Stütze und schob sich auf die Beine. „Okay, Lieutenant. Weiter geht's."

Am Nachmittag reihte Gary sich auch in die Reihen der Verletzten ein. Ein Granatsplitter streifte seinen Kopf. Er drückte ein Tuch darauf, um die Blutung zu stoppen, damit er weiterkämpfen konnte. Komisch, als es passierte, dachte er nicht einmal daran, die Verletzung als Vorwand zu benutzen, um in eines der Lazarette zu kommen. Sein einziger Gedanke war, dass die Ärzte genug mit richtigen Verletzungen zu tun hatten. Ein paar Schwindelgefühle waren nichts im Vergleich zu seinen Magenkrämpfen und Schüttelfrostanfällen.

Schließlich kamen spät an diesem Abend Befehle zu ihnen durch, dass sie den Rückzug antreten sollten. Danach war es unmöglich, noch eine Stellung zu halten. Der Feind bedrängte sie von allen Seiten. Die Kompanie stand kurz davor, im Laufschritt den Rückzug anzutreten – es gelang ihm jedoch, wenigstens ein ungeordnetes Fliehen zu verhindern. Sie kämpften. Der Feind sollte für jeden Schritt, den sie zurückgingen, büßen. Die Funkverbindung wurde auch noch unterbrochen.

An zwei oder drei Stellen loderten Buschfeuer auf und tauchten alles in Rauch. Der Rauch legte sich über den Dschungel und verschlechterte die Sicht noch mehr. Ohne Funk und mit nur begrenzter Sicht hätte Gary gern gewusst, was aus den anderen Einheiten geworden war. Wie ging es ihnen? Was war ihre aktuelle Position? Jedem graute davor, seine eigenen Kameraden zu erschießen oder selbst von ihnen getroffen zu werden, obwohl es nicht das erste Mal wäre, dass so etwas passierte.

Er hatte die Frage durch die Reihe gehen lassen, ob man jemanden losschicken könne, um eine Nachricht zum Kommandoposten zu bringen, obwohl er die Antwort bereits wusste. In ihrer Linie waren bereits zu viele Lücken, um auch nur auf einen einzigen Mann verzichten zu können. Erst am späten Nachmittag trabte schließlich ein Bote zu seinem Graben.

„Hauptmann Hobart; ich habe Befehle für Sie."

Gary hörte nur eine Stimme, die viel zu jung klang. Er machte sich Sorgen, weil der Junge wie eine Zielscheibe über dem Graben stand. Im Augenblick herrschte gerade eine Feuerpause, aber niemand wusste, wann ein Heckenschütze oder eine verirrte Granate käme.

Er zerrte am Hosenbein des Jungen. „Komm hier herab!", schimpfte er.

Der Bote bemerkte erst jetzt seine Unachtsamkeit und kletterte eilig in den Graben. „Tut mir leid, Sir. Ich ..."

„Wo holen sie denn jetzt den Nachschub? Aus dem Kindergarten?", knurrte Gary. Es war schon schlimm genug, dass er seine Einheit verlor; er wollte nicht auch noch, dass ein Kind neben ihm starb. „Ach, vergiss, was ich gesagt habe", entschuldigte er sich, immer noch aufgebracht. „Was hast du für mich?"

„Befehle von Oberst Reese, Sir", sagte der Junge und reichte ihm einen Umschlag.

„Wird auch allmählich Zeit." Gary nahm den Umschlag und schaute den Boten zum ersten Mal richtig an. Das Gesicht war schmutzig. Ein zu großer Helm warf einen Schatten auf seine Augen, aber er kannte dieses Gesicht. „Mateo?"

„Ja, Hauptmann Hobart."

„Was soll ...?" Gary starrte den Jungen nur mit offenem Mund an. Es war fast irreal. Träumte er? Es wäre nicht das erste Mal, dass er im

Stehen einschlief. „Bist du es wirklich?“, fragte er noch einmal, immer noch verwirrt. Dann ergriff ihn eine plötzliche Panik. „Warum bist du nicht bei Blair? Was ist passiert?“

„Sir, ihr geht es gut. Wir mussten die Missionsstation verlassen. Ich habe sie ins Lazarett in Sicherheit gebracht, dann half mir Pastor Doyle, zum Militär zu kommen. Sie lassen mich aber nur Botengänge machen ...“

„Ins Lazarett?“ Er wusste nicht, was er davon halten sollte. Beide Lazarette waren nur wenige Kilometer von den schlimmsten Kriegszonen entfernt.

„Sie bekam Malaria und wir brauchten Chinin.“

Gary schob seinen Helm zurück und fuhr sich mit der Hand durch seine verschwitzten Haare. Dabei riss er fast den provisorischen Verband ab, den er um die Wunde an seinem Kopf gebunden hatte. Allein der Gedanke, dass sie krank war und litt, quälte ihn. Malaria! Ging es ihr wirklich gut? Plötzlich kam ihm ein verrückter Gedanke. Vielleicht musste seine Kopfverletzung doch von einem Arzt behandelt werden. Er könnte ins Lazarett gehen. Niemand würde ihm daraus einen Vorwurf machen. Er könnte sich beim Hauptquartier melden und sich die Genehmigung dafür holen.

„Welches Lazarett?“ Die Idee war so verführerisch, auch wenn er im Hinterkopf genau wusste, dass es unmöglich wäre.

„Lazarett Nr. 2.“

Er war fast erleichtert, als er das hörte, denn dieses Lazarett war weiter weg als Lazarett Nr. 1. Nicht, dass er nicht trotzdem hätte gehen können. Er zwang seine Gedanken, solche fruchtlosen Fantasien aufzugeben, und sagte: „Mateo, du musst ins Hauptquartier gehen und ihnen meine Position melden. Sag ihnen, mein Funk ist kaputt und ich habe keine Ahnung, welche Position die anderen Einheiten haben. Sag ihnen, ich halte die Stellung, aber ich habe über dreißig Prozent meiner Männer verloren. Kannst du dir das merken?“

„Ja, Sir.“

Gary zeigte Mateo die Karte, damit er genau die Position wusste, die er melden sollte, dann las er die Befehle in dem Umschlag, um zu sehen, ob er darauf antworten musste. Der Oberst wollte, dass sie ihre Position weiter verteidigten. Das war keine gute Nachricht. Gary hatte auf einen Rückzugsbefehl gehofft.

„Das ist alles, Mateo“, sagte Gary. „Es war schön, dich zu sehen.“

Mateo kletterte aus dem Graben und wollte schon davoneilen, zögerte dann aber und drehte sich noch einmal zu ihm um. „Ich bin auch froh, dass ich Sie gesehen habe, Sir, und dass Sie gesund sind. Wir haben alle für Sie gebetet.“

Alle? Hatte Blair auch für ihn gebetet? Erhoffte er sich zu viel?

„Danke, mein Junge. Jetzt halte den Kopf unten und die Augen offen.“

Er schaute zu, wie Mateo davontrabte. Dann zwang er sich, an die vor ihm liegenden Aufgaben zu denken. Er schenkte Blair keine bewussten Gedanken mehr. Das konnte er nicht. Eines Tages ... vielleicht ... wenn Gott wollte ... könnte er ein Leben lang damit verbringen, an sie zu denken, bei ihr zu sein.

Aber nicht jetzt.

Den ganzen Tag trieb Gary seine Truppen an, ihre Position zu halten. Jedes Mal, wenn der Feind durchbrach, baute er eine neue Verteidigungslinie auf. Zentimeter für Zentimeter wurde er weiter nach Osten gedrängt. Wie lange sollte er hier noch durchhalten? Die Männer waren erschöpft, durch Hunger und Krankheiten geschwächt. Gary hasste sich dafür, dass er sie so antrieb. Jeden Verlust nahm er persönlich. Die Befehlsverantwortung lastete schwerer auf ihm als die Angst um seinen eigenen Tod und ließ seinen lebenslangen Traum, Offizier in der Armee der Vereinigten Staaten zu sein, verblassen. Als Mateo zurückkehrte – Gott sei Dank fand er sie in ihrer neuen Stellung –, brachte er die Meldung vom Hauptquartier, dass sie sich nach Limay zurückfallen lassen sollten. Aber der Feind setzte ihnen immer noch so zu, dass selbst der Rückzug schwer erkämpft war. Gary kam sich vor, als hänge er mit den Händen an einer Klippe und die Japaner trampelten auf seinen Fingern herum.

Am 8. April bekamen sie Befehl, eine letzte Verteidigungslinie in Cabcaben, fünfundzwanzig bis dreißig Kilometer südlich von Limay, weit im Süden der Halbinsel, zu errichten. Gary war sich nur vage bewusst, dass er jetzt viel näher an der Stelle war, an der sich Blair angeblich aufhielt. Er konnte noch nicht an sie denken, aber er hatte das unangenehme Gefühl, dass er, wenn er diesen Tag überlebte, alle Zeit der Welt hätte, an sie zu denken, während er in einem japanischen Kriegsgefangenenlager verrottete.

Inzwischen war die Hoffnung genauso unrealistisch wie die versprochene Hilfe aus den Staaten. Einige seiner Männer sangen ein Spottlied, das der Korrespondent Frank Hewlett gedichtet hatte:

„Wir sind die kämpfenden Bastarde auf Bataan,
keine Mama, kein Papa, kein Onkel Sam,
keine Tanten, keine Onkel, keine Neffen, keine Nichten,
keine Pillen, Flugzeuge oder Artillerie sind wir ihnen wert,
und niemand ist da, der sich einen Dreck um uns schert!"

Gary befürwortete die blumige Sprache in dem Lied nicht, aber nicht einmal er konnte leugnen, dass diese Sätze wahr waren. Sie waren von ihrem Land im Stich gelassen worden. Ein paar waren so naiv und redeten immer noch davon: „Wenn erst Hilfe aus den Staaten kommt", aber Gary wusste, dass dies nur ein Traum war. Also ließ er seine Männer dieses Spottlied singen – erstaunt und nicht wenig stolz, dass sie in dieser Situation überhaupt noch singen konnten.

Die militärische Organisation war inzwischen das reinste Chaos. Die Kommunikation funktionierte oft nicht und Gerüchte gab es häufiger als echte Befehle. Aber seine Männer kämpften immer noch. Er wünschte, er könnte ihnen sagen, wie stolz er auf sie war, aber dazu hatte er keine Gelegenheit. Sie wussten es. Sie mussten es wissen!

Was ihn noch mehr erstaunte als der Mumm seiner eigenen Männer, war die Tatsache, dass der Feind ständig weiter vorrückte. Die japanische Infanterie und auch ihre Bomber und ihre Artillerie schienen grenzenlose Reserven zu haben. An diesem Tag war der Beschuss so hell wie das größte Feuerwerk am amerikanischen Unabhängigkeitstag, das er je gesehen hatte. Wie beim großen Finale eines Feuerwerks wusste jeder, dass dies das Ende bedeutete. Sie wussten es schon, bevor der Befehl kam, alle Waffen, Munition und alles Material vor sieben Uhr am nächsten Morgen zu zerstören.

„Zu diesem Zeitpunkt enden alle Feindseligkeiten", lautete der Befehl. „Die Einheiten sollen die Waffen niederlegen und sich an der nächsten Straße formieren. Die alliierte Armee wird am 9. April um 7 Uhr morgens kapitulieren."

Diese Verlautbarung war keine große Überraschung, obwohl er wusste, dass die Befehle aus Washington vor ein paar Wochen noch gelautet hatten: „Keine Kapitulation". Aber es nun mit Bestimmtheit zu wissen, war trotzdem nicht weniger ein Tritt in den Magen. Tränen brannten in Garys Augen, als er es hörte. Vier Monate und einen Tag nach der Katastrophe von Pearl Harbor! Er hatte in dieser Zeit fast jeden Augenblick gekämpft, hatte gesehen, wie seine Freunde und Kameraden fielen und starben – und wozu das alles? Er versuchte, nicht in Verzweiflung zu versinken, aber er war so ausgebrannt, dass ihm das sehr schwerfiel. Er versuchte, in seinem Glauben Trost zu finden, aber selbst das war schwer.

„Hauptmann." Senger trat neben Gary. „Ich fliehe in den Dschungel. Kommen Sie mit?" Den Männern war erlaubt – wenigstens wurde es schweigend gebilligt –, selbst zu entscheiden, ob sie sich gegen den Feind zur Wehr setzten oder ins Kriegsgefangenenlager gingen. Es waren nicht viele daran interessiert zu rebellieren, da sie kaum noch Kraft zum Kämpfen hatten.

„Ich kann die Männer nicht im Stich lassen", erwiderte Gary.

„Daran habe ich auch gedacht, Gary", antwortete Senger und verzichtete auf jedes militärische Protokoll. „Aber jetzt überlege ich mehr, wie ich überleben kann, um weiterzukämpfen. Die Mehrheit der Männer sind zu krank und zu erschöpft, um es zu schaffen. Aber ich glaube, dass ich noch ein wenig Kraft habe. Und ich glaube nicht, dass einer von ihnen mir oder Ihnen einen Vorwurf daraus macht, wenn wir verschwinden."

Gary wusste, dass ein paar andere auch daran dachten, diesen Weg einzuschlagen. Aber er sah sich nicht als Guerillakämpfer. Er war dazu ausgebildet worden, seine Männer zu befehligen, und er konnte sie jetzt nicht verlassen. Der wahre Grund war vielleicht die Verzweiflung, die ihn inzwischen übermannt hatte. Er war es so müde zu kämpfen.

Er überlegte, dass er vielleicht als Belohnung für sein dummes Pflichtgefühl zum Lazarett Nr. 2 hinübertraben und Blair suchen könnte. Es war nicht weit weg und in dem gegenwärtigen Chaos würde ihn niemand vermissen, wenn er eine Stunde fehlte. Aber er hatte gehört, dass die Schwestern nach Corregidor evakuiert worden waren. Er hoffte, Blair wäre auch dabei. *Guter Gott, lass sie auch evakuiert werden. Bring sie bitte in Sicherheit.*

Aber wie sicher war Corregidor? Die Japaner würden bei Bataan nicht haltmachen. Sie mussten den „Felsen" haben, wie Corregidor genannt wurde, denn nur dann konnten sie das kontrollieren, was sie wirklich anstrebten: die Manila Bay. Wenn Blair es zum Felsen schaffen konnte, hatte sie immer noch eine Chance. Vielleicht würde ja ein U-Boot aus Australien kommen und die Frauen retten.

Er stieß ein trockenes Lachen aus, dem jeder Humor fehlte. Vielleicht war die Hoffnung doch noch nicht ganz tot.

41

Wenn die Japaner nicht aufgehalten würden, lag Lazarett Nr. 2 genau auf ihrem Weg. Der Dschungelboden war mit mehreren Tausend Verwundeten übersät – einmal waren es siebentausend Patienten gewesen. Es blieb einfach keine Zeit, an solche unwichtigen Kleinigkeiten wie die bedrohliche Nähe der Japaner zu denken. Blair glaubte nicht, dass sie es überhaupt bemerken würde, wenn sie in dieser Minute mitten in das Lazarett marschiert kämen! Ihr fiel zwar auf, dass die Schüsse mit jeder Stunde näher kamen, aber selbst das verdrängte sie aus ihrem Denken und konzentrierte sich verbissen auf ihre Arbeit. Ihr wurde beim Anblick von Blut und klaffenden Wunden nicht mehr schlecht. Sie hatte sogar an diesem Morgen bei einer Amputation assistiert und hatte sich, als das erledigt gewesen war, umgedreht und eine infizierte Kopfverletzung gereinigt.

Sie wollte gerade eine Darmspülung bei einem Patienten durchführen, als ihre Hände vor Schüttelfrost so stark zitterten, dass sie den Schlauch dreimal fallen ließ, bevor sie ihn richtig einführen konnte. Sie arbeitete trotz ihres hohen Fiebers und knurrenden Magens. Sie wollte sich beklagen, sie wollte sich übergeben, aber ... dafür war einfach keine Zeit. Außerdem hatte sowieso niemand Zeit, sich ihre Klagen anzuhören. Selbst Mrs Doyle hatte Blair „einen richtigen Soldaten" genannt. Wenn die Frau wüsste, wie sehr Blair sich manchmal zu dieser Arbeit zwingen musste. Blair hatte Patience ihren Widerwillen gestanden. Die junge Frau hatte nur gelacht und gesagt, sie schreie selbst im Stillen immer wieder „Au", „Igitt", „Ich kann nicht mehr". Aber dieses Entsetzen konnte Patience nicht hindern zu tun, was getan werden musste. Blair ließ sich dadurch genauso wenig abhalten.

Es wurde erzählt, Lazarett Nr. 1 sei bombardiert worden und ungefähr siebzig Menschen seien getötet worden, darunter auch drei Krankenschwestern. Die Angst, dass ihnen dasselbe zustoßen könnte, lastete schwer auf ihnen, aber niemand unterbrach deshalb seine Arbeit.

Schließlich wurden die Krankenschwestern doch gezwungen, ihre Arbeit einzustellen. Am 8. April kurz vor Sonnenuntergang kam der Befehl, dass alle amerikanischen Schwestern nach Corregidor evaku iert werden sollten. Ihnen blieb eine Stunde, um einzupacken, so viel sie tragen konnten, und sich beim Hauptquartier zu versammeln. Erst jetzt erinnerte sich Blair, dass heute ihr Geburtstag war. Aber sie verriet es niemandem. Es war keine Zeit für Geburtstage.

„Fast alle Schwestern wollten sich weigern, evakuiert zu werden", erzählte Alice Blair, während sie ihre letzten persönlichen Sachen in ihren Rucksack packte. Sie waren in ihrem „Quartier", das Blair mit Claudette, Mrs Doyle, Patience und Hope teilte. Alice half ihnen beim Packen. „Sie erwarten, dass wir unsere Patienten einfach so im Stich lassen."

„Ich verstehe nicht, wie du das Militär ertragen kannst, Alice, und seine ganzen Befehle." Blair hatte schon viel über Vergebung gelernt, aber sie musste immer noch *irgendjemandem* die Schuld dafür geben, dass Gary sie hatte verlassen müssen. Die Armee schien eine sichere Zielscheibe dafür zu sein.

„Bis jetzt sind sie ganz gut zu mir." Plötzlich grinste Alice. „Aber du hättest hören sollen, was Josie getan hat ..."

„Mädchen, nicht trödeln!", schimpfte Mrs Doyle. „Es ist keine Zeit für Klatsch, und selbst wenn Zeit wäre, würde ich es nicht dulden!"

„Hören Sie zu, Mrs Doyle. Das wird Sie auch interessieren", beharrte Alice. Die anderen hielten in ihrer Arbeit inne und hörten gespannt zu. Alle mochten die stämmige Oberschwester, Lieutenant Nesbit, die von allen nur Josie genannt wurde. „Als der Oberst ihr sagte, dass nur die amerikanischen Schwestern evakuiert werden sollten, erklärte sie ihm, wenn die Filipinas nicht mitkämen, würde sie auch nicht mitgehen. Dem Oberst blieb nichts anderes übrig, als ans Telefon zu gehen und den Befehl auch auf sie auszudehnen."

„Gut gemacht!", nickte Mrs Doyle anerkennend. „Es wäre herzlos gewesen, anders zu handeln. Die Japaner verachten die Filipinos und ich bin sicher, zu Frauen wären sie besonders grausam."

„Bist du sicher, dass der Kommandant uns auch mitnimmt, Alice?" Blair hatte gemischte Gefühle angesichts der Evakuierung von Bataan. Immerhin war Gary immer noch irgendwo hier. Aber sie wusste auch, wann sie vernünftig sein musste, und es war vernünftig, Bataan zu verlassen.

„Ihr seid alle Amerikanerinnen. Sie werden euch mitnehmen, auch wenn ihr genau genommen keine Krankenschwestern seid. Und Claudette wird sich einfach unter die anderen Filipinas mischen."

Blair wagte einen kurzen Blick auf Mrs Doyle, die gerade die Schnalle an Hopes Rucksack zuzog. Ihre Miene war angespannt. Hope und Patience sahen genauso aus. Sie wollten nicht gehen und ihren Mann und Vater zurücklassen. Mrs Doyle hatte um diese Entscheidung schwer gerungen und sich am Ende nur wegen der Sicherheit ihrer Töchter entschieden mitzukommen.

Sie kamen gerade noch rechtzeitig zu den Truppentransportern, die mit laufenden Motoren warteten. Die Fahrer konnten es nicht erwarten, endlich fortzukommen. Viele Schwestern kamen in letzter Minute angelaufen. Einige hatten sich in der Eile nicht einmal richtig angezogen. Eine Schwester hatte Lockenwickler im Haar. Vieles wurde zurückgelassen. Blair dachte, der Arzt, der zum Lastwagen gelaufen kam, wollte sich nur von den Schwestern verabschieden, aber er blieb vor Meg Doyle stehen.

„Sie sind Mrs Doyle, nicht wahr?“, sagte er atemlos. „Die Frau des Pfarrers?“

„Ja ...“

„Ich habe den Pfarrer gerade hereingebracht, Mrs Doyle. Ich dachte, es würde Sie interessieren, bevor Sie abfahren ...“

„Er ist tot!“, keuchte Mrs Doyle und schwankte nach hinten gegen Blair, die einen Arm um sie legte, um sie aufzufangen.

„Er wurde verwundet, Madam. Es ist ernst, aber ich glaube, wir haben ihn rechtzeitig hergebracht.“

„Bringen Sie mich zu ihm“, verlangte sie, ohne zu zögern, und wollte schon in Richtung Lazarett laufen, blieb aber noch einmal abrupt stehen und drehte sich zu Blair um. „Blair, du kümmerst dich um meine Mädchen, ja?“

„Mutter, wir gehen mit dir!“, schrie Patience.

„Nein, das tut ihr nicht. Ihr steigt beide auf diesen Laster. Blair, ich verlasse mich darauf, dass du dich um sie kümmerst.“

„Mama, geh nicht!“, flehte Hope unter Tränen.

„Ihr wisst beide, dass ich gehen muss, aber eurem Vater wird es besser gehen, wenn er weiß, dass ihr in Sicherheit seid.“

Die Mädchen schauten Blair an. Vielleicht suchten sie bei ihr Unterstützung. Blair fragte sich im Stillen, warum sie plötzlich von der Mutter und auch von ihren Töchtern in eine solche Situation hineingeworfen wurde, besonders von Mrs Doyle, die trotz ihrer Geständnisse in letzter Zeit nie angedeutet hatte, dass sie Blair ein großes Verantwortungsbewusstsein zutrauen würde. Ja, sie hatte sich gefreut, als sie von Claudettes und Blairs Gebeten gehört hatte – das heißt nach ihrer anfänglichen Überraschung über die unkonventionelle Art und Weise, wie die beiden ihr Leben Gott übergeben hatten, ohne dass ein anderer Christ dabei gewesen wäre. Blairs Arbeit im Lazarett hatte sie auch anerkannt. Aber ihre Kommentare waren nie voll überschwänglichen Lobes gewesen. Sie hatte lediglich ihre Bemühungen anerkannt, manchmal sogar ein wenig mürrisch. Jedenfalls hatte man aus ihren Worten nie schließen können, dass sie das Leben ihrer Töchter in Blairs Hände legen würde.

Einer der Lastwagen war bereits abgefahren. Der Fahrer des zweiten Wagens drückte auf die Hupe.

„Blair?“ Mrs Doyles Ton war genauso durchdringend wie ihr Blick.

„Kommt, Mädchen“, sagte Blair schließlich. Nachdem die Mädchen ihre Mutter noch ein letztes Mal umarmt hatten, nahm Blair beide am Arm und drängte sie hinten auf den Lastwagen. Claudette kletterte als Letzte hinauf.

Eine Sekunde später fuhr der Truppentransporter schaukelnd an. Mrs Doyle blieb in einer Staubwolke zurück und winkte ihnen. Alle winkten zurück. Patience und Hope waren nicht die Einzigen, die weinten. Blair, Claudette und viele Schwestern waren ebenfalls aufgewühlt. Sie alle ließen Menschen zurück, die ihnen wichtig waren.

Kurz nach ihrem Aufbruch blieben sie auf der Straße nach Mariveles im Verkehrsstau stecken. Zwischen Soldaten, die mit ihrer Ausrüstung auf dem Rückzug waren, und Zivilisten auf der Flucht eingekeilt, kamen die Krankenhauslaster nur im Schneckentempo voran. Die meiste Zeit standen sie auf der Straße, ohne auch nur einen Meter vorwärtszukommen. Das Schiff nach Corregidor sollte um Mitternacht Mariveles verlassen und die Zeiger näherten sich immer mehr dieser Zeit.

Ein Panzerkonvoi blieb hängen und blockierte eine geschlagene Stunde die Straße. Danach begann der Laster, in dem Blair saß, langsam vorwärtszukriechen, wurde aber schnell wieder zum Anhalten gezwungen. Blair steckte von hinten den Kopf hinaus und sah eine Dampfwolke von der Motorhaube aufsteigen. Als Pastor Sanchez' DeSoto solche Symptome gezeigt hatte, hatte sie das tagelang aufgehalten, aber die Soldaten schienen zu wissen, wie so etwas zu beheben war. Sie verschwanden unter der Motorhaube und werkelten nur eine Stunde herum, bevor sie die Haube wieder zuschlugen und den Motor erneut anließen.

Es war nach Mitternacht. Plötzlich erhellten entsetzliche Explosionen den Nachthimmel und ließen die Erde erbeben. Die Laster bremsten. Alle liefen los, um am Straßenrand Deckung zu suchen. Bald versicherte einer der Fahrer ihnen, dass es nur ihre eigenen Truppen waren, die Munitionslager im Hafen in die Luft jagten, damit der Feind sie nach der Kapitulation am Morgen nicht in die Hände bekäme. Leider hielt diese Aktion die Laster noch mehr auf, da es wegen der Explosionen zu gefährlich war, sich den Hafenanlagen zu nähern.

Magenkrämpfe zwangen Blair, zweimal in den Dschungel zu rasen. Andere Schwestern machten es ihr nach. Eine sagte, sie hätte nichts dagegen, wenn man sie einfach hier am Straßenrand liegen ließe. Dann könnte sie in Ruhe sterben. Blair ging es genauso. Erschöpfung, Hunger und Schmerzen verliehen ihr das Aussehen eines Zombies. Die knallenden Explosionen verstärkten ihr Elend noch mehr. Sie versuchte, nicht zu zeigen, wie schlecht es ihr ging, und vergrub ihr Gesicht auf dem Boden, damit niemand von denen, für die sie verantwortlich war, es sehen würde. Claudette, die sich eng an Blair klammerte, war eingeschlafen. Sie war offenbar zu erschöpft, um sich von dem Feuerwerk stören zu lassen.

Endlich wurden die Explosionen weniger. Der Fahrer forderte sie auf, wieder in den Lastwagen zu steigen, da sie erneut versuchen wollten, zum Hafen zu gelangen. Das Mitternachtsschiff war wahrscheinlich schon ausgelaufen, aber vielleicht waren noch andere Schiffe da, die sie von der Insel bringen könnten. Blair rüttelte Claudette leicht, um sie aufzuwecken. Dann drehte sie sich um, um Patience und Hope aufzufordern, wieder einzusteigen.

Sie waren nirgends zu sehen. Blair lief in den Dschungel. Laut rief sie ihre Namen. Claudette folgte ihr, immer noch benommen und schlaftrunken, und versuchte zu helfen. Als sie wieder beim Laster zurück waren, fragte Blair alle, ob sie die beiden gesehen hätten. Jedoch ohne Erfolg. Sie lief auch zum zweiten Lastwagen, der nur wenige Meter vor ihnen langsam anfuhr. Vielleicht waren die Mädchen aus Versehen dort eingestiegen.

„Einige Schwestern sind vor einer Weile zu Fuß losmarschiert“, berichtete eine Krankenschwester. „Sie dachten, sie kämen zu Fuß schneller zum Hafen. Aber ich weiß nicht, ob die Mädchen bei ihnen waren."

Alle Schwestern kannten die Doyle-Mädchen und hätten sie erkannt, wenn sie die beiden mit den anderen losmarschieren gesehen hätten. Aber was für einen Grund sollten sie haben, allein zum Hafen zu gehen und Blair und Claudette zurückzulassen? Blair konnte sich nur eine Möglichkeit denken. Sie mussten zum Lazarett zurückgegangen sein, um bei ihren Eltern zu sein. Ihr Herz wollte aufhören zu schlagen. Sie hatte eine wichtige Verantwortung anvertraut bekommen, und das von einer Frau, der sie gern gefallen wollte, und sie hatte auf ganzer Linie versagt. Aber wie hätte sie wissen können, dass die Mädchen etwas so Haarsträubendes tun würden? Patience und Hope waren die gehorsamsten, bravsten Mädchen, die Blair je gesehen hatte.

„Ich muss ihnen nach", sagte Blair.

„Wenn sie wirklich im Lazarett sind, wie willst du sie dann dazu bewegen, mit dir zu kommen?", fragte Claudette völlig logisch. Sie war für ihre fünfzehn Jahre so klug und vernünftig. Blair wünschte, sie könnte mehr so sein wie sie.

Aber sie war nur Blair, unvernünftig, impulsiv, verrückt. Und sie konnte sich einfach nicht dazu durchringen, etwas anderes zu tun als das, was ihr Herz und ihr Bauch ihr sagten.

„Ich zerre sie an den Haaren zurück, wenn sie nicht freiwillig mitkommen! Mrs Doyle hat sie mir anvertraut!"

„Dann gehen wir", nickte Claudette und wandte sich vom Lastwagen ab.

Alice mischte sich ein. „Das kannst du nicht machen. Du kannst sie nicht zurückzerren, Blair, egal, was du sagst. Vielleicht haben sie ein Recht, bei ihren Eltern zu sein. Jetzt besonders."

Der Fahrer schrie nach hinten: „Kommt jetzt, der Verkehr wird wieder flüssiger. Wir müssen los."

„Blair", sprach Alice weiter. „Du darfst es auf keinen Fall riskieren, dass Claudette zurückgeht. Es ist möglich, dass die Japaner schon bis zum Lazarett vorgedrungen sind. Du darfst nicht riskieren, dass sie ihnen in die Hände fällt. Sie behandeln Filipinos wie den letzten Dreck. Und Filipinas ...! Blair, sie dürfen sie nicht erwischen!"

Blair warf sich die Hände über das Gesicht. Sie spürte Schmutz und

Tränen. Sie hatte überhaupt nicht bemerkt, dass sie weinte. Der Fahrer brüllte, die Schwestern drängten sie, sich zu beeilen.

Schließlich sagte sie: „Claudette, du bleibst bei den Krankenschwestern. Ich werde euch bald einholen. Die Mädchen sind bestimmt noch nicht weit gekommen. Ich suche sie und versuche, auf einem anderen Laster zum Hafen mitzufahren. Ich komme bald nach. Das verspreche ich dir."

Claudette nickte betrübt. Dann wurde sie von den Händen der Krankenschwestern auf den Laster gezogen. Eine Lücke im Verkehr erlaubte ihm, schneller vorwärtszukommen als in seinem bisherigen Schneckentempo.

Mit dem Rucksack auf dem Rücken begann Blair, in die andere Richtung zu laufen, aber nach ein paar Schritten zwang die Erschöpfung sie zu einem langsameren Tempo. Sie suchte die vielen Menschen auf der Straße ab, konnte aber die Mädchen nicht sehen. Nach einer Stunde vergeblichen Suchens war ihr klar, dass sie aufgeben und versuchen sollte, zum Hafen zu gelangen. Die Doyle-Mädchen würden es zum Lazarett schaffen. Dort würde ihre Mutter sich um sie kümmern. In gewisser Hinsicht wären sie so besser dran. Aber Blair wusste, dass sie damit ihrer Verantwortung nicht gerecht würde. Sie musste sich wenigstens vergewissern, dass es ihnen gut ging. Wenn sie die beiden dann immer noch nicht überzeugen konnte, mit ihr zum Hafen zu kommen, hätte sie alles getan, was in ihrer Macht stand.

Sie setzte ihren aussichtslosen Marsch fort. Kurze Zeit später wurde sie von einem heftigen Schüttelfrost gepackt. Sie hatte vorher schon Malariaanfälle gehabt, aber dieser war so stark, dass er ihr im wahrsten Sinne des Wortes den Boden unter den Füßen wegriss. Sie hatte keine Kraft mehr, um dagegen anzukämpfen, und rutschte hilflos in den Graben am Straßenrand. Vielleicht war er gar nicht so tief und jemand hätte sie gesehen und würde ihr helfen, aber bei dem ganzen Chaos und der Verwirrung auf der Straße war es unwahrscheinlich, dass überhaupt jemand Notiz von ihr genommen hatte.

Der Schüttelfrost musste eine Stunde gedauert haben. Sie nahm zwei Aspirin – das war alles, was sie hatte – und einen Schluck Wasser aus ihrer Feldflasche. Als das Schlimmste vorüber war, versuchte sie, wieder auf die Straße hinaufzuklettern, hatte aber keine Kraft dazu. Hilflos fiel sie in ihr Loch zurück und stellte fest, dass die Morgendämmerung nicht mehr weit war und dass der Verkehr auf der Straße deutlich abgenommen hatte. Einen Augenblick später wurde sie vom Schlaf übermannt. Es war das erste Mal seit der letzten Nacht, dass sie die Augen zumachte.

Die Hitze der Sonne, die auf sie niederbrannte, weckte sie schließlich und gab ihr die Kraft, aus dem Graben zu klettern. Der Verkehr auf der Straße war dünner geworden, aber niemand war in Richtung Osten unterwegs. Sie bekam zwei Angebote, nach Mariveles mitzufahren, und wusste, dass sie es bedauern würde, diese Angebote ausgeschlagen zu haben. Trotzdem wollte sie verbissen zum Lazarett zurück. Wahrscheinlich weil sie wusste, dass es jetzt auch im Hafen keine Fluchtmöglichkeit mehr gab, aber sie war einfach zu benommen, um klar denken zu können.

Japanische Flugzeuge flogen über ihnen. Mehrere Male suchten die Flüchtlinge auf der Straße Schutz, wenn die Flugzeuge niedrig über ihnen kreisten. In der Ferne sah Blair, wie Flugzeuge Bomben abwarfen. Fielen sie auf den Hafen? Wenigstens lagen die Ziele in dieser Richtung. War mit der Kapitulation nicht ein Waffenstillstand in Kraft getreten? Vielleicht hielt der Feind die Bombardierung als Teil der fortgesetzten Angriffe auf Corregidor für gerechtfertigt. Eines stand fest: Mariveles war kein sicherer Hafen mehr.

Da sie ahnte, dass sie jetzt besser aufpassen musste als bisher, bog sie ein paar Kilometer vor dem Lazarett von der Straße ab. Wenn es stimmte, dass die Japaner schon so weit vorgedrungen waren, wollte sie es nicht riskieren, ihnen in die Hände zu laufen. Sie betete, dass sie sich nicht hoffnungslos im Dschungel verirren würde. Endlich machte sie halt, um sich im Schutz großer Ranken und Wurzeln auszuruhen. Die Hitze raubte ihr die wenige Kraft, die ihr noch geblieben war. Plötzlich hörte sie ein leises Blätterrascheln. Ängstlich hielt sie den Atem an. In der Luft regte sich nicht der geringste Windhauch. Ihr Herz hämmerte wie eine Trommel in ihrer Brust. Sie erstarrte und lauschte. Die fernen Schritte kamen näher. Sie waren vorsichtig, aber nicht gerade verhalten. Sie spähte aus ihrem Versteck hervor und erblickte die Gestalt eines Mannes in Zivilkleidung. Sie beobachtete ihn ein paar Sekunden. Da drehte er sich zu ihr um.

„Dominador!“, flüsterte sie.

Der Mann fuhr bei dem unerwarteten Geräusch herum und hatte plötzlich eine Pistole in der Hand.

„Dominador“, rief sie so leise, wie ihre Situation es erlaubte. „Ich bin es, Blair Hobart.“

„Zeigen Sie sich“, befahl er.

Vorsichtig bewegte sie sich ins Freie.

„Was machen Sie denn hier?“, fragte er ungläubig, ließ die Pistole sinken und steckte sie wieder in seinen Gürtel. „Mrs Doyle sagte, Sie seien alle nach Mariveles gefahren.“

„Du hast Mrs Doyle gesehen? Waren die Mädchen bei ihr?“ Sie hatte so viele Fragen, aber diese war die wichtigste.

„Nein. Die Mädchen sind doch zum Hafen gefahren, oder?“

„Sie sind mir davongelaufen.“ Dieses Geständnis war sehr schmerzlich für sie. „Ich bin fast sicher, dass sie zum Lazarett zurückwollten, um bei ihren Eltern zu sein. Bist du sicher, dass du sie nicht gesehen hast? Wie lang ist es her, seit du dort warst?“

„Ich konnte vor einer halben Stunde entkommen. Sie waren nicht dort.“

„Sie müssten aber inzwischen dort sein“, seufzte Blair verzweifelt. Was konnte ihnen zugestoßen sein? „Ich muss weiter. Ich muss die beiden finden!“ Sie wollte weitergehen, aber Dominador packte sie am Arm.

„Sie können nicht zum Lazarett!“

„Warum nicht?“ Erst jetzt wurde ihr bewusst, was er gesagt hatte. „Du bist entkommen? Was soll das heißen?“

„Die Japaner wüten im Lazarett. Ich konnte gerade noch entkommen, nachdem ... Es ist gut, dass die Mädchen es nicht geschafft haben zurückzukommen.“

„Geht es Pastor Doyle und Mrs Doyle gut?“

„Wir können hier nicht stehen bleiben und lange reden.“

„Bitte sag es mir.“ Er zögerte und ihre Hoffnungen zerschlugen sich. „Bitte ...“, drängte sie, auch wenn sie das Schlimmste befürchtete.

„Pastor Doyle wurde ein Bein amputiert. Er war bei Bewusstsein, als ich ihn sah. Mrs Doyle war ... auch am Leben. Wir müssen so weit wie möglich von hier fortkommen. Wir dürfen nicht erwischt werden.“

Blair konnte nur an die kurze Pause in seiner Stimme denken, als er sagte, dass Mrs Doyle am Leben sei. Was konnte passiert sein? „Sag es mir, Dominador. Was ist mit Mrs Doyle?“

„Die Japaner wüteten im Lazarett und misshandelten die Verwundeten. Mrs Doyle versuchte, sie aufzuhalten. Sie haben sie furchtbar zusammengeschlagen."

„Guter Gott, nein!", stöhnte sie. Wie oft hatte Blair gedacht, sie würde jeden bedauern, der sich Meg Doyles Entschlossenheit in den Weg stellte! Sie konnte sich die furchtlose Missionarin gut vorstellen, wie sie die Hände in die Hüften stemmte und dem Feind Widerstand leistete. Aber nicht einmal sie konnte es mit einer Horde japanischer Soldaten aufnehmen.

„Niemand konnte ihr helfen", sprach er mühsam weiter.

Blair fragte sich, ob es jemand versucht hatte. Was hatte Dominador getan? Sie fragte nicht. Es war sinnlos, jemanden zu verurteilen.

„Wir müssen weiter", fügte er traurig hinzu.

„Der Hafen ..." Blair erinnerte sich an die Bombardierungen, die sie gesehen hatte. Von dort gab es jetzt kein Entkommen mehr. „Wohin können wir gehen? Die Japaner müssen überall sein."

„Wir müssen es versuchen. Es gibt Möglichkeiten, sich im Dschungel zu verstecken."

Sie schenkte Dominadors Worten nicht viel Glauben. Er strahlte nicht unbedingt Vertrauen aus. Im Gegensatz zu Juan schien er sich in der Wildnis genauso wenig auszukennen wie sie selbst. Aber so unerfahren er auch sein mochte, er war alles, was sie hatte. Allein konnte sie im Dschungel nicht überleben. Auf einmal erinnerte sie sich, was sie und Claudette vor ein paar Tagen getan hatten. Sie hatte bisher nicht viel Zeit gehabt, um sich Gedanken über ihren neuen Glauben zu machen. Es war nur Zeit für ein paar eilig gemurmelte Gebete geblieben. Sie war fast sicher, dass Gott ihr daraus keinen Vorwurf machen würde. Etwas anderes wusste sie noch sicherer: Sie war in dieser ganzen Zeit nie wirklich allein gewesen und war auch jetzt nicht allein. Gott war bei ihr und ging mit ihr, während sie wieder tiefer in den verhassten Dschungel vordrang.

42

Zwei Tage nach der Kapitulation saß Gary in Mariveles mit den anderen Offizieren in einem Gefangenenlager. Die Sonne war vor zwei Stunden aufgegangen und brannte erbarmungslos auf die erschöpften Männer herab. Wie alle anderen hatte auch Gary seit der Kapitulation keinen Bissen gegessen. Wasser wurde in einem Eimer für alle hingestellt, in dem jetzt der Schmutz schwamm.

Die Niederlage bedrückte ihn immer noch sehr, vielleicht jetzt sogar noch mehr als am Anfang, als er gehört hatte, dass sie sich ergeben sollten, denn jetzt erlebte er die demütigende Behandlung durch die Sieger. Als Erstes hatten sie brutal seine zerrissene Kleidung durchsucht. Die Japaner hatten ihm alles abgenommen, was von irgendeinem Wert war. Es war nicht so, dass er viel gehabt hätte. Das Kostbarste war Blairs Ehering gewesen. Als sie ihm den abnahmen, hatte er sich gefühlt, als hätten sie ihm sein letztes Hoffnungspfand geraubt. Eines Tages wieder mit Blair zusammen zu sein, ihr diesen Ring an den Finger zu stecken, wirklich als Mann und Frau mit ihr zusammen zu sein, in ihrem Herzen und im Geist Gottes – an diesen Traum hatte er sich in den dunkelsten Augenblicken geklammert. Der Verlust des Ringes wollte ihm diese Hoffnung fast rauben.

Das war schlimmer gewesen als die Schläge, die er dafür einstecken musste, dass er einem seiner Kameraden geholfen hatte, der auf dem Weg ins Gefangenenlager gestolpert war. Genauso demoralisierend war es gewesen, als zwei Männer letzte Nacht durch das Tor ins Lager gestoßen wurden. Sie waren beide böse zusammengeschlagen worden und krümmten sich vor Schmerzen auf der Erde. Erst nachdem die Wachen das Tor wieder verschlossen und ihnen den Rücken zugekehrt hatten, wagten es mehrere der Gefangenen, den Neuankömmlingen zu Hilfe zu eilen.

Einer wurde halb bewusstlos auf die Seite gerollt. Gary kannte ihn nicht. Er hatte die Insignien, die ihn als Hauptmann bei der 41. Feldartillerie auswiesen. Der zweite Mann rollte sich selbst auf die Seite, schüttelte den Kopf und knurrte und fluchte leise.

Dieser Anblick entlockte Gary zum ersten Mal seit Tagen ein schwaches Lächeln. „Herr Unteroffizier!"

„Ich bin Lieutenant, du Idiot ..." Senger kniff die Augen zusammen und sah, wer ihn angesprochen hatte. „Ich meine natürlich: Sie Idiot, Sir!"

Gary grinste, bis ihm bewusst wurde, dass es hier nichts zu grinsen gab. Senger hatte versucht zu fliehen, um der Gefangennahme zu entgehen, hatte es aber offensichtlich nicht geschafft. Sein Gesicht war voll Schrammen und blauer Flecken. Seine Augen waren nur dick geschwollene Schlitze. Trotzdem schaffte er es, einen Witz zu machen! Gary erhob sich. Während einige andere sich um den übel zugerichteten Hauptmann kümmerten, ging er zum Wassereimer, tauchte seine Hände hinein – etwas anderes hatte er nicht, um Wasser zu schöpfen – und brachte das Wasser vorsichtig zurück. Als er bei Senger ankam, war nur noch so viel Wasser in seinen Händen, dass er ein paar Tropfen auf die aufgesprungenen, blutigen Lippen des Mannes tropfen konnte. Senger leckte sie dankbar, als wäre es ein artesischer Brunnen.

„Danke, Gary." Nach ein paar Minuten fand Senger die Kraft, sich aufzusetzen und seine Geschichte zu erzählen. „Ein paar andere und ich schafften es ziemlich gut, uns vor den Japanern zu verkriechen. Sie haben einfach nicht genug Männer, um alles unter Kontrolle zu halten. Ich lief über ein Reisfeld – ich weiß, dass es dumm von mir war, mich so offen zu zeigen –, aber auf der anderen Seite standen Mangobäume. Ich war halb verhungert und diese reifen Mangos waren zu verführerisch. Ich konnte einfach nicht widerstehen. Ich prahlte bei meinen Kumpels, dass ich ihnen ein gutes Essen mitbringen würde. Ich kam unbeschadet drüben an, lief unter die Bäume ... und mitten in eine japanische Patrouille. Sie pflückten auch Mangos. Ihre Waffen lehnten an einem Baum. Ich konnte meine Seitenwaffe ziehen. Doch dann bekam ich plötzlich Schüttelfrost." Er setzte ein paar Flüche nach, um diesen niederschmetternden Augenblick besser auszumalen. „Die Waffe fiel mir aus meiner dummen, zitternden Hand und sie hatten mich. Wenigstens konnte ich ihnen einreden, dass ich nichts von der Kapitulation wüsste. Es hätte mich noch schlimmer treffen können, wenn sie mich für einen entflohenen Kriegsgefangenen gehalten hätten."

„Das ist echt übel, Ralph", bekundete Gary sein Mitgefühl.

„Wer nicht wagt, der nicht gewinnt", brummte Senger mit einem hochtrabenden Wagemut, der bei jedem anderen lächerlich gewirkt hätte. „Bei der ersten Gelegenheit, die sich mir bietet, werde ich es wieder versuchen."

„Ich weiß nicht, woher Sie diesen Mut nehmen", seufzte Gary und fühlte sich wie ein geschlagener, alter Mann.

„Sie haben auch Mut, Gary. Das weiß ich. Sie sind jetzt nur niedergeschlagen. Das ist alles. Aber ich bin sicher, dass wir im Dschungel genauso gute Überlebenschancen haben wie in einem japanischen Gefangenenlager. Nach meiner Festnahme wurde ich von einem Offizier ausgefragt. Er ließ anklingen, dass sie nie mit so vielen Kriegsgefangenen gerechnet hätten. Sie hatten gedacht, dass es um die zwanzigtausend wären. Aber es müssen an die siebzigtausend sein. Was wollen sie jetzt mit uns machen? Glauben Sie, sie können uns alle durchfüttern? Ich glaube, sie hätten überhaupt nichts dagegen, wenn jede Menge von uns auf die eine oder andere Weise sterben. Vielleicht ein Massenfluchtversuch, bei dem sie uns abknallen müssten."

„Vielleicht haben Sie recht." Gary konnte sich immer noch nicht richtig für einen Fluchtversuch begeistern.

Das war letzte Nacht gewesen. Seitdem hatte sich nichts geändert. Bis auf das Gerücht, das im Lager die Runde machte, dass die Gefangenen bald verlegt werden sollten. Wohin, wusste er nicht, einige glaubten nach Norden. Gary versuchte, über eine Flucht nachzudenken. Immerhin war es die Pflicht eines Kriegsgefangenen zu fliehen. Eine Verlegung wäre die ideale Gelegenheit dafür. Das anfängliche Chaos einer solchen Aktion böte immer Möglichkeiten. Er glaubte gern, was Senger über die Fehleinschätzung der Kriegsgefangenenzahl gesagt hatte. Wenn sie eine Art Zwangsmarsch in den Norden planten, konnten sie unmöglich genug Männer haben, um ihre Gefangenen richtig zu bewachen und zusätzlich eine Besatzungskraft auf Bataan zu lassen. Darüber hinaus mussten sie die Angriffe auf Corregidor fortsetzen, die bis jetzt hauptsächlich aus Luft- und Artillerieangriffen bestanden. Sie müssten eine Reserve für eine Invasion hierlassen, falls es dazu käme.

Gary versuchte, in sich diesen Mut zu finden, den sein Freund hatte. Er betete, fühlte sich aber trotzdem leer. Dann erinnerte er sich an das Einzige, was die Japaner ihm nicht abgenommen hatten – sein kleines

Neues Testament. Offenbar hatten sie es für völlig wertlos gehalten. Er hatte schon lange nicht mehr darin gelesen. In letzter Zeit fiel es ihm immer schwerer, an seinem Glauben festzuhalten. Mit dem Verstand wusste er, dass Gott Leiden nicht verursachte. Trotzdem war es schwer, nach all dem Leid, das er gesehen und erlebt hatte, Gott nicht infrage zu stellen. Er konnte sich der Frage einfach nicht erwehren, ob Gott sie genauso im Stich gelassen habe wie ihr Land.

Aber in seinem Herzen wusste er, dass Gott sie nicht im Stich ließ. Er hatte Verheißungen gegeben, auch wenn für Gary im Moment diese Verheißungen sehr verschwommen waren. Er versuchte, sich Verse in Erinnerung zu rufen, die er als Kind auswendig gelernt hatte. Er kam nicht weiter als: *Jesus weinte.*

Mit elf oder zwölf Jahren hatte er versucht, in seiner Sonntagsschule einen Witz zu machen, und hatte seiner Lehrerin erzählt, dass er einen ganzen Bibelvers auswendig könne. Alle hatten gelacht, als er den kürzesten Vers in der Bibel zitierte – alle bis auf die Lehrerin!

Welch eine Ironie, dass dies jetzt der einzige Vers war, den er aus seinem Gedächtnis hervorkramen konnte. Seine Sonntagsschullehrerin hatte über diesen Vers eine spontane Predigt gehalten. *„Weißt du, warum Jesus weinte, Gary?"* Natürlich hatte er nicht die ganze Stelle gelesen und hatte deshalb keine Ahnung. Sie hatte erklärt: *„Es war nicht, weil sein lieber Freund Lazarus gestorben war – schließlich wusste er ganz genau, dass er diesen Mann von den Toten auferwecken wollte. Nein, Jesus weinte, weil Maria und Marta nicht genug an ihn glaubten. Sie hatten ihn so viele Wunder tun sehen, aber sie hatten Jesus zum Grab geführt, weil er ihre Trauer mit ihnen teilen sollte, nicht weil sie ein Wunder von ihm erwarteten. Die Bibel sagt, er war traurig. Ich glaube, dass er aus diesem Grund weinte."*

Gary kniff die Augen zusammen. Es war ihm überhaupt nicht bewusst gewesen, dass er sich das gemerkt hatte. Wie gern wollte er mehr Glauben haben als Maria und Marta! Er wünschte es sich, in seinem Herzen zu wissen, dass sein Herr ihn nicht in seiner Trauer allein ließ, sondern da war und bereit war, ein Wunder zu tun. Aber er war ein reifer Christ und wusste deshalb, dass Gottes Wunder nicht immer so ausfielen, wie man vielleicht erwartete. Vielleicht keine Rettung aus einem Kriegsgefangenenlager. Aber ... was dann? Was hatte Gott im Sinn?

Gary holte das Neue Testament aus seiner Tasche. Bis jetzt hatte er in Gottes Wort immer Antworten gefunden. Er schlug einen Vers auf, den er leicht finden konnte, da es die letzten Worte waren, die Jesus zu seinen Jüngern gesagt hatte. Bevor er ihn jedoch lesen konnte, hörte er eine Bewegung. Ein paar Männer rutschten näher.

„Sieht so aus, als hätten die Japaner Ihnen doch etwas gelassen", sagte einer.

Ralph Senger war bei den Männern. „Herr Hauptmann, lesen Sie uns doch etwas daraus vor."

Auf diese Idee war Gary nicht gekommen und er konnte seine Überraschung nicht verbergen, dass der Vorschlag ausgerechnet von seinem hartgesottenen Ex-Unteroffizier kam.

„Ich wollte eine Zusage Gottes lesen, die mir im Moment bestimmt guttut", sagte Gary. Er warf einen Blick auf die aufgeschlagene Seite. Dann las er: „‚Und siehe, ich bin bei euch alle Tage bis an der Welt Ende.'"

„Das klingt gut", sagte Bob, ein junger Lieutenant. „Für uns ist es ja fast das Ende der Welt, oder?"

„Mir gefiel der dreiundzwanzigste Psalm immer so gut", sagte ein anderer junger Mann. „Würden Sie ihn bitte vorlesen?"

„Tut mir leid, das ist nur ein Neues Testament", antwortete Gary. „Aber ich habe diesen Psalm als Kind auswendig gelernt. Mal sehen ..." Er betete im Stillen, dass die Spinnweben von seinem Gedächtnis verschwinden würden. Wenn schon nicht für ihn, dann wenigstens für die anderen Männer. Es war das erste Wunder, das er an diesem Tag erlebte: Ihm fielen die Worte von früher wieder ein: „‚*Der Herr ist mein Hirte, mir wird nichts mangeln. Er weidet mich auf einer grünen Aue und führet mich zum frischen Wasser ...*'" Gary machte eine Pause. Er konnte sich nicht erinnern, wie es weiterging.

Bob kam ihm zu Hilfe. „Ich habe diesen Psalm auch einmal auswendig gelernt ... ist lange her. „‚*Er erquicket meine Seele. Er führet mich auf rechter Straße um seines Namens willen. Und ob ich schon wanderte im finstern Tal, fürchte ich kein Unglück; denn du bist bei mir, dein Stecken und Stab trösten mich. Du bereitest vor mir einen Tisch im Angesicht meiner Feinde. Du salbest mein Haupt mit Öl und schenkest mir voll ein. Gutes und Barmherzigkeit werden mir folgen mein Leben lang und ich werde bleiben im Hause des Herrn immerdar.*'"

„Wow!“, entfuhr es dem hartgesottenen Ralph Senger. „Ich hätte nie gedacht, dass in der Bibel etwas über *uns* stehen würde! Lesen Sie uns noch mehr vor, Gary.“

Gary kam diesem Wunsch nach, bis die Wachen die Tore aufrissen und anfingen, brüllend Befehle zu erteilen. Keiner konnte sie natürlich verstehen, bis sie die „Weltsprache“ einsetzten, die in diesem Fall aus ihren Bajonetten bestanden. Auf diese Weise begriffen die Männer, dass sie das Gelände verlassen und sich auf der Straße formieren sollten. Die geschwächten Gefangenen stolperten und stürzten und wurden durch die schmerzlichen Schläge mit den Bajonetten wieder zum Aufstehen gezwungen.

Gary fragte sich, ob die Männer, denen er gerade vorgelesen hatte, sich daran erinnerten, dass ihnen im Angesicht ihrer Feinde ein Tisch bereitet wurde, oder ob sie in der Tiefe ihrer Seele den Trost von Gottes Stab und Stecken fühlten. Er hoffte es. Er wusste, dass er selbst Trost in diesen Worten fand. Ihm wurde klar, dass *das* wirklich ein Wunder war!

Gefangenenreihe für Gefangenenreihe formierte sich auf der Straße. Die Linie der zerlumpten, ausgehungerten Männer ging, so weit Garys Auge reichte. Während sie sich die Straße entlangschleppten, wurden es immer mehr. Tausende von Männern, vielleicht alle siebzigtausend, die in Kriegsgefangenschaft geraten waren, würden am Ende zu ihnen stoßen. Angesichts der Verteidigungsverhältnisse auf Bataan schätzte Gary, dass sechzigtausend von ihnen Filipinos waren und ungefähr zwölftausend Amerikaner. Diese Aufteilung war allerdings unwichtig. Sie waren alle Kameraden und waren es immer gewesen.

Von einem der Wachleute, der gebrochen Englisch sprach und freundlicher war als die meisten anderen, erfuhr Gary, dass alle Gefangenen nach Norden zu einem Sammelpunkt in Balanga gebracht werden sollten. Balanga war ungefähr vierzig Kilometer von Mariveles entfernt. Hier bekämen die Gefangenen etwas zu essen und müssten dann weiter nach San Fernando, das weitere fünfzig Kilometer entfernt lag. Dort gab es einen Bahnhof. Von San Fernando würden sie mit dem Zug ins Camp O'Donnell gebracht.

Gary hatte in West Point ein wenig Hintergrundwissen über das japanische Militär bekommen. Einmal hatte er einen Vortrag von einem Mann gehört, der vor dem Krieg eine Weile bei einer japanischen Infanterieeinheit gewesen war. Für einen japanischen Infanteriesoldaten galten vierzig Kilometer als ein Tagesmarsch, während für einen amerikanischen Infanteristen ein Tagesmarsch nur dreißig Kilometer waren. Es war für einen Japaner nicht unüblich, diesen Marsch mit mehreren Läufen auf der Leichtathletikbahn „abzurunden". Somit erwarteten die Japaner von ihren Gefangenen nicht mehr, als sie selbst leisteten. Für sie war es völlig normal, die Gefangenen an einem einzigen Tag nach Balanga marschieren zu lassen.

Offenbar hatte niemand den ausgemergelten Zustand der Gefangenen in Betracht gezogen. Nicht einmal die Abgehärtetsten unter den Gefangenen konnten vierzig Kilometer am Tag schaffen, wahrscheinlich nicht einmal in einer Woche! Da die Japaner damit rechneten, dass der Marsch nur einen Tag dauern würde, hatten sie keine Vorkehrungen für Essen unterwegs getroffen. Zum Trinken waren die Männer gezwungen, sich Wasser zu suchen, wo sie welches finden konnten. Oft tranken sie aus Bächen oder schmutzigen Pfützen. Nicht wenige starben allein schon daran. Außerdem setzten den Männern die sengende Hitze und die erdrückende Feuchtigkeit noch mehr zu als die Knüppel ihrer Bewacher.

Gary erlebte bei diesem quälenden Marsch Stoff, aus dem Albträume sind. Zu den Filipinos unter den Gefangenen waren die Wachleute besonders grausam. Gary musste Folterungen mit ansehen, die so grausam waren, dass er dankbar war, nichts mehr im Magen zu haben. Wenn die Amerikaner nicht besonders schlimm behandelt wurden, dann wahrscheinlich nur, weil sie in Unterzahl waren und deshalb weniger auffielen. Aber auch ohne die Misshandlungen und Schläge war der Marsch grausam. Männer sackten auf der Straße zusammen, schwach und erschöpft. Wenn ihre Begleiter versuchten, ihnen wieder auf die Beine zu helfen, wurden sie bis zur Bewusstlosigkeit geschlagen. Gary sah, wie Bob, der junge Lieutenant, der den dreiundzwanzigsten Psalm zitiert hatte, auf die Erde taumelte. Trotzig legte Gary einen Arm um den Mann, zerrte ihn wieder auf die Beine und schleppte ihn eine kurze Strecke, bis er selbst unter dem Gewicht des jungen Mannes in die Knie ging. Ein Wachmann beobachtete mit einem bösartigen Grinsen diese Szene. Als Gary schließlich stürzte, ging der Mann auf Gary und Bob los und schlug sie mit seinem Gewehrgriff. Bob war sofort tot. Irgendwie fand Gary den Willen, sich wieder auf die Beine zu rappeln und weiterzugehen.

Neben den Gefangenen waren auf der Straße auch japanische Truppen und Nachschubtransporte in Richtung Süden für den Kampf gegen Corregidor unterwegs, was zu Staus und Chaos führte. Die Japaner machten sich einen Spaß daraus, von ihren Transportern herab den Gefangenen mit Stöcken den Hut vom Kopf zu schlagen. Es war ein tödlicher Spaß, bei dem viele der bereits halb toten Männer bewusstlos geschlagen wurden. Einige taumelten vor die Fahrzeuge und wurden unter ihren Rädern zerquetscht. Aber diese Momente, in denen aufgrund des Zusammentreffens der Kriegsgefangenen mit den vorrückenden Truppen reines Chaos herrschte, hatten auch eine positive Seite, wie Lieutenant Senger schnell registrierte.

Er schob sich unauffällig neben Gary und sagte leise: „Wir könnten jetzt ausbrechen. Das würde niemand bemerken."

Gary schaute den Unteroffizier schockiert an. Er würde immer Unteroffizier bleiben, auch für Gary. Wie konnte der Mann an so etwas denken? Er hinkte immer noch wegen der Schläge, die er nach seiner Gefangennahme vor drei – oder waren es vier? – Tagen hatte einstecken müssen. Trotz seines Entsetzens darüber, was um ihn herum geschah, war Gary nicht wieder in seine trostlose Benommenheit versunken. Im Gegenteil, die völlige Hoffnungslosigkeit der Situation hatte ihm komischerweise neuen Antrieb, wenn nicht sogar Hoffnung gegeben. Er erwartete nicht, dass er es lebend bis nach Limay schaffen würde, geschweige denn nach Balanga ganz oben auf der Bataan-Halbinsel. Er hatte absolut nichts zu verlieren.

„Ja", knurrte Gary. „Wann?"

„Bevor wir tot sind", antwortete der Unteroffizier trocken. „Du zuerst. Ich folge dir dann."

Gary musste über einen so unklaren Plan fast lachen. Aber sie brauchten keinen ausgeklügelten Plan. Sie mussten nur einen der vielen Momente abwarten, in denen Verwirrung und Unordnung herrschten. Die Wachleute waren grausam, manchmal richtige Ungeheuer, aber sie hatten hinten keine Augen. Trotzdem wartete Gary, bis die Sonne hinter dem Mariveles Mountain unterging und das schwache Dämmerlicht ihnen zu Hilfe käme.

Als die Wachen, die ihnen am nächsten standen, in die andere Richtung auf eine Panzerkolonne schauten, die auf sie zukam, ließ sich Gary einfach unauffällig und leise aus der Schlange fallen. Falls ihn jemand dabei beobachtete, hätte er denken können, er wäre einfach aus Erschöpfung umgefallen wie so viele andere. Ein Mann neben ihm wollte ihn auffangen, aber Gary schüttelte schnell den Kopf und zwinkerte ihm kurz zu, bevor er in den Graben rutschte. Einen Moment vorher hatte er Ralph einen kurzen Blick zugeworfen und hoffte, er würde ebenfalls abtauchen, obwohl er jetzt wegen des Grabens nicht viel sehen konnte. Gary wurde unruhig, als ein oder zwei Minuten vergingen und der Unteroffizier immer noch nicht aufgetaucht war. Gary wartete, unfähig, auf der Straße genauere Einzelheiten zu erkennen. Er rieb sich die Augen und beklagte in der einbrechenden Dunkelheit erneut seine Nachtblindheit.

Er wartete und hörte nur das Trampeln von Stiefeln auf der Straße, die nur einen Meter über ihm lag. Wo steckte Senger?

Plötzlich packte eine Hand Garys Schulter. Er fuhr herum.

„Ich bin es", kam die raue, tiefe Stimme des Unteroffizier.

„Du kannst von Glück sagen, dass ich nicht geschrien habe."

„Ich wusste, dass du nicht der Typ bist, der gleich schreit." Senger grinste. Diese Miene war angesichts seiner blauen Flecken und offenen Wunden besonders bizarr. Sie waren zwei Kriegsgefangene auf der Flucht, halb tot, lagen nur wenige Meter von ihren Feinden entfernt in einem Graben und dieser Mann grinste!

Gegen jede Vernunft musste Gary ebenfalls grinsen.

Blair kletterte an den Rand der Felswand. Dominador hatte ihr bedeutet, zu kommen und sich etwas anzuschauen. Froh stellte sie fest, als sie die Felswand erreichte, dass sie ein Stück höher gekommen waren und mehrere Kilometer zurückgelegt haben mussten, seit sie vor ein paar Tagen die Nähe des Lazaretts verlassen hatten. Selbst ein paar Kilometer waren schon eine große Leistung, wenn man bedachte, dass sie den größten Teil der Zeit damit verbracht hatten, sich vor den Japanern zu verstecken.

Jetzt fragte sie sich, was das Interesse des Filipino geweckt haben mochte. Die Sonne ging schon hinter ihnen unter. Sie hatte also eine ziemlich gute Sicht nach Osten, wohin ihr Begleiter deutete. Unter ihnen wand sich die Straße von Mariveles nach Cabcaben. Eine lange

Linie von Männern marschierte auf der Straße – Hunderte, vielleicht Tausende. Von ihrem Platz aus konnte sie nicht viele Einzelheiten erkennen, aber sie konnte amerikanische und philippinische Uniformen ausmachen, auch wenn die meisten ziemlich zerrissen waren.

„Sie bringen die Gefangenen anscheinend in Richtung Norden", sagte Dominador.

Sie packe Dominador am Arm. „Oh, diese armen Männer." Sie hatte in der letzten Woche vor der Kapitulation genug Soldaten gesehen, um zu wissen, dass sie in einer furchtbaren körperlichen Verfassung waren. War Gary darunter? Oder Mateo? Oder Juan? Wahrscheinlich wäre es ein gutes Zeichen, wenn sie dabei wären. Das würde bedeuten, dass sie wenigstens noch lebten.

Gary, du musst leben! Du darfst nicht tot sein!

Dominador wollte sich schon von der Szene abwenden, als Blair ihn wieder am Arm packte. „Komm, beten wir für sie."

Später hoffte sie, für sie würde auch jemand beten. Völlig kraftlos sank sie in das feuchte Gras und hätte keinen Schritt mehr gehen können, auch wenn nicht ein weiterer Malariaanfall sie plötzlich überrollt hätte.

„Ich gehe Hilfe holen", sagte Dominador.

„N-nein! B-bitte, lass mich nicht allein!" Ihre Zähne klapperten so vor Schüttelfrost, dass sie kaum ein Wort über die Lippen bringen konnte.

Dominadors Blick schweifte unruhig in alle Richtungen, als erwartete er, jeden Augenblick würde eine feindliche Patrouille aus dem Gras auftauchen. Sie wusste, dass er Angst hatte. Er hatte schon die ganze Zeit Angst gehabt. Genauso wusste sie, dass sie ihn aufhielt. Sie wäre schuld, wenn beide in Gefangenschaft kämen. Sie wollte großmütig sein und ihm sagen, er solle ohne sie weitergehen. So verhielten sich die Heldinnen in Kinofilmen. Aber sie hatte zu viel Angst. Die Vorstellung, ganz allein zu sein, verirrt und hilflos im Dschungel, machte sie panisch. Ein Teil in ihr wusste, dass sie nicht wirklich allein wäre – Gott war bei ihr. Aber ...

„Ich hole Hilfe." Dominador schien es nicht erwarten zu können, fortzukommen. Er rannte davon, als wäre eine ganze Armee hinter ihm her.

Blair hatte nur noch so viel Willen und Kraft, dass sie auf Händen und Knien in den Schutz von ein paar Zweigen und Wurzeln kriechen konnte. Sie hasste den Dschungel, aber diese kleine Nische war grün und hübsch – ein schöner Platz, um zu sterben.

Sie wartete. Von Fieber und Schüttelfrost geplagt, verlor sie die Orientierung, wie oft die Sonne auf- und unterging. Einmal, vielleicht zweimal. Sie wusste, dass Dominador nie zurückkäme. Sie konnte ihm daraus keinen Vorwurf machen. Ja, in den Kinofilmen sagte die Heldin dem Helden immer, er solle gehen, aber natürlich tat der Held das nicht. Er gab seine Heldin nicht auf. Andererseits war Dominador auch nicht Blairs Held.

Gary ...

Er ritt auf einem leuchtend weißen Hengst auf sie zu, sprang von dem kräftigen Ross, hob die schwache Heldin auf seine starken Arme. Ein Regenbogen leuchtete über seinem Kopf. Ein Lied ging ihr durch den Kopf. Ja, sie hatte es endlich gefunden. Das Land in dem Wiegenlied, in dem Träume wahr werden, in dem alle Probleme sich in Luft auflösen, in dem sie endlich Liebe findet. *Irgendwo ...*

Oh, Gary, du hast mich gerettet! Ich wusste, dass du kommen würdest.

Hände rüttelten an ihr und hoben sie aus dem Gras hoch. Sanfte Hände, glaubte sie.

Japaner!

Nein ... sanfte Hände. Gary ... aber die Gesichter, die sie mit ihrem fiebrigen Blick sah, waren braun und rund. Keine Engel. Sie erinnerte sich an das engelhafte Gesicht, das sie einmal Mrs Doyle zugeschrieben hatte ... oh, die arme Mrs Doyle ...

Nicht Mrs Doyle. Nicht Gary. Nicht die Japaner!

„Wer ...?“, krächzte sie heiser, konnte aber nicht mehr aus ihrer ausgedörrten Kehle bringen.

„Pscht ...“, flüsterte jemand, wie der Wind, der die Dschungelblätter teilte.

Blair versuchte nicht mehr zu sprechen. Spielte es eine Rolle, ob sie gerettet oder gefangen genommen oder nach Hause in den Himmel getragen wurde? Wenigstens war sie dafür jetzt bereit. Vielleicht war sie für alles bereit.

43

Los Angeles, Kalifornien
April 1942

Das Studioapartment war klein, aber ideal für ein frisch vermähltes Paar. Jackie hatte es gemütlich eingerichtet – eine Pflanze auf einem selbst gehäkelten Deckchen, zwei gerahmte Farbdrucke an den Wänden, einer von einem englischen Garten mit Blumen, die in voller Blüte standen, ein anderer von lachenden Kindern, die ihre nackten Füße in einen Bach hielten. Idyllische Szenen wie das Leben, das sich Jackie für sich und ihren Mann erträumte.

Jackie und Sam waren glücklich, wenn sie in diesem kleinen Apartment waren. Sehr glücklich. Sam vorher als Freund zu kennen, auch als Verlobten, war schon wunderbar gewesen, aber jetzt als seine Frau mit ihm zu leben ... Ihr Glück war vollkommen! Jeder Tag, der verging, verstärkte ihre Gewissheit, dass sie perfekt zusammenpassten.

Wenn nur die Außenwelt ihnen ihr Glück gönnen würde!

Ab dem Augenblick, in dem sie nach Kalifornien zurückgekommen waren, versuchte die Welt um sie herum, sie in die Knie zu zwingen. Niemand wollte ihnen eine Wohnung vermieten. Hausbesitzer hätten ihre Wohnungen lieber Kriminellen geschenkt, als sie an einen Japaner und eine weiße Frau zu vermieten, die in angeblicher Sünde miteinander lebten. Ihre Heiratsurkunde änderte nichts an diesem Denken. Sie verbrachten die ersten zwei Tage bei Sams Familie, aber das kleine Haus platzte bereits aus den Nähten. Außerdem weigerte sich Sams Vater, mit Jackie zu sprechen. Als Sam ihn deshalb fragte, gab er zu, dass er zwar seinen Segen zu dieser Ehe gegeben habe, sich aber trotzdem nicht überwinden könne, die weiße Frau seines Sohnes zu akzeptieren.

Schließlich sah sich Jackie gezwungen, ihren Vater um Hilfe zu bitten. Das fiel ihr sehr schwer. Auch er hatte seinen Segen gegeben, aber dadurch wurde es für ihn nicht leichter, einen japanischen Schwiegersohn zu akzeptieren. Keagan besaß einige Immobilien, darunter auch ein Apartmenthaus in einem ärmlicheren Stadtteil im Osten von Los Angeles. So hatten die beiden wenigstens ein Dach über dem Kopf. Jetzt hatten sie keinen Vermieter mehr, der sie ausnutzte, aber das konnte die bösen Blicke und unfreundlichen Worte der anderen Mieter nicht verhindern.

Trotzdem versuchte Jackie, die Ehefrau zu sein, die sie sich immer vorgestellt hatte. Sie hatte sich eine gelbe Schürze umgebunden, die überall mit leuchtend roten Kirschen bedruckt war, und rührte Eier. Sie konnten sich keinen Schinken leisten. Sie schnitt ein paar Zwiebeln in die Eier und ihr Duft vermischte sich herrlich mit dem dampfenden Kaffee. Wenigstens fand sie, dass es ein guter, heimeliger Geruch sei. Aber in letzter Zeit bekam ihr der Geruch von brutzelnden Eiern nicht gut, obwohl sie sie immer noch jeden Morgen kochte, da sie dies als ihre Hausfrauenpflicht betrachtete.

Sam machte das Bett. Sie konnte ihn gut sehen, denn das Bett stand im selben Zimmer, nur durch eine niedrige Kommode von der Küche getrennt. Er trug ein kariertes Arbeitshemd und eine Jeanshose. Er ging immer noch an die Universität und arbeitete auf dem Hof seiner Eltern – soweit es dort Arbeit gab. Es war schwer, ihre Erzeugnisse zu verkaufen – einige Amerikaner fürchteten allen Ernstes, die japanischen Bauern würden ihr Obst und Gemüse vergiften! Hauptsächlich half Sam seinen Eltern, ihre Sachen zu verpacken und zu verstauen. Inzwischen wusste jeder, dass die Evakuierung der Japaner unausweichlich war. Am 18. März war das Kriegsumsiedlungsgesetz in Kraft getreten. Der Befehl, dass sie ihre Häuser verlassen müssten, konnte nicht mehr lang auf sich warten lassen. Ende Februar waren alle Bewohner von Terminal Island evakuiert worden. Sie hatten nur achtundvierzig Stunden Zeit gehabt zu packen.

„Sam, das Frühstück ist fertig." Jackie holte Geschirr aus dem Schrank – Geschirr, das ihre Mutter übrig gehabt und zusammen mit einigen anderen Küchengeräten für sie eingepackt hatte. Jackie hatte nicht so viele Hochzeitsgeschenke bekommen, wie eine junge Frau sie normalerweise zur Hochzeit erwarten konnte. Es störte sie nicht. Sie war einfach dankbar für die Großzügigkeit ihrer Mutter. Alles in ihrem Apartment war gebraucht. Das meiste war von ihrer Mutter, aber vieles stammte auch aus Secondhandläden. Trotzdem hatte sie nicht viel. Sie wussten, dass die Evakuierung kommen würde. Selbst wenn sie mehr Geld gehabt hätten, schienen ihnen solche Ausgaben nicht ratsam, solange ihre ganze Situation so unsicher war.

Sam strich noch einmal über das Bett und zog die Häkeldecke gerade. Es war das extravaganteste Stück in ihrer ganzen Wohnung, ein echtes Hochzeitsgeschenk von ihrer Mutter. Sie hatte früher Jackies Großmutter gehört und war vor über fünfzig Jahren in Handarbeit angefertigt worden.

Sam ging die paar Schritte in die Küche und trug die Teller mit den Eiern auf den Tisch. Jackie brachte den Kaffee. Sie blieb kurz stehen und betrachtete seufzend diese Szene. Alles war so perfekt. Ähnlich wie früher, als sie als kleines Mädchen Mutter und Kind gespielt hatten, aber jetzt war alles echt und um so vieles besser als in ihrem Kinderspiel.

Sie setzte sich und führte ihre Gabel zum Mund. Sam tat das Gleiche und steckte eine Gabel voll Eier in den Mund.

„Hmm ... wunderbar!“ Er schluckte und lächelte. „Da ist noch etwas ... anderes in den Eiern, oder?“

„Oh, meine Güte!“, stöhnte sie. „Du magst keine Zwiebeln?“

„Also ...“

„Es tut mir so leid. Ich dachte nicht daran, dass Zwiebeln auch Gemüse sind.“

„Es ist in Ordnung. Ehrlich, es schmeckt nicht schlecht ... gar nicht schlecht.“ Um seine Worte zu unterstreichen, steckte er sich eine weitere riesige Ladung in den Mund. „Ja ... ich liebe sie!“

„Und ich liebe dich, Schatz!“ Sie lächelte und grinste dann breit, als ihr erneut bewusst wurde, wie wahr diese Worte waren. „Du musst mir sagen, welches nicht grüne Gemüse du nicht magst.“

„Ich stelle mich an wie ein Kind, nicht wahr? Wahrscheinlich muss ich bald lernen, nicht so wählerisch zu sein.“ Die hintergründige Bedeutung seiner Worte strafte die Leichtigkeit in seiner Stimme Lügen.

„Hast du etwas Definitives gehört?“

Er schaute kurz weg.

„Joshito Okuda! Ich dachte, wir führen eine Ehe, in der wir vollkommen ehrlich zueinander sind“, tadelte sie ihn.

„Ich will dich doch nicht anlügen, Jackie.“ Er sah beschämt aus. „Es ist nur so ... ich bin ein Idiot. Das ist alles. Ich will nicht daran denken. Ich wünsche mir, dass unser Leben ewig so weitergeht wie in den letzten fünf Wochen. Bitte versuche, das zu verstehen.“

Sie legte ihre Gabel weg und schaute ihn zärtlich an. „Das verstehe ich. Aber sag mir jetzt, was du weißt. Wir können uns nicht davor verstecken."

„Meine Eltern haben vor zwei Tagen den Evakuierungsbefehl bekommen. Sie sollen ihre Sachen irgendwo unterstellen und am 19. April zur Santa-Anita-Rennbahn kommen."

„Das sind ja nur noch zehn Tage!"

Er nickte grimmig. „Meine Mutter ist außer sich. Und sie hat sich bis jetzt im Gegensatz zu vielen anderen ziemlich gut gehalten. Sie verkaufen ihre Sachen zu einem Spottpreis. Die Fentons lagern, so viel sie können, für sie ein, aber vieles werden wir verkaufen müssen. Mein Vater wird für seinen Lastwagen nehmen müssen, was er bekommt. Erinnerst du dich an den Nachbarn, Mr Compton? Er hat meinem Vater hundert Dollar für den Laster geboten! Er ist mindestens das Dreifache wert. Dann müssen auch noch die ganzen Geräte und der Traktor verkauft werden."

„Kann ich irgendwie helfen?"

„Ich werde meiner Mutter sagen, dass du deine Hilfe angeboten hast, aber ..." Er beendete seinen Satz nicht. Offenbar wollte er diesen wunden Punkt nicht ansprechen. Jackie wusste genau, dass ihre Anwesenheit die bestehenden Spannungen nur verstärken würde. Mrs Okuda versuchte, nett zu sein, aber sie war zwischen ihrem Mann und der Frau ihres Sohnes hin- und hergerissen. Jackie sollte der Familie lieber kein Dorn im Auge sein, solange es nicht absolut nötig war.

„Sam, vielleicht ist es am besten, wenn ich jetzt nicht zu deinen Eltern gehe. Bei meinen Eltern steht eine große Garage, in der viel Platz ist. Ich möchte wetten, dass die Hälfte eurer Möbel dort hineinpasst."

„Hm, sie haben einen großen Eichenschrank, für den die Fentons keinen Platz haben, und meine Mutter will ihn nicht verkaufen, weil sie ihn zur Hochzeit geschenkt bekam. Es gibt auch noch ein paar andere Sachen, die sie nicht verkaufen wollen. Ich erzähle meinen Eltern von deinem Angebot. Sie sind bestimmt froh, wenn sie das hören."

Sie konzentrierten ihre Aufmerksamkeit wieder auf die Eier, die inzwischen nur noch lauwarm waren. Sam aß alles bis zum letzten Krümel auf. Jackie stocherte in dem Essen auf ihrem Teller nur lustlos herum. Sie dachte an eine Ehe, in der völlige Ehrlichkeit herrschte. Sam hatte seine Gründe, warum er ihr die Nachricht von dem Evakuierungsbefehl nicht gleich erzählt hatte. Waren ihre Gründe, ihr kleines Geheimnis für sich zu behalten, auch gerechtfertigt?

„Sam, ich habe viel über die Evakuierung nachgedacht“, sagte sie langsam und nachdenklich. „Ich weiß, dass wir besprochen haben, was wir tun werden.“

„Ja, das haben wir, Jackie.“ Er schaute sie über den Rand seiner Kaffeetasse an. „Du bleibst hier und beendest dein Studium. Im Juni werden wir uns dann überlegen, was wir danach tun.“

„Dieser Plan hat mir nie besonders gefallen.“ Ja, sie hatten darüber gesprochen, aber nur ganz vage, da keiner von ihnen akzeptieren wollte, was vielleicht kommen würde. Aber sie hatte den starken Verdacht, „sich neu überlegen“ bedeutete, dass sie im Juni auch nicht zu ihm käme.

Zuerst hatte sie gedacht, es wäre in Ordnung, zuerst ihr Studium abzuschließen, da sie immer noch hoffte, es gäbe keine Evakuierung, wenigstens nicht vor Juni. Jetzt hatte sich die Situation geändert. In weniger als zwei Wochen würden sie und ihr Mann gewaltsam auseinandergerissen. Der kleine Prozentsatz weißer Frauen unter den Japanern würde die Erlaubnis bekommen, mit ihren Ehemännern in die Internierungslager zu gehen. Wenn in einer gemischten Ehe der Mann weiß war, besonders wenn er beim Militär war, musste seine japanische Frau überhaupt nicht in ein Lager gehen. Dahinter stand die Begründung, dass der Mann als das Familienoberhaupt einen starken Einfluss auf die Frau habe. Wenn der Mann also Weißer war, war seine japanische Frau Amerika zweifellos loyaler gesinnt als im umgekehrten Fall. Was in Jackies Fall bedeutete, dass sie angeblich weniger Einfluss auf ihren japanischen Mann hatte als ein weißer Mann auf seine japanische Frau. Deshalb musste er ins Lager gehen. Was sie selbst tun wollte, konnte sie sich aussuchen. Soweit Jackie es beurteilen konnte, war das alles Unsinn – der Versuch von einem Haufen Bürokraten, ein völlig falsches Gesetz zu rechtfertigen.

Die Aussage, dass sie völlige Wahlfreiheit hätte, war sowieso nicht ganz richtig. Sie musste tun, was Sam wollte, und er wollte, dass sie dieses Semester abschloss. Es war auch ihr Wunsch, zu Ende zu studieren, aber es gab noch andere Erwägungen. Sie rang mit sich, ob es fair wäre, diese anderen Erwägungen beim Versuch, ihn umzustimmen, einzusetzen.

„Ich will auch nicht von dir getrennt werden", sagte Sam. „Wir könnten vielleicht in den Mittleren Westen umziehen ..."

„Ich werde nicht zulassen, dass du das meinetwegen tust!", unterbrach sie ihn vehement. „Ich will nicht, dass du deine Familie im Stich lässt. Sie brauchen dich. Dein Vater versteht die Gesetze und die Machenschaften des Staates nicht so gut wie du und sein schlechtes Englisch macht es ihm schwer, sich zu verständigen. Allein schon deshalb brauchen sie dich, damit du dafür sorgen kannst, dass sie fair behandelt werden."

Beide wussten, dass mehr dahintersteckte. Obwohl die Japaner sozusagen die Freiheit hatten, selbst in Gebiete jenseits der westlichen Verteidigungszonen umzusiedeln, wollten viele dieser Bundesstaaten die Japaner nicht haben und würden es ihnen nicht leicht machen, sich dort anzusiedeln. Wenn es anders wäre, hätte es bestimmt schon einen Massenexodus gegeben.

„Du machst es mir schwer", fügte Sam hinzu, „wenn ich mich zwischen dir und meiner Familie entscheiden muss." Sie wusste, dass sein angespannter Tonfall mehr von Frustration als von Ärger herrührte. Sie wurde dadurch erhöht, dass er selbst sein Studium unterbrechen musste. Das College berechnete den japanischen Studenten für die Kurse, die im Frühjahrssemester nicht beendet wurden, den vollen Satz, aber ihnen wurde trotzdem ein abgeschlossenes Studium verwehrt.

„Du musst dich nicht entscheiden", schlug sie sanft vor. „Ich gehe einfach mit ..."

„Nein!" Jetzt ließ seine Stimme keinen Zweifel zu, was der Grund für seine Frustration war. „Ich werde nicht mit ansehen, wie du meinetwegen eingesperrt wirst." Es war das erste Mal, dass er offen sagte, was er fühlte, und nicht davon sprach, dass sie es sich später noch einmal überlegen könnten.

„Es ist nicht deinetwegen."

„Keine Wortklauberei, Jackie. Du weißt, was ich meine."

Sie biss sich auf die Lippe und roch plötzlich die kalten Eier. Ihr Magen rebellierte. Mit einem Ruck schob sie ihren Stuhl zurück, sprang auf und raste ins Badezimmer. Als sie ein paar Minuten später zurückkam und sich mit einem Tuch die Mundwinkel abwischte, stand Sam an der Tür und schaute sie besorgt an.

„Ich war elf, als meine zwei kleinen Schwestern geboren wurden", sagte er. „Ich kann mich noch gut erinnern, wie meine Mutter jeden Morgen ins Bad rannte ..."

„Oh, Sam!" Sie warf die Arme um ihn und begann zu weinen.

„Stört es dich?"

Sie löste sich aus seiner Umarmung. „Stören? Warum? Stört es dich?"

„Nein, bestimmt nicht", murmelte er. Er fasste sie an den Händen. „Es ist also wahr?"

„Ja, wir bekommen ein Kind, Sam."

„Wow!" Er schwankte leicht. Sie freute sich über die Verwunderung und Freude in seiner Stimme. „Ich muss mich hinsetzen." Als er sie zum Bett führte – der einzigen Sitzmöglichkeit im Raum außer den Küchenstühlen –, zog ein breites Grinsen über sein Gesicht.

Sie war dankbar, dass er das Bett gewählt hatte. Sie konnte diese Eier nicht mehr sehen. Trotz ihres rebellierenden Magens lächelte sie.

„Ich freue mich riesig darüber", sagte sie. „Das glaubst du mir doch, oder?"

„Ich freue mich auch. Aber das ändert nichts an unserer Entscheidung. Du musst trotzdem dein Studium abschließen. Danach ..." Er rieb sich das Kinn. Seine Hand zitterte. „Wir sind bald eine Familie! Ich werde Vater. Ich will ein weiser Vater sein. Ich will das Richtige tun. Das Beste für dich und ... unser Kind." Als er *unser Kind* sagte, leuchteten seine Augen. Er konnte sich ein Grinsen nicht verkneifen, selbst als er versuchte, ernst zu sein.

„Sam, das Beste für uns, für mich, für dieses Baby ist, wenn wir zusammen sind."

„Er könnte hinter Stacheldrahtzäunen zur Welt kommen."

„Er ... oder sie ... wird das nicht merken. Aber er ... oder sie ... wird merken, wenn sein oder ihr Vater nicht da ist. Bitte, Sam!"

„Mein Vater war ein Meister, was Kompromisse anging", erwiderte Sam, „vielleicht sind das alle guten Väter. Also, folgender Kompromiss: Du machst dein Studium fertig. Im Juni kommst du dann zu mir, egal wo ich bin."

„Damit kann ich leben!" Ihr Grinsen wurde breiter. „Es ist mir egal, was da draußen in der grausamen Welt passiert. Ich bin so froh, dass ich das mit dir gemeinsam erleben kann."

„Ich auch, meine kleine Mamasan!" Seine lächelnden Augen wanderten liebevoll über sie, als sehe er sie in einem völlig neuen Licht. „Wann können wir denn mit dem freudigen Ereignis rechnen?"

„Ich war noch nicht beim Arzt, aber in der Bibliothek habe ich ein Buch gefunden, das erklärte, wie man den Geburtstermin berechnet. Ich habe ausgerechnet, dass es im Dezember sein müsste."

„Das wird wunderschön!"

„Ich bin so froh, dass du dich darüber freust."

„Hast du etwas anderes erwartet?"

„Eigentlich nicht, aber der Zeitpunkt ist nicht ideal. Ich fürchte, dadurch wird alles noch komplizierter."

„Meine Mutter sagt, Kinder machen immer alles komplizierter, aber auf diese Komplikationen möchte man nicht verzichten. Wir haben schon Schlimmeres erlebt. Nachdem ich deinem Vater gegenüberstand, wird es eine Leichtigkeit sein, selbst Vater zu werden." Er lachte. „Ich kann nicht anders. Ich könnte jubeln. Die ganze Welt gerät aus den Fugen, aber wir bekommen ein Kind! Und mir ist nach Lachen zumute!"

Er nahm sie wieder in die Arme. Die Arbeit seiner Mutter konnte warten. Jackie fand, sie könne auch problemlos zu spät zur Uni kommen. Sie wollte diese fröhlichen Minuten so lange wie möglich auskosten.

Sam war froh, dass Jackie auf ihn gehört hatte und nicht mit ihm und seiner Familie zur Rennbahn gekommen war. Sie hatten sich dort voneinander verabschiedet, wo sie am glücklichsten gewesen waren: in ihrem gemütlichen, kleinen Apartment. So wollte er sie in den Wochen der Trennung, die sie ertragen mussten, in Erinnerung behalten.

Aber er hatte auch noch einen anderen Grund gehabt. Er wollte nicht, dass sie die Schmach seiner Familie sähe, wenn sie wie eine Herde Tiere in einen Pferch zusammengetrieben wurde und ihnen jede Selbstachtung geraubt wurde.

Die Szene vor der Santa-Anita-Rennbahn ähnelte zwar nicht gerade einer Totenwache. Besonders die Kinder ließen den Eindruck entstehen, es sei eher ein Volksfest. Miya und Mika, Sams zehn- und elfjährige kleine Schwestern, rasten überall herum, begrüßten ihre Freundinnen und spielten. Sie schienen das, was hier passierte, als Vorspann zu einer großen Übernachtungsparty zu betrachten. Selbst Toshio, Sams sechzehnjähriger Bruder, schien sich zu freuen, seine Freunde zu sehen. Er war ziemlich still und missmutig gewesen, seit der Krieg begonnen hatte, und hatte sich geweigert, mit Sam oder sonst jemandem darüber zu sprechen. Es tat deshalb gut, ihn mit seinen Schulfreunden scherzen zu sehen. Nur die achtzehnjährige Kimi war ziemlich in sich gekehrt. Ihr Verlobter, Susumu, und seine Familie waren schon eine Woche vorher weggebracht worden und sie wusste nicht, ob und wann sie ihn wiedersehen würde.

Sams Mutter machte auch das Beste aus der Situation. Sie wirbelte herum und begrüßte ihre Freundinnen, plauderte und spekulierte, was wohl auf sie zukäme. Die Frauen unterhielten sich darüber, was sie in die Koffer hatten stopfen können, die sie hatten mitnehmen dürfen – die Regel lautete, dass man nur mitnehmen durfte, so viel man tragen konnte. Einige „trugen" eine riesige Ladung und schleppten große Truhen und Kisten mit sich herum.

Von der Familie schien nur Sams Vater wirklich bedrückt zu sein. Er stand ruhig da, sagte nichts und reagierte kaum auf die Begrüßung seiner Freunde. Seine Augen wanderten über die vielen Menschen, als könnte er nicht glauben, was hier geschah. Sam hatte bei anderen Männern ähnliche Reaktionen beobachtet, besonders bei älteren *Issei*. Von allen verloren sie das meiste. In der japanischen Kultur hatten noch mehr als in der westlichen Kultur die Männer zu Hause das Sagen. Jetzt entriss man ihnen jeden noch so geringen Anspruch auf Autorität. Von jetzt an war der amerikanische Staat und nicht der japanische Mann die bestimmende Autorität. Der Staat würde sagen: „Kommt" und „Geht" und „Tut dies" und „Tut jenes". Der Staat würde sie mit Lebensmitteln, einem Dach über dem Kopf, mit allem, was sie zum Leben brauchten, versorgen. Der japanische Mann wäre nicht mehr als eine Marionette.

Sam stand neben seinem Vater. Mehr konnte er nicht tun, um diesen Mann zu unterstützen, um ihm den Respekt zu zeigen, den er verdiente.

Als Sam seine Freunde Charlie und YoYo bei einer Gruppe mit anderen aus seiner Schule stehen sah, winkte er. YoYo hatte in seine Richtung geschaut, aber als Sam ihn mit seiner Handbewegung begrüßte, drehte er abrupt den Kopf um, als hätte er ihn nicht bemerkt. Er flüsterte den anderen etwas zu. Daraufhin wandten alle absichtlich Sam den Rücken zu. Dieses abweisende Verhalten hatte Sam schon in den letzten Wochen zu spüren bekommen: Seine Anrufe waren nicht beantwortet worden und man hatte ihn an der Uni gemieden. Er wusste, dass einige ihn als Verräter betrachteten, weil er ein weißes Mädchen geheiratet hatte. Aber er hatte nicht glauben wollen, dass seine besten Freunde ihn auch so behandeln würden.

Er hielt sich näher an seinen Vater. Wenn nicht körperlich, dann wenigstens emotional. Sie waren beide wie Boote, die auf einem vorher ruhigen Meer gegen die Klippen getrieben wurden. Es würde schwer werden, wenn er eingesperrt wurde und mit seinem eigenen Volk auf engstem Raum zusammenlebte, aber gezwungen war, sich von ihnen abzusondern.

„Du musst nicht bei mir stehen bleiben", sagte Sams Vater plötzlich. „Geh zu deinen Freunden."

„Das macht mir nichts aus, Papa. Außerdem haben sie kein Interesse an mir."

„Sie haben dich fallen gelassen?"

„Ich glaube schon."

Hiroshi Okuda legte Sam eine Hand auf die Schulter. „Das ist nicht richtig." Dieser Satz schien eine seltsame Aussage aus dem Mund eines Mannes zu sein, der selbst Probleme mit Sams Wahl seiner Ehefrau hatte. Aber die Worte waren ernst gemeint. Sam spürte, dass sie sich auf so viel mehr als nur auf die Frage um Jackie bezogen.

Nichts von alledem war richtig. Warum weigerten sich nicht einfach alle zu gehen? Wenn sich jetzt alle zusammenschlössen und einen Aufstand entfachten ... aber das würde nie geschehen, da diese Menschen ihrem Land einfach zu loyal ergeben waren, um auf die Idee zu kommen, dass sie dagegen rebellieren könnten. Es war wirklich Ironie des Schicksals, dass sie als Beweis für ihre Loyalität gegenüber Amerika ihre Rechte als Amerikaner aufgeben mussten.

Alle, sogar die Kinder, wirkten ein wenig ernüchtert, als sie schließlich Anweisung bekamen, sich vorwärtszubewegen, und sie die bewaffneten Wachen an den Rennbahntoren sahen. Endlich schien man zu registrieren, dass man *eingesperrt* wurde. Plötzlich spürte Sam, dass er seinen Vater genauso sehr brauchte wie sein Vater ihn. Wut regte sich in ihm, als sie wie eine Herde Tiere durch die Tore getrieben wurden, sich registrieren lassen mussten und dann in ihre Unterkünfte geführt wurden: Pferdeställe! Die Behörden sagten, das sei nur vorübergehend, bis die Verlegung in ein dauerhaftes Lager in die Wege geleitet würde. Meinten sie, das Wort *dauerhaft* ließe die Sache besser klingen? Einige der Frauen schöpften Hoffnung, als sie hörten, dass Lager für sie gebaut wurden. Sie würden neu sein und vielleicht auch schön. Vielleicht wäre es nicht so schlimm, in einem Pferdestall zu wohnen, wenn bessere Unterkunftsmöglichkeiten auf sie warteten.

Sam kaufte den Behörden nichts davon ab. Selbst wenn ihnen fürstliche Hotels angeboten würden, wäre es immer noch ein Gefängnis. Sie wären trotzdem immer noch unfreiwillig hier. Er wollte schreien: „Ich bin Amerikaner!"

Aber er schluckte seine Wut hinunter. Die kleine Mika wollte seine Hand halten. In ihre großen, runden, schwarzen Augen war Angst eingezogen.

Als zwei Nächte in ihrer fremden neuen Unterkunft vergangen waren und Mika sagte: „Mir reicht es hier. Ich möchte wieder nach Hause", war es an Sam, ihr zu erklären, warum das nicht ging. Er wusste, dass er um ihretwillen alle Gefühlsregungen und Verurteilungen vermeiden musste. So wütend er auch war, hasste er sein Land nicht. Er wollte in seiner Schwester auf keinen Fall irgendwie Hass säen.

Eines Tages wäre der Krieg vorbei. Er war dann immer noch Amerikaner. Er würde sein Kind stolz als Amerikaner erziehen. Daran hegte er keinen Zweifel. Selbst wenn Japan durch ein Wunder diesen Krieg gewinnen und die Welt beherrschen sollte, würde sich Sam als Amerikaner betrachten. Denn das war er. Er konnte nichts anderes sein.

44

Kuibyschew, Sowjetunion

Cameron besuchte die Soiree in der britischen Gesandtschaft in Kuibyschew in erster Linie um der Abwechslung willen, die sie darstellte. Die Gespräche an diesem Abend drehten sich hauptsächlich um Molotows jüngsten Besuch in London. Natürlich hatten die Journalisten erst im Nachhinein davon erfahren, da dieser Besuch als „geheime“ Mission behandelt wurde.

Als er gefragt wurde, was er über den Besuch wisse, äußerte sich Bill Tramble, ein britischer Botschaftsattaché, ziemlich zynisch über diese „geheime Mission“: „Es heißt, Molotow kenne nur vier Wörter auf Englisch: *Ja, Nein* und *Zweite Front.*“

„Soweit ich gehört habe, war Churchill nicht allzu entgegenkommend, was die Zweite Front anging“, versuchte Cameron, ihm mehr Informationen zu entlocken.

„Churchill ist der Meinung, Russland sei ein Alliierter, auf den man notfalls verzichten könne. Aus diesem Grund hat er keine Eile, eine Invasion über den Kanal zu starten. Er leidet immer noch unter der Katastrophe, dass Englands Truppen im Großen Krieg zu früh in Frankreich landeten. Er will keine Wiederholung, würde ich sagen, und will, wenn nötig, eher Jahre warten, bis die Deutschen ausgelaugt sind. Leider auf Kosten der Russen.“

In Cameron regte sich über diese Kavaliershaltung eine starke Wut. Wieder einmal wurde ihr bewusst, wie verbunden sie sich diesem Land fühlte. Sonst könnte eine unfaire Behandlung gegen Russland sie nicht persönlich so sehr treffen. Diese Einstellung war nicht gesund.

Sie entfernte sich von der Gruppe, die Tramble umringte, und suchte Johnny. Er stand allein da und starrte trübsinnig in sein Martiniglas. Ihr war schon den ganzen Abend aufgefallen, dass er nicht so zynisch war wie gewöhnlich.

„Meine Güte, Johnny, kannst du denn nichts tun, um etwas Leben in diese Party zu bringen?“, fragte sie leicht sarkastisch.

Er zuckte wenig begeistert die Achseln. „Da kann man nicht mehr viel retten, fürchte ich."

„Was ist denn mit dir los?" Sie schaute ihn mit plötzlicher Besorgnis an. War etwas passiert?

„Nichts. Ich bin nur nicht in Stimmung."

„Ich kenne dich besser, Johnny. Du hast doch etwas, oder?"

Er stieß zwischen zusammengekniffenen Lippen ein Seufzen aus. „Ich sage dir doch: Alles ist in bester Ordnung. Ich will nur nicht die Party kaputt machen."

„Die Party ist schon kaputt, falls du das noch nicht bemerkt haben solltest. Hast du schlechte Nachrichten von zu Hause bekommen? Ist jemand gestorben? Hast du etwas Neues über den Krieg gehört ...?"

„Hör auf! Hör auf!" Er schüttelte mit einem übertriebenen Seufzen den Kopf. „Du kannst einem Mann keinen Frieden lassen, oder? Das werde ich bestimmt nicht vermissen. Aber ..."

„Vermissen? Wie meinst du das?"

„Bevor ich hierherkam, habe ich von Harry ein Telegramm bekommen. Meine Versetzung ist durch."

Sie starrte ihn an und war schockiert. Erstens, weil er tatsächlich wegging, und zweitens, weil er überhaupt nicht begeistert darüber zu sein schien. Sie kniff verständnislos die Augen zusammen und fragte: „Also gut, Shanahan, warum machst du so ein langes Gesicht? Das wolltest du doch schon seit Monaten."

„Du kennst doch das Sprichwort: ‚Sei vorsichtig, bevor du um etwas bittest'", erwiderte er knapp.

„Das verstehe ich jetzt nicht."

„Es ist nicht so leicht, von hier wegzugehen, wie ich dachte. Ich habe viel Kraft in diese Arbeit gesteckt. Ich bin praktisch Experte für russische Politik und Kultur geworden ..."

Als sie über seine mangelnde Bescheidenheit hämisch das Gesicht verzog, zuckte er nur die Achseln und lächelte. „Außerdem werde ich die Leute hier vermissen. Ihr seid alle wie Brüder ... und Schwestern. Okay, ich will ehrlich sein. Ich werde dich vermissen, Cameron. Bist du jetzt glücklich? Es ist so, und ich schäme mich nicht, es zuzugeben."

„Aber, Johnny ..." Sie versuchte, locker zu klingen, aber der Kloß in ihrer Kehle machte ihr das schwer.

„Hey, genug davon. Okay? Wir wissen beide, was wir empfinden. Das genügt."

Das mochte sie an Johnny. Er machte alles so einfach. Sie versuchte, das zu akzeptieren. Es hatte keinen Sinn, ihre Gefühle unnötig zu strapazieren. Es hatte keinen Sinn, ihm zu verraten, dass sie plötzlich einen Stein im Magen hatte. „Wann fährst du?"

„Morgen früh."

„Was? Du fliegst nicht vorher noch nach Moskau?" Die Journalisten hatten gerade erfahren, dass sie in drei Tagen nach Moskau zurückgebracht würden.

„Es bringt nichts, noch länger zu warten, oder? Ich hatte Glück und bekam für morgen einen Flug in Richtung Osten. Wer kann schon sagen, wann wieder einer geht?"

Sie konnte seine miesepetrige Stimmung nicht begreifen. „Johnny, du weißt, dass du vor Aufregung Luftsprünge machen müsstest! Endlich kannst du direkt von der Front berichten. Dieser Auftrag ist der Stoff, aus dem die Träume jedes Journalisten gemacht sind. Du solltest auf der Straße tanzen. Ich bin diejenige, die ein Recht hat, so miesepetrig zu sein. Ohne dich wird es hier todlangweilig werden."

„Ach, du bist zu großzügig, Süße! Ich bin ja auch aufgeregt und begeistert wegen des Auftrags. Wahrscheinlich war ich nur niedergeschlagen, weil ich nicht wusste, wie ich es dir beibringen sollte." Er schämte sich offenbar für dieses Geständnis.

„Du bist wirklich lieb, weißt du das? Du hast dir meinetwegen Gedanken gemacht? Danke."

„Ist das dein Ernst?" Er pfiff durch die Zähne. „Es gab Zeiten, in denen du mir den Kopf abgerissen hättest, wenn ich mir deinetwegen Gedanken gemacht hätte."

„Ja, so war ich, nicht wahr?" Beide wussten, dass sie nicht mehr derselbe Mensch war, der sie noch vor einem Jahr gewesen war. Sie hatten sich beide stark verändert und hatten den Wert wahrer Freundschaft kennen- und schätzengelernt.

Johnny war schon abgereist, bevor Cameron am nächsten Tag aufwachte. Er hatte ihr eine Nachricht geschrieben, in der er erklärte, wie sehr er Abschiedsszenen hasse. Aber er erinnerte sie daran, dass sie ihm ja folgen könne, falls Max wirklich erpicht darauf war, das Spiel weiterzuspielen, das er vor einem Jahr begonnen hatte. Sie fragte sich, wie jedes Mal, wenn Johnny von einer möglichen Versetzung gesprochen hatte, ob sie das wirklich wollte. Der Pazifik war jetzt Hauptschauplatz des Krieges. Aber, rief sie sich ins Gedächtnis, Russland spielte immer noch eine Schlüsselrolle. Außerdem gab es noch andere Dinge, die sie in diesem Land hielten.

Ihre Erleichterung, als kein Telegramm von Max Arnett kam, war größer, als sie zugeben wollte. Noch erleichterter war sie, als sie endlich nach Moskau zurückkehrte. Trotzdem musste sie zugeben, dass sie seit Johnnys Abreise eine tiefe Leere fühlte. Ihre zwei besten Freunde waren aus ihrem Leben verschwunden. Dieser Verlust machte sich jeden Tag stärker bemerkbar. Die Zeit heilte die Wunden nicht.

Ihre aufblühende Freundschaft mit Sophia half ihr, diese Lücke teilweise zu schließen, aber trotzdem blieb ein großes Vakuum. Was war an ihrer Beziehung zu Johnny und Alex so wichtig gewesen? Mit Johnny vermisste sie den Trost eines alten Freundes mit den vertrauten Witzen und der Fähigkeit, die Gedanken des anderen lesen zu können. Aber hauptsächlich war er ihre Verbindung nach Hause gewesen, ihre Brücke zu dem Leben, das immer noch ein großer Teil von ihr war. Jetzt, da er weg war, fürchtete sie, sie könnte einen wichtigen Bestandteil dessen, wer sie war, verlieren.

Alex dagegen ...

Oh, Alex, warum kann ich dich nur nicht loslassen? Ich kannte dich kaum und du kanntest mich kaum, aber ich habe das Gefühl, du kanntest den tiefsten, geheimsten Teil von mir. Als ich dir meine Liebe gestand, gab ich dir etwas, das ich nie zuvor einer Menschenseele gegeben habe. Ich glaube, dir ging es genauso. Deshalb schmerzt es noch tiefer, dich verloren zu haben, als meinen lieben alten Freund Johnny. Ich verstehe nicht warum, aber ich brauche dich, Alex.

Da war es: das Wort, das Cameron mehr fürchtete als jedes andere. *Brauchen.* Aber wie sollte sie die Sehnsucht nach ihm anders beschreiben? Sie hatte nicht das Bedürfnis verspürt, zu Johnny zu laufen, als Alex sie verlassen hatte. Warum sehnte sie sich jetzt danach, zu Alex zu gehen und bei ihm Trost wegen Johnnys Abreise zu suchen? In ihrem Alltag dachte sie immer wieder an Alex, wollte mit ihm sprechen, wollte sich von ihm festhalten lassen, wollte ihn einfach bei sich haben. Dieses unglaubliche Gefühl konnte sie nicht fassen. War es Schwäche? War es Liebe? Beides? Wollte sie überhaupt lieben, wenn sie dadurch schwach wurde?

Sie wusste keine Antwort.

Nachdem sie wieder ihr Zimmer im Hotel Metropole in Moskau bezogen hatte, verbrachte sie einen Großteil ihrer Zeit damit, in Jackies Bibel zu lesen. Etwas in ihrem Inneren sagte ihr, dass die Antworten in Bezug auf Alex irgendwie in die Antworten verwoben waren, die sie in Bezug auf ihren Glauben an Gott suchte. Alex hatte gesagt, sie solle an diese Sache genauso herangehen, wie sie an alles andere heranging: indem sie die „Story“ recherchierte. Und so begann sie, sich zu fragen, was genau sie bei ihrem Bibelstudium recherchierte. Ihr allgemeines Ziel war es gewesen zu sehen, worum es dabei überhaupt ging. Aber sie war nicht der Typ, der sich von einem so vagen Motiv herausfordern ließ. Es musste mehr dahinterstecken. Entweder hatte das, was sie fand, einen Einfluss auf ihr Leben oder nicht. Sie hatte kein Interesse daran, nur um des Wissens willen etwas über das Christentum zu erfahren.

Wenn dem so war, war sie dann wirklich bereit, Gott so zu akzeptieren, wie sie ihn in der Bibel kennenlernte? War sie bereit, von ihm ihr Leben verändern zu lassen? Der bloße Gedanke erschreckte sie zu Tode, aber die Angst konnte sie nicht abhalten. Sie las weiter, recherchierte weiter, suchte weiter.

Wenn sie schon nichts anderes mit diesem Recherche-Projekt erreichte, dann schien diese Beschäftigung wenigstens einen Teil der Leere in ihrem Inneren auszufüllen. Aber das beunruhigte sie genauso sehr wie alles andere, das damit zusammenhing. Sie hatte den christlichen Glauben immer als eine Krücke für die Schwachen betrachtet. Interessierte sie sich jetzt nur aus Schwäche dafür? Das machte ihr noch mehr Angst als die Vorstellung, sich Gott zuzuwenden, um dadurch Alex zu gewinnen. Jackie hatte ihr erzählt, dass Blair Angst davor habe, sich zu Gott zu bekehren, weil sie nicht wollte, dass sie es wegen Gary tue, sondern es nur tun wollte, wenn sie selbst wirklich glaubte. Cameron war sicher, dass ihr so etwas nicht passieren könnte. Sie würde wegen eines Mannes eher vor dem Glauben *davonlaufen* als das Gegenteil.

Christlicher Glaube contra Schwäche war eine viel beunruhigendere Frage. Wie lautete darauf die Antwort? So oft hatten Menschen wie Sophia und Alex und ihre Mutter davon gesprochen, dass sie bei Gott Trost fanden. In letzter Zeit konnte Cameron sich des Gefühls nicht erwehren, dass sie wünschte, sie hätte auch eine solche Beziehung. War es eine größere Schwäche, den Trost des Glaubens zu brauchen, als einen Mann zu brauchen? War sie nicht die größte Närrin der Welt, wenn sie glaubte, sie wäre völlig selbstständig? Musste es wirklich ein Zeichen von Schwäche sein, wenn man etwas brauchte? Sie war verwirrt. Wenigstens das konnte sie zugeben.

„Sophia“, fragte Cameron eines Morgens, als die beiden in ihrem Hotelzimmer saßen und arbeiteten. „Warum bist du Christ?“

Sophias Nase war hinter dem *Roten Stern* vergraben. Sie ließ die Zeitung sinken. Ihre Miene verriet ihre Überraschung über diese Frage, die aus völlig heiterem Himmel kam.

„Das ist gleichzeitig eine einfache und eine komplizierte Frage, Cameron“, sagte Sophia. „Die einfache Antwort lautet: weil ich Gott liebe und ihm mit meinem Leben dienen will.“

„Warum liebst du ihn?“

„Weil er seinen Sohn gab und ihn für meine Sünden sterben ließ. Das ist die einfache Antwort.“

„Und die komplizierte?“

„Das hat mehr mit meiner eigenen persönlichen Beziehung zu Gott zu tun. Wie er zu meinem Herzen spricht, wie er mich täglich anrührt. Dinge, die dir wenig bedeuten würden, weil du ein ganz anderer Mensch bist. Dinge wie die Art, wie er meine Scheu akzeptiert, während sich andere oft deshalb über mich lustig machen. Einige sagen zu mir: ‚Sophia, lass dir nicht alles gefallen.‘ Oder: ‚Du lässt dir von allen auf der Nase herumtanzen.‘ Aber Gott gibt mir nie das Gefühl, ich sei wegen dieser Eigenschaft weniger wert. Dafür liebe ich ihn. Es gibt so viele solche Beispiele, Cameron, dass ich mir nicht vorstellen kann, ihn nicht zu lieben.“

Cameron schwieg und fragte sich, ob sie weiterfragen sollte. Sie kannte Sophia gut genug, um zu wissen, dass sie nicht weiter auf dem

Thema herumreiten würde, wenn Cameron nicht von selbst mehr dazu sagte. Gleichzeitig wusste sie, dass sie sich auf unsicheren Boden begab. Sophia würde ihr keine theologischen, ungefährlichen Antworten geben. Das Mädchen konnte nur persönlich über Gott sprechen. Das machte Cameron Angst, denn es fiel ihr viel leichter, auf intellektueller als auf persönlicher Ebene an Gott zu denken. Aber die Angst drängte sie weiter. Eigentlich war es mehr eine starrsinnige Weigerung, ihre Angst zu akzeptieren.

„Ich habe mir die Frage gestellt", sagte Cameron. „Warum sollte ich Christ werden?" Sie machte eine kurze Pause und warf einen schnellen Blick auf Sophia, die ernst und beherrscht auf ihrem Stuhl saß. Sie hätte eine schockiertere Reaktion ihrer Freundin erwartet. Immerhin rüttelte Cameron mit dieser Frage an den Grundfesten ihres Lebens. „Alle reden davon, dass sie Gott *brauchen*; ich kann einfach nicht sagen, dass ich ihn brauche. Das ist furchtbar arrogant, ich weiß. Vielleicht sollte ich sagen, ich *will* ihn nicht brauchen. Wenn ich mich nur zu Gott bekehren sollte, weil ich ihn brauche, dann bin ich nicht sicher, ob das je geschehen wird. Vielleicht brauche ich ihn, aber ich kann mir einfach nicht vorstellen, dass ich auf Knien weinend und jammernd zu Gott gekrochen komme. Das kann ich nicht. Das ist einfach nicht meine Art." Sie schüttelte ein paar Mal langsam den Kopf. „Aber dann ist das da ..." Sie nahm ihre Bibel, die in letzter Zeit immer in greifbarer Nähe lag. Sie überflog einige Notizen, die sie auf die leeren Seiten des Buches geschrieben hatte, und blätterte weiter, bis sie fand, was sie suchte. „Hier im 2. Korintherbrief steht: *‚Und er hat zu mir gesagt: Lass dir an meiner Gnade genügen; denn meine Kraft ist in den Schwachen mächtig. Darum will ich mich am allerliebsten rühmen meiner Schwachheit, damit die Kraft Christi bei mir wohne. Darum bin ich guten Mutes in Schwachheit, in Misshandlungen, in Nöten, in Verfolgungen und Ängsten, um Christi willen; denn wenn ich schwach bin, so bin ich stark.'*" Cameron schlug das Buch zu. „Das hört sich so an, als könne man nur stark sein, wenn man vorher schwach ist. Ich weiß, dass ich nicht der Inbegriff von Stärke bin. Ich habe genug durchgemacht, besonders in diesem letzten Jahr, um meine Grenzen zu kennen. Aber das geht fast zu weit. Ich ... ich weiß einfach nicht."

„Cameron, was weißt du über den Mann, der diese Worte geschrieben hat, den Apostel Paulus?"

„Nur das, was ich neulich in der Apostelgeschichte gelesen habe. Er war ein frommer Jude, der die Christen verfolgte, dann bekehrte er sich auf der Straße nach Damaskus, wo er noch mehr Christen verfolgen wollte. Danach wurde er mit Leib und Seele Christ. Es war ziemlich beeindruckend, wie er sich so um hundertachtzig Grad veränderte. Ich erinnere mich, dass ich dachte, wenn Gott so mit mir sprechen würde wie mit Paulus auf der Straße nach Damaskus, könnte ich viel leichter zugeben, dass ich doch nicht so unabhängig bin. Außerdem fiel mir auf, dass bis dahin die Jünger von Jesus ungebildete, einfache Menschen waren. Aber Paulus war anders. Er war sehr gebildet und hatte in seinem Beruf viel Einfluss."

„Ich habe mir Paulus auch immer als starken Mann vorgestellt", nickte Sophia. „Sogar als arrogant. Er ließ sich von Herrschern nichts gefallen, nicht einmal vom Kaiser in Rom. Er war römischer Staatsbürger, was ihn über viele andere stellte. Ich habe den Eindruck, dass er auch Probleme damit hatte, Gott zu brauchen – ihn wirklich zu brauchen. Etwas musste mit ihm passiert sein, dass er diese Verse schrieb, die du gerade gelesen hast. Einige sagen, er habe eine körperliche Krankheit gehabt, die ihn zwang, Demut zu lernen. Aber ich glaube nicht, dass es ihm leichtfiel, seine Schwächen vor Gott zuzugeben."

„Deshalb musste Gott ihn wohl mit einem hellen Licht und einem Engel schocken, damit er überhaupt seine Aufmerksamkeit bekam", sagte Cameron leichthin. Dann zog sie die Stirn in Falten. „Glaubst du, dass das bei mir auch nötig sein wird?" Sie erschauderte fast bei diesem Gedanken. Ihr Verstand glaubte nicht, dass so etwas wirklich passierte.

„Du hast mir einmal erzählt, dass deine Mutter immer sagt: ‚Je höher sie fliegen, desto tiefer der Fall.' Vielleicht hat sie das damit gemeint."

„Sophia, angenommen, ich würde ... das tun." Sie lächelte zaghaft. Sie konnte den Akt der Bekehrung nicht einmal bei seinem richtigen Namen aussprechen. Sie sprach schnell weiter und hoffte, sie könnte damit ihre Unsicherheit überdecken. „Kann Gott einen Menschen wie mich wirklich akzeptieren? Ich werde auch weiterhin unabhängig sein wollen, entschlossen, ja sogar verbissen. Man hat mir gesagt, ich sei eigensinnig, sogar arrogant. Da ist dieses Wort wieder! Ich kann kein anderer Mensch werden. Gott erwartet doch hoffentlich nicht, dass ich ein braves, zahmes Schaf werde, oder? Es ist okay, wenn ein Mensch so ist, aber ich bin nicht so."

„Gott will nicht, dass alle seine Kinder gleich sind. Stell dir nur vor, alle wären brave Schafe wie ich." Sophia grinste, als Cameron versuchte, sich für ihre Worte zu entschuldigen. Lächelnd sprach sie weiter. „Er wird dich so akzeptieren, wie du bist, Cameron, und nicht versuchen, dich in eine vorgefasste Form zu pressen."

„Was ist mit den ganzen Regeln in der Bibel?"

„Mein Vater sagt immer, die Bibel sei ein Plan und kein Knüppel. Glaubst du, Paulus sei ein ganz anderer Mensch geworden, als er vorher war? Oh, ich bin sicher, er wurde reifer und bekam mehr Tiefgang, aber er war immer noch ein starker, dominanter Mensch. Selbst nach seiner Bekehrung ließ er sich von Herrschern nichts gefallen und sagte freiheraus, was er dachte. Gott hat diese Eigenschaften nicht verändert. Er benutzte sie. Cameron, ich glaube nicht, dass Gott versucht, dich zu ändern. Er erwartet auch nicht, dass du dich änderst, bevor du zu ihm kommst. Alles, was er will, ist, dass du von ganzem Herzen an ihn glaubst. Meine Güte, keiner von uns hätte Christ werden können, wenn wir vorher in irgendein Profil hätten passen müssen. Wir würden es nicht lang aushalten, wenn wir alle gleich sein müssten!"

„So einfach", flüsterte Cameron.

„Und so kompliziert", ergänzte Sophia. „Er will nichts von uns ... und doch will er gleichzeitig alles."

„Komisch, aber das ist etwas, was ich verstehen kann", sagte Cameron. „Ich würde dieses Versprechen nicht geben wollen, wenn ich es nicht mit allem gebe, was ich habe."

„Was hält dich dann zurück?"

„Ich weiß es nicht. Eine Offenbarung. Mein eigenes helles Licht, schätze ich. Ich will, dass es in meinem Herzen geschieht – nicht nur in meinem Kopf. In diesem Moment sagt mir mein Kopf, dass nichts dagegen spricht. Aber mir fehlt etwas, Sophia. Mir fehlt das Leuchten, das ich in deinen Augen sehe, wenn du von deiner Beziehung zu Jesus Christus sprichst. Mir fehlt die Leidenschaft, die ich in Alex sah, als er Gott über seine Liebe zu mir stellte. Mir ist klar, dass Gefühle nicht die beste Grundlage für eine Hingabe an Gott sind. Ich will keine Gefühlsduselei, aber ich suche eine Gewissheit in meiner Seele. Und noch etwas anderes: Wenn es nicht zu viel verlangt ist, will ich, dass meine Entscheidung persönlich ist. Ich möchte Gott als Freund begegnen. Wie in dem alten Kirchenlied, das ich als Kind in der Kirche oft gehört habe: ‚Welch ein Freund ist unser Jesus'."

„Du verlangst nicht zu viel. So wird es für dich auch sein. Das weiß ich." Sophia nahm Camerons Bibel und schlug sie bei den Psalmen auf. Aber sie schaute nicht auf die Seite, als sie zitierte: *„‚Habe deine Lust am Herrn; er wird dir geben, was dein Herz wünscht.'"*

Cameron atmete hörbar aus. Die Bibel war wirklich ein erstaunliches Buch. Es verwirrte und faszinierte sie. Es weckte hundert Fragen, aber es gab auch Hoffnung. Und sie begriff, dass es gar nicht so entsetzlich war, Hilfe zu brauchen.

Cameron und Sophia widmeten sich wieder ihrer Arbeit. Cameron musste das Gehörte erst verdauen. Sie hatte viele gute Erkenntnisse gewonnen, aber diese Bedürftigkeit ließ ihr immer noch keine Ruhe. Sie konnte ohne Probleme zugeben, dass sie die gleichen Bedürfnisse hatte wie jeder andere auch. Aber mit Bedürfnissen auf einer persönlicheren Ebene hatte sie immer noch Schwierigkeiten. Sie konnte immer noch nicht sagen warum, aber die Vorstellung, sich so verwundbar zu machen, jagte ihr Angst ein. Hatte sie das nicht bei ihrem Vater versucht? Wohin hatte es sie gebracht? Und auch bei Alex. Sie war ihm gegenüber völlig offen gewesen. Selbst wenn sie seine Gründe akzeptieren konnte, hatte er sie verlassen, sie abgelehnt.

Würde Gott das auch tun?

Sie hatte das Gefühl, in einen tiefen Abgrund zu starren. Sie brauchte eine Brücke, um hinüberzukommen. Etwas, das ihr die Angst, wieder verlassen zu werden, nehmen würde. Paulus' strahlendes Licht? Wahrscheinlich musste es nicht so viel sein, aber doch etwas, das ihr versicherte, dass sie nicht abstürzen würde, sobald sie den ersten Schritt wagte.

45

Der letzte Winterschnee war fast von Moskaus Straßen geschmolzen. Cameron trotzte dem kühlen Juniwind und schritt durch die Stadt zur Wohnung der Fedortschenkos. Sie war eingeladen worden, Sophias zwanzigsten Geburtstag mit ihnen zu feiern. Es interessierte sie nicht, was der NKWD davon hielte. Sie würde an der Feier teilnehmen. Aber um die Fedortschenkos zu schützen, traf sie Vorsichtsmaßnahmen, um ihre Polizeibeschattung abzuschütteln, falls ihr jemand folgte. Sie zeigte immer mehr Geschick in solchen heimlichen Aktivitäten.

Sie war geschockt, als sie in die Wohnung geführt wurde und völlig unvorbereitet Alex im Raum stehen sah, der ein fröhliches Gespräch mit Sophias Mutter, Katja, führte.

Von Sophia hatte sie gehört, dass Alex während der Maischlacht in Charkow gewesen sei. Sie hatte sich Sorgen um ihn gemacht, da Berichte über diese Schlacht selbst für das schweigsame Narkomindel sehr vage gewesen waren. Cameron hatte vermutet, dass es für die Russen schlimmer gelaufen sein musste als üblich. Diese Vermutung war durch ein Kommuniqué Palgunows bestätigt worden, in dem die sowjetischen Verluste mit fünftausend Toten und siebzigtausend Vermissten angegeben wurden. Etwas war furchtbar schiefgelaufen. Alex hatte sich mitten in der Katastrophe befunden, die sich zugetragen hatte.

Jetzt stand er plötzlich hier, groß und fast fürstlich in seiner steifen kakibraunen Uniform. Seine Haare waren kürzer als gewöhnlich, ein Armeeschnitt, aber deshalb nicht weniger goldblond. Er war dünner als früher und seine Gesichtszüge waren ein wenig angespannt. Eine frische Narbe schnitt sich durch den äußeren Winkel seiner rechten Augenbraue. Aber nichts davon konnte seiner Anziehungskraft etwas anhaben. Im Gegenteil, es verlieh ihm nur ein reiferes Aussehen.

Camerons Herz schlug bis zum Hals und rutschte ihr gleichzeitig in die Hose. Das Heer an Gefühlen, das seine unerwartete Anwesenheit in ihr auslöste, ließ sich kaum beschreiben. Nur ein Gefühl fehlte: Wut auf Sophia – sie musste es gewesen sein! –, weil sie diese Begegnung arrangiert hatte.

Cameron schluckte ihre aufgewühlten Gefühle hinunter, setzte ein kühles, hochnäsiges Lächeln auf und verlieh ihrer Stimme einen ruhigen Tonfall.

„Oh, Alex, bist du das? Wie schön, dich zu sehen." Sie hatte immer festgestellt, dass sie am besten klarkam, wenn sie in einer heiklen Situation die Offensive ergriff.

Der Blick, mit dem er sie bedachte, war nicht so glatt und geschliffen, aber seine unverblümte Ehrlichkeit war andererseits früher immer etwas gewesen, das sie zu ihm hingezogen hatte. *Früher?* Ihr wild pochendes Herz sagte ihr, dass überhaupt nichts der Vergangenheit angehörte.

„Cameron ..." Sein Ton war so offen und verwundbar wie ein freigelegter Nerv. Er hatte offensichtlich auch nicht damit gerechnet, dass sie hier wäre. Wie dumm sie doch beide waren, dass sie sich so leicht hatten ausspielen lassen.

„Mrs Fedortschenko, wie schön, Sie wiederzusehen." Cameron drehte schnell den Kopf zu ihrer Gastgeberin, da sie es nicht ertragen konnte, Alex noch einen Moment länger anzuschauen. „Ah, guten Tag, Dr. Fedortschenko", fügte Cameron hinzu, als der Hausherr sich zu ihnen gesellte. „Wer hält denn den Laden am Laufen, wenn zwei von Russlands besten Ärzten nicht da sind?" Sie konnte den unnatürlichen Klang ihrer Stimme kaum glauben, aber sie war dagegen machtlos. Die glatten, fast öligen Worte schienen sich selbstständig gemacht zu haben.

Mit einem undurchschaubaren Lächeln nahm Juri Fedortschenko die Hand, die Cameron ihm reichte, und beugte sich auf seine altmodische Art leicht darüber. „Wir sind nicht unersetzlich. Russland hat viele gute Ärzte. Der Geburtstag meiner Sophia ist eine besondere Gelegenheit, die ich mir nicht entgehen lassen wollte."

Sophia kam zu ihrem Vater und legte einen Arm um seine Hüfte. „Dafür bin ich dir sehr dankbar, Papa." Sie lächelte ihn liebevoll an, dann wanderte ihr Blick kurz zu Cameron. In diesem flüchtigen Augenblick sah Cameron in ihren Augen eine stumme Bitte um Entschuldigung und vielleicht auch ein wenig Hoffnung auf den Erfolg ihrer Intrige.

Cameron zuckte die Achseln. Es war schwer, der sanften, jungen Frau böse zu sein. Aber sie und Alex waren vernünftige, erwachsene

Menschen. Sie würden vor den anderen sicher keine unreifen Gefühle zeigen.

Alex hatte außer ihrem Namen nichts mehr gesagt. Cameron gelang es, ihm unauffällig aus dem Weg zu gehen, indem sie sich ständig zwischen den anderen Gästen bewegte, auch wenn sie fürchtete, einem verrückt gewordenen Vogel zu ähneln, während sie eifrig über triviale Dinge plauderte und über Bemerkungen lachte, die kaum lustig waren, und eigene Witze machte, die bestimmt auch nicht amüsant waren.

Alle waren da, die auch bei Camerons letztem Besuch in dieser Wohnung gewesen waren – mit Ausnahme von Sophias Mann, Oleg. Sophias ältere Schwester, Valentina, lächelte freundlich, sagte aber kaum etwas zu Cameron. Ihr Englisch hatte sich nicht verbessert. Anna Jewnowona umarmte Cameron herzlich. Der Griff der älteren Frau war ziemlich kräftig und Cameron spürte eine unbeschreibliche Intensität in dem kurzen Kontakt. Annas Augen waren prüfend und ihr Lächeln war wissend, obwohl Cameron keine Ahnung hatte, was genau diese Frau *wusste*. Zweifellos wusste sie eine ganze Menge!

„Cameron“, sagte Sophia. „Ich möchte dir gern meine große Schwester, Irina, vorstellen. Sie ist auf einem kurzen Heimaturlaub hier.“

Irina, die in Camerons Alter oder ein paar Jahre älter sein musste, trug die Frauenuniform der Roten Armee. Sie war größer als die anderen Frauen der Familie, hatte aber dieselbe gertenschlanke Schönheit. „Es freut mich, dass ich jetzt den ganzen Fedortschenko-Clan kenne“, sagte Cameron.

„Außer meinem Bruder, Sergei“, korrigierte Sophia sie. „Vielleicht kann er bald einen kurzen Fronturlaub bekommen. Dann kannst du ihn auch kennenlernen. Seine Frau und seine zwei Kinder, die in den Osten evakuiert wurden und zu weit weg wohnen, um heute hier sein zu können, kennst du auch noch nicht.“

Es war eine fröhliche Gesellschaft und den freundlichen Gesprächen ging nie der Gesprächsstoff aus. Der einzige Schweigende im Raum war Alex. Als Katja ihn stehen ließ und in die Küche ging, um einige Vorbereitungen zu treffen, machte er keine Anstalten, mit irgendjemand anderem ein Gespräch zu beginnen. Er stand einfach allein da und beobachtete Cameron schweigend. Sie bemerkte das aus dem Augenwinkel, ging aber nicht auf ihn zu. Ihr Verhalten wirkte tatsächlich unreif und kindisch. Sie machten vielleicht keine Szene, aber dass sie genau das Gegenteil davon taten, war genauso irritierend. Cameron wusste nicht, was sie sonst tun sollte. Sie hatte den ersten Schritt getan. Sie hatte ihn freundlich begrüßt. Wenn er sich entschied, sie zu ignorieren, würde sie sich bestimmt nicht zum Narren machen und sich ihm aufdrängen. Schließlich war er derjenige, der sie verlassen hatte. Offenbar war er über sie hinweggekommen – und das sehr schnell!

Irgendwie wusste sie jedoch, dass der konsternierte Blick in seinem Gesicht nicht der Blick eines Mannes war, der über irgendetwas hinweggekommen war. Vielleicht hielt das Cameron davon ab, weiter auf ihn zuzugehen. Sie wusste einfach nicht, wie sie seinen Blick deuten sollte.

Nach ein paar Minuten begann er, sich auf sie zuzubewegen. Erst jetzt bemerkte Cameron, dass er in der rechten Hand einen Stock hatte und hinkte. Was war ihm in Charkow zugestoßen? Er hatte eine frische Narbe, humpelte und da war dieses *Etwas* tief in seinen Augen, das seine warmen, blauen Augen blass gemacht hatte und verriet, dass sie viel mehr gesehen hatten, als ein Mensch je sehen sollte. Sie wollte zu ihm gehen, ihn festhalten, ihn trösten. Aber konnte er ihren Trost überhaupt noch brauchen? Hatte er ihn überhaupt jemals gebraucht? Da sie in letzter Zeit ihre eigenen Bedürfnisse so akut gespürt hatte, hielt sie sich jetzt zurück. Die Angst vor Ablehnung durchbohrte sie genauso wie eine schmerzende alte Wunde.

Im selben Augenblick, in dem sie sah, dass er sich bewegte, sah Cameron Katja mit einem schweren Tablett voll Geschirr aus der Küche kommen.

„Ich helfe Ihnen“, bot Cameron an und ging schnell auf die Frau zu.

„Ich habe es schon, meine Liebe. Sie sind unser Gast. Genießen Sie einfach den Abend.“

„Es macht mir wirklich nichts aus zu helfen.“

„Davon will ich nichts hören.“ Katja war bestimmt, aber freundlich. Sie schwieg kurz, dann richtete sich ihr Blick auf Alex. „Oh, Alex, bist du bitte so lieb und unterhältst Cameron. Sonst verschwindet sie noch in der Küche und spült das Geschirr oder so etwas.“

Cameron hatte das Gefühl, Opfer einer Verschwörung zu sein, aber jetzt gab es kein Entrinnen mehr. Wollte sie eigentlich entkommen?

„Das können wir nicht zulassen“, erwiderte Alex trocken und humpelte auf Cameron zu.

Katja flitzte davon, soweit jemand mit einem schweren Tablett in der Hand flitzen konnte, und ließ Cameron und Alex wie zwei Felsen in der Brandung nebeneinander stehen. Cameron schluckte, sagte aber nichts. Sie hatte ihre glatten Sprüche alle aufgebraucht.

„Ich schätze, du bist über diese kleine Inszenierung genauso überrascht wie ich“, sagte er. Seine Stimme klang wieder normal, sein Englisch hatte einen Akzent, sein Tonfall war tief und wohlklingend und löste einen Stromstoß bei Cameron aus.

„Sie haben es gut gemeint, nehme ich an“, erwiderte sie. Da sie nicht länger darüber sprechen wollte, wechselte sie eilig das Thema. „Alex, was ist mit deinem Bein passiert?“

„Die Deutschen haben das Rote Kreuz auf unserem Krankenhaus übersehen. Ich wurde von herumfliegenden Scherben getroffen und musste genäht werden. Aber das verheilt bald. In ein paar Tagen bin ich wieder ganz der Alte.“ Bis auf eine leichte Unsicherheit in seiner Stimme klang seine Antwort für einen kurzen, herrlichen Augenblick fast so wie früher. Cameron wurde erst an die Veränderungen erinnert, als er steif fragte: „Was ist mit dir? Und mit deiner Arbeit? Es läuft gut, hoffe ich.“

„Oh ja, sehr gut“, antwortete sie leichthin und versuchte verzweifelt, sich von den Gefühlen zu distanzieren, die sich ihres Herzens bemächtigten.

„Und was ist mit deiner Schwester?“

„Wir wissen nur, dass sie lebt oder lebte, als wir das letzte Mal von ihr hörten. Von den Philippinen kommen fast keine Informationen mehr durch, seit sie gefallen sind. Ich vermute, dass sie in einem Gefangenenlager ist.“

„Es tut mir leid, das zu hören.“

„Nun, nichts auf dieser Welt ist sicher, nicht wahr?“, sagte sie kalt. Sie hatte nicht beabsichtigt, so hart zu klingen, aber es fiel ihr immer schwerer, die Gefühle, die in ihr tobten, in Zaum zu halten.

„Bist du glücklich?“, fragte er und schaute sie mit einem Blick an, der so durchdringend und intensiv war, dass es ihr den Atem raubte.

Die Frage überraschte sie. Sie schaute ihn zuerst schweigend an und war nicht sicher, ob er wirklich eine Antwort hören wollte. Die Wahrheit würde sie ihm bestimmt nicht verraten. Das würde keinem von ihnen guttun.

„Was glaubst du denn, Alex?" Sie schien über ihre aufmüpfige Zunge überhaupt keine Herrschaft mehr zu haben. Beinahe hätte sie die Wahrheit ausgeplaudert, obwohl sie noch vor einer Sekunde fest entschlossen gewesen war zu lügen. Aber sie zügelte sie gerade noch rechtzeitig und fügte hinzu: „Ich habe eine Arbeit und ich tue sie ziemlich gern."

„Heißt das ...?", begann er, wurde aber von Dr. Fedortschenko unterbrochen. „Alle herhören!", rief der Arzt laut und schien nicht zu merken, dass er ein möglicherweise brisantes Gespräch zwischen zwei seiner Gäste unterbrochen hatte. „Es ist Zeit, unser Geburtstagskind zu feiern."

Im selben Augenblick kam Katja mit einem weiteren Tablett aus der Küche. Auf dem Tablett thronte ein einfacher Kuchen mit weißem Zuckerguss. Fünf Kerzen brannten oben auf dem Kuchen. „Wir haben Sophias amerikanischen Lieblingsbrauch übernommen, den wir von Sophias Onkel Daniel kennengelernt haben."

„Oh, Mama!", rief Sophia aus. Plötzlich wurde die erwachsene Frau, zu der Sophia sich in den letzten Monaten gemausert hatte, wieder ein fröhliches, kleines Mädchen. „Was für ein wunderbarer Kuchen! Aber er muss ja unsere ganzen Zuckerrationen aufgebraucht haben."

„Ja, und Camerons Zuckerrationen dazu", lächelte Katja.

„Ein paar andere Korrespondenten haben auch etwas beigesteuert", warf Cameron ein und bewegte sich verstohlen weiter weg von Alex und näher hin in die sichere Mitte der Gruppe. „Wir haben gehört, dass du gern Süßes isst, Sophia. Alle wollten dir etwas schenken."

„Ihr seid alle so wunderbar!" Sophias Lippe zitterte. „Ich liebe euch alle so sehr! Den Journalisten werde ich das auch sagen."

„Sag diesen eingebildeten Reportern nur nicht, dass du sie liebst, Sophia. Sie würden vor Verlegenheit sterben", scherzte Cameron.

„Komm", forderte Juri seine Tochter auf. „Blas deine Kerzen aus, bevor wir wegen Verstoßes gegen die Verdunklungsbestimmungen angezeigt werden."

Cameron blieb noch lange genug, nachdem der Kuchen verteilt worden war, um nicht unhöflich zu erscheinen, aber dann verabschiedete sie sich, nahm ihren Mantel und verließ die fröhliche Feier. Sie hatte kaum das Ende des Flurs außerhalb der Wohnung erreicht, als sie hinter sich Schritte hörte.

„Cameron, willst du wirklich so gehen?", fragte Alex und humpelte hinter ihr her, so schnell sein verwundetes Bein es ihm erlaubte.

Cameron hatte Mitleid mit ihm, drehte sich aber um und zwang sich zu einer kühlen Antwort. „Ich weiß nicht, wie ich sonst gehen sollte."

„Gibt es immer noch keine Chance für uns?"

„Soweit ich mich erinnere, Alex, bist du von mir weggegangen. Also muss ich dich fragen: Hat sich für dich etwas geändert?" Wenigstens dieses Mal gehorchte ihr ihre Zunge und ihre Worte waren kühl und verrieten nichts von der hoffnungsvollen Sehnsucht, die sich in ihr regte.

Sein Schweigen schien Antwort genug zu sein. Seine Gesichtszüge waren schmerzverzerrt. Sie konnte das nur so deuten, dass er ihr nicht die Antwort geben würde, die sie gern gehört hätte. Sie war froh, dass sie nicht mehr von sich preisgegeben hatte.

Sie drehte sich auf dem Absatz um und eilte die Treppe hinab. Gleichzeitig erleichtert und tieftraurig stellte sie unten fest, dass er ihr nicht folgte.

Alex schaute Cameron nach, wie sie die Treppe hinabeilte. Er war am ganzen Körper wie gelähmt, unfähig, sich zu bewegen. Etwas in seinem Kopf schrie: „Lauf ihr nach!", aber eine andere Stimme erinnerte ihn, dass sich wirklich nichts geändert hatte.

Es spielte keine Rolle, dass er fast jede wache Minute an sie dachte oder dass sie ihm oft in seinen Träumen erschien. Entgegen aller Vernunft hatte er sich während des Albtraums in Charkow an seine Erinnerungen an sie geklammert. Charkow war mehr gewesen als der übliche Albtraum einer Schlacht. Das Geheimnis wurde von der Regierung streng gehütet und er sah keinen Sinn darin, das, was er wusste, zu verraten, aber dieser Kampf, wenn man ihn als solchen bezeichnen konnte, war für die russische Armee ein vollkommenes Desaster gewesen. Zu spät hatten die Russen bemerkt, dass sie in eine deutsche Falle gegangen waren, die sich schnell um sie schloss. Viele

Männer, darunter einige hochrangige Offiziere, fielen, bevor es den Russen gelang, aus der Falle auszubrechen.

Alex hatte so etwas Schreckliches noch nie zuvor erlebt. Die Bombardierung raubte ihm fast den Verstand. Die Erde unter seinen Füßen hatte zeitweilig so sehr gezittert, dass es fast keine Rolle spielte, ob seine Hände auch zitterten, während er mit dem Skalpell in der Hand Verletzte operierte. Er hatte nie zuvor eine Wunde frisch vom Schlachtfeld gesehen. Das hatte ihn gleichzeitig entsetzt und für das ruhige Leben dankbar gemacht, das er in seinem Krankenhaus in Moskau geführt hatte. Selbst jetzt, nachdem er zwei Wochen von dort fort war, konnte er immer noch den Gestank der Wunden riechen.

Als das Feldlazarett durch Bomben fast völlig zerstört worden war, hatte er sich fragen müssen, ob er nur vor dem Gemetzel fliehen wollte. Vielleicht bedeutete das Ende des Lazaretts, dass er sich den Soldaten, die sich auf dem Rückzug befanden, anschließen und sein Leben retten könne. Nur sein Pflichtgefühl hielt ihn an seinem Posten. Ohne auf seine eigenen Wunden zu achten, war es ihm und den anderen Ärzten und Pflegekräften gelungen, die meisten ihrer Patienten wegzubringen. Er versuchte, nicht an die zu denken, die zurückgeblieben waren. Er hatte auch versucht, während der ganzen Zeit nicht an Cameron zu denken, aber er sehnte sich so verzweifelt nach dem Trost, den er in den Gedanken an sie finden würde, dass ihm das nicht gelungen war. Er gestattete sich nicht, über die Realität nachzudenken, dass sie sich getrennt hatten und sie ihre tröstenden Arme vielleicht nie wieder um ihn legen würde. Für ihn war die Beziehung zu ihr immer noch da, so, als wäre nichts geschehen.

Später, als er sich in einem Krankenhaus weiter weg von der Frontlinie erholte, hatte er Zeit, ruhiger über sie nachzudenken. Selbst jetzt wollte er keine vernünftige Logik zulassen. Sie hatte immer noch einen Platz tief in seinem Herzen, vielleicht auch nur wie eine schlecht geheilte Narbe, die man bei jeder Bewegung schmerzlich fühlte.

Ja, nichts hatte sich geändert – nicht nur in einer Hinsicht. Sein Glaube an Gott war immer noch stark, aber auch seine Liebe zu Cameron. Wie konnte das sein?

Was die Sache noch mehr verwirrte, waren die nicht gerade subtilen Andeutungen von Sophia, dass Camerons Herz Gott gegenüber weicher wurde. Er hatte nur ein paar Minuten Zeit gehabt, um mit

Sophia vor der Geburtstagsfeier zu sprechen, aber sie hatte erwähnt, dass sie mit Cameron über Bibelstellen gesprochen habe, die Cameron gelesen hatte! Vielleicht hatte das nach seinem anfänglichen Schock, Cameron zu sehen, neue Hoffnungen bei ihm geweckt und ihn mehr aus der Begegnung erwarten lassen. Vielleicht hatte ihn seine Enttäuschung, als ihm bewusst geworden war, dass sie ihr Leben Gott nicht übergeben hatte, veranlasst, sich jetzt zurückzuhalten. Wie konnte er ihr nachlaufen, wenn diese Kluft immer noch zwischen ihnen stand?

Während er auf dem leeren, dunklen Gang stand, innerlich genauso allein und leer wie äußerlich, wandte sich Alex an die Quelle allen Trostes.

„Warum hast du sie wieder in mein Leben zurückgebracht, Gott? Wäre es nicht besser gewesen, die Wunden erst verheilen zu lassen, die Liebe erkalten zu lassen? Vielleicht weißt du es am besten, aber ich kann immer noch nicht begreifen, dass du sie überhaupt in mein Leben geführt hast, wenn du die ganze Zeit schon wusstest, dass sie mir wieder entrissen würde. Welche Absichten hast du, die ich nicht sehen kann?“

Warum konnte er das Gefühl nicht von sich abschütteln, dass er sie irgendwie wieder im Stich gelassen hatte, als er ihr jetzt nicht nachgegangen war? Ging sie auf ihn zu? Ihre kühlen, ja sogar kalten Bemerkungen waren eine seltsame Art, auf jemanden zuzugehen. Aber er hätte es besser wissen müssen, als sich von ihrer harten Schale in die Irre führen zu lassen. Sie hatte immer Angst davor gehabt, verletzt zu werden. Was hatte er getan, als sie endlich den Willen aufgebracht hatte, sich verwundbar zu machen? Er hatte sie noch schlimmer verletzt, als sie in der Vergangenheit verletzt worden war. Natürlich nicht absichtlich.

Aber sie war verletzt gewesen.

Plötzlich wurde ihm bewusst, warum er so stark den Drang verspürte, ihr nachzugehen. Er musste versuchen, diese Verletzungen zu heilen. Vielleicht könnte er sie nie zurückhaben, aber er musste trotzdem auf sie zugehen und ihre Wunden versorgen. War das nur der Arzt in ihm oder konnte es der Geist Gottes sein, der ihn drängte?

46

Cameron schob die schwere Tür des Hotels auf. Nach der langen Fahrt mit der Metro war sie immer noch verwirrt über das, was sie getan hatte. Warum hatte sie ihn einfach stehen gelassen? War es nur die Befriedigung, dass zur Abwechslung sie diejenige war, die ihn stehen ließ?

Nein, nicht einmal sie konnte so kindisch sein. Sie war weggelaufen, weil sie sich nicht wieder verletzen lassen wollte.

Nicht dass ihr das besonders geholfen hätte. Sie hätte immer noch vor Schmerz laut schreien können. Wenn nur Alex ihr nachgegangen wäre! Wenn sich nichts geändert hatte und sein Glaube immer noch zwischen ihnen stand, hätte er ihr das wenigstens sagen können. Er hätte ihr etwas geben können, das den Schmerz linderte.

„Ja, das wäre ein strahlendes Licht wie bei Paulus, Gott", dachte sie mit einem Anflug von Bitterkeit. „Ein Wunder wie bei Paulus. Wenn Alex jetzt auftauchen würde, um sich sanft von meinem Herzen loszulösen."

Sie verwarf solche Gedanken mit einer abwehrenden Kopfbewegung und schritt auf den Aufzug zu.

„Miss Hayes!"

Camerons Herz schlug höher, als sie ihren Namen hörte, aber Alex würde sie natürlich nicht mit ‚Miss Hayes' ansprechen. Er hatte auch keinen französischen Akzent wie diese Stimme. Schnell erkannte sie die Stimme als die des Nachtportiers und drehte sich um.

„Ja, Monsieur Billaud", sagte sie.

„Ich bin froh, dass ich Sie kommen sah. Ich habe Telegramme für Sie." Er reichte ihr die Umschläge.

Mit einem verwirrten Stirnrunzeln dankte sie ihm und stieg in den Aufzug. Normalerweise benachrichtigte das Telegrafenamt im Narkomindel sie, wenn Telegramme für sie ankamen. Das einzige andere Mal, als sie auf andere Weise ein Telegramm bekommen hatte, war es keine gute Nachricht gewesen. Und jetzt kamen gleich zwei an einem Abend! Trotz ihrer Neugier öffnete sie die Umschläge nicht. In letzter Zeit hatte sie es nie eilig, Telegramme zu lesen.

In ihrem Zimmer schlüpfte sie aus ihrem Mantel und zog die Schuhe aus, bevor sie sich mit den Telegrammen in der Hand auf das Sofa setzte. Das erste war von Max Arnett. Es war in einem väterlichen Ton geschrieben, soweit das in den kurzen Zeilen möglich war. Ob sie Lust auf eine kleine Luftveränderung hätte? Sie sei immer noch seine beste Auslandskorrespondentin und verrichtete gute Arbeit in Moskau, aber da sich der Schwerpunkt des Krieges in den Pazifik verlagerte, überlege er, ob er seinen besten „Mann" abseits von der eigentlichen Kampfhandlung vergeuden solle.

Camerons erste Reaktion darauf war ein hörbares „Pah!".

Was dachten die Leute in den Staaten eigentlich? Dass der Krieg in Russland nichts als ein paar kleine Scharmützel war? Sie hatte gehört, dass es in Amerika in letzter Zeit wieder mehr Unterstützung für Russland gab. Sie mussten doch wissen, was für eine Schlüsselrolle Russland spielte und in diesem Krieg auch weiterhin spielen würde.

Wenigstens Max war klug genug, das zu wissen. Außerdem ließ der Ton des Telegramms vermuten, dass er zwischen den Zeilen noch mehr sagen wollte. Vielleicht kam das einfach aus seiner Erfahrung mit den sowjetischen Gegebenheiten. Plötzlich fiel ihr ein, dass Max von Johnnys Versetzung in den Pazifik gehört haben musste. Hatte es Johnny Max selbst erzählt? Hatte er entdeckt, dass seine Gefühle für sie stärker waren, als er immer gedacht hatte? War er in irgendeinem tropischen Dschungel und verzehrte sich nach ihr?

Unsinn!

Es zeigte, wie aufgewühlt sie wegen Alex war, dass sie überhaupt auf eine so verrückte Idee kam. Aber die Vorstellung, wieder im Wettstreit mit Shanahan zu arbeiten, war nicht ganz unangenehm. Sie bezweifelte, dass sie je wieder solche Gefühle für ihn haben konnte wie früher, aber sie mochte ihn. Zumindest genoss sie seine Gesellschaft – wenn er sie nicht gerade wütend machte. Sie hatten ein ähnliches Temperament. Was war daran so falsch? Wer konnte schon sagen, ob sie nicht eines Tages vielleicht diese aufgewühlten Gefühle für Alex loswerden könnte und bei Johnny ...

Nein! In diesen Abgrund würde sie nicht wieder fallen. Sie brauchte keinen Mann.

Sie überflog noch einmal Max' Telegramm. Da war noch etwas anderes, auch nur zwischen den Zeilen. Dieser väterliche Ton. Max Arnett hatte zweifellos bemerkt, dass Cameron seit ihrem Besuch in den Staaten die Leidenschaft für ihre Arbeit verloren hatte. Ihr selbst war das auch schon aufgefallen. Ihr Selbstmitleid und Liebeskummer lenkten sie zu sehr ab. Eine neue Aufgabe war vielleicht genau das, was sie brauchte, um wieder Feuer in ihre Arbeit zu bekommen. Von allem hier in Russland wegkommen, was sie niederdrückte. Von allem und jedem.

Mit einem Seufzen legte sie Arnetts Telegramm beiseite und riss das andere auf. Sie runzelte die Stirn, als sie feststellte, dass es von Harry Landis kam, ihrem früheren Redakteur beim *Journal*. Sie las:

CAMERON STOP ES IST MEINE TRAURIGE PFLICHT IHNEN JOHN SHANAHANS TOD MITZUTEILEN STOP ER WAR AN BORD DES US-FLUGZEUGTRÄGERS YORKTOWN BEIM KAMPF UM MIDWAY STOP SCHIFF VON JAPANERN VERSENKT STOP HIER ALLE GESCHOCKT STOP ICH WEISS ER WAR EIN ENGER FREUND UND MENTOR FÜR SIE STOP ALLES GUTE STOP HARRY

Das konnte nicht wahr sein! Sie musste etwas übersehen haben. Cameron las das Telegramm noch einmal. Sie war am ganzen Körper wie taub. Regungslos saß sie zehn Minuten da, das Telegramm in der Faust zusammengeballt. Schließlich begann ihr Verstand widerwillig, wieder zu arbeiten. Ihre erste Reaktion war Leugnen. Das musste bestimmt ein Irrtum sein. Sie würde zu ihm in den Pazifik fliegen, mit ihm weiterhin um die großen Fische in diesem Krieg wetteifern. Er würde in ihr wieder neues Leben wecken, die Leidenschaft für ihre Arbeit, die sie verloren zu haben schien. Sie wären wieder Gegner und trotzdem ein Team.

Johnny war tot!

Diese plötzliche Erkenntnis erschütterte ihre schwachen Versuche, die Tatsachen zu leugnen. Harry vergewisserte sich immer, dass seine Fakten stimmten. Wenn auch nur ein Funke Hoffnung bestünde, hätte er das gesagt.

„Nein ...!“, stöhnte sie, als die Wahrheit sie mit voller Wucht traf. Obwohl sie innerlich zusammenzubrechen drohte, traten ihr keine Tränen in die Augen. Ihre Augen schmerzten. Es würde ihr guttun, ihren Gefühlen Luft zu machen. Johnny würde nicht wollen, dass sie oder sonst irgendjemand um ihn weinte. Er würde über so ein dummes Verhalten lachen.

Cameron sprang auf, ließ das zusammengeknüllte Telegramm auf den Tisch fallen, schritt zu ihrem Schrank, zog ihren großen Koffer heraus und stellte ihn auf das Bett. Sie öffnete die Schlösser und begann, Sachen aus dem Schrank und der Kommode zu holen und sie hineinzuwerfen. Sie verlor keinen Gedanken darüber, wie unlogisch ihr Tun war. Selbst wenn sie Russland verließe, würde es Tage, vielleicht Wochen dauern, bis ihr Ausreisevisum den Behördenweg durchlaufen hätte.

Aber eine solche Logik interessierte sie im Moment nicht.

Sie wusste nur, dass sie in den Pazifik fahren würde. Allein schon die Tatsache, dass sie den nebulösen Begriff *Pazifik* benutzte, hätte ihr zeigen müssen, dass sie nicht klar dachte. Sie hatte keine konkrete Anweisung von ihrem Arbeitgeber. Glaubte sie, sie würde einfach irgendwo mitten in einem Ozean landen?

Das alles spielte keine Rolle. Sie würde Johnny finden. Er würde ... Nein, sie konnte Johnny nicht finden. Johnny war tot.

Aber er war der Einzige, der noch da war und ihr helfen konnte. Was sollte sie tun? Alex war nicht für sie da. Und Gott ...? Wie hatte er ihr geholfen? Nicht mit dem Wunder, das sie sich gewünscht hatte, sondern dadurch, dass er ihr den einzigen Freund, der ihr geblieben war, weggerissen hatte. Ein tolles strahlendes Licht!

Ach, sie brauchte weder Gott noch Alex noch sonst jemanden. Sie war stark. Sie war aus Stahl ... aber der Stahl krümmte sich. Sie konnte es fühlen. Er krümmte sich ... krümmte sich ...

„Oh, Gott!“ Sie ließ den Pullover fallen, den sie in der Hand gehalten hatte, und taumelte rückwärts an die Schranktür.

Sie war überhaupt nicht aus Stahl. Sie war aus Stroh.

In ihrem Kopf pochten die stummen Schreie so laut, dass sie das Klopfen an der Tür fast nicht hörte. Als das Geräusch schließlich zu ihr durchdrang, starrte sie die Tür nur an. Sie wollte jetzt niemanden sehen.

„Cameron, die Frau in der Rezeption sagte, dass du in deinem Zimmer bist“, rief Alex. „Wenn du da bist, dann antworte mir bitte.“

Seine Stimme klang verzweifelt und flehend. Warum war er jetzt gekommen? Um ihr ihre Bedürftigkeit unter die Nase zu reiben? Allein schon seine Stimme zu hören, tat so gut. Sie wusste, dass sie den Trost finden würde, nach dem sie sich sehnte, wenn sie nur die Tür aufmachte.

Aber ... oh, Gott, ich brauche ihn! Du weißt das auch, nicht wahr? Machst du dich über mich lustig? Du nimmst und du machst dich lustig, aber wann gibst du?

Das Zimmer schien sich um sie zu drehen. Sie sank auf den Boden. Die Antwort war kein strahlendes Licht, es war mehr wie ein Tritt in den Magen. Sie hatte Gott gebeten, Alex zu ihr zu bringen, als sie nicht einmal gewusst hatte, welche Tragödie vor ihr lag. Jetzt war Alex da!

Angst ergriff sie wie eine Faust und hielt sie fest. Hatte sich Paulus auf der Straße nach Damaskus auch so gefühlt? Kein Staunen über ein Wunder, sondern lähmende Angst? Nicht den Wunsch, endlich die Hand nach dem auszustrecken, der dieses Wunder schenkte, sondern den starken Drang, davor davonzulaufen? Wer hatte gesagt, man solle vorsichtig sein, bevor man um etwas bittet?

Johnny hatte das zu ihr gesagt. Ausgerechnet er!

Sie hatte um ein Wunder gebeten. Sie hatte nicht geahnt, dass mit dem Wunder das nackte Entsetzen käme.

„Cameron, können wir miteinander reden?“, fragte Alex durch die Tür.

Sie hatte fast vergessen, dass er da war. Am liebsten wollte sie vergessen, dass es Gott gab, sogar für jemand, der es so wenig verdiente wie sie. Sie verdiente es nicht, weil sie nicht glaubte, eine Gegenleistung erbringen zu können.

Sie warf einen Blick auf die Tür. „Ich ... ich kann nicht reden.“ Sie war überrascht, dass sie überhaupt ihre Stimme wiederfinden konnte, auch wenn sie sich anhörte wie ein alter Stiefel, der über Kies kratzte. Aber sie hatte es gesagt. Wunder konnten nichts bewirken, wenn man sie nicht akzeptierte.

„Bitte lass mich nicht betteln.“

Trotz ihrer Angst, vielleicht gerade wegen ihrer Angst stellte sie fest, dass sie nicht die Willenskraft aufbringen könnte, ihn fortzuschicken. Langsam und mühsam rappelte sie sich auf die Beine und schleppte sich zur Tür. Sie öffnete. Im nächsten Augenblick sackte sie in seinen Armen zusammen. Endlich brachen sich die Tränen Bahn. Sie schluchzte hemmungslos.

„Cameron, was ist?“, fragte er verwirrt, während er die Tür mit seinem Stiefelabsatz zuschob und sie dann fest in beide Arme nahm. Wie aus weiter Ferne hörte sie, wie sein Stock klappernd auf den Boden fiel, aber das war alles, was sie registrierte, außer dass er da war und sie in den Armen hielt.

Es dauerte eine volle Minute, bis sie trotz ihres Schluchzens und Weinens imstande war zu reden. „W-warum b-bist du gekommen?“

„Ich wusste einfach, dass ich kommen musste.“

„Die P-polizei ...“

„Die Polizei ist mir egal. Ich musste mit dir reden. Ich konnte die Dinge zwischen uns nicht so auf sich beruhen lassen.“ Er strich ihr die Haarsträhnen aus dem Gesicht, die ihre Tränen auf ihre Wangen geklebt hatten. „Aber Cameron, diese Tränen sind nicht meinetwegen, oder?“

„Shanahan ...“ Allein schon seinen Namen zu sagen, löste ein neues Schluchzen aus. „Ge-getötet ... er ... ist tot.“

„Guter Gott, nein!“ Alex drückte ihre Wange fester an seine. „Komm, komm ... weine dich aus, Liebes.“

„E-er würde lachen, wenn er mich so sähe.“

„Nein, das würde er nicht. Wusstest du nicht, dass Johnny nur so tat, als wäre er so hart und abgebrüht?“

Sie konnte nur an seiner Schulter nicken.

Sie stand da, klammerte sich an Alex und weinte in seinen Armen. Erst nach mehreren Minuten hatte sie das Gefühl, wieder normal atmen zu können. Er gab ihr sein Taschentuch und sie schnäuzte sich und wischte sich die Augen ab. Dann schob er sie zum Sofa, aber er musste sie erneut schieben, damit sie sich auch setzte. Sie rollte sich neben ihm zusammen und hatte immer noch das Gefühl, sie würde zusammenbrechen, wenn er nicht neben ihr säße.

„W-wie kommt es, dass du in solchen Situationen immer zufällig auftauchst?“ Sie erinnerte sich, dass er, unmittelbar nachdem sie erfahren hatte, dass ihre Schwester auf den Philippinen von den Kriegswirren erfasst worden war, unerwartet aufgetaucht war. Sie konnte die Antwort auf ihre eigene Frage immer noch nicht zugeben.

„Vielleicht habe ich einen sechsten Sinn.“ Als sie zweifelnd den Kopf schüttelte, fügte er hinzu: „Willst du den wahren Grund hören?“

„Aber Alex, wenn ich akzeptiere, dass Gott dich hierhergebracht hat, als ich dich am meisten brauchte, dann müsste ich zu viele andere unmögliche Dinge akzeptieren.“

„Was zum Beispiel?“

„Es ist zum Beispiel furchtbar nett von ihm, mir Trost zu schicken, wenn er aber doch genauso leicht die schmerzlichen Augenblicke im Vorhinein hätte verhindern können."

„Du weißt genauso gut wie ich, dass Gott nicht so handelt", antwortete er leise. Ihm war klar, dass sie keine sachliche Diskussion suchte. „Was ist wirklich das Problem?"

„Ich habe eine Todesangst vor Gott, Alex." Dieses Geständnis kostete sie genauso viel Kraft wie vorher ihre Tränen. „Was ist, wenn ich Gott genauso sehr brauche wie dich?"

„Was wäre daran so falsch?"

„Ich kann es nicht."

„Warum?", fragte er sanft nach.

„Ich kann mich nicht so aufgeben. Ich würde innerlich sterben. Ich würde zusammenbrechen. Ich würde das nicht aushalten." Das Gleiche hatte sie einmal zu Sophia gesagt. War es wirklich so schrecklich?

Er umklammerte ihre Hände. „Aber Cameron, du brauchst andere; das hast du selbst gesagt. Jeder braucht andere. Das ist einfach menschlich." Mit einem leicht ironischen Lächeln um die Lippen fügte er hinzu: „Jedenfalls warst du ziemlich niedergeschlagen, bevor ich kam, oder? Wenn du bei Gott Hilfe suchst, bist du nie allein."

Sie rappelte sich auf die Beine und ging auf die andere Seite des Zimmers. Sie hob den Pullover auf, den sie festgehalten hatte, bevor Alex gekommen war. Während sie mit der Hand über die Wolle strich, wurde ihr bewusst, wie dumm es gewesen war, ihn für die Tropen einzupacken. Natürlich müsste sie ihre ganzen warmen Sachen für ihre russischen Freundinnen hierlassen.

„Warum ist dein Koffer offen?" In seiner Stimme schwang eine plötzliche Leere mit.

„Meine Zeitung will mich in den Pazifik schicken. Mein Herausgeber will wahrscheinlich, dass ich weiterhin mit Johnny konkurriere ..." Ein Schluchzen kam über ihre Lippen. „Aber ... er wird jetzt nicht mehr da sein ..." Ein weiteres Schluchzen war zu hören.

Alex war im nächsten Augenblick an ihrer Seite. Sie sah, dass er das Telegramm von Max in der Hand hielt, das sie vorher auf das Sofa fallen gelassen hatte.

„Das ist nur eine Anfrage", sagte er. Offenbar hatte er das Telegramm gelesen.

„So machen sie das nun mal", log sie. Sie wandte sich von ihm ab und versuchte, den Anschein zu erwecken, als streife sie ein Kleidungsstück in ihrem Koffer glatt. Alles, was er ihr davon gesagt hatte, dass man andere brauchte, stimmte. Warum kämpfte sie dagegen an? Aber Kämpfen war ihr natürlicher Instinkt.

Alex war nicht bereit, sie mit Lügen davonkommen zu lassen. Er packte sie mit seinen großen, starken Händen an den Schultern und drehte sie zu ihm herum, dass sie ihm ins Gesicht schauen musste. „Das stimmt nicht!", erklärte er. „Warum gestehst du nicht wenigstens dir selbst ein, dass du davonläufst?"

„Also gut!", schrie sie ihn beinahe an. „Ich laufe davon. Ich habe Angst ... bin schwach ... bedürftig! Aber ich kann nicht ..." Sie brach ab und schloss die Augen, als eine neue Tränenflut sich Bahn brechen wollte. „Du dumme Frau!", schrie es in ihrem Kopf. Dann kamen ihr plötzlich ganz andere Worte in den Sinn, Worte, die sie vor Kurzem gelesen hatte. *Es ist schwer, gegen den Stachel zu schlagen.* Sie hatte diesen Satz nicht verstanden, als sie ihn gelesen hatte. Ihr war es viel leichter erschienen, Gott zu bekämpfen, als ihn zu akzeptieren. Aber jetzt verstand sie genau, was dieser Satz bedeutete. Es ist nur leicht, gegen Gott zu kämpfen, wenn man nicht weiß, wer er ist. Aber jetzt wusste Cameron es. Er war ein Gott, der das Gebet einer dummen, unwürdigen Frau erhörte, *bevor* sie genug Weisheit hatte, ihn zu akzeptieren. Er war ein Gott, der ihr den Trost durch den Mann schenkte, den sie liebte, obwohl sie eigentlich *Gottes* Trost hätte suchen sollen.

Sie wischte sich mit dem Ärmel über ihre feuchten Augen, warf die Schultern zurück, als wäre alles wieder harter Stahl. Aber sie wusste jetzt die Wahrheit. „‚*Wenn ich schwach bin, so bin ich stark*'", murmelte sie.

Alex starrte sie mit leicht offenem Mund an.

Sie sprach weiter. „Alex, ich muss dir etwas gestehen. Nachdem ich dich gesehen hatte und bevor ich das Telegramm wegen Johnny bekam, bat ich Gott, dich zu mir zu bringen. Obwohl alles dagegen sprach, bist du zu mir gekommen, als ich dich mehr brauchte, als ich je in meinem Leben einen Menschen brauchte. Trotzdem wehrte ich mich dagegen, Gott anzuerkennen. Wie konnte ich meine Bedürftigkeit abstreiten, wenn ich vor Angst wie gelähmt war?"

„Du weißt, dass Gott deine Angst versteht, nicht wahr? Er hat gesehen, wie du damit aufgewachsen bist."

„Glaubst du, ein Teil dieser Angst kommt wegen meines Vaters?"
„Menschen werden dich immer wieder enttäuschen, Cameron."
„Aber Gott nicht?"
„Niemals."
„Wie kannst du dir da so sicher sein?" In ihrer Frage lag keine Herausforderung. Irgendwie wusste sie, dass sie Alex vertrauen konnte, aber es lag einfach in ihrer Natur, alles zu hinterfragen.
„Ich schätze, weil ich es so erlebt habe."
„Alex ... ich bin bereit."
„Wozu?" Er versuchte, seine Überraschung zu verbergen, aber mit wenig Erfolg. „Willst ... du ...?"
„Ich will das tun, was ich tun muss, um mein Leben Gott zu übergeben." Sie atmete tief ein. Die Worte waren nicht so schwer, wie sie gedacht hatte. Sie waren eher eine große Erleichterung.
„Jetzt?"
„Jetzt. Mit dir. Richtiger könnte es nicht sein."
Er nickte.
„Was muss ich tun?", fragte sie unschuldig.
„Sag Gott einfach, wie es in deinem Herzen aussieht." Er nahm ihre Hände in seine.
Das Gebet fiel ihr unerwartet leicht. Sie sprach mit Gott, wie sie mit Alex sprechen würde. Und wie bei Alex wusste sie, dass Gott ihr zuhörte. Zum ersten Mal in ihrem Leben ordnete sie sich freiwillig einem anderen unter. Aber sie hatte nicht das Gefühl, sie würde kapitulieren. Dafür war es viel zu wunderbar.
Alex murmelte ebenfalls ein Gebet, als sie geendet hatte. „Danke, Vater, für das große Geschenk, das du Cameron gegeben hast. Und mir!" Ein glückliches Lächeln zog über sein Gesicht.
Cameron lächelte ebenfalls zufrieden und legte den Kopf an Alex' Schulter. Der Schmerz wegen des Todes ihres lieben Freundes Johnny war immer noch da. Tränen stiegen immer noch in ihr auf, wenn sie an ihn dachte. Aber die Leere war verschwunden. Für diese Gefühle hatte sie absolut keine Erklärung. Sie hatte keine Ahnung, wie das alles geschah, aber es geschah! Plötzlich dachte sie an etwas, das Anna Jewnowona einmal zu ihr gesagt hatte: dass man in die Erde gepflanzt werden und sterben müsse, bevor man Frucht bringen könne. Damals hatte Cameron sich über diese Worte aufgeregt. Aber

jetzt verstand sie sie! Sie erkannte, dass dieser Prozess bereits in ihr begonnen hatte.

„Meine Güte!“, entfuhr es ihr.

„Hmm ...?“, murmelte Alex.

Sie sah, dass er zu zufrieden war, um noch viel zu sagen. Sie wollte auch nicht sprechen und den Zauber zerstören, der über ihnen lag, aber ihr Verstand arbeitete auf Hochtouren. Sie begann ein neues Leben. Das war bestimmt ein Abenteuer, das viel aufregender war als das Abenteuer, das ihr Leben vor einem Jahr verändert hatte, als sie Auslandskorrespondentin geworden war. Jetzt war alles anders geworden. Alles! Sie hatte immer noch ein wenig Angst, aber als sie Alex' unerschütterliche Zuversicht neben sich fühlte, wusste sie, dass sie sich von ihren Ängsten nicht unterkriegen lassen musste. Gott war nicht nur in ihrem Herzen, er hatte ihr auch Alex geschenkt, mit dem sie alles teilen konnte.

„Was wird jetzt passieren, Alex?“

„Ich weiß es nicht, aber ich bin ganz gespannt darauf!“

„Ich auch.“

Sie rückten enger zusammen, denn sie wussten: Egal, was vor ihnen lag, sie würden es gemeinsam erleben – eins im Herzen und im Geist.

Wie alles begann ...

Judith Pella
Geschrieben im Wind
Sturmzeiten – Band 1
ISBN 978-3-86827-669-5
526 Seiten, Paperback

1941: Keagan Hayes, der mächtigste Zeitungsmogul Kaliforniens, ist ein harter und verbitterter Mann. Was seine drei Töchter auch tun – die Anerkennung ihres dominanten Vaters können sie nicht erreichen. So versucht jede auf ihre Art, mit ihrem Schicksal ins Reine zu kommen.
Blair geht den Weg der Rebellion, Jackie sucht Kraft im Glauben und Cameron flieht in die Karriere. Als ehrgeizige Journalistin schlägt sie sich auf die Seite des schärfsten Konkurrenten ihres Vaters. Er schickt sie als Korrespondentin nach Europa. Für Cameron wird ein Traum wahr.

Wie es weitergeht ...

Judith Pella
Bevor der Morgen dämmert
Sturmzeiten – Band 3
ISBN 978-3-86827-671-8
507 Seiten, Paperback

1942–45: Über drei Kontinente verstreut, führt jede der drei Töchter des Zeitungsmagnaten Hayes ihren eigenen Kampf gegen das innere und äußere Chaos. Der Zweite Weltkrieg hat ihre Welt in Flammen gesetzt und ihre Familie zerrissen. In einem kalifornischen Internierungslager teilt Jackie mit ihrem frisch gebackenen Ehemann das harte Los der Amerikaner japanischer Herkunft. Doch irgendwie gehört sie nirgends mehr richtig dazu: Weder die Japaner noch die Amerikaner sehen sie als eine der ihren. Wird ihr Glaube ihr die Kraft geben durchzuhalten?

Judith Pella
Heimat meines Herzens
Sturmzeiten – Band 4
ISBN 978-3-86827-672-5
439 Seiten, Paperback

1946–48: Der Krieg ist vorüber. Das Leben der Hayes-Schwestern könnte wieder in ruhigeren Bahnen verlaufen – wäre da nicht das ungeklärte Schicksal von Camerons Mann. Nachdem sich der Eiserne Vorhang gesenkt hat, kann er die Sowjetunion nicht mehr verlassen. Doch aus Liebe zu seiner Frau setzt er alles auf eine Karte: Im Dienst des amerikanischen Geheimdienstes will er die Flucht in die Freiheit erzwingen. Als sein Plan scheitert, können Cameron, Blair und Jackie nicht länger tatenlos abwarten. Gemeinsam machen sie sich auf den Weg in das Reich des roten Zaren.

Irma Joubert
Sehnsuchtsland
ISBN 978-3-86827-591-9
608 Seiten, gebunden mit Schutzumschlag

1905 aus St. Petersburg geflohen, findet die kleine Hildegard mit ihrer Familie auf dem Landgut der adligen Vorfahren in Königsberg ein neues Zuhause. Das aufgeweckte Mädchen steckt voller Energie und Wissensdurst, sehnt sich aber zutiefst nach Liebe und Anerkennung. Als sie dem Studenten Gustav aus Deutsch-Südwestafrika begegnet, beginnt sie zaghaft zu träumen – vom Sehnsuchtsland Afrika und von Gustav.
Doch dann bricht der Erste Weltkrieg aus und ihre Träume zerplatzen wie eine Seifenblase. Hildegard ahnt nicht, welch turbulente Zeiten ihr noch bevorstehen. Sie ahnt nicht, dass sie schon bald im Berlin der 20er-Jahre leben und nicht nur einen, sondern zwei Weltkriege wird meistern müssen. Vor allem aber ahnt sie nicht, welche Umwege das Leben sie noch führen wird, bevor sie endlich das findet, wonach sie sich am meisten sehnt: ein Zuhause.

Irma Joubert
Das Mädchen aus dem Zug
ISBN 978-3-86827-457-8
480 Seiten, gebunden
mit Schutzumschlag

Polen 1944: Die kleine Gretel hat zwar alles verloren, aber sie ist schlau und lässt sich nicht so leicht unterkriegen. In Jakób findet sie einen Beschützer, der das Mädchen mit den jüdischen Wurzeln nach dem Krieg in einem Adoptionsprogramm unterbringt. Dieses bietet Kindern von SS-Offizieren in Südafrika ein neues Zuhause. Für Gretel, die nun Grietjie heißt, ändert sich von einem auf den anderen Tag alles.

Jahre später gerät ihr Leben völlig überraschend in Turbulenzen. Um ihr Glück zu finden, muss die erfolgreiche junge Frau sich mit Fragen auseinandersetzen, die sie bisher verdrängt hat ...

Ein Roman über das Leben und die Liebe, der bis zur letzten Seite spannend bleibt.

Elizabeth Camden
Die Grenzen der Wahrheit
ISBN 978-3-86827-663-3
309 Seiten, Paperback

Washington 1897: Anna O'Brien ist Bibliothekarin in der berühmten Library of Congress und führt ein eher vorhersehbares Leben. Doch dann stolpert sie über eine Karte, die auf Fehler in einem alten Bericht hinweist. Vor Jahren soll ein Schiff angeblich während eines Wirbelsturms gesunken sein, doch das neue Material stellt das eindeutig in Frage. Anna beantragt die Korrektur des Berichts – und plötzlich werden ihr an allen Ecken und Enden Steine in den Weg gelegt. Sogar mit Entlassung droht man ihr.
In ihrer Verzweiflung wendet Anna sich an den Kongressabgeordneten Luke Callahan und bittet ihn um Hilfe. Denn sie kann den alten Fall nicht einfach ruhen lassen: Ihr Vater kam bei diesem Schiffsunglück ums Leben. Doch ist die Wahrheit es wert, alle ihre Träume für die Zukunft aufs Spiel zu setzen … und die von Luke gleich mit?

Dan Walsh
Das letzte Manuskript
ISBN 978-3-86827-666-4
ca. 320 Seiten, Paperback

Gerard Warner war eine Legende. Mit seinen Romanen begeisterte er ein Millionenpublikum. Doch für Michael war er noch viel mehr: Er war sein Großvater und sein großes Vorbild. Nicht nur als Autor, sondern auch als treusorgender Ehemann und liebevoller Familienvater. Als Michael nach Gerards Tod dessen Anwesen erbt, zieht er sich mit seiner frischgebackenen Ehefrau dorthin zurück, um selbst seinen ersten Roman zu schreiben. Doch dann stolpert er zu seiner Überraschung über ein Manuskript, das sein Großvater nie veröffentlicht hat. Der fesselnde Spionagethriller über die Zeit des Zweiten Weltkriegs zieht ihn schnell in seinen Bann, doch irgendwie ist dieses Buch anders als alles, was sein Großvater zuvor geschrieben hat. Im Grunde genommen ist es eine Liebesgeschichte. Michael gräbt tiefer und stößt auf ein Geheimnis, das die Macht hat, nicht nur seine Vergangenheit, sondern auch seine Zukunft für immer zu verändern.

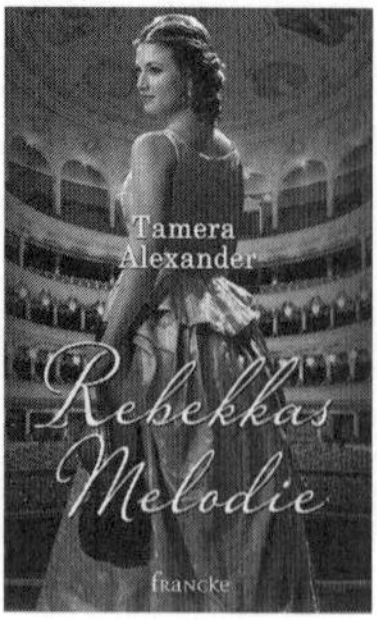

Tamera Alexander
Rebekkas Melodie
ISBN 978-3-86827-661-9
ca. 480 Seiten, Paperback

Nashville, 1871:

Die junge Musikerin Rebekka kehrt nach ihrer Ausbildung in Wien in ihre alte Heimat zurück. Doch sie weiß, dass ihr ihr früheres Zuhause in Nashville keine Zuflucht mehr bietet. Dort herrscht mittlerweile ihr Stiefvater. Und so macht Rebekka sich auf die Suche nach einer Anstellung. Ihr größter Herzenswunsch ist es, im Sinfonieorchester ihrer Heimatstadt Violine spielen zu dürfen. Aber Nathaniel Whitcomb, der Dirigent, lehnt Rebekka ab. In seinem Orchester ist kein Platz für Frauen.
Nach und nach jedoch erkennt er, dass Rebekka nicht nur äußerst reizend ist, sondern auch eine außergewöhnliche Gabe besitzt …

Elizabeth Camden
Ein Schritt ins Ungewisse
ISBN 978-3-86827-596-4
304 Seiten, Paperback

Washington 1891:

Kate Livingston ist begeistert, als ihr eine Stelle in der Forschungsabteilung eines renommierten Krankenhauses angeboten wird. Doch dann erfährt sie, dass sich hinter dem weltberühmten Arzt Dr. T. M. Kendall, ihrem zukünftigen Chef, kein anderer verbirgt als ihr einstiger Widersacher Trevor McDonough. Ausgerechnet für den Mann, der ihr einst das ersehnte Collegestipendium wegschnappte und damit ihre einzige Chance zu studieren nahm, soll sie jetzt arbeiten?

Als Kate die Stelle wider besseres Wissen antritt, ahnt sie nicht, dass dieser Schritt ins Ungewisse ihr Leben komplett auf den Kopf stellen wird …

Elizabeth Musser
Das Hugenottenkreuz
ISBN 978-3-86827-483-7
415 Seiten, Paperback

Südfrankreich 1961:

Die Missionarstochter Gabriella wird zum Studium nach Frankreich geschickt. Im romantischen, verschlafenen Städtchen Castelnau lernt sie den attraktiven amerikanischen Professor David kennen. Er kann mit ihrem unerschütterlichen Glauben an Gott nichts anfangen, dennoch fühlt sich Gabriella zu ihm hingezogen. Doch warum verschwindet er immer wieder in geheimer Mission? Wer ist David wirklich? Und was hat es mit der mysteriösen „Operation Hugo" auf sich?

Elizabeth Musser entführt den Leser in ein überaus spannendes Kapitel französisch-algerischer Geschichte und an faszinierende Orte. Ein mitreißendes, zu Herzen gehendes Buch!

Elizabeth Musser
Operation Hugo
ISBN 978-3-86827-514-8
415 Seiten, Paperback

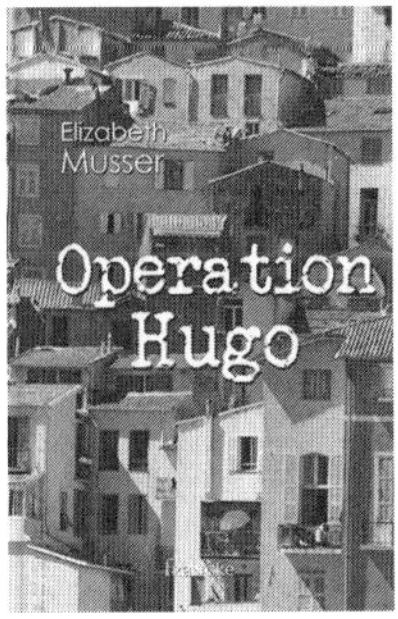

Algerien 1962, kurz vor der Unabhängigkeit:

Tausende Algerienfranzosen verlassen Hals über Kopf das Land. Auch die algerischen Araber, die auf der Seite Frankreichs gestanden haben, müssen um ihr Leben fürchten. Der Amerikaner David setzt sich vor Ort für die Rettung der Flüchtenden ein. Unterdessen kämpft seine Freundin Gabriella in einem südfranzösischen Waisenhaus für die Integration der Kinder aus Algerien … und gegen ihre Eifersucht. Denn auch Davids frühere Freundin Anne-Marie hat in dem Waisenhaus Zuflucht gefunden. Während die Geheimoperation Hugo sie alle in größte Gefahr bringt, fragen sich Gabriella, Anne-Marie und David, was die Zukunft wohl bringen wird.

Fortsetzung von „Das Hugenottenkreuz“.

Vormals erschienen unter dem Titel „Mit der Kraft der Liebe“.

Elizabeth Musser
Ein anderes Leben
ISBN 978-3-86827-556-8
394 Seiten, Paperback

Frankreich und Algerien, 1994:

Die junge Studentin Rislène, Tochter algerischer Einwanderer, hat sich in den franko-amerikanischen Christen Eric Hoffmann verliebt. Doch ihre muslimischen Eltern sind alles andere als begeistert von ihrem neu gefundenen christlichen Glauben und ihrer Beziehung zu Eric. Als Rislène von ihrer Familie in das vom Bürgerkrieg zerrissene Algerien verschleppt wird, veranlasst Erics Familie eine gefährliche Rettungsmission. Dabei erhalten die Hoffmanns Hilfe von algerischen Christen, die im Untergrund leben, aber auch von gänzlich unerwarteter Seite …

Fortsetzung von „Das Hugenottenkreuz" und „Operation Hugo".

Vormals erschienen unter dem Titel „Der Preis der Treue".